# Luna de Leyenda

## Los niños desaparecidos

**Luna de Leyenda**
**Los niños desaparecidos**



Traducido de: *MärchenMonds Kinder*

Ribera del Loira, 28
28042 Madrid
www.pearsoneducacion.com
ISBN: 978-84-205-5461-7

Depósito legal: M-48.906-2008

Traducción del alemán: Eva Nieto Silva
Diseño de cubierta: Departamento de Diseño de Pearson Educación, S.A.
Ilustración: Gabriel González

Impreso en España - *Printed in Spain*

WOLFGANG Y HEIKE
HOHLBEIN

# Luna de Leyenda

## Los niños desaparecidos

PEARSON
Alhambra

Madrid - Londres - Nueva York - San Francisco - Toronto - Tokyo
Singapur - Hong Kong - París - Milán - Munich - México
Santafé de Bogotá - Buenos Aires - Caracas

*Dedicado a todos los que no se han olvidado de soñar:*

*las máquinas no tienen sueños.*

# I

Puesto que todo había comenzado en el hospital, parecía lógico que continuara también allí. «Y no es porque nada de lo ocurrido en esta historia sea lógico —pensó Kim—; no, eso seguro que no.»

Entre tanto, con una mezcla de perplejidad y curiosidad, miraba cómo se reflejaban en los cristales de la casa de enfrente las parpadeantes luces de la ambulancia. Claro está que a Kim le hubiera gustado ver por sí mismo la ambulancia; sobre todo porque no se encontraba ni a diez metros de la entrada de la Clínica Universitaria de Düsseldorf donde el vehículo esperaba que viniera una grúa. Una ambulancia que había tenido un accidente de tráfico, era algo ridículo. Tía Birgit había sido condenada de nuevo a hacer compañía a Kim y a esperar hasta que su madre y Becky salieran de la clínica para poder irse todos juntos. La tía aseguró a Kim que como nadie había resultado con heridas graves en el accidente no debía preocuparse, de modo que él se limitó a sonreír cuando pensó en que un salvador de accidentes se había accidentado. El chico sacó el último chicle del paquete que le había comprado tía Birgit, se lo metió en la boca y lanzó el papel arrugado al contenedor de basura que había en la acera, a medio metro de distancia. Miró alrededor con disimulo para tratar de localizar a su tía. No había ni rastro de ella, o al menos eso parecía. Luego divisó su corto pelo negro cerca del vehículo de la Cruz Roja accidentado, entre el gran tumulto que se había formado y que impedía realizar su trabajo tanto a la policía como al resto de los empleados del hospital. «Eso es típico de los adultos —pensó Kim—, sueltan discursos sobre lo que *se debe hacer* y lo que *no se debe hacer* cuando ocurre un accidente, pero se quedan allí curioseando y boquiabiertos y, por fin —y esto lo meditó con el tono de voz de tía Birgit—: *aquello no es una diversión popular sino un asunto grave;* pero ni ellos mismos se atienen a lo que dicen.»

Kim estaba algo disgustado. No es que tuviera nada en contra de su tía, al contrario, quería mucho a tía Birgit. Ella era muy agradable, pero era adulta y lo que hacía era típico de los adultos, siguió pensando Kim. ¡Bah!

Además, Kim no estaba de humor. Odiaba que le trataran como si fuera un niño pequeño y que, cada vez que iban al hospital para que le hicieran una revisión a Becky, él tuviera que llevar a su tía a modo de guardaespaldas. ¿No era ese, por cierto, el trato que se daba a un niño pequeño? Kim se había quejado en varias ocasiones de este asunto, pero su padre se mostraba implacable. Y todo porque una vez, una única vez que le dejaron solo en casa, había recibido la visita de algunos amigos y habían ocasionado un ligerísimo desbarajuste. ¡Era injusto del todo, así de sencillo!

¿Cómo demonios iba a saber que la estúpida televisión del salón estaba tan insegura sobre la mesa en que se apoyaba que al más mínimo roce, de hecho el producido por un balón, se iba a caer y sufrir una leve rotura del tubo de imagen? De hecho, sus padres ya llevaban meses con la idea de comprar una nueva tele y eso fue lo que hicieron. El dormitorio paterno estaba dominado ahora por una monstruosa televisión de noventa centímetros, tal y como el padre siempre había querido y a lo que la madre oponía el argumento de que el aparato viejo aún funcionaba. ¡En lugar de castigarle, su padre tendría que haberle estado agradecido! ¡Era injusto del todo, así de sencillo!

Pero, ¿se había oído alguna vez que los adultos fueran justos con los niños?

Kim había perdido el gusto por el chicle. Lo escupió formando un gran arco y aterrizó al lado del contenedor de basura, lo mismo que antes había ocurrido con el envoltorio, solo que ahora al otro lado. Luego se metió las manos en los bolsillos del pantalón y, sin ganas, se dio la vuelta justo en el momento en que su tía giraba la cabeza desde el otro lado de la calle para comprobar que su protegido seguía donde le había dejado pues, como pensó con sarcasmo Kim haciéndose eco de las ideas de su tía: «Pude haberme acercado a escondidas al lugar de los hechos a echar un vistazo y sufrir los inevitables traumas psíquicos». Porque eso de mirar un parachoques abollado no era nada bueno para sus débiles nervios. ¡Bah!

Los dedos del muchacho palparon algunas monedas del bolsillo del pantalón. Titubeó un momento, luego las sacó y contó deprisa la calderilla: había más de tres marcos. Lo suficiente para ir al café de enfrente y pedir un refresco de cola. Hasta que regresaran su madre y Becky podía pasar aún una hora, o incluso más. Kim se había preguntado cientos de veces el motivo por el que una revisión, que se hacía en unos pocos minutos, duraba siempre de tres a cuatro horas; y otros tantos cientos de veces fue incapaz de encontrar una respuesta.

Parecía existir una férrea ley según la cual los asuntos de los hospitales duraban mucho, aunque pudieran ir más deprisa. También se preguntaba la causa por la que, después de tanto tiempo, su hermana debía ir cada seis meses al médico, a pesar de que todo había vuelto a irle bien desde hacía mucho.

Quizá la clave estuviera en el hecho de que los médicos aún no habían sido capaces de explicarse lo que había sucedido en realidad... ¿Cómo iban a hacerlo? En este mundo solo dos personas sabían lo ocurrido y ninguna de ellas lo iba a contar, y eso sin tener en cuenta que nadie les hubiera creído...

Los pensamientos de Kim regresaron de un modo inconsciente al día en que todo empezó, hacía ya mucho tiempo. Quizá porque había sido en ese mismo hospital donde había visto por primera vez a Temístocles. Y allí, en la otra acera de la calle, donde por primera vez el sabio había sonreído a Kim a través del cristal del café mientras la familia estaba sentada en el local. Allí fue donde se dio cuenta por primera vez de que la enfermedad de su hermana no era una auténtica enfermedad, sino algo muy distinto, y que... Kim intentó ahuyentar sus pensamientos.

Ya había pasado mucho tiempo desde aquello. No lo había olvidado, pero se había acabado. Su hermana Rebeca y él habían echado un vistazo (porque no había sido más que un vistazo) a un mundo oculto, a un mundo al otro lado del sueño, en el que la realidad se hace ensueño y los sueños realidad. Los dos habían estado allí y habían vivido la mayor aventura de toda su vida. Pero todo eso se había terminado.

Kim no sentía amargura ante tales pensamientos. A veces, cuando pensaba en Luna de Leyenda y en sus habitantes: Temístocles, el viejo mago bondadoso con su barba blanca y sus ojos afables; Gorg, el valiente gigante, y su amigo, el oso Kelhim; Rangarig, el dragón dorado; el príncipe Priwinn, Ado y todos los demás con los que se habían topado en su fantástico viaje y habían trabado amistad, le abrumaba un ligero pesar al saber que no iba a volver a verlos. Pero no sentía amargura ni ira por ello. El chico sabía que, en realidad, no había perdido ese maravilloso mundo. Una pequeña parte siempre estaría con él, y a veces lo sentía como una suave y cálida luz que le envolvía y que parecía lucir más clara cuanto más sombrío y monótono se hacía el entorno que le rodeaba.

Había sido algo más que una aventura fantástica vivida por los dos hermanos. Kim y Rebeca habían recibido un regalo que, de hecho, está a disposición de la mayoría de los niños, aunque pocos de ellos sean conscientes de tenerlo: la fe en la fuerza de la fantasía y el absoluto convencimiento de que al otro lado de la realidad de lo visible y palpable hay algo más, que este mundo solo es una ínfima parte de lo que la mayoría de las personas identifican con la realidad.

A veces Kim se preguntaba qué dirían los superinteligentes adultos, con sus ordenadores que todo lo saben y sus libros especializados, si conocieran la verdad. Había veces en que la tentación de contarlo era muy grande.

Pero no lo haría. Lo que habían vivido quedaría como un secreto entre Rebeca y él. Y, claro está, Temístocles.

Kim miró pensativo las relucientes monedas que tenía en la palma de la mano y, con un suspiro de desolación, se las volvió a guardar en el bolsillo.

El café era muy caro para su escaso dinero. Quizá pudiera convencer a tía Birgit para que le comprara un refresco. Ella no solo era amable, además, la mayoría de las veces se comportaba de manera muy generosa.

Kim quiso darse la vuelta para echar una mirada a su tía por encima de las cabezas de la multitud y transmitirle algo así como *un minuto más y me muero de sed* cuando, de repente, vio un reflejo desfigurado en el gran ventanal del café. Solo duró una fracción de segundo. Un destello fugaz como el de las luces azules de una ambulancia, pero muy claro. Sin embargo no era una mancha informe de luz, sino el contorno de una figura humana.

¡Una figura que él conocía bien!

Un hombre viejo, con el pelo y la barba canosa, que elevó despacio su brazo izquierdo e hizo señas desesperadas a Kim. El muchacho le miró desconcertado, luego medio reprimió un grito y cerró los ojos con incredulidad.

Detrás de él no había nadie. Nadie que pudiera reflejarse en el cristal. Es decir, claro está que detrás de él había gente. Mucha gente que miraba boquiabierta a la ambulancia accidentada. Pero solo unos pocos se dieron la vuelta hacia Kim y le echaron una mirada curiosa. Porque la verdad es que Kim había gritado y ahora estaba con los ojos como platos, la boca abierta y pálido como un cadáver. Una mujer se volvió e hizo un ademán como si quisiera agarrarle por los hombros, pero no llegó a hacerlo.

—¿Va todo bien, pequeño? —dijo la señora.

Al darse cuenta de que el chico no reaccionaba, le repitió la pregunta.

Kim asintió sin articular palabra y se obligó a hacer algo que pareciera una sonrisa. Desconcertado, siguió con la vista fija en el gran cristal y luego buscó detrás de él un sitio en el que pudiera encontrarse un hombre con barba blanca que se reflejara en el cristal. Un anciano que no vestía traje o abrigo, como las demás personas de por allí, sino una túnica negra sobre la que caía una larga barba y que sostenía con la mano derecha una vara de la altura de un hombre alrededor de la cual se retorcía una serpiente con las fauces abiertas.

Él no estaba allí.

No estaba allí ni podía haber estado, ya que Kim se había vuelto a tal velocidad que en ese corto intervalo de tiempo el anciano no hubiera podido mezclarse con la multitud.

A pesar de todo, Kim había visto muy claramente al hombre en el cristal.

—¿De verdad que te encuentras bien, chico? —insistió la mujer—. Estás blanco como la pared.

Se acercó un paso más y le puso una mano sobre el hombro. Su roce fue leve y cálido y mostraba una amistosa sonrisa. Parecía estar preocupada. Sin embargo, tras un breve titubeo, el muchacho le retiró la mano e intentó a su vez dirigirle otra sonrisa.

—No me pasa nada —pudo decir—. Es solo... solo que me he asustado. —Señaló con un movimiento de cabeza hacia el cristal de la ventana—. Un reflejo, ¿sabe?

La expresión de los ojos de la mujer dejaba muy claro que no entendía nada de nada o que no le creía.

—¿Un reflejo?

—Solo una ilusión —aseguró Kim—. Todo está bien. De verdad.

Por un momento la mujer le miró a la cara con desconfianza, pero luego se encogió de hombros, se volvió y desapareció entre la multitud. Kim se quedó parado, con la cara impasible y petrificado como una estatua de sal.

Pero esa tranquilidad solo era exterior, porque dentro de su cabeza los pensamientos daban volteretas. Las pocas palabras pronunciadas le habían dejado casi sin fuerzas.

¿Que todo estaba bien?

De repente tuvo que echar mano de todas sus fuerzas para no reírse de su afirmación.

¡No había nada que estuviera bien!

A pesar de que la razón le decía que aquello era completamente imposible, a su pensamiento llegó otra voz, mucho más potente, que le aseguró que había visto esa figura. Ni la figura ni el gesto de alzar la mano izquierda y señalarle eran cosa de su imaginación, y menos aún la expresión de duda y casi espantada de la cara del anciano. Si todo eso no había sido obra de su imaginación, Kim tenía motivos para afirmar que nada estaba bien.

Porque la imagen del espejo no era otra que la de Temístocles, el mago de Luna de Leyenda.

—¿Va todo bien?

Era la tercera vez que Kim oía esa frase. Y la inclinación afirmativa de cabeza con la que contestó no pareció convencer en absoluto a tía Birgit, como no había convencido a la mujer. El muchacho, una vez que dejaron de temblarle las manos y las rodillas, había avanzado por la calle atestada de gente acercándose a la ambulancia en busca de su tía.

Tras el primer y desanimado fruncimiento de ceño con que el chico respondió, tía Birgit se asustó y se le acercó precipitadamente.

—No me pasa nada —dijo Kim—. Es solo que...

—¿Sí?

Su tía le puso la mano sobre el hombro y le miró con atención a la cara. En el último momento Kim desistió de retirarle la mano.

—Me siento... un poco raro —dijo de repente.

Tía Birgit le miró una vez más, muy seria; luego le quitó la mano del hombro y se la puso en la frente.

—No tienes fiebre —dictaminó.

—No es eso —respondió con precipitación—. Es que noto un poco flojo el estómago. A lo mejor he pillado la gripe.

—Puede ser —afirmó su tía—. ¿Has comido algo?

—Claro —contestó Kim—. Ya sabes que mamá no me deja salir de casa sin desayunar.

—¿Sin desayunar? —Tía Birgit le miró dubitativa—. ¡Pero si son las cuatro de la tarde!

—No tengo hambre —dijo Kim—. Tampoco es eso...

—Tonterías —interrumpió ella sin alzar la voz, pero con un tono que no admitía protestas—. Ahora mismo nos vamos a ese café y te vas a comer un trozo de tarta; mejor, que sean dos.

Kim desistió. Conocía ese tono de voz y sabía que era absurdo intentar llevarle la contraria. A pesar de todo lo intentó una vez más.

—Seguro que mamá y Becky están a punto de salir y...

—Nos encontrarán —interrumpió ella con energía—. Además, desde allí tenemos una buena vista de la entrada y soy yo quien tiene las llaves del coche, ¿lo has olvidado? Por lo tanto, creo que me puedo permitir una taza de café. Anda, vamos.

—¿Ha... ha pasado algo? —preguntó Kim mientras señalaba a la ambulancia.

Alguien había apagado por fin los pilotos azules y los dos conductores habían abandonado el vehículo. Uno de ellos miraba el guardabarros con las manos en los bolsillos al tiempo que sacudía la cabeza. Kim había visto el accidente, lo mismo que la mayoría de las personas que estaban allí: la ambulancia, con un chirrido de frenos, después de subirse al bordillo y arrasar todo un bancal de flores, se había empotrado contra uno de los bolardos de acero que flanqueaban la puerta. No se había oído un golpe muy fuerte, sino tan solo un ligero chirrido. A pesar de eso, todo el guardabarros y la mitad del capó estaban destrozados y el parachoques se había metido tanto hacia dentro que había pinchado las ruedas.

Por suerte el vehículo no transportaba pacientes y los dos ocupantes llevaban puesto el cinturón, así que nadie había resultado herido. El conductor había encendido el piloto azul para que ningún otro coche que llegara corriera el riesgo de empotrarse contra la ambulancia, que había quedado atravesada en medio de la calle.

—¿Qué ha pasado? —preguntó Kim curioso.

Por un momento su tía le miró con sincera desconfianza, como si pensara que el malestar de Kim era solo una excusa para echarle un vistazo al accidente. Pero al parecer decidió que eso no podía ser cierto. Se encogió de hombros y señaló a un pequeño grupo de personas que se había acercado un poco más a la puerta y discutían excitadas. Kim vio al segundo conductor de la ambulancia, con su traje blanco, y a un joven alto y de pelo oscuro que iba entre dos policías uniformados. Había algo raro en él, pero Kim no habría podido decir lo que era.

—Ese joven de ahí —comenzó a decir tía Birgit—, ha saltado a la carretera; así de sencillo. El conductor tuvo que dar un volantazo para no atropellarle y perdió el control de la ambulancia. Al menos eso es lo que he escuchado.

Kim se puso de puntillas para verle mejor. Los dos policías, el conductor de la ambulancia y el joven estaban a la sombra del arco de la puerta, así que no pudo distinguirlos a la perfección. A pesar de todo, en aquel joven había algo... raro. Su cara se mostraba vacua e indiferente, como si no fuera con él todo lo que ocurría a su alrededor. Uno de los policías le sujetaba por los hombros, le hablaba y le zarandeaba un poco, pero el joven no reaccionaba. Era como si no se diera cuenta de nada.

—Está conmocionado —diagnosticó tía Birgit cuando se dio cuenta de la mirada curiosa de Kim—. Ocurre en muchas ocasiones. Tendrá que pasar un rato hasta que el pobre chico pueda recordar lo que ha pasado. Bueno —añadió con un suspiro a la vez que se volvía para acercarse con Kim al café de enfrente—, ahí se ocuparán de él. ¿Para qué están los hospitales si no? Vamos, se me había vuelto a olvidar que te había prohibido curiosear por aquí.

Kim obedeció, pero antes le echó un último vistazo al joven. No, no le conocía. Sabía de sobra que nunca antes había visto esa cara. Pero una voz interior le decía que él debería saber con exactitud quién era ese joven. Sí, resultaba curioso.

Curioso y muy inquietante.

En contra de lo previsto, la tarta le supo muy bien a Kim una vez que hubo dado el primer bocado y, además, iba acompañada de un vaso de refresco. Cola y tarta de queso. ¡Eso estaba por encima de cualquier ilusión de los sentidos! Su intranquilidad disminuyó y desaparecieron sus temblores. Y, al cabo de un rato, también desapareció su embrollo mental y comenzó a asimilar que en realidad se había imaginado la figura reflejada en el cristal.

Incluso encontró una sencilla explicación. Le pareció estúpido no haberse dado cuenta en el primer momento. Este era el café ante cuya ventana había visto en tiempos a Temístocles y, al otro lado de la calle, estaba el hospital donde había comenzado todo.

Se trataba únicamente de que los recuerdos eran demasiado poderosos. Se le había enturbiado la vista por un momento, ¿cómo podía haber sido de otra forma? Kim creía que todo aquello se había terminado, pero estaba claro que no era cierto. Hay cosas que nunca terminan. Y una de ellas era la aventura en Luna de Leyenda.

El primer trozo de tarta despertó el apetito de Kim y no rechazó otro cuando tía Birgit, no sin lanzarle una mirada de espanto ante la extraña composición de la comida, se ofreció a pedirlo. De hecho, Kim no había comido nada desde el desayuno, excepto los cinco chicles. Pero eso no tenía nada de especial porque él no se distinguía por su apetito. Pensaba que comer era un mal necesario. No le gustaba la regularidad de las comidas y solo comía con gusto si sentía hambre de verdad. Y ahora estaba hambriento y lo que tenía delante estaba muy bueno. Mientras se encontraba allí sentado y comía a dos carillos, Kim miraba la escena que se representaba en la salida del hospital. La calle seguía llena por completo. La grúa había llegado realizando una especie de eslalon, subiéndose en parte a la acera en busca del «buque naufragado», pero por detrás y por delante una gran cantidad de coches atestaba la calle. En un principio solo eran los curiosos que conducían despacio e impedían que pasaran los demás, pero enseguida llegó un momento en que el tráfico se colapsó del todo. El atasco llegaba hasta el final de la calle y más allá. Kim observó, no sin cierta satisfacción ante el mal ajeno, cómo uno de los dos policías, en un intento valeroso pero inútil, trataba de organizar un poco aquel caos.

La mirada de Kim se separó del amasijo de coches y peatones y se quedó atrapada en el policía vestido de verde que en ese momento llegaba a la puerta de entrada e intentaba pasar con su coche patrulla. Estaba solo.

—¿Pasa algo? —preguntó tía Birgit, que había seguido la mirada de Kim.

Por un momento Kim pareció turbado y luego desvió la mirada, como si algo no encajara con la expresión de su cara.

—No —dijo—. ¿Por qué?

—Es que miras muy fijamente al policía.

Kim levantó los hombros inquieto y ganó algo de tiempo a base de meterse en la boca un gran pedazo de tarta de queso.

—Etáolo… —farfulló con la boca llena.

—¿Qué?

Kim tragó un poco, hizo todo tipo de esfuerzos para no toser y se bebió de golpe el resto del refresco.

Su tía le lanzó una mirada de protesta al ver que había vaciado el vaso.

—Está solo —dijo el chico, ahora con más claridad—. Yo pensaba que se iba a llevar a ese joven por haber provocado el accidente.

Tía Birgit levantó los hombros.

—Habrán apuntado sus datos —contestó—. Además tampoco ha sido un delito tan grave. A lo mejor han tenido que dejarle en el hospital, porque no tenía muy buen aspecto. —Dejó de hablar y miró de nuevo hacia la puerta—. Por ahí vienen tu madre y Becky.

Kim mordió su último trozo de tarta y quiso levantarse, pero su tía negó con un gesto.

—Come tranquilo. Tenemos tiempo suficiente y ellas ya nos han visto, ¿te das cuenta?

Levantó la mano e hizo un gesto que la madre de Kim devolvió desde el otro lado de la calle. Ella y Becky serpentearon entre los coches que estaban apiñados delante del café. Y al momento ya estaban junto a la mesa.

—¿Qué pasa ahí fuera? —preguntó la madre de Kim mientras sacudía la cabeza—. Da la sensación de que se hubiera interrumpido todo el tráfico.

—Un accidente.

Tía Birgit señaló la grúa pintada de amarillo chillón que en ese momento había colgado de su gancho al coche averiado e intentaba sacarlo de la calle sin arrasar a media docena más de vehículos. Kim observó con un interés casi científico la forma en que el coche avanzaba unos centímetros hacia delante y otros hacia atrás, casi sin moverse del sitio, mientras que los dos policías comenzaban a lanzar a los conductores órdenes enérgicas pero inútiles.

«A lo mejor hay que hormigonar toda la calle, tal y como está, junto con todos los coches que la bloquean», reflexionó Kim. «Cuando el cemento esté seco, se pueden hacer encima nuevos carriles.» Seguro que sería más rápido que intentar imponer orden en todo aquel caos.

Se deshizo de sus tontos pensamientos e intercambió una furtiva mirada con su hermana, que se había sentado en la silla de enfrente y miraba golosa el trozo de tarta que aún le quedaba. Kim dudó un momento y luego le pasó el plato. De todas formas él ya estaba lleno.

—No puedes comerte eso, Becky —dijo tía Birgit mientras le quitaba el plato al chico, al tiempo que le dirigía una severa mirada—. Pediré una ración para ti.

Levantó la mano para hacerle un gesto a la camarera.

—Es mejor que nos vayamos —se opuso la madre.

—¿Y conducir? —Tía Birgit rio en voz baja aunque no se sintiera de especial buen humor—. Hasta que este atasco no se haya disuelto, solo podrás salir del aparcamiento con un tanque. Siéntate y toma un café.

La madre de Kim se lo pensó un instante, pero al echar una mirada por la ventana se dio cuenta de que su hermana tenía razón. Se dejó caer en una silla mientras lanzaba un suspiro y, cuando llegó la camarera, pidió un capuchino para ella y un vaso de zumo de naranja y un trozo de tarta para Rebeca.

—Bueno, ¿cómo te ha ido? —se dirigió Birgit a Becky.

No era un secreto que las visitas regulares al hospital no eran muy del agrado de Rebeca. Y en los últimos meses Becky incluso se había negado rotundamente a ir. Las últimas veces tanto la madre como la tía casi habían tenido que arrastrarla por la fuerza.

Kim no lo entendía del todo; sabía que no iban a hacer daño a su hermana. Los médicos solo querían asegurarse de que había superado bien el estado de coma en el que había estado sumida durante semanas. Había pasado hacía un tiempo, pero los médicos deseaban examinarla por si había secuelas.

—Fantástico —contestó la madre en lugar de Rebeca—. Y es la última vez, por lo menos este año.

No solo Kim se sintió sorprendido por la noticia.

—¿La última vez? —repitió tía Birgit.

—Quieren volver a verla dentro de seis meses —confirmó la madre—. El profesor la ha examinado él mismo esta vez. Han dicho que se sentían muy satisfechos con su estado de salud. No es necesario volver cada pocas semanas. Dos o tres reconocimientos cada seis meses serán suficientes.

—¡Eso es fantástico! —dijo tía Birgit en voz alta—. ¿No te parece, Becky, tesoro?

*Becky-tesoro* la miró disgustada. Kim no sabía bien el motivo. Por un lado, podía ser porque Becky odiaba que la llamaran así. Pero parecía haber algo más. Rebeca nunca había sido locuaz, pero en esta ocasión no había dicho ni una palabra desde que habían entrado en el café, estaba muy callada. Demasiado callada para el gusto de Kim. Como si algo la incomodara. O como si hubiera visto algo que la hubiera asustado...

—Estúpido hospital —dijo por fin—. Lo odio.

Tía Birgit la miró espantada mientras su madre se esforzaba por contener la risa. Al final, incluso la tía se echó a reír.

—Bueno, ya ha pasado —dijo Birgit—. Medio año es mucho tiempo, no te preocupes.

Rebeca le echó otra mirada sombría y dirigió su atención a la tarta que acababa de traer la camarera. Fuera, en la calle, la grúa había conseguido hacerse con la ambulancia accidentada y ahora estaba parada en medio del atasco. Kim vio que una joven que conducía un deportivo descapotable había divisado delante de ella un hueco mínimo en el que aparcar y cómo hacía avanzar y retroceder su coche con suma habilidad hasta que ya no pudo moverse más y golpeó con el parachoques al vehículo de delante, cuyo conductor se bajó presa de un ataque de furia. Kim mordisqueó sin ganas el resto de su tarta de queso mientras observaba que un policía a caballo llegaba desde el extremo opuesto de la calle e intentaba encontrar entre la avalancha de chapa un hueco para que pasara el animal. Aquí, en Düsseldorf, se veían policías a caballo de vez en cuando; a veces era la única manera de pasar por una calle atascada. A pesar de ello, en esa visión había algo que hechizó a Kim. De nuevo tuvo la sensación de que aquella imagen quería decirle algo. Y volvía a no saber qué era.

—Esto puede ser divertido —suspiró tía Birgit—. ¿Cómo vamos a salir de aquí?

—¿Qué ha pasado en realidad? —preguntó otra vez la madre de Kim.

—Nada especial —dijo la tía—. Un joven se ha puesto delante de una ambulancia. El conductor tuvo que dar un volantazo y embistió contra la entrada. Solo se han producido daños de chapa.

—¿Y el joven?

Tía Birgit asintió.

—Sí. Se comportaba de una forma un tanto rara, creo yo. Muy apático, ¿sabes? Como si estuviera entre sueños. Y llevaba puesta una ropa muy rara.

Kim se atragantó con la tarta y comenzó a toser salpicando a su tía y a Rebeca. Rebeca chilló y agarró un trozo de tarta que tenía cerca para tirárselo a Kim mientras tía Birgit retrocedía asustada. El trozo de tarta lanzado por Rebeca no dio a Kim por un pelo y fue a aterrizar en el vestido de una señora gruesa que estaba sentada detrás de ellos y que, horrorizada, dio un salto. Casi tiró la bandeja de la camarera que pasaba en ese momento por delante. La camarera se echó a un lado con un grito y el café de las tazas se derramó. En ese momento Rebeca disparó con el tenedor su segundo proyectil de tarta y esta vez acertó en pleno centro de la cara de su hermano.

En otras circunstancias Kim se hubiera alegrado por el alboroto surgido de repente, pero, en ese momento apenas se dio cuenta. Ni siquiera notó la nata que le goteaba por el carrillo derecho.

¡Iba vestido de forma rara! ¡Eso era lo que había sospechado todo el rato! ¿Por qué no había caído en ello de inmediato, al primer vistazo?

«Porque resulta imposible —dijo una leve voz dentro de su cabeza—. Porque eso es imposible del todo y tú lo sabes bien».

Pero, esa era la voz de su inteligencia. Junto a ella había otra aún más fuerte y que él sabía que tenía razón. La imagen reflejada en el cristal. El joven que tenía aspecto de estar soñando y vestía ropas raras. Y la expresión enfadada de Rebeca y el extraño malestar que él mismo sentía desde que ella había llegado.

Solo había una explicación, aunque era imposible del todo. Era así y, a la vez, no podía serlo. Por nada del mundo.

No cabía más que verlo con sus propios ojos.

Kim saltó con tanta fuerza que volcó su silla y el plato con la tarta se cayó de la mesa.

—¡Kim! —chilló su madre—. ¿Adónde vas? ¡Vuelve!

Pero él ya no escuchaba. Dio un giro y salió del café. Cuando la madre se repuso de la sorpresa y empezó a seguirle, su hijo ya estaba al otro lado de la calle y había desaparecido por la puerta de entrada del hospital.

Por primera vez en ese día, Kim se sentía satisfecho; había estado allí tantas veces que conocía los pasillos del hospital como si fueran los de su casa. No es que hubiera pensado ni un instante lo que había hecho, pero le pareció lo mejor no dirigirse al portero para preguntarle adónde habían llevado al joven. Como no le habría contestado, habría sido tiempo perdido. Un tiempo del que no disponía ya que, si no era su madre, seguro que tía Birgit ya habría empezado a perseguirle, y estaba en muy buena forma.

Por suerte, Kim tenía cierta ventaja de su lado. Entró a la carrera por el arco de la calle, giró hacia la izquierda para esquivar a un asombrado celador del hospital y, con saltos gigantescos por encima del césped recién cortado, se dirigió hacia el bloque de hormigón pintado de blanco en el que se efectuaban los ingresos de urgencias. Cuando habían ido a visitar a Rebeca, él había mirado muchas veces a través de la ventana y observado los procedimientos de admisión. Seguro que habían llevado allí al joven, y no haría mucho tiempo. No habrían pasado más de diez minutos desde que el policía salió por la puerta.

Kim echó un vistazo por encima del hombro y constató con alivio que no había ni rastro de su tía ni de nadie que le siguiera. Solo el celador seguía allí, como fulminado por un rayo, mirando al espigado muchacho rubio que había cometido el sacrilegio de pisar el cuidado césped después de saltar por encima de un cartel que rezaba precisamente: PROHIBIDO PISAR EL CÉSPED.

Antes de llegar a recepción volvió a correr con un ligero trote por el sendero de piedra. Empapado en sudor y jadeando por el esfuerzo, entró en el edificio. Las puertas automáticas controladas por infrarrojos parecieron chirriar cuando se separaron justo delante de Kim; un poco más deprisa y se hubiera estampado de narices contra el cristal. Cuando llegó al vestíbulo se topó con un fuerte olor a desinfectante y hospital. La vista de los brillantes azulejos, las enfermeras, los médicos vestidos de blanco, las frías sillas de plástico y los grabados colgados de las paredes, enmarcados sin gusto, junto a las flores de plástico que dentro de macetas intentaban animar, en vano, la triste atmósfera del hospital, hicieron que los recuerdos se despertaran con violencia en Kim. De repente se sintió pequeño y desvalido. No tenía que haber ido allí. Era una locura, el joven podía ser otra persona distinta de la que él pensaba. Dentro de poco le alcanzaría tía Birgit y lo único que habría conseguido sería una bronca (más la desagradable conversación con su padre que tendría lugar aquella misma noche). Además, aunque el joven estuviera allí, no sabía dónde encontrarle.

Kim se quedó en una puerta para dar a sus pulmones la oportunidad de recuperarse un poco, al menos para que recibieran el aire suficiente que le permitiera hablar. Luego se acercó al mostrador que dominaba toda la parte derecha de la sala. Media docena de enfermeras estaban sentadas detrás de pantallas de ordenador sin darse cuenta de que él estaba allí.

Carraspeó de un modo exagerado y a la tercera vez consiguió que una de las jóvenes le mirara. Al principio se quedó algo desconcertada cuando vio lo mucho que sudaba él y lo agotado que estaba. Luego le sonrió y se puso de pie.

—¿Qué puedo hacer por ti, chico? —preguntó.

«Buena pregunta», pensó Kim. Hubiera podido hacer una buena cantidad de ellas si se le hubiera ocurrido una respuesta que darle a la enfermera. Pero no hizo nada y soltó la primera frase que se le vino a la cabeza:

—Mi hermano —dijo mientras respiraba con dificultad—. Busco a mi hermano. Le acaban de... traer. Es por lo del accidente, quiero decir... —balbució y acabó por callarse mientras la enfermera le miraba interrogante.

—¿Tu hermano? ¿Cómo se llama?

—Thomas —Kim soltó el primer nombre que le vino a la cabeza.

—¿Thomas y qué mas?

Ahora Kim se veía en un aprieto, pero la casualidad vino en su ayuda en forma de una segunda enfermera que examinó el ordenador, le observó con gesto serio y, a través de sus gafas, dirigió una mirada a su compañera.

—¿Ese joven al que por poco atropellan en la puerta? —preguntó.

Kim asintió con fuerza.

—No está aquí.

Antes de que Kim pudiera percibir la gran decepción que le producían las palabras que acababa de pronunciar, añadió:

—Le han llevado a Pediatría.

Se inclinó detrás del ordenador y miró a Kim fijamente. En sus gafas se reflejaba la luz verdosa de la pantalla. Daba la sensación de que por sus ojos desfilaban columnas de números.

—¿A Pediatría? —se cercioró Kim.

—Pero tú no puedes ir allí —dijo ella—. Aunque está muy bien que hayas venido. Tu hermano no ha dicho ni una palabra. No sabíamos ni cómo se llama. Tú podrías...

—Entonces se lo diré los médicos de allí —interrumpió Kim y salió al galope.

—¡Eh! —protestó la enfermera—. Tú no puedes...

Claro que podía. Y lo hizo.

Atravesó el vestíbulo en un par de saltos, corrió en dirección a la puerta de cristal que se abrió a la velocidad de un caracol y siguió vacilante por el sendero. Pediatría estaba en el otro extremo del gran hospital, pero Kim recorrió aquellos dos kilómetros en un tiempo récord. Le faltaba la respiración cuando consiguió llegar al edificio de seis pisos, pero tenía la seguridad de que ese *sprint* final habría dejado atrás tanto a tía Birgit como a otros posibles perseguidores. Aquí todo estaba más silencioso que en la recepción. No había mostrador, sino un cristal con un agujero redondo enmarcado en metal; detrás no había nadie y en el otro extremo de la sala se veían dos ascensores.

Las puertas de uno de ellos se cerraban en ese momento y Kim consiguió ver unas botas de cuero atadas hasta la pantorrilla.

«¡Mierda! ¡He llegado tarde por un segundo!»

Kim se precipitó hacia el segundo ascensor, pero se dio cuenta de que eso no le serviría de nada. Rápido como el rayo dio un giro a la derecha, corrió escaleras arriba y comenzó a subir los escalones de dos en dos y hasta de tres en tres. Una vez que llegó al primer piso vio que se apagaba la luz que había sobre la puerta del ascensor, se dio la vuelta y continuó con el siguiente tramo de escaleras. Luego el siguiente. Y el otro. Y también el cuarto.

No eran malas sus perspectivas de ser el paciente más joven que llegaba por su propio pie a una habitación del hospital después de haber sufrido un ataque al corazón, pero al llegar al quinto piso vio que se abrían las puertas del ascensor.

Kim se mareó a causa del cansancio. Notó que por su estómago subía una intensa sensación de malestar mientras, bañado en sudor y jadeante, se agachaba al lado de la puerta que accedía desde la escalera al pasillo. En ese momento salió del ascensor el extraño joven; le acompañaba un celador del hospital. Se dirigieron hacia la derecha y marcharon deprisa en dirección contraria a la de Kim, así que, por suerte, el celador no le vio. Tampoco el joven pudo verle, pero Kim le echó una fugaz mirada a la cara. Todavía tenía aquel aspecto vacío e inexpresivo, igual que abajo, en la entrada. El extraño era... ¿cómo había dicho tía Birgit? Es cierto que iba vestido de una forma rara: sus pies estaban embutidos en unas estrechas botas acordonadas de un cuero blando y resistente; era el mismo material del que estaban hechos los pantalones y la amplia camisa que llevaba por encima, pero algo más fino. Un cinturón ancho con una hebilla de latón dorado mantenía unidas ambas prendas y sobre los hombros llevaba una capa cortada en diagonal cuyo extremo más largo no le llegaba al cinturón; también era de cuero, pero en este caso del color del vino tinto. Kim se quedó paralizado, como alcanzado por el rayo, mientras que el joven y su cuidador caminaban despacio y acababan desapareciendo en una habitación al final del pasillo.

«¡Imposible!», pensó una y otra vez. Le dolían el corazón y los pulmones y temblaba con violencia, como si sintiera escalofríos. Los pensamientos de Kim daban vueltas a toda velocidad mientras intentaba buscar una explicación a lo inexplicable. Detrás de él se cerró una puerta. Kim se asustó y con un rápido movimiento se dirigió a las escaleras. Conteniendo la respiración se apoyó en la pared junto a la puerta y escuchó unos pasos que se acercaban rápidos; para alivio suyo pasaron de largo sin parar hasta que se extinguieron. Su corazón latía aún con gran violencia, más a causa de la excitación que del cansancio.

Durante un buen rato estuvo allí al acecho hasta que volvieron a oírse pasos desde el otro extremo del pasillo; no era el enérgico golpeteo de antes, sino unos pasos casi inaudibles, como de pies calzados con las zapatillas que suelen llevar los celadores y las enfermeras. Kim se armó de valor y salió. El hombre que acompañaba al joven avanzaba hacia él. Estaba solo, pero llevaba en la mano derecha algo que, al cabo de un momento, Kim pudo identificar como una estrecha vaina de cuero. En ella había dos pasadores con los que, al parecer, se podía sujetar un cinturón. Además asomaba la empuñadura, también de cuero, de un estrecho puñal.

El hombre se quedó parado y miró interrogante a Kim.

—¿Qué haces tú aquí? —preguntó con voz nada amistosa—. Ya ha pasado la hora de las visitas.

—Ya lo sé —contestó Kim, sorprendiéndose a sí mismo por el frío tono que había adquirido su voz—. Solo quiero ir con mis padres. Están con mi hermano. Le han operado esta mañana.

De los ojos del celador desapareció la desconfianza.

—¿En qué habitación está? —preguntó.

—En la 609 —contestó Kim.

—Entonces tienes que subir un piso más arriba —contestó el hombre—. Estamos en el quinto —dijo señalando el ascensor—. Yo voy hacia arriba, puedes venir conmigo.

Kim sacudió la cabeza.

—Mejor no —contestó—. No me gustan los ascensores. Una vez me quedé encerrado en uno. Además, subo más rápido a pie. Muchas gracias.

Se volvió, se dirigió por segunda vez a la escalera y, tras un último titubeo, comenzó a subir. Ya había dejado atrás el primer tramo cuando por debajo de él se abrió la puerta de la escalera. Parecía que no había conseguido despejar del todo la desconfianza del celador.

Kim se quedó parado y aguzó el oído. Pasaron un par de segundos, luego la puerta se cerró de nuevo y tras un instante Kim oyó el zumbido del ascensor que indicaba que se había puesto en marcha. Se dio la vuelta y bajó de nuevo las escaleras.

En el último momento, al llegar a la puerta de la habitación en la que debía de estar el joven, intentó mantener a raya a la voz interna de su razón: lo que estaba haciendo era una locura. Posiblemente el joven no estuviera solo en la habitación y, aunque fuera así, no pasaría mucho tiempo hasta que alguien fuera a verle. Pero Kim ignoró los sordos golpes que sentía detrás de su frente y, de la misma forma en que lo había hecho antes, luchó contra su miedo y giró silencioso el picaporte de la puerta.

La habitación estaba oscura y silenciosa. Las cortinas estaban echadas, de modo que Kim solo pudo reconocer la figura del joven como un contorno oscuro contra el blanco de la ropa de la cama. Por suerte, parecía estar solo.

Cuando Kim se acercó a la cama, comprobó que el celador le había quitado la ropa y le había puesto un camisón blanco. Sus prendas estaban perfectamente dobladas sobre un taburete al otro lado de la cama y el contenido de los bolsillos estaba colocado sobre la mesilla de noche metálica; al parecer el celador había buscado papeles o documentación. Pero si era de verdad quien Kim pensaba que era, ya podía buscar todo lo que quisiera. En el lugar del que provenía no existía documentación.

Kim se inclinó en silencio sobre la cama y miró la cara del extraño. Cuando entró en la habitación le había parecido que el joven dormía, pues estaba inmóvil y no había reaccionado ante su presencia. Pero no era cierto. Tenía los ojos muy abiertos y miraba al techo.

—Hola —susurró Kim.

No hubo reacción. En la cara del joven no se movió ni un músculo y su mirada permaneció vacía. Incluso al inclinarse sobre la cama y acercarle la cara le pareció que aquellos ojos oscuros miraban a través de su visitante. Kim estaba seguro de que el chico no le veía, de la misma forma que no había visto la ambulancia que casi le atropelló ni a los hombres que le habían traído aquí.

A pesar de eso, intentó de nuevo hablar con él.

—¿Me oyes? —preguntó. No hubo respuesta. Kim se mordió el labio inferior y echó una precipitada mirada a la puerta, luego continuó—: Sé quién eres. Puedes confiar en mí. Todo esto debe resultarte espeluznante, pero tú... no tienes que hacer como si estuvieras dormido. Sé de dónde procedes. ¿Te envía Temístocles? ¿O el príncipe Priwinn?

El sonido de aquellos dos nombres familiares hizo como si algo relampagueara en la mirada del joven, aunque después se apagó de nuevo. Kim no hubiera podido jurar si lo había notado de verdad o solo había visto lo que deseaba ver. Parecía que estaba consciente, pero no percibía lo que ocurría a su alrededor.

Kim se irguió y se alejó decepcionado de la cama para dirigirse hacia la puerta. Se detuvo y miró los objetos que había sobre la mesilla de noche y en el taburete. Se acercó a ellos a toda prisa y buscó en los bolsillos.

No encontró nada que pudiera ayudarle; no había más que una cuerda enrollada con un anzuelo, dos piedras de pedernal algo desgastadas y una minúscula flauta con tres agujeros, no mucho más larga que uno de sus dedos. Kim se preguntó qué tipo de música se podría tocar con ese instrumento. La boquilla estaba hecha como a la medida de un enano. Quizá fuera así.

Kim balanceó indeciso la flauta en la mano, luego cerró el puño y volvió a dejar la ropa sobre el taburete. A pesar de todo lo que había visto y encontrado, podía ser una casualidad, una casualidad muy, muy improbable, pero podía ser. Lo que Kim necesitaba era una señal.

Y la encontró justo al dejar la ropa del joven. La camisa, los pantalones y las botas estaban hechos de una piel tan fina que apenas se podía desgarrar, tal y como él recordaba. La hebilla del cinturón era de un metal resplandeciente. Cuando la tuvo en su mano y vio el motivo que aparecía grabado en el metal finamente trabajado, le pareció como si de golpe le hubieran echado un cubo de agua helada por la nuca: en la hebilla se veía la cabeza de un caballo que se extendía a lo largo del dibujo en forma de media luna. Al observarla con más detenimiento descubrió una sinuosa «C» entrelazada en el dibujo. Kim observó la hebilla durante un minuto y quedó perplejo. Entonces se abrió la puerta de la habitación y entró una gran cantidad de personal del hospital detrás del celador con el que se había encontrado en el ascensor y de la enfermera de gafas de la entrada.

—¿Qué haces aquí? —gritó ella furiosa.

Una mano le agarró por un hombro y otra, violentamente, le quitó de las manos la camisa del joven; otra tiró de los pantalones y los lanzó sobre el taburete. Alguien comenzó a sacudirle por el hombro y las voces eran cada vez más altas:

—¿Quién eres tú y qué quieres?

Kim estaba muy callado. No opuso ninguna resistencia cuando le asieron del brazo y le sacaron bruscamente de la habitación; miró hasta el último momento la hebilla del joven;

en la suave claridad de la habitación parecía brillar como si tuviera fuego en su interior y en el emblema que mostraba.

El diseño no era solo una bella imagen, era un escudo de armas.

Y él ya había visto muchas veces ese escudo. Era el blasón de Caivallon, la patria de los orgullosos caballeros de las estepas de Luna de Leyenda.

## II

La verdad era que Kim no estaba seguro de si había sido una suerte que, esa noche, su padre hubiera llegado bastante tarde a casa. De esa forma aún le quedaba un pequeño plazo de gracia hasta la esperada bronca, pero ese intervalo no le resultaba demasiado agradable.

Ya apenas se acordaba de lo que había pasado después en el hospital. El celador le había sacado con brusquedad de la habitación para llevarle, con muy malas maneras, al despacho del médico jefe, y lo único que recordaba de verdad era a su madre, que había llegado jadeante desde algún sitio y escuchaba unas enérgicas palabras acerca de tener controlado a su hijo; de todas formas bastó con una mirada, que el chico conocía muy bien, para hacerle ver la promesa de un castigo. Pero ni eso afectó casi a Kim. Sus pensamientos daban vueltas en torno a la hebilla del cinturón del joven sin nombre y lo que aquello significaba.

Si lo demás podía haber sido una casualidad, esto no lo era. No había duda alguna de que el desconocido era un caballero de las estepas de Caivallon, la gran llanura herbosa en el corazón de Luna de Leyenda, un país que, de acuerdo con los conceptos de la mayoría de los hombres que Kim conocía, no existía y cuyos habitantes no podían vivir en este mundo.

Más tarde, cuando Kim estaba más tranquilo y volvió a encontrarse consigo mismo, se acordó de que el gran revuelo había conseguido llamar la atención del médico jefe y eso había sido una suerte. El profesor Halserburg conocía muy bien a la familia Larssen porque trataba a Rebeca desde hacía mucho tiempo. Y gracias a su intervención, y a que la madre de Kim tenía un pico de oro, se había conseguido al fin que la administración del hospital no llamara a la policía.

Kim no entendía tanta agitación. ¿Qué pecado había cometido al entrar en una habitación, en la que en realidad no buscaba nada, para mirar las ropas de un joven?

Pero los empleados del hospital parecían verlo de otra forma. En sus caras se reflejó la indignación hasta que la madre de Kim consiguió por fin tranquilizar al profesor y convencerle para que los dejara marchar. Sobre todo la enfermera de las gafas, la que le había informado en la recepción, miraba al chico con auténtica furia.

Al menos se había resuelto uno de los problemas cuando abandonaron la zona de la Clínica Universitaria: el atasco de coches había remitido. En la acera había un descapotable rojo con el capó arrugado y un poco más allá un coche de la policía tenía los pilotos azules encendidos pero no emitía ningún sonido con la sirena. Aquí y allá todavía quedaban pequeños grupos de peatones que discutían; algunos parecían muy excitados. Kim solo entendió palabras sueltas. Pero con lo poco que captó supo que debía de haber ocurrido algo más mientras él había estado en el hospital.

Tampoco eso le interesaba ni lo más mínimo. Acaparaba su atención la forma en que tía Birgit había descrito al joven: estaba como en un sueño. Los pensamientos de Kim daban vueltas a toda velocidad y se hacía una y otra vez la misma pregunta: ¿qué estaba pasando en Luna de Leyenda? ¿Qué había ocurrido para que viera a Temístocles reflejado en un cristal y apareciera un caballero de las estepas de Caivallon?

Mientras la tía conducía el coche por los atascados puentes sobre el Rin, la madre de Kim intentó iniciar una conversación pues, como era lógico, quería saber, por encima de todo, lo que le había ocurrido. ¿Qué significaba ese extraño comportamiento? Y además..., y..., y...

Kim no contestó a ninguna de sus preguntas. ¿Qué podía decir? ¿Que había visto a un mago y a un joven de un mundo que solo existía en sus sueños y en el que él había volado a lomos de un dragón y participado en violentas batallas? Ridículo. Si contaba eso llegaría al hospital antes de lo que pensaba, pero sería para que le encerraran en la sección de psiquiatría.

Kim miró un par de veces la cara de Rebeca mientras intentaba hacer creer que, de repente, había sufrido una grave sordera y no podía escuchar las palabras de su madre. Pero Rebeca evitaba su mirada. De todas las personas de la Tierra, ella era la única con la que podía hablar de lo ocurrido porque habían estado juntos en Luna de Leyenda. Pero Becky aún era muy pequeña y, a pesar de su aventura juntos, el comportamiento entre ellos era el de siempre, como si fueran el perro y el gato. Aparte de eso y aunque pudiera hablar con Rebeca de Temístocles y el joven caballero de las estepas, habría sido improbable hacerlo en el coche bajo la atenta mirada, ¡y sobre todo los atentos oídos!, de su madre y su tía. Tenía que esperar a estar en casa para que no les molestara nadie.

Llegaron bastante pronto, pero no pudieron estar tranquilos.

Kim fue el primero en bajarse del coche, casi al tiempo que tía Birgit aparcaba delante de la entrada. Cerró deprisa la puerta y pretendió subir a su habitación. Pero su madre le lanzó un agudo grito y señaló en dirección a la gran mesa de comedor: el lugar en el que por tradición se hablaba de los problemas de la familia Larssen, se aclaraban todos los conflictos y, en caso necesario, se dictaban las sentencias de los juicios. Kim estaba seguro de que en esta ocasión sería un juicio...

Pero no dijo nada y, sin quejarse y con la cara petrificada, se dejó caer en la silla. Se quedó sentado y aguantó el chaparrón. Al principio intentó dar una excusa por su comportamiento, pero luego desistió de su empeño. Lo que hubiera podido decir sonaría igual de ridículo que la pura verdad. Pero el juicio sumarísimo se iba a hacer esperar un rato. La madre llevó a Rebeca arriba, a su habitación, mientras tía Birgit trasteaba en la cocina y preparaba café. De vez en cuando murmuraba algo y le echaba miradas sombrías a su sobrino. Él estaba allí sentado como un pobre pecador en el banquillo de los acusados y jugaba nervioso con sus dedos. Por fin regresó la madre y se sentó. Tía Birgit trajo una bandeja con dos tazas de café, un azucarero y un vaso de leche caliente con miel (¡puaj!). A pesar de que se le revolvió el estómago solo con mirarlo, Kim se hizo con el vaso de leche y dio un trago enorme; no porque tuviera sed, sino para evitar problemas con su tía, que era una fanática de la salud: un fallo lo tiene cualquiera.

—¿Y bien? —comenzó a decir la madre.

—¿Bien qué? —Kim se hizo el tonto, lo que no le resultaba muy complicado, al menos si se daba crédito a lo que decía su hermana.

La expresión de su madre se ensombreció.

—Sabes muy bien a qué me refiero —respondió ella—. ¿Qué ha pasado? ¿Por qué te has colado en esa habitación?

—Yo no me he colado —se defendió Kim—. Yo...

—Está bien —interrumpió su madre—. La mujer de la administración del hospital ha utilizado esa palabra.

Kim miró perplejo a su madre. ¿La enfermera de las gafas? Él no se había dado cuenta de que hubiera utilizado una expresión tan fuerte. Lo cierto era que no se había apercibido porque sus pensamientos estaban en otro lado. Mejor dicho, en otro mundo.

—No queremos pensar mal de ti —siguió su madre—. Más bien al contrario, pues te conozco bien y sé que no haces nada sin motivo. Además, ya no eres un niño, sino casi un adulto.

—Y lo que nos interesa, por cierto, es ese motivo —añadió la tía y, luego, dio un sorbo a su café—. Si tu madre no conociera bien al profesor habrías tenido un montón de disgustos, ¿te queda claro?

Kim asintió mientras intentaba contener una risa histérica. ¿Un montón de disgustos? Su tía era digna de compasión porque no tenía ni idea de la cantidad de disgustos que él había tenido.

—¿Qué querías de ese joven? —continuó su madre con el interrogatorio—. El celador que te sorprendió afirma que intentabas robarle las cosas.

—Idioteces —replicó Kim.

Su madre asintió.

—Eso es lo que yo le dije. Y, por suerte, el profesor me creyó, porque si no lo hubiera hecho ahora estaríamos en la comisaría. A pesar de eso el celador asegura que, cuando él entró en la habitación, tú tenías sus cosas en la mano. ¿Es cierto?

Kim asintió de mala gana. Además del celador, otra media docena de personas le habían sorprendido con el cinturón en la mano. No tenía sentido negarlo.

—¿Y por qué?

—Quería... verlo —dijo Kim evasivo.

—Sí, pero ¿por qué?

—Yo... no lo sé —murmuró Kim—. Era muy raro. Y yo pensaba... Creía que le conocía.

Entre las cejas de tía Birgit se marcó un profundo surco de duda y su madre también le miró curiosa.

—¿De qué?

—No lo sé —contestó Kim—. Me confundí. Pensaba que le conocía.

—¿Y te acordaste a los diez minutos de haberle visto? —preguntó la tía—. ¿Tan de repente que saltaste como si te acosaran perros? —Agitó la cabeza incrédula.

No, esa excusa que se le había ocurrido a Kim no iba a convencer a nadie.

—¿Entonces? —dijo la madre en un nuevo intento.

Esta vez Kim se calló y tras un instante pareció que la madre comprendía que, al menos por ahora, no podía seguir; dio un gran suspiro, sacudió la cabeza, bebió un sorbo de su café y dijo con un adecuado gesto de la mano:

—Bueno, lo dejaremos por un rato, pues todos estamos muy nerviosos. Vete a tu habitación y espera allí. A lo mejor le cuentas más cosas a tu padre.

Tan rápido como pudo, pero sin llegar a correr, Kim subió las escaleras, cerró la puerta tras de sí y se apoyó en ella con los ojos cerrados. El corazón comenzó de nuevo a darle martillazos. Era como si ahora que ya estaba solo notara auténtico miedo. En lugar de tranquilizarse, las manos empezaron a temblarle de nuevo y otra vez vio ante sí la pálida cara del joven y la hebilla dorada del escudo de Caivallon. Además, el celador tenía un puñal en la mano al salir de la habitación del paciente. Sin duda era el arma del joven. El puñal, la espada y el arco eran las armas tradicionales de los caballeros de las estepas en Luna de Leyenda.

«¡Pero eso es imposible!», se dijo Kim una vez más, en un intento de escuchar a su sentido común. «Si él está aquí, eso significa que... ha pasado algo inimaginable.»

Luego recordó de nuevo la cara reflejada en el cristal.

Ahora tuvo claro que no había sido producto de su imaginación. El hombre que había visto era Temístocles, el mago de Luna de Leyenda. Su cara no era bondadosa, llena de sabiduría y afabilidad, sino más bien una máscara de la desesperación, el semblante de una persona que ha visto algo peor que la muerte. Algo terrible.

Kim sintió una presión contra su pierna derecha. Arrugó el ceño, se metió la mano en el bolsillo y abrió unos ojos como platos cuando vio lo que tenía en él.

Era una pieza de madera, pequeña y tubular, con tres agujeros apenas mayores que los pinchazos de una aguja: la flauta que había encontrado entre los objetos personales del desconocido. Él no recordaba habérsela guardado; lo más probable era que la hubiera hecho desaparecer en su bolsillo de un modo instintivo cuando entró el celador.

Le recorrió un estremecimiento frío. ¡Ni pensar en lo que hubiera ocurrido si el hombre que le cacheó hubiera encontrado la flauta! ¡Nadie habría creído que no había ido a la habitación para robar algo! Sintiéndose culpable, el chico volvió a guardarse la flauta en el bolsillo, cerró la puerta con llave, se dirigió a la cama y se tumbó con las manos detrás de la nuca.

Sin que pudiera evitarlo, sus pensamientos regresaron de nuevo al País de los Sueños...

Luna de Leyenda...

De eso hacía ya mucho tiempo, aunque en ocasiones le daba la sensación de que había ocurrido ayer. Se había conformado con no poder volver al reino de la fantasía, pero estaba claro que siempre quedaba una mínima e improbable esperanza de volver a encontrar el camino que le llevara allí, y eran muchas las ocasiones en que había soñado con eso a pesar de saber que era imposible.

Ahora parecía que había un camino, no especialmente para que él fuera hasta allí, sino a la inversa, para que sus habitantes pudieran llegar a este mundo. Por algún motivo, el joven caballero de las estepas había dado un paso en el mundo de los humanos, aunque parecía que había pagado un precio muy elevado. Y por un motivo análogo, que Kim ansiaba conocer, pues sabía que debía de ser terrible, Temístocles había intentado entrar en contacto con él.

¿Por qué? ¿Para advertirle?

¿O... para pedirle ayuda?

Temístocles ya había estado aquí una vez para pedir ayuda a Kim, aunque luego había quedado claro que más bien fueron los habitantes de Luna de Leyenda los que ayudaron a Kim, y no a la inversa. Por aquel entonces tampoco a Temístocles le había resultado sencillo llamar a Kim, pero lo había conseguido gracias a sus artes mágicas y le había mostrado el camino a través de las Montañas de las Sombras donde él...

Aquel pensamiento electrizó a Kim.

Saltó de la cama con un brinco y atravesó la habitación. Sus rodillas temblaban de excitación cuando llegó a la pequeña estantería en la que tenía sus libros fantásticos y de ciencia ficción, además de sus maquetas. Alineados a la perfección delante de los gastados libros de bolsillo estaba la maqueta de un platillo volante (la había fabricado con dos platitos de café que su madre aún buscaba), un dragón de estaño dorado de unos quince centímetros de longitud, dos blindados volantes *Perry Rhodan* y un caza Víbora. Las manos de Kim temblaban tanto que cuando sacó el Víbora de su envoltura de plástico casi se le cayó la maqueta al suelo.

El modelo, de treinta centímetros de largo y con picudas alas, era mucho más que un juguete. El Víbora era una nave con la que, en sus fantasías, había luchado contra los *cylones* y contra *Maahk* y *Cantaro*[1]; con ese caza había explorado en sueños las profundidades de las galaxias y había llevado a cabo temerarias tareas de rescate en la superficie de planetas infernales azotados por terribles tormentas.

Y también era la nave que le había llevado a Luna de Leyenda.

Kim permaneció mucho tiempo observando la maqueta de la nave espacial. Y mientras lo hacía tomó una decisión. Sabía que era una locura casi inútil, pero no tenía otra elección. Él sabía que Temístocles, y quizá toda Luna de Leyenda, estaban en peligro y necesitaban ayuda. Quizá Kim fuera la única persona en este mundo que podía prestarles la ayuda que necesitaban. Comprobó de nuevo que la puerta estaba cerrada, se llevó la maqueta a la cama y se sentó tapándose las piernas con la manta. Sus ojos se entornaron y, poco a poco, aparecieron unas gotas de sudor en su frente mientras sus pensamientos se concentraban en un deseo: sentarse otra vez en la cabina del Víbora y emprender rumbo a Luna de Leyenda. Podía hacerlo. Lo había conseguido una vez y, si lo deseaba de verdad, podía hacerlo de nuevo.

Y mientras estaba allí sentado, la habitación pareció oscurecerse. Kim no se dio cuenta; era como si el mundo se redujera a una ínfima mancha clara situada en el centro de un impresionante mar de oscuridad en el que solo estaban él y su Víbora y, finalmente, solo el Víbora. Y luego fue como si, muy despacio, la nave comenzara a crecer...

Cuando despertó todo era oscuridad a su alrededor. Solo un oculto resplandor verdoso emitía algo de claridad. Estaba suspendido en el aire, como sujeto por un sombrío hechizo, y

---

[1] Son referencias a la serie infantil de ciencia ficción *Perry Rhodan,* escrita por Clark Darlton, famosa desde los años sesenta del siglo XX y que se ha dado a conocer en forma de cómics, libros, videojuegos, etc. (N. de la T.)

notaba cómo se modificaban los contornos de los objetos de una forma difícil de describir con palabras. Algo se le clavó dolorosamente a través de la camisa hundiéndose en su pecho. Le dolían tanto el cuello y los hombros que en un primer momento no osó moverse.

¡Lo había conseguido! Ese fue su primer pensamiento. ¡Estaba de nuevo allí! Era idéntico a lo que pasó la otra vez, pero ahora no podía acordarse del vuelo; parecía que todo era igual que entonces, cuando se había estrellado con el Víbora en esa intransitable parte del país, pues el blando suelo que notaba bajo él debía de ser el fango del otro lado de las Montañas de las Sombras. Y además era la misma oscuridad que siempre reinaba en esos tenebrosos bosques, interrumpida solo por las luces azules y verdes procedentes de los gases de las gélidas ciénagas. Lo que se había incrustado de forma tan dolorosa en su pecho eran, sin duda, los mandos del Víbora que, una vez más, le había llevado allí hasta que su tecnología dejó de funcionar... Y eso en un país en el que la tecnología no funcionaba, igual que no lo hace la magia en el mundo habitual.

Se mordió los labios y aguantó el dolor que sentía en la nuca y los hombros, luego se levantó, entornó todo lo que pudo los ojos y miró a su alrededor preparado para ver en cualquier momento cómo de la oscuridad emergía la gigantesca figura de un caballero negro. Esta vez estaba preparado. No iba a caer de nuevo en las trampas del barón Kart o en las mentiras de Boraas.

Pero de la oscuridad no salió nadie, ni un jinete negro ni el terrible Boraas, por lo que, por el momento, no tuvo otra cosa que hacer que permanecer allí sentado y ofrecer una indescriptible imagen de estupidez.

Los contornos de los árboles de su alrededor no eran otra cosa que sus muebles y la oscuridad del bosque sombrío era, ni más ni menos, la de su habitación. En lugar de hallarse sobre un suelo fangoso, Kim estaba tumbado en su cama y le dolía el cuello porque se había quedado dormido en una postura imposible. Tal y como mostraba la oscuridad que entraba por la ventana, debía de llevar echado allí mucho rato. Y en cuanto a la inquietante luz mágica, era la emitida por la pantalla de su ordenador, que estaba encendido y mostraba los habituales rótulos verdes. Solo una cosa era cierta: las punzadas de su pecho sí las provocaba el Víbora. Mientras dormía se había inclinado hacia delante y había destrozado la maqueta con el peso de su cuerpo.

Durante un buen rato Kim se quedó sentado mirando lo que quedaba de la maqueta: un montón de puntiagudas piezas de plástico en las que empezaba a levantarse la pintura. La maqueta no estaba rota, sino destrozada del todo, como si un gigante la hubiera aplastado y pisoteado con intención de que no quedara nada de ella. Los ojos de Kim se llenaron de lágrimas. El Víbora le había llevado a un mundo extraño y su pérdida le dolía como si fuera la de un buen amigo. Tembloroso, tomó los dos trozos mayores e intentó recomponerlos con ayuda de la luz que desprendía la pantalla del ordenador; estaba claro que le resultaba imposible. Juntó los dos o tres trozos mayores, la maqueta era un amasijo de innumerables fragmentos diminutos que se habían retorcido y se ocultaban los unos a los otros. Aunque Kim hubiera estado capacitado, y no era ese el caso, habría necesitado semanas o incluso meses para poder hacer algo a partir de aquel caos y conseguir que el resultado se pareciera al modelo inicial del Víbora. Al cabo de un rato se puso en pie, alzó la nariz y se pasó el brazo por la cara para limpiarse las lágrimas. Retiró con cuidado los trozos de plástico y los llevó a la papelera, pero luego retrocedió. No iba a limitarse a tirar la nave a la basura. En lugar de eso, colocó con cuidado sobre su escritorio los restos de la maqueta y regresó a la cama para retirar lo que había quedado allí.

Fue complicado, puesto que la habitación estaba casi a oscuras y el reflejo del monitor daba, como mucho, para reconocer contornos y siluetas. Por ello, se dirigió de nuevo a la puerta, extendió la mano hacia el interruptor y titubeó de nuevo.

Su mirada pasó por encima del escritorio y se quedó parada de nuevo en el monitor de su ordenador Commodore. Era raro, no recordaba haberlo encendido. Sí, estaba seguro de que no lo había hecho. Era extraño. Muy extraño. Y algo inquietante. Kim estuvo pensando durante un momento, pero luego se deshizo de todo lo que le vino a la cabeza. Daban igual las volteretas que parecía querer dar hoy la realidad, seguro que el comportamiento de su ordenador no tenía nada que ver con Luna de Leyenda ni con el mago Temístocles. En el País de los Sueños ni siquiera funcionaba un mechero, menos un ordenador. Miró unos segundos las luminosas letras verdes de la pantalla. ¿A qué le recordaba aquella imagen? Luego se encogió de hombros, apagó el equipo y encendió la luz. La claridad blanca y sin sombras de la luz de neón acabó con el sordo temor que había anidado en el alma de Kim. Miró el reloj, eran más de las siete de la tarde. Haría ya mucho rato que su padre habría vuelto del trabajo y Kim se extrañó de que no hubiera llamado a su puerta como preludio a la tormenta que desataría cuando se enterara de la que había montado su hijo en el hospital.

Pensativo, el chico apagó de nuevo la luz, abrió la puerta y salió al pasillo.

La casa estaba muy silenciosa. Escuchó a sus padres que hablaban en voz baja; charlaban en el salón y sus voces se mezclaban con los murmullos de la televisión. Así que su padre estaba en casa.

Muy dentro de sí, Kim se armó de valor para la discusión que iba a tener lugar. Respiró con profundidad y decisión, pero en el descansillo, justo antes de dar el primer paso, se dio la vuelta.

En lugar de bajar al salón enfiló el pasillo hasta llegar delante de la habitación de Rebeca. Quizá pudiera hablar con ella sin que les molestaran.

Aguzó el oído. De la habitación no salía ni el más mínimo ruido, pero eso no significaba nada; desde que los niños tenían sus propios radios y casetes, el padre había decidido colocar puertas insonorizadas para garantizar la tranquilidad de la familia.

Kim llamó a la puerta.

No hubo respuesta.

Llamó varias veces algo más fuerte mientras, con la respiración contenida, trataba de escuchar si en el piso de abajo sus padres se habían alarmado con el ruido que hacía; no recibió respuesta y, con cuidado, bajó el picaporte.

La puerta no estaba cerrada, pero Rebeca tampoco estaba allí. En la cama solo estaba sentado Kelhim, el destrozado y tuerto oso de peluche. Era raro, porque Rebeca no daba ni un paso sin llevar consigo a su osito; sí, incluso se lo llevaba a la bañera. Como ocurría en la habitación de Kim, allí todo estaba a oscuras. En lugar de una pantalla de ordenador, la única luz provenía de un gran terrario colocado sobre un armario bajo junto a la ventana; la luz blanca azulada daba a las cosas un aspecto irreal, lo mismo que pasaba en la habitación de Kim con la luz del ordenador.

Kim, decepcionado, se quedó un momento en la puerta y luego se dirigió al terrario. Rebeca lo había recibido ese mismo año como regalo de Navidad y albergaba a dos huéspedes de sangre fría, dos iguanas enanas verdes y rojas del tamaño de una mano; él se había decidido por el ordenador. Rebeca no desaprovechaba ninguna oportunidad para decir lo tonto que era su ordenador y Kim, por su parte, aseguraba que sus dos mini lagartos eran muy sosos.

Pero ahora quedó fascinado por algo. Era como si el recipiente de cristal, lleno de aquella fría luz azulada, llamara de repente su atención de una forma mágica.

Se acercó un poco más y se puso en cuclillas. Una de las dos, no sabía si era Rosi o Rosa y nunca había entendido cómo las podía diferenciar Rebeca, pues eran iguales, se había escondido debajo de un trozo de corcho y solo se le veía la punta de la cola. El otro animal había trepado un poco por un pequeño árbol de plástico que llenaba la parte derecha del terrario.

Kim parpadeó desconcertado. El animal estaba en una postura rara. Una parte de él estaba sobre el árbol, la otra estaba enrollada alrededor del tronco y se sujetaba a la superficie de plástico con sus diminutas garras. Era como una serpiente enrollada alrededor de una vara, tenía la boca abierta y parecía mirar al chico con sus ojos refulgentes. Kim dudaba de que el bicho supiera lo que veía al otro lado del cristal; si es que en realidad veía algo. A pesar de eso se quedó petrificado por la visión. Se levantó a toda velocidad, abandonó la habitación y se dirigió al piso de abajo.

Sus padres estaban sentados en el salón y hablaban, pero dejaron de hacerlo cuando entró Kim. Su padre le miró largo rato con una expresión indefinida, luego hizo un movimiento de cabeza en dirección a un hueco libre en el sofá y el chico, obediente, se sentó.

Su mirada se dirigió a la televisión. El sonido estaba casi quitado del todo y en la gran pantalla centelleaban las imágenes de una película de ciencia ficción: poderosas naves espaciales recorrían en vuelo rasante la superficie de un planeta arrasado, en el que hombres, mujeres y niños masacrados se desesperaban bajo el ataque de un gigantesco ejército de robots. La película no estaba muy bien hecha y los efectos especiales eran pobres. Kim tenía buena vista para eso. A pesar de todo se quedó mirándola. Las historias fantásticas y de ciencia ficción eran su gran pasión. Sabía muy bien cuándo iban a emitir una de esas pelis. Su costumbre de ser el primero en mirar la guía de programas de la televisión le había ocasionado muchos problemas con sus padres, sobre todo porque la mayoría de las veces se olvidaba de devolverla o cuando lo hacía ya había recortado todo lo que le interesaba.

Su padre carraspeó de forma exagerada y Kim se sobresaltó sintiéndose culpable. Desvió la mirada del televisor, aunque no del todo, porque con el rabillo del ojo siguió la acción, que no estaba muy bien pensada, aunque de alguna forma parecía entretenida.

—Te estaría muy agradecido, querido hijo mío, si me prestaras tan solo un poquito de atención —comenzó a decir el padre.

Kim suspiró interiormente. Cuando su padre hablaba con ese tono, la cosa era seria, así que hizo como si no le interesara en absoluto lo que pasaba en la película de la televisión.

—¿Sí? —dijo con timidez.

La expresión que reflejaba la cara del padre pasó desde el grado de tormenta al de huracán.

—No te hagas el tonto, chaval —dijo con severidad—, tú sabes muy bien lo que quiero saber. Te llamé hace una hora pero tu madre no quiso que te despertara.

Hizo una pausa para que sus palabras causaran el máximo efecto, mientras Kim con una mirada que era furtiva y quiso que pareciera discreta, echaba un vistazo a la televisión. En la pantalla se veía ahora la figura de un robot. Estaba hecho de forma tan primitiva que se le ocurrió que él mismo lo hubiera podido hacer mejor. La cara no era la de una máquina, parecía una máscara destinada a dar miedo, como las que llevan los porteros de hockey sobre hielo. Solo tenía un detalle bueno: detrás de la estrecha hendidura del tercio superior de la máscara no había ojos, sino unos rótulos luminosos de color verde. La mirada era tan inquietante que, sin saber el motivo, Kim volvió a tener la sensación de que esa imagen le recordaba algo. Algo muy desagradable.

—Bueno, ¿qué ha pasado esta tarde? —preguntó el padre cuando, ante el silencio de Kim, se dio cuenta de que no habría una respuesta.

—No lo sé —afirmó el chico—. Tuve la sensación de que conocía a aquel joven. Yo... Tuve que ir, ¿lo entiendes?

—No —contestó el padre—. No lo entiendo. ¿Por qué tenías que ir allí, como un loco y sin decirle nada a tu madre?

—Bueno, yo...

El sonido del timbre de la puerta le salvó de tener que seguir inventándose historias que, seguramente, habrían enfadado aún más a su padre. Los mayores intercambiaron una mirada de sorpresa que dejaba muy claro que no esperaban a nadie. Luego el padre se encogió de hombros, se levantó y abandonó la habitación con paso rápido.

Kim le siguió con la mirada y aprovechó la oportunidad para volver a echar un vistazo a la televisión. Los robots ya habían arrasado las defensas humanas y, como última acción, derruyeron la fortaleza. Una torre hecha con múltiples subdivisiones de cristal azul en la que había cada vez más agujeros provocados por las armas láser.

El padre regresó pero no lo hizo solo, sino en compañía de un policía vestido con uniforme verde y de un hombre de unos cincuenta y cinco años con el pelo gris, un agente de la policía con aspecto de llevar su profesión tatuada en rojo en la frente; los acompañaba el profesor del hospital.

Kim los miró perplejo, sobre todo al médico, y lo hizo con un sentimiento de terrible malestar antes de que el padre, con otro carraspeo, volviera a llamar su atención.

—Tenemos visita —dijo de un modo superficial—. Ya conocéis al profesor Halserburg. Y él es el comisario jefe Gerber, de la policía —añadió con un gesto dirigido al hombre de pelo canoso. Intercambió una mirada rápida y tranquilizadora con la madre, que al ver al policía se había quedado pálida y petrificada en el sofá, y luego se dirigió a Kim—: El comisario quiere hacerte unas preguntas, hijo.

—¿A... mí? —tartamudeó Kim. Miró al policía sin entender nada—. Pero si yo no he hecho nada...

—No te preocupes, chico —interrumpió Gerber. En su cara apareció una sonrisa amable y sincera muy opuesta a su aspecto. Sin esperar una invitación se sentó enfrente de Kim en un sillón y continuó—: No estamos aquí porque hayas hecho algo malo. Solo quiero hacerte unas preguntas.

—¿Preguntas? —dijo Kim—. Pero si yo no sé nada.

—Bueno, eso está por ver —aseguró Gerber con una sonrisa que ahora ya no era tan sincera.

El chico tuvo de repente la sensación de que tenía que ser muy cuidadoso con lo que iba a decir.

—¿Quieren..., quieren tomar un café? —dijo la madre con tono inseguro.

Se notaba lo mal que se sentía. ¡La policía en su casa! La mirada que le echó a Kim significaba que le iba a caer al menos un mes de castigo. El profesor Halserburg sacudió la cabeza negativamente, pero Gerber aceptó la invitación.

—Muchas gracias, siempre que no le suponga mucha molestia el prepararlo.

—De ningún modo.

La madre se levantó y desapareció con rápidos pasos en la cocina, aunque dejó la puerta abierta para poder escuchar cualquier palabra que se dijera. En la televisión apareció de nuevo la imagen del robot con pinta de jugador de hockey sobre hielo. Sus ojos luminosos parecían mirar a Kim de una forma extraña.

—Seguro que te preguntarás por el motivo de nuestra presencia aquí, muchacho —dijo Gerber para reanudar la interrumpida conversación.

Kim tragó con dificultad. Quería contestar, pero todo lo que se le ocurrió fue un cansado movimiento de cabeza. El policía hizo un gesto hacia el médico.

—El profesor Halserburg nos ha contado lo que ha ocurrido esta tarde en la Clínica Universitaria.

—No he robado nada —se defendió Kim—. Yo sólo estaba en la habitación, pero no he...

—Está bien —interrumpió Gerber con un gesto tranquilizador—. Y aunque hubiera sido así, por eso no habría venido aquí la policía.

—¿Por qué no nos dicen de una vez lo que quieren de nuestro hijo? —dijo el padre metiéndose en la conversación. Su voz sonaba algo más aguda de lo que parecía requerir la situación. Al parecer también estaba un poco nervioso.

Gerber se volvió hacia él y le miró sin decir nada.

—Solo una pequeña información, nada más —contestó por fin.

—¿Se trata de ese joven, verdad? —sugirió el padre.

Se sentó, pero no se molestó en ofrecer asiento a Halserburg ni al policía uniformado.

Gerber asintió.

—Entre otras cosas.

—¿Entre otras cosas? —dijo, sorprendido, el padre de Kim.

Ahora fue el profesor el que tomó la palabra.

—Siento de verdad causar tantas molestias a su hijo y a usted —aseguró—, pero quizá Kim sea nuestra única oportunidad de conseguir respuestas a algunas preguntas que nos preocupan desde hace tiempo, a nosotros y a la policía. —Hizo un gesto en dirección a Gerber y luego continuó, dirigiéndose ahora a Kim—: ¿Sabes, Kim, que ese joven por el que tú estabas tan interesado, no es el primero...?

—¿No es el primero en qué? —preguntó el padre.

La madre apareció por la puerta de la cocina y miró a Kim y al profesor con una mezcla de curiosidad y sorpresa. Desde la televisión la escena era seguida por los verdes ojos relampagueantes del robot.

—No es el primer chico que encontramos en ese estado —continuó Halserburg—. Tú le has visto, Kim, no le falta nada. Me refiero a su cuerpo, pero estaba totalmente catatónico.

—¿Cata... qué? —preguntó Kim.

El profesor sonrió fugazmente.

—Ausente del todo —explicó—. Por decirlo de una forma simplificada. Respira y su corazón late, pero nada más. Si le colocaran en una esquina se quedaría allí hasta que le fallaran las piernas.

—¿Y qué tiene que ver mi hijo con eso? —inquirió el padre.

—No es el primero que hemos encontrado en este estado —añadió Gerber—. En las últimas semanas ya hemos encontrado en Düsseldorf casi a una docena de ellos. Y lo raro es que no parece que nadie les haya echado de menos. No llevan documentos, no pueden hablar...

—Y todos van vestidos de una forma muy extraña —remató el profesor—. Como el muchacho de esta tarde.

—A eso se añade que el conductor de la ambulancia dice que el joven pareció salir de la nada —siguió Gerber.

—¿Cómo dice? —preguntó el padre.

El comisario Gerber se encogió de hombros.

—Esas fueron sus palabras. Afirmó que, de repente, el chico apareció allí. No llegó a la carrera desde ningún sitio. A mí me resulta difícil de creer, pero el hombre está dispuesto a jurarlo. Como ya le he dicho, la causa de aquel accidente no es el motivo que nos trae aquí. Sobre todo se trata de saber de dónde vienen esos jóvenes. Quiénes son y qué necesitan.

—¿Están enfermos? —preguntó Kim, y enseguida pensó que habría sido mejor morderse la lengua.

Halserburg titubeó por un momento.

—Eso tememos —dijo—. A primera vista no les pasa nada, pero están en un... un estado de trance. Estamos frente a un enigma. Y cada vez se encuentran más débiles. A algunos incluso hay que alimentarlos de forma artificial y no sé cuánto tiempo podremos hacerlo.

—Tenemos que saber de dónde vienen —repitió Gerber—. Nadie los conoce. Y hasta ahora tú eres la única persona que parece saber algo de ellos.

«Pero eso no es todo lo que os trae aquí», pensó Kim. Ni Gerber ni su acompañante de uniforme parecían tener idea, pero en los ojos del profesor pudo leer que no había olvidado de ninguna manera lo que había pasado con Rebeca. Le sacudió un escalofrío.

—Parece ser algo similar a lo que le ocurrió a tu hermana —dijo Halserburg como si le hubiera leído los pensamientos. Su voz se volvió enérgica—. Si sabes algo, Kim, tienes que decírnoslo. Da igual lo que sea, te doy mi palabra de honor de que todo quedará entre nosotros. —Intercambió una mirada inquisitiva con el comisario y este asintió.

—Pero yo..., no sé nada —murmuró Kim—. En realidad... me confundí. Pensaba que conocía al chico, pero... no era cierto, y...

—Pero esta tarde —le interrumpió Halserburg— estabas tan pálido como si hubieras visto un fantasma. A lo mejor ni entendiste lo que hablábamos tu madre y yo. Uno no actúa así si no sabe nada.

—El profesor asegura que conoces a ese joven —añadió Gerber.

—No —Kim se mantuvo firme.

El comisario le miró de forma penetrante, luego buscó algo debajo de su abrigo y sacó una bolsa de plástico transparente. Dentro de ella había un cinturón de cuero con una reluciente hebilla.

—Esto es lo que tenías en las manos cuando te sorprendieron —afirmó—. ¿Te importaría decirme qué es?

—Un cinturón —contestó Kim.

Los ojos de Gerber comenzaron a relampaguear, pero se contuvo.

—Eso ya lo sabemos —contestó—, pero es un cinturón especial, ¿no es verdad? Nunca había visto nada así y en nuestro laboratorio afirman que el latón con que está fabricado es de una pureza tal que nosotros no podemos conseguirla.

—Eso es cierto —contestó Kim—. No procede de este mundo.

—¿Cómo dices? —añadió el comisario Gerber. Se inclinó hacia delante entre sorprendido y curioso. El robot de la pantalla de la televisión hizo lo mismo—. Tendrás que explicármelo.

—El joven —dijo Kim con voz firme—. No puede llevar ninguna documentación porque procede de otro mundo y allí no hay cosas de esas.

—¿Qué? —La cara de Gerber se quedó petrificada.

—Existe un país en el que los cuentos son realidad —relató Kim. Era la primera vez que hablaba del tema—. Solo se puede entrar en él a través de los sueños, ¿se da cuenta? Por lo menos hasta ahora era así. Yo estuve una vez allí y también mi hermana, pero de eso hace ya mucho tiempo y...

—¡Ya es suficiente! —le interrumpió Gerber sin esforzarse en ocultar su ira—. Si quieres tomarme el pelo, muchacho, te vas a tener que inventar algo mejor. ¿Por qué no has empezado diciendo que el chico venía de Marte? —Hizo un airado movimiento con la mano—. Yo también puedo actuar de otra forma si es necesario.

—Lo dudo —dijo el padre dirigiéndose con frialdad al comisario.

La cabeza de Gerber se giró con un gesto de rabia.

—Usted...

—Usted —interrumpió cortante el padre de Kim— parece no tener claro que mi hijo es menor de edad, comisario. Y eso sin contar con que él no ha hecho nada prohibido. Y, además, usted no tiene el más mínimo derecho a hablarle en ese tono.

El comisario Gerber tragó saliva un par de veces. Daba la impresión de que en cualquier momento iba a volar por los aires como una caldera de vapor sobrecalentada. Guardó el cinturón bajo su abrigo con un gesto furioso y se levantó.

—Como quieran —dijo—. Ya sabrá algo más de mí. Y su hijo también.

—¡Por favor, señores! —el profesor Halserburg se mezcló en la conversación—. Nadie va a sacar nada en claro de esta discusión —suspiró, sacudió un par de veces la cabeza y se dirigió otra vez a Kim—: No queremos nada malo para ti —dijo—. Es por esos chicos. Están enfermos. Podrían morir. ¿Lo sabías?

—Claro que no lo sabía —contestó Kim con vehemencia—. Pero yo... yo no puedo ayudarles. Ni aunque quisiera...

—Pero no quieres —insistió Gerber.

—Tonterías —dijo el profesor, que ahora exhibió un tono cortante—. Yo conozco a este muchacho. ¿De verdad cree que no nos ayudaría si pudiera?

—Yo no creo nada —contestó Gerber colérico—, es mi trabajo.

La madre de Kim llegó de la cocina con una bandeja de tazas de café, pero el padre hizo un gesto de rechazo con la mano.

—Ya no es necesario —dijo en tono frío—. Estos señores ya se iban.

El comisario Gerber le miró fijamente pero no dijo nada y al profesor Halserburg se le puso de repente una mirada afligida.

—A lo mejor puedes pensártelo, Kim —dijo el profesor mientras sacaba algo del bolsillo del abrigo—. Te voy a dar mi número privado de teléfono y si crees que tienes algo que decirme, llámame. Te doy mi palabra de honor de que nadie va a saber nada. Ni la policía —afirmó echando una mirada de soslayo a Gerber, que le observaba de mal humor.

—Les acompaño a la puerta —dijo el padre mientras se levantaba.

Salió con los visitantes y también los robots de la película se dieron la vuelta para irse. Kim se levantó y volvió a sentarse enseguida al ver la mirada de su madre.

En la televisión aún se desarrollaba la batalla entre los robots y los humanos en el castillo de cristal, pero Kim ahora casi ni miró.

«Esos chicos podrían morir, Kim. ¡Tenemos que ayudarles!», algo así había dicho el profesor Halserburg.

¿Creían que él no quería hacerlo?

Y de repente Kim sintió miedo, un miedo terrible. Tenía la absoluta seguridad de que en Luna de Leyenda había ocurrido algo inimaginable. ¡Tenía que ir allí, daba igual cómo lo hiciera!

Fuera, en el descansillo, se cerró la puerta y el padre regresó al salón. Su cara estaba impasible, pero sus ojos refulgían por la ira contenida.

—¿Estás contento?

Kim le miró perplejo.

—Hasta ahora te has permitido de todo, pero es la primera vez que tenemos a la policía en casa —añadió irritado—. ¿Qué es lo próximo que tienes previsto?

—Por favor —dijo la madre—, déjale en paz. Ya ves lo mal que lo está pasando.

—¿Lo veo? —Se dirigió a la mesa y encendió un cigarrillo, y eso era algo que hacía en muy raras ocasiones—. Solo veo —dijo entre toses después de haber dado la primera calada, mientras agitaba con violencia las manos delante de la cara— la cantidad de problemas que ha creado nuestro hijo. ¡Y nosotros también estamos metidos en ellos! ¡Ya has oído al comisario! ¡No le cree ni una palabra! Y yo tampoco —añadió mientras lanzaba una mirada tenebrosa en dirección a Kim.

—Pues es como he dicho —se defendió el chico—. ¡No tengo ni idea de quién es ese joven!

Su padre se disponía a responderle con furia, pero se lo pensó en el último momento y le dio una nueva calada a su cigarrillo, por lo que sufrió otro acceso de tos.

—Está bien —dijo tras haber conseguido tomar aire—. Como quieras. Estoy harto de secretos. Vete a tu habitación, hijo. Tienes tiempo hasta mañana por la mañana para reflexionar sobre si tu comportamiento ha sido inteligente o no lo ha sido.

Kim le miró con tristeza, luego se volvió y subió las escaleras en dirección a su habitación.

## III

Claro está que Kim permaneció mucho tiempo despierto esa noche sin dejar de dar vueltas en la cama, e incluso se sobreentiende que más tarde llegó a adormecerse. Estuvo tumbado en su cama durante una hora o más escuchando las voces de sus padres que le llegaban amortiguadas desde el salón sin que pudiera entender lo que decían.

Nada que necesitara escuchar; aunque el chico no hubiera tenido una fantasía tan exaltada, habría podido saber sin dificultad lo que decían: la voz del padre sonaba alta y muy excitada, mientras que la de la madre cada vez era más baja y apenas se podía oír.

Kim se imaginó la diplomática cara de su madre, la que siempre conseguía poner para ablandar a su marido cuando se le acababa la paciencia por algo que había hecho Kim.

Y parecía que esta vez también lo había conseguido, pues cuando, en algún momento de la noche, se despertó sobresaltado y miró a su alrededor en la oscura habitación, las voces del piso inferior se habían acallado y todo estaba tranquilo en la casa. Tan silencioso que resultaba inquietante. Lo primero que hizo el muchacho fue quedarse sentado e intentar eliminar el sueño de sus ojos y luego se sorprendió al notar que se había quedado dormido a pesar de la cantidad de cosas que le rondaban por la cabeza.

Pero el día había sido muy excitante y no era raro que estuviera cansado.

Kim bostezó, sacó las piernas de la cama, en la que se había metido vestido, y se llevó las manos a la cara. Aún estaba algo atontado pero sabía que no se iba a quedar dormido de nuevo; además tenía algo mejor que hacer que pasar el tiempo en la cama. Debía encontrar el camino a Luna de Leyenda, pero no tenía ni idea de cómo hacerlo.

Se levantó despacio, echó un vistazo a su alrededor en la habitación y se dirigió a la puerta para encender la luz, pero se lo pensó dos veces antes de hacerlo. Su padre tenía la costumbre de trabajar hasta muy entrada la noche. Si veía que salía luz de la habitación de Kim acudiría para echar un vistazo y, de algún modo, continuar con la bronca. Por lo tanto, en lugar de encender la luz conectó el ordenador y pulsando un botón hizo que la pantalla se quedara en blanco. La claridad que emitía el monitor era suficiente para ver. Kim se inclinó sobre su escritorio con un suspiro y miró por un momento los destrozados fragmentos del Víbora, luego, sin muchas ganas, empezó a pegar los trozos más grandes que habían quedado. No pensaba que tuviera muchas oportunidades de conseguir algo, pero tenía que hacerlo. Y al menos le parecía mejor intentarlo, aunque fuera sin sentido, que quedarse sin hacer nada.

Cuando se inclinó hacia delante para sujetar a la parte trasera del destrozado propulsor lo que había quedado de la delantera, notó un agudo dolor en el muslo derecho.

Torció el gesto, dejó el trozo de plástico sobre el escritorio y metió la mano en el bolsillo para sacar la diminuta flauta que se había llevado del hospital.

Esta vez no la guardó de inmediato, sino que la mantuvo en la mano. ¿Y si ella...? Aunque la idea le pareció ridícula, pensó que un intento no podía hacerle ningún mal. Se puso el pequeño instrumento en los labios, intentó tapar los minúsculos orificios con los dedos y sopló con fuerza.

En un primer momento no oyó nada, pero luego la flauta emitió una disonancia tan horrible que Kim se asustó y faltó un pelo para que la flauta se le cayera de las manos. El sonido había sido tan estridente que le dolieron los dientes y la pantalla de su ordenador comenzó a vibrar.

Miró asombrado la pequeña flauta, la guardó en el puño cerrado y echó un vistazo a su alrededor. Nada.

Su habitación era la misma y la oscuridad que veía en la ventana seguía siendo eso, oscuridad. ¿Qué esperaba? ¿Que se hubiera abierto el suelo para dejar salir un ascensor que le llevara a Luna de Leyenda?

Movió la cabeza desilusionado, se metió la flauta en el bolsillo y volvió de nuevo al Víbora.

Pero en ese momento, se escuchó un ruido que venía de la planta baja. Alzó la vista sorprendido, miró el pequeño reloj de la esquina superior derecha del monitor de su ordenador y volvió a dirigir la vista a la puerta. Eran casi las cuatro, una hora nada normal ni siquiera para su padre, que si se hubiera quedado despierto hasta tan tarde se habría movido con sumo cuidado y no como un elefante en una cacharrería, pues así eran los ruidos que se escuchaban en aquel momento.

Kim se dirigió a la puerta. La entornó con tanto cuidado y tan silenciosamente como pudo y aguzó el oído. El ruido provenía del salón, pudo percibirlo con claridad, y sonaba como si alguien jugara con todas las cazuelas, sartenes y latas de conserva que había en la cocina. ¿Qué estaba pasando?

Kim abrió sigiloso la puerta, salió al pasillo y miró a izquierda y derecha. Estaba oscuro, no salía la más mínima luz ni de la planta baja ni de la habitación de sus padres, que estaba la final del pasillo. Pero el traqueteo de abajo era cada vez más alto y luego escuchó un extraño ruido que no pudo identificar de dónde provenía. Con el corazón a toda marcha, se dirigió a la escalera y se quedó parado en la zona superior. La puerta del salón estaba abierta. Parecía que no estaban echadas las cortinas, pues vio un pálido reflejo de luz, de un color grisáceo, que llenaba la habitación y salía del resquicio de la puerta; una vez que sus ojos se acostumbraron a la oscuridad, también vio un movimiento de sombras. Había alguien en el salón y Kim estaba seguro de que no era su padre.

Continuó bajando de puntillas, pero se quedó en mitad de la escalera y miró de nuevo hacia el dormitorio de sus padres. Su propia valentía le daba algo de miedo, más aún al recordar una reciente conversación con su padre en la que hablaron sobre la diferencia entre valor e imprudencia. Si allí abajo, en el salón, había un ladrón, no parecía muy sensato que bajara él solo a ponerse delante del delincuente. De todas formas, ¿quién había oído alguna vez que un ladrón se esforzara todo lo posible en hacer ruido? Kim siguió descendiendo, llegó a la puerta del salón y, casi sin respirar, se asomó por el resquicio. Y se sintió muy satisfecho de haberse movido con tanto sigilo. El salón estaba todo revuelto. Habían tirado los muebles y estaban medio rotos; la televisión, el equipo estéreo del padre y el reloj electrónico de pared eran solo montones de añicos, como si alguien se hubiera ocupado de forma metódica en romperlos en mil pedazos y, a través de la puerta abierta, pudo ver que todos los electrodomésticos de la cocina habían sufrido la misma suerte. La ventana estaba abierta de par en par y también la habían destrozado, las cortinas estaban rasgadas. La habitación se hallaba inundada por una desagradable claridad que llegaba desde fuera y el muchacho pudo ver los destrozos con nitidez. Una figura estaba erguida en medio de aquel caos y movía la cabeza de izquierda a derecha como en busca de algo más que machacar y destrozar.

No, no era el padre de Kim.

De hecho no era humano. Bueno, al menos no como los que Kim conocía... Por un instante se limitó a quedarse allí y llegó a dudar de su propio sentido común al ver al gigante, que medía más de dos metros y estaba plantado en el centro de la desolada habitación.

A pesar de que el contraluz de la ventana solo le permitía reconocer el contorno de la figura, no le quedó ninguna duda: los hombros enormes y angulosos, las gigantescas garras provistas de unos dedos delgados y articulados, las terribles uñas de acero de bordes afilados como los de un cuchillo y con las que no había hecho más que romper y desgarrar, la cara, cuya silueta recordaba a la máscara de un portero de hockey, con sus pequeños ojos en forma de rendija tras los cuales se veían letras luminosas de color verdoso... ¡era el robot de la película de ciencia ficción que habían puesto en la tele esa noche!

Cuando notó su presencia, el anguloso cráneo se volvió y miró a Kim, que salió de su aletargamiento y se dio la vuelta con un grito. Se dirigió de forma instintiva hacia la puerta de la calle pero, a mitad del movimiento, dio marcha atrás. ¡Rebeca y sus padres! ¡Tenía que avisarles! ¡Aquel coloso no había llegado allí para charlar! Daba igual de qué rincón de la galaxia proviniera, no era un encuentro en la tercera fase, podía ser un encuentro mortal si hallaba a sus padres y a su hermana dormidos. Incluso le pareció extraño que no se hubieran despertado con todos aquellos ruidos.

Al pasar ante la puerta del salón, Kim oyó un terrible golpe que sacudió la pared e hizo temblar los cimientos de la casa. Un puño de acero pasó a través del muro, intentó agarrar el brazo del chico y desgarró un trozo de su jersey en el momento en que este, con un último esfuerzo, se echó a un lado.

Kim se tambaleó, golpeó contra la barandilla de la escalera y se cayó sobre los cinco primeros escalones. Otro golpe aún más potente alcanzó la pared y la destrozó por completo; al parecer, aquel coloso no tenía costumbre de pasar por las puertas, prefería el camino más directo.

El miedo dio fuerzas al muchacho. Se puso en pie de un salto, subió las escaleras y llamó a su padre a voz en grito. Su aullido se pudo escuchar desde dos viviendas más allá, y eso sin contar con el terrible escándalo que provocaba el robot cuando se iba abriendo camino a través de la pared del salón. Sin embargo, en la casa no se despertó nadie. La luz no se encendió tras la puerta del dormitorio y nadie escuchó sus gritos. Kim llegó al final de la escalera, echó un último vistazo por encima del hombro y gritó otras dos veces, con mayor fuerza si cabe. En ese momento vio que la mano derecha del robot no estaba vacía.

El movimiento de la mano del monstruo y el rayo de un blanco brillante que dirigió hacia Kim, como una aguja luminosa, fueron casi simultáneos. El láser no alcanzó al muchacho por milímetros, provocó un agujero como un puño en la puerta de su dormitorio e hizo arder la barandilla de la escalera y la alfombra. El resplandor del fuego llenó todo el pasillo y en cuestión de décimas de segundo el aire se volvió tan caliente que era casi irrespirable.

Kim se precipitó para llegar de dos saltos a la puerta del cuarto de sus padres, la abrió de golpe y usó todas sus fuerzas para deshacerse de un obstáculo invisible que le sujetaba por detrás.

El golpe fue tan fuerte que retrocedió aturdido y aterrizó contra el suelo. Su cabeza retumbó y los rayos de luz que notó ante los ojos ya no provenían de las llamas que inundaban el pasillo. Tras él la escalera se tambaleó bajo el peso del gigante de acero; Kim se levantó como pudo y se acercó una vez más a la puerta. Pudo reconocer con toda claridad el dormitorio de sus padres, pero cuando tendió las manos sus dedos se toparon con una gran resistencia, como si estuviera ante una maciza pared de cristal.

Y eso es lo que era en realidad. Al mirar con más atención se dio cuenta de que los reflejos de luz estaban causados por las llamas contra el cristal. Y también las llamas eran la causa de las sombras que aparecieron de repente detrás de él.

Por segunda vez se dejó caer hacia un lado y, también por segunda vez, el disparo del robot falló solo por un pelo. El brillante haz de luz impactó contra la pared de cristal, la atravesó sin problemas ¡sin dañarla ni lo más mínimo! y explotó en la pared contraria del dormitorio. El armario, la alfombra y parte de las ventanas se incendiaron de inmediato. Gracias a la repentina y potente luz Kim pudo darse cuenta de que la habitación estaba vacía. La cama había resultado destrozada, pero sus padres no estaban allí.

Apenas le dio tiempo para sentir algo parecido al alivio, pues el robot no se había quedado satisfecho con incendiar el dormitorio paterno sino que, como ya había hecho antes, también intentó alcanzar a Kim. De su mano salió un tercer disparo de láser que dejó una humeante huella en el suelo al lado del hombre-máquina; primero cortó un par de metros de la barandilla de la escalera y luego hizo un agujero en la pared. Kim reunió todas sus fuerzas, apretó los dientes, rodó sobre la huella de la madera quemada que había dejado en el suelo el rayo láser y, como pudo, se irguió de nuevo. Atravesó el pasillo de un salto y abrió de golpe la puerta de la habitación de Rebeca. No se sorprendió al comprobar que también se golpeaba contra una invisible pared de cristal. Era como si estuviera encerrado dentro de un enorme acuario, a solas con un airado robot que parecía decidido a acabar la noche con una fiesta-barbacoa. Cuando Kim pudo mantenerse de nuevo en pie, el robot casi había alcanzado el rellano de la escalera y alzaba uno de sus colosales pies de acero para colocarlo sobre el pasillo. Apuntó de nuevo con su arma de luz y ahora estaba tan cerca que tendría que haber sido ciego y tonto para fallar el tiro. Kim sospechaba que aquel ser no era ninguna de las dos cosas.

El miedo hizo que a Kim se le ocurriera una idea descabellada. Mientras el arma aún se agitaba en la mano del robot, dio un salto en el pasillo, agarró el gran espejo de pared que estaba junto a la puerta del cuarto de baño y se lo puso ante el pecho y la cara.

En aquel momento tan solo esperaba caerse muerto. Pero el rayo láser no atravesó el espejo sino que se reflejó en él y, con el mismo ángulo con que había llegado, regresó a su origen. Delante de los pies del robot la madera de la escalera se convirtió en una roja brasa humeante antes de desaparecer.

Medio segundo después también desapareció el robot, pues todo el entramado de la escalera se vino abajo y cayó con estrépito. El impacto sacudió toda la casa.

Kim se quedó jadeante y aliviado de sentirse aún con vida, luego se puso a cuatro patas con sumo cuidado y retrocedió por la destrozada escalera. El robot había caído sobre un revoltijo de madera despedazada que aún ardía en parte, pero no parecía estar en absoluto fuera de combate, sino todo lo contrario; cuando Kim se asomó con cautela por el borde vio que el monstruo comenzaba a moverse. Su brazo derecho oscilaba con violencia y sin rumbo de un lado a otro y desde el interior del robot salieron estridentes aullidos y rugidos. Levantó la cabeza y miró a Kim con sus inquietantes ojos verdosos.

El muchacho dio un brusco paso atrás, se irguió y miró furioso a su alrededor. Su triunfo había durado bien poco. Estaba atrapado. El pasillo ardía y las llamas le cercaban cada vez más. No podía ir a la habitación de sus padres ni a la de Rebeca, ya se encargaban de recordárselo los dos chichones de su frente, y el baño no tenía ventana. Solo le quedaba su habitación. Con algo de suerte podría descolgarse por la ventana y llegar al techo del garaje antes de que toda la casa se convirtiera en ruinas y ceniza.

Abrió precipitadamente la puerta de su cuarto y, asustado, escondió la cabeza entre los hombros al descubrir que también allí había llamas. El rayo láser había atravesado la puerta explotando contra su escritorio; el ordenador y la maqueta del Víbora estaban transformados en un montón de ruinas humeantes. Y las llamas también habían alcanzado las paredes y la alfombra.

Kim tosió, se puso las manos delante de la cara para protegerse y, casi a ciegas, palpó la ventana, la abrió y gimió decepcionado al notar que allí sus dedos se topaban también con una resistencia invisible. ¡Detrás de la ventana se erguía una pared de cristal de la dureza del acero!

Se dio la vuelta jadeante y miró a su alrededor. El calor y la luminosidad hicieron aflorar lágrimas en sus ojos y casi le faltaba aire para respirar. Además, por encima del crepitar de las llamas, escuchó potentes ruidos y crujidos que, provenientes del piso de abajo, dejaban bien claro que su perseguidor, el de los ojos verdosos, no se había dado por vencido. No podía saber qué hacía el robot, pero estaba seguro de que no tardaría en reaparecer para darle el golpe de gracia.

Kim abandonó tambaleante la habitación, se dio la vuelta desorientado y, dudando, buscó una salida. La mayor parte del pasillo estaba ya en llamas y el humo era tan denso que tuvo la sensación de ahogarse. Cada intento de respirar era un tormento. Aunque no le alcanzara el robot, dentro de poco estaría muerto y carbonizado.

De nuevo llegaron crujidos y ruidos desde la planta baja. El muchacho se acercó a la escalera tosiendo y con lágrimas en los ojos y vio con horror que el monstruo reunía todos los muebles disponibles y los apilaba al pie de la destrozada escalera. Unos minutos más y se habría construido una acceso por el que podría ascender con toda comodidad para comprobar si su víctima seguía aún con vida. Y, si era así, tomar las medidas oportunas.

Kim dio tumbos por su habitación, alzó una silla y la estampó con todas sus fuerzas contra la pared de cristal de delante de la ventana. La silla se rompió pero el muro cristalino aguantó.

Necesitaba algo más fuerte para destrozarlo, pero no sabía qué. En su habitación había de todo, pero nada que fuera apropiado para romper vidrio blindado. No obstante, volvió a hacerse con un trozo de la silla y golpeó el cristal varias veces con todas sus fuerzas. El único resultado fue que, al cabo de unos golpes, le empezaron a doler los brazos y le faltaba el aire; la habitación estaba llena de un humo caliente y Kim tuvo la sensación de que respiraba fuego. Salió de nuevo al pasillo y se vio frente a los refulgentes ojos verdosos del robot, que en ese momento ascendía por el descansillo de la escalera. Las diminutas letras brillantes parecían emitir un brillo triunfal. Una inmensa garra de acero llegó hasta arriba y se hundió en el vestíbulo con un crujido mientras el pesado gigante comenzaba a alzar su pesado cuerpo.

El miedo mortal que sentía Kim se convirtió en valentía y desesperación. Llegó de un salto hasta el robot, tomó impulso y le sacudió tal patada que la cabeza de metal sonó como una campana. El robot flaqueó pero no perdió el equilibrio y se destrozó contra el suelo, tal y como deseaba Kim, sino que, al contrario, volvió a sujetarse con las garras y el muchacho tuvo que ponerse a salvo con un precipitado brinco.

¡Estaba perdido! La casa ardía como una hoguera y el coloso llegaría en pocos instantes y le mataría sin piedad si es que él no conseguía romper antes la pared de cristal.

Y entonces se le ocurrió algo. Había una posibilidad de hacer saltar en pedazos el cristal...

Kim asestó otra patada al robot, regresó de un salto a su habitación y sacó la diminuta flauta del bolsillo. Se le cayó al suelo a causa de la excitación y por un momento tuvo que tantear en la alfombra, que estaba repleta de ceniza y madera humeante, hasta encontrarla. Se la colocó en los labios y sopló con todas sus fuerzas. De ella salió un chillido desgarrador, tan intenso que el muchacho cerró los ojos a causa del dolor. Creyó que le iba a estallar la cabeza y los dientes le dolieron como si intentaran arrancárselos. Cuando alzó la vista y miró por la ventana, vio que el cristal estaba reventado y que por la parte delantera ya no era invisible, se había convertido en una tela de araña formada por grietas y fisuras.

Respiró con profundidad, se armó de valor para soportar otra vez el dolor y volvió a colocarse la flauta en los labios; en ese momento una mano de acero le agarró por el hombro y le sacudió con una fuerza increíble.

Kim gritó, se golpeó contra la pared y salió dando tumbos por el pasillo cuando el coloso le asestó un golpe. Su garra de acero iba directa a la cara de Kim, pero falló porque en ese momento el chico perdió el equilibrio y cayó de espaldas en el pasillo, luego quiso volverse a toda velocidad pero no pudo completar el movimiento. El robot dio un solo y demoledor paso y su enorme pie de acero atrapó el pantalón de Kim y lo clavó literalmente al suelo. Kim gritó e intentó soltarse, pero la tela de sus vaqueros se resistió a todos sus esfuerzos.

La odiosa figura se volvió con tranquilidad, miró al chico y alzó el otro pie con la intención de aplastarle.

En ese momento Kim no pudo pensar en otra cosa más que en ponerse la flauta en los labios y soplar con todas sus fuerzas. El sonido casi hizo estallar su cabeza. Gritó de dolor, se obligó a echar la cabeza hacia atrás y volvió a soplar en el minúsculo instrumento. Ante la ventana de la habitación los cristales cayeron poco a poco y un momento después la pared invisible de delante de la puerta de su dormitorio se vino abajo entre una lluvia de añicos.

Algo golpeó con fuerza increíble contra el cristal detrás de la puerta de Rebeca y lo hizo estallar. Una alargada sombra de color marrón rojizo surcó el aire como un rayo e impactó contra el robot lanzándolo a varios metros de distancia. La máquina asesina se estrelló contra la pared con un ensordecedor chirrido. Los ojos de Kim se abrieron como platos al ver lo que había golpeado contra el robot: era un «nosequé» con escamas de color rojo verdoso y terribles garras y dientes, sus ojos eran como rubíes tallados y agitaba con violencia su musculosa cola. Ahora estaba en cuclillas muy cerca del robot y le miraba con desconfianza. La criatura se asemejaba a un lagarto, o al menos eso le pareció a Kim, pero desde la punta de la cola hasta el morro tendría unos tres metros de longitud y sus hombros se alzaban a la altura de un pastor alemán. Pero de un pastor alemán enorme.

El robot se volvió a la velocidad del rayo y sus ojos verdes observaron al contrincante recién llegado. Kim se dio cuenta de que en un par de ocasiones intentaba alzar la mano en la que aún conservaba su arma láser, pero ese brazo no le obedecía, si bien el otro funcionaba y disponía en su extremo de una terrible garra de acero.

—¡Cuidado! —gritó Kim de forma automática cuando vio que el hombre-máquina hacía un movimiento hacia la izquierda y comenzaba a asestar golpes desde el otro lado.

No sabía si el lagarto gigante había oído su advertencia ni si había llegado a comprenderla. En todo caso pareció ser innecesaria. Con una rapidez impensable en una criatura de tales dimensiones, el animal esquivó el golpe, saltó sobre el robot e hizo salir de su boca una lengua larga y flexible. Antes de que el robot se diera cuenta de lo que ocurría, esa lengua se había enrollado a su brazo. Casi al mismo tiempo el lagarto hizo un movimiento lateral y le golpeó con la cola.

Sonó un ruido como el de un martillo del tamaño de la estatua de la Libertad que golpeara contra un yunque. El brazo del robot se rompió con un seco crujido por debajo de la articulación del hombro y, de repente, de la inmensa figura comenzaron a salir chispas azules y anaranjadas. En lugar de la luz verdosa, la rejilla de visión de su cara metálica emitió una serie de llamas rojas. La enorme figura se tambaleó; luego pareció recobrarse de nuevo, pero se quedó rígida y acabó precipitándose, por segunda vez, hasta la planta baja. Esta vez Kim escuchó con nitidez el ruido del metal destrozado.

El muchacho, presa del desconcierto más absoluto, miró al gran lagarto verde rojizo. Le resultaba familiar…, aunque pareciera una locura. Era... era...

Pero no tenía tiempo para continuar con sus pensamientos hasta el final pues todavía no estaba, ni mucho menos, fuera de peligro. El robot habría sido derrotado, pero en la casa proseguía avanzando el incendio y las llamas casi habían llegado ya hasta la mitad del pasillo. Incluso debajo del cuerpo del lagarto se percibían unas lenguas de llamas rojas y amarillas, pero aquel bicho no parecía notarlas. Probablemente su fuerte coraza de escamas le protegiera del calor.

Pero Kim no contaba con esa protección. Cada vez sentía más calor y respirar le suponía un suplicio. Se levantó entre toses y descubrió con espanto que las llamas ya llegaban hasta la puerta de su habitación. El dormitorio era un infierno llameante que se parecía más al interior de un horno que a la habitación en la que había vivido durante catorce años. También ardía el dormitorio de sus padres. Solo quedaba una salida a través del de Rebeca. Kim tosió, dio un salto para no tropezar con la cola del lagarto, salió tambaleante por la puerta y retrocedió con un grito de sorpresa.

La habitación de Rebeca no estaba en llamas. De hecho ya no era el dormitorio de Rebeca. Ni siquiera era una habitación. Delante de Kim se extendía un paisaje, al parecer interminable, con sombríos tonos marrones y negros en el que solo crecían unos pocos árboles achaparrados y estrafalarios arbustos que recordaban a los cuadros hechos con alambre. La puerta a través de la que había pasado tampoco era tal, sino un agujero dentado abierto en una enorme pared de cristal que se extendía todo lo que alcanzaba la vista.

Algo le rozó la cadera y, al volverse, Kim se hizo a un lado con miedo al ver que era el lagarto gigante. Le había seguido y se había detenido junto a él. La mirada de los llameantes ojos del reptil, fríos y del tamaño de un puño, se clavó en los del muchacho.

—¿Qué passsa? —siseó el lagarto—. ¿A qué esssperasss? ¿A que regresse?

Movió intranquilo la poderosa cabeza triangular y se acercó dando un paso a Kim. Su cola se agitaba inquieta.

—Sssube —siseó de nuevo—. Tenemosss que hacer como si nosss fuéramosss. Essse robot no estará solo.

Kim no estaba dispuesto a saltar sobre la espalda del lagarto.

Y lo cierto es que no hizo nada, al menos no de inmediato. Se quedó quieto mirando al parlanchín lagarto gigante y al irreal paisaje que tenía delante; y, poco a poco, se dio cuenta de por qué le resultaba familiar ese lagarto. Era una de las dos iguanas del terrario de su hermana. Aunque aquellas eran enanas. Y lo que tenía delante de su vista era el paisaje cenagoso del interior del terrario.

Al mismo tiempo descubrió dónde se encontraba. No era la casa de sus padres. Ni siquiera la misma ciudad o el mismo mundo. Kim había encontrado el camino que buscaba hacía tiempo. Estaba en Luna de Leyenda.

Horas después, Kim estaba ya menos convencido de que el monótono mundo desértico por el que le llevaba el lagarto fuera en realidad el país que él creía. En realidad había perdido la noción del tiempo. No sabía si llevaba doce, dos o doscientas horas a lomos del lagarto; eso sí, estaba seguro de que eran muchas.

El poderoso animal trotaba monótonamente por aquel terreno pantanoso y pisaba sin cuidado los charcos de agua, pasaba sobre los espinos y se llevaba por delante las ramas bajas de los escasos árboles, que no llegaban a tocar su cuerpo, pero sí el de su jinete. La cara de Kim estaba rozada y surcada de sangrientos arañazos, tenía hecho trizas el jersey, lo mismo que la piel que había debajo, y su espalda, como la mayor parte de su cuerpo, le dolía intensamente. En más de una ocasión el chico había rogado al lagarto que se detuviera o, al menos, que se fijara por dónde iba, pero parecía que de repente el lenguaje de los humanos ya no servía para nada.

Trotaron hora tras hora, cruzaron arroyos y atravesaron pequeños bosques. Se arrastraron por ciénagas y enormes charcos de barro con burbujas que soltaban un gas apestoso cuando estallaban. Había oscurecido, pero no del todo. En el cielo quedaba un inquietante resplandor gris, pero Kim no pudo descubrir luna ni estrellas. Y, algún tiempo después, comenzó a clarear, pero al igual que había pasado en aquella noche de semioscuridad, y a pesar de que el sol lucía en el cielo, el día estaba encapotado como si se tratara de una lluviosa tarde de noviembre.

A pesar de la incomodidad de la postura y del caos que reinaba en sus pensamientos, Kim debió de quedarse dormido sobre el lomo de aquel extraño taxi escamoso, pues cuando abrió de nuevo los ojos, el entorno había cambiado: delante de él se extendía un paisaje cenagoso en el que los árboles y los arbustos parecían fabricados con un fuerte alambre negro, pero el cielo era más luminoso y, aquí y allá, pudo descubrir algunos puntos verdes y rojos entre los tristes colores de la ciénaga.

Se dio cuenta de que el silencioso animal avanzaba más despacio y, al poco tiempo, se detuvo como si hubiera recibido una orden y sacudió la cabeza. Kim lo entendió y bajó de su lomo.

Le dolía cada hueso del cuerpo. Se estiró entre gemidos, dio un cauteloso paso y apretó los dientes cuando la espalda y la parte inferior de su cuerpo reaccionaron al movimiento con un terrible dolor. El lagarto dio un paso a un lado y le miró en silencio, aunque muy atento con sus enormes y refulgentes ojos. Kim le devolvió la mirada, pero no por mucho tiempo. A pesar de que aquel ser le había salvado la vida, no se encontraba cómodo a su lado. El reptil irradiaba algo tan extraño que le provocó un escalofrío.

Pese a todo, el muchacho esbozó una sonrisa al notar que el lagarto se volvía hacia él.

—Pensaba que no estabas cansado —dijo al lagarto—. ¿Cuánto hemos avanzado?

—No es un dessscanssso —contestó el lagarto—. Yo no sigo. Ahora essstás a sssalvo.

Kim echó una mirada rápida en la dirección por la que habían venido.

—¿Quieres decir que ellos no vendrán aquí? —preguntó.

—No ssse atreverán —le aseguró el lagarto. Luego hizo un ruido que sonó como si, de repente, un cocodrilo comenzara a reír—. Y si lo hacen, ssse van a llevar una sssorpresssa. Sssi se acercan, losss dessstrozaré.

Kim pensó entonces en la forma en que el lagarto había acabado con el robot, fue lo primero que se le ocurrió.

—Yo... te agradezco todo lo que has hecho por mí —dijo—. De no ser por ti estaría muerto.

—Ssseguro —siseó el escamoso, cerró un ojo y le miró con el otro de una forma muy fría—. ¿Y qué más?

—Oh..., nada... —murmuró Kim—. No me hubiera gustado morir, solo eso.

El lagarto no se dignó responder, sino que se volvió y comenzó a reptar hacia donde habían venido. Kim no podía saber el motivo pero estaba convencido de que aquel ser no se sentía muy cómodo a su lado, lo mismo que le ocurría a él con el reptil. Y, a pesar de que le parecía un tanto injusto, se sintió aliviado cuando se alejó.

A pesar de todo llamó al animal.

—¿Rosi?

No tenía ni idea de cuál de ellas era la iguana ante la que se encontraba, pero el animal se detuvo y giró su poderosa cabeza hacia él.

—¿Por qué me llamasss asssí? —siseó en un tono disgustado.

—Perdona —respondió con precipitación—. Quiero decir, no me entiendas mal, pero para mí las dos sois iguales. Si no eres Rosi, entonces serás Rosa.

—Mi nombre es Lizard —bufó el lagarto—. Tu hermana me llama Rosi. Un nombre estúpido.

—Lizard, perdóname —balbució Kim—. Yo no lo sabía.

—Puesss ya lo sssabes —siseó el lagarto de mal humor y, luego, se pasó la larga lengua por los labios. Kim pensó que podría estar hambriento, pero decidió no averiguarlo.

—¿Adónde vas? —preguntó Kim.

—Fuera —contestó Lizard—. Mi reino termina aquí. Tienesss que sssseguir sssolo.

—¿Solo? —murmuró Kim mirando incómodo alrededor. El paisaje no era tan desértico como antes, pero no resultaba nada atractivo.

—¿Hacia dónde tengo que ir?

—Encontrarássss el camino —respondió Lizard—. Queríasss ir al País de los Ssssueños, ¿no? Puesss ya essstás en él.

—¿Sí? —respondió Kim sin entender—. Debes de estar confundido. Aquí... —se interrumpió turbado. El paisaje en el que se encontraban no era de ensueño, sino de pesadilla—. Este no es el País de los Sueños —acabó diciendo.

—Ssssí lo essss —contestó Lizard—. Solo que no es el de tus sueños. ¿Te hasss creído que eressss el único que tiene sueñossss, animal de sangre caliente?

Kim miró perplejo al lagarto. Tardó un poco en entender lo que acaba de oír, y sobre todo lo que significaba.

—¡Un momento! —dijo—. ¿Quieres decir que... que aquí... que esta es tu Luna de Leyenda? ¿Tu País de los Sueños?

—¿Tienesss algo en contra? —preguntó Lizard expectante.

—De ninguna manera —aseguró Kim a toda prisa—. Yo... yo solo estoy sorprendido, eso es todo. Pensaba que...

—¿Sí? —preguntó Lizard al comprobar que Kim se detenía en mitad de la frase.

El chico miró desconcertado aquella enorme figura con escamas. Le resultaba muy complicado seguir con la charla. Eran muchas las veces que había observado a las dos iguanas cuando estaban sentadas detrás de su cárcel de cristal y parecían mirar inmóviles. Pequeños animales insípidos en los que él no encontraba nada bonito. Kim se estremeció.

—No tenía ni idea de que vosotros también soñabais —dijo por fin.

—Pues sí, lo hacemosss —respondió Lizard en tono poco amable—. Y ahora me voy. Sigue caminando y llegarásss adonde quieres ir.

—Espera un momento —dijo Kim de repente.

Lizard se paró de nuevo y le miró malhumorado con uno de sus ojos. El otro se movía de forma independiente en otra dirección y buscaba la ciénaga.

—¿Qué passsa ahora?

—Solo una pregunta más —dijo Kim—. ¿Con qué soñáis vosotros?

El lagarto le miró fijamente hasta que Kim se sintió incómodo bajo su mirada.

Luego Lizard emitió un sonido que volvió a parecer una risa, o todo lo contrario.

—Con la libertad —dijo.

Kim no contestó. Se quedó callado y muy confuso, quizá demasiado, y permaneció inmóvil hasta que su salvador con escamas desapareció entre los arbustos.

## IV

Kim siguió su camino en la dirección por la que Lizard le había llevado durante todo el día y que se suponía que era el sur; más tarde descubriría que así era, y por un único motivo: porque él deseaba que lo fuera.

Finalmente se sintió tan cansado que acabó tumbándose en una zona medio seca del suelo y se quedó dormido. Cuando abrió los ojos se había hecho de nuevo de noche y, por primera vez desde que había traspasado la frontera de Luna de Leyenda, había oscurecido del todo. El cielo estaba negro y no con aquel color sombrío y algodonoso que recordaba la luz de una farola en una calle con niebla. A pesar de que en la ciénaga estallaban cada vez más burbujas que despedían un olor insoportable y le daban la sensación de no poder respirar, el viento traía un agradable soplo fresco.

Kim no se despertó por sí mismo, sino porque sintió un leve roce.

Se sentó de golpe y miró a su alrededor. Al principio no pudo reconocer nada, pues todo lo que le rodeaba estaba sumido en las más profunda oscuridad. Casi hubiera preferido la nebulosa luz gris del mundo del lagarto, pero sus ojos se acostumbraron enseguida a la pálida luminosidad de las estrellas y, entonces, divisó una silueta sombría.

En realidad, no estaba seguro de si era mejor o peor el hecho de reconocer algo... Lo cierto era que alguien le había despertado. Y ese alguien se encontraba agachado junto a su pierna derecha y miraba, alternativamente, tanto a la pierna como a la zapatilla deportiva que calzaba.

Kim tuvo que dominarse para que no se notara en su cara la repugnancia que sentía. El ser que le había mordisqueado un dedo del pie no era mayor que un gato, pero su aspecto era menos agradable. Para ser exactos, era la criatura más repulsiva que se había echado a la cara en toda su vida: pequeño, rugoso y de un color indefinido que iba del verde de las mucosidades al marrón del barro.

A pesar de que su cuerpo estaba cubierto por escamas en los lugares donde no tenía aguijones, garfios o garras afiladas como cuchillos, relucía con aspecto húmedo y pegajoso, y el olor que desprendía aquella criatura cortó la respiración de Kim. Sus enormes y profundos ojos observaban insidiosos al muchacho. Y desde sus abiertas fauces, en las que relucían hileras de dientes pequeños pero afilados, se desprendía saliva que caía al suelo. Miró a Kim de arriba abajo, como si estuviera pensando dónde le iba a morder en primer lugar.

—Ho... la —dijo el impresionado muchacho. Se sentó con cautela, peleó con bravura contra su repugnancia e incluso llegó a esbozar una sonrisa—. ¿Quién eres tú?

El pequeño monstruo babeó en abundancia, pero no contestó. Kim tragó saliva un par de veces para que no resultara demasiado evidente la sensación de malestar que sentía ante la visión de aquella figura, luego se sentó del todo y acercó las rodillas al cuerpo. En los turbios ojos de aquel repulsivo ser adivinó una expresión decepcionada cuando apartó de él las zapatillas, pero no se movió.

Kim lo intentó de nuevo.

—¿Me entiendes? —preguntó—. Quiero decir, ¿entiendes lo que te digo? ¿No? Ven aquí.

A pesar de que la visión del animal le revolvía le estómago, se inclinó hacia delante y extendió la mano. Podía ocurrir que el comportamiento de aquella criatura no se correspondiera con su aspecto. Seguro que, a sus ojos, Kim no era demasiado bonito, aunque sí resultara muy apetitoso en el sentido más literal de la palabra. Kim era consciente de que el aspecto exterior de aquello no tenía por qué coincidir con su carácter.

No siempre y obligatoriamente era así; pero a veces sí.

El monstruito le miró un momento con uno de sus ojos, luego dirigió la vista del otro a la mano que se le ofrecía y, como si fuera un perrito, olisqueó el dedo índice.

—¡Ayyyyy! —bramó Kim.

Se puso en pie de un salto y echó el brazo hacia atrás. Le había mordido el dedo y no parecía tener intención de soltarlo. Chilló de dolor y rabia, levantó como un loco la pierna derecha y luego la izquierda y sacudió el brazo sin conseguir que el animal soltara su presa.

—¡Bruto! —gritó Kim—. ¡Ayyy! ¡Suéltame!

Pero el bruto no tenía intención de hacerlo, sino todo lo contrario.

Comenzó a afanarse con las cuatro zarpas de su mano y, para hacer más fuerza, enrolló alrededor del brazo de Kim su larga cola cubierta de agudas espinas. Kim se revolvió, sacudió el brazo ante su cara como si fuera un látigo y, por fin, consiguió soltarse de aquel monstruo que voló por los aires mientras emitía un sonido chirriante y aterrizaba a varios metros de distancia sobre un arbusto. Al instante volvió a erguirse sobre sus diminutas patas.

Durante unos segundos, con los ojos muy abiertos a causa de la incredulidad, Kim se quedó mirando al animal. Sus sensaciones oscilaban entre la ira y la sorpresa debido a la insolencia de aquel acerico viviente que osaba atacar a un adversario de su tamaño. Luego volvió a ser el turno del bicho, que mordió con tal vigor el dedo del pie del muchacho que los dientes atravesaron la zapatilla y el chico soltó un reiterado chillido de dolor. Sin pensárselo le sacudió una patada a aquel ser; el animal rodó desorientado, perdió el equilibro y acabó aterrizando bruscamente contra el suelo.

Cuando atacó de nuevo, Kim ya estaba preparado.

El muchacho cerró los puños y tensó los músculos para darle el golpe que lo aplastara.

En el último momento, al darse cuenta del peligro, aquel ser cedió en su ataque y agachó la cabeza. Sus ojos relampaguearon insidiosos, pero también cautelosos.

—¡Vamos, ven aquí! —dijo Kim desafiante—. Esperaba a alguien como tú.

El pequeño y repugnante ser emitió un desagradable sonido siseante y babeó de nuevo. Sus diminutas garras se hundieron en el fangoso suelo.

—¿Qué quieres? —preguntó Kim en plan provocador—. ¡Puedes venir aquí para que te dé una paliza o puedes esfumarte! —Kim agarró una piedra.

—¡Hambre! —dijo el animal.

El chico abrió unos ojos como platos.

—¿Cómo?

—Hambre —repitió el pequeño monstruo—. Tú eres grande y yo tengo mucha hambre.

Kim tragó saliva, miró al espinoso bicho y luego a su dedo. Los diminutos dientes de la bestia habían dejado en su piel una doble hilera de puntos sanguinolentos. Y la herida ardía como si la hubieran frotado con sal.

—¡Solo un poco! —suplicó el animal. Se sorbió los mocos de un modo audible e insistió con voz suplicante—: ¡Hambre!

Los ojos de la criatura se llenaron de lágrimas.

—A mí no puedes comerme —explicó Kim con tono cortante mientras se chupaba la sangre del dedo—. ¡Tengo un sabor horrible!

—Mientes —aseguró el almohadón de púas.

—¿Ah, sí? —preguntó el chico—. ¿Y eso por qué?

—¡Te comes a ti mismo!

Kim parpadeó, se sacó el dedo de la boca y no tuvo más remedio que echarse a reír. El animal se pasó la lengua por los labios y se acercó un poco más, tanto que la pierna derecha del muchacho, desde la rodilla al bolsillo, se llenó de babas.

—¡Eh! —protestó Kim—. ¡Cuidado con lo que haces!

Intentó echar a un lado a aquel ser de un manotazo, pero en el último momento retiró la mano cuando vio la avidez que brillaba en sus ojos.

—Ahora escúchame —comenzó a decir—. Tengo muchas razones en contra de que me comas, ¿entendido?

—No comerte del todo —aseguró el pequeño engendro—. Tan solo un trozo. Uno muy pequeño.—Sus ojos recordaron de repente a los de un cervato indefenso que suplica un terrón de azúcar—. Solo un dedo —rogó—. ¿Medio?

—¡No! —chilló Kim, entre divertido y airado —¡Ni un cuarto! Ni siquiera la uña del dedo. ¿Está claro?

Kim se irguió y cerró la mano derecha, que le dolía mucho.

—¿Entonces, un dedo del pie? —preguntó esperanzado el animal.

Kim quiso enfadarse, pero no pudo hacer otra cosa que estallar en carcajadas hasta quedarse sin aire. Entre cloqueos de risa se puso en cuclillas ante el animal y le observó con una sacudida de cabeza mientras se secaba las lágrimas con la mano izquierda.

—¿Qué te pasa? —preguntó el bicho—. ¿Por qué gritas así?

—No grito —le aseguró Kim—. Aunque lo parezca... Pero ¿quién eres?

—¿Yo? —El animal pareció pensar en serio por un momento el significado de la pregunta—. Yo —dijo por fin—. Yo soy yo. ¿Quién iba a ser si no?

—Ya me lo me parecía a mí —murmuró Kim—. Las preguntas estúpidas solo reciben respuestas estúpidas, ¿verdad? —suspiró—. Mi nombre es Kim. Puede que hayas oído hablar de mí alguna vez —añadió esperanzado.

—No —contestó su adversario—. Y tampoco te he probado. Estoy seguro de que me acordaría de tu sabor.

—Claro, desde luego —dijo el chico dándole la razón, luego se puso en pie—. Me voy porque tengo un largo camino por delante. Encantado de conocerte.

Dicho esto se volvió y se alejó con pasos ágiles.

Todavía reinaba la noche profunda pero el muchacho no se sentía cansado. Además, no hubiera podido dormir en aquella zona en la que había que contar con que, si no tenía cuidado, cualquiera podía comérsele.

El camino por la sombría ciénaga resultó ser más complicado de lo que pensaba. Tropezó una y otra vez con las raíces que no se veían con claridad, se metió en charcos cenagosos y, en dos ocasiones, se golpeó contra el tronco de unos árboles que parecían emerger de la nada. Su valentía fue disminuyendo y una mirada al cielo le dejó claro que no debía esperar un inmediato amanecer.

El paisaje que tenía alrededor, por el que unas veces caminaba y otras tropezaba, le parecía más inhóspito cada vez.

La ciénaga se extendía más allá de lo que alcanzaba la vista y los árboles y arbustos parecían enfermizos y achaparrados. ¿Qué esperaba? Esto debía de ser una parte de Luna de Leyenda, pero era el «país de los animales escamosos». En realidad, ahora se alegraba de que su hermana hubiera pedido un terrario y no una araña peluda de largas patas o incluso peces...

Cuando, al cabo de un tiempo, se volvió de repente, vio una diminuta sombra que le seguía sin hacer ruido. Se paró de golpe y frunció el ceño al ver un par de ojos turbios mucho más grandes que los que él recordaba.

—¿Y ahora qué pasa? —preguntó molesto—. ¿Por qué me sigues?

—Hambre —suplicó con terquedad el pequeño animal. Kim suspiró. El monstruo le miraba con candidez—. ¿Quizá una oreja?

—¡No! —bramó Kim lo más alto que pudo. Se acercó irritado al animal pero, en el último momento, se lo pensó—. Espera —dijo—. ¿Has dicho que tienes mucha hambre?

El animalito asintió con vehemencia y se acercó a él.

—Escucha —le explicó el muchacho—. Aquí hay lagos y ciénagas por todas partes, ¿no es cierto? Estoy seguro de que hay peces. ¿Te gustan los peces?

—Claro.

—¿Y conoces esta zona?

—Claro.

—Entonces te voy a proponer algo —dijo Kim—. En cuanto sea de día prometo pescar para ti un pez grande y jugoso.

—¿Uno grande y solo para mí?

—Todo para ti —aseguró—. Yo no quiero ni una escama. Pero tú tienes que enseñarme el camino para salir de aquí. Busco... a los míos. ¿Me entiendes?

—¿A unos como tú? —preguntó el monstruito.

—Exacto —replicó Kim—. Criaturas como yo que no quieran comerme. ¿Sabes dónde puedo encontrarlas?

—Claro. No están muy lejos, pero primero quiero ese pez.

Kim suspiró y a continuación propuso:

—¿Podemos esperar a que se haga de día? Tú pareces ver muy bien en la oscuridad pero, por desgracia, yo no.

—Ya me he dado cuenta —contestó—. Casi te caes en la madriguera de un bicho.

El chico prefirió no averiguar de qué bicho se trataba. Seguro que la respuesta no le iba a agradar.

—¿Entonces, estamos de acuerdo? —preguntó—. Yo te consigo un pez en cuanto se haga de día y tú me enseñas el camino para salir de aquí.

—Hecho —asintió el animal.

Kim se irguió, pero antes de continuar se volvió de nuevo hacia su acompañante:

—Si vamos a andar juntos tienes que decirme tu nombre —dijo—. ¿Cómo debo llamarte?

El pequeño animal con púas le miró turbado y Kim lo notó.

—Está bien —dijo de repente—. Me inventaré un nombre—. En su cara se dibujó una mueca—. Eres desagradable como la noche, ¿lo sabías? Creo que te voy a llamar Cacho.

—¿Cacho?

—Es algo cariñoso para no llamarte «pedazo de tonto», «cacho tonto» o «cacho feo». Te va bien. ¿De acuerdo? —contestó Kim riéndose.

El animal se lo pensó un momento, luego asintió y se deslizó con pasitos menudos por encima de los pies del chico, con lo que sus zapatillas se llenaron de babas hasta el tobillo.

Kim aprovechó la primera luz del día para recolectar hierbas y ramas delgadas a fin de preparar una rudimentaria caña de pescar. Resultaba más fácil decirlo que hacerlo, pero el chico era hábil y tras algunas pruebas consiguió armar una a base de tallos trenzados de unos metros de longitud que parecía adecuada para sus propósitos; no tenía intención de pescar una ballena, sino únicamente lo necesario para saciar a su hambriento compañero. El anzuelo le supuso alguna que otra dificultad pero, al final, le sirvió la hebilla de su cinturón después de torcerla con una piedra. La aguzó todo lo que pudo.

Cacho se mantuvo sentado a su lado todo el tiempo observándole con sus ojos saltones, pero no dijo nada, cosa que Kim agradeció. Uno de los motivos por los que se había decidido a fabricar la caña era que él también tenía hambre. El otro motivo, y quizá el más importante, era que aquel pequeño ser nauseabundo se había pasado todo el tiempo sin dejar de repetir lo hambriento que estaba e insistiendo en su petición de una oreja o un dedo de la mano o el pie. Al chico se le estaba agotando la paciencia y al final quién sabe lo que le hubiera podido dar a aquel charlatán para que cerrara la boca de una vez por todas.

Pero no llegó tan lejos. Su acompañante de cuatro patas le llevó ante un charco pequeño y profundo y Kim apenas había lanzado su recién construida caña cuando una sombra dorada pasó muy cerca de la fangosa superficie y tiró tan fuerte que el muchacho estuvo a punto de caerse en el charco.

A pesar de ello mantuvo tenso el hilo que, para su admiración, aguantó a pesar de que parecía haber enganchado un pez muy grande. El agua burbujeó e hizo espuma al final del sedal mientras la presa se debatía. Kim pensó en más de una ocasión que se le iban a agotar las fuerzas y que tendría que dejarla escapar. Mientras tanto, Cacho corría excitado de un lado para otro, se pasaba con avidez la lengua por los labios llenos de granos y salpicaba al chico con babas y mucosidades verdes. Al final llegó la calma y, jadeante, Kim sacó su presa del agua. Era un pez enorme, casi tan largo como su brazo y de unos ocho kilos de peso; sus ojos parecían mirarle desconcertados y con aire de reproche. Quizá, pensó Kim con un sentimiento de culpabilidad, la suya había sido la primera caña de pescar que se había conocido en aquel mundo.

Echó a un lado sus pensamientos y, con un último esfuerzo, llevó el pez a la orilla y alzó una piedra mientras el animal agitaba con fuerza la cola y las aletas.

—¿Qué haces? —preguntó Cacho.

—Intento terminar con su sufrimiento —contestó—. Es así como lo hacen los pescadores. ¿O debo esperar hasta que se asfixie en el suelo?

Cacho no contestó, pero le miró con atención mientras Kim hizo lo que pensaba que había que hacer hasta que por fin, sin respiración y con una ligera sensación de malestar en el estómago, volvió a erguirse. Había ido a pescar con su padre en muchas ocasiones, pero siempre fue el adulto el que se hizo cargo de ese desagradable trabajo.

—Le has matado a golpes —dijo Cacho con un tono lleno de reproches, aunque eso no le impidió acto seguido abrir la boca y meter en ella un trozo enorme del pez.

—Tú lo querías, ¿no? —respondió Kim irritado.

—¡No hacía falta que fuera entero! —contestó Cacho con la boca llena—. Con un trozo me hubiera bastado —tragó, dio otro gran bocado al lomo del pez y le dijo con una mirada torcida—: ¿También me habrías matado a mí a golpes la otra noche?

Kim se sintió algo turbado.

—¿Por qué... lo preguntas? —indagó.

Cacho señaló la piedra que Kim había dejado caer.

—Tenías una piedra en la mano.

—Pero..., pero aquello era otra cosa —tartamudeó Kim.

—¿Por qué? —quiso saber Cacho.

—Ahora, yo... —Kim buscó las palabras adecuadas—. Es que... es que... eres tan repulsivo que me asusté.

—¡Ah! —dijo Cacho y volvió a arrancar con la boca otro trozo del pez. Kim estaba estupefacto. El pez era casi el triple de grande que el pequeño monstruo con púas, pero este ya había dado cuenta de buena parte.

—Ya entiendo. Matas a golpes a los animales repulsivos.

—No —contestó Kim—. No... yo no lo diría así. Eso era... era antes de saber que podías hablar.

—¿Quieres decir que si no hubiera dicho nada me hubieras matado a golpes?

Kim suspiró. Empezaba a sentirse mal.

—No es eso —murmuró—. Quiero decir... Yo... Bueno... —De repente se sintió pequeño y miserable. Aquel minúsculo ser le había sacado de quicio. Se dio cuenta de lo hambriento que se sentía y aprovechó para cambiar de tema—. ¿Me das un trozo de tu pez?

Cacho erizó todas sus púas, se agazapó como un gato dispuesto a atacar y miró al chico.

—¡Me dijiste que era solo para mí! —chilló.

Kim suspiró.

—Bueno, solo lo preguntaba porque el pez es muy grande.

—¿Y qué? —replicó Cacho—. ¡Lo prometido es deuda!

—Está bien —el muchacho renunció con un gesto de cabeza—. Vamos a hacerlo así: come hasta que te hartes y me das lo que te sobre, ¿vale?

Cacho gruñó una respuesta que Kim no entendió y siguió comiendo ruidosamente y adentrándose en el interior del pez. El muchacho se quedó un momento allí mientras sacudía la cabeza y luego se volvió alejándose unos pasos para no tener que verlo. Pero, por desgracia, no podía taparse los oídos: Cacho hacía el mismo ruido que toda una familia de cerdos.

Kim bordeó con calma el pequeño lago y miró a su alrededor. Cada vez había más luz y en el gris del amanecer se mezclaba ahora la primera claridad del día; la ciénaga ya no tenía un aspecto tan amenazador como el de la noche anterior. Incluso aquí y allá se advertía la presencia de alguna flor silvestre entre las descoloridas plantas del pantano y un poco más lejos creyó reconocer en el horizonte una línea de auténtico color verde. Al parecer Cacho había cumplido su palabra y le había llevado al límite del inquietante País de la Ciénaga.

Se preguntó en qué parte de Luna de Leyenda se hallaría. El país era grande, muy grande. Si tenía mala suerte podía vagar durante semanas hasta llegar por fin al castillo de Gorywynn, si es que ese era su objetivo.

Kim cayó en la cuenta, con pesar, de lo poco que sabía en realidad; había visto la cara de Temístocles en el cristal y había encontrado a un joven que llevaba las ropas y el escudo de los caballeros de las estepas. Eso era todo. Desconocía lo que había pasado en Luna de Leyenda y el motivo que le obligaba a estar allí.

Pero, por supuesto, no lo iba a descubrir por mucho que se quedara allí plantado y le diera vueltas a la cabeza. No tenía otra opción que seguir su marcha y buscar el camino a Gorywynn. Quizá encontrara más tarde el guía adecuado.

Esperó hasta que tuvo la seguridad de que Cacho se había saciado, entonces regresó y abrió los ojos con incredulidad.

El pequeño monstruo permanecía agachado en el mismo sitio en el que le había dejado pero, ¡el pez había desaparecido! En su lugar solo quedaba una raspa roída hasta la médula de la que salían cientos de espinas delgadas como agujas.

—¡No puede ser! —exclamó Kim.

Cacho sonrió, se pasó la lengua por los labios y a continuación emitió un sonoro eructo.

Kim miraba desconcertado tanto a la raspa del pescado como al pequeño ser.

—¡No me vas a decir que... te has comido el pez tú solo! —jadeó incrédulo.

—Claro —contestó Cacho—. Estaba muy bueno... —Miró a Kim con la cabeza inclinada—. Siento no haberte dejado nada. Pero he pensado que, ya que estaba muerto, me lo podía comer del todo. Si quieres podemos continuar.

—Claro —murmuró el chico sin moverse, como narcotizado—. Del todo..., como tú dices.

—Bueno, pues vamos. —Cacho dio un paso, pero de repente se detuvo y miró pensativo el esqueleto del pez—. En realidad es una pena dejarlo aquí —dijo, y de un solo bocado se comió los restos.

Avanzaron durante una media una hora más en dirección a la línea verde del horizonte. El sol salió sobre la ciénaga, aunque allí abajo aún no reinaba una claridad completa. Los árboles, bajos pero más gruesos, absorbían la mayor parte de la luz solar y lo que restaba de ella se lo tragaba la niebla que comenzaba a emerger del suelo con la luz del nuevo día. Era una niebla húmeda que dejaba una película pegajosa sobre la piel, pero eso no parecía importarle a Kim, ya que tenía claro que se acercaban al límite del País de la Ciénaga.

Cacho iba la mayor parte del tiempo delante de él, pero un par de veces también caminó a su lado, e incluso dos pasos por detrás, y cuanto más miraba Kim al animal, menos desagradable le resultaba. Por supuesto que seguía siendo horrible, pero comenzó a preguntarse el motivo por el que, cuando le conoció, le había causado tanta repugnancia.

Llegaron al borde de la ciénaga y Cacho se detuvo. La mirada de sus ojos saltones se dirigió a un prado ondulado y bañado por el sol que se extendía ante ellos y, aquí y allá, estaba salpicado de árboles y arbustos. A unos tres o cuatro kilómetros, Kim vio el límite de otro bosque, pero era muy distinto al de la zona de los pantanos.

—Ya llegamos —dijo Cacho.Y miró inseguro al cielo antes de volverse hacia Kim—. Si buscas a los que son como tú, debes seguir recto. —el pequeño animal titubeó un momento y añadió finalmente—: Lo del pez estuvo muy bien. ¿Crees que podrías volver a hacerlo?

—¿Por qué no?

—Todavía te puedo guiar un poco más —añadió Cacho—. El camino queda aún algo lejos y te puedes perder. ¿O conoces la zona?

Kim contuvo una mueca.

—No —afirmó—. Podría necesitar un guía, si ese guía estuviera conforme con lo que yo le pagara.

—¿Un pez al día?

—Eso siempre que yo pueda comer algo de él.

Cacho parecía decepcionado y el chico se apresuró a decir:

—Yo como poco, palabra de honor. No llego a comer ni siquiera lo que peso.

—¿Seguro? —quiso cerciorarse Cacho.

—Seguro —contestó Kim—. La mayoría de las veces, todavía menos.

No sabía por qué, pero de repente deseaba que el pequeño animal siguiera en su compañía; ya no le importaba que resultara tan desagradable.

—Está bien —dijo Cacho después de pensárselo un rato—. Espera aquí un momento. —Se volvió y con ágiles pasos desapareció detrás de un arbusto.

Se quedó allí un buen rato, tanto que Kim ya se preguntaba si no se trataría de una broma pesada a modo de despedida y si en realidad le habría dejado solo. Esperó un poco más y luego se acercó al arbusto con paso decidido.

Pero apenas había llegado a la mitad del trayecto cuando se separaron las ramas y tras ellas apareció una bellísima criatura con rayas rojas, naranjas y amarillas. La sorpresa hizo que el chico se quedara con la boca y los ojos abiertos de par en par. Lo que tenía delante era el animal más hermoso que jamás había visto. No era mucho mayor que Cacho, pero donde el otro animal no tenía más que espinas afiladas y escamas mucosas, este portaba un magnífico ropaje de plumas. Debajo de ellas le habían brotado unas patas muy suaves y una cola larga y tupida, como la de un gato persa; unos ojos grandes y dulces, similares a los de un reno, miraban a Kim desde una bella cara que enseguida cautivó al muchacho. Su pesada estola de plumas le hacía parecerse al pez león que Kim había visto una vez en una película.

—¿Quién... quién eres tú? —murmuró el muchacho mientras, con una sonrisa, se ponía en cuclillas y acercaba la mano a aquella maravillosa criatura.

El animalejo le miró burlón unos segundos y le mordió el dedo con todas sus ganas.

—En realidad ya no tengo hambre —dijo—, pero siempre viene bien una segunda ración.

Kim se puso en pie con un grito de desconcierto, se metió el dedo sangrante en la boca y miró a la criatura con los ojos desorbitados.

—¿Ca... cho? —tartamudeó—. Es un nombre tanto, pero por mí se puede quedar así. Te pega de alguna forma porque eres un cacho de... Pero esto... Cómo puede ser... Quiero decir...

—Que soy desagradable como la noche, ya lo sé —dijo Cacho—. Pero la noche ya ha pasado, ¿no?

—¡Uffff! —hizo Kim, puesto que eso era lo más inteligente que se le pasaba por la cabeza.

—Exacto —dijo Cacho—. Y ahora vámonos. El camino es largo y creo que nos espera un pez.

El muchacho necesitó muchísimo tiempo para tranquilizarse y acostumbrarse a la increíble transformación que había sufrido el animal de escamas y púas, pero no puso mucho empeño en entenderlo. En este mundo había visto cosas fantásticas, pero pocas más sorprendentes que la de ahora.

Partieron con rumbo al País de la Hierba. El bosque que habían visto estaba mucho más lejos de lo esperado, así que tuvieron que caminar varias horas hasta llegar a su orilla. Cacho marchaba todo el tiempo por delante y sus suaves patas de felino no hacían el más mínimo ruido. En más de una ocasión desaparecía entre la alta hierba y, de repente, volvía a aparecer como si fuera una pelota de bádminton pintada de brillantes colores. Entre tanto charlaba y pasaba de un tema a otro, quería saber quién era Kim y de dónde venía; el chico le contestaba con paciencia y también le hacía algunas preguntas, pero recibía pocas respuestas. Al parecer, aquella pelota de bádminton no había salido nunca de su patria, el País de la Ciénaga. Pero, a pesar de todo, sabía que el destino de Kim estaba en el sur, es decir, en la dirección en la que avanzaban.

Al llegar a la orilla del bosque pararon un momento a descansar. Kim se sentía fatigado de verdad y después de que Cacho (su maravillosa transformación ya no encajaba con el nombre, pero el chico estaba demasiado cansado para cambiárselo) le jurara una y otra vez que haría la primera guardia y no le mordería para obtener su desayuno, se tumbó a la sombra de un árbol y se quedó dormido casi al instante.

Cuando Kim despertó el sol estaba muy alto en el cielo. Había dormido casi todo el día y ahora se sentía tan fresco y descansado que su enfado se evaporó en un santiamén.

Continuaron su camino después de haber calmado la sed en un arroyo cristalino que se encontraba cerca, como siempre ocurría en Luna de Leyenda, donde si uno tenía sed acababa encontrando una fuente.

El bosque no parecía muy denso. Pronto empezaron a iluminarse los matorrales y las ramas de los antiquísimos árboles ya no estaban tan juntas, por lo que pudieron avanzar mejor.

Sin embargo el suelo comenzó a ser más desigual. Entre el musgo verde aparecían de vez en cuando grandes rocas grises y, en un par de ocasiones, Kim tuvo que trepar por ellas o rodearlas, sin escuchar casi nunca las advertencias de Cacho y con la idea de que su tamaño le permitía superar obstáculos que resultaban invencibles para el diminuto animal.

Por fin llegaron a la linde del bosque y ahora Kim pudo ver el motivo por el que el camino se había hecho más dificultoso: el bosque, como una pared defensiva natural, bordeaba una pared rocosa que caía hacia las profundidades. A sus pies comenzaba un territorio de suaves colinas onduladas, con campos, prados y bosquecillos, y también con zonas claras en las que se veían aldeas, casas aisladas y granjas.

Bajar hasta allí por la roca hubiera resultado muy trabajoso, pero el muchacho se sintió muy satisfecho. Aldeas y granjas, ¡aquello significaba que, por fin, podría preguntar a alguien qué había sucedido en Luna de Leyenda! ¡Y conocer el motivo por el que Temístocles le había pedido ayuda!

—¿Y ahora? —preguntó Cacho.

Kim suspiró hondo y señaló a la pared rocosa que había a sus pies.

—Tenemos que bajar —dijo—. No tengas miedo, encontraremos alguna forma de hacerlo. Si quieres te puedo llevar.

—Fantástico —dijo Cacho y se plantó de un salto en los hombros del chico. Su tacto era suave y Kim solo notó que el abrigo de plumas le hacía cosquillas en la mejilla.

—También podemos ir por el puente —propuso Cacho.

—¿Qué puente?

La patita del bicho pasó por delante de la nariz de Kim y señaló a la izquierda.

—Ese puente de ahí, cegato.

Kim rio por lo bajo. El carácter de Cacho, al contrario que su aspecto, no parecía haber cambiado en lo esencial. Miró obediente en la dirección que le señalaba. Y, allá a lo lejos, vio algo parecido a una trama de filigrana enredada en la pared rocosa, sutil como una tela de araña, pero de estructura demasiado angulosa como para tener un origen natural. Al parecer él no era el primero que había llegado a este lugar. Alguien había construido una enorme escalera en la pared. El camino hasta allí era largo, pero Kim prefirió caminar algunos kilómetros más en lugar de recorrer el mismo tramo a base de bajar por una pared casi vertical.

Se puso en camino con su colorido amigo a hombros.

Cuando llegaron a la escalera ya hacía tiempo que el sol había pasado por su punto más alto y el chico se percató de que, una vez más, tendría que pasar la noche al raso. Se le agotaban las fuerzas y solo a base de suerte podría alcanzar el pie de la pared antes de que cayera la oscuridad. Incluso el peso del animal comenzaba a molestarle cada vez más en los hombros, pero el pequeñajo no se iba a bajar por su propia voluntad.

Kim no salía de su asombro según se acercaba a aquella curiosa construcción que colgaba de la pared como una auténtica escalera de incendios. Su tamaño le estremeció, era verdaderamente gigantesca. Los escalones tenían una altura normal, pero eran tan anchos que hubieran permitido subir a veinte hombres a la vez. Estaba hecha de un antiquísimo hierro oxidado que aparecía perforado en muchas zonas; aquí y allá parecía faltar algún escalón y el viento, que azotaba sin cesar, arrastraba el óxido del hierro.

Kim se preguntaba para qué serviría aquella curiosa construcción. Y por qué alguien se habría molestado en construirla para luego dejar que se estropeara.

Dudó un buen rato antes de colocar el pie en el primer escalón; luego se apoyó con cuidado en el peldaño y se preparó para retroceder si observaba que toda la estructura se le venía encima a causa del peso de su cuerpo. Pero no ocurrió nada de eso. La escalera ni siquiera se movió. El único que osciló fue Kim al subirse por completo a ella y comprobar que el viento le sacudía de una forma nada agradable. Estiró el brazo y se agarró con firmeza a la barandilla. Parte del hierro oxidado se pulverizó bajo sus dedos, pero pudo conseguir un apoyo. Cacho chilló cuando el viento alcanzó su abrigo de plumas y lo levantó. Casi salió despedido de los hombros de Kim. Se agarró con desesperación al pelo del chico, pues sus suaves patas carecían de garras. Como plumón arrastrado por el viento, a punto estuvo de caer en las profundidades, si no llega a ser porque Kim, como un rayo, le sujetó con la mano que le quedaba libre. —¡Uf! —dijo Kim—. Por los pelos.

—¡En efecto! —jadeó Cacho. Su voz se volvió aguda y chirriante y Kim pudo darse cuenta de que el pequeño cuerpo temblaba como un flan bajo su abrigo de plumas.

Con mucho cuidado, manteniendo la mano izquierda sujeta al hierro de la barandilla y tanteando siempre con el pie en busca de un apoyo firme, Kim descendió.

Era una acción muy peligrosa, pues la escalera se encontraba en muy mal estado. Fueron varias las ocasiones en que tuvo que dar un gran paso en algunos escalones tan oxidados que parecían estar hechos de una rejilla delgada como el papel. Una vez llegó a un punto en el que toda una parte de la escalera se deshizo en polvo rojizo y debajo de él no había más que un impresionante abismo con la boca abierta como en un bostezo. Kim lo superó a base de sujetarse a la oxidada barandilla con los dientes apretados y los ojos cerrados por el terror. Y lo consiguió. Pero luego se sintió tan cansado que, una vez que alcanzó el peldaño siguiente, tuvo que inclinarse para poder tomar aire. Cuando por fin llegaron al pie de la escalera el sol había comenzado su último recorrido del día. Las sombras se hicieron más largas y desde el sur sopló un fresco viento que Kim agradeció, pues tenía el cuerpo empapado en sudor. Cacho también contribuía lo suyo, pues en un momento en que estuvo a punto de volver a salir despedido de los hombros del chico, este decidió resguardarlo dentro de su camisa. Apenas notaba el peso, pero las suaves plumas le hacían sudar.

De repente Kim se detuvo, se irguió y miró hacia abajo con los ojos entornados.

—¿Qué ocurre? —gritó Cacho que, curioso, sacó su morro del interior de la camisa de Kim y las plumas rojas de la parte posterior de su cabecita cosquillearon al chico en la barbilla.

—Pues... no lo sé —dijo Kim titubeante—, pero me da la impresión de que ahí abajo hay alguien.

Su emplumado acompañante miró también hacia abajo y Kim notó otra vez el cosquilleo de las plumas de Cacho.

—Pues sí —dijo con su voz aguda—. Pero es... Es muy raro.

—¿Por qué? —Kim se había dado cuenta hacía tiempo que la vista de Cacho era mucho más penetrante que la suya.

—No lo sé —respondió el ser con plumas—. Pero es extraño. Será mejor que tengas cuidado.

Esa información no le servía de mucho al chico pero, a pesar de todo, tuvo en cuenta las advertencias de Cacho y se mantuvo alerta.

Continuó lentamente su descenso y al final se dejó caer en el centro de un peldaño. Allí abajo, ya casi en el suelo, el viento no era tan fuerte y no tuvo necesidad de sujetarse tanto. Ahora pudo examinar a la figura que había visto desde las alturas.

Parecía un hombre; un hombre grande de anchos hombros y que vestía una indumentaria negra. Estaba inmóvil y les daba la espalda. Tampoco se movió cuando se acercaron a él, a pesar de que tenía que haber oído los pasos de Kim. El hombre se limitaba a estar allí de pie, sin moverse, con el brazo derecho medio levantado y estirado, como si tratara de sujetar algo invisible. Kim sintió algo de miedo. A pesar de estar muy cerca del hombre no pudo examinarlo por completo debido a que la luz del sol perdió de repente toda su fuerza y, a los pies de la poderosa pared de piedra, oscureció de súbito. Pero el cuerpo se alzaba como una silueta negra contra un fondo mucho más claro. Parecía demasiado grande, demasiado voluminoso.

Cacho carraspeó desde debajo de la camisa.

—¿Kim?

—¿Sí?

El chico no dejaba de mirar a la figura.

—Está oscureciendo —dijo entonces Cacho.

—Ya lo sé —contestó el muchacho.

—Bueno, estaba pensando si no sería mejor para ti..., que me sacaras de tu camisa, porque...

Cacho no continuó, pero Kim se dio mucha prisa en sacar la bola de plumas de debajo de su camisa y colocarla a su lado en el escalón.

—Gracias —dijo Cacho.

Kim se concentró de nuevo en la figura en sombras. El hombre no se había movido nada y debía de ser sordo para no haber oído sus voces ni percibir sus pasos sobre el hierro retumbante de la escalera. Y Kim no tenía tan claro que fuera realmente un hombre... Descendió con cuidado del último escalón, rodeó la figura a una distancia prudencial y se acercó a ella desde un lado.

¡Curioso! Era como una enorme escultura, de más de dos metros de alta y de hombros muy anchos, y estaba hecha de hierro oxidado. Su mano derecha era delgada y tenía unos dedos articulados que se mostraban inmóviles en un gesto de agarrar; la izquierda era una terrible garra de hierro, como la pala de una excavadora, más pequeña, aunque seguramente no más débil. El corazón de Kim comenzó de repente a golpearle con fuerza en el pecho cuando recordó el lugar donde había visto antes a esa figura...

Continuó avanzando con cautela e intentó no dejar de mirar a la figura en ningún momento. Preparado para saltar y emprender la huida de inmediato, Kim sorteó al gigante inmóvil hasta que pudo verle la cara.

Mejor dicho, el lugar en el que debería estar la cara... Kim respiró. Lo que veía se parecía mucho al robot que le había atacado en casa de sus padres. Pero donde tendría que estar aquella terrible máscara de portero de hockey con unos brillantes ojos verdosos, en este caso solo había un gran agujero a través del cual se podía mirar dentro de su cabeza, que estaba vacía del todo.

Pudo comprobar que el hierro de aquella cabeza se encontraba carcomido por el óxido.

—¿Qué es esto? —preguntó Cacho. Su voz había cambiado un poco.

—No... No estoy seguro —dijo Kim impresionado—. Pensaba que ya había visto uno como él. Pero ahora...

Se encogió de hombros, dejó la frase a medias y se acercó al hombre de hierro, con mucha prudencia pero con menos miedo.

Se puso de puntillas con cautela y echó una última mirada a la mano en forma de pala y, luego, a la cabeza.

Una sombra le embistió, le arañó la cara y se alejó con un ruido de batir de alas. Kim gritó. Dio un paso atrás y en el último momento consiguió no perder el equilibrio. Miró desconcertado. Un pequeño pájaro negro se elevó en el aire y empezó a dar vueltas por encima de Kim, como riñéndole. Aún con más cuidado que antes, se puso de puntillas por segunda vez y miró la poderosa cabeza de hierro.

Sí, estaba vacía. Y desde las profundidades del armazón de metal salía un piar quejumbroso y arriba, en el cielo, el pájaro gritaba su enojo; quizá hubiera utilizado aquella cueva vacía para hacer su nido y ahora temiera por sus polluelos.

—Es raro —murmuró Kim mientras se acercaba un poco más a la figura.

—¿Qué es raro? —preguntó Cacho.

—Esta cosa —Kim señaló al gigante de hierro—. Está vacía del todo.

—A lo mejor se lo ha comido alguien —aventuró Cacho—. Si se ha dejado la cáscara es porque estará muy dura.

Kim sonrió pero enseguida se puso serio otra vez.

—Bueno —dijo el chico—, si te comieras lo que hay dentro, te quedarías sin dientes.

Sacudió la cabeza, retrocedió unos pasos y miró pensativo a su alrededor. Entonces, se le ocurrió pensar en la curiosa postura que tenía aquella funda vacía. Su brazo derecho, medio levantado y con los dedos estirados, señalaba al sur, ¿o no estaban estirados del todo los dedos? «En realidad —pensó Kim— se encuentran algo separados, como si hubieran estado tensos mientras sujetaban algo.» Pero, ¿qué era lo que quería sujetar el gigante? ¿Algo que le atacaba? ¿O señalaba a todo el ancho y gran país que se extendía ante él? Kim se estremeció con aquellos pensamientos. Continuó mirando a su alrededor.

Al cabo de un momento, descubrió cerca una segunda sombra tan inmóvil como la primera. Otro robot. Estaba tan hueco como el otro, pero en peor estado. Su cuerpo presentaba agujeros y tremendas abolladuras, le faltaba un brazo y parecía que alguien había usado su cabeza hueca para jugar al fútbol con ella, pues estaba a un metro de distancia y muy abollada. Y había más robots, este no era el último.

Una vez que acabaron de buscar, Kim y Cacho habían encontrado casi una docena de aquellas tremendas figuras carcomidas por el óxido y que estaban colocadas, de pie o tumbadas, cerca de la escalera; algunas destrozadas casi por completo, otras algo dañadas, pero todas vacías y muertas. Y eso no era todo. Entre las figuras había muchos residuos diseminados por el suelo: barras retorcidas de hierro, ruedas dentadas oxidadas —algunas del tamaño de Kim— y piezas de máquinas misteriosas cuyas funciones no pudo reconocer. Así como fragmentos angulosos de un color marrón rojizo que, al ser rozados, se deshacían en polvo. Era como si estuvieran en un enorme depósito de chatarra que hubiera sido abandonado hacía siglos.

«Esto es siniestro», pensó Kim con un escalofrío. Ahora se alegraba de que oscureciera muy deprisa y tuvieran que seguir su camino. Avanzaron hacia el sur y aquella luz les permitió andar durante una media hora más.

## V

Al salir de las sombras de la pared rocosa se hizo de nuevo de día. El sol se había convertido en una roja bola de fuego que no se alzaba ni un dedo por encima del horizonte y las sombras se habían alargado. Pero, desde la inmensa escalera el muchacho había observado el paisaje con detenimiento y había visto que cerca de allí había una pequeña granja. Con un poco de suerte podrían llegar a ella antes de que se hiciera de noche o, como mucho, poco después.

Avanzó a grandes pasos, quizá más rápido de lo necesario, pero la preocupación y el deseo de obtener información le obligaban a apresurarse. Aquella colección de enormes e inmóviles figuras de hierro huecas y la acumulación de desechos de metal oxidados le habían asustado y se encontraba sumido en un gran desconcierto. No se ajustaban a aquel paisaje; tan poco, o menos, que lo que encajaba un dragón alado en el mundo al que pertenecía el chico. Y cuanto más lo pensaba, más extraña le parecía la enorme escalera de la pared de roca. ¿Quién iba a construir una escalera así en aquel país? Y, sobre todo, ¿por qué iba a hacerlo? Aunque cavilara durante mucho tiempo, lo cierto es que no tenía ningún sentido. Ya era hora de volver a ver a Temístocles y sus amigos y plantearles esas cuestiones. Tenía muchas preguntas que hacerles.

—¿Qué pasa con el pez que me prometiste? —la voz de Cacho se introdujo entre los pensamientos de Kim. El muchacho siguió su camino mientras volvía la cabeza hacia aquella cosa de color naranja que había surgido suavemente junto a él desde la hierba que le llegaba a la pantorrilla—. Pronto anochecerá y con lo cegato que eres estoy seguro de que no podrás pescar nada.

Kim rebuscó en su memoria y recordó que desde las alturas había visto, no muy lejos de la pared rocosa, un arroyo que serpenteaba entre la hierba. No estaba muy alejado, a menos de la mitad de camino hacia la granja a la que ahora se dirigían.

—Enseguida —dijo Kim—. Por aquí tiene que haber un arroyo. Solo tenemos que seguir en línea recta.

Sin detenerse, echó mano al bolsillo, sacó el sedal y el improvisado anzuelo y lo desenrolló todo con mucho cuidado.

Poco después llegaron al arroyo y, como había ocurrido la otra vez, tan pronto como el chico lanzó el sedal, el hilo comenzó a moverse en sus manos. El pez que sacó era mayor que el primero y el almohadón de plumas se precipitó contra él entre bufidos apenas retiró Kim el anzuelo de su presa. Parecía que de día Cacho tenía mejores modales en la mesa que durante la noche, pero su apetito no era menor, ni mucho menos. Bajo la mirada atónita de Kim engulló el pescado, que superaba varias veces su peso, y lo hizo en muy poco tiempo. Pero cuando casi había llegado al extremo de la cola se detuvo, miró a Kim y le hizo un guiño con expresión culpable.

—Oh —murmuró—. No te he dejado nada. Yo... había olvidado que tú también querías comer algo. Perdóname, te lo ruego.

Kim hizo un gesto tolerante. La visión de la carne blanca del pescado le hizo recordar que no había comido nada desde hacía dos días. Su estómago rugía tan fuerte que habría estado dispuesto a comerse crudo el pez. Pero ya no estaban muy lejos de la granja que había visto y tenía la certeza de que allí conseguiría algo de alimento.

—No te preocupes —dijo el muchacho—. Come con toda tranquilidad. Yo..., yo no tengo hambre.

—Desde luego que no eres un gran comedor —murmuró Cacho, y engulló también la cola y la espina del pez. Luego eructó. Se contuvo algo más que la noche anterior, porque en realidad no fue más que un pequeño eructo.

—¿Seguimos? —preguntó mientras se relamía de gusto.

Kim se levantó, pero dudó en vadear el arroyo a pesar de que no tenía ni dos metros de anchura y, como mucho, medio metro de profundidad.

—Creo que a partir de aquí puedo encontrar el camino yo solo —dijo—. No hace falta que sigas, si no quieres —añadió con cierta brusquedad.

Cacho le miró como haciéndole un reproche, se volvió y contempló la pared de piedra. Casi estaba oculta por la oscuridad y únicamente se reconocía como una inmensa sombra detrás de la cual parecía acabar el mundo.

—¿Subir de nuevo por la escalera? —murmuró con un estremecimiento—. ¿Y además de noche? —Se sacudió—. Creo que me voy a quedar un rato más. La verdad es que aquí se está muy bien.

—A lo mejor encuentras luego un camino más sencillo para volver a casa —sugirió Kim.

Se encontraba... raro. Sí, había comenzado a sentir simpatía por aquella extraña criatura. Y, en realidad, no le importaba nada el aspecto que tuviera.

—Quizá —dijo Cacho—. Todavía puedo guiarte un trozo más. Solo para estar seguro de que llegas de verdad a tu destino. —De repente soltó una risita—. A lo mejor me puedes pescar otro pez. Más tarde, quiero decir.

Kim se echó a reír.

—De acuerdo. Y luego te regalaré la caña. Puedes aprender a utilizarla.

Y así continuaron caminando. El paraje por el que avanzaban cambiaba mucho de aspecto: de andar por prados llenos de coloreadas flores silvestres pasaban a luchar contra matojos espinosos o a tantear, medio a ciegas, entre bosquecillos en los que la noche ya había penetrado. Luego anocheció por completo y al volverse una vez más para mirar a su acompañante, el muchacho observó que, en lugar de una pelota de plumas anaranjadas, detrás de él reptaba por la hierba un ser espinoso.

—Escucha —dijo—. Cuando lleguemos al pueblo, sería mejor que... Quiero decir que... tú deberías...

—¿Sí? —dijo Cacho al notar que Kim balbuceaba y luego se quedaba callado.

El chico respiró hondo.

—Quiero decir que sería mejor que no te vieran —aseguró—. No sé si entiendes lo que quiero decir.

Cacho no contestó, pero al cabo de unos instantes en los que pareció anudarse un incómodo silencio a otro, se le pudo escuchar con toda claridad:

—Hambre.

Kim se detuvo.

—No puede ser —replicó—. Te acabas de comer un pescado que...

—No hablo de mí —le interrumpió Cacho—. ¡Hablo de eso de ahí!

Las últimas dos palabras casi las gritó, y cuando Kim se volvió y miró al bosque que tenía detrás, dio un grito de pánico y alzó las manos instintivamente.

Detrás de ellos se elevaba una sombra gigantesca. En un primer momento el muchacho pensó que los hombres de hierro habían despertado de su letargo y los seguían, pero luego se dio cuenta de que aquella figura era mayor y más maciza que las otras; además iba muy desgreñada. El sordo rugido que llegó a sus oídos un segundo después no le hacía falta para saber qué era lo que, de repente, había emergido tras ellos en la oscuridad.

¡Era un oso!

Cacho soltó un chillido y desapareció entre la maleza a la velocidad del rayo. El oso dio un paso torpe y con un irritado gruñido se alzó sobre los cuartos traseros. Kim vio que la luz de las estrellas se reflejaba en un resplandeciente y único ojo. El muchacho retrocedió con un grito de espanto mientras la poderosa zarpa del animal se dirigía contra él. Aunque falló el golpe, la mera corriente de aire le sacudió con violencia y le hizo caer al suelo. Rodó a toda velocidad, se protegió la cabeza con los brazos y, a la vez, dio un salto para ponerse de nuevo en pie. El oso gruñó y le asestó tal golpe en el pecho que el chico oyó crujir sus costillas y hubiera caído de nuevo de no haber conseguido, mientras daba tumbos, sujetarse a un árbol.

Pero no aguantó allí por mucho tiempo.

Tuvo que soltar rápidamente su asidero, pues las enormes garras del oso habían dejado marcas de un dedo de profundidad en la corteza del árbol, justo donde acababa de estar la cara de Kim.

Se tambaleó hacia atrás para huir del enorme oso negro y el animal le siguió entre gruñidos. Llevaba separadas las patas delanteras y daba unos curiosos y pesados pasos que eran bastante menos torpes de lo que parecían.

Los pies de Kim se enredaron. Dio un traspié y durante unos segundos agitó los brazos en su lucha por no perder el equilibrio; se tambaleó de espaldas entre dos árboles y, por fin, cayó al suelo todo lo largo que era. El oso le alcanzó con uno de sus poderosos trancos y abrió la boca. A la luz de la luna aparecieron unos dientes, como dagas curvadas, del tamaño del dedo de un hombre.

De repente, desde la oscuridad surgió una bola espinosa que cayó sobre el cuello del oso y empezó a afanarse con dientes, garras y púas.

—¡Hambre! —gritó Cacho—. ¡Tú eres un bicho gigantesco, pero mi hambre es terrible!

El oso bramó de sorpresa y furia, se irguió e intentó alcanzar con sus patas aquella bola de pinchos que tenía en el cuello. Estaba claro que Cacho no tenía nada que hacer frente a aquella poderosa bestia; sus garras no podían traspasar el grueso pelaje, lo que ocurría es que lo inesperado del ataque había sorprendido al oso. Kim pensó que podía darle tiempo a escapar. Se puso en pie con precipitación, dio un par de pasos y se detuvo de nuevo. El oso seguía en su intento de alcanzarse el cuello con las patas delanteras y rugía con tal potencia que todo el bosque pareció estremecerse.

La bestia se tambaleó furiosa y cuando Kim pudo verle con claridad a la luz de la luna, constató que era un verdadero monstruo: mayor que un gran oso pardo y por lo menos media tonelada más pesado. Pero...

Perplejo, Kim se dio la vuelta y le miró con más atención. En el momento en el que el desgreñado gigante se liberaba con una potente sacudida del tormento que se le había agarrado a los hombros, Kim vio que el oso tenía un solo ojo. Y le faltaba una oreja. Cacho había salido disparado hacia lo alto contra un arbusto, pero se levantó y, enseñando los dientes, se dirigió de nuevo contra su adversario. Este gruñó, se incorporó un poco y alzó la zarpa derecha para dar el golpe de gracia al diminuto ser. Kim gritó con todas sus fuerzas:

—¡Cacho! ¡Déjalo!

El animalito se detuvo en mitad de su movimiento para mirar perplejo al joven y el oso giró su poderosa cabeza y examinó al muchacho con su único ojo.

—Déjalo —repitió—. No me hará nada. Y en cuanto a ti, Kelhim —añadió sonriente—, debería darte vergüenza esa forma de asustarnos. ¿Aún no has aprendido que este tipo de humor resulta algo vulgar?

Se acercó risueño al oso, se detuvo ante él y abrió los brazos para darle un abrazo. Kelhim echó la cabeza hacia un lado y lanzó una mirada larga y pensativa sobre el chico. Pero no se tranquilizó y por un segundo Kim tuvo sus dudas. ¿Qué pasaría si se había confundido y lo que tenía delante era en realidad una terrible fiera en lugar de su amigo? Pero volvió a examinarlo y comprobó que, verdaderamente, era Kelhim, el mágico oso parlanchín que había sido su compañero de lucha contra las negras hordas de Boraas y uno de los mejores amigos que había tenido. No cabía ninguna duda.

—Te haces mayor poco a poco, ¿verdad? —le preguntó con tono burlón—. Deberías inventarte algo nuevo, porque la primera vez que nos vimos ya simulaste que querías comerme.

Cacho carraspeaba de continuo.

—Perdona —expresó sus dudas—. ¿De verdad estás seguro de lo que haces?

—Muy seguro —contestó Kim, y se acercó un poco más al enorme oso.

Kelhim gruñó, elevó la zarpa y bajó la cabeza. Su nariz, llena de cicatrices, se movía como si fuera la de un perro olfateando.

—Venga, muchacho —dijo Kim—. Di algo.

Kelhim gruñó de nuevo, alzó la zarpa y descargó un golpe. Esta vez sí le alcanzó.

Kim tuvo la sensación repentina de que le había pasado por encima un camión. El golpe le levantó del suelo y le lanzó a lo lejos por el prado haciéndole dar varias vueltas de campana. Que no se rompiera el cuello o al menos algún hueso tuvo que agradecérselo al arbusto sobre el que cayó y que amortiguó un poco el tremendo impacto. Sin embargo se quedó medio atontado en el suelo y, durante unos segundos, tuvo que luchar contra el oscurecimiento que empañaba sus pensamientos. Se giró con un gemido e intentó ponerse en pie, pero volvió a dejarse caer con un grito de dolor, pues su magullada espalda no pudo soportar el esfuerzo. Sintió danzar ante sus ojos una serie de líneas rojas y negras. Kim vio la silueta del oso como la de un fantasma salido de una pesadilla, la forma en que vacilaba y cómo se alzaba sobre los cuartos traseros y estiraba las garras. A los oídos del muchacho llegó un gruñido profundo y rabioso.

—Kelhim —gimió—. ¿Qué... qué haces? Soy yo, ¡soy Kim!

Por un momento el oso se detuvo y en su ojo apareció una expresión pensativa en la que Kim creyó ver por un instante que le había reconocido. Pero, aquella expresión se apagó y surgió de nuevo el ojo de un voraz animal de presa.

—¡Kelhim! —jadeó Kim—. ¡No!

El oso bramó, le sujetó con una de las patas, desgarrándole parte de la camisa, junto con la piel que había debajo, y le alzó. Abrió la boca y su apestosa y cálida respiración llegó a la cara de Kim, que cerró los ojos en espera del último y definitivo golpe.

De repente un impacto agitó el cuerpo del oso y el muchacho cayó, por segunda vez, desde la altura contra un suelo nada blando.

Kelhim bramó y se revolvió. Detrás de él Kim solo pudo reconocer una inmensa sombra. Las enormes garras del oso se movieron, pero tropezaron contra una resistencia que, por efecto de los golpes, comenzó a sonar como una campana.

El chico se escurrió como pudo, se puso de pie entre gemidos y se apretó los brazos contra el cuerpo. Apenas podía tomar aire. Miró a Kelhim con los ojos llenos de lágrimas.

El oso luchaba con encarnizamiento contra una figura sombría apenas algo menor y menos maciza que él. Una y otra vez, los zarpazos rasgaban el aire y alcanzaban el cuerpo de su adversario, pero no parecían afectarle, pues ni siquiera se tambaleaba a causa de los golpes recibidos. Kelhim fue alcanzado en varias ocasiones y parecía acusar mucho los impactos, pues se apreciaba que sus gruñidos estaban cada vez más cargados de dolor. Por fin ocurrió lo inimaginable. Kim nunca hubiera creído que existía alguien capaz de derrotar al oso, pero al final fue Kelhim el que perdió la pelea y, paso a paso, se alejó de su desconocido adversario.

El chico se mareó. Tenía un fuerte dolor en el hombro y, además, por la parte izquierda de su cuerpo se extendía una sensación de parálisis. Se palpó el hombro justo donde había golpeado la garra del oso. Gimió a causa del dolor. La herida no era muy profunda ni sangraba demasiado, pero el muchacho temió que el brazo estuviera roto.

—¡Déjalo, tonto! —dijo una voz tras él—. Túmbate. Yo me ocuparé de tu brazo.

Kim obedeció, porque se sentía muy débil y porque volvió a asustarse. Se echó con un gemido, cerró los ojos y se quejó de nuevo a causa del dolor cuando unos dedos habilidosos, pero nada suaves, asieron su brazo.

—No tiene buena pinta —dijo la voz. A Kim le resultaba conocida pero, por más que lo pensó, no pudo localizarla—. Parece que el brazo no está roto, pero vas a tener el cardenal más grande de tu vida. Debes de estar loco del todo para andar de noche y solo por estos parajes, muchacho.

Kim abrió por fin los ojos y vio una cara barbuda y bondadosa. De nuevo le pareció que la conocía. El hombre también miró con atención al muchacho.

—¿Crees que puedes levantarte y caminar? —dijo por fin—. Mi casa no está lejos de aquí y no puedes quedarte en el bosque. Brokk ha espantado al oso, pero seguro que volverá.

—Kelhim... —gimió Kim—. Era... Kelhim.

—Claro que era Kelhim —dijo el barbudo mientras agitaba la cabeza—. Todo el mundo de por aquí lo conoce. De todas formas nadie le ha visto tan cerca como tú y ha tenido la oportunidad de contarlo.

—Pero... ¿por qué me ha atacado? —suspiró Kim.

El hombre abrió los ojos sorprendido.

—¿Que por qué te ha atacado, chico tonto? —dijo con un resoplido—. Todos saben que Kelhim es la bestia más mala y peligrosa a este lado de las montañas. ¿Y tú preguntas que por qué te ha atacado? ¿Pero de dónde vienes? De...

Y de repente dejó de hablar. Los ojos casi se le salieron de las órbitas a causa de la incredulidad y se quedó con la boca abierta.

—¿Kim? —susurró—. Eres... —dijo jadeante, luego miró a Kim sin decir nada más y de inmediato se hincó de rodillas—. ¡Sois Kim! —gritó—. El salvador de Luna de Leyenda.

Entonces también Kim le reconoció.

—¿Brobing? —murmuró—. ¿Eres... Brobing?

Le resultaba muy embarazoso que el hombre se mantuviera de rodillas ante él por lo que, a pesar del terrible dolor, estiró el brazo y tocó a Brobing en el hombro para que se levantara. El hombre alzó la cabeza, pero no se irguió del todo.

—¡Sois vos! —balbució mostrando una expresión de felicidad—. ¡Habéis vuelto!

Ahora Kim pudo acordarse. Brobing era el campesino al que había salvado la vida en su primera visita a Luna de Leyenda, cuando iba en compañía de Gorg, Rangarig, el príncipe Priwinn y Kelhim. Por aquel entonces la granja de Brobing había sido asaltada por un destacamento de jinetes negros. Que Kim se lo hubiera topado aquí tenía que ser algo más que una casualidad.

—Habéis vuelto —dijo Brobing de nuevo—. Sí, estáis de nuevo aquí. Ahora todo irá bien. Sabía que algún día volveríais. ¡Lo sabíamos todos!

Dio muestras de volver a querer postrarse ante el muchacho, pero esta vez Kim lo detuvo con un movimiento de la mano.

—No entiendo nada —dijo—. ¿Qué... qué ha pasado? ¿Por qué está aquí y por qué... me ha atacado Kelhim?

La cara de Brobing se ensombreció.

—Se ha convertido en una fiera, señor. Y eso no es todo. Han ocurrido cosas muy graves en Luna de Leyenda.

Parecía no querer decir nada más, pero luego se lo pensó y se decidió de forma perceptible.

—Pero eso os lo contaré más tarde. Primero os voy a llevar a casa para curaros el brazo. No intentéis levantaros. Brokk puede llevaros —giró la cabeza y gritó hacia la oscuridad—: ¡Brokk!

Una figura enorme emergió de la noche y se acercó; Kim emitió un grito de terror.

Era la sombra enorme contra la que había luchado Kelhim y que había acabado derrotándole. Medía más de dos metros y era tan ancho de hombros que parecía deforme. Su cara era una inexpresiva máscara plana con una delgada rendija a modo de ojos detrás de la cual relucía una luz verdosa, su cuerpo era de hierro. Su mano derecha tenía forma humana, aunque su tamaño era mayor, mientras que la izquierda se asemejaba a la pala de una excavadora.

Delante de él tenía un gigante de hierro, como los que se habían encontrado a los pies de la escalera.

—¡Brobing! —jadeó Kim—. ¡Ten cuidado!

Brobing desvió la mirada, primero hacia el hombre de hierro y luego, con cierta extrañeza, hacia Kim.

—No temáis, señor —sonrió—. Es Brokk. Un buen amigo.

El camino hasta la casa del granjero era más largo de lo que se podía deducir de las palabras de Brobing. Kim intentó ponerse de pie haciéndose el valiente y caminar recurriendo a sus propias fuerzas, pero el intento falló, y no a causa de los dolores, sino porque la mitad izquierda de su cuerpo estaba paralizada y tanto el brazo como la pierna se negaban a moverse. Tuvo que permitir que Brokk le llevara a cuestas a pesar de que el mero contacto con el hombre de hierro le resultaba muy desagradable. Pareció que Brobing se había dado cuenta de ese detalle, a pesar de que Kim no había hecho ningún comentario, y el granjero intentó cargar con él. No obstante, pronto le resultó muy dificultoso; Brobing no era débil, ni mucho menos, pero Kim estaba bastante crecido para su edad y el camino era largo. Brokk, por el contrario, ni siquiera pareció notar el peso del muchacho. Además, a pesar de sus afiladas aristas, le transportaba con sumo cuidado. Sin embargo, su forma de andar con bruscas sacudidas hizo que Kim se sintiera peor. Por suerte, llegaron a la granja de Brobing antes de que la cosa empeorara. Era una sencilla y amplia edificación blanca, de dos plantas, con un tejado de paja que casi llegaba al suelo. Detrás, apenas visibles en las sombras de la noche, estaban las cuadras y los graneros y, por encima del rechinar que emitía el hombre de hierro, Kim escuchó los sonidos de vacas y cerdos, y luego los ladridos de un perro que saltaba a su alrededor. Cuando reconoció al que llegaba, el ladrido se convirtió en un lloriqueo de contento y un menear el rabo. Al parecer, Brobing, que tiempo atrás había perdido su casa y la granja, se había construido una hermosa morada nueva. Y mucho más grande. Kim así se lo hizo saber y él asintió orgulloso.

—Todo ha cambiado mucho desde que os marchasteis, joven señor. Ahora las cosas nos van mucho mejor, por lo menos en algunos aspectos.

Kim no pudo preguntarle al granjero qué quería decir con aquellas enigmáticas palabras pues, a causa del ladrido del perro, alguien había abierto una puerta en la casa y de ella surgió, de repente, un agudo chillido. Una figura que, tras unos instantes, Kim reconoció como la mujer de Brobing, corría hacia ellos con el pelo ondeado al viento.

—¡Torum! —gritó—. Has...

De repente se detuvo, miró a Kim, luego a su marido y de nuevo a Kim, que yacía desvalido entre los brazos del hombre de hierro; algo cambió en el rostro de la mujer. Cuando llegó hasta ellos, el chico vio en sus ojos una expresión casi salvaje que oscilaba entre la esperanza y la duda. Pero, la esperanza se desvaneció y dio paso a una profunda decepción y a la tristeza.

—¡Jara! —gritó Brobing—. ¡Mira a quien he encontrado! ¿Te acuerdas de él?

La mujer miró de nuevo a Kim y este pudo leer en su mirada que le había reconocido a la perfección, en mucho menos tiempo que el que había necesitado el hombre. Pero Kim no advirtió ninguna alegría por el reencuentro. Solo esa tremenda y terrible desilusión que no pudo explicarse.

—¡Es Kim! —exclamó Brobing excitado—. Brokk tenía razón cuando dijo que había escuchado a un oso. Llegamos justo a tiempo para salvar a Kim de Kelhim. El oso le hubiera matado. Pero no ha sido más que un susto.

—Eso... está muy bien. —Jara intentó sonreír al chico, pero en sus ojos aparecieron lágrimas—. ¿Estáis herido, señor?

—Solo unos arañazos —dijo Kim.

—Ha recibido un buen golpe —dijo Brobing poniendo las cosas en su sitio—. Entra en casa y prepara paños frescos para que podamos aliviarle el hombro. Y sé un poco más amable con nuestro invitado. Parece que no te ha alegrado nada volverle a ver.

—Claro —replicó Jara con brusquedad—. Es solo que... —Por un momento buscó las palabras adecuadas y luego Kim observó lo difícil que le resultaba contener las lágrimas—. Cuando te vi y me di cuenta de que Brokk llevaba a un muchacho en brazos, pensé que...

Sus fuerzas flaquearon. Dejó de hablar con un breve sollozo, se dio la vuelta y entró en la casa tan deprisa como había salido antes.

Brobing la miró un momento y sacudió la cabeza antes de dirigir a Kim una sonrisa demandando disculpas.

—Debéis perdonarla, señor —dijo—. Pero mi mujer llora por Torum, nuestro hijo. Él... desapareció hace medio año. Quizá creyó que lo habíamos encontrado.

—¿Desapareció? —preguntó Kim aguzando los oídos—. ¿Qué quieres decir?

—Se ha ido —contestó Brobing con tristeza—. Como han hecho tantos otros. Tiene casi vuestra edad, ¿sabéis? Incluso se parece un poco a vos —suspiró hondo y tomó impulso; se pasó la mano por los ojos y continuó con distinto tono de voz—; Entremos en casa, allí hablaremos mejor. Supongo que estaréis hambriento y sediento. Al menos esa es la impresión que dais.

Kim no replicó. Su rugiente estómago era lo que menos le preocupaba en ese momento, pero se dio cuenta de que Brobing sufría a su modo tanto como Jara y que le resultaba muy penoso hablar del tema. Brokk metió al muchacho en la casa, lo que le obligó a agacharse para no golpear con su poderosa cabeza de hierro contra la puerta. Las tablas del suelo crujieron a causa de su peso y era tan ancho de hombros que a Kim no le habría extrañado que se quedara encajado en la puerta como el corcho en una botella.

Pero el hombre de hierro traspasó hábilmente la puerta, acercó al muchacho hasta un banco de madera y lo sentó con mucho cuidado.

Kim respiró de forma audible cuando el monstruo de hierro se alejó. Estaba claro que Brokk disponía de la ilimitada confianza de Brobing y, además, no cabía duda de que había salvado la vida al chico. Sí, aunque Kim no fuera capaz de entenderlo, Kelhim le hubiera matado si Brobing y su acompañante no hubieran llegado en el último momento.

El granjero pareció percibir el malestar de Kim. Primero le miró a él y luego, frunciendo el ceño, se dirigió al hombre de hierro y le hizo un gesto en dirección a la puerta.

—Vete fuera, Brokk, y mantente en guardia —le ordenó—. El oso debe de andar cerca de la casa. No quiero que nos sorprenda mientras dormimos.

Sin decir una palabra, el obediente gigante oxidado se volvió y abandonó la habitación. Toda la casa pareció estremecerse bajo sus pasos.

—A mí también me resultó inquietante la primera vez que lo vi —dijo Brobing, sonriente, una vez que hubo salido Brokk—. Pero no debéis tenerle miedo. No puede hacerle nada malo a nadie; nunca, ni aunque quisiera. Y es muy útil.

El hombre se quedó mirando a Kim como si esperara que le fuera a hacer alguna pregunta.

Pero Kim se quedó callado. Se alegraba de que Brokk hubiera salido y no quería hablar de él. Había cosas más importantes que comentar. Tenía en la punta de la lengua miles de preguntas y leyó en la cara de Brobing que al granjero le ocurría lo mismo.

Sin embargo, antes de poder formular ni una sola, entraron Jara y dos muchachas del servicio con una palangana llena de agua humeante y unos limpios paños blancos. Se ocuparon del hombro herido de Kim y de todos los arañazos y rozaduras que se había hecho a lo largo del camino por el País de la Ciénaga.

Aquello le resultaba embarazoso al muchacho, pero disfrutó de que alguien se preocupara por él. Le friccionaron el hombro con un aceite aromático y, luego, se lo vendaron tan apretado que el vendaje llegó a dolerle más que la propia herida. También se ocuparon de las magulladuras más pequeñas. Cuando acabaron, el chico se sintió mucho mejor. A continuación, Jara le llevó ropa limpia: una camisa corta y sin mangas para llevarla suelta y sujetar con un cinturón, de una piel como la seda, unos pantalones del mismo material y unas botas suaves que le llegaban a la altura de la pantorrilla y le quedaban tan bien que parecían haber sido fabricadas a medida. Todo aquello le recordó al joven caballero de las estepas hospitalizado y, en consecuencia, al motivo que le había llevado a encontrarse allí.

—¿No os gusta la ropa? —preguntó Jara, que se había dado cuenta de su mirada pero la había interpretado mal—. ¿Os queda bien, verdad?

—Como anillo al dedo —aseguró Kim—. Y además es muy bonita. —Vio de nuevo un reflejo de tristeza en la cara de Jara—. ¿Era de vuestro hijo? —preguntó en voz baja.

Jara asintió. Sus ojos se llenaron de lágrimas, pero esta vez, en lugar de volverse, continuó con la mirada fija en Kim al contestarle:

—Sí. Él mismo la cosió el invierno pasado. Era... tan alto como vos cuando desapareció.

—¿Y cuándo fue eso? —preguntó Kim.

—Hace medio año, señor —Jara comenzó a guardar la palangana y los paños que había usado, así como el pantalón y el jersey roto de Kim, mientras una de las muchachas traía platos y cubiertos para la comida. La habían preparado mientras la granjera se ocupaba de Kim.

—Se fue... hacia los pastos del norte para echar un vistazo al ganado. Era su trabajo y le gustaba.

—¿Y qué ocurrió? —preguntó Kim.

—No lo sé —susurró Jara. Sus lágrimas se secaron tan rápidas como habían llegado pero su mirada estaba vacía y perdida en algún lejano punto—. Tan solo sé que una noche no regresó. Le buscamos durante semanas por todas partes. Mi marido y Brokk llegaron hasta la cueva de Kelhim —Kim vio por el rabillo del ojo que Brobing le echaba una mirada temerosa a su mujer, pero ella no reaccionó y continuó con voz monótona—... pues pensaba que el oso podía haber atrapado a nuestro hijo.

—¿Kelhim? —Kim seguía sin poder creerlo.

—Ha matado a muchos de nosotros, señor —aseguró Brobing con el semblante serio—. Ya os he dicho que se ha convertido en una bestia salvaje. —Suspiró a su vez y su cara se ensombreció con los recuerdos—. Encontramos muchos muertos, pero Torum no estaba entre ellos. No creo que Kelhim haya matado a nuestro hijo pues, en caso contrario, ese maldito oso ya estaría muerto, aunque eso fuera lo último que yo pudiera hacer.

Sus palabras, y sobre todo el tono con que las había pronunciado, hicieron que el muchacho se estremeciera. «¿Una venganza?», pensó turbado. Esa palabra no encajaba en este mundo. Pero no dijo nada, esperó con paciencia hasta que Brobing dispuso otra vez de las fuerzas necesarias para continuar con la conversación.

—Torum no es el primero que ha desaparecido de esta forma, señor.

—Lo suponía —murmuró Kim.

Brobing le miró sorprendido y también su mujer contempló a Kim asustada. Habría sido mejor morderse la lengua, pensó para sus adentros el muchacho, pero ya era demasiado tarde para desdecirse.

—¿Sabéis algo de esto? —susurró Brobing. En sus ojos brilló una enorme esperanza.

—Creo que es el motivo por el que me encuentro aquí —dijo el muchacho con suma cautela.

—¿Habéis oído hablar de Torum? —preguntó Jara—. ¿Sabéis cómo y dónde está?

A Kim le hubiera gustado decir que todo iba bien y que no había que preocuparse, pero no pudo hacerlo. Luna de Leyenda no era un país en el que hubiera sitio para la mentira, ni aunque fuera una mentira piadosa. Y decir lo que deseaba hubiera sido mentir. Él no sabía dónde estaba Torum; el joven que vio en el hospital llevaba el escudo de Caivallon, pero no era seguro que fuera el hijo de Jara. Kim tampoco había olvidado las palabras del profesor al afirmar que los jóvenes podrían morir si no se descubría lo que necesitaban.

—No —contestó con tristeza—. No he visto a vuestro hijo.

Jara le miró abatida, luego volvió a sonreír y, mientras lo hacía, las lágrimas rodaban nuevamente por sus mejillas. Al cabo de un instante abandonó la habitación.

Kim se quedó callado y visiblemente preocupado.

En la cara de Brobing se notaba la aflicción.

—Antes era una mujer muy alegre —dijo el granjero—. Ya la conocisteis. Pero desde que desapareció Torum, Jara ha perdido la alegría. A veces temo que se parta su corazón y también me quede sin ella.

—Yo creo que Torum está vivo —aseguró Kim para tratar de consolar al hombre. Estuvo muy cerca de contar al campesino lo que sabía, pero no lo hizo. Habrían surgido más preguntas que respuestas.

—¿Os acordáis de que no lloramos a nuestros muertos? —le preguntó Brobing—. Los mantenemos siempre en nuestros corazones y continúan vivos en el recuerdo. Pero cuando alguien desaparece, es muy distinto. Nadie sabe lo que ha pasado con Torum y los demás. Si están vivos o dónde se encuentran. Si están retenidos, si son esclavos o personas libres...

No continuó, pero no hizo falta que siguiera, pues Kim había entendido muy bien lo que quería decir. No era solamente el dolor por la pérdida de un hijo lo que rompía el corazón de aquel matrimonio, era la incertidumbre de no saber qué había pasado. ¿Había algo peor que estar allí sentado y desorientado, imaginando cosas terribles para la persona a la que se ama?

—¿Cuántos han desaparecido? —indagó.

Brobing le miró con el semblante serio.

—Muchos —aseguró—. Se limitan a irse y ya no regresan. O bien se acuestan y cuando sale el sol ya no están. Nadie sabe qué les ha ocurrido. Y cada vez son más. Algunos dicen que pronto habrán desaparecido todos los niños.

—Pero tiene que haber una explicación para eso —insistió Kim.

Brobing le miró y se quedó callado. Y, de repente, Kim se dio cuenta de que era él quién debía dar una respuesta a esa pregunta y no a la inversa.

—¿Cuándo comenzó todo? —preguntó—. ¿Y dónde?

—Eso no lo sé —dijo Brobing—. Nosotros vivimos lejos de los pueblos y las ciudades, señor. Las noticias nos llegan tarde y con cuentagotas. Pero he oído que han comenzado a desaparecer niños por todo el país.

—¿Y nadie hace nada al respecto? —preguntó Kim dudando.

—¿Qué se puede hacer? —replicó Brobing con pesar—. Claro está que se les ha buscado durante mucho tiempo y por todas partes. Temístocles ha ofrecido todos sus poderes mágicos para seguirles la pista y otros magos también han ayudado. Pero, ha sido inútil. Han buscado por todo el país y he oído que Rangarig, el dragón dorado, ha volado por toda Luna de Leyenda, hasta las zonas más remotas, para encontrar alguna pista de los niños. No han sido secuestrados, por lo menos eso es lo que piensan. Nadie puede engañar a un mago como Temístocles. —Hizo un gesto de impotencia con las manos—. Ellos... se han ido.

Kim miró a Brobing y luego al vacío. Por un momento creyó conocer la respuesta a todas las preguntas, pero la idea se esfumó tan rápidamente como había llegado.

—Y eso no es todo lo que ha ocurrido, ¿verdad? —preguntó en voz baja. No había olvidado las palabras de Brobing.

El granjero suspiró y siguió hablando:

—No, pero no puedo deciros lo que ocurre, señor. Algo está pasando. Todos se dan cuenta, pero nadie sabe lo que es.

—No lo entiendo.

—Las personas están cambiando —explicó Brobing—. Se ríen menos. Muchos se han vuelto severos y amargados. Surgen peleas y, en el último año, un viajero informó de que estaba a punto de desencadenarse una guerra.

—¿Guerra? —dijo Kim incrédulo—. ¿Guerra en Luna de Leyenda?

Brobing elevó una mano para tranquilizarle.

—No una gran guerra, como la que hubo entonces contra el terrible mago Boraas y sus caballeros negros —dijo él—. Pero se producen combates, no sé por qué; surgen entre los caballeros de las estepas de Caivallon y el señor del País de la Ciénaga en el este, el Rey de la Ciénaga. Hubo muchos heridos, incluso muertos. Si Temístocles no hubiera intervenido de inmediato las cosas hubieran ido a peor.

A Kim le costaba creerlo. Conocía al señor de Caivallon y también al señor de las ciénagas del este: el Rey de la Ciénaga podía ser cualquier cosa, ¡pero no era un guerrero!

—Es como... como si hubiéramos perdido algo —murmuró Brobing con pesar—. Pero no sabemos lo que es.

Kim se acordó, de repente, de la imagen que había visto justo antes de la caída del sol: un hombre de hierro paralizado a los pies de la escalera cuya mano se extendía hacia el país como si quisiera apoderarse de él.

—¿Es por culpa de los... los de hierro? —preguntó.

Brobing pareció un tanto sorprendido.

—¿Los de hierro? —Sacudió la cabeza y casi se rio—. Oh, no, señor; os confundís. Son nuestros amigos y servidores. Sin ellos todo hubiera sido peor, creedme.

—Cuando vine por primera vez —replicó Kim— no desaparecían niños. Pero tampoco había hombres de hierro.

—Es fácil encontrar un culpable —replicó Brobing—, pero en este caso no es el verdadero culpable.

Ante de que Kim pudiera contestar, un sordo dolor atravesó su brazo vendado y tuvo que apretar los dientes para contener un quejido.

—¿Os encontráis mal? —Brobing le miró preocupado.

Kim negó con la cabeza y disimuló un gemido.

—No —dijo a la fuerza—. Pero no puedo entender qué le ha ocurrido a Kelhim.

—Ya os lo he dicho, se ha vuelto una fiera salvaje.

—Me resulta difícil aceptarlo —replicó Kim—. A pesar de que he podido comprobarlo en mis propias carnes. ¿Has dicho... que ha matado a muchos?

—Así es —confirmó Brobing con tristeza—. Es un animal de presa. Muchos granjeros se han marchado por miedo a él. Si no fuera por Brokk, haría mucho que hubiéramos huido, pues nuestra granja está muy cerca de su cueva. Si nuestros vecinos supieran lo cerca que está, ya habrían ido allí a matar a Kelhim. Hace tiempo que intentan atraparlo pero, excepto en su cueva, en los bosques resulta superior a todos, no importa cuál sea el número de sus rivales.

Kim pensó en la rápida y temerosa mirada que Brobing había echado antes a su mujer.

—¿Sabes dónde está su madriguera y no se lo has dicho a nadie? —quiso asegurarse.

Brobing sacudió la cabeza.

—Tenía que hacerlo, ya lo sé, pero no puedo —afirmó con sentimiento de culpa—. Él contribuyó a salvarnos la vida junto con vos y vuestros amigos. Ahora no puedo entregarle, aunque sea peligroso.

—No lo entiendo —dijo Kim—. ¡Kelhim un monstruo sanguinario! ¿Cómo ha podido ocurrir?

—También forma parte de los cambios de los que os he hablado, señor —contestó Brobing—. Los animales dejaron de hablar y muchos se han vuelto peligrosos. Los bosques ya no son seguros. Nadie se adentra en la oscuridad ni sale de su casa sin llevar consigo un arma.

«¿Qué es lo que Brobing dijo en el bosque? ¿Algo así como: han ocurrido cosas muy graves en Luna de Leyenda?», pensó el muchacho, y se estremeció.

—Voy a descubrir lo que ha pasado, Brobing —prometió—. Mañana mismo partiré hacia Gorywynn para encontrar a Temístocles.

## VI

A la mañana siguiente Kim no partió hacia Gorywynn. La caminata de dos días por el País de la Ciénaga parecía haber consumido sus fuerzas más de lo que él mismo había supuesto y durmió como un lirón. Brobing y su mujer le comentaron que habían intentado despertarle de todas las formas posibles, pero resultó inútil. Cuando Kim lo hizo por sí mismo, casi había transcurrido la mitad del día.

Se sintió algo molesto, pero lo de dormir en una cama adecuada y blanda, además de la comida, le había hecho mucho bien y era la primera vez desde hacía días que se sentía descansado y fresco de verdad. Una vez que Jara le preparó un copioso, aunque tardío, desayuno, se dirigió a Brobing con el ruego de que le prestara un caballo para emprender viaje hacia Gorywynn.

Pero el campesino rechazó su petición.

—Es demasiado tarde —dijo—. La ciudad más próxima está a orillas del río y llegar hasta ella, sin hacer ninguna parada, supone un día de viaje. Hoy ya no vais a conseguirlo.

—Pero puedo dormir al raso —afirmó el muchacho, al que no le agradaba la idea de perder un día más—. No me va a pasar nada.

—Me gustaría creeros —contestó Brobing—. Pero es muy peligroso. ¿Os habéis olvidado de Kelhim? —hizo un movimiento tajante con la mano al ver que Kim intentaba replicarle y luego continuó elevando algo el tono de voz—: Todo el país, desde aquí hasta el río, es el coto de caza del oso. De día es raro que ataque, y si lo hiciera estoy seguro de que podríais eludirlo. Yo os daría a Polvo de Estrellas, mi mejor semental. Pero por la noche resulta peligroso.

Kim se tragó la respuesta que tenía en la punta de la lengua, sobre todo porque no podía pasar por alto las inquietas miradas que intercambiaban Brobing y su mujer. Ambos se sentían muy preocupados y lo último que deseaba el muchacho era hacer aún más profundo su dolor. No quería que temieran por él.

—¿Os gustaría conocer a Polvo de Estrellas? —preguntó Brobing de repente.

Kim asintió entusiasmado. Era un amante de los animales, sobre todo de los caballos. Se levantó rápidamente y salió de la casa tras de Brobing. Llegaron al gran establo situado detrás del edificio principal y Kim reparó de nuevo en que esta granja era bastante mayor que la que ocupaban antes Brobing y los suyos. El granjero no pudo disimular su orgullo.

—Recorrimos el país durante mucho tiempo hasta que encontramos un trozo de terreno para establecernos —aclaró—. Y no estamos arrepentidos de haberlo hecho. Este lugar es aún más bello que el que teníamos por aquel entonces.

—Y tu terreno es aún mayor —añadió Kim.

—Seis jornadas de trabajo[2] en todas las direcciones —confirmó Brobing—. Y el invierno pasado descubrí una fuente con agua amarga.

---

[2] Era una forma de medir propia de los antiguos germanos y se basaba en la cantidad de terreno que se podía trabajar en un día. Una *jornada de trabajo* (también conocida como *Morgen*) equivalía a unos 2 500 o 3 000 metros cuadrados, por lo que el terreno de Brobing mediría entre 15 000 y 18 000 metros cuadrados. (N. de la T.)

—¿Agua amarga? —preguntó Kim extrañado.

—Sí, se llenan las lámparas con ella y arden durante muchas horas —explicó el granjero.

—Petróleo —dijo Kim—. Te refieres a petróleo.

—¿Lo llamáis así en el sitio del que vos venís? —Kim asintió y Brobing continuó con una sonrisa—: El año que viene contrataré a dos hombres para que me ayuden a extraerlo y lo guardaremos en cántaros para poder venderlo en el mercado de la ciudad.

—Debéis de tener muchos peones que os ayuden a haceros cargo de una granja tan grande —constató el muchacho, pero el campesino negó varias veces con la cabeza.

—¡Oh, no! —contestó—. Solo las dos muchachas que habéis visto antes y un hombre; y yo, claro está.

Kim miró con expresión incrédula la larga hilera de caballerizas y graneros, construidos uno junto a otro, y luego a los campos que comenzaban detrás de la granja y que se extendían hasta donde alcanzaba la vista.

—¿Cómo os las apañáis para hacer tanto trabajo? —dijo maravillado.

Brobing sonrió de nuevo.

—¿Y por qué no vamos a apañarnos? —dijo mientras soltaba la risa al darse cuenta de la cara de extrañeza de Kim—. Os lo explicaré más tarde —prometió—. Ahora vamos a ver a Polvo de Estrellas. Seguro que estará encantado de conocer a su nuevo amo.

Entraron en el establo; a ambos lados de la puerta se extendían dos largas hileras con unos treinta grandes cobertizos de madera. La mayoría de ellos estaban vacíos, pero Kim pensó que Brobing debía de disponer de más de una docena de caballos. En una zona como aquella seguro que, aunque dispusiera de menos propiedades, se podía considerar una pequeña fortuna. La vida del campesino parecía haber cambiado mucho desde que le había visto por última vez.

Se dirigieron al último cobertizo y Brobing se adelantó un par de pasos para hacerle un gesto indicándole el animal que reposaba en él.

Kim abrió los ojos maravillado: se había dado cuenta de que cada uno de aquellos corceles era un animal espléndido, estaba ante caballos de montar y no bestias de carga, pero Polvo de Estrellas era, con mucha diferencia, un animal imponente. El semental, enorme y negro como la noche, estaba salpicado por diminutas motitas blancas, como si alguien hubiera espolvoreado su pelo con millones de estrellas. Sus enormes e inteligentes ojos miraron al muchacho como si supiera con seguridad a quién tenía delante; cuando el chico se acercó un poco más, el caballo bajó la cabeza y dejó que Kim le acariciara con suavidad el morro.

—Es... es maravilloso —dijo Kim.

—Lo sé —contestó Brobing—. Es mi caballo más veloz. Más adelante iba a ser de Torum.

—Pero yo no puedo aceptarlo —dijo Kim, incapaz de desviar la mirada del magnífico animal—. Porque..., no te puedo prometer que vaya a devolvértelo. El camino hasta Gorywynn es largo...

—... y está lleno de peligros —interrumpió Brobing—. Por ello insisto en que os llevéis a Polvo de Estrellas. No querría que por el camino tuvierais algún encontronazo solo por ir a lomos de un jamelgo achacoso.

—Pero debería ser para vuestro hijo...

Brobing le interrumpió de nuevo y esta vez lo hizo con un tono que, aun sin querer, parecía ofendido.

—¿No creéis que os daría con gusto este caballo si creyera que eso iba a servir para que mi hijo regresara?

—Pero yo no te puedo prometer que Torum vaya a volver —dijo Kim en voz baja.

—Eso ya lo sé —contestó el campesino—. Pero si alguien puede conseguirlo, sois vos. Y precisaréis de toda la ayuda posible. ¿Qué supone un caballo?

—¿Uno como este? —Kim se volvió hacia Brobing—. Debe de ser muy valioso.

—Lo es. Pero ahora soy un hombre pudiente y, además, sin vos mi familia y yo estaríamos muertos.

El muchacho no discutió más. Se quedaron un rato en el establo y Brobing esperó paciente mientras Kim trababa amistad con el magnífico ejemplar, hablándole para que se acostumbrara a su voz. Por fin se subió a lomos del animal y aquello no pareció disgustar a Polvo de Estrellas.

—Veo que vais a ser buenos amigos —dijo Brobing con una sonrisa después de que Kim se bajara del semental—. Ahora voy a enseñaros la granja, siempre que os apetezca.

El chico lo deseaba, claro está, pero quizá por razones distintas a las que podía suponer Brobing. Siguió al granjero sin decir palabra.

Las horas siguientes pasaron como en un vuelo. Brobing le enseñó orgulloso todas sus propiedades, que eran inmensas de verdad. Además de la docena de caballos, poseía cientos de cerdos y vacas y un rebaño de cabras a las que, como él mismo dijo sonriente, nunca se había molestado en contar. Brobing no había exagerado al decir que era un hombre pudiente.

—Pero, ¿cómo puedes explotar esta granja tan grande? —preguntó Kim asombrado.

—Venid conmigo y os lo enseñaré —dijo el granjero mostrando una sonrisa mientras señalaba con un gesto los prados colindantes con la casa. Kim le siguió.

Era un terreno grande y la mitad estaba recién arado. Una figura se movía a lo lejos, al final del último surco, y tiraba de un enorme arado.

—¿Quién es? —preguntó Kim sorprendido.

Le pareció extraño que no tirara del arado un caballo o, al menos, un buey de los que Brobing tenía por docenas en el establo. Pero, sobre todo, Kim nunca había oído que alguien fuera capaz de tirar de un arado.

Guiñó el ojo izquierdo para poder ver mejor a la figura del campo. Era grande, de un color oscuro y oxidado, y sus movimientos eran tan angulosos y rígidos como su figura.

—¿El... hombre de hierro? —inquirió sorprendido.

Brobing asintió.

—Brokk es el que realiza la mayoría de los trabajos de la granja —dijo—. Cuida los campos y recolecta las cosechas, esquila a las ovejas y sacrifica a los cerdos y las cabras. Y, además, hace todas las reparaciones necesarias. La mayoría de los establos que os he mostrado los ha construido él solo. De verdad, no sé qué haría sin él. Y vos le teníais miedo —añadió moviendo la cabeza.

Kim se mantuvo callado. Las palabras de Brobing no conseguían eliminar el malestar que sentía en presencia del hombre de hierro. Más bien todo lo contrario.

—¿Por qué lo hace? —preguntó—. Quiero decir, ¿qué recibe a modo de compensación?

—¿Compensación? —por un momento Brobing le miró turbado, luego pareció entender lo que quería decir con esas palabras y comenzó a reír a carcajadas.

—Nada —dijo—. Ya veo, aún no lo entendéis: Brokk no es un mozo de labranza. Es mío. Lo compré hace tres veranos.

—¿Comprar? —repitió Kim sin entender nada al principio, aunque luego acabó dándose cuenta—. ¿Quieres decir que Brokk es... una máquina?

—No sé lo que es una máquina —contestó Brobing, que aún mantenía la sonrisa—. No es un ser vivo, si es a eso a lo que os referís. Está hecho de hierro. Los enanos de las montañas orientales construyen estos hombres de hierro. Son caros pero, como veis, merece la pena. Después de dos años ya me ha compensado y podría comprarme otro u otros dos. Os quedaríais asombrado si vierais lo que puedo hacer de esta granja.

—Pero, ¿para qué? —indagó Kim.

Brobing pareció turbarse.

—¿Qué queréis decir?

—Tú mismo lo has dicho —contestó Kim—. Ya eres un hombre rico. ¿No te basta? ¿Para qué quieres más?

—¿Y por qué no? —preguntó Brobing con tono asombrado—. ¿Es que le quito algo a alguien? Este país es muy grande. Cada uno podría tener una granja igual a la mía y habría sitio para todas. No entiendo vuestra pregunta.

Kim no contestó, pues recordó en ese momento una lección recibida no hacía mucho en el colegio. El profesor de Biología había salido al campo con su grupo de alumnos para que pudieran entender lo que les acababa de explicar.

El muchacho dio un par de pasos y se puso en cuclillas sobre el campo recién arado. Tomó con la mano un puñado de tierra y la dejó escurrir entre sus dedos. El ligero viento que soplaba se llevó la mayor parte de aquel polvo gris.

—El suelo está agotado —constató—. Aras a demasiada profundidad. Hay arcilla mezclada con la tierra vegetal, ¿lo ves?

Brobing asintió.

—Obtenemos tres cosechas al año —dijo—. Eso supone mucho esfuerzo para la tierra. Al cabo de uno o dos años el campo quedará yermo.

—¿Y luego? —preguntó Kim serio.

Brobing se encogió de hombros.

—Buscaremos otra porción de terreno —contestó—. Hay bastante tierra nueva.

—Pero llegará un momento en que se agote todo —reflexionó Kim.

—Aún queda mucha —sonrió Brobing—. Y cuando eso ocurra nos iremos a otro sitio y estableceremos una granja nueva. Creedme, eso no es problema. Si yo se lo ordeno, Brokk puede levantar una casa en una sola noche.

Kim se estremeció. Se levantó despacio y observó al poderoso hombre de hierro que se acercaba con pasos decididos, mientras tiraba del pesado arado como si fuera un niño que arrastrara un muñeco.

—Llegará un momento en el que no haya tierra a la que mudaros, Brobing —dijo el muchacho.

—Tonterías —replicó el granjero—. Luna de Leyenda es grande, joven señor. Mucho más grande de lo que podemos imaginar. Y, además, hay otros países.

—¿Donde también puedes edificar? —preguntó Kim.

Sus palabras podían sonar a burla, pero no había tal, y Brobing asintió con gravedad.

—Habéis visto la pared de roca que limita las ciénagas. —El granjero señaló en la dirección por la que había llegado el muchacho—. Todo ese país estaba formado al principio por tremendas rocas y montañas. Los hombres de hierro lo han aplanado y han creado una tierra nueva y fértil. Ya podéis ver que, si es necesario, mueven montañas. Y además, pueden secar las ciénagas y crear nuevos espacios habitables.

—¿Las ciénagas? —Kim pensó al momento en Lizard—. No lo estarás diciendo en serio, Brobing. Ese país no os pertenece.

—No pertenece a nadie —replicó el granjero—. ¿Quién vive en él, excepto algunas serpientes y lagartos? Pero no será necesario, creedme. —Sonrió de nuevo—. No sois el único que piensa así. Algunos dicen que los hombres de hierro no son buenos para nosotros. Pero se equivocan. ¡Mirad a vuestro alrededor! ¡La primera vez que nos visteis éramos pobres!

—Puede ser.

—Y ahora —continuó Brobing— a mi familia no le falta de nada. No tengo que preocuparme por la siguiente cosecha o por las tormentas. Todo lo hace Brokk. Creedme, somos felices.

Kim evitó contestar. Pero, de inmediato, recordó otra vez la expresión dolorida de los ojos de Jara mientras hablaba de su hijo perdido y, entonces, supo que Brobing no tenía razón.

Cuando regresaban a casa, el granjero se detuvo de repente y miró hacia el oeste. Kim también miró guiñando los ojos en dirección al sol poniente y observó que se acercaba una pequeña figura.

—¿Esperas visita? —preguntó inquieto, sin saber a qué se debía su intranquilidad.

Brobing sacudió la cabeza.

—La verdad es que no —dijo despacio—. Pero, a veces, vienen... —se interrumpió mirando al jinete que se acercaba y exclamó sorprendido—: ¡Es Jarrn!

Dudó una vez más, pero luego se dio la vuelta y regresó a toda velocidad a la casa dejando plantado a Kim como si se hubiera olvidado de él.

El muchacho miró con desconfianza al jinete que se acercaba. El comportamiento de Brobing dejaba muy claro que aquella visita inesperada no era bienvenida. De hecho el jinete tenía un aspecto amenazador. «Parece extraño», pensó Kim.

El jinete llegó a lomos de su cabalgadura, que no era mayor que un poni, se detuvo ante la granja y se apeó del caballo. Kim creyó en un principio que se trataba de un niño. El visitante le llegaría como mucho por debajo de la barbilla, si se ponía de puntillas. Iba vestido de negro: botas negras, pantalones negros, camisa y capa que le llegaba hasta los tobillos y era demasiado grande para su enjuta figura. Su cara recordaba a la de un buitre casi hambriento. Su pelo, oculto casi por completo bajo la capucha puntiaguda de su capa, también era negro. Las uñas de sus dedos también estaban negras.

—¿Quién eres tú? —preguntó el pequeño ser con escasa amabilidad después de acercarse con osadía a Kim y quedarse delante de él con ademán provocador.

—Buena pregunta —contestó Kim. El autoritario tono del enano le había molestado—. A lo mejor deberías presentarte tú primero.

En los ojos del pigmeo relampagueó la ira.

—Soy Jarrn —dijo—. Vengo aquí dos veces al año, pero nunca te había visto antes. ¿Formas parte de la gentuza del granjero?

Kim se dominó para no hacer lo que deseaba: sujetar al enano y sacudirlo hasta que se le cayeran sus ridículos trapos de Drácula.

—La gentuza del granjero, como a ti te da por llamarlos, enano, son amigos míos —respondió, y se sintió muy satisfecho al darse cuenta de que, oyendo sus palabras, aquel ser palidecía bajo el polvo que cubría su cara—. Solo estoy de visita.

—Yo también —dijo Jarrn furioso—. Déjame el paso libre para que pueda ir a buscar lo que me pertenece. —Levantó la mano para que Kim se apartara, pero no se movió—. Quítate de mi camino, muchacho —le desafió—. O si no...

—¿O si no, qué? —repitió Kim amenazador cerrando los puños. No se reconocía a sí mismo, porque habitualmente no se comportaba de forma tan grosera. Pero, la mera presencia de aquel sujeto le hacía sentirse molesto, como si esa figura vestida de negro irradiara algo que despertaba su furia.

El otro no contestó, entonces Kim oyó unos pasos y cuando se volvió observó que Brokk había dejado el arado y atravesaba el campo a grandes zancadas. Sus ojos verdosos refulgían amenazadores.

—¿Qué pasa? —La voz de Brobing llegó desde la casa. Kim giró la cabeza y vio que el granjero y su mujer se acercaban a toda prisa—. ¡Kim, Jarrn! ¿Qué ocurre?

—Nada —dijo Kim con rencor.

Jarrn le señaló con el dedo índice, como acusándole.

—Este descarado granuja no quiere dejarme entrar en la casa, Brobing. ¿Es pariente vuestro?

—Es... Es el hijo de un buen amigo —dijo el granjero—. Por favor, perdonad sus modales. No sabe quién sois. Y aún es joven. Ya sabéis cómo son los chicos. —Mientras pronunciaba esas palabras, dirigió una mirada de súplica a Kim.

—Sí —rechinó Jarrn con aire de superioridad—. Ya lo sé, y también por eso le aborrezco. Casi tanto como a la pandilla de los granjeros.

Para sorpresa de Kim, Brobing rio, aunque su risa sonó artificial, ante las palabras del enano. Luego, con un gesto, señaló a la casa.

—Entrad, Jarrn. Debéis de estar hambriento y cansado. Mi mujer os preparará algo de comer.

—No tengo tiempo para eso —contestó Jarrn con grosería—. He de continuar, porque todavía me quedan por visitar otras dos granjas más. Pero sí que me tomaré una jarra de vino mientras me entregáis el dinero.

—¿El dinero? —Brobing parpadeó—. ¿Ya?

—¿Es que no lo tenéis? —preguntó el pigmeo guiñando un ojo con desconfianza.

—Sí, sí —le tranquilizó Brobing—. Está preparado. Lo que pasa es que no os esperaba. El año pasado...

—El año pasado fue el año pasado —interrumpió Jarrn enojado—. Si no lo tenéis pasaré otra vez por aquí cuando haga el camino de vuelta, dentro de un mes. Pero no espero más. Si no se paga, me lo llevo. —Señaló a Brokk, que se había acercado mucho, aunque ahora caminaba más lentamente.

La mirada de Brobing siguió los gestos del enano.

—Sí que lo tengo —se apresuró a decir—. Incluso más que eso. Puedo pagaros también lo correspondiente al invierno que viene y así os ahorraréis tener que pasar por aquí.

—Parece que os van bien los negocios —dijo Jarrn sin responder a las palabras de Brobing.

—No puedo quejarme.

Brobing pareció darse cuenta de que Brokk había dejado su trabajo y su semblante se ensombreció.

—¿Qué pasa? —le gritó—. Regresa de nuevo al campo, Brokk. ¡Esta noche tiene que estar arado todo!

Brokk obedeció, pero Kim pudo darse cuenta de que fue después de que el enano le hiciera un gesto casi imperceptible con la mano que Brobing no vio. Entraron en la casa y Brobing y el enano se sentaron a la misma mesa en que Kim había cenado la noche anterior. El muchacho pensó por un momento si no debería sentarse con ellos pero, al observar la mirada de disgusto del visitante, prefirió irse a la cocina con la mujer, que había comenzado a preparara la cena.

Jara estaba ante el fuego y con una cuchara de madera removía una enorme olla de hierro fundido de la que salía un aroma embriagador. Cuando Kim entró, le sonrió y con un movimiento de cabeza señaló unos platos de porcelana pulcramente ordenados sobre una estantería. Kim alcanzó uno y ella, volviendo a sonreír, procedió a verter en el plato un cazo lleno de sopa.

—¿Quién es? —preguntó Kim después de haber probado la primera cucharada, mientras hacía un gesto hacia la otra habitación.

—¿Que quién es Jarrn? —La expresión de ella respondía muy bien a la pregunta; quedaba muy claro lo que pensaba del inesperado invitado—. Es un enano de las montañas orientales —siguió—. Él nos vendió a Brokk. Y ahora viene dos veces al año a cobrar el dinero hasta que Brokk nos pertenezca del todo.

—¿Y por qué soporta Brobing sus groserías? —quiso saber Kim.

Jara sonrió a modo de disculpa.

—Ya me doy cuenta de que nunca os habéis tropezado con un enano de las montañas del este —respondió—. Es el pueblo menos amistoso que os podáis imaginar. Creo que nadie les ha oído decir una palabra amable. Pero no son malos. Son buenos artesanos. Sus trabajos de fundición se han hecho famosos y están muy solicitados en todo el país.

—Yo, en vuestro lugar, le enseñaría modales —dijo Kim.

Jara suspiró.

—Esa gente no es mala —insistió—. Solo son poco amables. Pero cuando se sabe cómo tratarlos todo va bien. Brobing sabe hacerlo. Y cuando llega Jarrn yo suelo refugiarme en la cocina. No se queda mucho tiempo. Además —añadió con un audible suspiro—, es el dueño del hombre de hierro hasta que se lo hayamos pagado del todo, y eso será el verano que viene. Hasta entonces, se lo puede llevar en cualquier momento.

—Y entonces estaríais en la ruina —aventuró Kim.

Jara sonrió.

—No, tendríamos que contratar algunos mozos, y eso es caro, pero no nos arruinaríamos.

Kim se terminó la sopa y pasó a la otra sala. En ese momento Brobing le entregaba al enano una bolsa llena de monedas de oro. Jarrn las contó con ademán engreído, escribió algo en una hoja de papel que sacó del bolsillo de su negra camisa y se guardó el papel y las monedas con un gruñido de descontento.

—Entonces ya solo tendré que venir otra vez el verano que viene —dijo—, y luego Brokk os pertenecerá.

—Quizá precise un segundo hombre de hierro —comentó Brobing.

Jarrn se encogió de hombros.

—Tenemos que hablar de precios... La demanda es grande y va en aumento. No podemos construir tantos como quiere la gente. Hablaremos el año que viene.

Usó su tosca mano para asir la jarra de vino que le había servido Brobing y, por encima del borde del recipiente, miró a Kim con desconfianza.

—¿Dices que es el hijo de un amigo?

—Sí —afirmó Brobing echando de nuevo una mirada de súplica a Kim—. Es la primera vez que está aquí. No creo que le hayáis visto nunca por vuestro pueblo.

—Así que es la primera vez. —Los ojos de Jarrn se estrecharon—. ¿De dónde vienes, chico?

—Vengo de... —comenzó Kim, pero vio un brillo desesperado en los ojos de Brobing y corrigió lo que iba a decir—. De un país que está muy al oeste. No creo que lo conozcáis, señor —dijo con tono amable.

—Yo conozco muchos países —contestó Jarrn—. Pero esto no me interesa y debo continuar. —Se levantó—. Nos veremos la próxima vez. Y preocúpate de conseguir el dinero necesario. Todo y puntual.

Brobing respiró de forma audible cuando Jarrn abandonó la casa. No tuvo la cortesía de acompañarle hasta la puerta y esperar a que se fuera.

—Un tipo curioso —murmuró mientras agitaba la cabeza—. Los enanos son bien conocidos por sus formas groseras, pero Jarrn es el peor de los que me he topado.

«¿Curioso?», pensó Kim. Él no encontraba a Jarrn nada curioso. Más bien le parecía un ser inquietante.

Y esa sensación no desaparecería cuando volviera a verle, lo que iba a ocurrir bastante antes de lo que esperaba.

La cena transcurrió en un ambiente abatido. A pesar de que la pareja de granjeros se esforzaba en que no se les notara, Kim percibió claramente que les inquietaba algo. No preguntó qué era, pero supuso que tendría que ver con el enano.

El muchacho se retiró después de la caída del sol. Dijo que estaba cansado y, además, al día siguiente quería levantarse lo más temprano posible. Eso se ajustaba a la verdad, pero no era el verdadero motivo para irse a la cama justo al hacerse de noche; en todo caso no hubiera podido dormir. Pero Kim decidió aliviar la presión a la que se sentían sometidos los granjeros; estaba seguro de que tendrían muchas cosas de las que hablar a solas, cosas que no habría sido adecuado comentar delante de su invitado. Por eso, y en contra de su costumbre, Kim se fue pronto a la cama. Estuvo tumbado en la habitación de Torum casi una hora con los ojos abiertos y las manos detrás de la cabeza; miraba al blanco techo e intentaba poner en claro sus ideas. Pero todo resultaba tan confuso e inquietante que lo único que consiguió fue un dolor de cabeza. Por fin se levantó y caminó inquieto por la habitación. No era tarde. Seguro que Brobing y Jara aún estarían despiertos. Kim haría lo que tenía que hacer: preguntar qué significaba todo aquello, el enano Jarrn y el hombre de hierro, y los extraños cambios que se habían producido en Brobing y su familia, y en todo Luna de Leyenda. El campesino sabía más de lo que contaba, de eso estaba seguro Kim.

Abrió la puerta con sigilo y al salir al pasillo escuchó las amortiguadas voces de Jara y Brobing que llegaban desde la sala de la planta baja. Kim no podía escuchar las palabras, pero le preocupó el tono alterado de las voces. ¿Discutían? Se detuvo, aguzó un momento el oído y continuó de puntillas. No se sentía bien al pensar que estaba espiando a los granjeros a pesar de lo amables y atentos que habían sido con él, pero luego pensó que era lo mejor que podía hacer.

—... te entiendo muy bien! —escuchó decir a Brobing—. Pero se va a dar cuenta. Le dije que había un día a caballo hasta el río y me pregunto qué pensará cuando se dé cuenta de que no hay ni una hora.

—No tiene por qué descubrirlo —contestó la mujer—. Por lo menos no enseguida. Hagamos que se quede, al menos uno o dos días más.

—O una semana, ¿no? —Brobing suspiró y Kim pudo incluso escuchar cómo sacudía la cabeza—. Jara, créeme. Te comprendo. Te entiendo muy bien. A mí también me ha roto el corazón la pérdida de Torum. Pero Kim no es nuestro hijo. ¡Y nunca lo será!

—A lo mejor... le gusta quedarse —insistió Jara—. Si se queda un tiempo se dará cuenta de lo bonito que es todo esto. Le podemos ofrecer todo lo que desee.

—Él no está aquí porque desee algo —afirmó Brobing en tono más suave—. Y tú lo sabes, Jara, tú...

Kim no siguió escuchando. Regresó a la habitación tan silenciosamente como había salido y cerró la puerta tras de sí. Se sentía como si le hubieran dado un golpe en la cabeza. Lo poco que había escuchado había sido más que suficiente. Brobing le había mentido porque Jara no quería que él se fuera. Ella no podía pensar en serio que él se iba a quedar allí para reemplazar a su hijo perdido. Esos pensamientos enfurecieron a Kim, aunque por poco tiempo, ya que en ese momento cayó en la cuenta de lo que había hecho Jara. Ya había dicho Brobing que la pérdida de un hijo le partía a uno el corazón. Y que las personas que están desesperadas pueden llegar a hacer cosas insospechadas. Kim dejó de sentir ira hacia Jara y en vez de eso sintió pena por ella.

En lugar de bajar al salón, tal y como había pensado hacer, Kim se sentó en la cama y esperó. Tenía que marcharse, pero no a la mañana siguiente, esa misma noche, con Kelhim o sin él. Cuando Jara se levantara encontraría una nota en la mesita de noche en la que Kim explicaría que se había marchado muy temprano sin hacer ruido para no molestarla a ella ni a su marido.

Se sentó y esperó hasta que la casa se quedara silenciosa del todo. Pasó mucho tiempo. La paciencia de Kim fue puesta a prueba, ya que Jara y su marido no dejaban de hablar. Kim estimó que sería medianoche cuando, por fin, se atrevió a levantarse y pegó el oído contra la madera de la puerta para poder escuchar.

Todo estaba en silencio. Kim solo oía el ruido de los latidos de su corazón. Con sigilo bajó el picaporte, abrió un poco la puerta y escuchó de nuevo. Nada se movía. Pero, justo cuando iba a abandonar la habitación para salir de puntillas de la casa, creyó oír un ruido y se dio la vuelta asustado.

Nada. Estaba solo. La habitación estaba oscura, vacía y silenciosa. Pero allí seguía lo que había oído, un sonido extraño y un gemido que no pudo identificar.

Con cautela y algo de miedo, el muchacho cerró la puerta y regresó a su habitación para indagar, pero fue en vano. Cuando se acercó a la ventana, se dio cuenta de que los ruidos no procedían de su habitación, sino del patio. Era una noche cálida y, por eso, estaban abiertas las ventanas. En toda la granja el silencio era absoluto y cada ruido parecía duplicarse en intensidad. Prudente y siempre en la sombra, para no ser visto desde abajo, Kim miró hacia fuera.

Sus ojos tardaron un momento en acostumbrarse a la plateada luz de la luna. Luego, se asustó tanto que estuvo a punto de soltar un grito.

Junto al granero había una enorme forma mucho mayor que la de un hombre y que, a la incierta luz de la luna, no parecía otra cosa que una figura negra y amenazante. Al principio Kim pensó que no era otro que Kelhim, que había acudido a terminar lo comenzado hacía dos días. Pero luego, vio que aquello era aún más poderoso que la figura de un oso, y más anguloso y pesado. ¡Y Kelhim no tenía los ojos luminosos!

Era Brokk.

¿Qué hacía el hombre de hierro allí fuera en medio de la noche? La respuesta no se hizo esperar, pues junto a la inmensa sombra del hombre de hierro apareció de repente otra mucho más pequeña; tenía brazos y piernas muy delgados y vestía una capa que acababa en una capucha: era Jarrn.

Los dos estaban demasiado alejados de la casa para que Kim pudiera oír lo que decía el enano, no obstante vio que el pequeño alzaba los brazos para señalar a la casa y a la habitación de Kim.

Poco después Brokk se volvió y se dirigió a la casa con sus pesados movimientos. El corazón de Kim estuvo a punto de salírsele por la boca y le pareció que latía el doble de deprisa y mucho más ruidosamente que de costumbre. Su primer impulso fue correr y salir de la casa tan pronto como le fuera posible, pero comprobó de inmediato que era muy tarde para eso. Brokk no era muy hábil, pero los graneros estaban bastante cerca y el hombre de hierro llegaría a la casa mucho antes de que Kim pudiera salir de la habitación, recorrer el pasillo y bajar la escalera. Además existía el peligro de que se despertaran los granjeros y Brokk pudiera hacerles daño si se interponían en su camino.

Así pues, Kim esperó con el corazón martilleándole hasta que el hombre de hierro bordeó la casa y ya no pudo ver su ventana. Entonces, con un movimiento decidido, se colocó sobre el alféizar, respiró hondo y saltó desde tres metros de altura al vacío.

El impacto fue más leve de lo que Kim esperaba.

Pese a todo, perdió el equilibrio, rodó dos o tres veces, se apoyó en manos y rodillas para ponerse de pie y se quedó frente a la sucia cara del enano, que le miraba perplejo por debajo de la capucha. Pero Jarrn tuvo la mala suerte de salir de su asombro un segundo después que Kim. Abrió la boca para gritar, pero el chico le sujetó por el cuello y le sacudió sujetándolo en alto, de modo que su grito se convirtió en puro gorgoteo.

Kim miró rápidamente a su alrededor. Brokk había desaparecido detrás de la casa y ahora estaría subiendo las escaleras. Hasta que llegara a la habitación de Kim y comprobara que estaba vacía le haría falta al menos un minuto. Y probablemente tardaría otros dos minutos en recorrer todo el camino de vuelta. Era muy poco tiempo, seguro, pero suficiente para permitirle llegar al establo. Además, ¿qué otra elección tenía? Comenzó a correr mientras oprimía contra él al enano que soltaba todo tipo de improperios y al que Kim sujetaba con fuerza de modo que solo pudiera tomar aire para respirar, pero no el suficiente para gritar. Con una espinilla amoratada a causa de la caída y el brazo lleno de arañazos, Kim llegó al granero sin percatarse de los violentos golpes que le dirigía Jarrn y una vez allí corrió hacia la última caballeriza de la línea. Polvo de Estrellas alzó la cabeza y le miró acercarse. Kim se alegró al comprobar que el animal ya tenía puestas la manta y las bridas. La silla estaba sobre la puerta del cobertizo, pero Kim tenía experiencia en ensillar caballos. Tardó menos de un minuto en colocar la silla y sujetarla algo, al menos lo necesario. Mientras tanto seguía con Jarrn debajo del brazo izquierdo y el enano mantenía su pataleo. Pero, cuando Kim abrió la puerta de la caballeriza y quiso subirse a la silla, divisó de repente unos oscuros ojos que le miraban desde el fondo abismal de una cara repulsiva.

—Aún me debes un pez —dijo aquella cara. Luego, Cacho olisqueó en dirección a Jarrn e hizo un ruido grosero—. ¿No querrás endosarme a este, verdad? Porque no lo quiero.

Kim respiró de forma audible. El susto le había conmocionado, pero ahora se sentía feliz, más de lo que se había sentido en mucho tiempo.

—Cacho —dijo—. Tengo que irme.

Hizo un intento de subir a la silla, pero en ella ya se había sentado Cacho y no se movió del sitio.

—Tienes una deuda conmigo —insistió Cacho.

—Ahora no puedo —gimió Kim. Pero se dio cuenta de que tenía muy poco sentido gastar su valioso tiempo en una disputa por un pez.

—Vale —dijo—. Te atraparé uno. Ven conmigo.

Cacho reflexionó un momento con aire desconfiado, pero luego se deslizó obediente hacia delante y se sujetó con fuerza a las crines de Polvo de Estrellas mientras dejaba sitio a Kim en la silla. El enano, que seguía con su pataleta, fue izado al caballo de una forma muy poco delicada.

—¡Suéltame! ¿Quieres romperme todos los huesos? —jadeó Jarrn en el momento en que la mano de Kim aflojó algo la presa de su cuello.

—No sería mala idea —gruñó el muchacho furibundo mientras guiaba a Polvo de Estrellas hasta la entrada—. Lo hablaremos con calma una vez que hayamos avanzado algo. ¡Vamos, Polvo de Estrellas!

El caballo dio un poderoso salto pero, de repente, se detuvo y casi lanzó por encima de las orejas a Kim. Cacho fue menos afortunado y voló por encima de su cabeza.

En la puerta del establo había aparecido una enorme sombra, grande, angulosa y negra como la noche, que les impedía el paso. Sus ojos verdes refulgían iracundos.

—¡Vaya! —gritó Jarrn—. Con esto no habías contado. ¡Ahora vamos a ver quién es más bocazas!

Brokk dio un solo paso, muy pesado, que hizo temblar todo el establo. Polvo de Estrellas se movió nervioso en el sitio y los demás caballos también comenzaron a agitarse.

—¡Atrápale, Brokk! —chilló Jarrn—. ¡Arráncale la cabeza! ¡Te lo ordeno!

Brokk dio otro paso. Abrió su terrible mano en forma de pala de excavadora y en la oscuridad brillaron unos dientes de acero semejantes a los de un animal de presa.

Kim hizo que el caballo saltara hacia delante como si quisiera pasar por encima de Brokk, pero en el último momento tiró con fuerza de las bridas y le obligó a retroceder. Polvo de Estrellas relinchó a causa del dolor y la sorpresa y se encabritó. Sus patas delanteras golpearon contra la cabeza metálica de Brokk y le arrancaron un sonido parecido al de una campana. Kim pudo ver cómo se estremecía el hombre de hierro a causa del impacto.

Se tambaleó, pero no llegó a caer.

Polvo de Estrellas relinchó temeroso y dio un paso atrás mientras Kim, con un movimiento desesperado, evitaba la poderosa pala excavadora que quería atraparle. Brokk comenzó a arrinconarles. Polvo de Estrellas se vio obligado a retroceder paso a paso; el hombre de hierro era tan imponente que en el establo no había sitio suficiente para sortearlo.

—¡Ataca, Brokk! —bramó Jarrn—. ¡Hazte con él!

Y Kim hizo lo único que se le ocurrió. Agarró al enano con ambas manos, lo alzó por encima de su cabeza y, como si fuera un proyectil viviente, lo lanzó contra el hombre de hierro.

Jarrn soltó un grito desgarrador y Brokk, rápido como el rayo, elevó el brazo para atrapar a su maestro. Consiguió hacerlo pero, por desgracia, usó la mano equivocada: la de la pala excavadora.

Cuando Kim se inclinó sobre el lomo de Polvo de Estrellas para espolearlo, pudo oír un sonido como el de una trampa de oso al cerrarse y el irritado gruñido de Jarrn se transformó en un estertor de dolor. Pero Kim ya había salido disparado del establo y se adentraba en la noche bien aferrado al lomo de Polvo de Estrellas.

## VII

En realidad había planeado dirigirse al sur por el río, en dirección a la ciudad de la que le había hablado Brobing. Pero el terreno se hacía cada vez más accidentado y, cuando se calmó algo su irritación inicial, se dio cuenta enseguida de que Jarrn, en caso de que hubiera conseguido sobrevivir, iría seguramente en su búsqueda. A eso se añadió que Polvo de Estrellas empezó a cojear al cabo de cierto tiempo.

Al principio Kim apenas lo notó pero, poco a poco, los pasos del majestuoso animal se hicieron más lentos y perdieron agilidad. El muchacho se dio cuenta al observar que el corcel apoyaba con miedo la pata delantera derecha y luego la levantaba de inmediato: seguro que le dolía.

Preocupado porque el equino se hubiera herido al atacar a Brokk, Kim se detuvo, se apeó de la silla de montar y se agachó. A pesar de la luna, que ahora se mostraba en toda su plenitud, estaba oscuro y en un primer vistazo no pudo observar ninguna herida. Pero Polvo de Estrellas, dolorido, echó la pata hacia atrás con cierta brusquedad y cuando el muchacho tocó la pata, otra vez con sumo cuidado, notó un repentino ardor y al retirar la mano con precaución vio que había en ella una mancha de sangre.

Sujetó de nuevo con delicadeza la pata del caballo, que agitaba la cola muy nervioso mirando con sus inteligentes ojos a Kim, aunque no se movía al comprender que el chico no iba a hacerle daño. Un poco por debajo de la rodilla tenía clavada una espina muy afilada tan larga como un dedo.

Kim la retiró y buscó con mucho cuidado otros pinchos en las patas del animal, pero no encontró ninguno, aunque sí localizó otra cosa.

Mientras estaba tumbado bajo la panza del caballo, alzó la cabeza y vio una cara pequeña y horrible. Era Cacho que, al parecer, en el último momento, se había aferrado a la correa de la silla y allí seguía sujeto. ¡Era como si el caballo tuviera un gran almohadón de espinas bajo la panza!

—¡Bájate ahora mismo de ahí! —ordenó tajante Kim.

Cacho lo hizo y para ello solo tuvo que soltarse. Si el muchacho no se hubiera apartado en el último momento le habría caído sobre la cara.

—¿Qué pasa? —preguntó Cacho antes de que Kim se incorporara soltando pestes y maldiciones.

Al chico le relampaguearon los ojos e iba a darle una rotunda respuesta, pero se lo pensó mejor y se limitó a arrojarle una mirada de enojo. Sin decir palabra buscó con la mano el pomo de la silla, pero luego lo soltó y se dedicó a ajustar con firmeza todas las correas y hebillas que encontró.

—Vamos —se limitó a decir.

Cacho saltó al cuello de Polvo de Estrellas, al mismo lugar en el que, en el establo, se había agarrado a las crines. A Kim le surgió una duda. ¿También habría podido sujetarse Jarrn y lo tendría allí detrás? Pero abandonó su preocupación porque estaba seguro de que había acabado con el enano. Y tenía a favor que Brokk no podía correr tan rápido como para alcanzarlos, a pesar de que Polvo de Estrellas había aflojado el paso.

¿Debían ir a la ciudad en busca de provisiones y, sobre todo, para preguntar por el camino a Gorywynn?

Pero cuando Kim quiso continuar con su camino, Cacho le indicó:

—No te recomiendo ir en esa dirección.

—¿Y por qué no? —preguntó Kim desconfiado.

—Porque irías directo a la cueva del oso.

Kim miró asustado a Cacho.

—¿La cueva de Kelhim? ¿Está aquí?

—No aquí —corrigió Cacho—, pero sí en esa dirección. ¿Ves ese bosque de ahí delante? Cabalga hacia allá y dentro de una hora serás el plato principal de la cena de tu viejo amigo.

—¿Has estado allí? —quiso saber Kim—. ¿Sabes dónde está la cueva de Kelhim?

—No hay quien pase por alto el mal olor —dijo Cacho mientras se estremecía.

Kim se lo pensó un momento y preguntó de nuevo:

—¿Estás seguro de que encontrarías su cueva?

—Claro que sí —contestó el pequeño ser y, desconfiado, añadió—: Pero no quieres ir allí, ¿verdad?

—Kelhim y yo somos viejos amigos —dijo Kim pensativo.

—¡Ya lo he visto! Ha faltado un pelo para que te devorara.

—Ya lo sé —suspiró el muchacho—. Pero, a pesar de todo yo... estoy seguro de que no me reconoció. Nunca me haría algo así.

—¡Ja! —gritó Cacho—. Seguro que te hubiera comido de un solo bocado, eso está claro.

—Lo que pasa es que no me ha reconocido —insistió Kim—. Estoy seguro de que... de que se acordará de mí.

—¿Estás tan seguro...? —se burló Cacho—. ¿Tan seguro como para jugarte la vida?

Kim miró a su pequeño compañero de viaje, pero no contestó. Al cabo de un momento hizo dar la vuelta a Polvo de Estrellas y continuó su cabalgada, justo en la dirección que le había indicado su pinchudo guía...

Necesitaron mucho más tiempo del previsto al principio debido a que Polvo de Estrellas no podía avanzar entre la espesa maleza tan rápido como lo hacía el animal espinoso. Cacho se lamentaba, chillaba de forma constante e intentó disuadir a Kim de su idea. Al final, pareció darse cuenta de que la decisión de Kim era irrevocable y se entregó a una especie de enfado, como si estuviera ofendido.

Al encontrar por fin la gruta del oso, el bosque de alrededor se veía tan oscuro que parecían hallarse bajo tierra. La cueva estaba en un claro situado en lo más profundo del corazón del bosque, tan escondida que Kim no la hubiera visto de no habérselo indicado su guía. Las copas de los antiquísimos árboles se cerraban por encima de sus cabezas y formaban un impenetrable techo de hojas que apenas dejaba pasar la luz de la luna.

Kim solo veía sombras a su alrededor. Y la cueva no era mucho más que eso. No era la gruta rocosa en la que Kim se había encontrado por primera vez con el oso Kelhim, sino únicamente un agujero que horadaba la tierra y se introducía oblicuo en ella.

—¡Bueno! —gruñó Cacho—. ¿Ya estás contento?

Kim aguzó el oído. No escuchó nada más que los vagos rumores del bosque y su propio corazón palpitante. Todo estaba en el más absoluto silencio.

—Parece que no está aquí —murmuró Kim.

—Bueno, eso puede cambiar pronto —contestó Cacho—. Antes de lo que te gustaría.

Kim se apeó de la silla sin tomar muy en cuenta las observaciones de Cacho y se aproximó con cautela a la gran gruta. Según se acercaba notó un ligero olor a carroña que se hizo más fuerte a medida que se aproximaba. Olía como lo que realmente era, la guarida de un animal de presa. ¿Qué pasaría si Kelhim tampoco le reconocía en esta ocasión?

Kim se deshizo de esos pensamientos, miró en todas direcciones para asegurarse y se adentró en las profundidades.

A medida que descendía, a gatas, quedaba atrás el último reflejo de luz. Siguió bajando hasta que el empinado camino volvió a ser llano. Ahora la oscuridad era total y el hedor le cortaba la respiración.

Tanteó con los brazos estirados hasta que dio un traspié y cayó hacia delante. Cuando se puso en pie entre maldiciones, su mano tropezó con un trozo de madera. En un primer instante retrocedió asustado, pero volvió a tocarlo y se dio cuenta de que aquello no era otra cosa que una antorcha. Perplejo, pero aliviado ante la idea de no tener que seguir su camino a base de palpar y desorientado por completo, buscó en el bolsillo de la chaqueta que Brobing le había dado y encontró justo lo que buscaba: dos trozos de pedernal; en aquel país siempre había que llevarlos encima.

Poco después, la rojiza claridad de las llamas ahuyentó las sombras de la cueva. Y el muchacho encontró enseguida una explicación a su hallazgo. El propietario, o lo que quedaba de él, no estaba muy lejos: un esqueleto, y no era el único. Kim se asustó al alzar la antorcha por encima de su cabeza y girarla poco a poco. Por todas partes se veía gran cantidad de huesos, calaveras y esqueletos, y no todos eran de animales. Al parecer, Brobing tenía razón al afirmar que Kelhim se había convertido en un animal asesino. Había sido una locura ir allí.

Pero ya era demasiado tarde para acordarse del arrepentimiento. Kim no había acabado con esos pensamientos cuando escuchó unos pasitos y, como un cerdo con púas, Cacho apareció a la luz de la antorcha.

—¡Ya viene! —chilló—. ¡El oso! ¡Sálvate! ¡Escóndete donde puedas, chiflado!

«¿Esconderme? ¿Y dónde me escondo?», pensó el muchacho con desesperación. La cueva era muy grande pero, a excepción de los huesos amontonados, en ella no había nada más. Por un momento se le ocurrió la idea de ocultarse debajo de la pila de huesos, pero la desechó. Estaba seguro de Kelhim le olería.

Y, además, no había ido allí a esconderse, sino a hablar con Kelhim. Con audacia, el chico se volvió y levantó la antorcha mientras mantenía los ojos fijos en la entrada de la cueva. No tuvo que esperar mucho. A pesar de su enorme volumen, Kelhim se movía sin hacer ruido, como un gato. Su sombra tapó el claro hueco de la entrada incluso antes de que el oso apareciera en ella. Kim pudo olerle y experimentó escalofríos. Nunca le había parecido que Kelhim oliera de una forma tan desagradable, pero el enorme y desgreñado ser que surgió de repente en la entrada de la cueva apestaba a naturaleza salvaje y a muerte.

Durante unos segundos, que a Kim le resultaron una eternidad, el oso se limitó a permanecer parado, mirando con su centelleante y maligno ojo al minúsculo humano que se había atrevido a entrar en su reino. El muchacho se mantuvo en su sitio y también lo miró. Y llegó a la terrible conclusión de que había cometido un error fatal. Ahora se sentía enloquecer a causa del terror. Pero no se movió.

Ni siquiera cuando, por fin, Kelhim abandonó su rigidez y se acercó poco a poco a él. Su mirada repasó la cueva con desconfianza mientras husmeaba como un perro que intentara captar todos los olores. Quizá temiera un ataque por la espalda. Al enorme oso le bastaba con dar un único salto y un golpe de su zarpa para alcanzar a Kim y dejarle en el sitio, pero tan solo se le acercó con pequeños movimientos cautelosos.

Kim alzó un poco más la llama para que su resplandor inundara toda la cueva. Las sombras parecieron entablar una violenta danza a su alrededor provocada por el temblor de la mano que sujetaba la antorcha. A pesar de eso no dio un paso atrás en el momento en que Kelhim se acercó a él.

Finalmente el oso se detuvo. Afortunadamente para Kim, pues por la expresión de sorpresa que apareció en la cara tuerta del animal, este pareció haber reconocido al tembloroso cachorro humano que tenía delante.

Para su sensible olfato osuno, seguro que olía a miedo, como el que exhala un rebaño entero de ovejas perseguidas por el zorro y sin posibilidad de escape.

—Hol-l-l-a, Kelhim —tartamudeó Kim. Su voz sonaba extraña debido a su violento temblor—. ¿T-t-t-e alegras d-d-de vol-l-l-lver a v-v-v-verme?

Kelhim siguió mirándole y gruñó de forma que toda la cueva pareció estremecerse. De las paredes cayó tierra y se desprendieron unos cuantos guijarros.

—¡Soy yo, Kelhim! —gritó con desesperación el muchacho—. ¡Acuérdate! ¡Tú me conoces! ¡Somos amigos!

Kelhim se irguió sobre los cuartos traseros. Mostró su terrible dentadura y, como pequeñas dagas, exhibió las diez garras de sus patas delanteras. Se acercó un poco más con un único y pesado paso.

Todo parecía gritar a Kim que tenía que retroceder, pero dominó su miedo y, audaz, miró a Kelhim a su único ojo, y de hecho... dudó una vez más. En su mirada vio algo parecido al desconcierto y luego una extraña expresión: tristeza, dolor y un ligero recuerdo, además de una incontenible furia.

—¡Kelhim! —siguió suplicando Kim—. ¡Piénsalo! ¡Somos amigos! ¿Ya no te acuerdas de la batalla de Gorywynn? ¿Ni de nuestro viaje a lomos de Rangarig?

Los rugidos de Kelhim se hicieron cada vez más profundos y broncos. El oso titubeó. Tenía el aspecto de sentir un indecible pesar.

Y parecía un auténtico pesar. Kim le miró y se dio cuenta de que, en su interior, el animal mantenía una encarnizada lucha que había estado presente a lo largo del tiempo, pero que había olvidado y enterrado en lo más hondo de sus instintos de animal de presa.

—¡Por favor, Kelhim! —suplicó—. Acuérdate. Nosotros...

Se impuso la bestia. Kim no tuvo tiempo para sentir miedo, pues la garra de Kelhim le golpeó y le lanzó contra la pared de la cueva, donde se quedó tumbado y jadeante. La antorcha se le cayó de la mano y describió un gran arco al caer, aunque no llegó a apagarse.

—¡Kelhim! —balbució Kim—. ¡Por favor, no! ¡Pero si somos amigos!

Kelhim gruñó, se volvió a poner a cuatro patas y se acercó enseñando los dientes.

—¡No! —chilló Kim y alzó las manos sobre la cabeza para protegerse—. ¡Kelhim! ¡Por favor!

La fiera se detuvo de repente pues, delante de la entrada de la cueva, habían aparecido otras dos sombras, una diminuta y otra impresionante. Una sarcástica voz dijo:

—¡P-p-por favor, no, Kelhim! ¡S-s-si somos a-a-a-migos!

Kelhim volvió la cabeza soltando un gruñido colérico mientras que desde fuera alguien se acercaba con pasos menudos y rápidos y continuaba haciendo una burlona imitación de la voz de Kim.

—Este chi-i-i-flado se va a c-c-c-comer a su a-a-a-migo. Menos mal que he llegado a tiempo para no perderme lo mejor, ¿n-n-no es verdad?

El enano chillaba como un loco y comenzó a saltar sobre cada una de sus piernas a la vez que, muy divertido, se palmeaba los muslos.

¡Era Jarrn!

La mirada de Kelhim iba de Kim al enano y al revés. El muchacho pudo percibir el forcejeo que tenía lugar detrás de su desgreñada frente. El oso se volvió con dificultad hacia Jarrn y se irguió de nuevo sobre las patas traseras.

Jarrn dejó de jugar al enano saltarín, hizo un movimiento con la mano y tras él apareció Brokk con su amenazadora garra de hierro.

—¡Tú quédate donde estás, oso de peluche grandullón! —dijo airado el enano—. Agarra a ese —ordenó señalando a Kim—. Debería bastarte para calmar tu hambre. Y, si no, será mejor que me lo dejes a mí. Tengo que arreglar una cuenta pendiente con él.

—¡Kelhim! —gimió Kim—. ¡Ayúdame!

Y aunque su anterior apelación a la amistad no había servido de nada, sí lo hizo aquella petición de ayuda casi cuchicheada. Kelhim le miró, se volvió y lanzó un terrible rugido contra el hombre de hierro.

Lo que siguió, según recordó Kim después, fue como una pesadilla. Los dos gigantes mantuvieron una indescriptible pelea que hizo temblar toda la cueva. Kelhim bramaba y rugía mientras sus poderosas patas golpeaban la cabeza y los hombros del enorme ser de hierro. Sus golpes eran tan violentos que el gigante llegó a tambalearse. Los golpes de este último eran silenciosos, pero no por ello menos violentos. Una y otra vez la mano en forma de pala de excavadora impactaba contra el oso, cuyas fuerzas iban flaqueando poco a poco. En cambio, su adversario no experimentaba cansancio ni dolor y el poderío de Kelhim no era suficiente para romper las placas de hierro con las que estaba construido el robot.

Al final pareció que ambos gigantes negros se hubieran destrozado el uno al otro. La cueva se estremeció. Muy cerca de la entrada se derrumbó buena parte del techo que, sin que Brokk pudiera evitarlo, dejó caer sobre él una gran cantidad de tierra y rocas. Finalmente, el oso comenzó a retroceder.

Kelhim vaciló. Varias de sus garras estaban rotas, sangraba por las patas y el hocico y rugía a causa del dolor. Se estremecía bajo los poderosos golpes de las férreas garras de Brokk.

—Kelhim... —murmuró Kim.

Se dio cuenta de que el oso estaba derrotado y que el hombre de hierro no pararía de golpearle hasta dejarlo sin vida sobre el suelo. Los ojos de Kim se llenaron de lágrimas.

Jarrn comenzó a chillar con estridencia.

—¡Ya ves el miedo que te tengo, oso de peluche! —gritó—. Nadie se interpone en mi camino sin tener que pagarlo con la vida. ¡Nadie! —dijo mientras saltaba muy satisfecho, luego señaló a Kim con un dedo que parecía un puñal—. ¡Y tú vas a ser el siguiente! ¡Para ti tengo pensado algo muy especial, tipo asqueroso!

—Puede ser —murmuró Kim en voz baja—. Si es que tienes tiempo.

Y dicho esto y sin previo aviso, saltó contra el enano.

Jarrn estaba más alerta que cuando Kim le atacó en la granja pero, a pesar de todo, se quedó sorprendido. Intentó sacar un puñal de debajo de su ropaje, pero el muchacho le impidió el movimiento y, con un golpe, hizo que el arma se le cayera de la mano. Por el rabillo del ojo, Kim vio que Brokk se alejaba de su víctima y se volvía. Antes de que el hombre de hierro completara el movimiento, el muchacho alcanzó al enano, le sujetó por los pies y le puso su propio puñal en la garganta.

—¡Dile a Brokk que retroceda! —siseó Kim.

No había hablado muy alto, pero fue eso justamente lo que dejó muy claro al pigmeo que la amenaza iba en serio. Jarrn tragó saliva y echó la cabeza hacia tras todo lo que pudo, pero la punta del arma le siguió en su movimiento. El enano comenzó a bizquear para intentar seguir con la vista la hoja del puñal.

—¡Atrás! —chilló—. ¡Brokk! ¡Déjale!

El hombre de hierro se detuvo detrás de Kim. Su garra sanguinaria estaba preparada para sujetarle.

—¡Mándale fuera! —exigió Kim—. ¡Debe irse y regresar a la granja de Brobing!

—Tú...

Kim le obligó a emitir la orden a base de acercarle el puñal hasta llegar a arañar su delgado cuello. El enano se apresuró a gritar con voz ronca:

—¡Ya has oído lo que ha dicho, Brokk! ¡Vuelve con esa gentuza! ¡Espérame allí!

El suelo comenzó a temblar bajo los pies de Kim cuando el obediente coloso se dio la vuelta y abandonó la cueva. Al cabo de unos segundos, el muchacho escuchó cómo se abría paso entre la maleza.

Separó poco a poco el puñal del cuello de Jarrn, pero no soltó al enano en ningún momento.

A pesar de la violenta oposición de Jarrn, Kim le inmovilizó, arrancó una tira de su vestimenta y lo envolvió con el resto como si fuera un negro paquete de regalo. La tira le sirvió para atarle con un nudo seguro. Luego, sin más, dejó caer el paquete junto a la entrada y regresó al lugar en que estaba Kelhim.

Al verlo se le rompió el corazón.

Kelhim yacía tumbado en el suelo. Su pecho se alzaba y descendía a impulsos muy bruscos y toda su cara estaba llena de sangre. Su único ojo parecía empañado y de su caja torácica salían gruñidos y ruidos profundos y penosos que revelaban la gravedad de sus heridas.

—Kelhim —susurró—. Kelhim... ¿Qué te pasa?

Kelhim no contestó, pero su mirada buscó la del muchacho y, a pesar del dolor y la profunda desesperación que se advertía en ella, Kim vio que ya no se encontraba frente a un animal salvaje. Kelhim se había convertido otra vez en el ser que había conocido antes.

¡Pero a qué precio!

—¡Kelhim! —murmuró Kim de nuevo, casi desesperado—. ¿Qué te pasa?

—¿Kim? —murmuró el oso—. ¿Eres... tú?

—Sí. —Kim se arrodilló al lado de la poderosa cabeza del animal y le pasó la mano por el morro. Sus ojos se llenaron de unas lágrimas contra las que no intentó luchar. Sabía que el oso iba a morir, pues los golpes de Brokk le habían destrozado—. Sí —dijo de nuevo—. Soy yo, Kelhim.

—Kim —murmuró el oso. Intentó moverse pero sus fuerzas no se lo permitieron—. Has venido. Bien, bien.

—No hables —dijo el muchacho con un gemido—. Reserva todas tus fuerzas, Kelhim. Todo saldrá bien. —Su voz se rompió y no pudo seguir.

—Bien —repitió Kelhim. Su mirada comenzó a velarse y de repente su respiración se hizo muy lenta y trabajosa—. Ve a... Gorywynn —susurró el oso—. Tienes que... liberar a Temístocles.

—¿Liberar? —se sobresaltó—. ¿Han apresado a Temístocles?

—Temístocles... —gimió Kelhim—. Ve y... Temístocles... enano... los ni... ños.

Su voz resultaba cada vez más débil y el muchacho no entendía más que algunas palabras sueltas.

—¡Espera! —gritó desesperado—. Por favor, Kelhim, ¡no puedes morir!

—Ve —murmuró Kelhim con sus últimas fuerzas—. Los enanos... ve a ... uno... ve... y... salva a Luna de Leyenda, pequeño héroe..., tú puedes hacerlo.

Y murió con su poderosa cabeza apoyada en los brazos de Kim y sin poder decir ni una palabra más.

## VIII

Cuando el sol salió a la mañana siguiente, encontró a Kim a lomos de Polvo de Estrellas: estaba muy lejos de aquel terrible claro del bosque en el que se había reencontrado con su amigo y donde lo había perdido para siempre. Era mucho peor de lo que Kim hubiera podido imaginar.

Se encontraba muy cansado y más deprimido de lo que había estado en su vida. Se había mantenido durante horas inclinado hacia delante sobre la silla de Polvo de Estrellas y había permitido que el animal trotara a su voluntad; las manos del muchacho se limitaban a sujetar las riendas, pero no pretendían dirigir al noble bruto en ninguna dirección concreta. Las lágrimas le corrieron por la cara y al final sus ojos se quedaron vacíos y secos, hasta el punto de que le ardían.

Apenas recordaba cómo había llegado hasta allí, sin mencionar que no sabía dónde estaba. A aquella primera luz del día, delante del muchacho se extendía un terreno herboso con leves ondulaciones y, no mucho más allá, pudo percibir la sombra de una poderosa pared de roca que casi abarcaba la zona de la derecha del horizonte. La luz tenía un extraño color verdoso que Kim no supo explicarse y del que tampoco se preocupó mucho. No recordaba haber visto la pared desde lejos, a pesar de que era lo bastante maciza y alta como para no haberle pasado inadvertida ni siquiera de noche.

Se sentía vacío y abatido, y experimentaba el dolor y la tristeza por la pérdida de un amigo. Ahora podía apreciar lo mucho que Kelhim había significado para él. Solo cuando perdemos un amigo nos damos cuenta de lo valioso que era para nosotros.

—Ahí hay un lago —gritó una voz delante de él.

Kim se dominó haciendo un esfuerzo, pasó el dorso de la mano por sus ardientes ojos y miró a la bola de plumas anaranjadas que iba sentada sobre las crines de Polvo de Estrellas y que, como había ocurrido el día anterior, aparecía muy vistosa y bella.

—Recibirás tu pescado, no te preocupes —dijo Kim con voz apagada.

Cacho le miró pensativo con sus enormes ojos semejantes a los de un corzo e hizo un movimiento con la cabeza que parecía imitar una negativa.

—No estoy pensando en el pescado, y ya es raro —dijo—. Tu caballo necesita un descanso y a ti también te hace falta.

Kim quiso replicar, pero le resultó muy fatigoso. Suspiró y luego, por primera vez desde la tarde anterior, tiró de las riendas de Polvo de Estrellas para que cambiara de dirección; en ese momento se dio cuenta de que el corcel ya había abandonado por su cuenta la senda anterior e iba directo hacia el brillo de plata que relucía entre la alta hierba. Parecía que tenía sed.

El lago no era demasiado grande. Se hallaba en una hondonada natural redondeada, como el agua que se acumula en el cráter de un volcán apagado. Pero no era el cráter de un volcán, sino todo lo contrario. Kim nunca había visto algo tan espléndido. Miró más allá y descubrió que la orilla estaba tapizada con bellas flores de todas las formas y colores imaginables. Había rosas, jacintos, narcisos, claveles, tulipanes y cientos de tipos que Kim no había visto jamás y cuyos nombres no conocía; los colores hacían pensar en un arco iris caído del cielo que se hubiera posado allí. Crecían en grandes grupos alrededor del lago, algunos tan cerca del agua que parecían querer inclinarse para beber. Kim precisó algo de tiempo para encontrar un lugar en el que Polvo de Estrellas pudiera acercarse al agua sin pisar aquellas magníficas flores.

Mientras el animal, sediento, agachaba la cabeza hacia el agua, el muchacho se apeó de su lomo y notó entumecidas las piernas. Apenas podía moverse. Entonces, se dio cuenta de las muchas horas que debía de llevar sentado, sin interrupción, sobre aquella silla.

Miró a su alrededor desconcertado. A pesar de que aún se sentía triste, no pudo evadirse de la belleza del lago. Era como si alguien hubiera traído todas las flores imaginables para adornar un mundo. Lo curioso era que ninguna de ellas desprendía olor. Todo lo que Kim percibía era el aroma del rocío de la mañana y de la hierba por la que habían cabalgado. Esperó a que su caballo hubiera bebido lo suficiente y se echó a un lado para que también pudiera calmar su hambre con la fresca hierba. El animal pisaba con sumo cuidado y, mientras avanzaba, no tronchó ninguna de aquellas flores que formaban algo parecido a un mar.

Unos sonoros sorbetones hicieron que Kim bajara la vista. Entre sus pies estaba la bola de plumas empeñada en beber hasta vaciar el lago. Kim esperó hasta que Cacho hubo calmado su sed y luego se puso de rodillas y también bebió. El agua estaba fría como el hielo y sabía mejor que cualquiera otra que hubiera probado antes.

¡Qué curioso!

Kim tardó en entender lo que estaba viendo, que no era otra cosa que su imagen reflejada, a la que parecía estar tocando con sus labios mientras bebía. Por supuesto que era su cara. Pero a la vez no lo era. Había algo en ella...

No, no podía expresarlo con palabras. Parecía que en aquella imagen reflejada, que cambiaba poco a poco, no había nada malo ni peligroso, sino todo lo contrario. Kim tuvo que dominarse para no seguir mirando durante toda la eternidad. Aquello le parecía absurdo, su cara era tan bella que no podía dejar de contemplarla.

Se apartó con brusquedad y descendió de la orilla doblando las piernas. De repente notó lo cansado que estaba. Le dolía la espalda y sus miembros parecían pesar toneladas. ¡Cómo le hubiera gustado tumbarse y cerrar los ojos para dormir sobre aquella alfombra de flores!

Pero no debía hacerlo. De repente se dio cuenta con temor de que no tenía que haber hecho esa pausa. No cabía duda de que Jarrn y sus camaradas de hierro irían tras él y, al recordar lo rápido que llegaron hasta la cueva de Kelhim, se percató de que Brokk no era tan lento como había pensado.

No era la primera vez desde que salieron del bosque que Kim se preguntaba el motivo por el que había dejado a Jarrn en la cueva en lugar de llevárselo sin más. Kim estaba seguro de que habría podido sacar al enano todo lo que quería saber. Jarrn era un bocazas y, además, bastante cobarde. Kelhim había intentado decir al muchacho algo que parecía muy importante. Kim no lo había entendido bien, pero le había quedado claro que el oso se había referido al enano. Y, a pesar de eso, Kim se había limitado a dejarlo allí, había pasado por delante del paquete en que estaba transformado el gnomo y se había marchado de la cueva. La muerte de Kelhim le había hecho olvidar por completo a Jarrn...

—¿Tienes hambre? —dijo de repente Cacho interrumpiendo sus pensamientos.

Kim negó con la cabeza sin mirarle.

Cacho se había acercado a pasitos y dio un leve toque a Kim con su suave morro. Casi contra su voluntad, Kim se vio obligado a sonreír. Levantó la mano y acarició las ligeras plumas del animalito.

—¿Puedo buscarte algo? —preguntó Cacho con tono de preocupación—. ¿Un pescado? ¿Un par de jabalíes?

—No tengo hambre —dijo Kim—. Muchas gracias.

—Está bien, ya sé que no eres un gran comedor —se obstinó Cacho—. A pesar de todo, ¿quizá un jabalí?

Kim se sobresaltó y en los ojos de Cacho apareció una expresión culpable.

—Lo siento —gorjeó—. No quería...

Vaciló un momento, luego se dirigió de nuevo al agua y observó su reflejo en ella. La mirada de Kim le siguió.

Era raro, pero la cara reflejada en el agua empezaba a sonreír, a pesar de que Kim sabía que él permanecía muy serio.

—¿Te da mucha pena tu amigo, no es cierto? —dijo Cacho en voz baja.

Kim asintió.

—Fue por culpa mía —dijo en tono serio.

—¿Culpa tuya? ¡Tonterías! Quien le golpeó fue el hombre de hierro, no tú.

—Pero yo fui el culpable de que Brokk llegara hasta allí. Yo le guié a la cueva. Y Kelhim le atacó para protegerme, ¿lo entiendes? —preguntó el muchacho.

—No —rechazó Cacho—. No era más que un animal salvaje.

—No lo era —replicó Kim bruscamente—. Algo... le hizo convertirse en eso. No siempre fue así.

—¿Quieres decir que antes no era tan malo?

Kim notó cómo le subían de nuevo las lágrimas a los ojos, pero esta vez pudo contenerlas.

—Yo estuve una vez aquí, en Luna de Leyenda, ¿sabes? —comenzó a narrar—. Por aquel entonces Kelhim... era... —el chico buscó las palabras adecuadas y luego se decidió—: un amigo.

—¿El oso? —preguntó Cacho dudando.

—Antes todo era distinto —murmuró el muchacho—. Aquí, en todo este país. Era...

—¿Sí? —le animó Cacho al ver que no continuaba con la frase. Kim se encogió de hombros desorientado.

—No sé —contestó—. Pero era distinto.

—No es malo que cambien las cosas.

—Ya lo sé. Pero no es eso lo que quiero decir. —Kim tuvo que pensar de nuevo en las palabras de Brobing al decirle que era como si hubieran perdido algo y no supieran qué—. Este país fue feliz una vez —dijo—. Había personas felices, muchos animales que hablaban y bosques llenos de flores y de seres fabulosos.

—Yo también hablo —le recordó Cacho.

—Es cierto.

Kim se encogió de hombros. Su reflejo en el agua seguía sonriente, pero se acordó de lo mucho que su cara se había modificado en los últimos días. El cansancio y el agotamiento habían dejado huellas visibles. No tenía mal aspecto, si acaso todo lo contrario; le hacía parecer mayor. Cada vez le costaba más apartar la vista del agua. Y parecía que a Cacho le ocurría lo mismo pues, mientras hablaban, no dejaba de mirar el reflejo del chico.

De repente, Kim escuchó pasos detrás de él y antes de que pudiera volverse oyó una voz que decía:

—Yo en vuestro lugar no estaría tanto tiempo entretenido mirando el lago. Os pueden pasar cosas malas.

Kim se dio la vuelta precipitadamente. El sonido de la voz le indicaba que el recién llegado no era Jarrn pero, a pesar de todo, se mantuvo alerta.

Detrás de él había un extraño. Era muy grande y fuerte y, en cierta forma, rudo. Kim no encontró otra descripción para él. Su piel era oscura, mucho más oscura que la de Kim, y se parecía a la corteza de un árbol; además, sobre la cabeza llevaba una capucha hecha de hojas. Sus ropajes también eran verdes y estaban confeccionados con hojas unidas entre sí de una forma tan artística que parecían haber crecido de esa forma. Su cara era grande y estaba agrietada, y la simpatía que irradiaban sus ojos parecía auténtica y cálida de verdad.

—Tenéis que escucharme —dijo el hombre después de observar a Kim por un momento—. No estéis mucho tiempo ahí. No es bueno.

—¿Por qué? —estalló por fin Kim.

El extraño rio; y el sonido agradable y cálido que percibió Kim de inmediato le hizo pensar que alguien que se reía así no podía ser peligroso.

—No eres de por aquí, ¿verdad? —dijo el recién llegado.

Kim sacudió la cabeza y aquel curioso hombre hizo un gesto en dirección al agua.

—No es un lago inofensivo.

Kim se asustó.

—¡Pero si hemos bebido de él! —chilló Cacho con temor, por lo que el desconocido hizo un gesto tranquilizador.

—No pasa nada —dijo—. No es tóxico. Incluso podéis bañaros en él si así lo deseáis. Lo importante es que no lo miréis mucho tiempo.

—¿Por qué? —preguntó Kim de nuevo.

—Aléjate un par de pasos del agua —dijo el hombre— y os lo explicaré; antes de que os tenga que cortar y llevar a casa metidos en un jarrón.

Kim ya no entendía nada, pero percibía que aquellas palabras eran bienintencionadas e iban en serio. Le siguieron deprisa hasta que salieron del círculo que formaban las flores.

—Si nunca has oído hablar del Lago de la Vanidad, deberías mantenerte alejado de él —dijo el extraño.

—¿El Lago de la Vanidad?

El hombre señaló al agua.

—Está hechizada —dijo—. Esta agua cura las heridas y repone las fuerzas. Pero también es peligrosa, porque no te muestra tu verdadero aspecto, sino la forma en la que te gustaría verte. ¿Entiendes lo que quiero decir?

Kim pensó en lo mucho que le había gustado su reflejo y asintió turbado.

—Y eso no es todo —añadió el nudoso extraño—. Si uno se mira durante mucho tiempo, llega un momento en que no puede apartarse de su reflejo y acaba convertido en una flor. ¿Las ves ahí?

Kim miró con un estremecimiento al colorido mar de flores que rodeaba el lago.

—Todas estas... —comenzó a decir.

El hombre asintió.

—¿Quiénes sois vosotros dos? —preguntó.

A Kim le costó un poco seguir el repentino cambio de conversación. Luego habló titubeante.

—Mi nombre es... Kim. Provengo de un lugar muy lejos de aquí. Él es Cacho. Un... amigo.

—¿Cacho? Que nombre tan raro.

—Me lo puso él —chilló Cacho enseguida—. ¿Quieres saber el motivo?

—No creo que sea importante —dijo Kim precipitadamente, luego cambió el tono de voz—. Te agradezco el aviso, pero ahora debemos continuar.

—Oye, oye, no tan rápido —dijo el hombre-árbol y extendió la mano.

Kim sintió una mezcla de temor y asombro cuando vio que la piel de aquel ser era realmente de madera. Las uñas de los dedos eran trocitos de oscura corteza de árbol. Y su capucha no era tal en realidad: ¡las hojas crecían de verdad en su cabeza!

—Os he observado durante un rato y me parece que estáis agotados. Podríais descansar un poco. Si os apetece venir conmigo, vivo muy cerca de aquí.

—No puede ser —contestó Kim, y al parecer lo dijo de forma algo precipitada, pues entre las cejas de corteza de árbol del extraño ser surgió de repente una profunda arruga—. Aún tenemos un camino muy largo por delante —añadió con una sonrisa—. De hecho, demasiado largo.

—¿A qué lugar queréis ir?

—A Gorywynn —contestó Kim tras un titubeo.

—Gorywynn, ¿la fortaleza de cristal? —se le escapó al hombre.

—¿La conoces?

—Bueno, nunca he estado en ella si es lo que quieres decir, chico. Ninguno de nosotros ha llegado hasta allí jamás. Pero claro que hemos oído hablar de ese sitio. Si de verdad queréis ir allí, lo mejor es que vengáis conmigo.

—¿Por qué piensas eso? —preguntó Kim mientras empezaba a desconfiar.

—Como tú has dicho, tenéis un largo camino por delante —contestó el hombre-árbol. A continuación señaló a Polvo de Estrellas y añadió—: Incluso yendo a caballo os harán falta semanas, quizá meses, para llegar al castillo de cristal. Lo mejor es que recuperéis fuerzas antes de seguir.

Kim le miró indeciso.

—¿Qué pasa? —insistió el otro—. ¿No te fías de mí?

—Sí, sí, claro que sí —dijo Kim de forma precipitada.

—Estáis huyendo, ¿no es cierto? —dijo de repente el extraño personaje.

—¿Cómo lo sabes? —contestó Kim, y se dio cuenta enseguida de que hubiera hecho mejor mordiéndose la lengua.

El otro se limitó a reír.

—Pero Kim, ¿me tomas por ciego? —preguntó—. Ya te he dicho que os he observado a ti y a tu magnífico animal. ¿Quién os persigue? ¿Los trolls?

Kim no tenía ni idea de que aquí hubiera algo parecido a trolls. Sacudió la cabeza.

—Un enano —dijo.

—¿Un enano de las montañas orientales? —La cara oscura de aquel ser cambió de color—. Si es así, ese es otro motivo para que os quedéis más tiempo conmigo. Ningún enano se ha atrevido jamás a venir al árbol donde estamos nosotros. Y nunca se atreverá.

—¿Cómo lo sabes?

—Es que no somos... amigos de verdad —explicó el hombre—. Los enanos son criaturas de la noche. Viven bajo tierra y odian al sol y a todo lo que crece y se desarrolla. También temen a las alturas como a la peste. Y nuestro árbol es muy alto.

¿Nuestro árbol? Kim no entendía ni la mitad de lo que decía aquel hombre vegetal. Pero, en cierto modo, confiaba en él. La mirada sombría que percibió en sus ojos en el momento de nombrarle al enano era auténtica.

—Esta noche damos una fiesta. Estáis invitados —dijo el hombre mientras Kim seguía con sus dudas.

—No tengo ánimos para fiestas —replicó Kim triste.

—Es que acaba de perder a un amigo —explicó Cacho en voz baja.

El otro asintió con pesar.

—Eso duele —dijo—. Pero puedes distraerte un poco, también tenemos una cama en la que podrás descansar muy bien. Vente.

Tras pensarlo por última vez, Kim aceptó.

Oak, pues tal era el nombre con el que se había presentado el nuevo amigo, se ofreció a llevar a Polvo de Estrellas a un lugar seguro donde el animal pudiera esperarle a Kim y, además, dispusiera de comida y agua. Por desgracia, como señaló Oak, no era posible que Polvo de Estrellas subiera al árbol. Kim aceptó y Oak tomó al equino por las riendas y se lo llevó. El animal le siguió obediente, y ese fue un segundo buen síntoma para que Kim confiara en el hombre-árbol, pues frente al enano el caballo había dado muestras de tanto disgusto como el que habían sentido Cacho y él mismo.

No tuvieron que esperar mucho tiempo. Oak volvió poco después y explicó que ya podían dirigirse al árbol. La curiosidad de Kim iba en aumento, sobre todo porque no se veía el árbol por ningún lado. Había arbustos, maleza y unas magníficas flores silvestres por todas partes, hasta donde la vista alcanzaba, pero no había por allí un árbol ni nada parecido, a pesar de que Oak se refería a él constantemente.

Al comentárselo Kim, Oak sonrió de forma significativa e indicó con la mano para que le siguieran. Cacho dio un salto y se subió a los hombros de Kim, y así caminaron a través de la hierba, que les llegaba a la altura de la cadera, en pos de Oak. Pero tampoco en la dirección que seguían se veía el menor indicio de un árbol. Se dirigían hacia la pared de piedra que Kim había visto por la mañana.

Al cabo de un instante, Kim se dio cuenta de que la pared no era tan lisa como parecía desde lejos. La roca estaba rota y agrietada por todas partes y, en el centro de la montaña, se observaban grandes cuevas cuyas entradas parecían ojos negros que miraban con fijeza a los que llegaban. Al acercarse un poco más, Kim vio los peldaños de una impresionante escalera como cincelada en la roca que, con muchas curvas y recovecos, llevaba hasta las cuevas.

Cuando ya se encontraban muy cerca se dio cuenta de que la montaña no era tal, ni tampoco los escalones estaban cincelados en ella. Más bien eran una talla, pues la montaña no era de roca, sino de madera. Y no era una montaña, sino un árbol. Fue tan repentina la forma en que Kim se dio cuenta, que no tuvo más remedio que detenerse para, sin entender nada, echar la cabeza hacia atrás. De nuevo descendía aquella particular luz verdosa y ahora pudo ver a qué se debía: tampoco el cielo que estaba por encima era lo que Kim había creído. Hasta donde le alcanzaba la vista, sobre sus cabezas se extendía un imponente techo de hojas, como si al firmamento le hubieran crecido hojas e inmensas ramas. Y era como si estuvieran a los pies de un poderoso bosque que se extendía por todo el mundo; de hecho era claro, pero no permitía ver el cielo. Solo que el techo vivo de color verde que se extendía sobre ellos no estaba compuesto por las copas de todo un bosque, era la corona de un único e inmenso árbol.

—¿Qué te pasa? —preguntó Oak en un tono ligero, aunque no pudo ocultar un guiño divertido en sus ojos. Parecía conocer el efecto que producía aquella visión y seguramente le divertía no haber explicado nada antes a Kim.

—¿Es este... tu árbol? —dijo Kim con voz ronca.

Oak asintió y, al tiempo, también sacudió la cabeza.

—No es mi árbol —dijo con énfasis—. Pero sí es un árbol, si es a lo que te refieres. ¿No los conocías?

—Claro que sí —contestó Kim perplejo—. Hay árboles por todas partes... pero no son como este.

—Ah, sí. —Oak hizo una mueca como la de un colegial sorprendido mientras hacía una travesura—. Pero esos no son árboles. Alguna vez podrán llegar a serlo, aunque necesitarán mucho tiempo. —Rio en alto—. Perdona que te haya tomado un poco el pelo. Pero sí, tienes razón, es un árbol. Y solo hay uno.

—Eso me lo creo —susurró Kim. Le resultaba imposible desviar la mirada de aquel poderoso tronco.

Las palabras de Oak y su propio sentido común le decían que se trataba de un auténtico árbol, pero sus ojos afirmaban que era una montaña; el diámetro del tronco era muy grande y Kim prefirió no pensar en su posible altura por miedo a marearse. Pero Oak agitó la mano con impaciencia para que le siguieran. De hecho, la sensación de mareo no tardó en aparecer al comenzar a subir, en pos de su guía, por la impresionante escalera de madera que llevaba a la copa del inmenso árbol; la escalera era cómoda y ancha, pero demasiado empinada y, además, no había ni rastro de barandilla. Haciéndose el fuerte, Kim fijó su mirada en la espalda de Oak y confió en que nadie se diera cuenta de su miedo.

Dejó de contar los escalones al llegar al número cuatrocientos y, aun así, no parecían haberse acercado nada a las ramas gruesas más bajas. Durante una media hora subieron a buen ritmo por curvas y recovecos antes de llegar al punto en el que el tronco parecía empezar a dividirse en ramas. Para Kim, era como hallarse en una calle de madera muy larga de la que no era capaz de ver el final, que parecía esfumarse entre una selva de hojas verdes.

Pero, en cambio, Kim vio otra cosa; muy arriba, sobre una rama, observó las siluetas de unas casitas blancas y verdes. Se quedó mirando con los ojos desorbitados aquellos habitáculos coloreados. ¡No había duda de que en ese árbol se había construido una verdadera ciudad!

—¿Te extraña algo? —preguntó Oak, al que no se le había pasado por alto la expresión alelada de la cara de Kim.

—¡Eso... eso... eso son casas! —gimió el chico.

—Claro que son casas —le contestó—. ¿Es que en el sitio de donde tú vienes no vivís en casas?

—Por supuesto —repuso Kim turbado—. Pero yo pensaba... Yo creía... Yo había supuesto...

Oak hizo una mueca.

—Bien, si quieres te enseñaré la ciudad. Y también las otras ciudades.

—¿Otras? —Kim no daba crédito—. ¿Quieres decir que... que hay más?

—Siete u ocho —contestó rápido Oak—, eso sin contar con las aldeas de arriba, allá en la copa.

—Ya —dijo Kim lanzado, aunque no salía de su asombro.

Estaba en un árbol que era tan grande como todo un país y que tenía ciudades en las ramas.

Y así era. Al acercarse, el muchacho pudo ver la ciudad-árbol, y se trataba de una verdadera ciudad. Algunas de las casas tenían cinco o seis pisos y una de ellas era tan grande como podía serlo un castillo en la Tierra.

La gente parecía vestir ropas verdes, rojas y amarillas, pero no eran ropas, sino piel de hojas que brotaban de forma natural. Caminaban por calles auténticas que, talladas en la corteza de las ramas, habían sido pulidas por los numeroso pies que al pasar sobre ellas a lo largo de los siglos les habían hecho adquirir un aspecto brillante, como de asfalto. Aquí y allá, entre los edificios, crecían plantas y, al acercarse un poco más a ellas, Kim se dio cuenta de que eran pequeños brotes surgidos de las inmensas ramas, pero tan grandes como árboles ya crecidos. Oak lo habría negado, pero para Kim eran verdaderos árboles. Incluso muy grandes.

—Esto es increíble —dijo el muchacho mientras seguía a Oak por las amplias calles de la ciudad-árbol y descubría innumerables maravillas—. ¿Y vosotros... vosotros vivís de verdad aquí arriba? ¿No bajáis nunca?

—Bueno, algunas veces sí bajamos —contestó Oak con un leve tono de burla—. Si no hubiera sido así, no te hubiera encontrado en el lago, ¿no te parece? Pero sí, tienes razón, vivimos aquí y solo dejamos el árbol en contadas ocasiones. Es nuestro hogar.

Señaló una pequeña y coquetona casita a la derecha.

—Ya hemos llegado. Mi mujer no está en casa porque ha ido a ayudar en los preparativos de la fiesta de esta noche. Pero estoy seguro de que se alegrará de veros. Nos encanta tener invitados.

Se agachó para pasar por la entrada, que era algo baja para él, e hizo un gesto de invitación.

—Pasad.

Kim titubeó, pero no por miedo, sino porque ese edifico, como todo lo demás, le sorprendía mucho. No estaba, como le pareció en un principio, sobre la rama, formaba parte del organismo del árbol. Las paredes crecían directamente desde el suelo y el techo estaba hecho a base de una cubierta de hojas vivas. Las puertas y ventanas no parecían estar recortadas en la madera, eran aberturas casi redondas rodeadas de zonas abultadas en los lugares en que había dejado de crecer la madera.

Y por dentro tenía el mismo aspecto que por fuera.

Había muebles, como en cualquier casa de las que Kim conocía: mesas, sillas, armarios y camas. Pero no los habían colocado allí, parecían crecer desde el suelo y las paredes. Como si el árbol se hubiera esforzado en ofrecer a sus habitantes el hogar más cómodo posible. Incluso había un horno: un bloque cúbico de madera cuya superficie negra era tan dura como una piedra y a la que no parecía que le afectara el fuego.

Oak dio tiempo a sus acompañantes para que lo vieran todo mientras él preparaba la comida: un puré verde de olor dulce sobre el que había colocado hierbas, hojas secas de especias y algo que olía como la miel pero era más líquido. Cacho disponía de un plato pequeño en la mesa y, una vez que le sirvió la comida, a Oak no le pareció mal que la bola de plumas se comiera en un santiamén lo que había servido para él y para Kim, y mirara con ojos golosos la parte que le correspondía a él mismo. Después de que Cacho recibiera otra enorme ración, el amable hombre-árbol llenó de nuevo el plato de Kim.

—Así que huís de un enano —comenzó a decir Oak después de que Kim se lo hubiera comido todo y Cacho terminara con su tercera ración.

Kim dudó a la hora de dar una respuesta. No era que desconfiara de Oak pero, de repente, volvió a pensar en su amigo el oso. No podía dejar de darle vueltas: se sentía culpable porque había obligado a Kelhim a luchar, y a morir, contra Jarrn.

—Sí —dijo—. Él ha... matado a un amigo mío.

—¿Matado? —Oak le miró pero no se supo si arrugaba la frente ante la palabra «muerte» o por el insólito titubeo de Kim al pronunciar la palabra «amigo».

—No, él en persona no—corrigió Kim—. Alguien que... estaba con él.

Oak le miró por un momento con ojos penetrantes.

—No quieres hablar de ello —aseguró.

—No —Kim sacudió la cabeza.

—Bien —dijo Oak—. Verás, aquí arriba no nos preocupamos mucho de los asuntos de la gente de abajo. Pero en caso de que quieras hablar de eso, ya sabes dónde estoy. Si no quieres, no pasa nada. —Luego, por suerte para el muchacho, cambió de tema—. Además hoy se disputa una carrera. ¿Quieres participar en ella? Tienes aspecto de ser un buen corredor; siempre, claro está, que antes duermas unas horas.

Como si sus palabras fueran un desencadenante del sueño, Kim no pudo refrenar un súbito bostezo. Oak sonrió, se levantó, se dirigió a la habitación de al lado e hizo una seña al chico para que le siguiera.

—Duerme un par de horas —dijo. Señaló a una zona situada a un nivel más bajo que estaba llena de hojas y follaje que crecía del suelo al lado de la puerta—. Tendrás que contentarte con mi cama —dijo con un tono de voz que parecía de disculpa—. En estos momentos estoy construyendo una casa nueva, ¿sabes? Allí tendremos habitación para invitados, pero aún no está terminada.

Kim apenas pudo esperar a que terminara. La mera visión de una cama hizo que los párpados le pesaran como plomo. Sin decir ni una palabra más, se dejó caer sobre el lecho y se durmió mientras pensaba en lo extraño que resultaba tumbarse en una cama cuya manta se movía por sí sola para tapar el cuerpo del durmiente y darle calor...

Se despertó gritando.

Su corazón latía a toda velocidad. Tenía el cuerpo bañado en sudor y se sentó de una forma tan brusca que rompió un par de las finas ramas que le cobijaban. Los extremos rotos retrocedieron y toda la manta comenzó a moverse y se desplazó hacia abajo con un crujido.

El chico miró a su alrededor. Estaba solo.

La luz de la habitación parecía... haber cambiado, sin que pudiera explicarse en qué. Allí no había nadie excepto un asustado Cacho que se había incorporado y miraba a Kim perplejo. El muchacho estaba seguro de haber visto por un momento a una figura angulosa que le miraba con sus inquietantes ojos de un reluciente color verde. Todavía le acosaban los acontecimientos del día anterior, esa debía de ser la explicación. Se había quedado dormido y soñaba. Pero volvió a escuchar algo así como unos pasos rápidos y pesados que se acercaban a la puerta en la que, un momento después, apareció la figura de Oak.

—¿Ocurre algo? —preguntó asustado—. ¡Has gritado!

Kim sacudió la cabeza y se pasó la mano por la frente para limpiarse el sudor.

—Yo... he dormido mal. Pero no me ocurre nada. Creo que se ha roto algo. Algunas ramas... —añadió con aire turbado.

Oak negó con un gesto.

—No te preocupes. Ya te he dicho que nos vamos a mudar pronto. No pasa nada—. Torció la cabeza y miró preocupado a Kim—. ¿No has dormido bien?

¿Dormir bien? No, eso no le había ocurrido a Kim, que tembló ante la mera idea de volver a cerrar los ojos y revivir de alguna forma la pesadilla de la que acababa de despertar.

—Mi mujer ha vuelto y ha preparado la cena —dijo Oak—. Luego comenzará la fiesta.

Kim no dijo nada y se levantó. Su estómago volvía a hacer ruido llamándole la atención. Y también Cacho olisqueaba con avidez al entrar en la habitación detrás de Oak.

Junto al fuego estaba la mujer de Oak. Su traje de hojas era algo más claro que el de su marido, pero tenía la misma cara nudosa que él y su pelo estaba formado por hojas que le caían sobre los hombros. Parecía que Oak ya le había hablado de sus dos invitados, pues ella les sonrió de forma amistosa. Luego hizo una seña en dirección a la mesa, en la que ya había tres platos llenos del verde puré dulce, así como un gran comedero sobre el que se abalanzó Cacho, con un bufido regocijado, para vaciarlo a una velocidad que cortaba la respiración. Oak sonrió satisfecho mientras la mujer lo miraba con los ojos desorbitados por la sorpresa.

Después de comer, Oak encendió una pipa y charló con Kim. La mujer también se sentó con ellos. Pasó algún tiempo hasta que Kim se dio cuenta de que sus dos anfitriones evitaban hablar de temas que pudieran poner en un aprieto al invitado. Parecía, como ya había dicho Oak, que las gentes de aquel árbol no se interesaban mucho por lo que ocurría fuera de su mundo de hojas.

Por fin Oak se levantó, se estiró de tal forma que sus brazos sonaron como si fueran de madera, como así era, y señaló en dirección a la puerta.

—Ya es hora —dijo—. Debemos irnos si no queremos perdernos el principio de la fiesta. ¡Me gustaría que vinierais con nosotros!

Kim denegó la proposición con un ademán de cabeza. Agradecía la oferta, pero no tenía ánimos para festejar nada. Habría sido muy mezquino divertirse por ahí después de lo que le había sucedido a Kelhim.

—No —dijo—. Os lo agradezco, pero...

Interrumpió su frase mirando con ojos horrorizados a través del hueco de la puerta abierta.

En la calle, ante la casa, vio gran número de personas vegetales vestidas de diversos colores, pero eso no era todo. Entre ellos pudo ver una inmensa figura angulosa. ¡Era de hierro oxidado y tenía un único ojo que fulgía con un tono verdoso!

—¿Qué te pasa? —le preguntó Oak alarmado.

—Brokk —murmuró Kim. Todo su cuerpo comenzó a temblar—. ¡Ese es... es Brokk! ¡Está aquí!

Oak siguió la mirada de Kim y en sus ojos apareció una expresión turbada al volverse de nuevo hacia el muchacho.

—¡Pero si es solo uno de los hombres de hierro!

—No debería haber venido aquí —vaciló Kim—. También os va a... —Y entonces se dio cuenta de lo que Oak había dicho. Desconcertado le miró—. ¿Quieres decir que aquí hay más?

—¿Hombres de hierro? —Oak rio con cierta inseguridad—. Pues claro que los hay, a docenas. Nos ayudan a construir la ciudad en la que pronto vamos a ir a vivir. ¡Sin ellos no hubiéramos conseguido terminar el trabajo!

La mirada de Kim se dirigió como hipnotizada al hombre de hierro, que se movía con pasos torpes entre la gente del árbol. Se dio cuenta de forma inconsciente de que los poderosos pies de hierro no levantaban astillas en la madera de las ramas.

—¿También están aquí? —gimió Kim—. Pero... ¿no sabéis de dónde proceden?

El desconcierto de Oak iba en aumento.

—Claro que sí —contestó—. Los enanos los forjan en sus cuevas.

—Pero me habías dicho que los enanos y vosotros erais... enemigos.

—Enemigos no —corrigió Oak—. No son nuestros amigos, pero eso no significa que seamos enemigos. Ni tenemos enemigos ni somos enemigos de nadie.

Se levantó, fue hasta la puerta y la cerró para evitar que Kim volviera a ver al hombre de hierro.

—¿Pero qué es tan malo? —preguntó al regresar.

Kim no contestó, pero Cacho lo hizo en su lugar.

—El que mató a su amigo fue un hombre de hierro.

Kim tragó saliva. El mero recuerdo hizo que se le saltaran las lágrimas.

—Puedo imaginarme cómo te sientes —dijo Oak con suavidad—. Lo siento. De haberlo sabido me hubiera ocupado de que no te encontraras con ninguno.

—Debéis echarlos —murmuró Kim—. ¡Son peligrosos!

—No —replicó Oak con una sonrisa—. No lo son. —Se sentó de nuevo en la mesa, estiró los dedos y rozó la mano de Kim. A pesar de que su piel era dura y nudosa y tenía el aspecto de una vieja corteza de árbol, su tacto era suave y cálido.

—Creo saberlo muy bien, mejor que tú —murmuró Kim mientras luchaba contra las lágrimas—. Yo estaba allí cuando mató a Kelhim.

—Son solo herramientas —contestó Oak. Sacó un cuchillo del cinturón y lo colocó sobre la mesa, delante de Kim—. Esto también es obra de los enanos. Igual que el resto de los utensilios que manejamos aquí. Nosotros no podemos fundir el hierro en este árbol como lo hacen ellos en sus cuevas, pero en ellas no se pueden cultivar los frutos que nosotros les vendemos. No somos amigos, pero tenemos tratos con ellos porque cada uno de nosotros tiene lo que le falta al otro. ¿Qué hay de malo en eso? —Levantó su nudosa mano al observar que Kim intentaba contradecirle y continuó con voz algo más alta—. También puedes matar con este cuchillo, Kim. Y, a pesar de eso, no te preocupa el que esté aquí. Los hombres de hierro no son muy distintos al cuchillo, son únicamente herramientas. No debes temerlos. Solo hay que temer a lo que se utiliza con fines perversos.

—No me lo creo —susurró Kim—. Ellos... ellos son algo más. Yo lo sé. Lo noto. Me dan miedo.

—No tienes por qué tenerlo —dijo Oak con un suspiro—. Por aquí también hay algunos que piensan como tú, pero se equivocan. Los hombres de hierro nos son muy necesarios.

Kim exhibió una amarga sonrisa.

—Mañana —añadió Oak—, después de la fiesta, te mostraré nuestra nueva ciudad. Es diez veces más grande y hermosa que esta. Pero, si no tuviéramos a los hombres de hierro... Ya verás como no tienes ningún motivo para temerlos. Y ahora, vámonos.

—¿Adónde vamos? —preguntó Kim con desconfianza.

—Arriba —contestó Oak—. Quiero que participes en la fiesta. Necesitas algo que te haga dejar de pensar, Kim. Si te quedas aquí solo, irás de cabeza toda la noche únicamente por haber visto a un hombre de hierro.

Soltó la mano del muchacho, se levantó y le sonrió para darle ánimos.

Kim se limitó a seguirle. Pero lo hizo por motivos bien distintos a los que suponía Oak.

## IX

La segunda y mayor sorpresa del día la viviría Kim poco después, cuando la fiesta ya estaba avanzada y el pueblo vegetal comenzaba con sus competiciones. El muchacho tuvo que participar en una disciplina deportiva que con toda seguridad nunca entraría a formar parte de los Juegos Olímpicos pero que parecía ser muy popular entre aquella gente. Era la subida de escaleras.

Oak le llevó hasta el tronco del árbol, en el que habían colocado una retorcida escalera que, ascendía hacia lo alto sin que pareciera tener fin. Aquello enseguida resultó excesivo para Cacho, así que, como ya era habitual, se subió de un salto a los hombros del muchacho, pero este no tuvo más remedio que continuar sobre sus propias piernas. Al poco tiempo comenzó a arrastrar los pies y se quedó rezagado detrás de Oak, que subía los peldaños con una ligereza pasmosa. Las pocas horas de sueño que había disfrutado Kim le sirvieron de refresco, pero no habían conseguido reponer sus fuerzas del todo.

—Ya no queda mucho —le señaló Oak desde arriba para tranquilizarle—. Solo cuatro ramas más.

Kim gimió. Cuatro ramas, ¡y todavía no habían hecho la mitad del camino hasta la primera de ellas! ¡Nunca llegaría arriba!

Oak esbozó una gran sonrisa.

—No te preocupes —dijo como si hubiera podido adivinar los pensamientos de Kim o lo hubiera leído en su cara, lo cual era bastante más probable—. El último tramo del camino tenemos que hacerlo sin correr.

Kim intentó descifrar lo que podía significar aquello, pero no encontró ninguna respuesta y se dejó guiar a su destino. Avanzó tras Oak, por una escalera que no parecía terminar, hasta que tuvo la sensación de que sus piernas se habían acortado y parecían salirle de debajo de las articulaciones de los hombros.

Así, llegaron a la primera rama y Kim echó una furtiva mirada a otra ciudad-árbol que, al parecer, era mucho mayor. Luego siguieron innumerables escalones y de repente Oak se detuvo. De vez en cuando habían pasado por delante de enormes orificios que llevaban al interior del gigantesco árbol. En ese momento habían alcanzado una de esas entradas. Oak hizo un gesto y Kim le siguió.

La cueva era más pequeña de lo que había pensado, un cuadrado de unos cinco pasos de lado, cuyo suelo, sorprendentemente, estaba rodeado por una barandilla que llegaba a la altura de la cadera. Oak le dijo con palabras muy concisas que no tocara las paredes, luego extendió un brazo y tiró con fuerza de una liana trenzada con fibras de plantas que colgaba del centro, mejor dicho, de algún sitio del infinito espacio negro que había sobre ellos, ya que la habitación no tenía casi suelo, y tampoco techo.

Un momento después, Kim gritó sorprendido al sentir un poderoso impulso que brotaba del suelo. De repente la entrada había desaparecido y las paredes se habían desplomado a las profundidades. ¡La cueva era el hueco de un ascensor!

—Está bien, ¿no? —sonrió Oak, que parecía deleitarse con el asombro de Kim—. Pronto habremos pasado por todo el hueco del árbol e iremos mucho más rápido. Incluso se ha pensado hacer un ascensor mayor.

—Esto es... fantástico —dijo el muchacho titubeando.

Pero no le parecía fantástico, sino todo lo contrario. ¿Por qué le intranquilizaba ese ascensor?

—¿Cómo funciona?

—Es muy sencillo —explicó Oak con palpable orgullo—. La plataforma está colgada de cuerdas. Si queremos subir, hacemos que desde arriba caiga un contrapeso.

—Ah. —Había algo en esa explicación que amedrentaba a Kim.

—Es muy cómodo —añadió Oak continuando con su charla—. Y además debo añadir que lo montaron los hombres de hierro.

Kim le miró interrogante. Su mala impresión se fortaleció aún más.

—Sin ellos hubiera sido imposible —siguió Oak—. ¿Te puedes hacer una idea del trabajo que cuesta recortar un hueco como este dentro del árbol?

Kim ni quería ni podía hacerse esa idea. Luego preguntó con desconfianza:

—¿Y no le pasa nada al árbol?

—¿Qué le va a pasar?

—Si le agujereáis por dentro...

Oak rio.

—¿De dónde sacas eso? Es tan grande que no podría sentir nada aunque le hiciéramos cientos de agujeros en el tronco. No es un arbolito como tú crees, Kim. No, no... No debes preocuparte.

Pero Kim sí se sentía preocupado, a pesar de que no tenía motivos para dudar de las explicaciones de Oak. Pero allí había algo que no encajaba.

El resto del trayecto lo hicieron callados. Pasaban por alguna que otra entrada mientras el ascensor continuaba imperturbable su ascenso hasta que al final frenó poco a poco y se detuvo. Al salir del ascensor, el muchacho tuvo que guiñar los ojos cegado por la luminosidad poco habitual. Veía el sol por primera vez. Aquí también les tapaba el cielo un techo de hojas verdes, pero no era tan impenetrable como abajo y, a trechos, se podían reconocer manchas de azul claro.

En la rama a la que salieron reinaba una animada actividad. Hasta ellos llegaban risas y voces que daban la sensación de que allí se habían reunido miles de aquellos seres vegetales. En una pequeña rama, en lugares especialmente acondicionados, ardían fuegos sobre los que se asaban frutos; las jarras pasaban de mano en mano y, un poco más allá, Kim vio una tienda de campaña adornada con banderas y gallardetes de colores alrededor de la cual se reunía un buen número de personas vegetales de distintos colores.

—¡Vamos! —exclamó Oak con buen humor—. Te voy a presentar a unos amigos.

De mala gana, Kim y Cacho fueron tras él. Su anfitrión se sumergió en el tumulto y al cabo de un instante Kim, a su pesar, se convirtió en el centro de atención. Oak parecía tener muchos amigos, pues habló con buena parte de los presentes y todos ellos saludaron a Kim y a su colorido acompañante. Y daba igual que el joven quisiera o no. No obstante, eso sirvió para que, al cabo de un rato, él también se viera influido por un ánimo relajado y no había pasado ni media hora cuando, para su propia sorpresa, ya estaba bromeando con sus nuevos conocidos.

Cacho, que enseguida se había dado cuenta de que las frutas asadas estaban allí a disposición de todo el mundo, saltaba de fuego en fuego y parecía dispuesto a comerse en una tarde toda la cosecha del árbol. A Kim no le pareció mal el afán con el que su amigo comía a dos carrillos.

El muchacho hubiera podido olvidar del todo los terribles acontecimientos de la noche anterior si, de repente, algo no hubiera amargado su magnífico estado de ánimo. Kim no pensaba nada malo de Oak y algunos de sus amigos pero, mientras se comía unas frutas asadas que tenían muy buen sabor, de repente y en su sentido más literal, se le quedó atravesado el bocado en la garganta.

—¿Qué te pasa? —preguntó Oak preocupado.

Kim no contestó, pero al seguir Oak su mirada lo entendió: no muy lejos y por encima de las cabezas de los demás, se elevaban los hombros angulosos de unos ocho o diez hombres de hierro.

—No te preocupes —dijo Oak con un matiz de impaciencia—. Ya te he dicho que son nuestros ayudantes.

—¿Qué... qué hacen aquí? —dijo Kim con temor.

—Eso mismo me pregunto yo —agregó uno de los hombres-árbol.

Era muy joven y sus hojas tenían una coloración verde amarillenta.

Oak le echó una mirada de enfado pero no le dijo nada, únicamente se disipó de nuevo a Kim.

—Van a participar en la carrera de esta noche.

—¿Los hombres de hierro? —preguntó Kim sorprendido.

—Esto es ridículo —dijo el hombre de color amarillo—. Y además es una ofensa para todos nosotros.

—Ya está bien, silencio —dijo Oak.

Y otro hombre, que llevaba un traje de hojas parecido al de Oak, lo apoyó:

—No te enfades. Es un amarillo, ¿qué esperabas?

—En todo caso, yo no estoy ayudando a destrozar nuestro árbol —replicó el amarillo enfadado.

Kim siguió la enconada discusión con profundo desconcierto. Había imaginado que los hombres-árbol no estaban capacitados para discutir.

—¡Os lo pido por favor! —añadió Oak casi suplicante—. Hemos venido a la fiesta a divertirnos, no a pelear. Por tanto, mantente al margen, Tarrn. Y tú, Limb... —dijo dirigiéndose al amarillo— si de verdad no soportas a los hombres de hierro, ¿por qué no corres contra ellos y les ganas?

Limb cerró airado la boca.

—No voy a correr contra una... una cosa que ni siquiera tiene alma.

Tarrn suspiró hondo.

—Otra vez lo de siempre —dijo, y en su voz se deslizó un matiz malicioso—. Si fuera por vosotros, los amarillos, tendríamos que derribar las casas y vivir otra vez desnudos sobre las ramas, igual que nuestros antepasados, ¿no es cierto?

—¿Y qué hay de malo en eso? —preguntó Limb en tono provocativo. Lanzó una mirada a su contrincante y, luego, se volvió hacia Kim—. Díselo tú, chico. ¿Está bien que destrocemos nuestro propio mundo?

—Pero no lo hacemos —protestó Tarrn.

—¡Ya basta! —Oak lanzó una severa mirada al ser amarillo—. No permito que metáis a mis invitados en vuestras estúpidas peleas.

Los ojos de Limb destellaban airados, pero se contuvo y no dijo nada más. Poco después se dio la vuelta y desapareció entre la muchedumbre con pasos rápidos.

Tarrn le miró moviendo la cabeza.

—¡Amarillo! —dijo en tono despectivo—. Los extremistas más puros.

—Ya está bien —le amonestó Oak de nuevo.

—¡Puaj! —Tarrn infló los mofletes—. ¡Como si unos cuantos hombres de hierro pudieran poner en peligro nuestro mundo! ¿Qué hay de malo en no volver a subir escaleras o en vivir en casas más grandes?

—He dicho que basta —repitió Oak en un tono severo, luego se obligó a sonreír—. Vamos a ver los preparativos de la carrera. Ya va a empezar.

A Kim no le interesaba nada la carrera. Le hubiera gustado mucho más hablar con Limb, pues tenía la sensación de que en él había encontrado a un aliado. Sin embargo se vio forzado, por cortesía, a seguir a Oak y se encaminó con él hacia la tienda de campaña adornada con banderines situada en el centro de la rama.

Mientras se apresuraban entre la multitud, que los zarandeaba y empujaba, Kim se dio cuenta de que allá abajo también había personas que vestían ropa como él mismo y cuyo pelo no estaba formado a base de hojas. Al parecer, la fiesta había atraído a gentes de todas partes y no solo a los habitantes del árbol. El pueblo vegetal no parecía mezclarse mucho con ese variopinto gentío, al menos eso fue lo que a primera vista concluyó a Kim. Había seres vegetales amarillos, verdes, rojos, azules, violetas y blancos, y al mirarlos con más atención, se podía comprobar que los grupos estaban formados casi en su totalidad por gentes del mismo color, y únicamente aquí y allá había alguna persona cuyo colorido se diferenciaba de los que tenía alrededor.

A la pregunta del muchacho, Oak respondió solícito:

—Son tribus distintas —aclaró—. Pero el color no significa nada, por lo menos no demasiado. Menos en el caso de los azules, de los que debes mantenerte alejado. Es un pueblo arrogante que vive en lo más alto de la copa. Se creen mejores que los demás porque están más cerca del cielo.

Esta explicación le dejó a Kim un regusto desagradable. Poco a poco, comenzó a darse cuenta de lo que ocurría allí. Y el hecho de que fuera como él creía, le hizo sentir un gran temor en lo más profundo de su ser.

Sin embargo, en principio decidió no hacer más preguntas a Oak, pues ya habían llegado a la tienda de la fiesta. Era una carpa gigantesca cuyos cabos habían sido atados a garfios de hierro clavados en la madera del árbol. Disponía de espacio para doscientas o trescientas personas. Kim se dio cuenta de que el último tramo de aquel habitáculo estaba acordonado y en él solo había un puñado de personas, a pesar de que el resto de la tienda estaba abarrotada.

—¿Quiénes son los de allí? —quiso informarse Kim.

—Son los participantes de la carrera —contestó Oak—. Va a empezar pronto. Espera, voy a subirte a hombros para que puedas ver mejor.

Y antes de que Kim pudiera protestar, Oak le elevó a las alturas y, como si fuera un niño, le aposentó sobre sus poderosos hombros.

Desde esa posición dispuso de una visión mucho mejor. Ahora pudo ver que en la zona acordonada, además de los ocho hombres de hierro que ya había visto antes, había cinco o seis hombres-árbol del mismo color y unos cuantos corredores forasteros. ¿Y por qué no? Al fin y al cabo Oak también le había invitado a él a participar en la carrera.

Y entonces le vio: ¡un caballero negro!

En un primer momento apenas le llamó la atención; era una figura oscura entre tantos seres vestidos de hojas de vivos colores. Pero se movió y Kim vio que aquel hombre, delgado y no mucho más alto que él, llevaba una armadura negra. Y no una armadura cualquiera, sino una abollada con los arneses llenos de picaduras, con un casco abultado y unas protecciones acorazadas para brazos y piernas que en realidad ya no se veían muy negras, sino que daban la sensación de absorber toda la luz y el color que recibían.

¡Era una armadura parecida a la que el mismo Kim había llevado en aquellos tiempos en que los jinetes negros de Morgon estuvieron a punto de destrozar Luna de Leyenda! Cómo podían aparecer de nuevo para...

—¡Bájame! —Kim se agitó impaciente—. ¡Rápido, Oak!

Oak obedeció perplejo y en cuanto los pies del muchacho tocaron el suelo, se soltó e intentó abrirse camino entre la multitud.

Tenía que ver más de cerca a ese forastero. Debía convencerse por sí mismo de que sus ojos no le habían jugado una mala pasada a causa de la distancia. Si el terror de Morgon había vuelto desde el pasado, eso significaba que Luna de Leyenda estaba en un peligro mayor del que él pensaba.

No lo consiguió. Los curiosos estaban muy apiñados y Kim intentaba acercarse hasta el cordón de separación en el momento en que, de repente, se escuchó una ruidosa detonación que se extendió por la parte posterior de la carpa. Los corredores partieron entre el júbilo desatado y los fuertes gritos de la multitud.

Kim siguió avanzando, pasó por debajo de la cuerda y corrió tras ellos. Un hombre con hojas blancas quiso detenerle con un grito que parecía decir algo así como «¡inscripción!», pero Kim se zafó de él con un ágil movimiento y avanzó con mayor rapidez para llegar al área de los corredores. El negro mate de la armadura que reclamaba su atención se movía entre los corredores. A pesar del terrible peso de su vestimenta, aquel ser avanzaba a una velocidad sorprendente.

Kim se dio cuenta enseguida de que se había equivocado al evaluar sus fuerzas. Se esforzó para no quedarse muy por detrás de los corredores, aunque ni siquiera pensaba en alcanzarlos. Incluso los hombres de hierro corrían tanto como él pero, poco a poco, notó que se rezagaban frente a los demás. Claro está que eso no significaba nada, pues el muchacho sabía de sobra que los gigantes oxidados no conocían el cansancio.

—¡Eh, tú! —chilló de repente una voz detrás de Kim—. ¿Adónde vas?

Mientras corría, Kim echó una mirada por encima de su hombro y reconoció a Cacho, que le seguía tan rápido como una gacela.

—¡No puedes dejarme solo!

—¡No tengo tiempo! —le gritó Kim jadeante—. ¡Espérame aquí!

Pero eso no le gustó a Cacho; el bicho aceleró la marcha, dio un salto y aterrizó como siempre en su sitio favorito: los hombros de Kim.

Poco a poco los primeros corredores fueron llegando al tronco del árbol para comenzar a subir por la escalera todo lo deprisa que podían. Kim los seguía a gran distancia, se sentía mucho menos ágil que ellos e iba sin aliento y bañado en sudor. Después de haber superado los primeros escalones se sintió tan agotado que lo que más le apetecía era dejarse caer en el sitio en que estaba. Pero no podía hacerlo. Un jinete negro de Morgon... ¡era impensable! ¡Tenía que alcanzarle! Llegó entre jadeos a la bifurcación de la siguiente rama. Ya no veía a ningún corredor. Pero no estaba allí la ciudad vegetal; la rama se multiplicaba en brotes y ramas del tamaño de un árbol, de tal modo que en aquel gigante vegetal se había formado una especie de bosque en el que ya se habían perdido de vista muchos de los corredores. Los hombres de hierro y el caballero negro se habían quedado rezagados y formaban, sin contar a Kim, la cola del pelotón. A lo mejor el de negro comenzaba a sentir el peso de la armadura. Pero cuanto más corría Kim tras él, menos aceptable le parecía esta explicación. Los pasos del caballero negro no eran menos ágiles o más inseguros, parecía ir más lento a propósito, como si quisiera quedarse a cierta distancia por detrás de los demás.

Al final, hasta los hombres de hierro se adelantaron mucho y la distancia entre Kim y él se hizo más corta.

De repente el caballero se detuvo. También lo hizo Kim, y se ocultó tras un arbusto en el momento adecuado, pues el de negro miró a su alrededor de forma rápida y furtiva y luego se desvió en ángulo recto de su dirección inicial.

—¡Eh! —chilló Cacho sorprendido—. ¿Qué hace?

—Ni idea —contestó Kim—. Pero ahora mismo lo descubriremos.

Rápidamente y tan sigiloso como pudo le siguió y se metió entre la maleza en el mismo lugar en que había estado antes el otro.

El bosque era tan espeso que, si no hubiera avanzado, no habría podido seguir el rastro de las huellas que había dejado el caballero negro entre la maleza; luego, de repente, se encontró frente a un escarpado abismo. Kim había llegado hasta el final de la rama. Debajo de él no había nada más que el vacío y la superficie de la siguiente rama, que podía estar a unos dos o tres minutos de vuelo en línea recta hacia abajo. Medio paso más y hubiera caído en las profundidades. Con precaución dio un paso atrás y con el corazón a toda marcha miró a su alrededor. ¿Dónde estaba el extraño?

Tras una minuciosa búsqueda, lo encontró en el lugar más inesperado: justo debajo de él. La negra figura de hierro descendía con cuidado y gran habilidad, ayudándose de una cuerda provista de numerosos nudos que había atado a la rama.

—¡Ese tipo está haciendo trampas! —chilló Cacho, furioso—. ¡Se va por un atajo!

Al muchacho le pareció absurda esta idea. El truco habría sido demasiado burdo e inútil por completo, pues Oak le había comentado que el premio de esta carrera consistía únicamente en ganar. No había recompensa, tan solo la victoria. Claro que, a lo mejor, el de negro no se había separado de los demás en busca de la victoria...

Kim se arrodilló con sumo cuidado y se inclinó hacia delante para espiar al guerrero sin ser visto. Esperó hasta que la minúscula figura hubo alcanzado la siguiente rama, luego se armó de valor, se volvió y comenzó a descender por la soga de nudos. Cacho empezó a chillar y a lanzar sucios insultos contra Kim, pero el chico, sin inmutarse, siguió bajando.

Descender por la soga resultaba laborioso, pero más fácil de lo que el muchacho esperaba. Al alcanzar el suelo firme, sus brazos y sus piernas eran como de goma estirada en exceso y tuvo que detenerse por un momento a fin de recuperar las fuerzas. A pesar de todo, no percibió ni la mitad del cansancio que tendría que haber sentido después de tanto esfuerzo. Miró a su alrededor. No había ni rastro del caballero negro. Pero no era raro, pues la superficie de la rama estaba aún más cubierta de maleza que la anterior. Los «árboles» estaban tan pegados unos a otros que era imposible pasar entre muchos de ellos y sobre el suelo había una densa capa de hojas muertas y mantillo. A Kim le costaba darse cuenta de que se encontraba sobre la rama de un árbol a mitad de camino hacia el cielo y no en tierra firme.

Enseguida encontró lo que buscaba: las pesadas botas de metal habían dejado huellas en el blando suelo. Las siguió.

A pesar de que había perdido mucho tiempo en el descenso, alcanzó enseguida al desconocido. No estaba muy lejos, a unos cientos de pasos, se había agachado tras un arbusto y miraba fascinado hacia el estrecho sendero que se abría ante él entre la maleza. Kim se quedó sorprendido y transcurrió un momento hasta que se dio cuenta de que tenía que parar y esconderse. De repente se asustó. Si el caballero negro no hubiera estado concentrado en el camino, le habría visto, con toda seguridad.

El chico espió atentamente desde el borde de su escondite y también miró hacia el camino por encima de los hombros del ser que estaba delante de él. En un primero momento no observó nada especial, tan solo que al otro lado del camino se encontraba una enorme protuberancia de la rama, algo así como un gran bloque de piedra con la superficie arañada y corroída. El camino lo sorteaba con un estrecho viraje y luego desaparecía de nuevo al otro lado de la espesura.

Entonces se oyó un ruido, primero muy bajo, que se acercaba deprisa y aumentaba de intensidad; algo así como el trotar de gran cantidad de pasos ligeros y respiraciones jadeantes. Eran los primeros corredores que ya pasaban.

«¿Por qué se ha esforzado en acortar camino si ahora deja pasar por delante a los corredores?», pensó Kim desconcertado. Era incomprensible. Además, el caballero negro estaba ocultándose mucho más en el arbusto, en lugar de colocarse a la cabeza del grupo sin que le vieran; podía haberlo hecho con facilidad, pues el nutrido pelotón de corredores se había convertido ahora en una cadena disgregada en la que en ocasiones se abrían muchos huecos. Pero el caballero esperó con paciencia, oculto en su escondite, hasta que hubo pasado el último de los que corrían.

Casi el último.

Un buen tramo por detrás de los corredores aparecieron los hombres de hierro, que no eran más rápidos que antes pero tampoco más lentos. Kim vio que el caballero se ponía en tensión. ¿Tendría algo que ver con ellos y con los enanos? Algo así podía pensarse de una criatura de Morgon, el Reino de las Sombras y del mal.

Pero el caballero permaneció oculto mientras los colosos pasaban ante él. Solo movió una mano para tocar su cinturón y ajustar la empuñadura de la impresionante espada que portaba.

Y justo cuando el primer hombre de hierro quiso rodear el bloque del otro lado del camino, ocurrió algo sorprendente: tras el borde del gran peñasco de madera apareció un segundo árbol en posición horizontal; aunque dicha aparición fue muy poco natural, según apreció Kim. Había crecido de forma muy rápida, de repente, y estaba al revés, con las raíces podridas hacia arriba.

El hombre de hierro, lanzado por su propio impulso, chocó contra el obstáculo que acababa de surgir. Un terrible zumbido interrumpió la tranquilidad del bosque y, de repente, la cabeza de hierro voló trazando un arco mientras el torso retrocedía antes de caer con estruendo al suelo.

Kim observó la escena con los labios apretados y sin apartar los ojos. El curioso árbol describió un semicírculo y cayó con terrible violencia contra la cabeza de otro hombre de hierro y lo abolló como si fuera una lata de conservas vacía. De inmediato, tres de los cuatro hombres de hierro que quedaban se detuvieron con aire desamparado y, como un solo hombre, se dieron la vuelta tras la esquina de la protuberancia de madera y desaparecieron.

Kim oyó un gruñido airado, luego se escuchó un estrépito terrible, como si hubieran descargado un camión lleno de chatarra, y a continuación como un pisoteo.

El sexto y último hombre de hierro quiso seguir a sus camaradas, pero en ese momento el de negro, con un hábil movimiento, salió de su escondite y se plantó en el camino. Y a pesar de que actuó sin hacer ruido, el hombre de hierro pareció oírle, pues en medio de su movimiento se volvió y alzó los brazos.

El caballero sacó su espada, inició el ataque y asestó un golpe. Kim observó desconcertado cómo el filo golpeaba contra la delgada mano derecha del hombre férreo y cortaba el metal como si fuera papel.

El robot retrocedió, alzó el brazo sin mano y, por un momento, observó con sus refulgentes ojos verdosos lo ocurrido. No parecía creerlo. Luego, se dirigió otra vez contra su adversario, que era minúsculo comparado con él, y sin previo aviso intentó golpearle con su enorme mano izquierda.

El de negro esquivó el golpe con un movimiento rápido como un rayo, se deslizó por debajo de la poderosa garra y golpeó por segunda vez introduciendo su espada hasta más de la mitad de la hoja en el pecho del hombre de hierro; pero el gigante no pareció quedar afectado, pues su mano-excavadora se cerró de golpe en el mismo momento. No alcanzó al caballero, pero sí rozó su hombro, y ese movimiento superficial fue suficiente para hacer que la espada cayera de la mano del de negro. El arma silbó surcando el aire y cayó al suelo a los pies de Kim, como si hubiera sido colocada allí con toda la intención.

El caballero vaciló, pero pudo esquivar un segundo golpe de la mano-excavadora, luego perdió el equilibrio y cayó hacia delante.

Con un único paso, el hombre de hierro se acercó al caído y se inclinó sobre él.

Kim pudo, al fin, librarse de su aparente parálisis.

Casi sin intención de hacerlo, tomó la espada del suelo. En el momento en que la alzó, ocurrió algo extraño: como si una fuerza invisible emanara del negro metal y llegara hasta su cuerpo. La espada era muy pesada y, en circunstancias normales, el muchacho habría necesitado las dos manos para levantarla. Pero ahora apenas notó el peso. Es más, la espada se ajustaba tan bien a su mano como si no fuera un arma, sino una prolongación natural de su brazo. Y, de hecho, no fue Kim el que alzó la espada en alto y, con un grito, se arrojó sobre el hombre de hierro, sino que fue más bien el arma la que arrastró al muchacho con ella.

El hombre de hierro se dio cuenta en el último momento del nuevo peligro que se cernía sobre él, pero su reacción fue demasiado tardía. Levantó la cabeza y miró a Kim con sus malignos ojos verdosos pero, casi en la misma fracción de segundo, la espada impactó contra su angulosa cabeza y luego le golpeó en el hombro. El muchacho apenas notó resistencia mientras el acero cortaba las gruesas placas de hierro.

El coloso de metal se quedó petrificado. Primero se detuvo en una grotesca posición inclinada hacia delante y luego comenzó a tambalearse para, al final, caer al suelo con gran estrépito. El caballero negro pudo echarse a un lado para que no le cayera encima aquel robot que se desplomaba. Kim bajó la espada y se agachó para ver dónde había ido el forastero cuando este se le acercó con gran estrépito de su armadura y le quitó el arma. El muchacho no tuvo tiempo ni de gritar, pues el otro se puso en pie de un salto y a grandes zancadas se dirigió a la zona en la que todavía se oía un rumor de pelea. Kim le siguió.

Al sortear la gran protuberancia se encontró con una visión sorprendente: los restos de tres hombres de hierro estaban esparcidos por el suelo y cuando el caballero negro quiso lanzarse a la pelea, otro robot fue alcanzado y aniquilado por las poderosas raíces del árbol que parecía haber crecido de repente surgiendo de la nada. Ahora vio Kim lo que era en realidad: el extremo de un árbol arrancado que alguien utilizaba a modo de porra.

Y ese alguien, como pudo ver, también tenía un tamaño considerable. Delante de él, bañado en sudor y con ganas de gresca, blandiendo aquella porra tan insólita, había un gigante, casi el doble de alto que el guerrero negro, de pelo oscuro y músculos que se abombaban como nudosas maromas bajo una piel curtida por el sol. Y con una cara que...

—¡Gorg! —susurró Kim incrédulo.

La cabeza del gigante se volvió. Frunció el ceño con expresión enojada y luego apareció en su rostro un gesto de desconcierto.

—¿Kim? —murmuró—. ¿Eres... eres tú, de verdad? Pero...

De inmediato dejó caer su porra, se colocó de un salto al lado de Kim y le levantó en alto. Era Gorg; Gorg, el gigante bonachón al que le gustaba jugar a hacerse el cobarde y el tonto (¡o era una cosa o la otra!) que había acompañado a Kim en un viaje plagado de peligros por Luna de Leyenda. El muchacho estalló de alegría y júbilo mientras Gorg, por su parte, no cesaba de hacerle revolotear en círculos al tiempo que gritaba su nombre una y otra vez.

Acabó por detenerse y Kim intentó librarse, sin mucho éxito, de las poderosas garras del gigante.

—¡Suéltame, bruto! —rio—. ¡Me vas a aplastar!

Gorg le soltó con sumo cuidado, pero no se quedó tranquilo.

—¡Eres tú! —decía una y otra vez. No lo podía creer—. ¡Todos deseábamos que volvieras, pero nadie creía que ocurriría! Ahora ya estás aquí y todo va a mejorar. —Se volvió hacia el de negro diciendo—: ¡Mira quien está aquí! ¡Míralo!

El caballero negro se acercó a paso lento. Había envainado otra vez la espada y se mantuvo inmóvil durante todo el tiempo en que Gorg y Kim se entregaban a la alegría del reencuentro. Y como aún llevaba bajada la visera del casco, Kim supuso que detrás de ella le esperaba una sorpresa.

—Ya sé —murmuró el caballero—. Yo... yo ya le he reconocido. Pero...

«¡Esa voz…!», pensó Kim. ¡Sonaba algo distorsionada por el casco, pero la reconocía!

—¿Tú? —murmuró.

—Sí —contestó Priwinn, el Príncipe de las Estepas de Caivallon, mientras se levantaba la visera del casco.

Cayeron uno en brazos del otro, se dieron golpes en los hombros y rieron hasta que, sin poder aguantar más y jadeantes, tuvieron que detenerse para tomar aire.

—¿De donde venís? —preguntó Kim sin respiración—. ¿Qué hacéis aquí y...?

—Una cosa tras otra —interrumpió Priwinn.

Sus ojos resplandecían mientras miraba a Kim. El joven príncipe apenas había cambiado con el tiempo, todavía seguía siendo muy delgado, tenía el pelo negro y un rostro noble que parecía casi el de un hombre, pero que seguramente nunca iba a perder su alegría juvenil. Tan solo había algo en sus ojos, observó Kim, que antes no estaba allí. Una amargura que no concordaba con su aspecto jovial.

No pudieron seguir hablando, pues de repente se escucharon gritos, se abrió la maleza detrás de ellos y apareció una figura cubierta de hojas de color amarillo pálido.

—¿Sois vosotros los responsables de que se haya armado tanto jaleo? —refunfuñó Limb—. Se os oye desde dos ramas más allá. Vosotros...

Se quedó callado a mitad de la frase, cuando su mirada recayó en Kim. Sus ojos se estrecharon mientras se dirigía a Gorg.

—¿Qué hace aquí? —preguntó desconfiado—. Antes le he encontrado en compañía de Oak.

Gorg alzó la mano con ademán tranquilizador.

—No te preocupes —dijo—. Es nuestro amigo.

—Puedes confiar en él —añadió Priwinn—. Tanto como en mí y en Gorg.

Limb titubeó y la desconfianza no se borró por completo de su cara. Pero, luego, vio a los hombres de hierro despedazados y por sus rasgos se difundió una expresión alegre.

—Los habéis atrapado —dijo—. Bien.

—¿Lo dudabas? —preguntó Gorg algo dolido.

—Únicamente son cinco —comentó Limb sin contestar a su pregunta.

—Hay otro en el camino —explicó Priwinn. Señaló a Kim—. Nuestro amigo le ha hecho polvo.

—Está bien. Ahora debemos irnos. Si alguien nos descubre se habrá terminado todo. Oak se ha sentido muy intranquilo al ver que este chiflado se iba detrás de vosotros. —Inició la marcha, pero se detuvo en el borde del camino—. ¡Nos encontraremos en la ciudad nueva!

Una vez dicho esto, desapareció.

—¿Qué ha querido decir? —preguntó Kim asombrado.

Priwinn negó con un gesto.

—Limb tiene razón, no podemos quedarnos aquí porque es demasiado peligroso. ¿Te vienes con nosotros?

Su pregunta, que era más bien una afirmación, iba dirigida a Kim, quien asintió de forma casi inconsciente mientras miraba a su alrededor en busca de algo.

«¿Dónde estará Cacho?», pensó. Se acordaba de que había saltado de sus hombros cuando él se lanzó sobre el hombre de hierro, pero desde entonces no había vuelto a ver a la pelota emplumada.

—¿Qué buscas? —preguntó Gorg.

—Echo de menos a alguien —dijo Kim—. Un amigo.

—¿Un amigo? ¿Qué aspecto tiene?

—¡Oh, seguro que lo reconoces al verlo! —contestó Kim—. Espera un momento. No puede tardar mucho.

Sin esperar la respuesta de Gorg se dirigió de nuevo al camino y gritó un par de veces el nombre de Cacho. En efecto, al cabo de un momento salió de entre los arbustos la bola de plumas anaranjadas.

—¿Ha pasado todo ya? —dijo apocado.

Kim sonrió.

—Sí, venga ya, cobardica.

—¿Qué ha sido esto? —preguntó Cacho mientras saltaba otra vez a los hombros de Kim—. ¿Quiénes eran esos dos?

—Te lo contaré más tarde —contestó Kim—. Ahora tenemos que irnos.

Pero se detuvo junto a uno de los destrozados hombres de hierro y se arrodilló a su lado. Con ademán pensativo extendió la mano hacia la cabeza cortada y le dio la vuelta. Estaba vacía.

Y ocurría lo mismo con el resto del oxidado titán, no era nada más que una carcasa de hierro vacía. Kim se sintió desconcertado. No sabía qué esperaba encontrar, quizá un complicado sistema de ruedecillas y palancas, algo de tipo mecánico, algo... Pero eso de que no hubiera nada dentro... ¿Cómo se ponían en marcha aquellos férreos robots y cómo trabajaban?

—Es raro, ¿no te parece? —dijo una voz por encima de él.

Kim miró asustado y vio la cara de Priwinn.

El príncipe de los caballeros de las estepas se había acercado sin hacer ruido y miraba a Kim y al hombre de hierro. Pero su cara no mostraba confusión, sino cólera.

—No lo entiendo —murmuró Kim—. ¿Qué los mantiene con vida?

—La magia —contestó Priwinn, y ahora su voz estaba llena de odio—. La magia del pueblo de los enanos de las montañas orientales. Ahora tenemos que irnos. Te lo contaré todo más tarde, al llegar a un sitio seguro.

En las horas siguientes Kim no se atrevió a preguntar a sus amigos acerca de ninguno de los innumerables temas que tenía en la punta de la lengua. Ambos marchaban muy deprisa mientras atravesaban aquella jungla de ramas y más adelante, como no podía dejar de ocurrir, subieron por la escalera. Las piernas de Kim no tardaron mucho en temblar como flanes y también Priwinn comprobó que flaqueaban sus fuerzas. Un rato después Gorg ya no pudo aguantarlo más, se colocó a los dos sobre los hombros y continuó por la escalera; ahora subía los peldaños de siete en siete, y a veces de diez en diez.

A pesar de la prisa, comenzó a amanecer mientras se acercaban a la verdadera cima del árbol. Allá arriba brillaba el sol, pero las sombras se habían alargado y la luz estaba teñida con un ligero tono gris. Abajo, en el suelo del que parecían estar muy alejados, todavía debía de ser de noche. A Kim no le sorprendió lo que le esperaba en las poderosas ramas más elevadas y bastante más delgadas: ante ellos se alzaba una ciudad mucho más grande y majestuosa que las que Kim había visto antes en el árbol. Las casas eran más altas y anchas, y se notaban más lujosas, aunque eso no significaba que fuera mejor su estilo de construcción. Cuando se acercaron, el muchacho observó que la ciudad no solo estaba ubicada sobre esa rama sino que, como si fuera el complicado tejido de una tela de araña formada por vigas y puntales, se prolongaba en el vacío y alcanzaba las ramas contiguas.

Y también se dio cuenta de que la ciudad estaba muerta. No se movía nada en ella ni había luz en ningún sitio. No se oía el menor ruido.

—Todavía no está terminada —explicó Priwinn—. Aún no vive nadie en ella. Si es que alguien se va a mudar alguna vez a vivir aquí.

Kim le miró sorprendido, pero Priwinn le pidió silencio con un gesto, miró deprisa y atento hacia todos lados y luego se acercó con pasos rápidos a uno de los edificios vacíos. Kim y Cacho le siguieron mientras Gorg se colocaba a la sombra, para hacer guardia como él decía. La verdad era, supuso Kim, que la casa resultaba demasiado pequeña para él, y Gorg ya tenía mucha experiencia en lo de darse con la cabeza en techos y puertas bajas.

—¿Nos encontraremos aquí con tu amigo? —preguntó Kim una vez que hubieron entrado en la vivienda.

—¿Limb? —Priwinn sacudió la cabeza negando—. No es mi amigo, únicamente es nuestro aliado —dijo—. Siéntate porque tenemos muchas cosas de las que hablar.

Kim obedeció, aunque dudó al principio percibiendo una sensación muy poco agradable. Esa casa no le gustaba. Y tampoco le gustaba algo que había notado en la voz de Priwinn. Una vez que tomaron asiento a la mesa que había delante de la ventana, apareció en esta una sombra enorme y desde allí les miró la ancha cara de Gorg. Priwinn le echó un vistazo fugaz y luego se dirigió a Kim.

—Aun no puedo creerme que estés otra vez aquí —dijo—. Lo había deseado mucho y todos te esperábamos.

—¿A mí? —preguntó Kim maravillado.

—Y no solo Gorg y yo —le confirmó—, todos clamaban en Luna de Leyenda por tu vuelta, al menos aquellos los que no se han echado a perder —acotó.

—¿Qué quieres decir con eso?

Antes de que Priwinn pudiera hablar, de una esquina de la habitación salió de repente una sombra estrecha y se acercó a ellos. Cacho silbó asustado y se pegó todo lo que pudo al cuello de Kim. La sombra se acercó cada vez más y se convirtió en un enorme gato negro como el betún que, con ojos brillantes, miró a Kim y a su pequeño amigo de colores como un papagayo.

—Hola —dijo Kim con tono alegre—. ¿Quién eres tú?

—Eso mismo podría preguntar yo —murmuró el gato—. Eres tú el que ha venido a mi casa y no a la inversa.

Kim se encogió de hombros mientras Priwinn, con una mano tapándose la boca, se reía por lo bajo.

—¡Me entiendes! —continuó Kim.

—Claro —refunfuñó el gato—. ¿Qué te habías creído?

Priwinn estalló ahora en carcajadas.

—A Sheera le encanta burlarse de la gente —dijo—. Pero es un tipo amable a pesar de que, a veces, sus modales dejan algo que desear —añadió con una mirada torcida y de censura dirigida al gato.

—¿Modales? ¿Qué modales? —se acaloró Sheera—. ¿He entrado sin llamar y, sin preguntar, me he metido en casa de otras personas o qué? Ni siquiera se ha presentado.

—Me llamo Kim —dijo precipitadamente. Luego hizo un movimiento hacia su hombro—. Y él es... Cacho.

—¿Cacho? ¿Se llama así? —gruñó Sheera—. Puede que «diminuto» le fuera mucho mejor. ¿Y por qué tiene tantos colores?

—Por lo mismo que tú eres negro, grosero —respondió Cacho enfadado—. ¿Qué formas son estas de recibir a los invitados?

—¿Invitados? ¡Ja! —Sheera alzó una pata y exhibió unas uñas afiladas como cuchillos—. Ten cuidado con lo que dices, bocazas, no vaya a ser que te muestre lo que hago con los vagabundos que entran en mi casa sin ser invitados.

—¡Vale, venga; ven, ven! —chilló Cacho comenzando a moverse por los hombros de Kim en posición de pelea.

Los ojos de Sheera se estrecharon hasta formar dos rendijas amarillas.

—¿Te sientes muy seguro ahí arriba, verdad? —gruñó.

—¡Parad los dos! —dijo Priwinn en tono severo.

Pero, Cacho y el gato ya no se iban a frenar.

—¡Si piensas que te tengo miedo, estás confundido, monstruo negruzco!

—¿Cómo? —gruñó Sheera—. Baja aquí y salgamos a la puerta para arreglar las cosas.

—En fin... —murmuró Cacho—. En teoría sí lo haría.

—¿Y en la práctica?

—Yo no me pego con la chusma infame —dijo encaramado en lo alto.

—¿Chusma infame? —chilló el gato en el suelo.

—Claro que, si insistes, entonces... —dijo Cacho con tono envalentonado.

—Entonces vamos —contestó Sheera desplegando las uñas de sus garras con aire combativo.

—Ahora no —respondió Cacho con picardía—. Te espero después de que caiga el sol.

—Como quieras —dijo Sheera y arqueó el lomo.

—Bueno, yo me lo pensaría —añadió Kim—. Cacho es...

—Déjalo ya —interrumpió Priwinn impaciente—. Desaparece, Sheera. En cuanto a tu amiguito —añadió dirigiéndose a Kim— debería refrenar algo su indiscreta lengua. No se hacen bromas con Sheera. —Hizo un gesto de enfado—. Creo que tenemos cosas más importantes de las que hablar.

Kim estaba de acuerdo con eso aunque, a pesar de todo, se quedó mirando perplejo al gato que, con la cabeza erguida, paseaba orgulloso por la casa.

—¿De dónde lo has sacado? —preguntó.

—¿A Sheera? —Priwinn sonrió con una pizca de tristeza—. Él vino a mí, hace un año. O fui yo a él, como quieras verlo.

Kim miró pensativo al gato.

—Antes había muchos animales que hablaban —dijo Priwinn sombrío—. Pero de eso hace ya mucho tiempo. Hace una eternidad que no encuentro a ninguno, excepto a Sheera. A veces pienso que es el último de su especie.

—¿Qué ha pasado? —preguntó Kim en voz baja.

Priwinn suspiró.

—Si yo lo supiera... —dijo—. Algo... ocurrió en Luna de Leyenda. Algo terrorífico. —Miró a Kim lleno de esperanza, tal y como ya lo había hecho el granjero Brobing—. Yo... yo esperaba que tú pudieras contestarme a esa pregunta.

Pero Kim no podía hacerlo, aunque le hubiera gustado.

Y comenzó a narrar cómo había llegado hasta allí y lo que había experimentado hasta ese momento. Priwinn escuchó sin interrumpirle una sola vez y pareció que le inquietaban muchas de las cosas que oía. Incluso, cuando Kim llegó al final de su exposición, se mantuvo durante un rato en un silencio abrumador.

—¿Kelhim ha muerto? —murmuró por fin Priwinn—. Eso... eso es grave.

Kim miró con disimulo hacia la ventana. Gorg había vuelto la cabeza, pero sus hombros temblaban como si el gigante luchara por no llorar.

—Y al tiempo me da motivos para la esperanza —añadió Priwinn de repente. Kim le miró extrañado, pero el príncipe continuó—. De acuerdo con lo que has contado, él no pudo convertirse del todo en un animal salvaje ya que, al final, volvió a ser como era antes. Eso significa que no debemos perder todas las esperanzas.

—¿Esperanzas de qué? —quiso saber Kim.

—De que todo... vuelva a ser como era antes —contestó Priwinn acalorado—. Luna de Leyenda ha cambiado, Kim. Y cambia cada vez más rápidamente y a peor. —El Príncipe de las Estepas se puso serio para dar más fuerza a sus palabras—. Mira a la gente del árbol. Son el pueblo más feliz que existe en nuestro mundo. Y ya han comenzado a cambiar. Era un pueblo con mucha alegría de vivir, les gustaba reír y hacían fiestas interminables. Ahora... —se detuvo por un momento— ya has visto a Limb. Y a los demás, en la fiesta. Este árbol era antes una gran comunidad en la que nunca se preguntaba a nadie quién era ni sobre el aspecto que tenía. Hasta hace pocos años nadie sabía aquí lo que significaba la palabra «disputa». Ahora, cada tribu vive en una ciudad. Los azules menosprecian a los verdes, los verdes se ríen de los amarillos, los amarillos odian a los blancos y así todos. Y no se dan ni cuenta de lo que les está pasando.

—Algunos parece que sí —replicó Kim.

—¿Te refieres a Limb y los demás amarillos? —Priwinn sacudió la cabeza con tristeza—. ¡Oh, no! Eso puede que te engañe. Estoy seguro de que tienen razón cuando dicen que los hombres de hierro dañan el árbol. Pero no ponen límites a sus objetivos...

—Viene alguien —interrumpió Gorg desde la ventana.

—¿Es Limb?

—Sí —contestó el gigante al cabo de un instante—. Parece tener mucha prisa.

Priwinn y Kim miraron expectantes a la puerta y, en efecto, era Limb, el amarillo, el que, sin respiración y bañado en sudor, apareció un momento después.

—¡Tenéis que marcharos! —gritó—. Os han delatado. Nos han delatado a todos. Han encontrado a los hombres de hierro destrozados y saben lo que ha ocurrido.

—¡Cielos! —exclamó Priwinn mientras daba un brinco—. ¿Cómo es posible?

—No lo sé —contestó Limb, al que todavía le costaba respirar. Había corrido hasta llegar allí—. Y la cosa es aún peor, porque saben que estamos escondidos en la nueva ciudad y vienen para acá. No disponéis de mucho tiempo. Tenéis que marcharos de inmediato y yo iré a avisar a los demás. —De repente cerró los puños—. Me encantaría incendiar la ciudad.

—¿Por qué? —preguntó Kim extrañado.

Limb le miró airado.

—¿Y tú lo preguntas? Porque el precio es demasiado alto. ¡Mira a tu alrededor!

Eso fue lo que hizo el muchacho, pero no había allí nada que le llamara la atención en especial, excepto que, quizá, la casa era más grande y estaba construida con más esmero que la que tenía Oak en la primera rama.

—¿No ves nada? —chilló Limb de nuevo—. ¡Mira!

Y dio un golpe a la silla en la que había estado sentado Priwinn y la arrojó con violencia sobre la mesa.

La silla y la mesa se rompieron y a Kim le quedó claro lo que quería decir el hombre-árbol amarillo.

Los muebles no habían crecido en el árbol de forma natural, tal y como ocurría en la casa de Oak. Estaban construidos con listones cepillados y trabajados de forma artesanal. Como todo lo demás que había en la habitación, como toda la casa, como la ciudad entera.

—¡Cortan la madera del corazón del árbol! —dijo Limb—. Lo que ha necesitado siglos para crecer, lo cortan y destrozan en muy poco tiempo. Y todo porque ya no tienen bastante con lo antiguo.

—Pero solo son unos cuantos tablones —afirmó Kim con precaución.

—¡No! —replicó Limb—. No son solo unos tablones, es el principio del fin. ¿Quién va a vivir aquí en el momento en que ya no quede nada en el corazón del árbol?

—¿Y luego, no seguirá creciendo?

—Sí, puede que sí, pero de una forma tan lenta que ya no tendrá ningún significado para nosotros. Este árbol es viejo, Kim, muy viejo, pero solo lo tenemos a él y si alguna vez se extingue, nuestro pueblo no podrá vivir en otro sitio.

Dejó de hablar y Kim ya no dijo nada más, a pesar de que tenía varias cosas en la punta de la lengua.

—Ahora debemos irnos —recordó Priwinn para romper el molesto silencio—. Si te encuentran, tendrás que contestar a gran número de preguntas.

—No van a encontrarme —dijo Limb con obstinación—. Pero vosotros debéis dirigiros a Gorywynn y, una vez allí, hablar con Temístocles, el mago. Quizá eso ayude a que estos locos entren en razón. Así que marchaos.

Priwinn y Kim abandonaron la casa y Gorg se unió a ellos en el exterior. El chico quiso dirigirse a la izquierda, hacia la escalera, pero el príncipe Priwinn sacudió la cabeza.

—Sería poco sensato —dijo—. Caeríamos justo en sus manos. Es mejor que tomemos otro camino.

De repente, Priwinn sonrió de nuevo.

—Ten cuidado.

Echó la cabeza hacia atrás, formó un embudo con las manos delante de la boca y dio un potente grito que sonó como un tarareo.

Durante unos segundos todo se mantuvo en silencio, pero luego Kim escuchó un ruido poderoso y al alzar la cabeza vio cómo del sol poniente surgía una impresionante forma dorada que se acercaba al árbol.

Luego todo ocurrió muy deprisa. Un enorme dragón dorado aterrizó en una rama muy cerca de ellos. Priwinn y Gorg treparon con presteza a su cuello y, antes de que Kim pudiera salir de su sorpresa, Gorg le alzó junto con su pequeño amigo y le sentó delante de él. Un instante después, el dragón Rangarig se elevaba por los aires con un poderoso batir de alas para emprender rumbo hacia el sur.

## X

Mientras las alas doradas de Rangarig los trasladaban sobrevolando el país, ocurrió algo de lo que Kim ya había oído hablar pero que no había vivido: alcanzaron al día. El dragón volaba más rápido de lo que se movía el sol y Kim pudo observar por primera vez el curioso espectáculo de que el rojo globo de fuego trepara por el horizonte justo antes de volver a hundirse de nuevo en él. Naturalmente no siguieron mucho más allá: Rangarig era un ser poderoso con una fuerza casi inagotable, pero había ido tan rápido que ahora empezaba a perder altura y parecía buscar un sitio en el que poder descender.

Encontraron un lugar que les pareció seguro: una meseta de roca sin más vegetación que un poco de musgo y algunos arbustos. Estaban a cientos de metros de altura. No hubiera podido llegar hasta allí nada que no tuviera alas o no fuera capaz de trepar como una araña. El dragón se posó con suavidad, como una hoja que cayera de forma natural sobre la meseta; uno tras otro, los viajeros descendieron de su espalda. A Kim le temblaban las piernas. Gorg le había mantenido agarrado durante todo el camino, pero el vuelo del dragón había sido tan rápido que el muchacho se había visto obligado a sujetarse con todas sus fuerzas a las protuberancias óseas que le crecían a Rangarig detrás de la cabeza. Tenía la cara quemada por el viento y le lagrimeaban sus doloridos ojos. Y casi no había puesto los pies sobre tierra firme cuando se apresuró a rodear al dragón, saltando sobre su larga cola, y corrió hacia delante para poder mirarle a la cara. Rangarig le pareció mucho más grande que la última vez y, a la luz del sol, en la que se habían sumergido por segunda vez aquella tarde, sus enormes escamas, que en tiempos brillaban como si fueran de cobre, parecían ser ahora de oro. Sus ojos, cada uno de ellos más grande que la cabeza de Kim, miraron inexpresivos al chico mientras respiraba de forma muy agitada y fatigosa. El rápido vuelo había agotado al dragón. Durante un rato Kim se quedó quieto, con la cabeza echada hacia atrás mientras miraba a la enorme cabeza del animal. Buscaba las palabras adecuadas. Su alegría al volver a ver a Rangarig era la misma que al encontrarse con el príncipe Priwinn y el gigante Gorg. Pero ya había pasado un tiempo desde que Rangarig se había posado y Kim se dio cuenta de que algo no encajaba en aquel dragón.

—Rangarig —dijo por fin—. ¿Cómo te va?

Le pareció que esas palabras resultaban un tanto bobas, pero fueron las únicas que pudo pronunciar. Y, por primera vez desde que conocía a este poderoso ser, sintió que le infundía algo de miedo.

—Bien —gruñó Rangarig y esa, para un dragón cuya verborrea era conocida en todo el país, resultaba una respuesta un tanto inusual.

¿Qué le pasaba a Rangarig? Kim no había esperado que el dragón diera saltos de alegría al verle, ¿pero ni una sola muestra de satisfacción?

—Hace... hace mucho que no nos vemos —dijo Kim con cierta inseguridad.

—Para ti puede que sí —bramó Rangarig—. Pero los dragones contamos el tiempo de otra forma —y añadió con monótona amabilidad—: ¿Cómo te ha ido?

—También me ha ido bien —murmuró Kim turbado. Le echó una mirada a Priwinn y pudo darse cuenta de que el joven caballero de las estepas quería decirle algo—. Luego hablamos, ¿de acuerdo?

Rangarig volvió indiferente su poderosa cabeza y metió el morro bajo las patas delanteras.

—Por mí, de acuerdo.

Kim se sintió aliviado de poder alejarse del dragón.

—¿Qué le pasa? —preguntó, extrañado, a Priwinn.

Priwinn se puso el dedo delante de los labios y con un movimiento de cabeza le invitó a que le siguiera. Llegaron casi hasta el borde de la meseta para estar seguros de quedar fuera del alcance de los oídos de Rangarig.

—¿Qué le pasa? —preguntó de nuevo Kim—. ¿Por qué se muestra tan ausente? ¿Le he hecho algo?

—No —contestó el príncipe Priwinn con brusquedad, luego esbozó una sonrisa extraña y dolorida—. No es por ti. Es que él ha... cambiado. Pero no es siempre así, no temas. Puede que mañana por la mañana estés hasta las narices de él porque te ha besuqueado lleno de alegría.

Kim se mostró serio.

—¿Qué ha pasado?

—Lo mismo que pasa en todo el país de Luna de Leyenda —contestó Priwinn con amargura—. ¿Has olvidado a Kelhim? Rangarig se ha vuelto lacónico. A veces es tan gruñón como un anciano. Incluso hay momentos en que le tengo miedo. Eso es lo que quiero decir, Kim, al afirmar que nuestro mundo se muere.

—¡Tonterías! —replicó Kim, pero la palabra surgió demasiado rápida y brusca, como si estuviera destinada a convencerse a sí mismo.

—Claro que se muere —corroboró Priwinn—. No es el mismo mundo que tú conociste en aquella ocasión. Sus habitantes se han vuelto malvados y crueles. Nadie soporta a los demás. Los amigos se han convertido en enemigos y los vecinos en extraños.

—¿Como ocurrió con tu padre, Harkvan, y con el Rey de la Ciénaga? —preguntó Kim.

Pareció que Priwinn había sido alcanzado por un golpe. Sus labios se estrecharon y Kim lamentó sus palabras, tan poco adecuadas.

—Perdona.

Priwinn hizo un gesto afirmativo.

—Tienes razón —dijo abatido—. Entonces ya te han hablado de eso.

—Sí, y no lo pude creer —contestó Kim.

—Bueno —replicó el Príncipe de las Estepas—, pues es cierto. Como otras muchas cosas igual de malas.

—¿Pero qué es lo que ha pasado? —preguntó Kim desconcertado—. ¿Morgon ha resurgido otra vez?

—No, no es tan sencillo. No se trata de un enemigo que nos ataque desde fuera, Kim. Es mucho peor —suspiró hondo y se quedó callado por un momento—. Es como... como si nos hubiéramos convertido en nuestros propios enemigos —acabó diciendo.

Se produjo de nuevo un silencio incómodo y se hubiera prolongado de no ser porque desde el ocaso surgió una encorvada figura negra que miró a Kim con sus brillantes ojos amarillos.

Mejor dicho, miraba a la pelota de plumas anaranjadas que aún llevaba el chico sobre los hombros.

—¡Eh, fanfarrón! —gruñó Sheera—. ¿Creíste que podías desaparecer?

Cacho miró desconcertado al gato negro y Kim sacudió sorprendió la cabeza. No se habían dado cuenta de que Sheera también se había subido a lomos de Rangarig.

—Bueno... —comenzó a decir Cacho, pero fue interrumpido otra vez por Sheera.

—No es tan fácil. Teníamos una cita. ¿La habías olvidado?

—Yo pensaba que no iba en serio.

Cacho mostraba de nuevo su insolencia habitual.

Sheera gruñó a causa de la sorpresa y arqueó el lomo.

—¡Venga! —gruñó rencoroso el gato—. ¡Baja aquí! ¡Basta ya!

—Espera —replicó Cacho con tranquilidad—. Lo haré al caer el sol. —Bajó de un salto de los hombros de Kim, miró rápidamente a su alrededor y señaló con una pata a uno de los pocos arbustos que crecían en la pelada meseta—. Te espero allí tan pronto como se haga de noche. Si quieres llevar refuerzos, pregúntale al dragón si quiere ayudarte.

Sheera torció el morro y los ojos ante la nueva insolencia y tuvo que hacer grandes esfuerzos para dominarse.

Cacho se marchó sin decir palabra.

Mientras que Sheera, paciente, esperaba con la espalda arqueada a que, por fin, el sol se escondiera detrás del horizonte, Kim se sentó en el duro suelo con las piernas cruzadas y, al cabo de un momento, Priwinn hizo lo mismo. Poco después se les unió Gorg que, hasta entonces, había estado al lado del dragón.

—Duerme —explicó el gigante—. Me parece que hoy es menos desagradable.

Desapareció en el horizonte la última línea roja de luz solar y en ese momento Sheera se levantó para dirigirse como un rayo negro hacia el arbusto tras el que había desaparecido Cacho. Solo se percibió un estrépito de ramas rotas y luego surcó el aire un chillido agudo y estridente. Priwinn miraba desconcertado y Gorg arrugó su ancha frente.

—Ha encontrado a Cacho —dijo Kim con aire distraído.

También Priwinn pareció darse cuenta de que los dos luchadores no necesitaban de ninguna ayuda pues, sin detenerse, prosiguió con la conversación.

—Ese joven del hospital del que me has hablado —comenzó a decir—. ¿Podrías describirle? ¿Qué aspecto tenía?

Kim pensó intensamente. Creía estar viendo ante sus ojos la cara del joven pero, ¿cómo describirla?

—Era como un hombre joven —dijo desconcertado.

Detrás del arbusto surgió un coro de gritos y ruido de lucha y las ramas comenzaron a temblar.

—Era algo más alto que tú, pero creo que más joven. Muy pálido y con el pelo oscuro —dijo Kim.

Priwinn daba la sensación de estar muy decepcionado. Los chillidos tras el arbusto arreciaban cada vez más y, antes de replicar a Kim, dirigió a ese lado una mirada de preocupación.

—Eso no ayuda mucho, Kim. La mayoría de los caballeros de las estepas tienen el pelo negro.

—¿Piensas en alguien especialmente? —preguntó Kim y, ante el asentimiento de Priwinn, añadió—. ¿Un amigo?

—Sí —contestó el Príncipe tras hacer una corta pausa—. Un amigo.

Kim pensó en Jara y Brobing, que también luchaban contra una dolorosa pérdida.

De repente se le ocurrió algo en lo que no había pensado. Miró perplejo a Priwinn.

—La última vez que estuve aquí, el hijo de Jara era muy pequeño —dijo mientras fruncía el ceño—. Y ahora Torum tendrá mi edad, más o menos. ¿Cómo es posible?

—Ya sabes que en Luna de Leyenda el tiempo cronológico se rige por leyes distintas a las vuestras —le recordó Priwinn.

—En cambio tú, Priwinn, ¡por ti no ha pasado ni un día!

Priwinn sonrió.

—Claro que no —le explicó—. ¿Ya lo has olvidado? Yo no envejeceré mientras Harkvan, mi padre, siga con vida y gobierne Caivallon. Una vez que el viejo rey muera, el príncipe se hará hombre para poder tomar posesión del trono.

—¿Y tampoco sabes nada acerca de los niños desaparecidos, como el de Brobing y Jara?

A Kim le resultaba complicado creerlo.

—No —dijo Gorg en lugar de Priwinn—. Pero solo tardaremos tres días en llegar a Gorywynn y allí Temístocles nos los explicará todo y responderá a nuestras preguntas.

Durante toda la conversación, el arbusto había temblado como si unos puños invisibles hubieran arrancado sus raíces; cada cierto tiempo salían disparados hacia las alturas unos mechones de pelo negro y llovían púas rotas y algo que recordaba a unas pringosas plumas rojas.

De repente el ruido se extinguió y todas las miradas se dirigieron con preocupación hacia el matorral espinoso. Pasados unos segundos se separaron las ramas y aparecieron dos figuras que presentaban un aspecto lastimoso.

Cacho, con su aspecto nocturno, cojeaba ostensiblemente. Se habían roto muchas de sus espinas y las que quedaban estaban arremolinadas y revueltas, como si hubiera pasado por ellas una tormenta. Uno de sus saltones ojos estaba hinchado y comenzaba a cerrarse.

Sheera no tenía mucho mejor aspecto. El gato también cojeaba ligeramente. Su maravilloso y brillante pelo negro estaba ahora muy desgreñado y parecía que si su morro hubiera entrado en contacto con un cactus.

—¿Qué es eso? —gritó Priwinn mientras señalaba al desagradable ser que renqueaba al lado del gato.

—Es Cacho —dijo Kim con aire inocente—. Y quisiera añadir que a mí tampoco me gusta su vestimenta nocturna. Pero, como ves, le resulta muy útil.

—¿Un un mutante? —dijo Gorg sorprendido—. ¡Se transforma! ¿Por qué no lo dijiste?

Cacho se mantuvo callado mientras disfrutaba de aquel momento.

—Entonces me hubiera perdido esta gran pelea —dijo después.

—Y yo también —añadió Sheera, que tenía verdaderos problemas para mantenerse sobre sus patas—. Pero espera a la próxima vez....

De repente los dos comenzaron a reír a carcajadas mientras los otros se miraban desconcertados. Luego se fundieron en un abrazo, pero a Sheera no le gustó mucho, ya que retrocedió con un chillido asustado y bizqueó para mirar las púas que se habían clavado en su morro. Aunque ahora no parecieron importarle mucho.

Cacho rio para sus adentros y bostezó.

—Y ahora algo para recuperar las fuerzas —dijo mirando alrededor con gesto de buscar. Por fin, su mirada se clavó en la acurrucada figura de Rangarig.

—No —dijo Kim con severidad al ver que Cacho se pasaba la lengua por sus labios granulosos y comenzaba a babear a causa de su enorme voracidad.

Cacho se sintió defraudado. No dijo nada y se fue junto a Sheera, hasta que los dos, entre risas, desaparecieron en la oscuridad.

—Eres realmente bueno —dijo Gorg mientras sacudía la cabeza—. ¿Por qué no nos dijiste que ibas con un mutante?

—Hasta este momento no sabía lo que era eso —se defendió Kim—. Lo siento.

—No tienes por qué disculparte —dijo Priwinn. Miró en la dirección en la que Sheera y Cacho habían desaparecido—. Me siento feliz de que aún existan seres así.

—Pero no será por mucho tiempo —dictaminó el gigante.

Partieron a la mañana siguiente antes de que el sol hubiera asomado por el horizonte; la profecía de Priwinn sobre el carácter de Rangarig resultó cierta: era como si el dragón dorado no recordara ninguna de sus rudas maneras del día anterior y su alegría al reencontrarse con Kim fue tan abrumadora que el muchacho temió por un momento que iba a morir aplastado entre las enormes garras del dragón, pues Rangarig le apretó contra él con todas sus fuerzas. Y al alzar por fin el vuelo, el dragón, desbordante de alegría, dio un par de piruetas que estuvieron a punto de arrojar por los aires a sus viajeros; hizo cabriolas, se lanzó juguetón a unos terribles vuelos en picado, en los que incluso Gorg gritó de miedo, y dio varias vueltas de campana en el aire hasta que Priwinn, con voz seria, le llamó al orden.

Lo que ocurrió por la mañana fue justamente lo contrario de lo que habían experimentado la tarde anterior: en lugar de entrar en el día volaban con la noche y parecía que el amanecer iba a resultar interminable. Kim estaba helado a pesar de que Gorg se había sentado delante para protegerles de los vientos glaciales, pero aún así el frío de la noche era intenso. Cuando Rangarig comenzó de nuevo a perder altura para buscar un lugar donde aterrizar y poder descansar, Kim sintió que había perdido la sensibilidad en todo el cuerpo. Era igual que un témpano. Sus manos y sus pies estaban tan entumecidos que el gigante se vio obligado a bajarle del lomo de Rangarig, pues por sí mismo no era capaz de moverse. Cacho también temblaba bajo la camisa del muchacho. Al acabar, por fin, la larga noche, los rayos del sol ganaron intensidad y notaron, poco a poco, cómo desaparecía el frío y, al mismo tiempo, regresaba la vida a sus helados cuerpos.

Esta vez habían descendido en una montaña y encontraron suficiente madera seca para hacer fuego, además Kim aún llevaba los trozos de pedernal que le había dado Brobing. Iba a encender el fuego, pero el Príncipe de las Estepas lo rechazó e indicó que no merecía la pena, luego se volvió y dejó a Kim plantado, pero el muchacho estiró con presteza la mano, le agarró y casi le hizo caer.

—Eso es una tontería —dijo—. ¿Por qué no quieres que hagamos fuego? —Priwinn le echó una mirada enigmática y poco amistosa e intentó soltarse, pero Kim le tenía sujeto con fuerza—. ¿Y por qué descansamos siempre en lugares tan solitarios? —añadió mientras señalaba el escarpado paisaje que tenían a su alrededor.

—Pregúntale a Rangarig —replicó Priwinn enojado.

—Te lo pregunto a ti —replicó Kim—. Priwinn, me ocultas algo, ¿verdad? Esta montaña es tan intransitable como la meseta rocosa de ayer. Y además, no quieres hacer fuego. ¿De qué os escondéis?

Priwinn no contestó, pero Kim, que ahora ya había tomado carrerilla, empezó a hacer alguna de las preguntas que, a miles, bullían en su interior desde que se había encontrado con el príncipe.

—¿Qué haces aquí, Priwinn? ¿Por qué no estás en Caivallon, con tu padre? ¿Por qué llevas esta armadura?

—Es muy útil —contestó Priwinn eludiendo con habilidad la primera pregunta—. Tú lo sabes mejor que yo porque la llevaste durante mucho tiempo.

Kim la miró de nuevo con más atención y, por fin, se dio cuenta. Abrió los ojos de par en par a causa de la sorpresa.

—Sí, ves bien y no te equivocas —dijo Priwinn—. Es la armadura que llevabas en la batalla contra el ejército de Boraas. La guardamos para recordar siempre aquel terrible día. Y creo que lo hicimos también para honrarte en cierto modo. —De repente sonrió—. Si quieres te la puedo devolver porque, de hecho, es tuya.

Por un momento Kim se sintió tentado de aceptar la oferta de Priwinn y volver a vestir el negro hierro de Morgon. La armadura era algo más que eso, al menos para él. Había percibido sus poderes mágicos y los de la espada, que le hacían invencible. Sí, por un momento se imaginó lo que sería volver a vestir la armadura y, por segunda vez, cabalgar a la cabeza de un ejército que se dirigía a la batalla.

¿A la batalla contra quién?

—No, gracias —dijo al cabo—. No te preocupes. Pero explícame el motivo por el que la llevas. Y de qué huis.

—De nadie —contestó Priwinn, pero la respuesta fue demasiado rápida y no sonaba convincente.

Al ver la mirada dubitativa de Kim esbozó una sonrisa cohibida y se encogió de hombros.

—Yo no lo llamaría huida —dijo—. Pero tienes razón, lo mejor es que nos mantengamos escondidos.

—¿Por qué motivo? —quiso saber Kim.

De nuevo pasó un tiempo hasta que llegó la respuesta de Priwinn.

—¿Te acuerdas de Limb, el amarillo?

—Cómo no —dijo Kim—. ¡No hace mucho de eso!

—Entonces también sabes cómo reaccionaron los demás habitantes del árbol. Le menosprecian, tanto a él como a sus iguales. No los quieren. Estoy seguro de que, si pudieran, le causarían daño.

—¿Qué tiene eso que ver contigo y con Gorg?

—A nosotros nos pasa lo mismo —contestó Priwinn—. Compartimos las ideas de Limb y me temo que también compartimos su suerte.

—No entiendo nada —Kim estaba perdiendo la paciencia.

El príncipe levantó los hombros y miró al suelo.

—Digamos que se habla de que Gorg y yo tenemos algo en contra de los hombres de hierro. Eso da lugar a que no seamos bien vistos en muchos sitios, ya me entiendes.

—¿Tú? —preguntó dudoso—. ¿El Príncipe de Caivallon?

Priwinn suspiró.

—Te he dicho varias veces que las cosas han cambiado.

—Ya veo que se puede decir que sí —dijo Kim, y se dio la vuelta para regresar al lugar donde estaban Rangarig y el gigante Gorg.

De repente le pareció que Gorg era el doble de grande. Ya era hora de volver a ver a Temístocles y obtener respuestas a algunas de las preguntas que le quemaban la lengua. Muchas respuestas a muchas preguntas.

## XI

Pero necesitaron más tiempo, cerca de seis días, para llegar a Gorywynn, y aún perdieron una noche más, pues en la tarde del sexto día, al ver la fortaleza de cristal como un resplandor del arco iris en el horizonte, Priwinn hizo que Rangarig bajara al suelo; esta vez no fue en una retirada montaña sino en el centro de un bosque, casi impenetrable, en el que las poderosas alas del dragón tuvieron que abrir primero una brecha para poder descender.

Kim había decidido no hacer más preguntas al Príncipe de las Estepas, pues había comprobado que recibía respuestas poco claras. Durante el sexto día apenas habían hablado y Kim se dio cuenta de que Priwinn se limitaba a hacerse el sordo ante determinados temas. El muchacho notaba que se le agotaba la paciencia.

—¿Qué pasa ahora? —preguntó nada más bajarse del lomo del dragón—. ¡Podíamos llegar en media hora!

—Vamos a pasar la noche aquí —contestó Priwinn con decisión—. Rangarig está cansado y yo también.

—¡Tonterías! —protestó Kim.

Él también se sentía agotado por el largo viaje y quiso creer que el dragón dorado estaría realmente exhausto al tener que llevar sobre sí el peso de todos los viajeros, pero el resto del camino hasta Gorywynn sólo le hubiera supuesto batir un poco más las alas; seguro que no se trataba de eso.

—Tengo que saber lo que está pasando en Gorywynn antes de llegar —explicó Priwinn—. Hace ya mucho tiempo, varios meses para ser exactos, que estuvimos allí Gorg y yo. Quién sabe lo que ha podido ocurrir durante ese tiempo. —Se adelantó a Kim con un movimiento de la mano al comprobar que quería interrumpirle—. Hemos quedado esta tarde con un amigo —añadió—. Es un hombre de Gorywynn. Nos dirá cómo está la situación por allí. Luego decidiremos lo que vamos a hacer.

—No quiero esperar tanto —respondió Kim—. Deseo hablar con Temístocles.

El príncipe levantó los hombros.

—Entonces vete tú —dijo—. No te voy a detener. Vete tranquilo. Gorg y yo dormiremos aquí y tan pronto como salga el sol te seguiremos y te alcanzaremos en el camino.

Kim tuvo que dominar un súbito deseo de cerrar los puños y golpear a Priwinn. Y lo hubiera hecho, pero se acordó de que esto también formaba parte del tremendo cambio que se estaba produciendo en Luna de Leyenda. Se dio cuenta de que los cambios afectaban no solo a los habitantes, sino también a él. Se mostraba irascible e impaciente, y eso no lo causaba únicamente el cansancio del viaje.

Miró a Priwinn con ira contenida, luego se volvió y atravesó el claro en dirección a Rangarig, que se había tumbado acurrucado en el otro lado del bosque. Al contrario de lo ocurrido con Priwinn y Gorg, en los últimos días el muchacho había hablado muy poco con el dragón.

Había volado muy rápido y durante largo tiempo, y eso había fatigado mucho al animal. Por las tardes, en cuanto tenía suelo firme bajo las patas, se enrollaba sobre sí mismo para dormirse de inmediato. Ahora tenía también los ojos cerrados y el muchacho pensó que estaría dormido. Al acercarse a él se alzaron los grandes párpados del dragón dorado y en sus ojos se esbozó una débil sonrisa.

—Hola, pequeño héroe —dijo—. Muy pronto estaremos en casa.

—Podría ser ahora mismo —comenzó a decir Kim con un titubeo.

Rangarig dirigió la vista hacia el claro y Kim entendió que, a pesar de la lejanía, había oído todo lo que él había hablado con Priwinn.

—Claro —dijo Rangarig con un suspiro—. Pero él tiene razón, ¿sabes? Es mejor que sepamos en primer lugar lo que ocurre en Gorywynn. Y todavía mejor que descansemos para reponer fuerzas. Puede ser que las necesitemos.

—¿Por qué?

—Pues, por ejemplo, por si tuviéramos que marcharnos a toda velocidad.

—¿Quieres decir... huir? —quiso cerciorarse Kim—. Pero Gorywynn es tu hogar.

La mirada de Rangarig se volvió triste.

—Es verdad —murmuró—. Antes sí era mi casa, pero ahora... —titubeó por un momento—. Ya no sé si pertenezco a ese lugar —dijo por fin.

—¿Cómo puedes decir algo así? —añadió Kim.

Rangarig sacudió la cabeza.

—¿Por qué no crees a Priwinn? —preguntó—. El castillo de cristal ya no es lo que fue. Y yo tampoco —suspiró muy hondo un par de veces y el suspiro le sonó a Kim como un sollozo—. A veces echo de menos un lugar al que ya ni reconozco, pequeño héroe.

Kim se quedó callado y Rangarig continuó en voz baja.

—En ocasiones percibo en mí mismo algo que me da miedo. Luego añoro la naturaleza, la soledad y las escarpadas montañas en las que viven mis parientes. Es posible que mi sitio esté allí y no aquí.

—No conozco a tus parientes —contestó Kim serio—. Pero, por lo que sé, los dragones son monstruos feroces que asustan a la gente.

—Puede ser... —murmuró Rangarig.

El muchacho quiso replicar, pero en ese momento le pareció ver de nuevo ante sus ojos la cara de Kelhim, el semblante de la bestia asesina en que se había convertido el oso.

Kim se estremeció. Kelhim había sido un ser que hablaba, como lo eran Cacho, Sheera y también Rangarig.

—¿Es eso? —dijo horrorizado—. ¿Es eso lo que piensa Priwinn y lo que notamos todos los demás? ¿Es que se extingue la magia?

—Quizá —replicó Rangarig y Kim se dio cuenta asustado de que había expresado sus pensamientos en voz alta—. A veces pienso que sí. Puede que se esté apagando la magia de Luna de Leyenda. Si ocurre una cosa así, debes prometerme algo, pequeño héroe.

—¿Sí?

—No te quedes a mi lado si sucede eso —dijo Rangarig—. No intentes hacerlo porque no podrías.

De repente Kim se vio obligado a luchar con todas sus fuerzas para no llorar.

—Te lo prometo —contestó, aunque tuvo que hacer un verdadero esfuerzo para decir esas palabras.

Luego se controló y pareció que el dragón ya no se desdibujaba ante sus ojos a causa de las lágrimas, Rangarig ya se había dormido. Kim no sabía si había escuchado sus últimas palabras.

Abatido, el muchacho regresó adonde estaban Priwinn y el gigante. Comieron en silencio y ni siquiera las bromas de Cacho y de Sheera consiguieron animar a Kim en ningún momento. Por un instante estuvo a punto de aceptar la propuesta de Priwinn y emprender solo el camino a Gorywynn, y no porque pensara que podía llegar más rápido a pie que en el lomo de Rangarig a la mañana siguiente, sino porque quería estar solo. Por supuesto, no lo hizo.

Kim había adquirido la habilidad de, al caer el sol, estirarse sobre el suave musgo del suelo del bosque y quedarse dormido de inmediato. Esta vez no fue por mucho tiempo. La posición de la luna le indicó al levantarse que la noche no había avanzado mucho; y no se despertó por sí mismo, sino a causa de unos ruidos ajenos a su grupo. Se escuchaban las voces de Gorg y Priwinn. Casi dormido, Kim se sentó, parpadeó un par de veces y de repente se despertó del todo al darse cuenta de que sus amigos no estaban solos.

El príncipe Priwinn y Gorg, el gigante, se encontraban a una docena de pasos de Kim y charlaban en voz baja con dos hombres altos.

Uno de ellos gesticulaba sin parar mientras hablaba. El otro estaba callado y miraba a las puntas de sus botas y al dragón que, como una montaña de escamas doradas, dormía al otro lado del claro. Le estaba poniendo muy nervioso.

Kim se puso de pie y se acercó al pequeño grupo. Entonces, Priwinn y sus amigos dejaron de hablar y el príncipe presentó a Kim como «un amigo», sin mencionar su nombre. El hombre miró al muchacho con franca desconfianza y luego se volvió hacia el Príncipe de las Estepas y continuó con su discurso.

—... pero ya no. Algo pasa en el castillo, mi príncipe. Hace semanas que nadie ha visto a Temístocles y aquello está plagado de enanos. No hace mucho que ocurre, pero se han hecho los dueños del castillo y también de la ciudad de cristal.

—¿Enanos? —Gorg hizo una mueca y Kim se sobresaltó. —¿Y el mago no hace nada en contra?

—Ya os he dicho que nadie le ha visto. Además, ¿qué podría hacer? No han entrado por la fuerza.

—¿Y cómo entonces? —preguntó Kim.

El hombre le miró receloso y solo contestó cuando Priwinn movió la mano con un gesto de asentimiento.

—Los llamaron.

—¿Quién los llamó?

—¡Esos locos de Gorywynn! —gritó el hombre encolerizado—. Hombres de hierro por aquí y por allá, enanos por todos los sitios —dijo acalorado—. Construyen y cavan y le dan la vuelta a todo lo que se puede ver. ¡Esa no es la forma en la que deseo vivir! —se dirigió a Priwinn airado—. ¡Es el momento de aniquilarlos, mi príncipe!

Priwinn le echó una mirada casi de súplica, pero era demasiado tarde.

—¿Aniquilarlos? —preguntó Kim—. ¿Qué quiere decir con eso, Priwinn?

—Ah, nada —respondió Priwinn evasivo.

—No digas tonterías —dijo Kim furioso—. Hace ya mucho que no estoy por aquí, Priwinn, pero no soy tonto. Os dedicáis a destrozar a los hombres de hierro allí donde los veis, evitáis el contacto con cualquier ser vivo y sentís miedo de que os vean en Gorywynn. Ahora este hombre habla de aniquilación. ¿Qué significa todo esto?

Priwinn no contestó, pero el extraño señaló a Kim con un gesto y preguntó.

—¿Quién es este chico, mi príncipe? ¿Por qué permitís que os hable así?

—Mi nombre es Kim.

Los ojos del hombre se abrieron como platos.

—¿Kim? —repitió incrédulo—. ¿Tú eres...? —De repente dejó escapar el aire entre sus dientes y cayó arrodillado ante Kim presa de un desconcierto indescriptible—. ¡Claro está que sí! —jadeó—. ¡Perdonad por no haberos reconocido de inmediato! ¡Sois vos! ¡Habéis regresado! ¡Ahora todo irá bien y, con vos a la cabeza, venceremos! —luego se dirigió al príncipe Priwinn—: ¿Por qué no nos dijisteis que había regresado?

—No tuve oportunidad —dijo bruscamente el príncipe—. Hace poco tiempo de esto.

Kim miró a Priwinn extrañado, pero ni él ni Gorg, ni los dos hombres, dijeron nada. Cacho gruñó malhumorado:

—¿Todavía no te has dado cuenta, pequeño chiflado? Si no me equivoco, los amigos llevan un buen rato afilando sus cuchillos para cortar unas cuantas cabezas, ¿no es cierto?

Priwinn le observó enfurecido pero, para sorpresa de Kim, contestó:

—Ninguna cabeza. Si acaso, un par de carcasas huecas de hierro.

—¿Queréis... un levantamiento? —murmuró Kim con incredulidad.

—¡Tonterías! —dijo Priwinn—. Solo queremos presionar un poco, nada más. Los enanos y los hombres de hierro son peligrosos. Y si la gente no lo entiende, entonces...

—... habrá que obligarles a ser felices, ¿no es así? —interrumpió Kim con acidez.

—Si quieres expresarlo de ese modo —Priwinn cerró airado los puños—. ¡En todo caso, yo no voy a quedarme con los brazos cruzados viendo cómo se pierde Luna de Leyenda!

—¿Y piensas que os voy a ayudar a eso?

—Haz lo que quieras —Priwinn se volvió de golpe y se marchó enfadado.

Kim le miró con una creciente sensación de desamparo. Quería seguirle, pero había algo que se lo impedía y, por segunda vez en esa tarde, tuvo que luchar con todas sus fuerzas contra las lágrimas. Esta vez eran lágrimas de ira y de impotencia. Todo era muy distinto a lo que había ocurrido en su primera visita a Luna de Leyenda. También por aquel entonces estaba en juego la existencia del país, pero por lo menos sabían quiénes eran sus enemigos. Esta vez era como si ellos mismos fueran sus propios enemigos.

—Yo... yo no lo entiendo, señor —dijo el desconocido que había hablado con Priwinn. El otro seguía allí sin decir nada y miraba a Kim con los ojos muy abiertos—. ¿No habéis regresado... para ayudarnos?

—Claro —contestó Kim—. Pero sé demasiado poco.

El hombre quiso responder, pero Gorg le atajó con un movimiento de la mano diciendo:

—Ahora vete. Debemos deliberar. Mañana, una hora después de que salga el sol, nos encontraremos en Gorywynn. ¡Márchate!

La última palabra casi la gritó. Los dos hombres se volvieron a toda velocidad y desaparecieron en el bosque. Rangarig levantó un párpado muy fugazmente, lo observó todo y luego siguió con sus ronquidos.

Por un momento, al marcharse los dos visitantes, se extendió un penetrante silencio por el pequeño campamento. Gorg suspiró profundamente y miró a Kim. El chico lo vio, por primera vez en su vida, pequeño y miserable. El gigante, como el príncipe Priwinn, eran sus amigos. Si le habían ocultado algo no tenía motivos para irse con ellos. Gorg seguía con la mirada dirigida hacia el muchacho, entonces le tomó del brazo y le arrastró hasta el dormido dragón.

—¡Rangarig! —gritó el gigante, y fue tal la potencia de su voz que pareció retumbar por todo el bosque—. ¡Despierta! ¡Vamos a hacer una pequeña excursión!

Gorywynn no estaba muy lejos del bosque cuando Rangarig, ya en el aire, se dio un poderoso impulso con las alas. Pero el dragón alado se dispuso a aterrizar de nuevo antes de llegar a la curva del río. Allí se alzaba una ciudadela fortificada y tuvieron que caminar durante un buen rato; luego Kim estuvo a punto de chocar contra el muro de protección que rodeaba el lugar por tres de sus lados. Era de color oscuro y por la noche apenas se veía. En el último momento, Gorg le detuvo con un movimiento de la mano y al mismo tiempo se colocó el dedo ante los labios:

—¡Chsss!

—¿Qué es esto? —susurró Kim.

Gorg se encogió de hombros.

—Algo cuya visión me gustaría ahorrarte. Pero creo que debe ser así. Has molestado a Priwinn, ¿lo sabes?

—Entonces debería decirme de una vez por todas lo que ocurre —murmuró Kim, que volvía a sentirse irritado.

Pero Gorg se limitó a sonreír.

—¿No crees que lo haría si pudiera?

Hizo un movimiento con la mano cuando Kim quiso contestar y continuó:

—Calla ahora. Ven, te subiré a mis hombros para que puedas ver por encima.

Y eso fue lo que hizo. Antes de que su cabeza superara la altura del muro, Kim vivió la primera experiencia, al dejar resbalar sus manos por la pared en busca de apoyo notó lo fría y resbaladiza que era. Demasiado fría para ser de madera y resbaladiza en exceso para ser piedra.

—¡Es de hierro! —se sorprendió Kim.

—Claro —gruñó Gorg—. Toda esta ciudad está construida con hierro. Pero no hagas ruido, por favor. Si nos ven, todo habrá acabado.

Kim no quiso ni pensar en el peligro que suponía algo que asustaba incluso al gigante. Pero se mantuvo callado.

Y lo que vio en el momento en que Gorg estiró un poco más los brazos para que pudiera escudriñar al otro lado del muro de hierro le dejó sin habla.

Como Gorg había dicho, no se trataba solo del muro de protección, toda la ciudad, que más bien recordaba a una fortaleza, estaba hecha de hierro. Desde las numerosas ventanas salía al exterior una luz rojiza que hacía que la irregular forma de la plaza que Kim tenía delante pareciera bañada en sangre. Entre los edificios se movían figuras sombrías, algunas de ellas altas y angulosas. También había sombras pequeñas y ágiles, no más altas que niños, cuyas voces llegaban a Kim estridentes y destempladas.

—¡Enanos! —cuchicheó.

Los brazos estirados de Gorg comenzaron a temblar mientras asentía con la cabeza.

—Sí, han construido la ciudad. Y también dan órdenes.

Kim miró a su alrededor con atención. Desde algunas puertas abiertas no solo salía la luz rojiza, también se escuchaba el claro tintineo de los golpes de los martillos. En ocasiones saltaban chipas y el viento traía un olor de hierro al rojo y carbón incandescente.

—¡Forjas! —comprobó Kim sorprendido—. ¿Qué es lo que fabrican aquí?

El gigante le mantuvo un poco más en alto antes de volver a bajarle con sumo cuidado y contestar:

—Todo lo que les piden. Vehículos, herramientas, armas...

—¿Pero no tenían sus talleres en las montañas orientales? Al menos eso es lo que yo tenía entendido.

—La mayoría de ellos sí —confirmó Gorg—. Quizá sea allí donde construyen los hombres de hierro, pues ese es su secreto. De todas formas trabajan más a menudo en Luna de Leyenda. Desde que los habitantes de Luna de Leyenda compran cada vez más mercancías, resulta muy complicado transportarlo todo desde las lejanas montañas orientales. Nadie se opuso a que los enanos establecieran aquí una forja.

La mirada de Kim pasó incrédula por el negro muro. Se estremeció. Por la noche el hierro no parecía tal, se asemejaba a algo que se tragaba la luz y el calor igual que una esponja absorbe las gotas de agua.

—Deberías verlo a la luz del día —murmuró Gorg—. Vamos, esto no es todo lo que quería enseñarte. Mantente muy en silencio.

Kim, impresionado, siguió al gigante. Se alejaron bastante de la ciudad de hierro antes de tomar de nuevo la dirección hacia el río. A mitad de camino el gigante levantó la mano en demanda de atención y luego se puso a cuatro patas. Kim se detuvo y escudriñó con atención hacia la oscuridad. Al cabo de un rato vio lo que Gorg deseaba que contemplara: la negrura que había ante él no era completa, de la tierra parecía surgir una sombría incandescencia roja y se oían voces apagadas, martillazos y un estruendo a intervalos regulares.

Continuaron su camino con cautela y, al cabo de un momento, en el instante en que Kim se percató de la dirección que tomaban, tuvo que recurrir a toda su fuerza de voluntad para reprimir un grito.

Ante él había una inmensa fosa negra como el carbón. Era tan profunda que al muchacho le pareció que estaba ante el cráter de un volcán; las figuras que se movían en el fondo parecían tener el tamaño de juguetes.

Una vez más, Gorg le rogó que se mantuviera en silencio. Kim se tumbó y asomó la cabeza y los hombros por el borde de la fosa. Transcurrió cierto tiempo hasta que, por fin, pudo darse cuenta de lo que ocurría allí abajo.

Unos hombres golpeaban las paredes y el suelo de la gruta con grandes martillos y picos. Otros sacaban las piedras en vagonetas de hierro que empujaban con mucho esfuerzo hacia arriba, donde otra docena de hombres se afanaba alrededor de las atestadas vagonetas. Entre las figuras se movían los hombres de hierro y los enanos. Parecía que estaban vigilando a los trabajadores.

En ocasiones, Kim oía el chasquido de un látigo. Lo que estaba viendo no era otra cosa que una mina. Pero si aquellos hombres de allí abajo trabajaban de forma voluntaria, ¿por qué los vigilantes enanos actuaban como negreros?

—Porque eso es lo que son, esclavos —murmuró Gorg colérico al preguntarle Kim en un susurro.

—¿Esclavos? —repitió el chico con incredulidad—. No me lo creo. ¡Temístocles nunca lo permitiría!

—Ya —contestó Gorg en voz baja—. Pero ocurre. A ti te lo contó Brobing, ¿recuerdas? Compró un hombre de hierro y un enano fue a pedirle el dinero. ¿Te acuerdas de que pareció muy decepcionado porque Brobing le podía pagar sin dificultades?

Kim asintió.

—No era solo por eso, créeme —retumbó la voz del gigante—. Los de allí abajo son hombres como Brobing que compraron robots de hierro y otras herramientas. Los enanos hacen la vida más fácil a la gente y, si los compradores no tienen dinero para pagar de golpe, les conceden plazos. Algunos consiguen pagarles, como nuestro amigo y, con sinceridad, la mayoría lo hace, aunque no todos, alguno falla. Y los que no pueden cumplir con sus obligaciones... deben trabajar para los enanos hasta saldar sus deudas. Y tienen que extraer más hierro, para que otros cabezas de chorlito puedan endeudarse con el pueblo de los enanos.

—Es increíble —murmuró Kim—. ¿Y Temístocles no hace nada en contra?

—No —murmuró Gorg—. Y esto no ocurre solo aquí. Pronto todo Luna de Leyenda será propiedad de los enanos. —Retrocedió un poco con sigilo y se irguió—. Ahora voy a enseñarte algo más —susurró.

Kim no estaba seguro de querer ver más cosas. Sus necesidades de malas noticias ya estaban más que cubiertas. Pero Gorg continuó su marcha y, quisiera o no, tuvo que seguirle.

Rodearon la fosa y se acercaron de nuevo al río hasta llegar a una carretera ancha y recta. Kim pensó que esta vez seguirían por ella, pero Gorg se quedó parado en el borde y se puso de rodillas para, sin decir palabra, señalar hacia abajo. El corazón de Kim dio un salto en el momento en que sus dedos tocaron el suelo: también era de hierro.

—¿Ves lo que nos hacen? —dijo Gorg. Su voz sonaba repleta de odio—. ¡Matan la tierra! Aquí ya no volverá a crecer nada, Kim, ni aunque pase mucho tiempo. Este trozo de tierra está muerto y otros muchos morirán si no los detenemos. A esto es a lo que se refería Limb. Hacen carreteras de hierro que atraviesan todo el país. Construyen ciudades de hierro y ahora comienzan a hacer presas para disponer de agua en sus fundiciones. ¿Quieres ver el río? ¡Lo han rodeado con una pared de hierro! Sus martillos trabajan ahora diez veces más rápidos que antes, pero el país que hay al otro lado del bosque se seca lentamente. Donde hasta hace poco había suelo para arar, dentro de un año solo habrá desierto. ¿Quieres verlo?

Kim negó con la cabeza. Creía a su amigo. Sintió un desamparo que casi le causaba un dolor físico en el cuerpo.

—Volvamos —pidió el chico—. Creo que ya entiendo a Priwinn.

Sin decir una palabra más, dieron la vuelta y tomaron el camino de regreso.

Habían bordeado casi la mitad la fosa cuando, de repente, Gorg se detuvo y Kim comprobó cómo se tensaban sus poderosos hombros.

El gigante no tuvo tiempo de advertirle en el momento en que, por sorpresa, surgieron de la oscuridad tres figuras, un enano y dos angulosos hombres de hierro.

En un primer momento pareció que el enano estaba tan asombrado como el propio Kim, pero enseguida recobró la autoridad y comenzó a regañarlos.

—¿Qué hacéis aquí? —gritó con una voz desagradable y chillona—. ¿Por qué no estáis en el trabajo y...?

De repente se quedó callado al echar un vistazo al gigante y luego su voz se transformó en un gemido.

—¡Sois vosotros! ¡Vosotros... los rebeldes! ¡Atrapadlos!

La última palabra que gritó el enano fue una orden para los hombres de hierro, que de inmediato se pusieron en marcha para aprisionar a Gorg. El enano desenfundó una espada del tamaño de un puñal y se abalanzó contra Kim. El chico esquivó un fuerte, pero poco certero, golpe de la hoja, sujetó por el cuello al enano con su mano izquierda y usó la derecha para asestar tal bofetada al pequeño ser que, con un chillido casi cómico, soltó el arma, se quedó sentado en el suelo y se tapó la cara con las manos. A continuación comenzó a gemir con voz chillona.

Mientas tanto el gigante había atrapado a uno de los dos hombres de hierro y le volteaba a su alrededor. Gorg no llevaba la maza y tuvo que usar las manos para pelear contra los colosos de hierro; incluso para un gigante como él seguro que aquella no fue una pelea fácil ni sencilla. Pero supo defenderse muy bien al lanzar contra sus camaradas al hombre de hierro que tenía sujeto. Al final el esfuerzo fue excesivo para el coloso de hierro, el brazo se le separó del tronco con un crujido y así fue como Gorg se hizo con una maza.

Y supo cómo usarla. Sonaron algunos chocazos y los dos robots, con las cabezas abolladas, quedaron inmóviles en el suelo delante del gimoteante enano.

Kim hizo una mueca de satisfacción al ver los ojos del enano casi desorbitados por la sorpresa. Al parecer nadie hasta entonces había conseguido vencer a sus dos guardaespaldas.

—¿Y ahora qué? —preguntó Kim—. ¿Contesta esto a la pregunta de qué hacemos aquí?

—¡Atajo de gentuza! —jadeó el enano—. ¡Chusma! ¡Esto no se va a quedar así!

—Claro que sí —dijo Gorg serio—. No te preocupes.

Kim se irguió y señaló con el dedo al enano.

—Ahora eres tú el que nos va a contestar unas preguntas —dijo—. Te recomiendo que no mientas o, de lo contrario, mi amigo te echará una mano para encontrar la verdad. —El gigante asintió con un gruñido y puso tal cara que, por un momento, llegó a asustar al propio Kim—. Bueno —comenzó el chico sin rodeos—. ¿Qué habéis hecho con los niños perdidos?

—¿Niños? —murmuró el enano. Su mirada iba desde la cara de Kim a la del gigante. Tragó saliva con tanta fuerza que Kim pudo apreciar cómo su nuez ascendía y descendía por su seco gaznate—. Nosotros odiamos a los niños —dijo—. ¡No tenemos nada que ver con ellos!

El gigante le sujetó el pie derecho con dos dedos, le alzó e hizo ademán de dejarle caer desde una altura de tres metros.

—Esa no es la respuesta que queremos oír —dijo Kim.

Con una mirada le indicó al gigante que no hiciera daño al enano y Gorg asintió. No dejó caer al enano, pero comenzó a sacudirle con tal vigor que sus dientes castañetearon de forma audible.

—¡Suéltame! —chilló el enano.

—Con mucho gusto —dijo Gorg, y le soltó.

El enano gritó una vez y otra, más fuerte, según caía hasta que Gorg, en el último momento, le agarró al vuelo.

—¿Y bien? —preguntó Kim de nuevo.

—¡Las cuevas! —dijo sollozando el enano—. Están en las cuevas. Ellos...

¡Y de repente la noche pareció despertar de nuevo a su alrededor en forma de un ser vivo negro y duro como el hierro!

Gorg jadeó a causa del dolor y el miedo cuando la mano-excavadora de uno de los hombres de hierro le agarró por el cuello. Se tambaleó, dejó caer al enano y se puso de rodillas. Un segundo hombre de hierro surgió de la oscuridad y propinó tal patada al gigante que este salió disparado por el suelo.

También a Kim le sujetaron por sorpresa dos enormes figuras de hierro. Consiguió escapar de la garra que se cerraba de golpe, aunque fue a costa de un trozo de su camisa y de parte de la piel que había debajo. Con un jadeo, el chico se puso de nuevo en pie. Gorg se había liberado igualmente de su adversario y estaba en pie otra vez. La lucha no había terminado, ni mucho menos, más bien empezaba ahora. Salieron de la oscuridad más y más hombres de hierro y a nuestros dos amigos les resultaba cada vez más complicado escapar de sus poderosas garras. Gorg consiguió abatir a cuatro o cinco pero por cada uno que caía surgían de la oscuridad otros tres más. El chico y el gigante retrocedieron paso a paso hasta que a sus espaldas no quedó más que la fosa.

El enano animaba a los robots con gritos estridentes:

—¡Apresadles! —bramaba sin parar—. ¡Aniquilad solo al gigante, al chico lo quiero sano y salvo!

—¡Desde luego que no me atraparéis con vida! —retumbó la voz de Gorg que, de repente, agarró a un hombre de hierro con ambas manos y, con una impresionante exhibición de fuerza, lo alzó por los aires. Lo impulsó como un proyectil vivo contra el resto de las amenazadoras figuras y cinco o seis de ellas saltaron en pedazos a causa del impacto de su camarada.

A pesar de todo, Kim y Gorg daban la batalla por perdida, pues cada vez surgían de la oscuridad más hombres de hierro y también llegaron, atraídos por el ruido de la pelea, tres o cuatro enanos que blandían sus espadas entre gritos estridentes.

De repente se oyó un ruido impresionante y, antes de que Kim pudiera entender lo que pasaba, en el aire apareció una especie de carro blindado del color del oro. Un desgarrador bramido hizo que los enanos se dieran la vuelta. Incluso pareció que los hombres de hierro dudaban por un instante.

Rangarig surgió de la noche como un halcón dispuesto a atacar. Sus titánicas alas batían el aire y provocaron un huracán que no solo hizo que Kim y los enanos cayeran al suelo, también derribó a Gorg. Los hombres de hierro eran demasiado pesados para eso y aquello fue su perdición.

Las doradas alas de Rangarig siguieron al huracán y golpearon a los hombres de hierro, los lanzaron por los aires como si fueran hojas marchitas y al caer se destrozaron. Los que sobrevivieron al primer impacto cayeron entre las garras del dragón o fueron víctimas de su poderosa cola.

El dragón causó estragos entre las figuras de hierro; parecía un demonio dorado. Su poderosa mandíbula destrozó las placas de hierro, sus garras apresaban y desgarraban y, con un único movimiento de su cola, lanzó a las profundidades de la fosa a media docena de hombres de hierro. No había transcurrido medio minuto desde que apareció el dragón y la pelea ya había concluido. No quedó en pie ni un hombre de hierro.

Kim se levantó como pudo. Enseguida quiso volverse para atrapar al enano que estaba tumbado en el suelo igual que sus amigos, pero Gorg le detuvo.

—Déjale —dijo con urgencia el gigante—. ¡Mandarán refuerzos! ¡Rangarig no podrá hacer nada contra cien de ellos! ¡Rápido!

Kim no estaba tan seguro. Después de lo que había visto, no creía que hubiera nada que pudiera con el dragón. Pero en los ojos de Gorg vio que la prisa no era el único motivo para escapar, así que echó una mirada sombría al enano y, detrás de Gorg, se subió al lomo del dragón a toda velocidad.

Rangarig todavía se mostraba furioso. Sus garras arañaban el suelo y su cola y sus enormes alas resonaban por el aire.

—¡Más! —bramaba el dragón—. ¿Dónde están? ¡Quiero destrozarlos!

Kim se estremeció. Lo que oía en la voz de Rangarig era...

No encontró palabras para describirlo, pero sintió miedo en lo más profundo de su ser.

El dragón se había convertido de repente en una fiera indómita que había probado la sangre. Kim sintió miedo de él mientras trepaba detrás del gigante y se agarraba a sus escamas al tiempo que el dragón se elevaba y desaparecía en la noche, rápido como una flecha.

## XII

—No ha sido una buena idea —dijo únicamente Priwinn una vez que alcanzaron de nuevo el claro y Kim le hubo contado lo que había sucedido—. Pero, por lo menos, ahora ya sabes lo que pasa.

Y tampoco había tiempo para hablar mucho más, pues Rangarig estaba esperando en el suelo a que el Príncipe de las Estepas, Cacho y Sheera treparan a su espalda; luego, con un poderoso impulso, se elevó otra vez y voló hacia el sur, al lago en cuyas orillas se encontraba el castillo de cristal. De todos modos, según dijo Priwinn, tampoco tenía mucho sentido mantener el juego del escondite.

Además, en Gorywynn estarían más seguros que en el bosque, donde era probable que los enanos anduvieran buscándolos junto con todo un ejército de hombres de hierro.

A pesar de que llegaron a medianoche, la ciudad en cuyo centro se alzaba el castillo se mostraba iluminada como si fuera pleno día. Mientras Rangarig se acercaba por el aire, la urbe brotó desde el interior de la noche. En un primer momento solo se vio un reflejo de tonos mates, como una pálida aurora boreal, luego se transformó en una piedra preciosa en la que se reflejaban todos los colores del arco iris y, por último, ofreció su desconcertante imagen, constituida por torres puntiagudas como agujas, poderosos muros y almenas defensivas; era un enorme diamante refulgente hecho de cristales de mil colores que, como una estrella embrujada que hubiera caído del cielo, estaba emplazada en las orillas del lago. Cuando Rangarig descendió poco a poco, planeando con las alas muy extendidas, y dio dos veces la vuelta sobre la ciudad, Kim pudo ver que, a pesar de lo intempestivo de la hora, en los callejones de cristal había un animado ir y venir de gente.

El muchacho sintió que invadía su interior una cálida sensación de alegría mientras el dragón descendía en espiral en busca de un lugar adecuado para posarse. Aunque Kim ya había estado una vez en Luna de Leyenda, y a pesar de que temía que detrás de aquellos muros solo le esperaban horribles sobresaltos, para él fue como regresar a casa.

Volvería a ver a Temístocles y le daban igual los presagios que se anunciaran: se alegraba mucho de estar allí otra vez. Y se sintió muy decepcionado al ver que, de repente, Priwinn daba instrucciones al dragón de que no debía aterrizar delante de las torres, sino fuera de la vista de la ciudad.

—¿Qué pasa ahora? —murmuró Kim malhumorado según bajaba del lomo del dragón.

En realidad solo descendieron Priwinn y Kim, los demás permanecieron sentados. Y Rangarig apenas esperó a que se alejaran unos pasos y volvió a elevarse enseguida para desaparecer en la noche.

—¿No viene Gorg con nosotros? —preguntó Kim desconcertado, sin darse cuenta de que ni siquiera había obtenido respuesta a su primera pregunta.

—No —contestó Priwinn—. Llamaría mucho la atención. Es mejor que uno de nosotros se quede fuera por si necesitamos ayuda. Quién sabe lo que nos espera en la ciudad.

Mientras Kim le miraba confundido, el príncipe metió la mano en una bolsa y sacó de ella un trozo de tejido marrón que, al desplegarlo y echárselo por los hombros, resultó ser una capa. Guardó en la bolsa el casco y los guantes de su armadura negra y, por último, también se colocó la espada de forma que quedara oculta ante cualquier mirada curiosa. Luego tomó del suelo un puñado de barro y se lo frotó por la cara.

«Ahora parece un joven mendigo y no el Príncipe de Caivallon», pensó Kim. Daba la impresión de conceder mucha importancia al hecho de no ser reconocido de inmediato.

Después de que Priwinn dispusiera su vestimenta, observó a Kim con mirada crítica y lo que vio pareció agradarle, pues las ropas de su amigo eran casi harapos; no obstante, señaló con un movimiento de cabeza la espada del enano que Kim llevaba debajo del cinturón.

—Es mejor que la escondas —dijo—. Un chico de la calle no lleva armas tan valiosas.

Kim sacó la espada y la miró incrédulo. Para él aquella espada del enano era más bien algo miserable y casi sin valor.

—Se ve claramente que se trata de una espada de las que forjan los enanos en las cuevas —dijo Priwinn seriamente.

Dio un golpecito en el lugar donde llevaba oculta su espada bajo la camisa.

—Excepto mi espada, solo las armas de los enanos son capaces de cortar la coraza de los hombres de hierro.

Kim se acordó de lo fácil que le había resultado atravesar con aquella delgada hoja las placas de hierro de más de dos centímetros de grosor y lo demoledor de su efecto entre los hombres de hierro. Se guardó con sumo cuidado la pequeña espada bajo la camisa y se cercioró de que no pudiera herirle aunque hiciera algún movimiento. Entonces, se pusieron en camino hacia la puerta de la ciudad.

Rangarig los había dejado bastante lejos y tuvieron que caminar un buen trecho hasta llegar a la entrada. La alegría que experimentaba Kim por el regreso se mezcló con gotas de amargura al ver la puerta cerrada. Según recordaba, aquella entrada solo se había cerrado una vez: durante el asedio de los caballeros negros de Boraas.Y se preocupó aún más al mirarla con atención: ¡era de hierro y no, como los muros y las almenas, de cristal coloreado!

Era una puerta fea, grande, poderosa y tan maciza que daba la impresión de poder soportar incluso los disparos de un cañón; además estaba plagada de remaches del tamaño de un puño, cada uno de ellos rematado por un puntiagudo gancho. Colocada allí, entre las relucientes paredes de cristal del castillo, daba la impresión de ser la cicatriz de una terrible herida. Alguien debió de verles llegar pues, cuando se acercaron, Kim observó movimientos detrás del muro, hecho a base de un cristal que no era transparente del todo. Pero la puerta no se movió. Al llegar a unos dos pasos de distancia, en la tremenda superficie negra se abrió una diminuta trampilla y desde ella los escudriñaron un par de desconfiados ojos oscuros.

—¿Quién anda ahí?

Kim quiso contestar, pero Priwinn le hizo un rápido gesto para que se mantuviera callado; avanzaron un paso más.

—Dos viajeros cansados y hambrientos en busca de un lugar en el que pernoctar —dijo rápido el príncipe.

—¿Un sitio para pernoctar? Es demasiado tarde.Volved a la salida del sol, o mejor, no volváis nunca. Aquí no hay sitio para vagabundos ni vendedores ambulantes.

—No somos vagabundos —dijo Priwinn. Metió la mano bajo su abrigo y sacó una moneda de oro—. Podemos pagar la comida y el alojamiento. Mira, compruébalo.

La mirada de ojos oscuros se dirigió por un momento a la moneda que brillaba en la mano de Priwinn.

Luego se cerró de golpe la trampilla y poco después se abrió una pequeña entrada situada en un lateral del imponente portón de hierro. Una mano cubierta con un guante de cota de malla les hizo una seña de impaciencia y arrebató la moneda a Priwinn en el momento en que el príncipe pasaba por delante del centinela y se agachaba para entrar por la puerta.

Kim le siguió con el corazón en la boca. Les envolvió una luz suave de color rosa pálido que entraba directamente a través de las transparentes paredes de cristal y, al erguirse detrás de Priwinn, el muchacho se encontró de nuevo pisando el vítreo mosaico de las calles de Gorywynn.

No parecía ser el lugar que conocía tan bien, observó perplejo. Todo semejaba estar envuelto en un frío glacial y Kim tardó un momento en comprobar, con horror, que aquel frío no provenía del exterior.

El hombre que les había dejado entrar era un soldado alto de pelo gris y edad indefinida, de robusta complexión física y rostro severo. De su cinturón colgaba una espada cuyo mellado filo revelaba que se usaba con frecuencia y no era un mero adorno. Su mirada era codiciosa y acechante. En su compañía se encontraban tres hombres armados que se apoyaban con aire desenfadado sobre sus lanzas, aunque prestaban gran atención a Kim y Priwinn.

«¿Siempre ha habido hombres armados aquí?», pensó el muchacho.

—¿Qué pasa con tu amigo? —preguntó el de pelo gris después de observar por un momento a Kim—. ¿No puede pagar también?

—¿Desde cuándo hay que pagar para que te dejen entrar en Gorywynn? —saltó Kim antes de que Priwinn pudiera impedirlo; le hervía la sangre a causa de la ira.

El príncipe le echó una mirada casi desesperada y a continuación metió la mano bajo la capa para sacar otra moneda de oro que entregó al vigilante.

—Yo pago por él —dijo Priwinn —Y, por favor, perdona a mi amigo. Él... hace mucho tiempo que no venía. No conoce las leyes ni las costumbres de por aquí.

—Eso me pareció —gruñó el hombre. La moneda de oro desapareció bajo su cinturón pero su mirada mantenía la desconfianza—. ¿Quién es este chico tan descarado?

—Es solo un campesino tonto, señor —se apresuró a decir Priwinn para tranquilizar al soldado canoso mientras echaba otra mirada suplicante a Kim. Y antes de que el centinela pudiera formular otra pregunta, Priwinn añadió—: ¿Podríais buscarnos hospedaje, señor? No nos gusta pasar la noche en la calle.

Después de que una tercera moneda de oro llegara al bolsillo del soldado, este dijo con un gruñido:

—Buscad a Grodler, es mi cuñado. Decidle que os envío yo y os dará una habitación, siempre que la podéis pagar. Es en la calle de ahí abajo y se llama El Carnero de Oro, no tiene pérdida.

—Os lo agradecemos, señor —dijo Priwinn, y tomó a su amigo del brazo para arrastrarlo casi a la fuerza. Kim reprimió el intento de volverse hacia el centinela, pero percibió cómo la vista de aquel hombre, como si fuera una mano ardiente, tocaba su espalda mientras ellos pasaban por debajo del portón hacia la gran plaza y se dirigían adonde les había indicado—. ¿Estás loco? —susurró, sin detenerse ni un instante, al quedar fuera del alcance del oído de aquel hombre—. ¿Quieres que nos apresen y nos encierren en una torre?

—¿Qué? —Kim estaba furioso—. ¡Pero si no hemos hecho nada!

—¡Chsss! —hizo Priwinn, y prosiguió—: Y date cuenta de que la entrada aquí ha sido más fácil y barata de lo que será la salida. Ahora cierra la boca antes de armar más escándalo.

De hecho ya se habían arremolinado varias personas a su alrededor. Kim trató de evitar sus miradas pero, como había ocurrido en la puerta, podía notar que los observaban desde detrás. Y le pareció que no eran miradas amistosas.

Descubrió con horror que había algunos enanos entre los viandantes, pero Priwinn le murmuró que se dominara y Kim hizo todo lo posible. Al menos no se encontraron en su camino con ningún hombre de hierro, aunque eso no significaba nada. Priwinn le comentó que aquí también los había, aunque no tantos como en otros sitios. Pasaron por delante de El Carnero de Oro, en cuya puerta estaba el hombre de quien les habían hablado; pero no entraron, para gran satisfacción de Kim. De la puerta abierta salían gritos alborotados y risotadas, pero su tono no era muy agradable y el muchacho se estremeció.

—Divertido, ¿verdad? —señaló Priwinn con amargura—. Lástima que no tengamos tiempo, si no te mostraría algunas cosas divertidas. Gorywynn ha cambiado mucho.

—Esto es... tremendo —murmuró Kim.

—Y esto no es todo —dijo Priwinn—. Mira allí.

Kim obedeció y, en un primer momento, no vio nada especial al dirigir su mirada hacia el lugar al que señalaba la mano de Priwinn. Pero luego lo vio: entre las ciudadelas de cristal de la urbe se elevaba una torre poderosa e inexpresiva cuyas paredes parecían absorber la suave luz de la ciudad de cristal. No le hizo falta preguntar si estaba hecha de hierro.

—¿A dónde vamos ahora? —murmuró mientras caminaba al lado de Priwinn.

—Al castillo —le contestó—. Tenemos que descubrir dónde está Temístocles. Puede que le hayan apresado. Hemos de darnos prisa. No me extrañaría que el tipo de la puerta nos hubiera seguido para confirmar si íbamos de verdad a El Carnero de Oro. Son muy desconfiados con los forasteros.

No hablaron mientras se acercaban al castillo de Gorywynn pero, a cada paso que daban, Kim descubría algo nuevo que le llenaba de espanto: algunas de las calles habían sido recubiertas de hierro y las puertas de muchas de las casas ya no eran de cristal, sino de aquel oscuro metal que absorbía la luz. Aquí y allá se encontraban con enanos y a Kim le resultaba cada vez más difícil evitar mirarlos. El tremendo cambio que había experimentado Gorywynn hizo que casi se le saltaran las lágrimas. Además se sentía muy furioso.

Priwinn comenzó a aminorar la marcha a medida que se acercaban al castillo. La poderosa estructura subdividida en múltiples torres era el edificio más alto; se elevaba por encima de las almenas de la ciudad y, para gran alivio de Kim, hasta ahora no estaba recubierto de hierro. Y a pesar de ello parecía como si hubiera empalidecido el suave brillo que emitían las paredes de cristal. Su luminosidad había perdido parte de su calidez. No era menos clara, pero era más... fría.

—¿Cómo vamos a entrar? —preguntó Kim.

Priwinn se encogió de hombros y, pensativo, se mordió el labio inferior.

—La verdad es que no va a ser fácil —dijo—. Ya has visto al vigilante del portón de entrada a la ciudad. El castillo está aún más vigilado. Ningún habitante de la ciudad puede entrar en él sin autorización.

Kim se sintió desolado. En otro tiempo, cuando él había estado allí, ningún lugar tenía las puertas cerradas; el castillo y su ciudad eran una sola cosa. Todo el mundo era bienvenido; esta vez, en cambio, tenían que romperse la cabeza en busca de la manera de entrar sin ser vistos en un edificio de cristal.

Entonces la casualidad llegó en su ayuda. Priwinn, con un gesto repentino, agarró a Kim del brazo y tiró de él para que se escondiera en un hueco entre dos casas. Un momento después pasó ante ellos un carro cargado hasta los topes; iba tirado por dos mulos y los guiaba un enano que azuzaba a los animales con un látigo. Kim no supo bien cómo ocurrió, pero el caso es que su amigo tiró de él con fuerza y ambos se introdujeron de un salto debajo de la lona del carro.

—¿Cómo sabes que se dirige al castillo? —murmuró el muchacho.

Debajo de la lona no podía ver la cara de Priwinn pero, a pesar de la oscuridad, se dio cuenta de que con sus gestos le ordenaba que se callara. A pesar de todo, el Príncipe de las Estepas susurró:

—No lo sé. A lo mejor tenemos suerte, ¿no te parece?

«Bueno, sí..., a lo mejor tenemos suerte», pensó Kim.

El caso es que el carro avanzó un poco más, luego se detuvo y los dos amigos pudieron oír que se abría una gran puerta. Un momento después reanudaba la marcha y, tras algunas sacudidas y balanceos, pareció que llegaban a su destino.

Kim sabía que habían estado muy poco tiempo allí subidos pero, tumbados en la oscuridad y con el miedo a que la lona se alzara y pudieran ser descubiertos, le pareció una eternidad.

Por fin, las voces que se oían a su lado se hicieron más débiles. Y, después de escuchar otras respiraciones, Priwinn se atrevió a levantar un poco una punta de la cubierta de lona para mirar hacia fuera.

—Ahora, rápido —ordenó.

Reptaron por debajo de la lona a toda prisa y se deslizaron por el patio del castillo. Allí no había cambiado nada y a Kim no le pareció complicado seguir a Priwinn. Entraron en el edificio principal a través de una estrecha puerta de servicio que, tal y como Kim recordaba, llevaba a la cocina y a las despensas; se detuvieron un momento a escuchar y siguieron.

La gran sala, con numerosos puntos para cocinar y armarios y estanterías llenos de cazuelas y pucheros, estaba vacía. En el aire había un olor desagradable, a alimentos podridos y agua estancada. Y mientras Kim corría rápido tras Priwinn, se dio cuenta de que sobre los suelos y muebles se extendía una fina capa de polvo. Había transcurrido mucho tiempo desde la última vez que se había utilizado aquella habitación.

—¿Y ahora? —preguntó después de que hubieran atravesado la sala y llegado a una estrecha escalera.

Priwinn reflexionó un momento. A continuación señaló hacia arriba.

—Yo creo que esa es la escalera de la servidumbre —respondió—. Va directamente arriba para que los criados no tengan que atravesar la sala principal cuando llevan la comida. Con suerte nos encontraremos en los aposentos de Temístocles.

Pero fue más fácil decirlo que hacerlo. Como pudieron descubrir, allí no había solo una escalera. Priwinn había acertado con su suposición, pero pronto vieron que al otro lado de la ancha escalera y de los pasillos del castillo parecía haber todo un laberinto de caminos ocultos previsto para el servicio. Abrieron una docena de puertas para encontrarse solamente con salas vacías y llenas de polvo.

Pero era más que suficiente. Se repetía lo que ya habían visto en la cocina, todo estaba abandonado y el aire olía mal, a cerrado. En Kim se afianzó la idea de que recorría una casa cuyos habitantes habían abandonado hacía decenas de años. Se dirigió a Priwinn, pero el Príncipe de las Estepas se limitó a encogerse de hombros.

Por fin encontraron una habitación que no parecía tan desolada como el resto. Priwinn dudó un momento antes de salir de detrás de la cortina que cubría la puerta de servicio y Kim también dio un corto e inseguro paso hacia la habitación.

La sala era muy grande y estaba silenciosa y casi vacía. En el lado opuesto a la entrada había una pieza estrecha con una segunda puerta bastante más grande que la primera. Aquella habitación era circular y tenía ventanas en todo el contorno. Debían de encontrarse en la zona más alta de la torre. En las paredes colgaban tapices, imágenes y alfombras, pero apenas había muebles, únicamente una cama estrecha, una mesa sencilla y un imponente baúl de roble. Un solo sillón inmenso, tallado de una pieza, estaba vuelto hacia una ventana, por lo que Kim y Priwinn solo podían ver el respaldo. No había nadie en la habitación.

Kim miró decepcionado a su alrededor.

Priwinn hizo una mueca.

—No lo entiendo —dijo—. Estos debían de ser los aposentos de Temístocles. Había escuchado que se situaban justo debajo del vértice de la torre y esperaba que el mago estuviera aquí... —suspiró hondo.

—Eso es muy cierto —se oyó decir a una voz.

Kim y Priwinn miraron alrededor asustados.

La mano del Príncipe de las Estepas se dirigió de inmediato debajo de su capa y la colocó sobre la empuñadura de la espada, mientras los dedos de Kim, casi sin querer, palparon por dentro de su camisa la espada del enano.

En ese instante se alzó una figura del sillón. Todo en ella era blanco, desde el espeso pelo que le caía por los hombros hasta las pobladas cejas y la larga barba, y seguía en la amplia toga que le llegaba hasta los tobillos. Un hombre anciano, muy anciano, encorvado ahora por sus muchos años, que parecían pesarle como una losa, pero que en algún momento de su vida debió de ser alto. Y sus ojos afables brillaban con una calidez e inteligencia que hicieron estremecer a Kim.

—¿Temístocles? —gritó—. ¡Estás... estás vivo!

El viejo mago sonrió por un breve instante.

—¿Por qué no habría de estarlo? No soy inmortal, pero aún falta mucho para que llegue el final de mis días. Y eso a pesar de que por aquí y por allá hay gente a la que le gustaría que me mantuviera convertido en un anciano tembloroso.

Las últimas palabras, también acompañadas por una suave sonrisa, estaban dirigidas a Priwinn, que se había quedado petrificado mientras contemplaba al mago. Las cejas de Temístocles se contrajeron y en su cara apareció una expresión afligida al ver que la mano del joven caballero de las estepas se colocaba sobre la empuñadura de su espada.

—Priwinn, Priwinn —dijo con un movimiento de cabeza—. Al parecer no has aprendido nada. Eres una persona tan colérica como lo era tu padre a tu edad. Y me da la impresión de que él sigue igual. ¿Cómo vienes armado aquí y por detrás, como si fueras un ladrón en la noche, en lugar de llamar a la puerta de tu amigo y pedirle que te deje entrar?

El príncipe ignoró la pregunta.

—¿Estáis... libre? —preguntó inseguro. Miró a su alrededor por toda la habitación, como si esperara una emboscada—. ¿No... no os han capturado?

—¿Capturado? —Temístocles rio en voz baja—. ¿Aquí, príncipe Priwinn? ¿En mi castillo? ¿Quién podría prenderme en Gorywynn, donde estoy entre amigos?

—¿Sabéis que vuestros amigos exigen oro al que quiere entrar en la ciudad?

Temístocles suspiró.

—Sí, ya ha llegado eso a mis oídos. Pero los tiempos son duros y han cambiado algunas cosas. —Suspiró una vez más, a continuación se sentó de nuevo en su sillón y haciendo un gesto de notable fatiga señaló a la mesa—. Sentaos, amigos. Os ofrecería algo de comer, pero ya es tarde y los criados duermen.

Kim pensó en la abandonada cocina y en todas las habitaciones llenas de polvo y, además, se dio cuenta de que había algo extraño en el comportamiento de Temístocles. Intercambió una mirada de preocupación con Priwinn y luego, obediente, se sentó.

—Así que has vuelto —comenzó de nuevo Temístocles, dirigiéndose ahora a Kim—. Me alegra de verdad. Hacía mucho que no nos visitabas, mi joven amigo. ¿Has traído a tu hermana?

El desconcierto de Kim crecía por momentos. Pero se dominó ante la mirada de advertencia de Priwinn.

—Por desgracia, no —dijo.

—Es una pena. —Temístocles cerró los ojos y durante un buen rato se mantuvo en silencio, hasta el punto de que Kim comenzó a pensar si el mago no se habría quedado dormido, como les ocurre en tantas ocasiones a los viejos; entonces, de repente, el anciano levantó los párpados y volvió a hablar—: ¿Qué te trae por aquí, Kim? El camino hasta Luna de Leyenda es largo y complicado, sobre todo para las personas de tu mundo. ¿Vienes a ver a los viejos amigos o son otros los motivos? ¿Va todo bien en tu casa?

—Sí —contestó Kim turbado—. Es... todo lo contrario. Yo pensaba que en Luna de Leyenda necesitabais ayuda.

—¿Nosotros? —dijo Temístocles con una sonrisa—. ¿Por qué íbamos a necesitar ayuda? Oh, no, aquí todo está en orden, ¿no es verdad, amigo Priwinn?

La cara de Priwinn se ensombreció.

—Nada está en orden —gruñó—. ¡Y lo sabéis muy bien, Temístocles! ¿Qué tontería es esa? ¿Queréis tomarnos el pelo?

Temístocles parecía estar muy confuso.

—Me temo que no entiendo lo que quieres decir, amigo mío —dijo con tono de disgusto.

Priwinn continuó:

—Vos...

—¡Por favor, Priwinn! —Kim interrumpió al príncipe con un gesto, luego le lanzó una mirada casi de ruego y se dirigió de nuevo a Temístocles—. Te lo digo de verdad, Temístocles. Tú me has llamado. De esto hace ya unos días. ¿Es que no te acuerdas?

—¿Que yo te he llamado?

—Fue... delante del hospital —dijo Kim. Su voz se convirtió en una súplica y su tono en dubitativo. ¿Qué le ocurría a Temístocles?—. Intenta recordar, por favor. También estaba ese joven de Caivallon que apareció en nuestro lado. Y vi tu cara reflejada en el cristal, en el café. ¿Ya no te acuerdas? Daba la impresión de que tuvieras miedo.

Temístocles le miró alterado y luego ocurrió algo terrible: de repente, los rasgos del anciano parecieron relajarse. De sus ojos se desvaneció cualquier sombra de vida y, por un momento, perdió el control de su rostro: se entreabrió su mandíbula inferior y sus mejillas y párpados colgaron fláccidos, como si fuera una persona muy anciana que no pudiera dominar su cuerpo. Kim se removió en su silla y se preparó para dar un salto, sujetarle y evitar que se cayera.

Pero no fue necesario. La tremenda transformación desapareció tan deprisa como había llegado.

La siguiente vez que el muchacho miró a la cara del mago, volvió a ver al poderoso y sabio protector y guardián de Luna de Leyenda; ya no era un anciano olvidadizo.

—¡Oh, dioses de la eternidad! —murmuró el mago—. ¿Qué me ocurre?

Levantó las manos temblorosas, se las pasó por la cara y el pelo y por unos segundos se miró las yemas de los dedos, como para comprobar que era él mismo.

—¿Estás bien? —preguntó Priwinn desconcertado.

Temístocles asintió.

—Sí —dijo—. Ahora, sí. ¿Qué ha pasado?

Kim le miró sin decir nada y luego contestó:

—Estabas... un poco raro.

El mago asintió con tristeza.

—Raro —repitió—. Sí eso... ya pasó. A veces me siento... extraño. —Su mirada se volvió más grave—. Como si fuera un hombre viejo y cansado, ¿no es verdad? —Sus invitados callaron, pero Temístocles hizo un gesto para que le contestaran—. Era eso, ¿no?

—¿Sí? —dijo Kim de forma vaga e intentando esquivar su mirada.

«Primero Kelhim, luego Rangarig, ¿ahora también le está ocurriendo a Temístocles? ¡No, no puede ser!», pensó.

—Así es —dijo Temístocles, y Kim entendió que el mago había podido leer sus pensamientos—. Es lo que estás pensando, Kim. La magia se extingue.

—¡Pero eso no puede ocurrirte a ti! —gritó el muchacho desesperado.

Temístocles sonrió con pesar.

—Cuando la magia se extingue en un país —dijo—, las personas mágicas son las primeras que lo experimentan en su propio cuerpo.

—¿Qué es lo que está pasando? —preguntó o, mejor dicho, gimió Kim.

—No lo sabemos —replicó Temístocles. Luego hizo un gesto con decisión y continuó con otro tono de voz—. Pero ya está bien. Disponemos de poco tiempo y tenemos cosas mejores que hacer que malgastarlo en sentimientos de autocompasión.

Kim respiró aliviado. Sí, ¡ese era de nuevo el Temístocles que él conocía! Con breves y sucintas frases le contó lo que había percibido en su camino hasta llegar allí. El mago escuchó en silencio, como era habitual en él, pero no se sintió convencido del todo al llegar Kim al final de su narración, ni tampoco con la idea de que el pueblo de los enanos de las montañas orientales tuviera algo que ver con la desaparición de los niños.

—Yo sé que muchos lo creen —dijo Temístocles con una significativa mirada a Priwinn—. Pero es falso, créeme. Si fuera tan sencillo, ya habríamos aclarado ese misterio.

—¡Pero si lo admitió el propio enano! —dijo Priwinn con acaloramiento.

Temístocles sonrió levemente.

—Una pregunta, Príncipe de Caivallon —dijo—. Si un gigante te agarra de una pierna y te sacude como si fueras un saco de patatas, ¿no dirías lo que el otro quiere oír?

—Yo creo que Priwinn tiene razón —acudió Kim en socorro de su amigo—. Este país... se va a pique, Temístocles. La última vez que estuve aquí todo era distinto. Las personas, las plantas y los animales vivían en paz y armonía, además no había hombres de hierro.

—¿Crees de verdad que no he pensado eso mismo hace ya mucho tiempo? —preguntó Temístocles con tristeza—. No, Kim, pero tampoco es como dicen Priwinn y sus coléricos amigos al achacarles a ellos la responsabilidad de todo. No es así.

—¡Son un pueblo odioso! —exclamó Priwinn con ardor.

—Puede ser, pero a tus ojos —contestó Temístocles—. Seguro que tú tampoco les gustas a ellos. Pero piensa, príncipe, que todas las desgracias comenzaron antes de que aparecieran los enanos.

—¡Pero las fosas...! —recordó Kim—. Destrozan el país, Temístocles. Los enanos construyen calles de hierro y matan los ríos.

—No son los enanos, mi joven amigo —repitió Temístocles con suavidad. Luego suspiró profundamente, miró por un momento a Kim, luego se quedó en blanco y por último señaló a las numerosas ventanas de aquella sala—. Yo suelo estar aquí con frecuencia y miro hacia fuera, Kim. Por supuesto, me doy cuenta de lo que ocurre en el país, créeme. He visto lo mismo que vosotros dos y más, mucho más. La magia se extingue, Kim, eso es cierto. Pero no son los enanos quienes nos la roban. Los enanos están aquí porque los han llamado los habitantes de este país. No han entrado por la fuerza, fueron a buscarlos los hombres y mujeres de nuestro mundo. Quizá sean ellos los que estén dando muerte a esta tierra, pero lo hacen porque es lo que aquí se desea.

—¡Eso no es cierto, Temístocles! —protestó Priwinn—. No pasará mucho tiempo hasta que todo el país esté recubierto de hierro.

—Sí —asintió el mago con pesar—. Pero eso se debe a que los corazones de sus habitantes han cambiado y se han vuelto duros como el hierro y fríos como la piedra. Es posible, incluso, que toda esa tropa de muchachos no haya desaparecido, sino que hayan huido.

—¿Eso es todo lo que vas a decirnos? —preguntó Kim en voz baja.

—¿Qué más puedo decir, pequeño héroe? —replicó Temístocles gravemente.

Kim respiró de forma audible.

—Yo... yo no lo sé —dijo—. Pensaba que nosotros..., que lucharíamos contra el enemigo que acecha a Luna de Leyenda. Igual que ya hicimos una vez.

—¿Luchar? —La mirada de Temístocles pasó por la armadura negra que vestía Priwinn y luego se dirigió a su camisa, como si pudiera ver la espada que se escondía debajo—. ¿Como tu amigo, que siempre recurre a la espada? Oh, no, Kim. El enemigo que nos acecha no viene de fuera. Está sentado entre nosotros. Ya ha pasado el tiempo de la magia. Puede que dentro de poco Luna de Leyenda deje de ser el País de los Sueños y los cuentos. Y si sus habitantes lo desean, yo no tengo derecho ni poder para prohibírselo. Me he hecho viejo, Kim. Igual que vuestro Rangarig se ha convertido en un dragón viejo, yo también me he vuelto un anciano cansado. No puedo ayudaros.

—¡No decís la verdad! —añadió Priwinn con furia—. No toda la gente de aquí quiere eso. No todos están de acuerdo con que desaparezca la magia.

—Ya lo sé —dijo Temístocles—. Tú y tus amigos lucháis en contra. Pero vuestro camino está equivocado y no va a llevaros a la meta. Y yo no puedo protegeros durante una eternidad. Sin contar con que no sabéis qué hacer. ¿Usar otra vez la violencia para volver a tiempos pasados?

—Si tiene que ser así, que así sea —afirmó Priwinn con decisión.

—¿Y si ellos no quieren? ¿Vas a promover una guerra? ¿Quieres que los hermanos luchen contra sus hermanos y los padres contra sus hijos? La espada no es la solución, príncipe Priwinn.

—¡Entonces dame otra! —reclamó Priwinn.

—No puedo —respondió Temístocles.

—Y... ¿Y si voy a ver al Rey del Arco Iris? —propuso entonces Kim.

El príncipe Priwinn le miró sorprendido, mientras que en los ojos de Temístocles apareció una expresión como si hubiera esperado esa propuesta.

—Sería inútil —dijo después—. Nos ayudó una vez, es cierto. Pero en esta ocasión ni siquiera él podría hacer algo.

—Entonces, ¿para qué has llamado a nuestro amigo? —gritó Priwinn airado señalando a Kim.

—Él conoce la respuesta —dijo Temístocles—. Él mismo no lo sabe, pero la solución de todos los enigmas está muy dentro de él. Y tu misión, Príncipe de Caivallon, es ayudarle a encontrar esa respuesta.

Antes de que Priwinn pudiera contestar, llamaron con fuerza a la puerta y una voz autoritaria exigió entrar. Kim y el Príncipe de las Estepas intercambiaron una mirada de alarma y quisieron ponerse de pie, pero Temístocles les hizo una señal tranquilizadora y dijo en voz alta y sosegada:

—¡Adelante!

La puerta se abrió de golpe y entraron dos hombres que vestían el mismo uniforme que el centinela de la entrada a la fortaleza. No venían solos. Detrás de ellos apareció una figura flaca de la estatura de un niño y con la cara mugrienta y afilada. Al reconocer ese rostro, Kim y Priwinn se levantaron de un salto de sus sillas. Era el enano del que Kim y Gorg se habían salvado a duras penas.

Con un gesto violento, Priwinn echó su capa hacia atrás y desenvainó la espada; también Kim recurrió al arma que ocultaba bajo la camisa. El enano retrocedió con un chillido de terror y los dos hombres uniformados también blandieron sus armas.

—¡Abajo las armas!

El grito de Temístocles se difundió por la habitación como el chasquido de un látigo, de repente había dejado de tener el tono que correspondía a un hombre anciano y cansado. Su voz sonó tan autoritaria que Kim, casi asustado, volvió a dejar la espada en su sitio. Priwinn y los dos soldados también bajaron sus espadas.

—¿Cómo se os ocurre sacar las armas en mis aposentos? —dijo Temístocles con voz dominante—. ¿Quiénes sois vosotros? ¿Qué queréis?

—¡Queremos a esos dos de ahí! —chilló el enano. Había visto muy bien que la ira de Temístocles iba dirigida a todos, incluidos sus huéspedes, e intentó sacar ventaja—. ¡Son ellos! ¡Atrapadlos! ¡Exijo que los encierren!

—¡Tú aquí no tienes nada que exigir, enano! —tronó Temístocles. Sus ojos comenzaron a refulgir y esta vez el enano dio un paso atrás—. ¡Son mis huéspedes! ¡Si no recuerdo mal, a ti no te he invitado! ¡Así que modérate!

Algo más tranquilo, pero aún con tono autoritario, se dirigió a los dos soldados:

—¿Qué significa esto, capitán?

El capitán bajó de inmediato su espada y comenzó a escarbar el suelo con los pies.

—Perdón, señor —comenzó inseguro—. Pero..., pero este enano ha dirigido acusaciones muy graves contra vuestros dos invitados.

—¿De qué tipo? —preguntó Temístocles.

—Ese —dijo el enano al tiempo que señalaba a Kim con su mugriento índice, como si fuera una espada— nos ha atacado, a mí y a mis amigos. Cayó sobre nosotros ayudado por un gigante. Destrozaron a doce de nuestros hombres de hierro y si no hubiéramos huido también nos habrían aniquilado a nosotros. Íbamos al trabajo cuando, aparecieron y, sin más, nos atacaron. ¡Sin ningún motivo!

—¿Este muchacho... contra doce de vuestros hombres de hierro? —Temístocles se rió por lo bajo—. Te estás burlando de mí, enano.

—Ya te he dicho que su compañero era un gigante —replicó el enano—. Y también había un dragón alado.

—Seguro —dijo Temístocles tranquilo—. Lo conozco.

El enano le miró con un centelleo en los ojos.

—Exijo mis derechos. Estos dos deben pagar por los daños que han causado.

—Si eso es todo...

Temístocles sonrió, hizo un gesto con la mano izquierda y, surgida de la nada, delante del enano apareció en el aire una pepita de oro del tamaño de un puño.

—Esto pagará de sobra los daños —dijo Temístocles.

El enano se inclinó a toda velocidad, tomó el oro y se lo guardó en un bolsillo, pero el metal desgarró la tela y cayó con estrépito al suelo golpeando los dedos del pie del enano, que chilló mientras saltaba sobre una sola pierna.

Kim tuvo que disimular una sonrisa que también se insinuó en los semblantes de los dos soldados.

Temístocles fue el único que conservó la seriedad.

—¿Con esto queda cumplida tu petición? —preguntó.

—¡No! —bramó el enano una vez que se tranquilizó y se hizo de nuevo con el oro. Señaló en repetidas ocasiones a Kim con un gesto acusador—. Con esto admites que el chico es culpable. Exijo que me lo entregues. Y también al otro. Sé que forma parte de los rebeldes que viven en los bosques y atacan nuestra fundición.

—¿Es eso cierto? —Temístocles se dirigió a Priwinn.

—Tonterías —contestó el príncipe—. Nosotros no vivimos en los bosques.

—Ya lo has oído —dijo Temístocles—. Son tonterías.

Rió, pero sonó casi como si lo hiciera para sus adentros. Kim le echó una mirada sorprendida. Decir bobadas de esa categoría no era el estilo de Temístocles...

El enano estaba enfurecido y, con gesto imperioso, se dirigió a los dos centinelas:

—¡Reclamo mis derechos, capitán! —voceó—. Esos dos nos han atacado. ¿Es que los enanos valemos menos que ellos y nos pueden asaltar con toda impunidad?

Se podía ver que el capitán se sentía cada vez más incómodo. No miró a Temístocles cuando se dirigió a él:

—Perdón, señor..., pero si el enano dice la verdad, entonces... Entonces deberéis entregarnos a esos dos. Han cometido un delito.

—¡Pero no lo hemos hecho! —gritó Kim—. ¡El enano nos atacó y nos defendimos!

—¡Ya lo habéis oído! —chilló furioso el enano—. ¡Confiesa su culpa!

Temístocles no contestó de inmediato. Al cabo de unos segundos Kim se volvió y lo que observó en la cara del mago le intimidó en lo más profundo de su ser. Los ojos de Temístocles centelleaban. Parecía tener que esforzarse cada vez más para concentrarse en la conversación. Pero se repuso de nuevo y regresó a su estado anterior.

—Si es así, capitán —dijo—, yo mismo los juzgaré. ¿O es que dudáis de mi capacidad de juicio?

—Claro que no, señor —contestó el capitán—. Por favor, disculpad.

—Está bien —dijo Temístocles. Parecía temblar—. Ahora marchaos. Voy a escuchar a estos dos y luego decidiré qué hacer con ellos. ¡Marchaos y llevaos con vosotros a esa desagradable criatura antes de que me dé por convertirla en sapo!

Los ojos del capitán se desorbitaron y también el enano se quedó con la boca abierta y los ojos espantados a causa de la incredulidad.

Pero antes de irse, se dio otra vez la vuelta y lanzó contra Kim una mirada cargada de odio.

—Volveremos a vernos —aseguró—. No pienses que lo voy a dejar pasar.

El enano y los dos soldados salieron de la sala y, a pesar de que los dos amigos se acercaron a Temístocles, ninguno dijo nada. El viejo mago se tambaleaba cada vez más y hubo un momento en que ya no tuvo fuerzas ni para mantenerse sobre sus piernas. Con un gran suspiro, que más bien pareció un grito, se sentó en el sillón.

—¡Temístocles! —gritó Kim asustado—. ¿Qué te pasa?

—Débil... —susurró el mago—. Me siento débil. Es como si... me absorbieran las fuerzas.

—¡El enano! —gritó Priwinn lleno de odio—. A ese tipejo le voy a...

—Tú no vas a hacer nada —le interrumpió Temístocles—. Tenéis... que huir. No sé cuánto tiempo más podré protegeros. Marchaos mientras yo... sea dueño de mis actos. Volved por el mismo camino por el que habéis venido. Y tened cuidado, porque van a acecharos.

—¡No podemos dejarte solo! —dijo Kim.

Pero Temístocles sacudió varias veces la cabeza. Luego, con gesto cansado, extendió una mano temblorosa y tocó fugazmente la mejilla de Kim.

—Eres muy valiente —murmuró—. Pero tu valor se derrocharía en vano. No te preocupes, aún soy el señor de Gorywynn y no se atreverán a levantar su mano contra mí. —Rio por lo bajo y sin pizca de alegría—. No les hace falta. No pasará mucho tiempo hasta que me convierta en un anciano desmemoriado que permanece todo el tiempo en su habitación de la torre y cuenta las pocas estrellas que le dejan ver sus ojos miopes. Puede que sea lo mejor. Estoy tan fatigado. Tan inmensamente fatigado...

Y, en medio de la frase, se quedó dormido.

Kim le miró perplejo, luego gritó y comenzó a sacudirle por los hombros hasta que Priwinn, con cierta brusquedad, le alejó del mago. Kim se sacudió la mano de su amigo.

—¡Déjame! —gritó.

—No podemos hacer nada por él —reflexionó Priwinn muy serio—. Temístocles tiene razón, debemos salvar nuestras propias vidas.

—¡No voy a dejarle aquí!

El Caballero de las Estepas agitó la cabeza con tristeza.

—No le harán nada —dijo—. Míralo. Ya no supone un peligro para ellos. Yo creo que esta conversación ha terminado con las pocas fuerzas que le quedaban. Vámonos.

Por un momento Kim se limitó a quedarse mirando al anciano que, sentado en su sillón, dormía. De nuevo los ojos se le llenaron de lágrimas. Aquella visión le destrozaba el corazón.

Pero acabó aceptando que Priwinn tenía razón. No podían hacer nada más por el mago. Y ellos mismos no iban a estar mucho tiempo libres de peligro.

Kim se secó las lágrimas, tensó los hombros y se dispuso a regresar por la puerta oculta por la que habían entrado en la habitación, pero entonces vio a Priwinn situarse al lado de la ventana y escuchó un ruido parecido al tarareo de una canción. Como ya había ocurrido en otras ocasiones, el silencio de la noche fue interrumpido por el sonido de un poderoso batir de alas y Rangarig apareció en su busca.

# XIII

Esta vez volaron un corto trecho sobre el lomo de Rangarig, pero cualquiera que hubiera querido seguirles a caballo o a pie hubiera precisado mucho tiempo para alcanzarlos, sin contar con que primero tenía que saber dónde buscarlos.

Kim temblaba de impaciencia. Durante el trayecto intentó hablar con Gorg y Priwinn, pero el rápido vuelo del dragón provocaba un viento que hacía imposible que se entendieran. Poco después de bajarse de las amplias espaldas de Rangarig, Kim asedió a Priwinn, pero este no contestó de inmediato a las preguntas que, una tras otra, le formulaba sin interrupción. Bruscamente tiró de Kim y le alejó unos pasos del dragón, que se mostraba muy intranquilo. Sus garras arañaban el suelo y su cola arrancaba de raíz los arbustos y arbolillos de alrededor. Alzaba la cabeza y la movía sin cesar de un lado a otro, como si registrara el cielo.

Cuando por fin se detuvo Priwinn, Kim le preguntó:

—¿Qué quiso decir Temístocles al afirmar que no iba a poder protegernos mucho tiempo? ¿Y por qué dijo el enano «los rebeldes que viven en el bosque» al referirse a vosotros?

—Todo eso son tonterías —replicó Priwinn—. Ya he dicho que no vivimos en los bosques.

Kim tuvo que dominarse para no gritar.

—Sabes muy bien lo que quiero decir —dijo tratando de contenerse—. ¿Y bien?

Priwinn le miró casi como si fuera un enemigo y de nuevo fue Gorg, el gigante bondadoso, el que transigió.

—No es ningún secreto —dijo Gorg—. Hay mucha gente que, como nosotros, no está de acuerdo con lo que está ocurriendo aquí.

—Ya lo entiendo —murmuró Kim—. Queréis iniciar las hostilidades para acabar con los hombres de hierro y aniquilar a los enanos.

—Si tiene que ser así... —La voz de Priwinn sonó casi como una súplica—. Ya has visto lo que ocurre en Gorywynn y cómo está Temístocles. ¿No te parece suficiente?

—Claro —contestó Kim—. Pero también he oído lo que él ha contado. Los enanos...

—¡Él no sabe lo que dice! —interrumpió Priwinn—. ¡Kim, tú mismo lo has vivido! Es un hombre que se ha hecho viejo y débil, hasta un niño podría engañarle. ¿No has dicho tú mismo que los enanos tienen algo que ver con los cambios que ha sufrido Luna de Leyenda?

Kim se sintió desorientado. Confiaba en Priwinn y en Gorg después de todo lo que había visto, pero también tenía fe en Temístocles. ¿Era posible que hubiera dos verdades y que ambas partes tuvieran razón, cada una a su manera? Estaba desconcertado. Acababa doliéndole la cabeza si se concentraba en tales preguntas.

—Planeáis una rebelión —aventuró.

Priwinn le miró con mal humor.

—Bueno, pues sí —afirmó Gorg.

El príncipe le lanzó una mirada venenosa.

—Pues sí —repitió Gorg turbado—, y ahora que estás aquí...

—¿Yo? —preguntó el muchacho extrañado.

—¡Claro que tú! —repuso ahora Priwinn. Se echó la capa hacia atrás y colocó la mano extendida sobre el peto de la armadura negra que llevaba puesta—. La gente de aquí no ha olvidado lo que hiciste por ellos, Kim. Una vez salvaste a nuestro mundo. Estoy seguro de que, si los convocas, te seguirán. Ponte esta armadura negra, colócate a la cabeza y expulsaremos a los enanos al lugar de donde han venido.

—¿Y no importa si son culpables o no? —replicó Kim.

Rangarig se removió intranquilo.

—No podemos quedarnos mucho tiempo aquí —gruñó el dragón—. Creo que viene alguien, o algo.

—Solo un momento, Rangarig —dijo Priwinn sin dirigir la mirada al dragón—. Esto es importante. —Miró a Kim de un modo penetrante—. Bueno, ¿qué decides?

Kim se quedó callado. Se sentía más confuso que nunca y, además, pensaba que con esa pregunta Priwinn estaba jugando sucio con él. No podía obligarle a tomar una decisión como esa en unos segundos.

—No puedo tomar una decisión —dijo él—. Al menos no de inmediato.

—¿Y en qué momento vas a hacerlo entonces? —preguntó Priwinn furioso—. ¿Cuando sea demasiado tarde?

—Yo os entiendo —murmuró Kim—. Vosotros... vosotros estáis furiosos. Tenéis miedo de que vuestro mundo se venga abajo y os lanzáis sobre el primero que llega y le echáis la culpa.

—¡Suena como si estuviera hablando Temístocles! —dijo Priwinn con sarcasmo.

—Eso no tiene por qué ser algo malo —apuntó Gorg.

El Príncipe de las Estepas se volvió con ademán de ir a descargar su ira sobre el gigante pero, en ese momento, Rangarig gruñó con tono profundo y casi furioso:

—Alguien viene. ¡Daos prisa!

No dudaron más. Daba igual lo importante que fuera la conversación, cuando Rangarig se comportaba así, lo mejor era hacerle caso.

Quisieron subirse al dragón, pero este se irguió de repente con un bramido desgarrador, abrió las alas y con un poderoso impulso se elevó en el aire. Ascendió hacia el cielo como si fuera un relámpago dorado y la tormenta que provocó al batir sus alas hizo que Kim y Priwinn cayeran al suelo e incluso que el gigante fuera lanzado a varios metros de distancia.

Kim se resguardó la cabeza cuando el viento huracanado lanzó sobre ellos una lluvia de tierra, piedras, hojarasca y ramas. Al cabo de unos segundos se atrevió a bajar las manos y mirar al cielo.

El dragón daba vueltas sobre el bosque; volaba tan alto que solo era visible como un reflejo dorado. Y no estaba solo.

Una segunda sombra, inmensa y monstruosa, que únicamente se reconocía como una silueta, se le acercaba. Sus movimientos eran angulosos y difíciles de prever, pero daba la impresión de que Rangarig y la segunda sombra volaban en círculos, como dos gigantescas aves rapaces, y ninguna de ellas parecía ser más rápida que la otra.

—¿Qué es eso? —susurró Kim perplejo.

—No lo sé —contestó Priwinn en el mismo tono—. Pero si es algo que llega a dar miedo a Rangarig, entonces...

El resto de sus palabras se perdió por debajo de los bramidos y los terribles sonidos que provenían de las dos figuras que los sobrevolaban en el cielo. Por momentos pareció como si se fundieran en una única y gigantesca sombra formada por una mezcla de alas batientes, garras afiladas y una agitada negrura. Pudieron escuchar cómo las garras de Rangarig topaban con alguna resistencia e incluso que algo golpeaba contra el dragón. Saltaron chispas y luego los dos gigantes informes se soltaron y continuaron su vuelo trazando círculos.

—¿Un dragón? —murmuró Kim perplejo—. ¿Eso es... un dragón?

—No —negó Gorg totalmente convencido—. Tiene que ser otra cosa.

Pero, ¿qué otra cosa podía ser? Kim forzó la vista, pero aquella extraña sombra se mantenía como algo enorme e incorpóreo; al chocar Rangarig contra ella por segunda y tercera vez, pareció que la cúpula del cielo comenzaba a estremecerse. Rangarig bramaba a causa de la furia y el dolor; al soltarse ambos seres por cuarta vez, Kim vio con toda claridad que los movimientos del dragón de oro habían perdido tanto en agilidad como en fuerza. Pero también su adversario estaba tocado. Se tambaleaba y, de repente, se remontó alrededor de Rangarig, se acercó a él con un único y poderoso batir de alas y, con otro impulso más, como si fuera un halcón al ataque, cayó sobre él. Otra vez saltaron chispas y de súbito algo se desprendió de los dos adversarios y cayó del cielo como un meteorito. Llegó al suelo cerca de Kim, a solo una docena de pasos, y el impacto fue tan poderoso que la tierra tembló.

Kim dio un salto y echó a correr mientras que, sobre sus cabezas, los dos adversarios se volvían a separar. La sombra comenzó a huir, pero Rangarig la siguió y de nuevo, todo garras y dientes, cayó sobre ella. El dragón dorado había ganado la batalla.

Sin embargo, por algún motivo inconcreto, Kim no estaba seguro de poder alegrarse.

El chico se quedó parado y se frotó incrédulo los ojos. Justo delante de sus pies había un cráter de unos cinco metros de diámetro que un momento antes no estaba allí.

La tierra humeaba y en el fondo del hoyo que se había formado en el suelo del bosque aparecía una garra destrozada. Era mayor que las de Rangarig, curvada y afilada como un cuchillo, su extremo desgarrado estaba incandescente, de un amenazador rojo oscuro.

¡Era de hierro!

La cabeza de Kim miró de nuevo al cielo. La sombra todavía era perseguida por Rangarig y casi estaban fuera de su alcance visual.

—Maldición —murmuró Gorg que, junto con Priwinn, había aparecido de repente al lado de Kim.

También él miraba lleno de asombro aquella férrea garra. Priwinn no dijo nada, pero incluso en la oscuridad Kim pudo darse cuenta de que estaba pálido como un cadáver.

El gigante dio un paso, se introdujo en el cráter, se inclinó y alzó la garra con sumo cuidado. A pesar de que la mantuvo lo más alejada posible, no pudo evitar que su cara se contrajera a causa del intenso calor que irradiaba su extremo. La garra era tan grande como una guadaña y diez veces más afilada. Intentar imaginarse a su portador era algo que sobrepasaba la fantasía. Y aunque hubiera podido imaginarlo, lo cierto es que no deseaba hacerlo.

—Tira... eso —graznó Priwinn.

Gorg obedeció de inmediato. Dejó caer la garra casi con un gesto de repugnancia y salió del cráter.

—¿Qué es eso? —murmuró Kim desconcertado. En él había germinado una vaga sospecha. Solo intuirlo le resultó tan atroz que, simplemente, se negó a continuar pensándolo.

Priwinn le miró como si todo fuera culpa suya.

—Los enanos —dijo el príncipe—. Nosotros... sospechábamos desde hacía mucho tiempo que trabajaban en algo así.

—¿Piensas que... que ellos han construido un dragón de hierro? —preguntó Kim con un jadeo.

De improviso Priwinn levantó la voz al contestarle:

—¿Cuántas pruebas más necesitas, chiflado? ¡Pregúntale a Rangarig cuando regrese!

Kim se mantuvo callado y no se tomó a mal el tono usado por el príncipe. Sabía que en su fuero interno Priwinn estaba casi trastornado por el miedo. A él le pasaba lo mismo. En tales casos lo mejor era gritarle a alguien, o incluso golpearle.

Estas ideas desilusionaron a Kim.

De golpe se dio cuenta de lo que les ocurría a Priwinn y a los demás. Ahora sentía casi de forma física la dolorosa desesperación que les obligaba a gritar en busca de un culpable, de uno que pudiera pagar por todos aunque no se lo mereciera.

No estaba de acuerdo, aunque entendía el comportamiento de Priwinn.

En ese mismo instante Kim se percató de lo que tenía que hacer. La solución era tan sencilla que se preguntó perplejo por qué no había caído antes en ella.

—Voy a ayudaros —dijo.

Priwinn abrió unos ojos como platos.

—Tú vas a...

—No me voy a poner esa armadura ni cabalgaré en vanguardia para luchar contra vuestros hermanos —interrumpió rápido Kim—. Pero voy a colaborar. Como le dije a Temístocles, debemos dirigirnos de nuevo al Rey del Arco Iris. ¡Hemos de hacer ese viaje otra vez! Él nos echará una mano, estoy seguro de que nos ayudará.

—¡Es una locura! —replicó Priwinn, aunque no con tanta fuerza como antes—. ¿Pasar de nuevo por el Barranco de las Ánimas, donde vive el Gusano con Zarpas, y por el río subterráneo? ¡Y eso sin contar con el castillo del Final del Mundo! ¡Tardaríamos mucho tiempo!

—Puede ser —dijo Kim—. ¿Pero cuánto se podría tardar en destruir a todos los hombres de hierro y en localizar luego a los enanos en las montañas orientales? Puedes apostar que mucho más.

Priwinn quiso contradecirle de nuevo, pero el gigante intervino en favor de Kim.

—Él tiene razón, mi príncipe —dijo—. Ya lo conseguimos una vez y podemos hacerlo otra. Y en cuanto al Gusano con Zarpas...

—¿Sigue vivo?

—Pues claro. ¿Ya no te acuerdas? Después de que el mago Boraas fuera vencido, volvieron a la vida todos los que pensábamos que habían muerto. Por aquel entonces Rangarig pudo con él, y esta vez también podrá. El resto ya se verá.

Priwinn no se quedó convencido, pero no replicó; miró por un momento a Gorg y a Kim antes de, por fin, enderezar los hombros.

—Vamos a ver lo que dice Rangarig al respecto —dijo.

Pasó algún tiempo antes de que regresara el dragón. Pero no se posó de inmediato, dio unas vueltas sobre el bosque y, enfurecido, agitó sus garras en el aire para golpear y destrozar las copas de algunos árboles. Al bajar siguió moviéndose tan agitado que los demás no se atrevieron colocarse al alcance de sus alas y de su serpenteante cola.

—¡Rangarig! —gritó Priwinn—. ¿Qué era eso? ¿Lo has destrozado?

—¡Destrozado! —bramó el dragón—. Sí. Aniquilado, despedazado, destrozado, hecho trizas, reducido a jirones. ¡Muerto! ¡Muerto! ¡Muerto! ¡Síííí!

Rangarig se comportaba como un loco. Sus garras se aferraron a un árbol y lo destrozaron con la misma facilidad con que Kim podría haber roto una rama seca. De la boca del dragón brotaba espuma.

—¡Aniquilado! —volvió a bramar Rangarig.

Resultaba espeluznante.

—¡Rangarig, por favor, reacciona! —suplicó Kim—. Somos nosotros. ¡Tus amigos!

La cabeza de Rangarig se agitaba en todas direcciones. Sus enormes ojos se fijaron en Kim y por un momento el chico no vio en ellos otra cosa que lo que ya había contemplado en los ojos del oso: era la mirada de un monstruo salvaje y deseoso de matar.

—Destrozado —gruñó Rangarig—. Muerto. ¡Sí!

Kim se acercó al dragón. Priwinn jadeó a causa del terror y quiso retenerle, pero el muchacho se desasió de su mano y prosiguió su avance hacia Rangarig. Su mirada se dirigía a los inmensos ojos del dragón.

—¡Vuelve aquí! —gritó Priwinn con desesperación—. ¡Te va a matar!

Kim continuó su avance. No estaba muy seguro de que Priwinn no tuviera razón y se asustó. Su corazón latía con fuerza y sus rodillas temblaban tanto que tuvo que hacer verdaderos esfuerzos para colocar un pie delante del otro. Pero sabía que no podía volverse. Si ahora lo intentaba y salía a la carrera estaba claro que Rangarig le mataría sin compasión.

—Por favor, Rangarig —murmuró Kim—. ¡Vuelve en ti! Soy yo, Kim, y somos amigos. ¡Por favor, recuérdalo!

El dragón siguió con su delirio mientras sus garras cavaban hoyos en el suelo.

—Destrozado. Muerto. ¡Sí! ¡Sí! ¡Sííí!

—No —murmuró Kim—. Eso es falso. No somos tus enemigos. Tú no eres un dragón perverso, Rangarig. ¡Acuérdate! ¡Despierta! ¡Vuelve en ti, por favor!

Y de forma lenta, muy lenta, fue extinguiéndose el fuego asesino que ardía en los ojos de Rangarig. Pasó mucho tiempo durante el cual Kim, con el corazón desbocado y las manos y las rodillas temblorosas, vio cómo el dragón, con un enorme esfuerzo, conseguía volver a ser lo que había sido: Rangarig, el dragón de oro de Gorywynn, amigo y protector de Luna de Leyenda.

Kim suspiró aliviado, dio un último paso y enlazó sus brazos alrededor del poderoso cuello de Rangarig. Sin contener su temblor, se apretó contra la escamosa cara del dragón y se limitó a quedarse allí con los ojos cerrados.

—Oh, Rangarig —suspiró—. Yo... Yo creí que te habíamos perdido.

El dragón no contestó, pero algo caliente mojó la cara y las manos de Kim y el muchacho pudo darse cuenta, al mirarle, de que eran unas enormes lágrimas que brotaban de los ojos de Rangarig. El dragón lloraba.

—Ocurrirá dentro de muy poco, amiguito —murmuró—. Pronto voy a ser tu enemigo. Márchate ahora que todavía estás a tiempo.

—Nunca —contestó Kim—. Me quedaré contigo, todos nos quedaremos contigo. Juntos lo conseguiremos. Nosotros... nosotros venceremos a ese monstruo de hierro. Todos juntos. ¡Tú ya le has ahuyentado!

—Es más fuerte que yo —contestó Rangarig—. Lo que ocurre es que lo han enviado demasiado pronto y aún no está preparado. Dentro de poco ya no podré vencerle. Y entonces tampoco podré vencer en la batalla que sostengo contra mí mismo. —Dio un leve golpe con el morro contra el hombro de Kim y el muchacho retrocedió unos pasos tambaleándose—. Tengo que dejaros —afirmó—. Ahora.

—¡No! —gritó Kim desesperado—. Te confundes, Rangarig. Has vencido a esa bestia voladora y volverás a hacerlo.

—¿No te das cuenta de que no es ese el monstruo contra el que yo lucho? —bramó Rangarig. Sus lágrimas se habían secado y por un instante, breve pero terrorífico, la ira volvió a brillar en sus ojos, tanto que Kim se asustó—. ¡No solo debéis temer al dragón de acero, sino también a mí! Mientras yo esté con vosotros, nos perseguirá. Y luego me vencerá antes de acabar con vosotros. O bien acabaré yo con él. Entonces puede que sea a mí al que debáis temer. Nada puede cambiarse. Debo irme.

—¡No, un momento! —rogó Kim—. Tan solo un instante. ¡Ya sé cómo puedo ayudaros!

El dragón casi había desplegado ya las alas, pero se detuvo.

—Voy a hacerlo —habló a borbotones—. Iré a ver al Rey del Arco Iris y nos ayudará. ¡Ya salvó una vez a Luna de Leyenda! Pero el camino hasta él es demasiado largo y no conseguiré hacerlo sin tu ayuda. ¡Por favor!

El dragón reflexionó. Su mirada se posó en la cara de Kim, a continuación recorrió las de sus dos camaradas y, finalmente, regresó de nuevo a la del chico.

—Tú sabes los peligros que acechan en el camino —acabó diciendo.

—No serán mayores que los de aquí —contestó Kim—. ¡Por favor, Rangarig! Llévanos.

Una vez más, el dragón vaciló. De nuevo miró a Priwinn y a Gorg y, a pesar de que Kim no pudo verlo, se dio cuenta de que el gigante asentía.

—Está bien —dijo por fin Rangarig—. Hasta el Barranco de las Ánimas y el lago del Gusano con Zarpas. Pero ya conoces las reglas del juego.

En la garganta del muchacho surgió de repente un nudo amargo y espinoso.

Por supuesto que conocía las reglas del juego. Solo había un modo de superar al espantoso Gusano con Zarpas que vigilaba la entrada del río subterráneo: había de provocarle un adversario que tuviera su misma capacidad para luchar. Ya había ocurrido así una vez. Y también formaba parte de las reglas el que solo uno podía sobrevivir en la lucha.

Con una sensación de hondo e infinito dolor, Kim fue consciente del riesgo mortal que asumía Rangarig.

Como el camino era largo y Rangarig estaba herido y se encontraba agotado, necesitaron más de una semana para llegar a las montañas donde estaba el Barranco de las Ánimas. En aquel viaje fueron muchas las cosas que asustaron a Kim en lo más profundo de su ser.

No pudo reconocer el país que veía desde el cielo. En un primer momento el cambio resultaba mínimo y poco apreciable: calles nuevas, una ciudad que Kim no conocía, un río artificial, campos de cultivo mayores que los anteriores... Pero los cambios aumentaban a medida que se acercaban al norte, hasta que Kim ya no pudo cerrar los ojos ante la realidad que observaba. Las ciudades eran grandes y oscuras, y algunas de ellas, al igual que los pequeños pueblos de juguete que se deslizaban por debajo de ellos, parecían estar hechos de hierro por completo. Había calles tan anchas que serpenteaban allá abajo como si fueran ríos de metal negro por los que podrían avanzar diez coches dispuestos en batería. Los ríos eran líneas rectas que corrían sobre lechos de hierro en los que burbujeaba un agua marrón, como el óxido, que devoraba todo lo que intentaba echar raíces junto a los terraplenes de metal.

Y además estaba el fuego.

Lo vieron ya en su primera noche de acampada: un reflejo rojizo que, detrás de ellos, se elevaba recto por encima del horizonte. Y también lo vieron la noche siguiente, y la siguiente... de hecho, todas las noches hasta que consiguieron alcanzar las montañas. Y a veces, cuando el viento era favorable, se escuchaba el eco del golpeteo de los martillos. Alguien se entretenía de noche fundiendo y martillando sobre algo duro mientras Rangarig se lamía las heridas que le había causado el dragón de acero. En ocasiones, Kim podía ver cómo el dragón alzaba un poco la cabeza y escuchaba con atención. También la expresión de Priwinn era de profunda preocupación cuando, por las noches, se detenía y miraba hacia el sur. Parecía que el fuego se acercaba cada vez más. Cada noche un poco. Muy despacio, pero de forma implacable.

La última noche antes de llegar al Barranco de las Ánimas la pasaron de nuevo en una meseta elevada; una roca árida e inaccesible que ya formaba parte de las Montañas de las Sombras. Esa noche ninguno de ellos durmió bien y al despertar Kim, mucho antes de la salida del sol, comprobó que los demás ya llevaban un rato en pie.

Priwinn y Gorg habían hecho una hoguera y estaban sentados a su lado hablando con voz apagada: dos sombras desiguales que se habían sentado juntas para protegerse del frío de la noche y se frotaban las manos delante del fuego. Al otro lado de la hoguera había otras dos sombras mucho más pequeñas: Cacho y Sheera, inseparables; a medida que se acercaban al Barranco de las Ánimas se mostraban cada vez más intranquilos y serios. De repente, Kim se sintió muy solo.

Se quitó con mucho trabajo la manta en la que se había enrollado la noche anterior y se levantó para acercarse al fuego, pues el frío le mordía la piel con sus glaciales dientes. Pero su mirada se dirigió a la cara del dragón; pudo ver que Rangarig también estaba despierto y titubeó. Priwinn levantó la cabeza y miró a Kim, pero Gorg le hizo una señal de desaprobación en el momento en que el príncipe quiso decirle algo. Kim se mantuvo inmóvil un momento y luego se acercó, pero a Rangarig, no al fuego, a pesar de que el frío era cada vez más insoportable.

—Buenos días, pequeño héroe —saludó el dragón.

Después de las gruñonas y desabridas formas que había mantenido el dragón en los últimos días, aquellas resultaban unas palabras poco habituales.

—Ho... la —respondió Kim turbado. De repente tuvo la impresión de que su cabeza estaba hueca. No se acordaba de nada de lo que quería decir. Todo le parecía innecesario—. Yo... yo quería decirte una cosa, Rangarig —intentó hablar el chico y, a pesar de que utilizó toda su fuerza de voluntad, no le fue posible mantener la mirada en los ojos del gigantesco dragón.

—Te escucho.

—No tienes por qué venir —dijo Kim—. Quiero decir al Lago Perdido. Tú... tú ya nos has traído hasta aquí y a lo mejor... quizá nos lleves aún hasta el Barranco de las Ánimas, pero luego podremos seguir solos.

—Sabes perfectamente que no podéis hacerlo —bramó Rangarig.

—¿Por qué? Solo porque...

—Porque es así —le interrumpió el dragón—. El paso del lago del Gusano con Zarpas hay que pagarlo con sangre. Para dejar el camino libre exige una vida. Si intentáis hacer trampas con su salario os matará.

—¿Por qué tienes que pagar con tu vida? —preguntó Kim desconcertado.

—No tiene por qué ser así —contestó el dragón. Kim le miró sorprendido y Rangarig señaló hacia la hoguera—. ¿A cuál del resto de tus amigos pretendes sacrificar? ¿Priwinn? ¿Gorg? ¿A ese cómico ser que va contigo? ¿O al gato?

—Esto... esto no es jugar limpio —tartamudeó Kim.

—¿Juego limpio y justo? —el dragón hizo un ruido que podía ser una risa, pero que sonó muy distinto—. ¿Quién dice que la vida es justa? —preguntó—. Bueno, ¿a quién quieres sacrificar? ¿Quizá tú mismo?

—¡Para ya! —gritó Kim—. Tú... tú sabes que no me estaba refiriendo a eso.

—Por supuesto —dijo Rangarig—. Y tú sabes también que solo hay una forma de dejar atrás al Gusano con Zarpas. —Luego hizo retumbar su risa—. Yo ya le di una paliza una vez. ¿Lo has olvidado? Voy a hacerle un nudo en su sucio cuello. Creo que conseguiré detenerlo en el tiempo suficiente para que podáis pasar.

—Pero morirás —murmuró Kim.

El dragón se puso serio de repente.

—Puede ser, pero será por vosotros. Por Luna de Leyenda.

¡Como si eso fuera un consuelo! La muerte era mala, pensó Kim, y la muerte de un amigo era doblemente mala, pero lo más horrible era tener que pagar con la vida por algo.

—De todas formas, voy a morir —dijo el dragón—. ¿Has olvidado lo que me pasa? El Rangarig que tú conoces, pequeño héroe, ya no es lo que era. Lo noto. Dentro de mí crece algo salvaje. En poco tiempo, quizá en algunos días, dejaré de ser el que fui.

—¡Pero vivirás!

—¿Lo haré? —preguntó Rangarig—. Dime una cosa, pequeño héroe. ¿Qué diferencia hay entre morir porque mi cuerpo haya sido destrozado o lo hayan sido mis recuerdos? ¿No es mejor morir que despertarme una mañana y darme cuenta de que ni siquiera sé quién soy y habiendo olvidado a Priwinn, al gigante y a todos los que conozco? Mi cuerpo vivirá y de él... quedará algo. Un nuevo Rangarig. Pero, dime, ¿quién seré al despertar cada mañana?

Kim no tenía respuestas para todas aquellas preguntas. ¿Cómo iba a tenerlas? En caso contrario sabría lo que significaba la vida, y nadie sabía eso. ¿O sí?

Rangarig rio por lo bajo.

—Oh, vosotros, seres humanos. Sois tan pequeños y valientes. Vivís poco tiempo en comparación con seres como yo, pero en ese corto período lleváis a cabo cosas verdaderamente maravillosas, por lo menos en ocasiones. Si algo no encaja en vuestros planes pedís ayuda a los dioses. Pero dudáis ante algo tan natural como la muerte. No hay nada malo en morirse. Sin muerte no hay vida.

Kim se calló por un momento. Nunca se había puesto a pensar sobre ese tema.

—Porque eres joven —dijo Rangarig al captar los pensamientos de Kim—. Y ahora ve. Acércate al fuego con tus amigos, caliéntate y come algo, porque tenemos ante nosotros un camino largo y fatigoso.

Se dirigieron de nuevo hacia el norte y el territorio que sobrevolaban con cada batir de alas del dragón resultaba cada vez más árido e inhóspito. Kim evitó mirar hacia abajo en la medida de lo posible, ya que cada trozo de suelo despertaba en él un recuerdo doloroso. Allí había tenido lugar su gran batalla. Nunca su triunfo había sido mayor ni había sentido una tristeza tan grande.

—¡Aquí hay algo que no encaja! —gritó Rangarig. Él era el único que, con su poderosa voz, podía superar el ulular del viento; a los demás las palabras se les escapaban de la boca nada más pronunciarlas—. Mucha gente.

Kim miró hacia abajo asombrado. Volaban tan alto que tuvo que hacer verdaderos esfuerzos para poder ver algo, y menos aún alguna figura suelta. Pero Rangarig ya había demostrado en muchas ocasiones que disponía de unos sentidos mucho más agudos que el resto de sus amigos.

El dragón descendió y voló más despacio.

Aquí y allá observaron alguna cabaña, alguna pequeña granja e incluso un pueblo entero compuesto por una docena de casas de hierro oscuro. Entre las casas discurrían las calles como serpientes de metal y, a veces, alguna de aquellas pequeñas figuras se detenía y miraba a lo alto.

Era raro pues, hasta entonces, Kim había pensado que no existía población tan al norte. A todo el mundo le asustaba el Barranco de las Ánimas y nadie se acercaba a él mientras pudiera evitarlo; además, por allí no vivía nadie. Al menos la última vez que él anduvo por esa zona...

El dragón mantuvo el vuelo mucho más lento que antes y casi a la altura de las copas de los árboles. Describieron un gran arco alrededor de las casas que habían visto desde las alturas y, como era lógico, fue imposible que el dragón pasara desapercibido. Kim no creía que nadie pudiera saber adónde se dirigían, pero intentó tranquilizarse, porque eso carecía de la menor importancia.

Cuando pasaron por primera vez sobre el Lago Perdido y el Gusano con Zarpas, a sus perseguidores se les tenía que ocurrir algo muy astuto para poder seguir su pista.

Por fin atisbaron el Barranco de las Ánimas. Kim se estremeció de forma involuntaria al ver la profunda grieta en el suelo que, como un rayo dentado, dividía el país. Era tan profunda que no se podía ver su fondo y estaba repleta de tal oscuridad que su espíritu se estremeció como si sintiera su soplo glacial. De ahí el nombre de aquel barranco: era el territorio del miedo. Nada ni nadie, daba igual que fuera grande o pequeño, fuerte o débil, valiente o cobarde, conseguía liberarse de su negro aliento. La primera vez que habían estado allí incluso Rangarig había temblado de miedo.

Pero esta vez él muchacho no tembló.

Todavía hubo de pasar algo de tiempo para que Kim se diera cuenta de que también había cambiado esa parte de Luna de Leyenda. Sintió cierto malestar, pero estaba ocasionado más bien por la oscuridad que había bajo ellos y por los recuerdos que afloraban.

Lo que no sentía era ese terrible miedo contra el que no se podía luchar ni con coraje ni con sentido común. El barranco de debajo era amenazador, cierto, pero tanto como pudiera serlo cualquier otro barranco, ni más ni menos.

Rangarig plegó las alas y se dirigió directo hacia la garganta. En el momento en que sus garras tocaron el suelo, Kim sintió que tiritaba, pero solo se debía al tremendo frío que reinaba allí abajo. El sol no estaba lo bastante alto como para que sus cálidos rayos pudieran penetrar hasta el fondo del barranco.

—¿Qué ha pasado aquí? —murmuró Gorg—. Es... se ha ido. No noto nada en absoluto.

—Yo tampoco —murmuró Priwinn—. Se ha marchado. El ser que habitaba en este lugar ya no está aquí.

—¿Y qué hay de malo en eso? —preguntó Kim, que todavía sentía en sus huesos el recuerdo de la última vez que estuvo en el barranco—. ¡Alegraos!

Priwinn y Gorg le miraron como si hubiera dicho una tontería y Rangarig comento en voz baja:

—El miedo también tiene su sitio en el mundo, Kim.

—Bueno, pues yo me encuentro muy bien sin él —respondió el muchacho.

—¿Y cómo quieres ser valeroso si no sabes lo que es el miedo?

Kim no tuvo respuesta para esa pregunta.

Se pusieron en camino y comprobaron que al menos una cosa no había cambiado. Kim tampoco pudo percibir ahora si habían andado por el barranco durante una hora, o solo unos pocos minutos o incluso medio día. Por fin llegaron al último recodo, ante ellos estaba el Lago Perdido, donde habitaba el Gusano con Zarpas, y la gruta en la que desaparecía el río.

Mejor dicho: habían llegado al lugar en el que ambos, gusano y gruta, habían estado una vez. El lago seguía allí, pero ya no era el agitado lago del monstruo, bordeado por riscos, sino un espejo plano y redondo contorneado de hierro negro. El agua era tan clara que incluso se podía ver el fondo a pesar de que estaba a cientos de metros por debajo de la superficie. Nada removía aquella agua cristalina, no había peces ni plantas ni, por supuesto, un Gusano con Zarpas.

Y eso no era lo peor. Donde antes nacía el río Escondido ahora no había nada.

Al otro lado del lago, donde antes hubo unas rocas casi imposibles de franquear, ahora había una inmensa brecha triangular. Sus flancos eran de hierro negro y abajo brillaba el agua inerte que también llenaba el lago. Aquel enorme barranco artificial se extendía hasta donde alcanzaba la vista antes de desaparecer en la gris lejanía.

—¿Dónde... dónde esta? —murmuró Kim desconcertado.

—¿Quizá muerto? —susurro Priwinn.

—No —contestó Rangarig—. El Gusano con Zarpas aún vive.

Priwinn le miró con los ojos desorbitados.

—¿Cómo lo sabes?

—Porque yo también estoy vivo —explicó Rangarig—. Si él estuviera muerto, yo también lo estaría. Quizá haya huido. A lo mejor le han apresado los hombres de hierro.

—¿Que esas criaturas han capturado al Gusano con Zarpas? —dudó Priwinn—. ¡No lo creo!

Kim le miró con fijeza. Aquello resultaba absurdo. Aunque el Gusano con Zarpas era la peor bestia a la que él y todos los habitantes de Luna de Leyenda se habían enfrentado, el muchacho sintió de repente algo parecido a la compasión. Lentamente, como si moverse le supusiera mucho esfuerzo, se giró y señaló hacia el lugar en el que una vez estuvo la entrada del río Escondido, en la que comenzaba su curso subterráneo. Kim tuvo la sensación de haber sido tocado por una mano de hierro invisible. La visión de la brecha, que parecía cortada por un cuchillo, le llenó de espanto. Creyó poder escuchar de nuevo las palabras de Brobing: «Mueven montañas». Él no lo había creído, pero ahora lo veía con sus propios ojos.

«¿Por qué lo habrán hecho?», murmuró Kim para sí. Pero conocía la respuesta, pues Brobing se la había dado mucho antes de que Kim se hubiera planteado la pregunta: «Hay bastante tierra nueva. Aún queda mucha. Y cuando ocurra nos iremos a otro sitio».

Fue el príncipe Priwinn el que primero se rehízo de la impresión que les supuso aquella terrible visión y, con sonrisa forzada, se dirigió a Rangarig.

—Me temo que no puedes marcharte ahora, viejo amigo. En este momento necesitamos tus servicios de una forma apremiante.

## XIV

Hora tras hora el batir de las alas de Rangarig los llevó hacia el norte. El aspecto de la tierra que tenían debajo no variaba. Donde antes se alzaban las impenetrables rocas de las Montañas de las Sombras, ahora discurría un río de hierro; el agua fluía recta y clara como el cristal, pero sin ningún tipo de vida. En una ocasión sobrevolaron un barco negro que, sin velas, remontaba el río a contracorriente mientras dejaba tras de sí un humo maloliente.

—¡¿Qué es eso?! —gritó Kim por encima del ulular del viento y el ruido de las alas.

—¡Es la gente del río! —vociferó Priwinn.

Era curioso que Kim no hubiera oído hablar de ellos. Priwinn pareció notar su perplejidad, pues hizo una breve pausa y continuó con tono colérico:

—Es mejor no encontrárselos. Son un pueblo de ladrones. ¡Piratas! Nadie sabe con exactitud de dónde provienen, pero se dice que es el río el que los transforma.

—¿Quieres decir que se vuelven malvados cuando...?

—¡... cuando entran en el río, exacto! —gritó Priwinn acabando la frase.

Ya no tenían fuerzas para hablar por encima del ruido que los rodeaba.

Vieron alguna que otra casa aislada a orillas del río de hierro, una pequeña granja e incluso una ciudad amurallada cuyas casas grises se ocultaban tras unos muros de hierro, a pesar de que en los alrededores no había nada a lo que pudieran temer los lugareños.

Kim estimó que llevarían tres o cuatro horas de vuelo y ya debían de haber realizado un trayecto que a él mismo, a Priwinn y a Gorg hubiera costado días de haber ido por tierra. Sin embargo, no parecía divisarse el final del curso del río. A derecha e izquierda, tan lejos como a Kim le alcanzaba la vista, no había nada más que roca gris y lava negra con aristas. La idea de asentarse en aquella zona le pareció absurda y equivocada. Aquella parte de la Creación no estaba pensada con ese objetivo. Aquí estaba tan solo el reino del silencio y la soledad, en el que, de una u otra forma, toda vida se extinguía. Finalmente, las montañas se hicieron menos escarpadas. El río continuaba discurriendo por su lecho de hierro, pero las agujas de lava que se erguían hacia el cielo a ambos lados se convirtieron en prominencias cada vez más planas, hasta que solo quedaron unas elevaciones algo onduladas de un tono marrón. El corazón de Kim comenzó a latir con fuerza a causa de la excitación. Se acercaban al país de los gigantes de hielo y pronto podrían ver el castillo del Final del Mundo. Luego, todo se decidiría. Los gigantes de hielo sabrían lo que había que hacer y, si no lo sabían, ya se encargaría el Rey del Arco Iris, que vivía detrás del gran abismo de la Nada. Kim ya había estado una vez allí y, si tenía que hacerlo, recorrería de nuevo el camino por complicado que fuera.

—¡Hace mucho calor! —dijo Rangarig de repente.

Kim salió de sus pensamientos y le miró perplejo.

«¿Demasiado calor?», pensó. Él estaba tiritando de frío a pesar de haberse enrollado en una manta y Cacho se había colado una vez más debajo de su camisa y temblaba como un flan. El viento era tan glacial que no solo le hacía brotar las lágrimas, toda su cara estaba congelada.

—¡Pues yo tengo mucho frío! —gritó el muchacho—. ¡Estoy a punto de convertirme en un témpano!

—Puede que te ocurra a ti —gruñó Gorg detrás de él—, pero, mira, ¿dónde está el hielo?

Kim se inclinó un poco hacia un lado para asomarse sobre el escamoso cuello de Rangarig y poder mirar hacia las profundidades. Debajo de ellos se extendía un desierto inacabable de lodo marrón, roto cada cierto tiempo por el reflejo fulgurante de algún charco medio helado. Pero hasta donde alcanzaba la vista ya no había hielo.

—¡Hace demasiado calor! —gritó de nuevo Rangarig—. Voy a bajar para echar un vistazo.

A Kim se le ocurrieron miles de cosas mejores que caminar por ese interminable lodo, pero Rangarig ya había plegado las alas y casi en picado se dirigía hacia el suelo. Al posarse levantó tanto barro que manchó a todos. Kim echó pestes, se pasó la mano por la cara y escupió barro y agua sucia. Cacho también dedicó al dragón una retahíla de insultos. El muchacho miró a su alrededor mientras tiritaba. No había nada más que fango y barro, todo ello de un tono marrón. Hacía frío, tanto frío que los dientes le castañeteaban. Pero, no tanto como debería. ¿Dónde estaba el río? ¿Dónde estaban los gigantes de hielo? Y, sobre todo, ¿dónde estaba el castillo del Final del Mundo, la inmensa fortaleza de hielo de los Guardianes del Mundo?

—¿De verdad tenemos que bajar? —preguntó Kim.

Priwinn miró el suelo embarrado mientras fruncía el ceño. Rangarig, seguramente debido a su enorme peso, se había sumergido en el barro hasta la panza. Tendría que moverse a costa de mucho esfuerzo.

Para alivio de Kim, Gorg dijo:

—¿Y adónde vamos a ir? Aquí no hay nada que merezca la pena ver. ¿Has encontrado el castillo del Final del Mundo, Rangarig?

—Puede que lo consiga si vuelo a una gran altura —reflexionó Rangarig—. Pero eso resultaría muy desagradable para vosotros.

—Entonces, será mejor que te esperemos aquí —dijo Priwinn—. Vamos.

Sin esperar respuesta, descendió de un salto del lomo del dragón y de inmediato se sumergió en el barro hasta las rodillas. Kim torció el gesto, pero se abandonó a su destino y siguió a Priwinn. Un segundo después los dos amigos se echaron a un lado espantados cuando Gorg, a su vez, saltó al barro y formó una nueva fuente de lodo marrón y pegajoso. Rangarig esperó a que se hubieran alejado unos pasos para erguirse y desaparecer en el cielo con un poderoso impulso.

Kim estuvo mirando hacia arriba hasta que el enorme dragón se convirtió en un diminuto punto dorado que acabó desapareciendo. El muchacho tiritaba y su temblor no se debía solo al frío. Le aterrorizaba algo que se percibía en aquel desértico paisaje lunar formado por barro y charcos casi congelados.

—¿Qué habrá pasado aquí? —murmuró con un estremecimiento.

Priwinn le miró confundido y también Gorg se mantuvo callado hasta que, de repente, de debajo de la camisa de Kim asomó un fragmento de carita de color rojo anaranjado y Cacho exclamó con repugnancia:

—Fueron ellos.

—¿Ellos?

—Los bípedos.

—¿Quieres decir...? —comenzó Priwinn.

—¿Quién si no? —Ahora no fue Cacho el que intervino, sino Sheera. El gato salió de debajo de la camisa de Gorg y trepó a sus hombros; a pesar de que, despreocupado, usó sus garras para subir, el gigante no pareció enterarse—. Estuvieron aquí, y no hace mucho. Aún puedo olerlos.

—No... no lo creo —le contradijo, aunque inseguro, Kim—. ¿Quién querría vivir en un paisaje como este?

—Nadie —dijo Cacho de nuevo—. ¿Y qué? Las cosas cambian. Esto antes era todo hielo. Ahora es barro. Pronto se secará y hará calor y se extenderá como una epidemia hasta que también quede destruida esta parte del mundo.

A Kim le sorprendió la ira que captó en la voz de Cacho. No la había notado nunca.

—Quizá... haya otra explicación —dijo Kim confuso. Al menos eso es lo que esperaba.

—Los campesinos necesitan la tierra para vivir —saltó Gorg colocándose a su lado. No parecía muy convencido.

—¡No tienen ningún derecho! —dijo Sheera acalorado.

—¿Por qué reaccionáis así? —preguntó Priwinn—. ¿A quién va a hacer daño que un par de montañas sean fértiles? Quizá pronto crezcan aquí árboles y flores...

—¿Porque es así como os gusta a vosotros? —le interrumpió el gato. Sus ojos se convirtieron en ranuras amarillas—. Oh, idiota de mí, yo pensaba que eras distinto a los demás... Pero estás igual de ciego. ¿Por qué todo el mundo debe tener el aspecto que os gusta a vosotros? ¿Crees que todo lo de aquí no tiene ningún sentido? ¿Piensas que solo tiene derecho a existir lo que os parece útil a vosotros? Estás loco, príncipe. Los desiertos, los mares, las montañas áridas y las tierras heladas, todo eso fue creado con algún objetivo. ¿Qué pasa si un día aparece un pueblo que se siente bien viviendo en un desierto seco? ¿Qué les dirías si empezaran a talar vuestros bosques?

—Pero hay una diferencia —replicó Priwinn—. Aquí no vive nadie.

—¿Y qué? —dijo Sheera—. ¿Crees que solo cuenta la vida? ¿Qué piensas acerca de la palabra «creación», bípedo? ¿Y, por ejemplo, de algo como «respeto»?

—Déjalo —gruñó Gorg—. Viene Rangarig. —Señaló al cielo en el que había aparecido un destello minúsculo.

Priwinn arrugó la frente.

—Ha vuelto muy rápido. No creía yo que pudiera regresar tan pronto.

—Sí —añadió Kim en el mismo tono dubitativo—. Y además no viene de la dirección correcta —aseguró sorprendido.

—Eso no tiene nada de particular —apuntó Cacho con voz seca—. Porque ese no es Rangarig. ¡¡CORRED!!

La última palabra la dijo tan alta que retumbó en los oídos de Kim. Con un impulso enorme Cacho saltó desde dentro de la camisa, se metió en el barro y, de inmediato, se sumergió en él. Sheera emitió un bufido de susto y fue tras él de un brinco.

El destello del cielo se transformó en una enorme silueta plateada que se acercaba a toda velocidad. No, no era Rangarig.

Pero era un dragón.

Era inmenso, mucho mayor que Rangarig y, aunque resultaba difícil de describir, parecía más feroz que él, una máquina monstruosa con alas de acero y brillantes dientes de cromo. Sus movimientos eran torpes y poco articulados, como una marioneta manejada por alguien que aún no supiera controlarla del todo. Y mientras que el vuelo de Rangarig iba siempre acompañado por un potente sonido, ahora solo se oía un continuo gemido, algo así como el rítmico matraqueo de un monstruoso corazón de hierro. De los ollares del dragón de acero salía humo gris; sus ojos, de cristal y diez veces más fijos que los de una serpiente, brillaban con un amenazador y siniestro tono verdoso. En el cuello metálico del monstruo iban sentadas cuatro o cinco figuras vestidas con raídas capas negras: eran enanos. Incluso a esa distancia, Kim pudo oír sus gritos triunfales, como si estuvieran viendo debajo de ellos a una víctima indefensa.

Finalmente, Kim y los demás salieron de su inmovilidad. Gorg fue el primero que se dio la vuelta y comenzó a huir con pasos gigantescos mientras gritaba con todas sus fuerzas:

—¡Separaos! ¡Corred cada uno en una dirección para que no puedan atraparnos a todos a la vez!

Kim, de forma instintiva, quiso seguir al gigante, pero al oírle se dio la vuelta y corrió en dirección contraria. Priwinn también salió disparado, lo mismo que Cacho y el gato; y un segundo después una sombra impresionante oscureció el cielo. Kim notó un impacto tremendo al golpearle el viento huracanado que procedía de las alas del dragón.

La maniobra que hicieron despistó a sus atacantes. Ya no eran tres víctimas minúsculas colocadas una al lado de la otra y que, seguramente, podrían ser aniquiladas con un solo golpe. Ahora, de repente, eran tres las siluetas que corrían en varias direcciones y describían zigzags. El ataque del dragón resultó inútil. Kim escuchó un grito de furia cuando las aceradas garras del monstruo no consiguieron hacerse más que con barro. Luego, aquella figura voladora les pasó tan cerca que la ráfaga del aire desplazado los derribó y fueron arrastrados varios metros por el barro.

El blando lodo amortiguó el impacto, pero Kim no podía respirar y se quedó cegado por unos segundos. Cuando, entre toses y náuseas, consiguió erguirse y quitarse el lodo de los ojos, el dragón había vuelto a ganar altura y se preparaba para iniciar un nuevo ataque.

Kim no se sorprendió demasiado al adivinar el curso que iba a seguir la bestia de acero y se percató de que el próximo ataque iría dirigido a él. Se puso en pie a toda velocidad, dio unos cuantos pasos, dobló a la derecha, dio otros pasos más, torció ahora a la izquierda y acabó volviéndose y corriendo en línea recta, justo en la dirección de la que venía.

También tuvo suerte esta vez. Las garras del dragón fallaron por un metro escaso y le pasaron muy cerca, pero ahora Kim estaba preparado para aguantar la ráfaga de viento y, al pasar el dragón sobre él, consiguió no caerse al suelo.

Pero, para lo que no estaba preparado era para que un cuerpo de un metro de largo golpeara su cuello y le hiciera caer todo lo largo que era sobre el barro.

El muchacho se hizo un ovillo de forma instintiva y, debido a su peso, arrastró por el barro a lo largo de varios metros a su indeseado huésped, luego se puso de nuevo en pie. Se pasó las manos por los ojos para, al menos, poder ver algo. Una mano reseca le agarró por el tobillo y tiró de él. Kim se soltó pero enseguida notó otras dos manos que le sujetaban como lapas mientras él intentaba defenderse y mantener el equilibrio sobre el suelo embarrado. A izquierda y derecha surgieron del barro otras flacas y diminutas figuras. Eran enanos, que habían saltado de los lomos del dragón.

Media docena de ellos resultaban demasiado, incluso para Kim. Sujetó a dos o tres de ellos y los lanzó por los aires, pero se pusieron de nuevo en pie a una velocidad asombrosa y lucharon como posesos.

Kim se inclinó ante una auténtica lluvia de golpes y patadas y su cara se llenó enseguida de sangre. Cada vez le resultaba más complicado esquivar los violentos golpes y notó que sus fuerzas comenzaban a debilitarse.

Su intento de salvar por segunda vez el País de los Sueños y de los cuentos habría encontrado en ese momento un final poco glorioso de no haber sido porque, de repente, apareció sobre ellos una figura gigantesca que levantó del suelo a los enanos como si fueran fruta caída.

Gorg lanzó a los gnomos a varios metros de distancia. Uno de ellos, más pendenciero que los demás, sacó un cuchillo e intentó clavárselo a Kim, pero el muchacho le arrebató el arma y la rompió en dos trozos delante de sus narices; ante eso, el enano huyó entre gritos de terror. A continuación, el gigante puso en pie a Kim con brusquedad.

—¡Fuera! —bramó—. ¡Echa a correr!

Pero únicamente dio unos cuantos pasos. Con un grito monstruoso, el dragón de acero apareció ante ellos en el cielo, se posó con las garras abiertas sobre el barro y extendió las alas para formar con ellas una infranqueable pared de hierro. Una pared dotada de garras y dientes que exhibía de forma amenazadora.

Gorg gritó a causa del susto. Se echó hacia la izquierda, arrastró consigo a Kim y, luego, retrocedió al observar que del morro del dragón surgía un delgado rayo azul que se ramificaba y acababa explotando contra el barro, muy cerca de sus pies. Un arco de lodo y vapor ardiente los salpicó haciéndoles gritar por el dolor de las quemaduras.

A pesar de eso, rápido como un rayo, Gorg se dio la vuelta e intentó escapar una segunda vez. En esta ocasión solo se salvaron por un pelo del fuego del dragón y Kim escuchó el gemido del gigante en el instante en que el calor chamuscaba su piel.

—¡Ya está bien, locos! —chilló una voz desagradable detrás de ellos—. ¿Es que de verdad queréis morir?

Kim reconoció la voz incluso antes de volverse y mirar a Jarrn a la cara. El enano estaba hundido en el barro casi hasta las caderas y su cara estaba salpicada de lodo. A pesar de eso no había la menor duda: era Jarrn, el enano con el que había empezado todo.

—Podéis elegir —dijo aquel ser maligno—. Si no os dais por vencidos os aniquilaré ahí mismo. A mí me da igual.

Gorg le miró furioso desde su altura.

—¡No tengo miedo a morir!

Jarrn le miró con gesto despectivo.

—Eres tan tonto como para eso. Pero de ti no quiero nada. —Señaló a Kim e intentó erguirse un poco más, pero el barro pegajoso se lo impidió—. Solo le queremos a él. ¡Dádnoslo y no os ocurrirá nada!

—Una propuesta así solo puede hacerla un enano —dijo Priwinn, que apareció detrás de Jarrn y estaba tan cerca que le hubiera bastado dar un paso para atrapar al enano. Pero, entre él y su enemigo, aparecieron otros tres enanos que le amenazaron con sus armas—. ¿Piensas que vamos a sacrificar a uno de los nuestros para que se salven los demás?

Jarrn no se dignó a responder al príncipe. La mirada de sus astutos ojos se clavó en la de Kim.

Los pensamientos del muchacho circulaban muy rápidos. El dragón se elevaba por detrás de ellos como si fuera una montaña de acero; estaba preparado para aniquilar cualquier cosa en cuanto recibiera la menor señal de Jarrn. Y el chico pudo leer en sus ojos que el enano estaba totalmente decidido a hacer esa señal.

—Está bien, Priwinn —dijo Kim en voz baja—. Voy a hacer lo que quiere.

Priwinn soltó con un jadeo:

—¡Estás loco! ¡Te van a matar!

Si hubieran querido podían haberlo hecho hacía rato, pensaba Kim; sin embargo, por algún motivo desconocido, querían prenderle vivo. Pero no dijo nada de eso, miró al enano con ojos penetrantes y habló:

—¿Me das tu palabra de que, si me voy con vosotros, dejarás a los demás en libertad?

—Seguro —afirmó Jarrn—. No tengo nada contra ellos.

—¡No lo hagas! —Priwinn se acercó a Kim con ademán de súplica, pero los enanos le cortaron el paso y blandieron amenazantes sus armas.

—Te acompaño —aseguró Kim—. Yo... no voy a oponer ninguna resistencia, lo prometo.

Extendió sus manos vacías y dio un paso en dirección a Jarrn pero, una vez más, el muchacho se cayó en el pegajoso lodo cuando el dragón de acero, sin previo aviso, se elevó en el aire y generó un viento huracanado que hizo que todos perdieran el equilibrio. Entonces, brilló en el cielo sobre sus cabezas una sombra dorada que, con un estridente bramido, se precipitó contra el dragón. El monstruo mecánico intentó ganar altura para tratar de lanzarse y apresar a su adversario. Pero el dragón de oro, debido a su menor tamaño, era más rápido. Sus poderosas alas alcanzaron el cuerpo metálico de su rival y le hicieron revolotear como una hoja desprendida de un árbol. Segundos más tarde, las doradas garras se incrustaron en el lomo del monstruo de acero e hicieron saltar chispas de él.

—¡Rangarig! —gritó Priwinn. Se volvió y dio un paso amenazador en dirección al enano—. Bueno, hombrecito, creo que ahora las cosas han cambiado.

Jarrn tragó saliva un par de veces. Se pudo apreciar que, bajo la corteza de barro que le embadurnaba, su cara perdía algo de color.

—Está bien —comenzó a decir el enano algo inseguro—. A lo mejor podríamos hablarlo, con toda tranquilidad...

No pudo seguir. Priwinn le sujetó con los brazos abiertos y en el mismo momento Kim apresó por el cuello a uno de los enanos que estaba desprevenido; con la otra mano le arrebató el arma. Gorg abrió con calma los brazos y apresó al mismo tiempo a otros dos de aquellos desagradables seres; el resto se dio a la fuga.

Pero, no fueron muy lejos. Del barro surgieron de repente dos cuerpos recubiertos de lodo pegajoso y los dos enanos rodaron por el suelo entre gemidos en el momento en que Sheera y Cacho cayeron sobre ellos e hicieron uso de sus dientes y garras. La batalla, si se podía llamar así a aquellos forcejeos y empujones, duró muy poco tiempo y, al cabo de un momento, los enanos estaban desarmados y retenidos. Kim sujetó al gnomo que había atrapado, lo enrolló con su propio abrigo y lo llevó al lugar donde Priwinn y Gorg habían dejado a sus presas. Cacho empujó hacia ellos a un enano que parecía aterrorizado y el gato se mantenía sentado sobre el pecho del otro y le mostraba unos dientes que no eran más cortos que los dedos de su prisionero.

—Déjalo, Sheera —dijo Gorg—. La batalla ha terminado.

—De todas formas no me gusta cómo sabe —se quejó el gato.

La mirada de Kim se dirigió al cielo. Los dos gigantes seguían dando vueltas allá arriba y luchaban con dientes, garras, colas y alas. Se habían alejado un buen trecho, pero era tal el estrépito que surgía de su despiadada lucha, que Kim y los demás tuvieron que gritar para hacerse entender.

—¡Lo conseguirá! —exclamó Priwinn—. ¡Rangarig vencerá! ¡Mirad!

—Yo no estaría tan seguro —refunfuñó Jarrn, luego se calló, asustado, al notar que Priwinn le lanzaba una mirada amenazadora.

Pero Kim tampoco parecía tan seguro como el Príncipe de las Estepas en lo relativo al final de la lucha. Los dos gigantes mantenían su vuelo circular, uno alrededor del otro, como aves de presa. Las garras de Rangarig golpeaban una y otra vez contra el dragón de acero y hacían saltar chispas de su cuerpo; en un momento dado, Kim vio que algo se desprendía y caía al suelo muy lejos de él. Por fin, las garras de Rangarig rompieron un gran pedazo de ala metálica y aquello valió una serie de gritos de júbilo lanzados por Priwinn.

Sin embargo, el dragón dorado también fue alcanzado una y otra vez. Sus movimientos se hicieron más lentos y casi tan torpes como los de su adversario. Kim comprobó que le costaba mucho esfuerzo mantenerse en el aire.

De repente, el dragón de acero soltó un sutil rayo de color blanco azulado que alcanzó en pleno pecho a Rangarig. A pesar de la gran distancia, Kim pudo ver cómo enrojecían las escamas de oro. Rangarig bramó de dolor, desplegó sus alas e intentó catapultarse hacia arriba, pero sus fuerzas no se lo permitieron. Por un momento, pareció quedar colgado en el cielo, inmóvil, como un gran dragón de papel pendiente de hilos invisibles, luego se inclinó hacia delante y, desvalido, se precipitó hacia el suelo.

Gorg inspiró muy hondo y Kim gritó al ver caer como una piedra al dragón.

—¡No! —exclamó—. ¡Rangarig, no!

Y surgió el milagro.

En el último momento, cuando todos pensaban que el dragón se estrellaría contra el suelo, Rangarig desplegó las alas y, con un poderoso esfuerzo, detuvo su caída. Apenas a un metro de distancia del suelo se deslizó de nuevo a las alturas y con un giro pasó casi por delante de su adversario y se colocó sobre él. Cuando el dragón mecánico quiso darse cuenta de sus intenciones, de la boca de Rangarig salió una inmensa llamarada que le envolvió.

Kim cerró los ojos cegado por la explosión del monstruo de metal, que destelló con un intenso rayo de un chillón anaranjado. Llovió ceniza en un amplio perímetro y, luego, cayeron al suelo grandes trozos de chatarra incandescente.

—Lo ha conseguido —festejó Priwinn—. ¡Lo ha aniquilado! ¡Kim! ¡Gorg! ¡Estamos salvados! —dijo dando un salto de júbilo, luego abrazó a Kim y estuvo a punto de hacer lo mismo con uno de los enanos antes de darse cuenta, en el último momento, del sujeto que tenía delante. Golpeó al gnomo y le hizo caer de nuevo al barro.

Kim no se sentía tan satisfecho como el Príncipe de las Estepas. Estaba muy preocupado por Rangarig.

El dragón de oro se tambaleaba y sus movimientos eran cada vez más inseguros. Perdió altura, estuvo a punto de caer varias veces, pero consiguió volver a elevarse a fuerza de un penoso batir de alas. No pudo mantener su curso durante mucho tiempo y describió un zigzag en el cielo. Kim pudo ver que de sus alas se habían desprendido grandes trozos. Y por todas partes, entre sus doradas escamas, había zonas cubiertas de sangre.

Priwinn volvió a erguirse y añadió, dirigiéndose a Jarrn:

—Y ahora, ¿qué era lo que decías con tanto acierto? ¿Podemos hablarlo todo de nuevo?

Jarrn le lanzó una mirada llena de odio.

—¿Qué quieres? —masculló—. No quiero pelear contra ti.

—Pues yo sí —contestó Priwinn—. Y te aconsejo que no te resistas o de lo contrario te vas a enterar enseguida de cómo se ha sentido tu amigo de hojalata cuando estaba ahí arriba.

—Me temo que eso lo vamos a saber todos muy pronto —chilló Cacho.

Priwinn le miró un segundo con el ceño fruncido y luego echó muy atrás la cabeza al darse cuenta de lo que quería decir el animalejo.

Rangarig había dejado de tambalearse por el aire como si estuviera borracho.

Avanzaba como una flecha con las alas muy pegadas al cuerpo, la boca abierta y las garras extendidas.

—¡Aniquilar! —bramaba—. ¡Matar! ¡Sí! ¡Síí!

Probablemente la única circunstancia que les había salvado la vida a todos era que el dragón se encontraba extenuado y medio fuera de sí por el dolor y la cólera. Los amigos se protegieron dispersándose en distintas direcciones y los enanos también echaron a correr tanto como pudieron, pero Rangarig hubiera sido más rápido si, de verdad, se hubiera propuesto alcanzarlos. Kim se dio cuenta de lo que ocurría cuando el dragón aún estaba sobre ellos.

Se lanzó horrorizado al barro y se puso las manos sobre la cabeza. Una llamarada de un blanco deslumbrante pasó por encima de ellos y convirtió en vapor un trozo de barro del tamaño de un balón de fútbol. Se alzó una tremenda explosión de agua y barro que envolvió al dragón.

—¡Síííí! —bramó Rangarig—. ¡Maaaaatar!

Mientras tosía, Kim se puso a cuatro patas y con los ojos llorosos notó a su lado un movimiento que se le acercaba.

Era uno de los enanos. Se había caído de cara y como tenía atados los pies se ahogaba a causa del barro que le entraba por la boca y la nariz. Kim le puso de pie y le limpió la cara con las manos, luego le sacudió hasta que el diminuto ser fue capaz de respirar. Se dio cuenta de que era Jarrn. Y este también le reconoció, pues le agradeció que le salvara la vida a base de intentar morderle un dedo. Kim le empujó de nuevo al barro, aunque procuró que no cayera de cara, y miró a su alrededor en busca de Rangarig. El dragón estaba un poco más allá y se tambaleaba. Intentaba mantenerse en pie y volverse, pero parecía que sus fuerzas habían llegado al límite y estaban agotadas: titubeó, se inclinó hacia un lado y se desplomó.

Casi sin pensarlo, Kim se puso de pie y avanzó por el barro, tan rápido como pudo, en dirección a Rangarig. Por detrás escuchó que Priwinn le gritaba y el gigante también bramaba ordenándole que regresara. Pero él no quiso escuchar nada y siguió su carrera a la velocidad que le permitían sus piernas. En el momento en que, por fin, alcanzó al dragón, el corazón le golpeaba como si quisiera romperse y la garganta le abrasaba como si hubiera respirado cristales molidos.

Rangarig estaba tumbado de lado. Parecía que una de sus alas estaba rota, pues no podía cerrarla del todo. Su pecho jadeaba a causa de la respiración agitada y dificultosa. Kim gimió al ver las terribles heridas que le había infligido su enemigo de acero.

Luego dirigió su vista a la escamosa cara. Ya no era Rangarig. Tenía el semblante ensangrentado y destrozado, como el resto de su cuerpo, pero eso no era lo peor; Rangarig era un ser de tal poderío físico que hubiera podido sobrevivir a esas heridas. Pero sus ojos ya no eran los del dragón dorado que él conocía y amaba.

Eran los ojos de un monstruo.

Kim le clavó la mirada y todo lo que pudo ver fue muerte y odio. Un odio descontrolado e indomable contra todo lo que vivía y se movía; la rabia de un monstruo creado tan solo para destruir. Se abrió su destrozada mandíbula y la sangre y la espuma cayeron en el barro y, muy dentro de la garganta de Rangarig, Kim pudo ver un fuego siniestro. Una respiración como un aliento que procediera del infierno.

—Por favor, Rangarig —murmuró Kim—. ¡Por favor, vuelve a ser tú mismo!

El dragón gruñó. Alzó una pata con mucho esfuerzo e intentó golpear a Kim, pero las fuerzas no le respondieron. Su poderoso pecho se elevaba y descendía a golpes de una respiración pesada e irregular y el barro a su alrededor se tiñó de un color rosáceo debido a sus sangrantes heridas.

—Destrozado —retumbó—. Le he... destrozado. Síííí.

—Lo has conseguido —dijo Kim—. Le has vencido. Nadie se puede comparar contigo, Rangarig. Nos has salvado la vida a todos.

—Destrozado —repitió Rangarig.

Su miraba centelleó. Por un momento el muchacho creyó ver en sus ojos que le reconocía, pero aquello pasó de inmediato y la mirada de Rangarig fue otra vez la de un asesino que no había matado al muchacho, únicamente, porque no disponía de fuerzas para hacerlo. Kim se dio cuenta de repente de que le quedaban muy pocos segundos para poder escapar a la carrera. Pero en lugar de eso, dio un paso más en dirección al dragón.

—Vuelve en ti, Rangarig, ¡te lo suplico! ¡Tienes que reconocerme!

—Vete —murmuró Rangarig—. ¡Sálvate!

—¿Me reconoces? —Kim se alegró en su fuero interno. Había conseguido que Rangarig recuperara la razón y volvería a lograrlo de nuevo—. ¡Me reconoces! —aseguró—. ¡Todo va a ir bien!

Alguien se le acercó por detrás, pero el chico no se volvió hasta que Gorg le colocó la mano sobre el hombro para decirle en voz baja:

—Vamos. Ya no puedes hacer nada más por él.

—¡No! —gritó Kim. Luego, intentó soltarse de la mano de Gorg, pero el gigante le tenía bien sujeto.

—Debemos irnos —dijo Gorg—. Tenemos que esfumarnos antes de que recobre las fuerzas o nos matará a todos.

—¡Matar, síííí! —salió el grito de la garganta de Rangarig.

—¡Rangarig es mi amigo! —protestó Kim—. ¡Nunca me haría nada!

El gigante sacudió la cabeza con tristeza.

—No, Kim —dijo—. Eso era antes. Ahora ya no es el viejo Rangarig. Este dragón es nuestro enemigo.

Y Kim reconoció que Gorg decía la verdad. Se había equivocado, a pesar de que Rangarig se lo había advertido de antemano.

Todos se habían equivocado en cuanto al final de la batalla. Rangarig había aniquilado a su adversario. Pero, al final, el dragón de acero y fuego también parecía haber vencido al de carne y sangre.

Para que pudieran caminar, pero no tuvieran posibilidad de escapar, habían atado a los enanos con jirones de tela cortados de sus pequeñas vestimentas. Si bien era cierto que todos habían salido a la carrera de allí, no seguían otra orientación que alejarse todo lo posible del dragón. En aquel monótono desierto de barro y hoyos rellenos de agua era difícil hacerse una idea de las distancias y menos aún captar la sensación del paso del tiempo.

El barro era pegajoso como el almíbar y tan profundo que, en ocasiones, Kim se hundía hasta las caderas antes de que sus pies encontraran un suelo firme en el que apoyarse. Cada paso parecía costar el doble de esfuerzo que el anterior.

No habían caminado más de media hora cuando se detuvieron, pues no eran solo las fuerzas de Kim las que se habían agotado. Los enanos se arrastraban con muchas dificultades y más de una vez tuvieron que agarrar por el pelo o los brazos a aquellas pequeñas figuras para sacarlas del barro y evitar que se ahogaran. Priwinn también se tambaleaba al caminar, e incluso la respiración de Gorg se notaba muy acelerada. Por fin alcanzaron algo que parecía una isla dentro del océano de barro en el que se había sumergido lo que una vez fue el Desierto Glacial. Era una mancha pequeña y casi redonda de suelo medio seco en la que se detuvieron para descansar. Solo por un momento, pensaron, pero se quedaron allí casi media hora y todos ellos, incluidos los prisioneros, se tumbaron agotados mientras Gorg montaba guardia.

Lo primero que vio Kim al abrir los cansados ojos y sacudirse un poco para aclarar su vista, fue a Jarrn. El enano estaba agachado a su lado y le miraba con una mezcla de cólera y desprecio. El muchacho, por su parte, miró a su adversario con mucha atención, puede que fuera la primera vez que le contemplaba cara a cara. Aquel pequeño rostro estaba muy sucio y resultaba algo más que desagradable. Kim intentó descubrir en él algo de confianza, un rastro amistoso, pero no lo consiguió. Sabía que era imposible, pues aquella cara daba la sensación de estar compuesta únicamente a base de maldad. En los oscuros ojos del hombrecillo no había la menor calidez, solo codicia y un odio que no se dirigía hacia nada en particular, sino contra todo, ya fuera persona o cosa, incluso contra él mismo.

—Bueno —chirrió Jarrn después de que ambos se observaran en silencio durante un tiempo—. ¿Satisfecho?

—¿Con qué? —Kim se sintió irritado.

El príncipe Priwinn, que se había tumbado a su lado envuelto en una manta con el brazo derecho debajo de la cabeza a modo de almohada, abrió los ojos y miró a Kim interrogante, pero no dijo nada.

—Con la situación en la que nos has metido, ¡maldito loco! —chilló Jarrn—. Vamos a morir todos gracias a tu estupidez.

—¿Cómo dices? —murmuró Kim.

Ahora Priwinn levantó la cabeza y miró al enano.

—No estaríamos aquí si te hubieras entregado de inmediato —continuó Jarrn.

Aquella insolencia hizo que Kim se quedara sin respiración, pero se dio cuenta de que Jarrn hablaba en serio. El enano le echaba la culpa de la complicada situación en la que se encontraban.

—Ese estúpido Rangarig nos va a matar a todos —continuó Jarrn entre maldiciones—. No tengo ni idea de qué huimos. Igualmente podríamos quedarnos aquí y esperar a que nos atrapara...

—No va a pasar nada malo —dijo Gorg con sorprendente tranquilidad.

El enano echó la cabeza hacia atrás y le miró desde abajo.

—¿Ah, no? ¿Y eso por qué?

—Rangarig está malherido. Va a necesitar mucho tiempo hasta que pueda recuperar las fuerzas. Será suficiente para que pensemos algo. —Gorg señaló con un movimiento de cabeza al gato, que se había acomodado en su regazo y cerraba los ojos alternativamente. Con el que tenía abierto observaba receloso a la media docena de enanos atados—. Sheera había olfateado a algunos pobladores de esta zona justo antes de que cayerais sobre nosotros. Con un poco de suerte, podremos encontrarlos.

—Con un poco de mala suerte, querrás decir —corrigió el enano. Hizo un ruido grosero—. Sí, sí. Estamos muy cerca, en eso el gato tiene razón. Pero, yo no os aconsejaría que siguiérais por ese camino.

—¿Por qué no? —preguntó Priwinn.

—Son la gente del río —contestó Jarrn—. Una pandilla de ladrones. Nadie está a salvo de ellos. Ni vosotros tampoco, creedme.

—¿Gente del río? —Kim pensó en el barco siniestro que habían visto—. Si tienen algo contra vosotros los enanos, eso significa que están a nuestro favor.

—Te doy mi palabra de que tienen algo contra nosotros —replicó Jarrn.

—Tiene razón —dijo Priwinn—. Lo mejor es que rodeemos a esa gente del río.

—¿Ah, sí? —Jarrn hizo una mueca—. ¿Y por dónde queréis ir, comedores de hierba?

La mirada de Priwinn dejó claro que más tarde le hablaría sobre la expresión «comedores de hierba». Pero en ese momento pasó por alto la ofensa y señaló al norte.

—Hacia allá es adonde hemos querido ir todo este tiempo —dijo—. Tenemos que encontrar el castillo del Final del Mundo.

Kim no estaba seguro, pero por un instante creyó ver un miedo enorme en los ojos del enano.

—¿El castillo... del Final del Mundo? —graznó Jarrn—. ¿La fortaleza de los Guardianes del Mundo?

—Eso es —dijo Priwinn.

Jarrn sacudió la cabeza con desprecio, miró con ojos pérfidos a Kim y a Priwinn y acabó encogiéndose de hombros. Se puso en pie con trabajo y, por un momento, observó alrededor con los ojos entrecerrados.

—Vamos —dijo—. El camino es largo.

Y lo era de verdad. Durante todo el día avanzaron entre el barro y únicamente en contadas ocasiones encontraron islotes secos en los que pudieron descansar algo.

Casi nadie hablaba, pues necesitaban todas sus fuerzas para llevar adelante la pesada tarea de hacer avanzar los pies sobre aquel pegajoso suelo.

Cuando empezó a oscurecer, uno de los enanos se soltó e intentó huir. Gorg no se molestó en seguirle, simplemente hizo una señal a Sheera. El enano regresó sangrando a causa de los arañazos recibidos y, una vez que se le hubo atado otra vez con unas tiras extraídas de su capa, ninguno de sus camaradas intentó huir.

Con la última luz del día, los penetrantes ojos de Cacho encontraron en dirección sur una elevación que sobresalía del barro. Se dirigieron hacia ella y la alcanzaron cuando el sol no era más que una fina línea roja en el horizonte. Pero lo que vieron iluminado por aquella última luz roja, era... muy extraño. Inquietante.

Delante de ellos, entre el mar de fango, había una isla formada a base de barro seco. Era mayor que las anteriores y en el centro se elevaba una protuberancia de hierro oxidado de unos tres metros de altura; en su superficie se abrían numerosos agujeros muy pequeños.

El aire olía de una forma muy particular y al encaminarse hacia la prominencia pudieron oír apagados zumbidos y susurros que parecían emerger del interior.

—¿Qué es eso? —preguntó Priwinn asombrado. Se acercó con cuidado a aquel curioso trasto de hierro, se detuvo ante él y estiró una mano. Apenas lo tocó un instante antes de echar la mano hacia atrás. En su cara se dibujó una expresión de extrañeza—. ¡Está caliente!

Kim le siguió curioso y también puso la mano en un lado de la protuberancia. El metal estaba oxidado y parecía muy antiguo; estaba muy caliente, como un horno cuyo fuego no se hubiera extinguido del todo. Turbado miró a Priwinn y luego al gigante. Por fin, y como por casualidad, se encontró con la mirada del enano.

Jarrn y los demás se habían quedado rezagados unos pasos. Ninguno de los gnomos, excepto Jarrn, miraba hacia ellos y su expresión era cualquier cosa menos alegre, más bien parecían temerosos. ¿Por qué?

De repente, Priwinn inspiró con tanta fuerza que Kim se volvió asustado hacia él. El príncipe miraba la prominencia de hierro con los ojos desorbitados por la incredulidad; luego se dio la vuelta y de un salto se colocó al lado de Jarrn y, sujetándole por el cuello, le alzó al aire.

—¡Malditos enanos! —bramó el Príncipe de las Estepas mientras lo sacudía con tal violencia que el enano comenzó a chillar y a patalear—. ¡Esto es obra vuestra! Lo habéis hecho vosotros, ¿verdad? ¡Esto es lo que ocurre aquí!

Kim no entendía nada. Miró a ambos y luego al chisme de metal que emitía un poderoso y ardiente aliento y, de nuevo, le vino a la cabeza la semejanza con un horno. Y, entonces, lo entendió.

—¡El hielo! —dijo—. ¡Esta... esta cosa... derrite el hielo!

Priwinn sacudió al enano con más fuerza.

—¡Y sois vosotros quienes lo habéis construido! ¿Verdad que sí? ¡Responde, enano!

—¡Déjame, bruto! —chilló el enano.

Priwinn le soltó tan de golpe que aquel ser se precipitó contra el barro y se hundió profundamente en él.

—¿Cuántos cacharros hay como este? —continuó interrogando Priwinn.

—Muchos —contestó Jarrn en voz baja—. Te lo puedes imaginar, ¿verdad? No sé cuántos, quizá unos mil. Hemos trabajado mucho en ellos. No te creas que ha sido fácil.

—Pero, ¿por qué? —murmuró Kim—. ¿Por qué... hacéis esto, Jarrn?

—¡Por qué, por qué! —dijo Jarrn imitando su voz—. Ellos lo han querido así.

—¿Quiénes son ellos? —preguntó Priwinn con tono amargo.

—La gente del río —contestó Jarrn—. Nos buscaron e hicimos un trato.

—¿Un trato para destruir el país?

Kim hizo un gesto tranquilizador dirigido a Priwinn.

En un tono tan objetivo que le sorprendió a sí mismo, se dirigió a Jarrn:

—Cuenta.

—No hay mucho que contar —dijo el enano intentando escabullirse.

Su mirada se dirigió a las manos de Priwinn, como si temiera que fuera a pegarle.

—Ellos querían que expulsáramos al monstruo y nosotros lo hicimos.

—Al Gusano con Zarpas —supuso Gorg.

Jarrn asintió.

—Sí. Luego quisieron hacer un canal entre las montañas y lo obtuvieron. Y al final quisieron esto: calor para conseguir que estos terrenos fueran fértiles. Hicimos lo que querían. Nosotros cumplimos el trato al pie de la letra. Sin embargo ellos nos mintieron. Al querer cobrar nuestros honorarios se lanzaron a darnos caza y los que no resultaron lo bastante rápidos fueron capturados y encadenados. Esos desgraciados aún trabajan para ellos.

—Os han dado gato por liebre —dijo Priwinn sin una pizca de alegría por el mal ajeno—. Sois unos estafadores estafados.

—¡Nosotros no estafamos! —protestó Jarrn—. ¡Nunca hemos estafado a nadie!

—Eso es verdad —dijo Gorg.

Priwinn le echó una mirada venenosa y luego se dirigió al enano.

—¿Y dónde están situados todos esos hornos? —quiso saber—. ¿Hasta qué zona del país los habéis llevado?

—Eso no lo sé —contestó Jarrn—. Nosotros solo los construimos y la gente del río se encargó de colocarlos.

—¿Entonces... entonces es posible que todo esté destruido sin remedio? —tartamudeó Priwinn con tono dubitativo.

Jarrn se mantuvo callado. Y, a pesar del calor que emitía el artefacto de hierro, Kim sintió que un escalofrío le recorría la espalda.

## XV

Cuanto más avanzaban hacia el norte, más calor hacía. El aire ya no era tan frío, no resultaba tan doloroso de respirar y cada vez con más frecuencia se detenían en islas secas en medio del desierto de barro en que se había convertido el mundo de los gigantes de hielo. Las máquinas fabricadas por los enanos, y lo que habían hecho con ellas la gente del río, no solo parecían haber sembrado el desbarajuste en aquella parte del país, también habían puesto de cabeza las leyes de la naturaleza.

Cuando el sol estuvo en su punto más alto avanzaron sobre un suelo seco en el que únicamente a veces encontraban algún charco o un pequeño hoyo lleno de barro. Al llegar al final de su segunda jornada de caminata les pareció que ya tenían la meta al alcance de la mano: el castillo del Final del Mundo, la fortaleza al margen del tiempo, el asentamiento de los poderosos Guardianes del Mundo.

A mediodía, los agudos ojos de Sheera vislumbraron las torres de hielo y, poco después, también Kim vio que en el horizonte se distinguía un brillo blanco y resplandeciente.

Esta visión, junto con el alivio de comprobar que el castillo del Final del Mundo había sobrevivido al exterminio del Desierto Glacial, les dio nuevas fuerzas. A pesar de que durante la noche anterior habían liquidado sus últimas provisiones y de que todos estaban agotados por la marcha de dos días, continuaron su avance a un ritmo muy rápido; no obstante tuvieron que pasar horas hasta que se cercioraron de que se acercaban al castillo construido con nieve y hielo. Pero cuanto más se acercaban a la poderosa estructura de las refulgentes torres de hielo, más violento se sentía Kim.

Y no era el único. En la cara de Gorg también se dibujaba, poco a poco, una expresión de inseguridad y preocupación. Priwinn se mostraba cada vez más callado y durante el último tramo del camino no pronunció ni una sola palabra.

No se trataba únicamente de que no se acercara nadie a saludarles. Los gigantes de hielo vivían recluidos en su fortaleza al borde de la eternidad y no se ocupaban del resto del mundo. Pero a cada paso que se acercaban al castillo de los Guardianes del Mundo más intensamente percibían que algo no iba bien por allí. Hasta que, con angustia, pudieron reconocer de qué se trataba. La poderosa puerta de hielo con el número ocho grabado en horizontal –el símbolo del infinito– estaba cambiada. La reflectante superficie de hielo pulido y lechoso era mayor que la de algunos castillos que Kim había podido ver en Luna de Leyenda. Pero las siluetas de las almenas de hielo resultaban demasiado pequeñas y redondeadas. Las torres de la fortaleza eran como inmensas velas que se hubieran doblado sobre sí mismas a causa del calor del sol y los muros de hielo estaban inclinados y comenzaban a desplomarse debido a su propio peso.

¡El castillo del Final del Mundo comenzaba a derretirse!

Kim se detuvo una docena de pasos antes de llegar a la puerta, miró aquella imponente mole de hielo y frío cristal y, sencillamente, se negó a admitir lo que le mostraban sus ojos. Notó el aliento glacial que emitían los muros de hielo y todos empezaron a tiritar otra vez por efecto del frío.

La desgracia que había caído sobre aquella zona del mundo también había puesto su mano sobre el castillo. La monstruosa masa de hielo no se derretía tan deprisa como los témpanos que cubrían el país y sus ríos, y quizá el castillo del Final del

Mundo aguantara unos años más hasta que, finalmente, solo fuera un recuerdo en aquella región de Luna de Leyenda. Pero al final desaparecería. Kim sintió una tristeza tan profunda que se convirtió en un dolor físico. Habían arriesgado mucho para llegar hasta allí. Uno de sus amigos había sacrificado su vida para alcanzar ese objetivo y, posiblemente, todos ellos perecieran antes de encontrar al Rey del Arco Iris. Y todo a cambio de una última y desesperada ilusión basada en la minúscula posibilidad de que el Guardián del Infinito volviera a influir sobre el destino de Luna de Leyenda y lo cambiara por su propio bien.

—¿Dónde... dónde están los gigantes de hielo? —murmuró Priwinn.

—Han desaparecido —susurró Gorg. La voz del gigante temblaba y Kim observó la profunda inquietud que alteraba sus rasgos—. Se han ido todos... todos. No pudieron seguir viviendo aquí. Ellos... ellos necesitan el frío y el hielo lo mismo que nosotros no podemos prescindir del calor y el sol. Puede... que hayan muerto. —De repente se volvió, atrapó al primer enano que tuvo a mano y lo alzó por los aires—. ¡Quizá estén muertos! —gritó—. ¡Los habéis asesinado vosotros con vuestras malditas máquinas!

El enano emitió un chillido penetrante y comenzó a patalear al ver que Gorg cerraba delante de su cara un puño que era mayor que su propia cabeza.

—¡Los habéis matado! —bramó Gorg, y en su voz se percibió un violento temblor.

—¡Gorg!

El grito de Priwinn sonó enérgico, a la vez que suave y tranquilizador. Se acercó al gigante con paso rápido, levantó los brazos e intentó hacerle bajar los puños.

La fuerza de Priwinn no era suficiente para conseguirlo, pero Gorg bajó por sí mismo la mano y al tiempo dejó al enano en el suelo con delicadeza.

—Nadie ha dicho que hayan muerto —trató de tranquilizarle Priwinn—. A lo mejor se han limitado a marcharse. Tú mismo lo dijiste antes.

Sonrió con tristeza y extendió una mano como si quisiera tocar la mejilla del gigante con un gesto de consuelo, pero no llegaba a su altura. Gorg le miró desde sus ojos vacíos y ensombrecidos por el dolor, luego se volvió y se alejó unos metros. Kim quiso ir tras él, pero el príncipe le sujetó por el brazo y, sin decir una palabra, negó con la cabeza. El chico entendió que su gran amigo quería quedarse a solas con su dolor.

Kim también luchaba contra las lágrimas. No le parecía justo que después de tantos esfuerzos, de que hubieran superado todos los peligros y llegado tan lejos, a pesar de sus perseguidores y de todos los obstáculos que habían colocado en su camino la naturaleza y una suerte adversa, vinieran a descubrir que todo había sido en vano. Entonces, Kim creyó escuchar de nuevo la voz de Rangarig, cada una de las palabras que había pronunciado la ultima mañana que habían pasado juntos: «¿Quién dice que la vida es justa?».

—Venid —dijo Priwinn al cabo de un momento—. Vamos a echar un vistazo por aquí. A lo mejor no está todo perdido.

No obstante, sus palabras expresaban su deseo, no su pensamiento, y tanto Gorg como Kim lo sabían igual que él. Pero a pesar de todo no contradijeron a su amigo y tras un breve titubeo siguieron al Príncipe de las Estepas al adentrarse en el interior de la fortaleza de hielo.

El camino junto al muro hecho de una refulgente frialdad blanca supuso para Kim el regreso al pasado. Visto desde fuera, el castillo del Final del Mundo era una fortaleza que parecía estar intacta por dentro. Les envolvió su frío glacial y, según se acercaban al gran patio interior y a la sala del trono, su respiración formaba nubes de vaho ante sus rostros. Todo se conservaba igual. Parecía que allí dentro se hubiera congelado el tiempo y Kim no dejaba de pensar en todo momento en lo absurdo que le parecía que alguien pudiera hacer daño a ese baluarte hecho de eternidad brillante y petrificada. Imaginó que inesperadamente se abriría una puerta y saldría uno de los inmensos y blancos Guardianes del Mundo para preguntarles qué buscaban allí. Pero no ocurrió nada de eso. La fortaleza de hielo estaba abandonada por completo. Atravesaron salas, vestíbulos y pasillos, subieron por imponentes escaleras de reluciente hielo y recorrieron balaustradas construidas con nieve blanca y centelleante. Por fin llegaron a la sala del trono.

También estaba solitaria. La larga mesa en la que en otro tiempo se sentaron los gigantes de hielo estaba intacta; Kim se acordaba incluso del lugar en el que él había estado, justo delante del enorme trono y al lado del barón Kart, el guía de los ejércitos de los caballeros negros, que le había seguido hasta allí, hasta el castillo del Final del Mundo.

La mirada de Kim cayó sobre la estrecha puerta que había detrás del trono y su corazón comenzó a latir con fuerza al rodear la larga mesa de blanco hielo y acercarse a ella. De nuevo se abrió, como movida por una mano fantasmal, un momento antes de que el chico la alcanzara. Pero tras ella no estaba la inacabable superficie de hielo liso en la que Kim y el Barón Negro habían librado su último enfrentamiento. No había nada más que una pequeña cámara vacía. Y a pesar de que a Kim le hubiera gustado mucho saber qué le esperaba allí, cerró los ojos con un profundo e inacabable suspiro y se dejó caer contra la fría pared. No podía hacer nada más. Los gigantes de hielo era los Guardianes del Mundo; únicamente ellos decidían quién podía ir por el camino de la Nada y quién no. Si ellos no estaban, tampoco existía el camino a la eternidad. Kim lo sabía. Y si en lo más profundo de su corazón había existido, en contra de toda lógica, algún minúsculo atisbo de esperanza, ahora que se extinguía tuvo la sensación de que también moría una parte de sí mismo. Se quedó mucho tiempo apoyado en la pared con los ojos cerrados, hasta que el terrible frío penetró a través de su ropa e hizo que comenzara a dolerle la espalda.

Al abrir los ojos vio a Gorg frente a él. El gigante tenía los hombros inclinados hacia delante, pues la habitación era demasiado pequeña como para que pudiera erguirse; su respiración formaba una cortina de vapor gris delante de su ancha cara. A pesar de ello Kim pudo ver las lágrimas corriendo por las mejillas de su compañero y le pareció que su propio dolor era pequeño y leve comparado con el que experimentaba el gigante.

—¿Te has dado cuenta, verdad? Es muy difícil para ti, ¿no es cierto? —dijo el muchacho.

Gorg asintió. Ya no lloraba. Su cara era como una roca, pero en sus ojos había algo nuevo, algo que ya no era tan bondadoso como antes y que se parecía a lo que había en los ojos del dragón antes de que Rangarig se convirtiera en una bestia asesina. Kim sintió miedo.

—Ellos y yo pertenecíamos... al mismo pueblo —susurró Gorg impresionado. Sonrió de forma dolorosa—. Bueno, eso ya lo sabías.

—Ellos siguen estando vivos —dijo Kim sin encontrar nada mejor que decir—. Han huido.

Gorg sacudió su poderosa cabeza, pero el movimiento solo fue insinuado y, más que verlo, Kim lo supuso.

—No. Están muertos —dijo el gigante en voz baja—. Lo noto.

A Kim le hubiera gustado poder consolar a Gorg, pero no encontró las palabras adecuadas, por lo que pasó ante él en silencio y se dirigió de nuevo a la sala del trono.

Allí, junto a la puerta, estaba el Príncipe de las Estepas con la cara petrificada y la mirada dirigida al vacío mientras los enanos, mostrando una total falta de respeto, estaban tirados sobre las sillas de hielo artísticamente talladas y discutían en un lenguaje ininteligible para Kim. Cacho y Sheera se habían agazapado uno al lado del otro en el centro de la mesa y miraban desconfiados a aquellos alborotadores.

—Lo siento —murmuró Kim.

—¿Qué? —preguntó Priwinn. Su voz sonaba tan neutra y carente de expresión que parecía hablar dormido.

—Todo ha sido en vano —dijo Kim—. Temístocles tenía razón. Nunca debimos venir.

—Pero ahora ya estamos aquí —contestó Priwinn—. Y es cierto, pero al menos lo intentamos. —Sonrió con tristeza—. Ya hubo otra ocasión en que llevé a mi pueblo a la ruina por no escucharte, Kim.

—En cambio, esta vez —dijo Kim preocupado—, me he confundido.

Sin embargo, mientras pronunciaba tales palabras se dio cuenta de que no eran tan adecuadas como había creído. El camino que habían seguido Priwinn y Gorg estaba equivocado. Habían salvado una vez Luna de Leyenda a base de utilizar las espadas y enfrentarse a un enemigo que también llevaba espadas en la mano. Pero esta vez tal enemigo no existía, era posible que no hubiera enemigo. Puede que lo que intentaban detener no fuera otra cosa que los cambios provocados por el paso del tiempo. ¿Dónde estaba escrito que el futuro tenía que ser del agrado de los que vivían en el pasado?

—Una vez que terminéis de compadeceros el uno al otro —chilló Cacho desde la mesa—, agradecería que pensáramos cómo vamos a continuar. Aquí hace un frío terrible.

—Y esta compañía tampoco me gusta —añadió Sheera con una mirada torcida dirigida a los enanos.

Kim tuvo que admitir que ambos tenían razón. La situación era, dicho con mucha suavidad, cualquier cosa menos favorable. No tenían nada que comer, estaban agotados y ya no disponían de Rangarig, que quizá en aquel mismo instante volara en círculos por el cielo buscándolos.

—Estos dos están en lo cierto —confirmó Priwinn mientras se frotaba las manos y temblaba—. No podemos quedarnos aquí. Hace demasiado frío. Esta noche nos helaríamos.

—¿Y regresar de nuevo? —preguntó Kim—. ¡No lo conseguiremos nunca!

—¿Tienes una idea mejor? —añadió Priwinn encogiéndose de hombros.

Kim le miró con aire desvalido. Ninguno de ellos había pensado hasta aquel momento en cómo harían el camino de vuelta. ¿Por qué iban a hacerlo? Por una parte, habían partido de la base de que el trayecto sería rápido al ir a lomos de Rangarig y, por la otra, ninguno había imaginado que no pudieran contar con la ayuda de los gigantes de hielo y el Rey del Arco Iris. Ahora nunca llegarían hasta esos personajes.

—Sois muy listos, ¿no? —se burló Jarrn.

Kim contestó a la pregunta con una mirada de advertencia y Sheera hizo un movimiento que quiso parecer casual: pasó sus garras por delante de la cara del enano, las extendió y dejó circular el aire entre ellas. Jarrn dio un paso atrás, pero continuó con el mismo tono irónico.

—Apuesto a que ninguno de vosotros, estrategas expertos, ha pensado ni por un momento en la posibilidad de que hay que volver de alguna manera. ¿A que no?

—Lo conseguiremos —contestó Kim con brusquedad.

Jarrn sacudió la cabeza con fuerza.

—¡Estaba seguro de que lo dirías! —replicó con ironía—. Os ahogaréis en el barro en cualquier sitio o bien os matará el dragón. Y a nosotros también. Aunque llegarais al río, cosa poco probable, os apresaría la gente de allí.

—Eso lo veremos.

El muchacho se echó a un lado y el gigante se acercó a la mesa y se irguió en toda su estatura. Gorg se dominó. Su voz sonó opaca y tranquila, como siempre, y en sus rasgos había hasta un atisbo de sonrisa. Todavía era, al menos en su aspecto exterior, el gigante bondadoso y con buen humor que todo el mundo conocía. Solo al mirarle con más atención se podía percibir en sus ojos un profundo dolor reprimido.

—Quiero añadir unas palabras —dijo con voz retumbante—. No tengo miedo a un par de miserables que circulan por ahí.

Jarrn observó al gigante con preocupación.

—Ahora te sobreestimas —afirmó el enano—. El tamaño y la fuerza no lo son todo. Nos apresarán para encerrarnos en sus mazmorras.

Gorg se encogió de hombros.

—Si tiene que ser así, que sea —dijo—. A no ser que tengas una idea mejor sobre la forma en que podemos salir de aquí.

Jarrn titubeó un momento. Luego añadió:

—Puede que la tenga.

Kim y Priwinn intercambiaron una mirada de sorpresa.

—¿Qué quieres decir con eso? —preguntó Kim.

Jarrn dio un paso atrás y fue señalando, uno a uno, a sus cinco acompañantes.

—Hemos deliberado —dijo—. Lo creáis o no, estamos muy sorprendidos por lo que ha ocurrido aquí. Y, lo mismo que vosotros, queremos seguir con vida.

—Déjate de tonterías y di lo que quieras decir —le interrumpió Priwinn.

El enano le lanzó una mirada envenenada y masculló algo para sí que Kim interpretó como «estúpido comedor de hierba». Pero luego prosiguió en voz alta:

—Existe un camino para salir de aquí.

—¿Qué dices? —exclamaron a la vez Kim y Priwinn.

El enano hizo una mueca y sacudió despacio la cabeza.

—Oh, no —dijo—. No es tan sencillo, listos. Primero quiero que me deis vuestra palabra de que nos dejareis libres.

Priwinn intentó reír, pero no lo consiguió del todo.

—Existe un camino de vuelta —repitió Jarrn sin tomárselo en cuenta—. Nosotros lo conocemos, pero os necesitamos.

—¿Qué entiendes por un camino? —Gorg miró al enano con desconfianza.

Jarrn titubeó. Era evidente que sentía escrúpulos al revelar ciertas cosas, pero pareció comprender que solo tendrían la oportunidad de salir de allí si se mantenían juntos.

—Ya sabéis que vivimos en cuevas —aclaró—. Y conocemos muchos de los caminos subterráneos entre las montañas. Uno de ellos está cerca de aquí. Podemos mostraros la entrada. Existe un túnel que lleva en línea recta hasta el gran árbol.

—Eso son casi dos semanas a pie —dijo Priwinn con aire de duda.

—No si se va por las cuevas de los enanos —contestó Jarrn como si esa fuera una explicación suficiente—. Bueno, ¿qué os parece? ¿Nos dejáis libres?

—Cuando lleguemos al árbol —dijo Priwinn, pero el enano sacudió la cabeza.

—No —insistió mientras sacudía la cabeza con obstinación—. Ahora. Aquí mismo.

—¿Para que al llegar a esa cueva nos dejéis perdidos en algún laberinto y muramos de hambre y sed? —Priwinn sacudió la cabeza con la misma energía que había mostrado el enano—. ¿Me tomas por tonto, hombrecito?

—No querrás que te conteste a eso, ¿verdad? —Jarrn hizo una mueca y volvió a ponerse serio antes de que Priwinn le armara un escándalo—. Ya os lo he dicho, nosotros no podremos conseguirlo solos —insistió enfadado—. Allí abajo son muchos los peligros. Nosotros hemos cavado ese túnel, pero ya hace mucho tiempo que no nos pertenece. La gente del río es la que manda allí. Puede que, si vamos juntos, lo consigamos. ¿Qué decís?

Priwinn no se mostraba muy convencido y en el rostro de Gorg era imposible reconocer ninguna expresión. Por fin, fue Kim el que asintió.

—Está bien. Sois libres, pero bajo una condición.

Jarrn ladeó la cabeza y le miró con desconfianza.

—¿Vale mucho la palabra de honor de un enano? —añadió Kim tras una corta pausa.

Jarrn infló las mejillas e hizo un ruido grosero.

—Tanto, o tan poco, como la tuya, muchacho.

—Entonces exijo que me des tu palabra de honor de que nos vas a llevar hasta el árbol —dijo Kim seriamente—. No nos gustaría abriros camino en el territorio de la gente del río para que luego nos abandonéis en medio de la nada.

Para sorpresa del muchacho, Jarrn sonrió de repente.

—Empiezas a gustarme, chaval —dijo con una risita—. Está bien. Tienes mi palabra de honor. Firmaremos la paz hasta que lleguemos al árbol. Luego cada uno se irá por su camino.

La cueva de la que había hablado Jarrn no estaba muy alejada del castillo del Final del Mundo. Regresaron por el mismo camino que habían venido, luego torcieron hacia el oeste y durante un tiempo avanzaron en direcciones que parecían disparatadas. Kim comenzó a enojarse al pensar que los enanos se estaban burlando de ellos o bien que lo hacían con intención, a la espera del momento idóneo para huir. Pero Jarrn se detuvo en un momento dado y señaló un agujero redondo en el suelo.

Kim se acercó un poco más y miró desconcertado aquel hueco de unos dos metros de diámetro. Se hubiera jugado la mano derecha a que, un momento antes, no estaba allí ese orificio. Se inclinó todo lo que se atrevió y, con un escalofrío, miró hacia las profundidades. El sol estaba ya muy bajo y su luz penetraba poco en el agujero; todo lo que quedaba por debajo de tres o cuatro metros estaba oculto por una pared inclinada y cubierto por una oscuridad impenetrable. Pero se podía apreciar que el hueco continuaba hacia abajo.

Kim volvió a erguirse, dio un paso atrás desde el borde y su mirada dudosa se dirigió a Priwinn en primer lugar y luego al gigante. Ahora ya no estaba tan seguro de si había hecho bien al aceptar la oferta del enano.

—¿A qué esperáis? —preguntó Jarrn con impaciencia—. El primer tramo no es peligroso.

Priwinn se animó y quiso empezar a bajar, pero Gorg le agarró del brazo echándole hacia atrás.

—Deja que vaya yo delante —dijo—. Quién sabe lo que nos espera allá abajo. Además, si uno de vosotros se cayera yo podría sujetarle. Si yo fuera el último, todos iríamos a parar todos a las profundidades.

Nadie se opuso y el gigante se acercó con cuidado al negro borde del agujero, estiró los brazos y, antes de comenzar a bajar, buscó un apoyo seguro.

Kim le miraba con una creciente sensación de temor. En el preciso momento en que el gigante dejó atrás la zona iluminada ocurrió algo increíble: las piernas de Gorg y su cuerpo no desaparecieron paulatinamente entre las sombras, pareció más bien que se hubiera sumergido de repente en la superficie de un mar inmóvil y negro como el betún. Al cabo de unos instantes solo se veían los hombros y la cabeza del gigante, luego una mano y al final desapareció del todo.

—Ahora yo —dijo Jarrn mientras se adelantaba a Kim que quería descender en segundo lugar—. Este tonto conseguirá perderse ahí abajo.

Kim retuvo la airada respuesta que tenía en la punta de la lengua y una mirada a Priwinn le convenció de que a su amigo le ocurría lo mismo. Habían llegado a un acuerdo de paz con los enanos, pero eso no significaba que les fueran a permitir hacer todo lo que quisieran. ¡En absoluto!

Bajaron uno tras otro y lo que Kim había visto desde fuera lo experimentó ahora por sí mismo; al descender despacio por el agujero y perder de vista la luz solar tuvo la sensación de que penetraba en algo intangible, no se trataba solo de que allí abajo no hubiera luz. En su lugar parecía existir algo inquietante, tenebroso y estremecedor que acongojaba el cuerpo y el ánimo.

El descenso duró mucho tiempo. Kim era un buen trepador, pero calculó que habría transcurrido más de un cuarto de hora hasta que pudo escuchar las voces de los demás y percibió unos movimientos fantasmales. En más de una ocasión pensó que se iba a quedar sin fuerzas. Al sentir por fin el suelo firme bajo sus pies, comprobó que las manos y las rodillas le temblaban con tal intensidad que por un momento tuvo que apoyarse en una pared para descansar. Con el corazón a toda marcha, miró a su alrededor. La chimenea por la que habían bajado finalizaba en una galería redonda tan alta como una persona y de paredes lisas como un espejo, como si la roca hubiera sido fundida en lugar de excavada. No estaba oscuro del todo, como había parecido desde arriba. Un centelleo turbio y gris estaba suspendido en el aire como una niebla luminosa y hacía que las siluetas adquirieran un aspecto espectral.

Gorg se puso a cuatro patas, pues el pasillo era demasiado bajo para él, incluso caminando encorvado. Priwinn avanzaba junto a él, mientras que Jarrn y los demás enanos iban al otro lado. A la luz grisácea y nebulosa de allí abajo los enanos eran incluso más reservados de lo habitual.

—¿Y ahora, hacia dónde? —preguntó Kim una vez que pudo tomar aire. Su voz se reflejó varias veces de forma siniestra y deformada en las lisas paredes.

Una pequeña sombra se acurrucó asustada y comenzó a hacer gestos con la mano.

Era Jarrn.

—¡No tan alto! —susurró—. ¿Quieres que nos oigan?

—¿No decías que esta parte del pasadizo era segura? —quiso recordar Priwinn.

Jarrn hizo un movimiento que no se pudo reconocer bien en la oscuridad.

—Puede que sí, a lo mejor —murmuró con precipitación—. Pero nunca se sabe, ¿no es cierto? —Señaló con la mano—. De todas formas tenemos que ir hacia allá. Yo iré delante.

Nadie le contradijo y el enano asumió la vanguardia del pequeño grupo. A medida que avanzaban por el túnel los ojos de Kim se acostumbraban a la pálida luz. No podía ver más allá de cinco o seis pasos, pero ahora al menos era capaz de reconocer algo de su entorno más inmediato. La galería no estaba formada por caminos naturales, eso se percibía enseguida. ¿Sería verdad lo que decían los enanos de que ese pasadizo les llevaría directos al gran árbol...? No, la fantasía de Kim no alcanzaba a imaginar que alguien fuera capaz de crear un sistema de cuevas artificiales como aquel. Y tampoco era así; al menos no del todo.

Kim perdió la noción del tiempo mientras seguía a los enanos por aquellos pasillos subterráneos repletos de aquel angustioso tono gris. Debieron de pasar horas mientras avanzaban por un pasillo de sección circular que parecía un túnel excavado en la roca; recorrieron también inmensas cuevas naturales, pasaron sobre ciclópeas escombreras y por delante de bruscos abismos insondables. En ocasiones tuvieron que trepar por paredes que llegaban a superar las habilidades de Kim. En muchos momentos no lo hubiera podido conseguir de no contar con la ayuda del gigante que, con su inmensa fuerza, se colocaba sobre dos paredes verticales para formar un puente y cargaba sobre sus hombros a dos o tres de ellos. A Kim pronto le quedó claro el motivo por el que los enanos habían hecho ese pacto: a pesar de que ellos habían construido gran parte de aquel laberinto excavado en la profundidad de la tierra, el camino resultaba intransitable en muchos de sus tramos. Aquí y allá había hoyos y grietas en el suelo que obligaban a organizar peligrosas operaciones de escalada, y en una ocasión solo pudieron sobrepasar un vertiginoso barranco a base de que Gorg, sin más ni más, asiera los enanos y los lanzara al otro lado con un poderoso impulso.

El sol ya debía de haberse ocultado hacía mucho tiempo, pero ellos continuaron su avance. Cada propuesta de detenerse a descansar era rechazada por los enanos que, muy nerviosos, los obligaban a seguir su camino. Y todos los demás tenían la sensación de que lo mejor era hacerles caso. Ninguno de ellos aclaró o explicó nada, pero Kim suponía que allí abajo el peligro no estaba únicamente en los abismos de roca ni en los laberínticos túneles.

Y acabó por tener razón.

## XVI

Debía de hacer ya mucho tiempo que se había ocultado el sol y Kim tenía la sensación de que se iba a derrumbar de un momento a otro. Le dolía la espalda de forma insoportable y la agotadora luz grisácea de allí abajo contribuía, con su irreal tono gris, a que tanto sus ojos como todo su cuerpo se sintieran torturados. Por eso ni siquiera se dio cuenta de que Jarrn, que aún conducía el grupo, se había detenido y alzaba una mano. El chico chocó contra el enano y estuvo a punto de arrojarle al suelo, por lo que se asustó y solo en el último instante pudo contener un grito de sorpresa al ver que el enano se ponía un dedo ante los labios y gesticulaba como loco con la otra mano.

—¿Qué ocurre? —susurró Priwinn por detrás de Kim.

Los gestos de Jarrn eran cada vez más frenéticos. Sin decir una sola palabra señaló a un recodo del camino frente al que se había detenido y les indicó por señas que fueran hacia él en silencio total.

Obedecieron. Y al asomar sus cabezas con todas las precauciones por el recodo, entendieron qué era lo que había asustado tanto al enano.

El túnel acababa en una estrecha galería rocosa que se extendía por lo alto de la pared de una inmensa cueva, desembocando en otro agujero circular que se adentraba en las profundidades de la tierra. La galería debía de tener unos quinientos metros y constituía solamente la parte más estrecha de la monstruosa catedral pétrea que tenían a la vista. Allí reinaba la misma luz tenebrosa y gris que colmaba todo el ámbito de los túneles, pero el suelo estaba iluminado por innumerables fogatas rojas y amarillas que se reflejaban en la distancia sobre la superficie de un lago subterráneo que no era mucho menor que el del Gusano con Zarpas.

Un gran número de pequeñas barcas se movía sobre las tranquilas aguas y, muy lejos y reconocible tan solo como una sombra, Kim creyó ver el contorno de un barco negro, como el que habían visto en el río Escondido.

Pero también había movimiento fuera del lago. Por todas partes, entre los fuegos, bullía la vida. Había hombres de pie o sentados en pequeños grupos y ocupados en algo que Kim no pudo apreciar por la lejanía, transportaban cargas o se limitaban a dormitar tumbados sobre el desnudo suelo. Alrededor de algunas de las hogueras más grandes se trabajaba con afán, de ellas salían chispas y se oían los amortiguados golpes de pesados martillos.

—¿Qué es eso? —murmuró Kim atemorizado después de que, junto a Priwinn, se hubiera puesto a salvo en la galería.

—¡Es la gente del río! —replicó Jarrn en voz baja—. Yo había imaginado que debían de tener en algún sitio una ciudad subterránea. Pero hasta ahora no sabía dónde estaba.

—¿Una ciudad? —contestó Kim con tono dubitativo. No era tal el aspecto que tenía la tenebrosa catedral de piedra.

—Viven en cuevas en algún lugar en los alrededores —supuso Jarrn.

—¿Y cómo podemos continuar sin ser vistos? —preguntó Priwinn con tono sombrío.

Jarrn se encogió de hombros; su mirada se posó en el Príncipe de las Estepas, luego en Kim y, por último, pensativa, recayó en los anchos hombros del gigante.

—Mi gente y yo podemos pasar sin llamar la atención. Pero vosotros, con ese enorme zoquete de ahí..., no. —Sacudió con energía la cabeza—. Tenemos que encontrar otro camino. —Lo pensó por un momento, luego se volvió y señaló a la galería por la que habían venido—. Hay más recodos ahí detrás. Puede que encontremos otro pasadizo.

Regresaron hasta la bifurcación que habían encontrado antes y se introdujeron por el otro pasadizo. El camino avanzaba en línea recta durante un buen trecho y luego seguía por una peligrosa y escarpada rampa por la que, en lugar de caminar, se puede decir que rodaron. Por fin llegaron a otra cueva; era minúscula en comparación con la que ya habían visto, pero lo bastante grande como para albergar una pequeña aldea.

Y eso era, en verdad, lo que había allí.

Kim y los demás miraban desconcertados aquella acumulación de cabañas bajas construidas con rocas. Casi todas carecían de tejado. Eran cubos sin ventanas abiertos por arriba; aquí y allá había edificios mayores, de dos e incluso de tres pisos. De algunos salía un resplandor rojo de fuego y entre ellos se podía ver a los habitantes del río, muchos menos de los que habían visto antes en la cueva grande.

El camino, que no estaba del todo al descubierto, corría a lo largo de la pared. Jarrn, tras observar un momento, señaló un túnel semicircular situado en la pared de enfrente de la cueva. Con un poco de suerte podrían alcanzarlo, pues el suelo estaba cubierto por una maraña de gigantescos escombros rocosos y afiladas piedras que les podrían servir para ocultarse.

A Kim le hubiera gustado acercarse a la aldea de las chozas para poder verlas más de cerca, pero estaba claro que corrían un grave peligro de ser descubiertos. No obstante, fue el último en ponerse en marcha cuando se agacharon y, muy separados unos de otros, se deslizaron a toda velocidad por el laberinto de roca. Kim se mantuvo siempre el último, ya que se detenía cada poco tiempo para atisbar las chozas por encima de las rocas. A veces salía una figura por la puerta de alguna de ellas y el chico la observaba con atención. Lo que pudo ver a esa gran distancia no era nada especial: hombres y mujeres vestidos con ropas sencillas y toscas confeccionadas con cuero o pieles, pues allí abajo debía de hacer mucho frío. Llegó a ver incluso a niños que jugaban con alboroto en el centro de un círculo triple formado por las viviendas. Si ese pueblo hubiera estado asentado en la superficie de la tierra en lugar de allí abajo no habría llamado la atención de nadie. ¿Qué tenían aquellas gentes del río que atemorizaba tanto a los enanos?

Los demás le estaban esperando al llegar al final de la galería. Jarrn saltaba impaciente y Priwinn también gesticulaba enojado para hacerle entender que debía darse prisa. Kim aceleró el paso pero, mientras caminaba, volvió de nuevo la cabeza para echar un vistazo a la aldea y lo que vio le hizo quedarse petrificado en pleno movimiento.

La galería en la que le esperaban Priwinn y los enanos no era la única. Había gran cantidad con distintas entradas y salidas en las paredes de la cueva. Y de uno de esos oscuros agujeros salían en ese momento dos hombres del río que arrastraban a una tercera figura entre chillidos y pataleos.

El muchacho se quedó inmóvil por un momento, luego se volvió, dio unos pasos de regreso a la cueva y se escondió tras una roca. Escuchó cómo Priwinn, asustado, respiraba con fuerza, pero en ningún momento se giró en dirección al Príncipe de las Estepas, sino que espió a la gente del río asomado al borde de su escondite.

El pequeño grupo estaba muy alejado como para poder apreciar los detalles. Pero al menos vio que el prisionero era un hombre muy delgado y pequeño, ¿sería un niño?

No lo dudó más. Sin pensarlo se dirigió hacia Priwinn, señaló hacia las profundidades del pasadizo en el que se escondían los demás y susurró:

—¡Espérame aquí!

Luego se irguió con cuidado detrás de su escondite y se deslizó, muy arrimado a las rocas, hacia el poblado al que los dos hombres del río llevaban a su captura.

Acercarse a ellos resultó más sencillo de lo que había pensado. La aldea se alzaba en una zona circular justo en el centro de la cueva y nadie se había molestado en limpiar el terreno de piedras y rocas, por lo que dispuso de bastantes lugares en los que esconderse hasta llegar a la primera casa.

Kim se irguió jadeante, miró a derecha e izquierda y mantuvo su avance con la espalda pegada a la pared hasta llegar a la parte trasera del siguiente edificio.

En el momento en que alcanzaba la esquina, los dos hombres del río ya estaban a pocos pasos de él. Habían rebasado el lugar donde él se encontraba y solamente pudo ver la espalda de los captores y de su víctima, que se agitaba. No se había confundido, la persona que se debatía era muy joven.

El corazón de Kim dio un vuelco al ver que, en lugar de pelo, aquella figura tenía en la cabeza hojas de color azul oscuro. El chico pertenecía a la gente del árbol, y la idea de que este pacífico pueblo tuviera alguna relación con el pueblo del río, de tan mala fama, resultaba absurda, hasta el punto de que Kim ni siquiera la tomó en cuenta.

El joven prisionero se revolvía cada vez con más ganas. De improviso consiguió soltar una de sus manos, pero el segundo hombre le sujetaba la otra con una fuerza hercúlea. El primero le volvió a aferrar a la velocidad del rayo, agarró el brazo del chico y le propinó tal bofetada que su prisionero casi se desplomó medio inconsciente.

—¡Deja de patalear de una vez! —dijo el hombre con enfado—. No va a servirte de nada.

—¿Por qué te resistes? —agregó el otro—. Estarás bien en el sitio al que te llevamos, yo diría que hasta mejor que con tu propia gente.

El joven con el pelo de hojas azules no reaccionó a tales palabras, sino que se revolvió más contra la presión que ejercían sus dos captores y comenzó a resistirse con las piernas. Uno de los hombres gruñó enfadado y le sacudió un golpe aun más fuerte que el anterior, hasta el punto de que el adolescente perdió el conocimiento.

—¡Ten cuidado! —advirtió su camarada—. Si se muere no nos servirá de nada. Nadie paga por un chaval muerto.

Kim vio que desaparecían en un edificio grande y luego, con el corazón al galope, regresó a la esquina de la casa. Todo en el interior de Kim gritaba que debía auxiliar al chico. Pero cualquier intento en ese sentido hubiera sido suicida. Los dos hombres eran demasiado fuertes y no podría ayudar en nada al muchacho si le apresaban a él.

Sus manos comenzaron a temblar a causa de la excitación. Había escuchado con claridad las palabras de la gente del río y no le resultó difícil entender su significado.

Se volvió a toda velocidad y miró a la cara de Priwinn, ensombrecida por la ira.

—¿Te has vuelto loco de remate? —susurró airado el príncipe—. ¿Quieres que nos maten a todos?

Kim señaló con una violenta gesticulación.

—¡Los niños! —escupió las palabras—. ¡Están aquí! Los tiene la gente del río...

Priwinn, aterrorizado, dio un salto y le puso la mano tapándole la boca pues, a causa de la excitación, su camarada había hablado en un tono tan alto que le habían podido escuchar desde cualquier sitio.

—¡Calla! —susurró—. ¡Si nos oyen todo habrá terminado! —Miró un momento a su amigo y luego, despacio, retiró la mano, aunque mantuvo el brazo alzado por si tenía que volver a taparle la boca.

Pero Kim pudo dominarse. Bruscamente y tan rápido como pudo escupió algunas palabras sueltas que obligaron a Priwinn a esforzarse para entender lo que quería decirle acerca de lo que había visto. Priwinn escuchaba con atención y su cara se ensombrecía con cada una de las palabras que le decía el muchacho.

—¿La gente del río? —preguntó dudoso—. Es imposible. No pueden haber atrapado a todos esos niños...

—¡Pues yo lo he escuchado! —interrumpió Kim—. Lo ha dicho muy claro: «Si se muere no nos servirá de nada. Nadie paga por un chaval muerto».

Priwinn permaneció callado unos segundos. En su cara se dibujó una expresión muy pensativa, pero también decidida, y al final asintió.

—Bien. Veamos qué ocurre aquí —Miró a su alrededor como en busca de algo y acabó haciendo un movimiento de cabeza en dirección a la pared de roca—. Espérame aquí. Voy en busca de Gorg y los demás.

Se marchó antes de que Kim pudiera retenerlo y desapareció entre las rocas.

Pasó muy poco tiempo hasta que regresó con los otros. Kim se quedó doblemente sorprendido al ver que, además del gigante, Sheera y Cacho, le acompañaban los enanos. Jarrn también le atronó de inmediato:

—¿Estás chiflado del todo? ¿Quieres que nos...?

Sheera se volvió y miró al enano con sus amarillos ojos gatunos. Jarrn se detuvo en mitad de la frase y Kim, de inmediato, se hizo una idea aproximada de la forma en que Priwinn había conseguido hacer que los enanos también acudieran.

—¿Hacia dónde han ido? —preguntó Priwinn.

Kim, que en ningún momento había perdido de vista a los hombres del río y a su prisionero, señaló a un gran edificio que estaba a la izquierda de la plaza. Era uno de los pocos que parecían una casa de verdad, con tejado, ventanas y puerta. Y la suerte se alió con ellos, pues esa puerta estaba en el muro opuesto al núcleo de la aldea, de modo que, con un poco de habilidad, podrían entrar por ella sin ser vistos.

Se acercaron con precaución al edificio y se parapetaron detrás de la última roca. Entre ellos y la puerta habría unos cinco o seis pasos de distancia, pero Kim se dio cuenta de que había sido demasiado optimista al estimar la situación. La gran plaza abierta entre las casas estaba atestada de hombres, mujeres y niños. Y estarían perdidos si alguno, por casualidad, cambiaba su rumbo mientras ellos salían de su escondite.

—No me gusta —gruñó Gorg—. Quién sabe lo que nos espera ahí dentro.

—¿Tienes miedo, grandullón? —se burló Jarrn.

Gorg ni siquiera se dignó a responderle, pero Priwinn miró al enano y se echó a reír.

—Gorg tiene toda la razón, ¿sabes? —dijo con expresión que parecía amable. Jarrn le miró irritado pero Priwinn continuó con el mismo tono—. Uno de nosotros debe adelantarse y ver cómo están las cosas por ahí dentro. Lo mejor es que sea alguien pequeño que pueda moverse con ligereza.

Jarrn palideció.

—No estarás pensando que yo...

—Claro —interrumpió Priwinn con toda tranquilidad—. Eso es de verdad lo que estoy pensando.

El enano puso cara de disgusto pero, antes de que pudiera contestar, de entre las piedras salió la mínima y delgada figura de Sheera y se fue derecha a la puerta. El gato llegó al edificio sin ser visto, desapareció tras la puerta y volvió al cabo de unos segundos.

—Todo está en calma —dijo al regresar—. En la parte de arriba de la casa no hay nadie, pero hay una escalera que conduce hacia abajo.

—Sí —gruñó Jarrn de mal humor—. Es muy probable que lleve directa a las mazmorras, chiflados.

—¡Ojalá! —le corrigió Kim. Luego miró a Priwinn y al gigante—. ¿Qué pensáis?

—Que lo más inteligente sería desaparecer de aquí y regresar con un ejército —dijo Priwinn con un suspiro—. Aunque puede que entonces fuera ya demasiado tarde.

Gorg no dijo nada. Acechó por un momento a la gente del río y luego, sin hacer ningún ruido, salió de detrás de las rocas y alcanzó la casa con dos largos pasos. Kim y los demás retuvieron la respiración, pero ocurrió el milagro de que nadie se diera cuenta de la presencia del gigante.

—Vamos —dijo Priwinn dirigiéndose a los enanos—. Vosotros sois los siguientes.

—¿Por qué tenemos que ir por delante de vosotros? —se quejó Jarrn.

—Para que no os olvidéis de seguirnos —contestó Priwinn con tono burlón—. ¿No podría ocurrir eso?

Jarrn le echó una mirada que hubiera podido fundir un témpano, pero no dijo nada; hizo una seña a sus acompañantes y siguieron al gigante. Las minúsculas siluetas semejaban sombras grises mientras atravesaban el espacio libre ante el edificio.

Alcanzaron en un instante la puerta y desaparecieron en el interior de la vivienda.

Kim, Priwinn y los dos animales fueron los últimos. El corazón le palpitaba a saltos al muchacho cuando se abalanzó sobre la puerta y se quedó parado durante medio minuto, según sus cálculos, a la espera de escuchar tras de sí gritos de cólera y el retumbar de muchos pies. Pero no ocurrió nada de eso. Lo habían conseguido. Miró a su alrededor con una mezcla de confusión y temor. El interior del edificio era una sola habitación, grande, vacía por completo a excepción de gran cantidad de artefactos de hierro sujetos a las paredes y de los que colgaban cortas cadenas. Kim decidió no pensar en las aplicaciones de esas cadenas.

Mientras tanto, Gorg se arrodilló en el centro de la habitación ante una pesada trampilla de madera y la levantó con una mano. Una refulgente luz roja llegó desde abajo y, al acercarse al gigante, Kim pudo ver el peldaño superior de una escalera tallada en la piedra que, con cerradas curvas, se introducía en la tierra a gran profundidad. Gorg abrió por completo la trampilla, se dejó caer silenciosamente al suelo y fue el primero que, de puntillas, comenzó a bajar por la escalera de caracol seguido por los enanos. De nuevo Priwinn y nuestro héroe fueron los últimos. La escalera descendía hacia las profundidades y finalizaba en una sala circular a la que se abrían media docena de puertas. Gorg pegó la oreja a una de esas puertas, escuchó por un momento y luego intentó abrirla. Estaba cerrada con llave. El gigante echó a Priwinn una mirada interrogante para decidir si debía romperla o no, pero el Príncipe de las Estepas negó con la cabeza y señaló otra de las puertas. Gorg se acercó a ella y también escuchó. Esta vez tuvo suerte: cuado hizo bajar el picaporte de hierro la puerta, con un chirrido, se abrió hacia dentro y dio paso a un pasadizo que parecía interminable y estaba bañado por una sombría luz roja.

En las paredes de aquel pasadizo se abrían numerosas celdas cuadradas de unos cinco pasos de lado, cerradas a base de rejas hechas con pesadas barras oxidadas. En el suelo había paja podrida y en el aire flotaba un olor que, literalmente, cortó la respiración de Kim. Con el corazón a toda marcha avanzó por el pasillo detrás de Gorg. Llegaron hasta el final y descubrieron cuatro o cinco docenas de celdas vacías.

No obstante, su uso estaba muy claro, aquello era un calabozo; el enano tenía razón, pero entonces, ¿dónde estaban los prisioneros?

—¿Estás seguro de que has oído bien? —preguntó Priwinn una vez que hubieron examinado un segundo pasadizo, parecido al primero, sin encontrar a nadie.

—Sí —contestó Kim—. Y vi que le traían aquí. Tiene que estar en algún sitio.

Revisaron otros tres pasadizos, cuyas puertas no estaban cerradas, sin encontrar nada más que celdas vacías. Al dejar el último de los túneles Gorg se detuvo de repente, hizo un movimiento brusco y cerró la puerta hasta dejar solo una rendija.

¡Se habían salvado por los pelos! Fuera se escuchó el tintineo de unas llaves, luego se abrió la puerta y un momento después entraron dos figuras de elevada estatura vestidas de cuero y piel marrón. Mientras pasaban por delante de la puerta entornada, Kim pudo reconocer una de aquellas caras: era uno de los que arrastraban al muchacho del árbol.

Esperaron hasta que los pasos de ambos se perdieron escaleras arriba antes de atreverse a abandonar su escondite.

—Casi —dijo Priwinn—. Un poco más y...

—Estáis locos por completo —refunfuñó Jarrn—. Tenemos que irnos de aquí antes de que nos encuentren. No me apetece conocer estas jaulas por dentro.

Kim sacudió la cabeza y señaló hacia la puerta.

—Primero veamos lo que hay ahí —dijo—. Esos dos acaban de salir de aquí e iban solos.

El enano hizo un intento de protesta, pero Gorg ya se había acercado a la puerta y esta vez no anduvo con remilgos. Con un único y violento movimiento desencajó la puerta del marco y la apoyó en la pared al lado del hueco que había dejado. Detrás de ella había otro pasillo iluminado por aquella sombría luz. Allí también había docenas de celdas excavadas en la pared, ¡y estas no estaban vacías! En la primera de ellas Kim pudo ver al muchacho del árbol de color azul y en la mazmorra opuesta, en cuclillas sobre la húmeda paja, a una chica de unos doce años que les miraba con ojos desorbitados por el miedo.

Y no eran los únicos. Kim descubrió a otros ocho o nueve prisioneros. ¡Todos ellos eran niños! El mayor debía de tener la edad de Kim, aunque casi todos eran más jóvenes, no contarían con más de diez años. Desconcertado, fue de celda en celda y sacudió las rejas cerradas. Al final regresó a la celda donde se encontraba aquella pálida muchacha. A una señal de Priwinn, el gigante sujetó las barras oxidadas con sus poderosas manos y las echó a un lado para que los dos amigos pudieran entrar.

La chica los miraba con ojos confusos a causa del miedo y, en el momento en que Priwinn extendió una mano hacia ella, retrocedió asustada y se refugió en la esquina opuesta del pequeño habitáculo.

—No tengas miedo —dijo Priwinn—. Queremos ayudarte.

La mirada de la chica se desplazaba insegura de uno a otro. Sin embargo el miedo seguía estando presente en sus ojos.

—No somos de la gente del río —aseguró Kim—. Venimos a liberaros.

La pequeña siguió sin decir nada, únicamente los miraba y en su cara se podía leer con toda claridad la lucha que mantenía en su interior. Había entendido las palabras de Kim, pero no las creía.

Priwinn se dirigió a Gorg:

—Ve a buscar a los otros —dijo—. Date prisa.

Luego se volvió hacia la muchacha e insistió:

—No tienes por qué tener miedo. Somos amigos.

—¿No sois... piratas? —preguntó dubitativa.

—Claro que no —esta vez habló Kim en lugar de Priwinn—. Hemos venido a ayudaros. ¿Dónde están los demás?

La pequeña los miró turbada.

—¿Los demás? ¿Quiénes?

Entre tanto, Gorg había abierto todas las celdas y el pasillo empezó a llenarse de niños; había más de dos docenas de chicos y chicas procedentes de los rincones más diversos de Luna de Leyenda. Algunos se encontraban en un estado lamentable. Sus caras estaban sucias y demacradas, sus ropas eran harapos y el terror había dejaba profundas huellas bajo sus ojos.

Aquella visión hizo que Kim sintiera un dolor punzante.

—¿Por qué lo hacen? —murmuró.

Priwinn sonrió con amargura.

—¿Has olvidado aquello que oíste de que nadie daba nada por un niño muerto? ¡La gente del río los vende! A padres que han perdido a sus hijos y no han podido superar esa pérdida. Como les ocurre a Brobing y su mujer, por ejemplo. Tú mismo lo has vivido.

—Eso es imposible —dijo él—. Ellos nunca podrían...

—¿Robar un hijo a su madre para que reemplace al suyo? —dijo Priwinn con un suspiro de tristeza—. Sí, Kim, claro que lo harían —afirmó—. Las personas hacen cosas terribles cuando ya no pueden soportar el dolor. Y esos malditos piratas del río utilizan ese dolor en su propio beneficio. Los venden por todo el país.

—¿Cómo lo sabes? —preguntó Kim.

—Me lo ha contado Jarrn. Y esta vez le creo.

Se volvió con rapidez y abandonó la celda. Luego, intentó tranquilizar a los niños con unas breves palabras. Para alivio de Kim pareció que todos le entendían, pues se comportaron de forma razonable e hicieron todo lo que les pidió su salvador.

Poco después, ya se encontraban en la escalera de caracol de camino al exterior. Al poco tiempo estaban reunidos en una casa vacía a las afueras de la aldea. Kim se dirigió a la puerta y miró hacia fuera. No había cambiado nada. La plaza situada entre las viviendas no estaba demasiado concurrida, pero mucho más de lo que hubiera deseado para poder abandonar la casa sin problemas. Ahora se habían convertido en un grupo muy numeroso.

—Alguien tiene que distraerlos —dijo Gorg.

—¿Y cómo, listillo? —preguntó Jarrn mientras le echaba una mirada de disgusto—. ¡Qué idea más absurda! ¡Nunca podremos salir de aquí!

—A lo mejor sí podemos —dijo Gorg—. Yo... —se interrumpió, se mordió pensativo el labio inferior y lanzó una mirada reflexiva hacia Jarrn y sus camaradas. Luego, con un movimiento rápido como el rayo, extendió el brazo, sujetó a uno de ellos y se lo metió debajo de su camisa. El enano empezó a jadear y patalear, pero se calló asustado en el instante en que el gigante le amenazó con su enorme puño—. No te voy a hacer nada —le dijo con tono brutal—. Pero te necesito.

—Voy a salir ahí a organizar algo de jaleo —dijo señalando a la plaza—. Eso os dará la posibilidad de desaparecer. Pero yo solo no sería capaz de encontrar el camino de salida.

Antes de que nadie pudiera impedírselo, salió por la puerta y, con el enano debajo de la camisa, corrió encorvado hasta alcanzar la siguiente casa, luego Kim creyó notar que el suelo temblaba bajo sus pies y vio que el gigante, con los brazos en alto, corría hacia la plaza.

El efecto no hubiera sido mayor si hubiera caído una bomba entre aquellas personas. Se quedaron paralizadas por el terror a medida que Gorg se les acercaba entre alaridos y luego se desató un pánico indescriptible en la aldea subterránea. Hombres, mujeres y niños corrían en todas direcciones sin dejar de gritar. Algunos intentaron interponerse en el camino del gigante para detenerle, pero Gorg se limitaba a correr entre la multitud. En un momento dado le quitó el arma a un hombre que llevaba una espada y la lanzó a lo lejos para sujetar después a su propietario y hacerle correr la misma suerte.

—¡Ahora, deprisa! —gritó Priwinn—. ¡Fuera de aquí!

Uno tras otro abandonaron la casa. Los enanos iban delante y, entre el laberinto de piedras y escombros, guiaron a los niños hacia la galería que llevaba a las cuevas. También en esta ocasión Kim marchaba el último y de nuevo se detuvo por un momento a fin de mirar hacia la aldea.

En el centro de la plaza se había formado un gran revuelo. Cada vez eran más los hombres del río que se enfrentaban al gigante y cabía la posibilidad de que los golpes de tantas personas acabaran dando con él en el suelo. Kim ya no pudo verle entre todo aquel gentío y se preguntó, preocupado, si el gigante no habría sobreestimado sus fuerzas esta vez.

Entonces, el Príncipe de las Estepas le agarró del hombro y tiró violentamente de él.

—¡Vamos! —vociferó—. ¡A Gorg no le pasará nada! Puede cuidar de sí mismo.

Kim no estaba tan seguro de ello, pero Priwinn se limitó a arrastrarle hasta que alcanzaron la galería en la que esperaban los demás. Los niños, aterrados, se habían agolpado detrás de la entrada y los enanos, situados al otro lado, estaban temerosos de lo que pudiera ocurrirle al compañero que se había quedado con el gigante. Jarrn hablaba con voz baja y desagradable con la chica pálida.

—¡Déjala en paz, enano! —dijo Priwinn.

Pero Jarrn no se calmó.

—¡Tiene que decirme dónde están nuestros hermanos! ¡También ellos son prisioneros de la gente del río!

—¿Y de qué serviría eso? —contestó Priwinn—. No podríamos llegar hasta ellos aunque quisiéramos.

En los ojos del enano brilló la ira y mostró a los niños liberados con un gesto acusador.

—¡Es imposible, enano! —insistió el príncipe, y añadió señalando detrás de él—. Gorg no va a poder distraerlos durante mucho tiempo más. Y al no ver a sus prisioneros, empezarán a buscarnos.

Kim dio un paso y se colocó entre ambos.

—Jarrn tiene razón.

El joven príncipe le miró incrédulo.

—¿Cómo? ¿Quieres ayudarle? ¿Te has olvidado de que hace solo dos días quería acabar con todos nosotros?

—No —replicó—. Pero, a pesar de todo, tiene razón. Él nos ha indicado el camino de vuelta y tenemos que ayudarle.

Priwinn sacudió la cabeza sin entender nada.

—Yo voy con ellos —insistió Kim—. Yo solo, tú no tienes por qué venir. Guía a los demás hacia fuera y espérame allí.

Se dirigió al enano lanzándole una mirada penetrante:

—Solo tú y yo —dijo—. Los demás se van. ¿De acuerdo?

Jarrn le miró pensativo por un instante y luego asintió:

—De acuerdo. Mis hermanos los guiarán hacia arriba.

Por lo menos Kim no se había equivocado en una cuestión, y era que a Gorg le costaba más de lo previsto deshacerse de la gente del río.

Después de que Priwinn, los niños y los otros cinco enanos hubieran desaparecido de su vista, Jarrn y Kim emprendieron el camino de vuelta. Pronto llegaron de nuevo a la galería de piedra que recorría la parte alta de la cueva. Pero ahora había cambiado el panorama, ya no quedaba nada de la inmensa paz que antes reinaba a orillas del lago subterráneo. Docenas de hombres corrían de aquí para allá y muchos se apresuraban por los pasadizos que se abrían en las paredes de la cueva. Kim escuchó gritos y llamadas rebosantes de excitación mientras, desde el otro lado de la cueva y a la carrera, se acercaba todo un destacamento de gente armada.

—Son demasiados —murmuró—. Espero que Gorg haya tenido suerte.

Jarrn murmuró algo para sí. Se puso a cuatro patas con suma precaución, se arrastró a lo largo de un tramo de la galería y atisbó hacia abajo.

Kim dudó un instante, pero luego le imitó. El nerviosismo que reinaba en la gran cueva que tenían debajo hacía que apenas existiera peligro de que los descubrieran.

—¡Allí! —El delgado índice de Jarrn señaló un agujero del tamaño de una puerta que había en la pared de la cueva y tras el que centelleaba un reflejo rojizo—. La chica dijo que mis hermanos están ahí.

La mirada de Kim recorrió pensativa aquella catedral de roca. Desde lo alto pudo corregir su estimación en cuanto al número de personas que habría allí debajo: debían de ser más de cien.

—¿Cómo podemos llegar allí? —murmuró.

Jarrn señaló un punto en la pared, a unos cien metros.

—Parece que por ahí se podría bajar —dijo—. Pero yo solo no lo lograré. Tienes que llevarme.

Kim suspiró. Eso era lo que había temido, aunque enseguida se dio cuenta de que su compañero tenía razón. El enano vivía en las cuevas y hasta aquel momento su experiencia había sido útil, pero en esta ocasión las paredes le resultaban demasiado altas. Era un milagro que aún no se hubiera partido la cabeza o algún hueso.

Deslizándose a cuatro patas, llegaron hasta el punto que había descubierto Jarrn. De hecho, la pared de roca no era tan empinada y estaba salpicada de numerosos fisuras y grietas, por lo que no parecía demasiado complicado bajar por ella. «Por ahora», pensó Kim con preocupación, pues había cientos de razones que advertían de lo contrario; eran razones altas y de anchos hombros que portaban espadas y mostraban una expresión colérica en sus rostros. Kim echó una última mirada a la cueva, se armó de todo su valor y le hizo una seña a Jarrn para indicarle que debía sujetarse con fuerza. Las resecas manos del enano se aferraron a su camisa y sus hombros y el muchacho, con los dientes apretados, comenzó el descenso. No pareció que nadie se diera cuenta de su presencia, a pesar de que algunos de aquellos hombres estaban tan solo a unos metros por delante de ellos. Al cabo de poco tiempo llegaron a suelo firme y, entre jadeos, se ocultaron detrás de una roca.

—No ha estado mal —alabó Jarrn—. Al menos para un chavalín como tú.

Kim le miró enfadado.

—Al salir de aquí —le prometió— te voy a enseñar modales, hombrecito.

Jarrn le sacó la lengua, hizo una mueca burlona y volvió a ponerse serio.

—¿Cómo vamos a llegar allí enfrente sin que nos vean? —señaló hacia la luz rojiza que salía de la entrada de la cueva al otro lado de la catedral de piedra.

La mirada de Kim se detuvo allí un momento y recorrió de nuevo toda la cueva. A pesar de que la mayoría de la gente del río había abandonado el lugar, algunos seguían reunidos alrededor del lago. Eran demasiados para el gusto de Kim.

—La pregunta podría ser otra: ¿cómo vamos a salir luego de aquí junto con todos tus amigos? —dijo—. ¿Cuántos enanos han sido apresados?

—¿Y cómo voy a saberlo? —le contestó Jarrn de forma desagradable—. Pueden haber sido un puñado o un centenar.

Kim se asustó.

—¿Cien? ¡No podemos liberar a cien!

—¿Ah, no? —Jarrn le lanzó una mirada enojada—. Pero sí hubiéramos podido hacerlo con cien de los tuyos, ¿no?

De repente se sobresaltó y medio segundo después Kim observó tras él un movimiento que le hizo volverse.

No era un hombre del río y el muchacho respiró con alivio. Detrás de la roca gris se dibujaba una figura minúscula y con púas, poco después percibieron su voz chillona:

—Si seguís con vuestra discusión en voz alta, no tendréis más que levantaros para decir «hola» a la gente del río. Se os oye desde el otro lado de la montaña.

—Cacho —dijo Kim aliviado. Luego frunció el ceño—. ¿Qué haces aquí? Tendrías que estar con los demás.

—No me apetecía —exclamó Cacho con voz aguda, y siguió con la mirada fija en Jarrn—. Además no me gustan los enanos. Aquí hay uno, pero allí hay cinco.

—¿Y qué pasa con Gorg? —preguntó Kim antes de que Jarrn pudiera decir nada.

—No te preocupes por él. Ha dado una paliza a una docena de hombres y ahora juega al ratón y al gato con los demás.

—Espero que no los subestime más de la cuenta —dijo Kim poniéndose serio.

Cacho hizo un movimiento que parecía ser una sacudida de cabeza y se rio para sus adentros.

—Ni mucho menos. Tenías que ver cómo reparte golpes. Pero eso no quiere decir que tengamos todo el tiempo del mundo. ¿Tenéis algún plan? —Su mirada fue del uno al otro y luego suspiró sin esperar respuesta—. Ya veo que no tenéis ninguno. ¿Por qué preguntaré?

—Si eres tan inteligente —empezó a decir Jarrn—, explícanos lo que deberíamos hacer.

—Pffff —bufó Cacho, luego se irguió sobre las patas traseras y miró con sus ojos saltones a la cueva en la que debían de estar retenidos los enanos—. Esperad aquí —dijo—. Voy a ver cómo están las cosas.

Sin decir una palabra y pasando desapercibido entre las sombras, salió de su escondite y avanzó por la cueva sin que nadie le viera. Tras un instante alcanzó la abertura de piedra y desapareció por ella. Kim esperaba preocupado a su pequeño amigo. Cacho salió enseguida y, de nuevo sin ser visto, regresó con ellos.

—¿Y bien? —preguntó Jarrn impaciente.

—Tus hermanos están ahí —contestó Cacho—. Dos o tres docenas; no he podido verlo con claridad.

—¿Y cuántos vigilantes hay? —quiso saber Kim.

—Ninguno. No hay ninguno. Solo están los enanos. Trabajan como posesos.

—¿Sin nadie que los vigile? —Kim no lo podía creer.

—Están encadenados —explicó Cacho—. No podrían huir aunque quisieran.

Kim le miró indeciso. La excitación se había calmado un poco en la cueva. Más de la mitad de los hombres se habían marchado y los que quedaban estaban reunidos en un grupo y discutían acalorados. Con algo de suerte llegarían a la entrada de la cueva sin que los viera nadie.

—Venga, vamos —murmuró Jarrn—. Antes o después dejarán de perseguir a ese gran zoquete. No vamos a tener mejor oportunidad que esta.

Con el corazón a toda velocidad, Kim salió de su escondite y caminó deprisa, pero sin correr, en dirección a la entrada de la cueva. Su ropa no se diferenciaba mucho de la de la gente del río y además estaba muy crecido para su edad. Si le echaban una mirada fugaz podrían confundirle con uno de ellos. En cambio, si empezaba a correr, seguro que despertaría la curiosidad de alguien.

Casi se muere de terror antes de conseguir llegar a la entrada. Le costó un gran esfuerzo no mirar hacia atrás, por encima de su hombro, a los hombres que estaban en la orilla del lago.

Un par de veces escuchó un ruido o percibió un movimiento por el rabillo del ojo que estuvieron a punto de convencerle de que su juego acababa de terminar.

Pero esta vez también tuvo suerte. Llegaron desapercibidos a la ansiada entrada de la cueva y penetraron en ella. Kim se detuvo de nuevo y miró a su alrededor.

Esta cueva era mucho mayor de lo que había supuesto, un vestíbulo con techo bajo sujeto con negras columnas de granito y lava solidificada. Entre ellas ardían numerosos fuegos y, como Cacho había dicho, allí había unas tres docenas de enanos alrededor de las fogatas. Forjaban y martillaban sin descanso. La cueva retumbaba con el ruido de los poderosos martillos y brotaban las chispas; el calor era casi insoportable. El hierro al rojo blanco siseaba en los moldes de arena y hacía hervir el agua cuando lo sumergían para enfriarlo.

—¡Esos perros malditos! —murmuró Jarrn al verlo. Su voz temblaba.

Y Kim le comprendió al observar con mayor atención a los prisioneros.

Ninguno de los enanos que había visto hasta entonces era demasiado atractivo o aseado ni le había causado una impresión agradable. Pero estos eran una colección de lamentables figuras de las que no se podía explicar cómo se mantenían aún sobre sus piernas y eran capaces de soportar el peso de los martillos. La mayoría de ellos se encontraban desnudos a excepción de un delantal de cuero y estaba tan delgados que parecían esqueletos sobre los que alguien hubiera colocado una piel arañada y llena de suciedad. Sus cuerpecillos consumidos brillaban a causa del sudor. Alrededor del tobillo derecho llevaban una argolla de hierro negro; una larga cadena pasaba por todas las argollas y desaparecía en algún lugar de la pared del fondo de la cueva.

Kim se dominó y Jarrn le hizo una señal.

—Vamos ahora, antes de que llegue nadie —le urgió.

Continuaron muy deprisa. Hasta entonces habían caminado bajo la entrada de la cueva y solo se les podría haber reconocido como meras sombras. Pero ahora llegaban a una zona iluminada en rojo por las numerosas hogueras. En el instante en que aquellos desgraciados los vieron, bajaron uno tras otro sus herramientas y los miraron atónitos. Ninguno de ellos dijo una palabra y en sus caras, que Kim pudo ver por fin a la luz del fuego, se extendió una mezcla de sorpresa y terror. Por fin uno de ellos dejó el martillo y se acercó tanto como se lo permitió la cadena.

—¿Jarrn? —preguntó con tono de duda—. ¿Eres tú?

Jarrn hizo un movimiento de enojo con la mano.

—No habléis ahora —dijo cortándole—. ¿Dónde están los guardianes?

—No hay guardianes —contestó el enano—. La gente del río viene a veces para traer materiales nuevos o controlar el trabajo. Aquí solo está el vigilante y duerme la mayor parte del tiempo.

—Bien —dijo Jarrn—. Eso nos pone las cosas más fáciles. —Miró a su alrededor como si buscara algo—. ¿Quién tiene las llaves?

—El vigilante —contestó el otro mientras señalaba con un gesto a la pared posterior de la fundición—. Su habitación está ahí detrás.

—Entonces vamos a hacerle una breve visita —afirmó Jarrn con decisión—. Seguid trabajando como si no ocurriera nada. Los piratas no deben darse cuenta de lo que pasa o si no pronto los tendremos aquí.

Quiso ponerse en marcha de inmediato, pero Kim le detuvo sujetándole por el hombro.

—¿Qué quieres hacer? —preguntó el muchacho.

—Necesitamos las llaves de las cadenas —dijo Jarrn mientras se soltaba de su mano.

—¿Para qué? —inquirió Kim con tono de extrañeza. Y señaló hacia los grandes martillos, las herramientas que estaban en manos de los enanos—. Aquí hay de sobra para romperlas.

Jarrn esbozó una mueca y sonrió con desprecio.

—¿Te has vuelto loco? —dijo—. Estas cadenas proceden de nuestras fundiciones en las montañas orientales y ninguna herramienta del mundo puede romperlas.

Atravesaron la sala mientras los enanos comenzaban de nuevo a martillar y dar golpes. Cerca del hueco de la pared por el que desaparecía la cadena había una puerta de tablones forrados de hierro. Kim abrió con cuidado una rendija y atisbó hacia el interior. Ligeramente iluminada por un recipiente lleno de carbón incandescente, había una pequeña habitación con un tosco escritorio, la correspondiente silla y un jergón cubierto de paja. Sobre ella estaba tumbada una figura acurrucada que roncaba a todo volumen. Era el vigilante del que había hablado el prisionero.

Kim abrió la puerta con precaución un poco más, indicó con gestos a Jarrn que no hiciera ruido y se deslizó de puntillas por la habitación.

Miró a su alrededor. La cadena finalizaba justo encima de la cama del durmiente, donde estaba bien sujeta a una argolla de hierro por medio de un gran candado. La llave correspondiente, también muy grande, pendía del cinturón del vigilante.

Kim se acercó con el corazón desbocado y miró a la cara de aquel hombre dormido.

Tenía barba y un aspecto tosco; su boca entreabierta mostraba la profundidad de su sueño.

Pese al temblor de sus manos, el muchacho las extendió hacia el cinturón del hombre en busca de la llave, pero Jarrn, con un movimiento rápido como el rayo, le hizo retroceder.

—¡Déjalo! —murmuró—. Yo puedo hacerlo mejor.

Y de hecho así era. Rápido y diestro como un carterista, soltó la llave del cinturón del vigilante, se echó de nuevo hacia atrás con una mueca y alargó las manos hacia el candado. Era demasiado bajo para alcanzarlo y Kim le alzó sujetándole por las caderas. Con el mismo sigilo con que había recuperado la llave, el enano la introdujo en el candado y lo abrió.

En ese momento se les acabó la suerte.

El candado se abrió con un chasquido y la pesada cadena golpeó con fuerza en el cuerpo del vigilante, al que incluso le faltó la respiración al lanzar un grito de sorpresa. Kim y el enano se quedaron paralizados mientras miraban a los ojos recién abiertos del vigilante. Entonces, el hombre echó a un lado la cadena y con el mismo movimiento saltó de la cama.

Kim, asustado, dio un brinco cuando el individuo intentó sujetarle. Consiguió esquivar sus manos, pero perdió el equilibrio, se tambaleó al dar un par de pasos hacia atrás y acabó cayendo sobre la silla. Mientras tropezaba, Kim había visto que Jarrn se daba la vuelta y abandonaba la habitación con movimientos decididos.

No le quedó ni un segundo de tiempo para pensar en la traición del enano. El hombre agarró a Kim por el cuello y el fondillo de los pantalones y le alzó en alto.

—¿Quién eres tú? —gritó—. ¿Qué haces aquí?

No eran preguntas que necesitaran respuesta, pues con cada palabra sacudía tanto al muchacho que este, aunque hubiera querido, no habría podido decir nada. De repente, el hombre dejó de zarandear a Kim y se le desorbitaron los ojos.

Por un instante le miró a la cara, luego se dio la vuelta como recorrido por una corriente eléctrica y miró la argolla y el candado abierto y se dio cuenta de lo que ocurría.

—¡Traición! —bramó—. ¡Los prisioneros!

El final de la cadena se movía como la cola de una serpiente de hierro, se deslizó por la cama y se dirigió hacia el hueco de la pared. El hombre gritó con furia varias veces y se precipitó sobre ella sin soltar en ningún momento a Kim. Había fallado en su misión. Un instante antes de que la alcanzara, la cadena desapareció por el agujero de la pared y fuera, en la fundición, se escuchó un grito de júbilo.

—¡Traición! —gritó otra vez el vigilante.

Se irguió colérico, miró a Kim y alzó la mano como si quisiera golpearle. Pero no llegó a terminar su movimiento, sino que le retorció el brazo y se lo colocó a la espalda con tal brusquedad que el muchacho gritó de dolor y se inclinó hacia delante. La otra mano del vigilante desenvainó la espada que llevaba en el cinturón. Al menos fue lo que intentó. De repente una nerviosa figura negra se colgó de su cuello, con una mano sujetó su cara con firmeza y con la otra comenzó a golpearle mientras gritaba estridentes maldiciones e improperios.

El hombre se tambaleó, golpeó contra la mesa e intentó soltarse de su agresor; de inmediato, por todas partes surgieron pequeñas figuras. Varias de ellas cayeron al mismo tiempo sobre el vigilante y, a pesar de que este se defendió con vigor, no tardó en imponerse la superioridad numérica y le hicieron caer al suelo. Enseguida le ataron y amordazaron con jirones de su propia vestimenta. Todo sucedió tan rápido, que no tuvo tiempo ni para emitir un último grito.

Kim se irguió tambaleándose y se frotó el brazo dolorido.

—Gracias —murmuró al ver a Jarrn entre los enanos que habían llegado—. Ha sido justo a tiempo.

—No debiste dejarte atrapar, listillo —contestó Jarrn tan altivo como siempre.

Sin embargo, esta vez le tocó sonreír a Kim.

—Y yo que pensaba que me ibas a dejar aquí.

Jarrn apretó los labios.

—¿Para que te matara a golpes y luego alertara a toda la montaña? —Agitó la cabeza con fuerza—. ¡Además, ahora ya estamos libres! —bramó, más bien para sí que para Kim.

Kim prefirió no pensar en el significado de esas palabras y se dirigió a la puerta para regresar a la fundición.

—¿A dónde vas? —le gritó Jarrn.

Kim señaló al otro lado de la sala.

—No tenía pensado quedarme aquí —dijo.

—Nosotros tampoco, como te puedes imaginar —respondió el enano con ironía—. Pero no podemos salir por ahí. Está lleno de gente del río.

—¿Ah, sí? —respondió Kim enfadado—. ¿Tenemos que esperar aquí hasta que se cansen y se vayan a casa?

Entonces Jarrn le sacó la lengua, le dejó allí y se dirigió a sus hermanos.

—¡La mitad de vosotros seguid con el trabajo! —ordenó—. Haced ruido para que piensen que esto funciona como antes. Uno montará guardia. Los demás vendrán conmigo.

Los enanos obedecieron sin rechistar y tan deprisa que Kim se quedó sorprendido. Nunca habría imaginado que pudieran hacer algo sin protestar ni decir nada desagradable. Algunas de las harapientas figuras se acercaron de inmediato al fuego y comenzaron de nuevo a hacer un ruido que parecía retumbar en toda la montaña. Los demás, para sorpresa de Kim, se arremolinaron en la pequeña habitación del vigilante y comenzaron a golpear la pared del fondo con martillos y picos.

Kim se extrañó al ver la velocidad con la que excavaban la piedra. A pesar de que ninguna de aquellas demacradas figuras parecía poder levantar ni un panecillo sin hacer un esfuerzo enorme, y sin mencionar las pesadas herramientas que blandían, destrozaron a golpes el granito como si fuera madera podrida. En poco tiempo habían hecho un túnel circular de casi un metro de alto en el que los enanos picaban a la velocidad del rayo. Jarrn se lo pasaba en grande viendo la expresión de desconcierto de Kim, pero renunció a hacer ningún comentario y, en lugar de eso, se dedicó a lanzar órdenes y a espolear a sus camaradas, tanto a los de la forja como a los del túnel.

El muchacho estaba perplejo ante la creciente velocidad con que avanzaba el túnel en el interior de la montaña. Ya no se veía a los enanos que trabajaban en él y el ruido de sus martillos y los golpes fueron quedando cada vez más amortiguados por la distancia hasta que acabaron por dejar de oírse. Entonces, se escuchó en la fundición un grito de terror y un segundo más tarde entró en la sala un enano que exclamó, casi sin respiración:

—¡Ya vienen! ¡La gente del río ya se ha dado cuenta!

Los demás enanos entraron portando martillos, picos e incluso algunas armas que ellos mismos se habían fabricado. Y lo quisiera o no Kim, aquella corriente de figuritas harapientas que entraban en el túnel se limitaron a arrastrarlo con ellas.

El pasadizo era tan estrecho que no podía caminar ni encorvado, tuvo que hacerlo a cuatro patas. Y el enano que iba tras él le golpeaba y apremiaba, tanto que en alguna ocasión perdió el equilibrio, cayó de bruces y los que venían por detrás pasaron por encima de él sin ningún reparo. Al volverse, Kim vio una figura negra y maciza que intentaba en vano entrar en el estrecho pasadizo.

Sus manos se encontraron súbitamente con un obstáculo. Delante de él había una pared de roca maciza. El muchacho se sintió aterrado y su corazón comenzó a latir cada vez más rápido al darse cuenta de que no había llegado al final del túnel, sino que había alcanzado un recodo en ángulo recto que habían hecho los enanos por alguna razón.

Jadeante, se apretujó contra la estrecha hendidura, luego se irguió lo que pudo y se arrastró un poco más.

Un instante después, algo impactó tras él contra la roca con un chasquido metálico y se rompió. Al mirar lo que era, a la escasa luz que le llegaba desde el final del túnel, pudo reconocer la punta de una flecha. Se oyó un grito de furia y luego Kim divisó una figura de anchos hombros que intentaba arrastrarse por el túnel aunque, al cabo de pocos metros, lo único que consiguió fue quedarse allí, desamparada y quieto, sin poder avanzar ni retroceder. Ahora Kim se sentía muy satisfecho de que los enanos hubieran excavado un túnel tan bajo...

## XVII

Dos días más tarde salieron de nuevo al aire libre. Kim no fue el único que tuvo la sensación de haber despertado de un prolongado mal sueño en el momento en que la tenebrosa luz gris de aquel mundo rocoso hizo sitio al brillo pálido de la luna que penetraba por la entrada de la cueva. Un soplo de aire glacial llegó a su encuentro para golpearles y hacerles tiritar y todos aceleraron sus pasos. No había nada que pudiera frenar su marcha, ni las escarpadas escombreras ni los cascotes que se agolpaban en la entrada de la cueva. Uno tras otro se deslizaron por la pendiente y casi ninguno se libró de golpes y arañazos.

Aquello no pareció molestar a nadie. Por el grupo se extendió un suspiro de alivio al ver, por fin, sobre sus cabezas un cielo auténtico y no uno formado tan solo por piedras y rocas. Jarrn, Kim y los enanos liberados erraron durante varias horas, perdidos en el laberinto de rocas y cuevas, antes de encontrar a Priwinn y los demás. Se mantuvieron a la expectativa durante mucho tiempo con el temor de que la gente del río hubiera encontrado sus huellas y las hubieran seguido, pero no llegaron a ver a ninguno de ellos. Los enanos habían demostrado ser excelentes guías. Los hombres del río podían tener el poder sobre el mundo subterráneo, pero los enanos lo conocían mucho mejor. No se encontraron con nadie que perteneciera a la comunidad pirata.

Pero el camino había sido bastante duro. La permanente oscuridad había afectado a sus nervios, no tenían nada que comer y encontraron agua en contadas ocasiones, todo lo cual contribuyó a que se hallaran al límite de sus fuerzas. Incluso los movimientos de Gorg habían perdido mucho de su ímpetu habitual y el gigante iba cada vez más callado.

Kim, agotado, se dejó caer sobre una piedra después de que, con un último paso, alcanzara la escombrera. Le costaba mucho esfuerzo mantener abiertos los ojos porque le pesaban los párpados; sus brazos y piernas parecían hechos de plomo y tiraban de él hacia el suelo. Miró a su alrededor con cansancio, pero no descubrió más que sombras confusas y el reflejo sobre la hierba húmeda del plateado brillo de la luna.

Los enanos habían prometido llevarles cerca del gran árbol, pero no se lo veía por ningún sitio.

Kim se sintió demasiado somnoliento para seguir con tales pensamientos. Todo lo que contaba en aquel momento era que, por fin, habían salido del sombrío laberinto subterráneo.

A los demás parecía ocurrirles algo similar. A pesar de que a lo largo del día algunos de los niños más pequeños habían empezado a llorar a causa del hambre y el agotamiento, ahora ya no se escuchaba ni un lamento. Había un gran silencio, sobre todo considerando que en aquel reducido terreno delante de la escombrera se contaban, entre niños, enanos y el grupo de Kim, más de sesenta personas.

Alguien encendió un fuego y el crepitar de las llamas y el calor disipó un poco la tenebrosa atmósfera. Kim atribuyó esa sensación a su propio cansancio y desaliento, pero le dio la impresión de que con ellos hubiera salido a la superficie algo de la espeluznante oscuridad que reinaba en el interior de la cueva.

De repente, al otro lado del fuego, muy cerca de la orilla del bosque, hubo gran excitación. Kim, con los ojos pesados por el sueño, vio a Gorg, que después de que hubieran llegado allí debía de haberse marchado sin que nadie lo notara y ahora regresaba del bosque; llevaba un ciervo al hombro. Kim estaba muy cansado, pero Priwinn y algunos de los chicos y chicas mayores se acercaron al gigante para ayudarle a trocear la carne del animal abatido. Pronto tuvieron dos enormes piezas de jugosa carne dando vueltas sobre las llamas y el suculento olor del asado hizo que los estómagos de todos los presentes comenzaran a rugir violentamente.

La comida y la sensación de alivio que le procuraban el cielo abierto y el amplio paisaje que tenía alrededor, contribuyeron a eliminar algo el abatimiento del muchacho. Mientras se mantenía sentado y reunía toda su fuerza de voluntad para comer a pequeños bocados y masticar concienzudamente el trozo de carne que le había tocado, en lugar de engullirlo de una vez como hubiera sido su deseo, su mirada se dirigió a todas aquellas figuras infantiles que se sentaban en círculo alrededor del fuego.

No se oía ni una palabra, tan solo el ruido de la carne al ser desgarrada y el de las mandíbulas de los que comían con ansia.

—¿Qué te pasa ahora?

Kim se volvió con dificultad y miró a Priwinn a la cara. No se había dado cuenta de que el Príncipe de las Estepas estaba sentado a su lado.

—Parece que acabaras de sufrir la peor derrota de tu vida —insistió el príncipe.

—Es solo que estoy cansado —murmuró Kim.

—Lo estamos todos —contestó Priwinn—. Pero hay algo que te preocupa. ¡Desembúchalo de una vez!

Kim dudó por un momento, mordió otro trozo de carne para ganar tiempo y luego contestó con la boca llena:

—Los niños, Priwinn.

—¿Qué pasa con ellos? —preguntó Priwinn extrañado—. Los hemos liberado. Da la impresión de que no estuvieras satisfecho.

—¡Tonterías! —dijo Kim mientras tragaba saliva con fuerza—. Pero son muy pocos. Y, además, no son los que estábamos buscando.

—Cualquier vida es importante —afirmó Gorg desde el otro lado.

—Claro —asintió Kim—. Perdonadme. Es solo que... —Buscó por un momento las palabras adecuadas y luego prosiguió sacudiendo la cabeza—. Todo ha sido inútil —murmuró—. No ha cambiado nada.

—¿Y qué esperabas, tonto del bote?

Kim no tenía que levantar la vista para saber que Jarrn estaba delante de él. A pesar de ello lo hizo y miró al enano.

—Apuesto a que tú sí sabes lo que ha ocurrido con los niños desaparecidos —dijo Kim.

El enano le echó una mirada que Kim no pudo interpretar y contestó:

—Y yo apuesto a que no te lo diría aunque lo supiera.

Priwinn se enfureció, pero Jarrn le calmó con un movimiento de la mano y continuó con cierto cambio en el tono de voz.

—Hemos cumplido nuestra palabra y habéis podido regresar. Mis hermanos y yo nos vamos ahora.

Kim echó la cabeza hacia atrás y miró al cielo nocturno.

—Lo que acordemos fue que nos ibais a llevar hasta el árbol —le recordó al enano.

—Y eso es lo que hemos hecho —contestó Jarrn mientras señalaba a la oscuridad que había tras él—. Al hacerse de día veréis una colina. El árbol está detrás.

—Espera un minuto —dijo Priwinn.

Se levantó, hizo un gesto con la cabeza a Gorg para que vigilara a Jarrn y desapareció con paso rápido. Un momento después regresó, pero no venía solo. Junto a él estaba Eib, el joven del árbol de las hojas azules.

—Este enano dice que estamos cerca de tu árbol —le dijo Priwinn señalando a Jarrn—. ¿Es cierto?

Eib miró desconcertado a su alrededor. Tardó un momento en contestar y luego lo hizo con voz insegura.

—No lo sé —admitió—. Esto me resulta... conocido. Es posible.

Priwinn suspiró y alzó los ojos. Jarrn hizo una de sus muecas.

—Sois tan avispados como antes —dijo el enano con grosería—. Pero vais a tener que creerme, os guste o no. Además, si queremos irnos, lo haremos.

—¿Estás seguro? —gruñó Gorg.

Jarrn soltó una risa malévola.

—Del todo, zoquetes. Podíamos haberos dejado abandonados en cualquier momento. Si no me crees, pregúntaselo —dijo mientras señalaba a Kim, que asintió de mala gana.

—¿Y por qué no lo habéis hecho? —preguntó Priwinn.

—Porque teníais mi palabra —respondió Jarrn ofendido—. Pero ahora ha terminado la tregua. Nos marchamos, y si volvemos a vernos, el encuentro va a ser muy distinto al de la última vez, lo prometo.

—Y yo también —aseguró Priwinn con un tono rebosante de odio.

Kim se levantó deprimido y se alejó un poco del fuego. La disputa que acababa de estallar entre Priwinn y el enano le había dejado claro que todo seguía igual. Por uno momento tuvo la esperanza de que los peligros superados entre todos les hubieran hecho amigos, o al menos aliados. Pero no había sucedido así. Cuando volvió junto al fuego, los enanos ya habían desaparecido en la noche, como fantasmas.

Ellos partieron al día siguiente, ya a mediodía, pues la comida y el calor habían surtido efecto y todos, agotados, cayeron en un profundo sueño. Se habían despertado con la mañana bastante avanzada. Vieron la colina que había mencionado Jarrn, que estaba más lejos de lo esperado, sin embargo ni la comida ni las pocas horas de sueño habían sido suficientes para restaurar por completo sus fuerzas, de modo que abandonaron el lugar con calma. En el momento de alcanzar la cresta de la colina, el día ya había avanzado bastante y el sol comenzaba el último tercio de su recorrido.

También al otro lado de la colina se percibía el cielo azul. No había una poderosa bóveda celeste hecha de ramas y hojas ni una luz solar coloreada de verde. El árbol no estaba allí.

Kim se detuvo decepcionado.

—Ha mentido —susurró—. Los enanos nos han mentido, Priwinn.

El Príncipe de las Estepas asintió furioso.

—¿Qué esperabas? —preguntó—. Es probable que nos hayan obligado a extraviarnos y ahora vamos a necesitar meses o años para poder volver a casa.

—No —dijo una voz tras ellos—. No los necesitaremos. Estamos donde queríamos.

En su tono de voz había algo que asustó a Kim y, al volverse, vio que bajo el tono marrón de la cara de Eib se había descompuesto algo que le prestaba un color pálido, como el de un muerto. Los ojos del joven del árbol estaban desorbitados y casi negros a causa del espanto y sus manos señalaban temblorosas hacia el este.

Kim se giró en esa dirección. Ahora miró hacia abajo en lugar de al cielo.

Allí estaba el árbol.

Se había caído.

Donde antes había un inmenso complejo detenido en el tiempo y elaborado con madera y hojas, ahora se alzaba hacia el cielo un tocón astillado. Era diez veces más alto que cualquier torre almenada que Kim hubiera visto en su vida, pero nada más que un lamentable residuo de lo que había sido cuando estaba vivo.

El tronco, tronchado por varias partes, estaba inclinado hacia el este y había sepultado bosques, prados, arroyos y toda una cadena de colinas. Y lejos, muy lejos, casi en el horizonte, sobresalía la aplastada copa como si fuera una montaña de verdes sombras.

Necesitaron casi el resto del día para llegar al árbol en ruinas. Kim había creído que el horror que les causó la primera visión del poderoso árbol ahora destrozado se amortiguaría algo durante la marcha, pero ocurrió justo lo contrario: cuanto más se acercaban, mayor era la impresión que le oprimía. Entre los demás también se difundió una creciente intranquilidad. El único que aparentaba estar tranquilo era Eib. Pero Kim le miró fijamente a los ojos y pronto se dio cuenta de que no había tal tranquilidad. En la cara de Eib no se podía leer ni la más mínima excitación porque de sus facciones se había apoderado algo parecido a la rigidez de un cadáver. Marchaba entre ellos sin lanzar una queja, pero sus movimientos eran como los de una máquina que se mueve sin saber el motivo. Al llegar al árbol, ya de noche, y detenerse a los pies de la enorme escalera de madera, Eib fue el único que no reaccionó, al menos de forma aparente, ante la terrible destrucción que se ofrecía a su vista.

Todo se mantenía muy silencioso. Durante las últimas horas habían marchado trazando arbitrarias líneas sinuosas para superar enormes trozos de roca y residuos de madera con los que el suelo estaba tapizado a lo largo de muchos kilómetros. Las ramas tronchadas, cada una tan grande como todo un bosque, las enormes astillas desgajadas del tronco, del tamaño de casas y campanarios, y las grandes montañas formadas por hojas aplastadas, los obligaron a dar más de un rodeo, con lo que perdieron de vista el tocón del árbol en varias ocasiones.

Pero no escucharon ni el más mínimo ruido. Ni el canto de un pájaro, ni un leve susurro del viento interrumpía el silencio mortal que se extendía por aquel territorio.

—¿Qué ha pasado aquí? —susurró Priwinn impresionado.

Como es lógico, nadie le contestó. Y tampoco hacía falta. Daba igual lo que hubiera ocurrido, se decía Kim. Lo que importaba de verdad es que había sucedido.

Se acercó despacio al muchacho-árbol y le puso la mano sobre el hombro. Eib se asustó, despertándose, por primera vez en horas, de la parálisis en que estaba sumido. Con un movimiento penoso y lento volvió la cabeza y miró a Kim que, por fin, pudo ver en sus ojos lo que esperaba desde hacía mucho tiempo: el brillo de las lágrimas.

A Kim se le desvaneció de inmediato cualquier palabra de alivio que pudiera haber llevado preparada. Se sentía incapaz de consolar al muchacho porque él mismo se encontraba vacío y abatido, y algo parecía haberse roto en su interior, lo mismo que le había ocurrido a aquel gigantesco árbol. Kim no podía ayudar a Eib: era él quien necesitaba ayuda.

—Vamos a subir. —señaló Priwinn la escalera que llevaba al tocón—. Puede que haya alguien ahí arriba.

Pero Eib sacudió la cabeza.

—No.

Priwinn sólo subió un escalón, luego se detuvo y, abatido, se dio la vuelta.

Iban a regresar junto a los demás, pero entonces al lado de una rama rota cercana se oyó un crujido y emergió de súbito una figura con el pelo y la vestimenta de hojas.

—¡Oak! —gritó Kim, y corrió hacia el hombre.

Pero al observar su mirada se detuvo. Sus ojos estaban tan oscuros y vacíos como los de Eib y su cara no solo se notaba descompuesta, sino vieja. Muy vieja e infinitamente cansada.

Priwinn, Gorg y algunos de los chicos mayores también se acercaron a Oak. Pero, igual que había hecho Kim, se detuvieron a una distancia razonable.

Oak alzó con fatiga la cabeza y los miró mostrando una ligera sorpresa: Kim se dio cuenta de que aún no se había percatado de lo ocurrido a su alrededor.

—Se ha caído —murmuraba el hombre-árbol—. Se ha... limitado a caerse.

Kim fue el primero que consiguió dominarse y se acercó a aquel ser nudoso.

—Oak —dijo en voz baja—. ¿Qué ha pasado? Cuéntanos.

—Se ha caído —repitió—. Sencillamente... se ha caído. —Parecía no haber escuchado las palabras de Kim.

—¿Cómo ocurrió? —preguntó ahora Priwinn, más alto que Kim y en tono mucho más cortante.

—Caído —dijo Oak de nuevo; a continuación sacudió la cabeza y miró hacia arriba—. Y nosotros somos los culpables —susurró.

Priwinn y Kim se miraron.

—¿Vosotros? —repitió el príncipe—. ¡Oak, por favor! ¡Explícanos lo que ha pasado aquí! Este... el árbol no se puede haber caído así como así.

—Una tormenta —se limitó a musitar Oak. Luego se volvió hacia Priwinn, pero sus oscuros ojos miraban derechos al vacío. Su voz cada vez era más baja y temblaba con el recuerdo de los terribles acontecimientos acaecidos.

—Hubo una tormenta —dijo—. Una terrible... tormenta.

—Pero eso es imposible —afirmó Priwinn—. Este árbol ha sobrevivido a miles de tormentas.

—Una tormenta —dijo Oak de nuevo—. Y... se ha caído.

Priwinn quiso decir algo, pero Kim se apresuró a ponerle la mano sobre el hombro y sacudir la cabeza. Estaba seguro de que en ese momento Oak no podía contar nada más. El hombre-árbol se encontraba en tal estado que era imposible hablar con él.

En lugar de insistir, nuestro héroe se acercó a él y le tendió la mano. Entonces ocurrió lo inesperado. Oak comenzó a hablar sin parar, tomó al chico entre sus brazos y empezó a sollozar; sin ruido ni lágrimas, pero intensamente.

En otras circunstancias hubiera resultado muy embarazoso para Kim. Él solo era un muchacho y Oak un hombre con una edad inimaginable. Y, a pesar de eso, era Kim el que le consolaba, el que se sentía conmovido con él.

Y lo que no habían conseguido las palabras de Priwinn, ocurrió por sí mismo. Oak se quedó silencioso por un momento, luego se tranquilizó y en el momento en que, con un movimiento de turbación, se apartó de Kim y le dirigió la vista, su mirada volvió a ser clara; aún estaba empañada por el horror y el miedo pero, al menos, ahora parecía reconocer a los que le rodeaban.

—Perdón —murmuró—. He... perdido los estribos.

—No tiene importancia —dijo Kim—. ¿Puedes contarnos lo que ha sucedido?

Oak titubeó un momento y luego asintió.

—Se ha caído —dijo—. Limb y los demás tenían razón. Lo hemos destruido. Hubo una tormenta igual que otras muchas, miles, que ya habíamos sufrido. Pero esta vez no pudo superarla. Estaba muy debilitado. Le habíamos causado demasiadas heridas. Habíamos arrancado de su corazón buena parte de la madera que precisaba para mantenerse en pie.

—¿Dónde están los demás? —murmuró Priwinn—. ¿Están... están muertos?

Oak no contestó de inmediato y, mientras miraba en silencio al Príncipe de las Estepas, Kim sintió miedo ante la respuesta que pudiera dar. Pero el hombre-árbol sacudió despacio la cabeza.

—Han muerto muchos —dijo—. Cientos, quizá miles. Los que viven han regresado a las ramas. —Señaló hacia donde la poderosa copa del árbol se difuminaba en el horizonte—. Pero morirán —añadió con un susurro—. El árbol ha caído, sus ramas se pudrirán y no hay otro lugar en el que podamos vivir.

—¡Pero tú sigues con vida! —le contradijo Kim—. Y... Eib ha sobrevivido al cautiverio de la gente del río. Seguro que encontraréis un nuevo hogar.

Oak le miró y de repente sonrió, aunque con tristeza.

—Me gustaría que eso ocurriera —dijo—, pero no podemos vivir en otro lugar que no sea nuestro árbol. Podemos irnos a otro sitio durante cierto tiempo, sin embargo nuestro pueblo dejará de existir sin el árbol.

—¡Eso no puede ser! —gritó Kim, y sintió una furia tan intensa que él mismo se asustó. Era una ira que no estaba dirigida contra nadie, originada por lo que había ocurrido—. Encontraréis otro árbol —aventuró—. Y otro hogar.

—¡Déjalo, pequeño héroe! —bramó Gorg—. Dice la verdad. No hay otro lugar en el que puedan vivir. Solo existe este árbol.

—¡Esos malditos enanos! —exclamó Priwinn con voz temblorosa—. Prometo que les daré caza, a ellos y a los hombres de hierro, donde quiera que se encuentren. ¡Aunque sea lo último que haga!

Entonces Oak sacudió la cabeza.

—No fueron los enanos, príncipe Priwinn.

—¡Claro que no! —dijo Priwinn con violencia—. Solo sus hombres de hierro, ¿verdad?

—No fue culpa suya —insistió Oak—. No fueron ellos los que destrozaron el árbol, sino nosotros mismos. Vosotros nos advertisteis, tú y tu gigantesco amigo, lo mismo que Limb y los demás. No os hicimos caso y ahora debemos pagar las consecuencias.

—Alguien más tendrá que pagar un precio muy elevado —repitió Priwinn, pero el hombre-árbol volvió a sacudir la cabeza e incluso sonrió al decir:

—¿Existe un precio más alto que el ocaso de todo un pueblo?

Y esta vez Priwinn no pudo responder nada.

Pasaron la noche protegidos por el enorme árbol. Había suficiente madera seca y pudieron encender un fuego que les libró del viento y el frío de la noche. Oak les trajo algo de comer: verduras, bayas y fruta en tales cantidades que pudieron acallar por completo las protestas de sus estómagos. A lo largo de la noche el hombre-árbol recobró, poco a poco, el control sobre sí mismo. Ni Kim ni ningún otro le preguntó acerca de los terribles acontecimientos, fue él mismo quien, una vez que hubieron comido y se sentaron alrededor del fuego, sacó a relucir el tema.

—Me siento muy feliz de que estéis con vida y hayáis vuelto sanos y salvos —dijo al acabar Priwinn con la narración de las aventuras corridas en el Desierto Glacial y luego en el laberinto de la gente del río—. Cuando os marchasteis nos quedamos muy preocupados por vosotros.

—Pero no les hicisteis daño a Limb y sus amigos, ¿verdad? —preguntó Priwinn con preocupación.

Oak sacudió la cabeza con una sonrisa de disculpa.

—¿Por quién nos tomas? —preguntó—. Estábamos furiosos por lo que habían hecho, sin embargo dos semanas más tarde llegaron los enanos y trajeron consigo las piezas de repuesto que se necesitaban para reparar los hombres de hierro destrozados. Pero...

Priwinn le interrumpió de repente.

—¿Dos semanas? —repitió—. Eso no puede ser.

Oak le miró interrogante y el príncipe continuó explicando el motivo de su sorpresa:

—¡Pero si nosotros nos marchamos hace algo menos de una semana!

—Os fuisteis hace medio año —replicó Oak mostrando extrañeza.

Ahora fue Kim quien se quedó mirando sorprendido al hombre del árbol.

—¿Medio año? —intentó confirmar—. ¿Estás seguro?

Oak asintió y casi al tiempo se encogió de hombros.

—Es posible que haya una diferencia de un mes más o menos, no nos preocupa el tiempo tanto como a vosotros.

—¡Las cuevas! —recordó Gorg en ese momento.

Todas las miradas se dirigieron al gigante con extrañeza.

—Las cuevas de los enanos —repitió Gorg—. Tiene que haber un misterio en ellas. Solo tardamos dos días en regresar del castillo del Final del Mundo, pero el camino es largo, muy largo. Si se hiciera a pie se podría tardar medio año. O más.

Oak asintió.

—El pueblo de los enanos tiene poderes mágicos —dijo.

—Los van a necesitar si me topo con ellos —murmuró Priwinn.

Oak le miró con expresión de censura pero evitó contestar y, tras una pausa, continuó con su explicación.

—No hicimos nada malo a Limb ni a los demás —repitió—. Pero tampoco los escuchamos. ¡Si lo hubiéramos hecho...! Puede que no hubiera sido demasiado tarde. Estábamos ciegos. Parecía muy sencillo: casas mayores, prendas de vestir más bonitas, mejor mobiliario, una vida más fácil. Nos advirtieron de que tendríamos que pagar un precio y, en lo más profundo de mi corazón, creo que tenían razón. —Levantó la vista y por un momento su mirada se cubrió de nuevo con una profunda y desvalida tristeza—. No sabíamos que ocurriría tan deprisa. Pensábamos que podríamos encontrar una solución y parar a tiempo antes de que los daños fueran irremediables. Fuimos unos locos.

—No fue culpa vuestra —insistió Priwinn—. Los enanos os trastornaron. Caísteis seducidos por sus poderes mágicos.

Dio la impresión de que Oak quería contestar, pero se dio cuenta de lo inútil que era discutir con el príncipe. Se limitó a un silencioso movimiento de cabeza y a lanzar una mirada a las llamas de la hoguera.

Un silencio embarazoso se adueñó del lugar; únicamente lo interrumpían los chasquidos del fuego y el susurro del viento que arrancaba las hojas de las ramas caídas.

Kim acabó por levantarse y alejarse de los demás. Se sentía abatido y cansado. Todo resultaba inútil. A pesar de lo que habían hecho y de los esfuerzos soportados, las cosas parecían estar peor que antes, como si se inclinaran a favor de los enemigos.

Pero quizá aquello no fuera del todo cierto y la respuesta correcta estuviera basada en el hecho de que no existían los enemigos que buscaban.

Mientras se encontraba sumido en sus pensamientos, el suelo se fue haciendo cada vez más pantanoso bajo sus pies y el muchacho se percató en el último momento de que había estado a punto de caerse a un lago. Se detuvo de inmediato, miró al agua, donde resplandecía la luz de la luna, y se encontró con el reflejo de su cara. Se acordó de lo que le había dicho Oak acerca de ese lago y se alejó de él sin demora. Pero solo dio un paso, pues brotó del agua una figura que se acercó a él. Era Priwinn.

Por un momento los dos se mantuvieron quietos y callados. El silencio que se había extendido en la zona de la hoguera parecía haber seguido a Priwinn hasta allí. Además, Kim no deseaba hablar con él en aquel momento.

En realidad no quería hablar con nadie, sino estar solo. La sensación de desamparo y desconcierto que se había adueñado de él era casi más poderosa que el horror que le causaban los terribles acontecimientos ocurridos.

Por fin, el príncipe rompió el pesado silencio.

—¿Te has decidido? —preguntó.

Kim se volvió para mirarle sorprendido.

—¿Decidido?

—¡Sí! —dijo Priwinn—. ¿De qué lado estás? ¿Quieres ver cómo muere nuestro mundo sin hacer nada para impedirlo?

«¿Qué es lo que quieres?», pensó Kim. Priwinn debía de saber lo difícil de la decisión que le obligaba a tomar.

—Yo... yo no puedo —murmuró Kim.

La cara de su interlocutor se ensombreció. Sus ojos centellaron y su voz adquirió una dureza tan repentina que Kim se estremeció. Apenas reconocía a su amigo.

—¡Bien! —dijo Priwinn con tono áspero—. Entonces quédate aquí o regresa junto a Temístocles. Haz lo que te parezca mejor. Desde luego yo voy a intentar que este país no se vaya a pique.

—¿Qué vas a hacer? —preguntó Kim en voz baja, aunque creía conocer muy bien la respuesta.

—¡Lo que ya hemos empezado! —contestó con agresividad el príncipe—. Vamos a aniquilar a esos malditos hombres de hierro. A ellos y a todo lo que provenga de los enanos.

—Pero así no puedes ganar esta guerra —opuso Kim—. Quién sabe si son los enanos los que han provocado el ocaso de Luna de Leyenda, Priwinn.

—Puede que tengas razón —replicó el príncipe—, pero no veo otro camino. Os he escuchado a ti y a Temístocles. Hemos ido hacia el norte a pesar de saber que era inútil. Hemos perdido a Rangarig y nos hemos salvado por muy poco de los enanos. ¿Qué más quieres de mí?

—No lo sé —replicó Kim con tono torturado—. Todo esto es tan... tan espantoso. Quizá estés en guerra contra los propios habitantes de este país.

—Pues entonces los venceré —dijo Priwinn con decisión—. No estoy solo, Kim. Son muchos los que piensan como yo. Y después de todo lo que ha ocurrido, se nos van a unir muchos más—. Su voz sonaba exigente—. Y, si te colocas a nuestra vanguardia, sé que ganaremos.

—¡Me pides un imposible! —gritó Kim desesperado—. ¡Yo no puedo levantar mi espada contra Luna de Leyenda!

—Pues así ha de ser —aseguró el príncipe—. Y haremos lo que haya que hacer. Destruiremos a los hombres de hierro y luego nos ocuparemos de los enanos.

—¿A pesar de que no sabéis con seguridad si son los culpables? —Kim se estremeció por dentro.

—No tenemos elección. ¿Debemos esperar hasta que todo el país esté cubierto por una capa de hierro? ¿A ver cómo muere hasta la última flor, árbol o planta al carecer de aire para respirar? ¿Aguardar a que todos, hombres y mujeres, se vean obligados a trabajar en las cuevas al servicio de los enanos? Quizá no sean los enanos y sus hombres de hierro los auténticos enemigos, pero son los únicos contra los que podemos luchar.

Kim no contestó. Lo malo era que, en realidad, entendía a Priwinn, aunque creía que la lógica de sus argumentos era errónea. Podría conseguir algo si destruía las máquinas de los enanos y quizá fuera posible dar la vuelta a la desgracia que se abatía sobre Luna de Leyenda si aniquilaba al pueblo de lo enanos. Pero si lograba la victoria, iba a tener que comprarla a un precio muy alto.

—Déjame pensarlo esta noche —susurró—. Te contestaré mañana por la mañana.

Priwinn pareció más que decepcionado y le miró con franca ira, pero no dijo nada, dio un paso para acercarse a Kim, cerró los puños y miró hacia el lago. De repente se sobresaltó, avanzó otro paso y se inclinó para ver su reflejo en el agua.

—Será mejor que no lo hagas —le avisó Kim—. Este lago está...

—Conozco su secreto —interrumpió Priwinn—. Puede que mejor que tú, pero, ¡mira!

Kim se volvió de mala gana y dirigió la vista hacia el agua al tiempo que intentaba no mirar a su propio reflejo. El semblante de Priwinn se reflejaba muy oscuro, pero Kim pudo ver de forma muy nítida sobre el agua inmóvil el aspecto que presentaba, y que no era el suyo de siempre: delgado, con oscuras sombras de cansancio y desánimo bajo los ojos y un aire muy amargado.

—No mires —le rogó de nuevo Kim.

Pero Priwinn sacudió la cabeza con fuerza y apartó a su amigo al comprobar que quería hacerle retroceder.

—¡Mira! —dijo de nuevo señalando su reflejo en el agua.

Luego echó la mano hacia atrás, se tocó la mejilla con el índice y se estremeció como si le hubiera recorrido una corriente eléctrica.

—¿Qué te pasa? —preguntó Kim preocupado.

En lugar de contestar, el príncipe se alejó de la orilla del lago encantado, luego se detuvo y levantó ambas manos para pasárselas por las mejillas. Kim se acercó con curiosidad y le miró a la pálida luz de la luna, y en ese momento creyó vislumbrar en las mejillas de Priwinn una sombra oscura que no tenía hasta entonces.

—¿Eso es barba? —preguntó con dudas.

Priwinn jadeó y sus ojos se desorbitaron a causa del terror.

—Me... estoy haciendo mayor —susurró.

En principio, Kim no pudo hacer otra cosa que encogerse de hombros. Al fin y al cabo eso era algo que solía ocurrir... Pero luego se asustó al darse cuenta de repente de lo que significaban las palabras de Priwinn.

—Tu padre...

Las manos del príncipe comenzaron a temblar. Miró a Kim con auténtico espanto, se pasó de nuevo los dedos por la cara y luego se puso las manos ante los ojos, como si temiera que ya no se tratara de las manos de un joven, sino de los arrugados dedos de una persona muy anciana.

—Envejezco —susurró de nuevo—. ¡Ya sabes lo que significa eso!

Kim asintió sin palabras y su amigo murmuró:

—Ha terminado mi época de príncipe, Kim. Mi padre ha muerto.

Abandonaron a Oak a la mañana siguiente, antes de que saliera el sol. La gente del árbol, atraída por la luz de la hoguera, se había acercado en gran número a ellos y se ofrecieron a cuidar de los niños y procurar que volvieran con sus familias; una propuesta que tanto Kim como los otros aceptaron con gusto. El muchacho había experimentado otra agradable sorpresa al abrir los ojos: ¡Polvo de Estrellas!

Oak y sus amigos se habían ocupado del caballo y el magnífico animal se alegró mucho al ver a Kim, tanto como el chico a él. Para Priwinn también habían encontrado un corcel; en cambio Gorg recibió de Oak una leve mueca de disculpa por no haber encontrado un animal adecuado a su tamaño; el gigante afirmó que él podía ser más rápido que cualquier caballo.

Después de subir a Cacho y Sheera a las sillas de los respectivos equinos, se despidieron y cabalgaron hacia el sureste. Priwinn apenas había pronunciado una palabra desde la noche anterior y Kim lo entendía. Aceptaba que su amigo no deseara otra cosa que regresar a Caivallon lo antes posible. Por eso se sorprendió de que esa mañana el joven príncipe se ofreciera a acompañarles a lo largo de un tramo del camino. Caivallon y Gorywynn no estaban en la misma dirección, lo que obligaría a Priwinn a dar un rodeo de varios días para llegar al punto en que sus caminos debían separarse de forma inexcusable para que el joven monarca pudiera llegar a la fortaleza de los caballeros de las estepas. Pero esa decisión no había sido solicitada por Kim.

Cabalgaron sin interrupción hacia el sudeste durante dos días y, como habían hecho en otras ocasiones, Priwinn y Gorg evitaron todos los asentamientos establecidos y montaron su campamento nocturno en lugares solitarios. No hablaron mucho durante ese tiempo. Priwinn iba casi siempre como petrificado sobre la silla, y varias veces ocurrió que, de repente y como asustado, el Príncipe de las Estepas despertaba de algo parecido a un sueño y miraba a Kim turbado, de forma que su amigo se veía obligado a repetirle lo que le estaba diciendo. El muchacho intentaba ponerse en lugar de Priwinn, pero tenía que admitir que no podía hacerlo, porque nunca había perdido a un pariente cercano. Una cosa era hablar de su aflicción y decirle que le entendía, pero en los días que cabalgó junto a Priwinn, al mirar su cara inmóvil y sin expresión, se dio cuenta de que aquello era algo muy diferente a la pena.

En la tarde del tercer día, pasaron por una cadena de colinas y, al llegar a la cumbre de la última elevación, el país se extendió llano a sus pies, Priwinn detuvo su caballo y miró hacia el sur con la frente contraída. Kim también se percató de que algo no estaba como debía. Pero, al contrario que Priwinn, precisó algún tiempo para darse cuenta de lo que ocurría.

Durante la cabalgada que habían hecho, hasta entonces el paisaje había sido una mezcla de prados, bosques, agrupaciones rocosas, arroyos, campos de cultivo y caminos y pequeños pueblos o granjas; ahora aparecía convertido en un país formado a base de inmensas formas geométricas. La polvorienta línea de un camino de color pardo, recto, como trazado con regla, se adentraba en la llanura; a izquierda y derecha la tierra estaba distribuida en parcelas que le daban el aspecto de un tablero de ajedrez negro, marrón y de los más variados tonos de gris: casillas repartidas con tanta regularidad que llegaban a molestar a la vista. Priwinn no dijo ni una sola palabra, pero su cara se entenebreció. Luego soltó la mano izquierda de las bridas y señaló un terreno muy cercano. La mitad de él estaba cultivado; era una parcela surcada por líneas rectas y paralelas que dividían el terreno en bandas del ancho de una toalla; al final de la última de las líneas se movía algo diminuto de color gris mate que arrastraba un extraño artilugio de tono metálico. Finalmente descendieron por la falda de la montaña y, al acercarse un poco más, Kim pudo reconocer que aquello era en realidad un caballo y un arado sobre el que se sentaba un campesino. También él debió de verlos pues, de repente, aquel extraño equipo dejó de moverse. A la mitad del camino el campesino se bajó y se dirigió a ellos con agresivos gestos. Kim lo entendió, pues Priwinn no caminaba por el borde del campo ni por una de las pequeñas sendas que separaban las tierras de cultivo, sino que marchaba por encima de la zona recién plantada. Aún estaba muy lejos del campesino y no se podían entender sus palabras, pero el colérico movimiento de sus brazos no dejaba dudas sobre su enfado.

—¡Eh, vosotros! —chilló el hombre al acercarse más—. ¿Estáis locos? ¿Qué os pasa? ¿No podéis hacer como todo el mundo...?

De repente, interrumpiendo sus gestos, se quedó callado, bajó los brazos y los miró con los ojos desorbitados y la boca abierta. Kim no estaba seguro de lo que podía haber asustado al campesino, si había sido la armadura de un negro mate que ahora llevaba Priwinn a la vista o el aspecto del gigante que trotaba unos pasos por detrás de los caballos y que muy bien pudo ser lo primero que hubiera visto el labriego. Desde lejos, Gorg debía de tener el aspecto de un tercer jinete, aunque un poco más grande que los otros. Al acercarse el campesino, ambos jóvenes retuvieron a sus caballos. El hombre seguía con la mirada fija en el gigante y no parecía hacer caso de Kim ni de su compañero.

—¡Oh! —susurró al final—. Sois vos...

—¿Sí? —preguntó Gorg entornando un poco los ojos.

—Sois grande de verdad —tartamudeó el campesino. Tragó saliva un par de veces e intentó sonreír, pero falló en su intento. No podía ocultar su miedo.

—Yo creo que no lo soy —afirmó Gorg—. A lo mejor es que tú eres demasiado pequeño.

Kim sintió pena por el hombre. Gorg era conocido por su humor grosero y vulgar, pero todo el mundo sabía que, en el fondo, no haría daño ni a una mosca. A pesar de ello, el campesino le miró como si estuviera a punto de desmayarse de terror.

—No tienes que temer nada —dijo Kim para tranquilizarle mientras lanzaba una significativa mirada sobre Gorg—. Sentimos haberte pisado el campo, ¿verdad, Priwinn?

El Príncipe de las Estepas pasó por alto esas palabras de disculpa, se volvió en su silla de montar y señaló al acompañante del campesino.

—Nunca había visto nada así —dijo—. ¿Me lo enseñas?

El hombre dudó un instante. Su mirada se deslizó insegura por la negra armadura de Priwinn y sobre todo por la espada que llevaba en uno de los costados, luego asintió obediente y comenzó a caminar. Los dos jóvenes se bajaron de sus caballos para seguirle. Kim se quedó muy sorprendido en el momento de acercarse. El arado en sí era normal, aunque grande y dotado de una enorme pala excavadora, pero no era nada más que lo que aparentaba, un arado. Lo que resultaba extraño era el caballo.

No era como los equinos que Kim conocía. Se parecía a ellos tanto como un coloso de hierro podía asemejarse a un hombre. Tenía formas similares a las de un caballo, pero era demasiado grande y macizo y presentaba muchas aristas afiladas. Un solo ojo resplandeciente de color verdoso se extendía, como una estrecha rendija, por la mitad superior de su cara de color metálico.

—¡Un caballo de hierro! —exclamó Gorg.

Kim le echó una mirada alarmada y vio que las manos del gigante agarraban un árbol caído y se lo echaba al hombro como si fuera una porra.

—Sí, señor —dijo inquieto el campesino, aunque en su voz había un matiz casi inaudible de placer al continuar—: ¿Verdad que es impresionante?

—¿Impresionante? —Gorg hizo una mueca y el hombre palideció.

Kim comenzó a hablar a su vez:

—¿De dónde procede? —preguntó al campesino.

La respuesta fue la esperada.

—De los enanos. Lo he recibido hace pocas semanas con el arado nuevo, y mirad toda la tierra que ha removido ya. —Señaló con orgullo el inmenso campo de cultivo que se extendía ante ellos—. Él solo. Yo hubiera tardado tres meses.

—¿Sin ayuda? —preguntó Priwinn con dudas.

El campesino asintió satisfecho y Kim se dio cuenta de que, poco a poco, adquiría confianza.

—Hasta el invierno pasado tuve que utilizar a tres chicos para hacer la labranza —contestó—. En muchas ocasiones tuvimos que hacernos más agujeros en el cinturón porque no teníamos lo suficiente para comer todos. Pero esos tiempos ya se han terminado. Ahora he podido prescindir de los chicos y, a pesar de eso, podré cultivar más que en los últimos cinco años juntos.

—¡Ah! —dijo Gorg—. ¿Y los chicos? ¿Dónde viven ahora?

El campesino le miró confuso y no contestó; mientras, Kim se acercaba un par de pasos al enorme arado y observaba los surcos.

Tenían el mismo aspecto que los del campo de Brobing. Eran demasiado profundos; la poderosa pala no solo había levantado la cubierta vegetal, sino también la arcilla. Aquel campo aguantaría uno o dos años más y daría el doble de cosecha, pero luego quedaría yermo, quizá para siempre. La visión llenó de tal furia a Kim que estuvo a punto de destrozar aquella herramienta.

—¿Hay más... cosas de estas en la granja? —preguntó Priwinn expectante y muy amable de repente.

El campesino asintió con orgullo.

—Dos hombres de hierro —dijo. De repente se sobresaltó y miró a Kim y a Priwinn con una nueva expresión—. Debéis perdonarme por ser tan desconsiderado—dijo—. Habéis venido desde muy lejos y estaréis hambrientos y agotados. Si os conformáis con una casa de labradores, pasad la noche en nuestra vivienda.

Kim se sintió muy sorprendido al ver que su amigo asentía y aceptaba la oferta. Hasta el momento había procurado evitar todo tipo de peligros. Pero Priwinn dijo:

—Con mucho gusto. Mis acompañantes y yo venimos desde muy lejos. Y, además, nos queda un largo camino por delante.

Kim echó una mirada interrogante al príncipe, pero este la ignoró y se volvió hacia su caballo. Gorg se quedó parado por un momento y luego miró al arado y al caballo de hierro con una torva expresión. Pero al final también se dio la vuelta y siguió al campesino, que ya había echado a andar.

—¿Por qué has aceptado la invitación? —preguntó Kim con un susurro una vez que también hubo subido a lomos de Polvo de Estrellas para cabalgar junto a Priwinn—. Hasta ahora hemos dado grandes rodeos para evitar las aldeas.

Priwinn asintió sombrío.

—Puede que hayamos cometido un error —dijo—. Uno no puede enterarse de nada si no habla con la gente. —Frunció el ceño y continuó, más para sí mismo que para Kim—. Un caballo de hierro. Eso es nuevo. Tengo curiosidad por saber qué será lo siguiente.

Siguieron al campesino por los campos, todos distribuidos de la misma forma y con aspecto de estar muertos, a pesar de que apenas se había obtenido alguna cosecha de ellos. Y en la granja ocurría lo mismo que en los campos. Era una finca pequeña y tan pulcra como Kim no recordaba haber visto jamás. El patio era de tierra firmemente apisonada y lo habían barrido con tanto esmero que se hubiera podido comer en el suelo; los dos edificios de que constaba, dispuestos en ángulo, estaban recién encalados y su blancura brillaba bajo la última luz del sol. Todo estaba tan ordenado y limpio como si fuera una granja de juguete a tamaño real y no una en la que vivían seres humanos.

El motivo de aquello estaba muy claro para ambos amigos y provocó que la cara de Kim adquiriera un aspecto sombrío. Se bajó de la silla con un movimiento brusco y miró a su alrededor en busca de un lugar donde enganchar las bridas de su caballo. El campesino, al darse cuenta, sacudió la cabeza mientras hacía un ruido con la lengua y, casi en el mismo instante, salió por la puerta del granero una enorme figura angulosa de verdosos ojos brillantes.

Priwinn se quedó petrificado y hasta Gorg se estremeció. Para sorpresa de Kim, los dos se quedaron quietos mientras el hombre de hierro sujetaba las bridas del caballo de Priwinn y de Polvo de Estrellas y, con pasos pesados pero regulares, conducía a ambos corceles hasta el granero. Kim salió de su parálisis en el último momento y corrió detrás de Polvo de Estrellas para sacar a Cacho de entre las crines del caballo. El animalito se dejó hacer sin protestar y de él no salió ningún sonido al colocarle Kim sobre su hombro y regresar junto a los demás. El muchacho pensó de pronto que Cacho se había vuelto muy callado en los últimos días, a pesar de que antes era tan parlanchín que podía destrozar los nervios de cualquiera. Sheera también había trepado a los hombros del gigante, pero se bajó en el momento en que Gorg se inclinó para entrar en la casa del campesino. El gato, con un ronroneo, se restregó contra las piernas del gigante y luego desapareció en el interior de la casa. No tardó ni un segundo en regresar a toda marcha. Del interior de la vivienda surgió un ladrido furibundo y un perro enorme y desgreñado salió tras el gato y pretendió cazarle en el patio.

En medio del revuelo que se organizó, el campesino quiso volverse para llamar al perro, pero Gorg sacudió la cabeza y se golpeó con ella en el bajo techo del pasillo, lo que hizo retumbar toda la casa.

—Déjale —dijo el gigante—. Sheera sabe cuidar muy bien de sí mismo.

Kim recorrió el estrecho pasillo hasta la sala seguido del campesino, Priwinn y Gorg, este muy encorvado. Enseguida se puso de manifiesto que el anfitrión deseaba ofrecer a sus invitados lo mejor de su hospitalidad. Su mujer, una vez que se hubo recuperado del susto inicial al ver al gigante, trajo comida que incluso consiguió saciar el hambre de Gorg. Al menos eso fue lo que dijo el coloso amablemente tras haber liquidado cinco barras de pan, una garrafa de vino y un queso entero. En cambio, tuvo que ser Cacho el que se quejara de lo exiguo de su ración, después de haber vaciado tres veces seguidas el plato de Kim antes de que este tuviera oportunidad de probar su sabrosa comida. La mujer del campesino, sonriente, sirvió a Kim una cuarta ración y cometió la imprudencia de decirle a Cacho que podía ir a la despensa y comer hasta hartarse. Cacho murmuró un ruido de aprobación y un segundo después se fue a la cocina para desaparecer en el interior de la despensa. Kim pensó que, al día siguiente como muy tarde, la campesina se arrepentiría de su esplendidez.

Ahora debían compensar a aquella buena gente por su hospitalidad.

Al terminar de comer, el campesino sacó una bolsa de tabaco, metió en ella su pipa y, a continuación, se la pasó a sus invitados. Kim y Priwinn declinaron la oferta con amabilidad y Gorg tomó una porción tan grande de tabaco que dejó la bolsa casi vacía. Luego estornudó, y fue tal la fuerza con que lo hizo que tintinearon los vasos de la mesa; sonrió con aire de disculpa y abandonó la habitación con la excusa de querer estirar un poco las piernas. El campesino pareció aliviado, pero Kim no pasó por alto la significativa mirada que intercambiaron Priwinn y el gigante antes de que Gorg, dándose el correspondiente golpe contra el quicio, saliera de la casa. Kim percibió que se traían algo entre manos. Durante los últimos días Priwinn había hablado muy poco con Gorg, lo mismo que con Kim. Pero los dos amigos, aunque muy distintos ya familiarizados el uno con el otro, no precisaban de palabras para entenderse.

«Bueno, aquí pasa algo. Algo se traen entre manos estos dos», pensó Kim, y decidió preguntar al príncipe en cuanto se quedaran a solas.

—Ese caballo de hierro —comenzó a decir Priwinn —ha sido una verdadera sorpresa, no tenía ni idea de que existiera algo así.

—Ni yo hasta hace poco tiempo —contestó el campesino mientras chupaba su pipa con una sonrisa—. Pero pronto los veréis por todas partes, eso podéis apostarlo.

—Sí —murmuró Priwinn—. Yo también lo creo.

Al parecer, el campesino entendió estas palabras de una forma muy distinta a lo que significaban de verdad, pues lanzó ante sí una nube de humo azul y continuó satisfecho:

—Son más fuertes que los caballos auténticos. No tienen que comer, no necesitan dormir y nunca se ponen enfermos ni son tercos a la hora de hacer el trabajo.

—Y además —Kim comenzó a hablar y se quedó asombrado por la amargura de su propio tono de voz—, nunca irán a pedir ayuda si alguna vez estás herido en el suelo. Tampoco se detendrán si te caes de la silla o si te encuentras con un lobo o un oso.

El campesino pareció turbarse por un momento y luego sonrió como si Kim hubiera dicho algo muy tonto.

—Está claro que no —dijo muy tranquilo—. Me he fijado en el caballo. Es un animal imponente. El más hermoso que haya visto jamás.

—Es cierto —contestó Kim—. Polvo de Estrellas es además mi amigo.

—Yo también tengo un caballo así —dijo el campesino con una sonrisa que suponía una disculpa—. Aunque de hecho no es tan hermoso ni tan noble como Polvo de Estrellas. Hasta hace algo de tiempo, unas pocas semanas, también teníamos un potro.

—¿Teníais?

El campesino asintió con tristeza.

—Nos lo robaron —dijo—. Una mañana, al llegar al establo, vi que su cobertizo estaba vacío. —Suspiró, sacudió de nuevo la cabeza con pesar y volvió a sonreír—. Pero el otro sí lo tengo, desde hace mucho tiempo, y me gusta salir a cabalgar con él. Ahora que tengo este de hierro puedo hacerlo más que antes pues, en tiempos, mi caballo tenía que tirar del arado o de carros muy pesados, aunque él hubiera preferido, seguro, quedarse en el campo o salir conmigo a galopar.

Kim miró al campesino y por esta vez le pareció algo infantil. Y era posible que él mismo también lo fuera, o que lo fueran los dos. A lo mejor ambos decían la verdad, y también cabía la posibilidad de que los dos se equivocaran en cierta medida. De pronto, por un instante, Kim creyó saber la respuesta a todas sus preguntas, así como la forma de evitar los mayores peligros de Luna de Leyenda. Pero, antes de que sus pensamientos maduraran y se convirtieran en palabras, Priwinn dijo en tono cortante:

—¿Y los chicos también están más libres ahora, no? Pueden hacer lo que quieran. Pueden ayunar, dormir a cielo raso en invierno y...

—Os equivocáis —interrumpió el campesino. Seguía sonriendo, pero en su voz se apreció de repente un tono duro que despertó la alarma de Kim—. Yo mismo me he ocupado de que tengan trabajo y una nueva casa en la ciudad —explicó—. Les va mejor que en los años anteriores. Creedme, príncipe Priwinn, hace mucho tiempo que tendrían que haber encontrado un trabajo mejor. Uno en el que en invierno no pasen hambre ni puedan morir de frío. Se quedaron conmigo por fidelidad y no por necesidad.

Priwinn se quedó mirando al campesino con una mezcla de sorpresa y desconfianza.

—¿Príncipe Priwinn? —dijo mientras esperaba una respuesta—. ¿Por qué...?

—No os preocupéis —interrumpió el campesino sacándose la pipa de la boca—. Sé quien sois. —Miró en silencio al Príncipe de las Estepas y luego señaló con la boquilla de la pipa a su armadura—. Y también sé el motivo por el que lleváis esa armadura.

—¿Y a pesar de ello nos has invitado a tu casa? —se extrañó Kim.

—¿Por qué no? —replicó el campesino. Mantuvo la mirada de Priwinn por un momento y luego se volvió hacia Kim—. No sé quién serás tú, muchacho. Pero sí sé quién es este joven colérico. —Priwinn se estremeció al oír tales palabras, pero no dijo nada, y Kim notó que las expresiones del campesino no eran lo que parecían—. Yo sé que no sois malvado, príncipe Priwinn —continuó, dirigiéndose ahora al Príncipe de las Estepas—. Sé que sois impetuoso, pero el ímpetu es un privilegio de la juventud. Sin embargo, no sois injusto ni cruel. Sé que no tengo que temeros.

Priwinn golpeó la mesa con tal fuerza que sus nudillos crujieron de forma audible. La mirada con que observó al campesino era fría como el hielo.

—A lo mejor te confundes, campesino —dijo.

El campesino sacudió la cabeza mientras sonreía.

—Seguro que no. En cambio puede que seáis vos el que esté confundido, príncipe Priwinn. He oído hablar de vuestra persona y de lo que hacéis. Y creedme, estáis equivocado. No ayudará a nadie el hecho de que vos, junto con vuestros amigos, destrocéis a todos los hombres de hierro del país. La destrucción nunca ha servido de nada.

—Únicamente destrozamos aquello que pretende destruir a Luna de Leyenda —contestó Priwinn.

El campesino quiso contestar, pero en ese momento llegó hasta la sala el agudo grito de un niño y la mujer salió veloz de la habitación.

Los invitados la miraron según salía.

—¿Tenéis un hijo? —preguntó Priwinn.

La sonrisa se apagó de repente en los ojos del campesino y asintió con tristeza.

—Un hijo —contestó—. Nació el invierno pasado y es el último que nos queda. —Kim le miró inquisitivo y, tras una pausa llena de un silencio sombrío y prolongado, el hombre continuó—: Teníamos dos hijos. Un niño de doce años y una niña de once. Pero los dos desaparecieron la primavera pasada.

—¿Y no habéis vuelto a saber nada de ellos?

En la cara de Priwinn se dibujó una expresión que casi horrorizó a Kim. Lo que veía en los rasgos de su compañero no era compasión, ni pesar, era como si estuviera escuchando lo que quería escuchar. Y Kim se sintió sin fuerzas para sostener la mirada del campesino.

Durante un rato se mantuvieron en un incómodo silencio, hasta que se oyó el ruido de la puerta de la casa al abrirse y llegó a la sala el ruido de unas pesadas patas que se acercaban. Miraron con curiosidad hacia la puerta y, para sorpresa de todos, vieron que el perro que había intentado cazar a Sheera caminaba ahora al lado del gato. Ambos animales se veían desgreñados, pero no daba la sensación de que fueran enemigos. «Quizá nunca lo han sido», pensó Kim.

Como si el regreso de aquellos dos animales hubiera sido la señal que esperaba, en ese momento Cacho salió de la cocina, se subió de un salto a la mesa y olisqueó los restos de comida que quedaban en un plato; engulló en un abrir y cerrar de ojos lo que era aprovechable, saltó de nuevo a los hombros de Kim, donde se acurrucó convirtiéndose en una bola de plumas y procedió a eructar con tal fuerza que el campesino se dejó caer la pipa de la boca.

—Ha estado bien —dijo Cacho agradecido—. Transmita mis felicitaciones a su esposa por esa extraordinaria despensa, buen hombre.

—Así lo haré —respondió el campesino—. Celebro que te haya gustado. Puedes comer todo lo que desees.

—De acuerdo —contestó Cacho, y otra vez eructó con tal potencia que a Kim le retumbaron los oídos—. Lo haré tan pronto como haya algo que se pueda comer.

El campesino, que no podía tener ni idea de que Cacho nunca exageraba en cuanto a ese tema, rio de todo corazón.

—Es un tipo muy gracioso —dijo dirigiéndose a Kim—. ¿De dónde lo has sacado?

Kim quiso contestar, pero en ese momento se oyó la puerta de la vivienda y los potentes pasos del gigante hicieron retumbar la casa. Un momento después, agachado por supuesto, Gorg apareció en la sala.

El campesino dio un salto y gritó con tales aspavientos que se cayó de la silla. La pipa también resbaló de su boca y fue a parar al suelo. Kim, y a continuación Priwinn, se levantaron asimismo de sus asientos. Sobre el hombro izquierdo de Gorg reposaban la cabeza y el cuello del caballo de hierro.

El gigante atravesó la habitación de un solo paso y colocó sobre la mesa la cabeza del caballo; el mueble se rompió con gran estruendo debido al peso y el campesino retrocedió jadeante. Sus ojos estaban desorbitados a causa de la incredulidad mientras miraba el despojo de metal. También Kim pasó una y otra vez su mirada de desconcierto desde la cabeza del caballo a la del gigante.

Hasta entonces nunca había visto tanto odio en Gorg. Nunca antes había observado esa expresión en sus ojos: un centelleo salvaje, y casi animal, que infundía el miedo en el cuerpo de quien miraba al coloso. Las manos de Gorg sangraban. Su cuerpo estaba bañado en sudor y temblaba, su respiración era pesada y agitada.

—¿Qué... qué has hecho? —jadeó el campesino. Miró al gigante con los ojos muy abiertos y palideció al ver el odio que se pintaba en los rasgos de Gorg. Retrocedió paso a paso hasta quedar pegado a la pared y susurró de nuevo—: ¿Qué has hecho?

Se volvió a toda velocidad, exhaló un grito desgarrador y, medio asfixiado, se dirigió a la ventana. Gorg le sujetó, tiró de él con un brusco movimiento y le impulsó contra la pared con tanta fuerza que le hizo caer al suelo.

—Si pretendes llamar a tus dos ayudantes de hierro, te lo puedes ahorrar —le dijo con furia—. En el granero tienes lo que queda de ellos.

El propio Priwinn miró sorprendido al gigante. Kim no dudó de que ambos habían acordado hacer algo de ese estilo, pero el odio que borboteaba en los ojos de Gorg llegó a turbar también a Priwinn.

Atraída por el ruido, la mujer del campesino apareció en la puerta. Llevaba un bebé en los brazos y, al ver a su marido en el suelo, dio un grito sofocado y pasó por delante del gigante para atender al hombre. Al agacharse para ayudarle, vio la mesa destrozada y lo que había sobre ella.

Se quedó paralizada en mitad de su gesto. Kim vio que su cara perdía el color y sus manos comenzaban a temblar de tal modo que pareció que el niño se le fuera a caer de los brazos. El muchacho se acercó con intención de ayudarla, pero la mujer se echó para atrás con un movimiento de horror, luego se irguió rápida como un rayo y dio un par de pasos para escapar de su alcance.

—¿Por qué? —tartamudeó—. No... no os hemos hecho nada. ¿Por qué os portáis así?

—No te preocupes —dijo Priwinn. Echó una mirada fugaz y casi temerosa a la cara del gigante y luego se calmó con un visible esfuerzo—. No vamos a haceros nada.

Ni el campesino ni su mujer parecían escuchar sus palabras. Mientras el hombre permanecía sentado como petrificado y miraba con ojos casi extraviados la destrozada cabeza del caballo, la mujer comenzó a temblar intensamente. Las lágrimas corrían por su rostro, pero al ver que Kim quería acercarse, volvió a hacer un gesto aterrado y apretó al bebé contra su pecho como si quisiera protegerle. El niño empezó a llorar y la mano izquierda de la mujer hizo un ademán tranquilizador sobre su cara; quizá ni ella misma supiera lo que hacía.

—Esto es el fin —susurró el campesino mientras se levantaba con mucho esfuerzo. Sus labios apenas se movían al hablar y su mirada no se separaba de la cabeza del caballo. A Kim le pareció que ni siquiera la veía. En su cara se pintaba un pesar tan profundo que Kim se estremeció—. Vosotros... me lo habéis quitado todo —murmuró—. Lo habéis destrozado todo. Ahora me quitarán la granja, la tierra y todo lo demás. Tendré que trabajar en sus cuevas hasta que me muera.

—No te preocupes —dijo Priwinn en un tono áspero—. Te compensaré por tus pérdidas.

Pero, igual que antes, ni el campesino ni su mujer escuchaban sus palabras.

—Lo habéis destrozado todo —gimió otra vez el campesino—. Nosotros... Nosotros fuimos amables con vosotros. No os hemos hecho nada. Nosotros... Solo queríamos...

—Más tarde —le interrumpió Priwinn— nos entenderás. Teníamos que hacerlo y volveríamos a hacerlo. ¡Lo haremos hasta que termine esta maldición!

Kim no sintió otra cosa que un vacío grande y doloroso. La destrozada cabeza sobre la mesa era tan solo un trozo de metal y sin embargo su visión le turbaba lo mismo que si se hubiera tratado de un animal auténtico.

—Nos lo quitarán todo —susurró de nuevo el campesino.

—¡Tonterías! —contestó Priwinn —. ¿Cuánto tuviste que pagar por ese caballo y por los dos hombres de hierro?

El campesino dejó de mirar hacia la mesa y, por primera vez, dirigió su mirada hacia el príncipe. Todo su cuerpo comenzó a temblar.

—No lo entendéis —murmuró—. No es una cuestión de dinero. Se trata de...

—¿Cuánto? —casi le gritó Priwinn—. ¡Dímelo!

El campesino dijo una cifra con voz temblorosa y Priwinn sacó su bolsa, contó un puñado de monedas de oro y se las arrojó.

—¡Aquí lo tienes! —dijo con desprecio—. ¡Hay de sobra para pagar tus deudas!

—Pero... pero no se trata solo de dinero —gimió el campesino—. Los enanos... nos castigan con severidad cuando se destruye un hombre de hierro. ¡Me enviarán a sus grutas! Le arrebatarán la granja a mi mujer y se la llevarán prisionera. Ahora... lo hemos perdido todo. Primero a nuestros hijos y ahora la granja.

Priwinn miró al campesino y sintió pesar. Todo lo que acababa de oír resultaba una novedad para él. No obstante se repuso y habló de nuevo.

—Venid con nosotros —dijo—. Si tenéis miedo de los enanos acompañadnos hasta Caivallon. Allí estaréis a salvo. Esta pesadilla acabará pronto y podréis regresar a vuestra granja. ¡Voy a liberar de esos seres a Luna de Leyenda!

De nuevo parecía que el campesino no entendía nada. Su mirada se dirigía al rostro de Priwinn, pero parecía ver algo muy distinto a su cara.

—Nosotros solo deseábamos un poco... algo de bienestar. No pedíamos mucho, nos conformábamos con no morir de hambre, no volver a pasar frío, tener menos preocupaciones y comida suficiente para nuestros hijos.

De súbito, tal y como había llegado, desapareció la ira de la cara de Priwinn. Se dirigió al campesino y le puso una mano en el hombro.

—Ya lo sé —dijo con voz más calmada y casi dulce. Sonrió amablemente, se agachó y reunió las monedas que había arrojado antes al campesino—. Acéptalas —dijo—. Toma el dinero y márchate lejos. Es suficiente para empezar de nuevo en otro sitio. Créeme, yo sé que vosotros solo buscabais algo mejor.

El campesino miró las monedas de oro que brillaban en la mano del príncipe e hizo ademán de aceptarlas, pero no llegó a concluirlo.

—¿Era mucho lo que queríamos? —preguntó.

—No —contestó Priwinn con tristeza—. No era mucho, pero el precio sí era muy elevado.

Kim no pudo escuchar por más tiempo. Se sentía como el espectador de una pieza teatral en la que todos los personajes que actuaban sufrieran una maldición y, por mucho que se esforzaran en no hacerlo, siempre lo decían todo mal. Se volvió y salió de la habitación. El ocaso había llegado mientras ellos disfrutaban de la hospitalidad del campesino. Cacho saltó de su hombro con un leve grito y desapareció veloz rodeando la esquina de la casa para adoptar su apariencia nocturna. Kim miró con tristeza a aquel pequeño ser hasta que se perdió de vista. De repente le pareció que el mundo en que se encontraba era como Cacho, que con la caída del sol se transformaba y pasaba de tener una apariencia bella y legendaria a convertirse en un ser odioso y repulsivo. Lo malo de aquel mundo era que podía ocurrir que nunca volviera a ser de día...

Pasó un rato allí, pensativo, y luego escuchó unos pasos. Sin necesidad de darse la vuelta supo que se trataba de Priwinn.

El Príncipe de las Estepas se acercó a él e intentó captar su mirada, pero al no conseguirlo se encogió de hombros con un gesto decepcionado; Kim le miró por el rabillo del ojo.

—Creo que ya se ha tranquilizado —dijo Priwinn.

Kim se volvió hacia él y murmuró:

—¿Por qué lo ha hecho?

—¿Gorg? —Priwinn se encogió varias veces de hombros—. Si no lo hubiera hecho él, habría sido yo, mañana por la mañana como muy tarde —dijo con un tono cortante—. Tienen que ser aniquilados. No hay otra solución.

Kim se estremeció. Primero Kelhim, pensó, luego Rangarig, los gigantes de hielo y ahora Gorg... ¿Sería cierto que al extinguirse la magia solo quedaría ira y maldad? ¿Y qué iba a pasar con Priwinn? Al observarle con atención se podía percibir que su cara no era ya la de un joven.

¿Era posible que Priwinn tuviera que cambiar? Kim creyó vislumbrar en su cara por un momento una expresión dura y amarga que antes no tenía. Pero era aún el mismo joven al que él conocía y a pesar de todo... Kim se vio obligado a pensar de nuevo en las palabras que había dicho Brobing hacía ya tanto tiempo: «Es como... como si hubiéramos perdido algo. Pero no sabemos lo que es». Y eso era lo que ocurría. Podía ser que lo que el príncipe hubiera perdido para siempre fuera el secreto de la juventud.

—Todavía me debes una respuesta —reclamó Priwinn de pronto.

Kim le miró irritado y el príncipe continuó con un gesto que suponía una explicación:

—Mañana por la mañana, a más tardar, se separan nuestros caminos, Kim. Y tengo que saber si estás o no de mi lado.

—Menuda tontería —dijo Kim con tono apagado—. Aunque no me decida por tu bando, Priwinn, seguiremos siendo amigos. Yo estoy al otro lado solamente porque...

—¿Te unes a nosotros o no? —interrumpió Priwinn. En su voz había tal frialdad que Kim se calló y miró sorprendido a su amigo.

—No —dijo por fin en voz baja.

Priwinn asintió, como si esa fuera la respuesta que estaba esperando.

—Entonces, ¿qué quieres hacer?

—No lo sé —replicó Kim—. Volveré a Gorywynn y hablaré con Temístocles.

Priwinn rio con dureza.

—Eso es lo que te va —dijo—. Un viejo mago que ya no se acuerda de nada y un joven héroe que se ha olvidado de pelear.

Kim se mantuvo en silencio. Aquellas palabras le hicieron daño y se dio cuenta de que Priwinn las había pronunciado con ese único objetivo. Pero no se lo tomó en cuenta porque sabía el motivo por el que el príncipe actuaba así. Priwinn había perdido a su padre y veía que su mundo se disgregaba poco a poco sin tener la más mínima oportunidad de evitarlo.

Preguntó, para cambiar de tema:

—¿Te vas a llevar al campesino?

—Creo que sí —contestó Priwinn—. Aún no está decidido pero, si dice la verdad en lo referente a los enanos, no puede quedarse aquí. En Caivallon estará seguro. Y después, cuando haya acabado todo, regresará y volverá a ocuparse de su granja.

Esta última frase no pareció decirla muy convencido. Tampoco Kim estaba seguro de que después quedara algo adonde poder regresar.

## XVIII

Justo antes de que saliera el sol al día siguiente, Cacho y Kim se despidieron de los demás, subieron a lomos de Polvo de Estrellas y emprendieron el camino a Gorywynn. La despedida había sido tan fría que Kim se sintió muy aliviado al abandonar la granja para dirigirse al sur. Los campesinos, que habían dedicado toda la noche a empaquetar sus pertenencias y cargarlas en unas carretas de madera, evitaron su mirada, y el chico tuvo la sensación de ser el culpable de todas las desgracias que les habían ocurrido. El propio Gorg no le dijo ni una palabra y Priwinn se limitó a desearle mucha suerte y a sugerir que, por motivos de seguridad, les acompañara el gigante un trecho del camino. El coloso estaba muy cerca y no tuvo más remedio que oír sus palabras, sin embargo no reaccionó ante ellas y Kim casi se sintió aliviado de que adoptara esa actitud. Sus pensamientos le hicieron estremecerse al darse cuenta de que había empezado a temer a Gorg. Igual que a Kelhim, el afable animal mágico que se había convertido en una terrible bestia, y a Rangarig, que de ser un bondadoso dragón se había transformado en un peligro mortal, también le ocurría algo al gigante. Había comenzado en el momento en que alcanzaron el castillo del Final del Mundo y se dieron cuenta de que ya no había gigantes de hielo. Quizá fuera ese el modo de morir de Gorg, pensó Kim, y si volvían a encontrarse en el futuro estaba seguro de que ya no sería el cálido y cordial gigante que había sido, sino que se comportaría de forma taimada y peligrosa, como había hecho el oso Kelhim.

Hasta el mediodía siguió el consejo de Priwinn y cabalgó hacia el sur, luego torció hacia la derecha y continuó su cabalgata durante más de una hora antes de tomarse el primer descanso. Los campesinos no habían podido darle provisiones porque Cacho había acabado con todas, pero Kim encontró suficientes frutas y bayas para quedar saciado; su acompañante desapareció en el bosque por un momento y luego regresó soltando unos eructos tan fuertes y prolongados que Kim no se molestó en preguntarle si había encontrado algo de comer.

Habían cabalgado durante otra hora cuando en el horizonte se vislumbró una nube de polvo que crecía muy deprisa y luego se pudo ver a un grupo de veinte o treinta jinetes armados que se acercaban a todo galope. El muchacho se sintió intranquilo ante aquella visión, pero era demasiado tarde para darse la vuelta y esperar que no le hubieran visto. Además, no tenía nada que temer. Así que espoleó a Polvo de Estrellas y esperó hasta que los jinetes estuvieron cerca y se detuvieron.

El grupo era mucho mayor de lo que había creído, más de cuarenta hombres armados hasta los dientes. Algunos montaban caballos protegidos con corazas metálicas; el hombre que iba en cabeza vestía una plateada armadura con aristas que solo le dejaba al descubierto la cara y le daba un aspecto parecido al de un hombre de hierro.

—¿Quién eres? —preguntó a Kim en un tono poco amable después de acercar tanto su caballo a Polvo de Estrellas que este empezó a agitarse dispuesto escapar, por lo que Kim tuvo que utilizar todas sus fuerzas para dominarlo con las bridas.

Kim dijo su nombre, pero la cara del guerrero de armadura plateada no mostró ninguna señal de reconocimiento. El chico casi se sintió aliviado. También eso había cambiado, pues ya no estaba seguro de ser bienvenido en el país.

—¿Qué haces solo por aquí? —preguntó el jinete.

—Voy de camino a Gorywynn —contestó Kim sin faltar a la verdad.

—¿Para qué?

—Busco a alguien.

—¿Y vas solo? —añadió el hombre con desconfianza, y al ver que Kim no respondía, prosiguió—: Un chico de tu edad no debería cabalgar en solitario ni emprender viajes tan largos. Pero si buscas a alguien eso quiere decir que estamos en las mismas. Nosotros también vamos en persecución de algo y a lo mejor puedes ayudarnos.

Kim le miró inquisitivo y el jinete le lanzó una mirada pensativa y desconfiada antes de continuar.

—Buscamos a los rebeldes que han atacado a unos campesinos y han destrozado a sus hombres de hierro. ¿No los habrás visto por casualidad?

—¿Rebeldes? —Kim se maravilló ante el tono de sorpresa de su propia voz. Luego sacudió la cabeza.

—Nos han dicho que habían sido vistos por esta zona —dijo el caballero—. El gigante Gorg, Priwinn, el hijo del Rey de las Estepas y un muchacho de tu edad que lleva un animal repugnante.

Había aumentado la desconfianza en su voz y al muchacho no se le pasó por alto en ningún momento que la mano derecha del hombre había descendido, como de forma casual, hasta el cinto y estaba muy cerca de la empuñadura de la enorme espada que portaba.

—¿Qué escondes debajo de la camisa? —le preguntó.

Kim dio gracias al cielo porque fuera de día; se desabrochó la camisa y sacó a Cacho con la mano izquierda. El animal, que iba dormido, se despertó con un gruñido de intranquilidad y luego comenzó a echar pestes por lo bajo.

Los ojos del guerrero se espantaron por la sorpresa.

—¿Qué es eso? —preguntó muy impresionado.

Kim se encogió de hombros.

—No tengo ni idea —afirmó—. Lo encontré hace unos días por aquí. Creo que es tonto de remate y también muy manso. Y es muy bonito, ¿verdad?

—Sí, sí lo es —dijo el jinete con un titubeo. Miró a Cacho durante un largo rato y luego sacudió la cabeza como si tuviera en su interior una pregunta a la que él mismo ya hubiera contestado. Luego añadió—: La descripción del muchacho encaja contigo, pero me habían dicho que el acompañante era de una fealdad que te revolvía el estómago. No, no sois vosotros.

Kim tuvo que dominarse para no lanzar un suspiro de alivio. Introdujo otra vez en su camisa la bola de plumas anaranjadas, luego hizo retroceder dos pasos a Polvo de Estrellas y dio muestras de querer seguir su camino pero, en ese momento, el caballo se negó a hacerlo y Kim descubrió lo que había hecho que su corcel se quedara paralizado de miedo.

El jinete no cabalgaba sobre un caballo. Era como una máquina de guerra muy similar al caballo que usaba el campesino para arar, y lo que en un primer momento había tomado por una coraza fabricada con bastas placas de hierro era la auténtica piel de aquella criatura. El guerrero montaba sobre un caballo de hierro.

—¿Qué pasa ahora, chaval? —dijo el hombre al ver la expresión de sorpresa del muchacho—. Puedes seguir tu camino.

—Vuestro... vuestro animal —tartamudeó Kim, incapaz de disimular su asombro.

—¿Qué pasa con él? —preguntó el caballero de mal humor—. Esfúmate, tenemos prisa.

Quiso proseguir la marcha, pero Kim le retuvo.

—Una pregunta más.

—¿Sí? —El caballero se volvió en la silla con evidente desgana.

—¿Sí?

—Esos rebeldes de los que me habéis hablado —dijo el chico—. ¿Son peligrosos? ¿Debo tenerles miedo?

—Lo mejor es mantenerse lejos de los extraños. Tenlo en cuenta en el futuro —añadió el otro.

—¿Y qué les haréis si tropezáis con ellos? —siguió Kim.

El caballero se encogió de hombros y con ello hizo sonar su armadura.

—No sé si esto te interesa, chico —dijo—. Pero los vamos a llevar ante un tribunal. Y lo que sí te puedo decir es que con toda una vida de trabajo en las grutas no van a tener suficiente para pagar los desperfectos que han causado.

Rio y volvió a ponerse serio de nuevo.

—¡Eres un chico muy curioso!

El jinete de la armadura plateada le miró otra vez de una forma escrutadora y muy desagradable y luego pareció darse por satisfecho. Con un violento tirón de bridas hizo que su caballo se echara a un lado y quiso continuar al comprobar que se extendía la impaciencia entre sus acompañantes.

Kim ahora se dio cuenta de que entre las tres o cuatro docenas de hombres a caballo también había una buena cantidad de figuras angulosas. En medio de todas aquellas armaduras, armas y escudos había hombres de hierro que no había visto.

Pero de pronto pareció que todo iba a dar un giro. Kim, con el corazón al galope, observó que uno de los hombres de hierro se acercaba al jinete y levantaba la mano derecha. El guerrero se inclinó sobre la silla como si quisiera hablar con la figura de hierro. Y aunque Kim no había oído hablar nunca a un hombre de hierro, de repente sintió la desagradable sensación de que aquellos dos personajes, aunque eran muy distintos entre sí, se entendían bien.

—Ya os he entretenido durante mucho tiempo, señor —dijo el muchacho con prisa—. Debo proseguir.

Kim tiró de las riendas para hacer que Polvo de Estrellas se volviera, pero el jinete plateado alzó de repente la mano e hizo un gesto que era como una orden. Otro de los jinetes se interpuso en el camino del chico y casi al mismo tiempo una segunda figura con armadura se colocó tras Polvo de Estrellas, con lo que entre ambos impedían que el corcel pudiera moverse en ningún sentido.

—Espera —ordenó el hombre de la armadura plateada.

Su mirada se retiró de la inexpresiva cara metálica del hombre de hierro y en sus facciones se extendió una expresión sorprendida. Luego se dio la vuelta lentamente en la silla de montar y le echó un vistazo de pies a cabeza.

—No me has dicho de dónde procedes —dijo—. Ni lo que buscas en Gorywynn.

—¿Por qué... queréis saberlo, señor? —preguntó Kim vacilante.

—Contesta —ordenó el hombre.

Kim apreció de nuevo que su mano se acercaba a la empuñadura de la espada.

Como pudo, hizo dar la vuelta a Polvo de Estrellas por el estrecho paso que le habían dejado los caballeros por delante y por detrás y recorrió la corta distancia que le separaba del jinete. Su mano descendió como de forma casual por la silla y se acercó a la empuñadura de la espada de los enanos que llevaba oculta en la bolsa.

—Voy a ver a un viejo amigo de mi padre que vive en Gorywynn —se apresuró a decir mientras que Polvo de Estrellas se acercaba cada vez más al caballo de hierro. El corcel le obedecía de mala gana, pues no dejaba de sentir miedo ante su hermano de hierro.

—¿Cómo se llama ese amigo? —quiso saber el guerrero.

—Temístocles —contestó Kim con una sonrisa.

Luego, rápido y sin vacilar, sacó la espada de la bolsa, se inclinó hacia delante y la clavó hasta la empuñadura en el cuello del caballo de metal, que se desplomó como alcanzado por un rayo e hizo caer a tierra no solo a su jinete, sino también a los otros dos guerreros y al hombre de hierro que estaba junto a ellos. Dos o tres de los componentes del destacamento lanzaron un grito de sorpresa y uno de los jinetes intentó sujetar a Kim por detrás para derribarle de la silla. El muchacho se inclinó sobre el cuello de su cabalgadura, alzó la espada y trazó con ella un semicírculo que hizo retroceder asustado a su atacante. El caballo se encabritó y lanzó un grito de terror. Kim se sujetó con todas sus fuerzas a la silla y las crines del animal y, a base de mucho esfuerzo, consiguió no ser arrojado de la grupa; además, obligó a Polvo de Estrellas a volverse para que sus poderosas patas delanteras golpearan contra otro jinete que intentaba bloquearles el camino por detrás.

Por unos instante se formó un caos indescriptible entre los hombres del destacamento. Algunos gritaban gesticulantes y varios caballos, presas del pánico, trataron de huir. Tres o cuatro de los guerreros intentaron caer sobre Kim, pero sus propios camaradas y los caballos les impedían moverse del sitio en que estaban. ¡Kim pudo aprovechar la única posibilidad que se le brindó! En el momento en que Polvo de Estrellas apenas tocaba el suelo con las patas delanteras, le golpeó con todas sus fuerzas en los flancos y el bravo corcel dio un poderoso salto que le alejó del alcance inmediato de los demás atacantes. El caballo avanzó con estruendo entre la maleza y Kim vio que las ramas espinosas se clavaban en la piel de su caballo dejándole profundas huellas sangrientas. Pero Polvo de Estrellas no emitió ningún quejido de dolor sino que, sin que Kim interviniera, continuó con su poderoso galope perpendicular a la carretera. El muchacho se inclinó sobre el cuello de su cabalgadura y se sujetó con ambas manos a las crines para evitar salir disparado por efecto de las ramas de los arbustos que le golpeaban.

Al tiempo, volvió la cabeza y miró hacia la carretera. El jinete de la armadura plateada estaba ocupado en arreglar su desvencijado caballo de metal, pero seis o siete de sus acompañantes ya habían superado la sorpresa inicial y comenzaban la persecución. Sus caballos no eran tan veloces como Polvo de Estrellas, ni tampoco mucho más lentos. Y, al contrario que Kim, ellos espoleaban sin piedad a sus monturas.

El muchacho se agazapó un poco más al ver el vuelo de una lanza que trataba de alcanzarle. No llegó a su destino, pero aquello le indicó que sus perseguidores no iban a ser delicados a la hora de hacer uso de sus recursos. Al parecer, les daba lo mismo hacerse con él sano, herido o incluso muerto.

Polvo de Estrellas consiguió llegar a la ladera de una colina y luego descendió por el otro lado, pasó sobre un pequeño arroyo y torció hacia la derecha para encaminarse hacia una superficie de hierba que se extendía delante.

«Si conseguimos llegar ahí, tendremos alguna posibilidad», pensó Kim.

Polvo de Estrellas era un animal poderoso que podía superar a cualquier otro caballo si tenía la posibilidad de echar mano de su fuerza superior. Una fugaz mirada por encima del hombro dejó claro a Kim que su ventaja se diluía poco a poco. Dos de sus perseguidores se habían destacado del grupo y se acercaban sin remedio. Uno de ellos se mantenía muy agachado sobre el cuello de su caballo y el otro se había erguido en la silla y hacía girar sobre su cabeza una red en cuyos extremos estaban sujetas unas pequeñas bolas de madera o de metal. Kim se preguntó para qué serviría aquel curioso artefacto, pero en ese momento el jinete lo soltó y la red se transformó en una sombra que daba vueltas y se acercaba a él a una velocidad que cortaba la respiración.

Kim desvió a la izquierda a su caballo con un movimiento desesperado. La red erró el tiro por muy poco y cayó sobre la hierba, pero el rápido giro fue excesivo para Polvo de Estrellas. Perdió el paso, tropezó y en el último momento se recuperó, pero al continuar su galope resultaba evidente que la distancia respecto a sus perseguidores era cada vez más pequeña. Aunque era muy probable que hubieran podido escapar, en aquel preciso instante surgieron del suelo una media docena de figuras ocultas bajo harapientas capas negras.

Polvo de Estrellas se echó hacia atrás con un relincho de terror y se encabritó. Kim salió despedido de la silla, dio dos o tres vueltas en el aire y cayó al suelo, donde, al golpearse contra la raíz de un árbol, quedó tumbado y medio inconsciente.

Los dos jinetes que le seguían pasaron por delante de él llevados por su propio impulso. El muchacho intentó erguirse pero esta vez le fallaron las fuerzas. Cayó por segunda vez, rodó pesadamente hacia un lado y notó que se iba a desmayar. Entre una neblina gris vio aquellas menguadas figuras que se acercaban a él; eran espectros sin rostro, pequeños y oscuros, vestidos con negros ropajes. Le rodearon y le sujetaron con sus resecos y sucios dedos. Luego, uno de aquellos personajes se acercó más y lo que había de negro debajo de la capucha se convirtió en una estrecha cara, como la de una pequeña ave de presa cuyos ojos brillaban duros como el pedernal.

—Te prometí que nos volveríamos a ver, idiota —dijo la voz de Jarrn.

Aquello fue lo último que pudo escuchar Kim durante mucho, mucho tiempo.

## XIX

El golpe debió de ser más grave de lo que Kim había creído, pues más tarde apenas se acordaba de lo sucedido. Todo era muy difuso y no estaba seguro de que se tratara de recuerdos reales o solo de imágenes perversas que le atormentaban. Creía rememorar una lucha entre Jarrn y el jinete de la armadura plateada; una lucha que incumbía a Kim y su destino. Pero si había tenido lugar en realidad, estaba claro que la había ganado el enano. Para las siguientes interminables horas, que pudieron ser días, en las ocasiones en que el muchacho despertó febril, el mundo en el que se encontraba estaba compuesto tan solo de pasadizos oscuros y cuevas interminables, así como de la sujeción, firme como el metal, de los hombres de hierro que le llevaban en sus brazos. Le despertaron en varias ocasiones y los enanos hicieron que, casi a la fuerza, tomara agua y algo de alimento. Tuvo que transcurrir mucho tiempo hasta que, por primera vez, el muchacho despertó por sí solo y al hacerlo se dio cuenta de que estaba lejos, muy lejos, del lugar en el que había perdido la conciencia.

Todo lo que había a su alrededor le supuso una sorpresa. Sabía que se encontraba en poder de los enanos y aceptó que habría ido a parar a una mazmorra o una oscura cueva pero, en su lugar, estaba tumbado en una ancha y blanda cama colocada en una habitación provista de los muebles más usuales. En todo caso, excepto la cama, el mobiliario era de un tamaño muy reducido. La habitación tenía una puerta pero carecía de ventanas. La luz procedía de una antorcha casi consumida colocada en un soporte de hierro fundido colgado al lado de la puerta. La pared aparecía ennegrecida por el hollín.

Kim se irguió con cuidado, alzó una mano y se tocó la cabeza. Palpó un vendaje reciente y sintió tal dolor que retiró la mano a toda velocidad.

Sacó las piernas de la cama con precaución, se sentó y miró a su alrededor. Incluso la pálida luz temblorosa de la antorcha hacía daño a sus ojos, que ya se habían acostumbrado la oscuridad; al moverse con algo más de vigor se desató en su cabeza un dolor martilleante, como si un enano se hubiera sentado en su interior y golpeara con furia en un timbal. Kim se preguntó dónde estaría pero, al tiempo, tenía la sensación de conocer aquel lugar. Era... no sabía qué. Algo le aseguraba con rotundidad que no estaba en las cuevas de los enanos situadas en las montañas orientales, sino en un lugar que no era la primera vez que visitaba.

Un pensamiento le llevó a otro que era mucho más importante en aquel momento, al menos eso le pareció, y era el de imaginar la forma de salir de allí. Se levantó con un movimiento decidido, se tambaleó y, dado que el zumbido amortiguado entre sus sienes reapareció con toda su ira, esperó hasta que desapareciera de nuevo la fuerte sensación de mareo que iba acompañada de unos latidos que percibía muy dentro de su cabeza. Luego se dirigió a la puerta, extendió la mano para asir el pesado picaporte de hierro y lo bajó.

—Puedes tirar todo lo que te dé la gana —dijo una malhumorada voz detrás de él—. El cerrojo está hecho con acero de los enanos y no se rompe.

El muchacho se volvió sorprendido y vio una pequeña y desagradable bola espinosa que salió arrastrándose de debajo de la cama y le miró con sus saltones ojos.

—Pensé que no ibas a despertar jamás —refunfuñó Cacho. El muchacho sintió algo de alivio al ver a su pequeño acompañante.

—¿Dónde estamos? —preguntó.

Cacho acabó de salir de debajo de la cama y se encaramó de un salto a la mesa, cuyo tablero quedaba a la altura de las rodillas de Kim.

—En la casa de una gente muy amable —contestó Cacho en tono burlón.

—¿Cómo? —dijo Kim extrañado.

Cacho asintió con tanta fuerza que sus púas se movieron como las de un erizo de mar sorprendido por una tormenta.

—Créeme —afirmó—. Son tan amables que no quieren que nos vayamos.

Kim frunció la frente, se calló, por si las moscas, la respuesta que estaba pensando y, con mucha curiosidad, observó de nuevo la habitación.

—Conozco este lugar —murmuró—. No se trata de las cuevas de los enanos.

—Eso no lo ha dicho nadie, ¿no? —dijo Cacho—. Pero no te preocupes, porque por aquí hay bastantes enanos, algunos más de los necesarios.

Kim regresó a la cama y se sentó. En su cerebro se mezclaban las ideas. No era la primera vez que experimentaba la sensación de tener respuestas para todas las preguntas, de tenerlo todo al alcance de la mano. Y tampoco era la primera vez que, al querer recurrir a ese conocimiento, todo se le escurría como pez en el agua.

—¿Cuánto hace que estamos aquí? —preguntó.

—Oh —dijo Cacho—. Es difícil de saber. De todas formas tengo tanta hambre como si lleváramos aquí una semana.

A pesar de lo serio de la situación, Kim no tuvo más remedio que echarse a reír. Pudo imaginar muy bien lo que contaría Cacho acerca de las raciones que servían los enanos.

—¿Te han tratado bien? —se informó.

—Sí —gruñó Cacho—. Si no contamos con que quieren que me muera de hambre...

De pronto sintió que al otro lado de la puerta alguien corría el pestillo y un momento después entraron tres enanos y la angulosa figura de un hombre de hierro. Kim buscó una cara conocida bajo sus negras capuchas, pero no encontró ninguna. Los enanos no se sorprendieron lo más mínimo al verle sentado en el borde de la cama en lugar de yaciendo sin sentido sobre ella. Quizá habían estado observándole todo el rato.

—¡Ven con nosotros! —ordenó uno de los gnomos con voz estridente.

Subrayó la orden con un gesto autoritario y, al observar que Kim no hacía ni el más mínimo intento de levantarse de la cama, el hombre de hierro dio un paso amenazador hacia él e hizo que el chico diera un salto.

—¿Adónde me lleváis? —preguntó mientras salía de la habitación acompañado por Cacho.

—Ante nuestro rey —contestó el enano que había hablado antes. Luego sonrió—. Se alegrará de verte. Espero que hayas dormido bien. Vas a estar muy necesitado de tu mollera para poder librar tu cuello de la soga.

Kim se detuvo sorprendido, pero luego continuó apresurándose al ver que el hombre de hierro le amenazaba con su mano izquierda, la que parecía una pala excavadora.

—¿Qué quieres decir? —inquirió.

—Te llevan ante el juez.

—¿Ante el juez? —preguntó Kim con tono de sorpresa—. ¿Qué he hecho yo?

—Eso te lo van a decir muy pronto —explicó el enano—. Anda más rápido. Ya hemos tenido que esperar mucho hasta verte despierto.

Totalmente sorprendido, Kim aceleró sus pasos, sobre todo a causa del rudo golpe que, obedeciendo las órdenes del enano, le propinó el hombre de hierro.

«¿Ir ante el juez? ¿Para qué?», se preguntó confundido.

Caminaron por largos pasillos carentes de ventanas y cuyas paredes no estaban construidas con piedras, sino con bloques negros colocados con mucho esmero uno al lado de otro. Aquí y allá, a derecha e izquierda, había puertas semicirculares de roble y, a distancias regulares, en las paredes ardían antorchas que llenaban el pasillo con su inquietante luz rojiza. Bajaron unas escaleras y llegaron a un pasillo como los demás, pero que iba en sentido contrario; Kim observó que tanto las puertas como la altura de los escalones ya no se correspondían con las medidas de los enanos, sino que eran de tamaño normal; en ningún lugar vio una ventana pero, como todas las puertas estaban abiertas, el muchacho pudo echar un vistazo a las habitaciones que había tras ellas. Aquella edificación, que parecía ser la prolongación de un castillo, debía de ser subterránea o bien había sido construida sin ventanas, lo que a Kim le pareció absurdo por completo. ¡Al poco tiempo recordó que ya había estado en un castillo hecho con piedras negras y cuyas paredes no tenían ni una ventana!

Aquella evidencia le golpeó con tal ímpetu que le obligó a detenerse en mitad de su marcha y jadear horrorizado.

—¿Qué pasa? —preguntó el enano con desconfianza—. ¡No intentes ningún truco, chaval!

—¡Morgon! —susurró Kim—. Esta... esta es su fortaleza.

—¿Ah, sí? —se burló el enano.

Antes de que Kim pudiera expresar de otra forma su sorpresa, el hombre de hierro le asestó un golpe entre los hombros que le hizo tambalearse unos pasos y hubiera caído al suelo de no ser porque en el último momento se apoyó en la pared. Al tocar sus dedos la negra piedra, desapareció cualquier duda. Ya había sentido en otra ocasión ese frío inmaterial y tenebroso y aquella oscuridad que penetraba hasta el alma. No había duda, era Morgon, el castillo en el que imperaba Boraas, el mago negro, y desde el que había comenzado su ataque a Luna de Leyenda.

Ahora que ya sabía dónde estaba, acabó reconociéndolo del todo: pasaron por las escaleras de caracol que estaban construidas con piedra negra y parecían interminables, por las que una vez inició la huida; luego atravesaron varias salas en las que nada parecía haber cambiado en mucho tiempo y, por fin, salieron a uno de las murallas de la fortaleza.

Era de noche. Un viento glacial silbaba alrededor de las almenas e hizo tiritar al muchacho. El patio del castillo estaba bajo ellos, como en un abismo sin fondo, y creyó ver movimiento en él. Grandes figuras angulosas se movían de aquí para allá y los rojos reflejos del fuego salían por las puertas abiertas y entre las aspilleras.

Al abandonar la muralla y entrar otra vez en la fortaleza, para sorpresa de Kim no se dirigieron hacia abajo, donde él sabía que se hallaba la antigua sala del trono de Boraas, sino que continuaron hacia arriba por una empinada escalera de piedra negra. Y al llegar a la puerta en el extremo opuesto, le pareció que el corazón se le salía por la boca y comenzaba a latirle de forma tan rápida y violenta que llegó a dolerle. Sabía lo que se escondía detrás de esa puerta. Y si hubiera dispuesto de una décima de segundo para reaccionar se hubiera vuelto para intentar escapar, a pesar de la presencia de los enanos y de que el hombre de hierro estaba tras él y tenía preparada su mano en forma de pala, lista para engancharle. Pero no dispuso de ese tiempo, pues la puerta se abrió ante Kim como por arte de magia y en ese mismo instante el hombre de hierro le dio tal golpe que le hizo tambalearse con torpeza y caer de rodillas. Kim bajó la mirada y cerró los ojos. Sabía dónde estaba. Era la sala en la que colgaba el espejo negro, la fuente de todo lo malo y perverso para Luna de Leyenda, de todos los horribles poderes que una vez casi consiguieron acabar con el mundo mágico. Una sola mirada en aquel espejo y estaría perdido.

Continuó de rodillas, inmóvil, escuchando el martilleo de su corazón. Luego, una conocida voz quejumbrosa exclamó:

—Ya has estado mucho tiempo arrodillado ante mí, chiquillo. ¡Levántate!

Kim no se movió. Estaba perdido si abría los ojos. Una sola mirada al inmenso espejo colgado en la pared frente a la puerta y él mismo se transformaría en el peor enemigo de aquel mundo y de sus habitantes.

—¡Yo creo que nuestro invitado está un poco cansado! —continuó la voz—. Quizá si pudiera ayudarle a levantarse...

Casi en el mismo instante, el muchacho sintió que una poderosa mano, dura como el hierro, le sujetaba y le alzaba en el aire haciéndole lanzar un grito de dolor y, sin quererlo, obligándole a abrir los ojos.

Y, antes de poder evitarlo, su mirada cayó sobre la pared de enfrente.

Esa vez se pararon los latidos de su corazón. Por un breve y terrible instante temió que su imagen reflejada en el espejo le mostrara una vida tétrica y trajera muerte y exterminio para los habitantes de Luna de Leyenda. Pero no ocurrió nada de eso. El espejo negro no cambió, y no pudo hacerlo porque lo cierto era que no estaba allí. Donde una vez estuvo colgado, pudo ver ahora un inmenso cristal levemente curvado de color verde tilo y con las cuatro esquinas redondeadas. Centelleantes líneas luminosas recorrían a toda velocidad el cristal verdoso y, en ocasiones, creyó reconocer letras difuminadas con muchas florituras, eran unos caracteres que desconocía por completo y que se borraron a tal velocidad que no pudo reconocer nada de forma precisa. El espejo desapareció y en su lugar surgió la gigantesca figura de...

—Aquí, querido invitado —dijo una burlona voz—. Si tuvieras la amabilidad de prestarnos atención, nos sentiríamos muy satisfechos.

Kim trasladó la mirada desde el cristal hasta posarla en Jarrn que, junto a una docena de enanos, estaba sentado a una enorme mesa de madera negra. La mesa y las correspondientes sillas debían de proceder, sin duda, de los antiguos habitantes de la fortaleza y no se avenían al tamaño de sus actuales usuarios. Los pies de Jarrn se balanceaban a más de medio metro por encima del suelo y el tablero de la mesa podría haber servido como pista de baile a él y sus acompañantes.

Pero la visión no tenía nada de divertida, sino todo lo contrario, y Kim percibió de repente la amenaza que provenía de los enanos de negro. Miró a Jarrn con desconfianza.

—¿Qué ocurre?

—¡Oh! —dijo Jarrn con fingida sorpresa—. ¿No te lo han dicho, amigo mío? Te traemos ante el juez.

—No sé los motivos —contestó Kim.

—Ya los conocerás.

Poco a poco, una vez que se hubo repuesto del susto, la ira del muchacho fue en aumento. Se acercó a Jarrn con ademán provocador, aunque se detuvo de inmediato cuando el hombre de hierro alzó su mano amenazadora.

—¡Exijo una explicación! —dijo—. ¿Por qué se me ha atacado y traído aquí? ¿Qué estupidez es esa de llevarme ante un juez? Tienes que decirme qué significa todo esto. O, aún mejor —dijo mientras señalaba al enano que le había traído allí—. Este me ha dicho que el rey estaría aquí. Exijo que me llevéis ante él.

Jarrn se rio.

—Tus deseos son órdenes para mí —dijo mientras se levantaba.

Al parecer había olvidado que se encontraba sentado en una silla que le venía muy grande, por lo que se desplomó contra el suelo desde una altura de medio metro y su barbilla golpeó contra el borde de la mesa.

Se agarró al respaldo de la silla entre maldiciones, se alzó como pudo hasta la superficie y miró a Kim como si el muchacho hubiera sido el responsable del incidente. Éste, por su parte, intentó disimular una sonrisa. No la exhibió, pues estaba seguro de que en aquellos momentos Jarrn no disfrutaba de muy buen humor.

—Bien —dijo Jarrn con hostilidad—. Ya estoy aquí. ¿Qué quieres saber?

El muchacho necesitó cierto tiempo para entender el significado de aquellas palabras.

—¡Tú! —se extrañó—. ¿Tú eres el rey?

—Si me lo permites, sí —rechinó Jarrn, luego torció el gesto y escupió el trozo sanguinolento de un diente que se le había partido.

Kim escondió su sorpresa deprisa.

—Pues mucho mejor que sea así —dijo—. Entonces podrás aclararme lo que significa todo esto. ¿Por qué me habéis capturado? ¿Por qué me perseguís desde que he llegado a Luna de Leyenda?

Los ojos de Jarrn se entrecerraron mientras contestaba:

—Quizá porque estás en Luna de Leyenda.

—Pero...

El enano cortó sus palabras con un gesto de ira.

—¡Ya basta! —exclamó con severidad—. Tengo cosas mejores que hacer que perder el tiempo contigo, estúpido. ¡Se abre la sesión!

Uno de los enanos sacó de debajo de la capa un martillo que debía de pesar tres veces más que él y lo utilizó para golpear con violencia contra la mesa, lo que provocó una grieta en aquella madera de más de dos centímetros de grosor. Jarrn le lanzó una mirada de enojo y luego se dirigió a Kim.

—Eres culpable de varios delitos. Unos delitos que son muy graves.

—¿Ah, sí? —dijo Kim en tono agrio—. ¿Y podría enterarme de cuáles son?

—Todo a su tiempo— contestó Jarrn con mal humor—. Entonces, ¿te reconoces culpable?

Kim abrió con exageración los ojos y la boca.

—¿Culpable? Ni siquiera sé de lo que se me acusa.

Jarrn lanzó un suspiro.

—¡Escribiente! —dijo—. Hay que anotar en el protocolo: el acusado no se muestra razonable y ha ofendido al tribunal, eso puede acarrear una agravación de la pena.

—¡Eh! —protestó Kim—. Yo...

Jarrn le arrebató de nuevo la palabra.

—Nadie nos podrá reprochar que hayamos sido injustos —dijo—. No te lo has ganado, pero este tribunal te va a dar la oportunidad de tener un juicio limpio. Debo suponer que no tienes abogado defensor, ¿verdad?

—¿Qué no tengo qué? —se sorprendió Kim.

—¡Escribiente! —graznó Jarrn—. Hay que anotar en el protocolo: el acusado rechaza que se le asigne un defensor para el juicio. —Su mirada recorrió el rostro de todos los integrantes del tribunal—. ¿Quiere defenderlo por su propia voluntad alguno de vosotros?

En la sala se extendió el silencio y Jarrn lanzó un suspiro.

—Bueno, entonces tendremos que buscar uno —dijo. Señaló a un gnomo que era más desagradable y menguado que los demás—. ¡Ese de ahí! ¡Tendrás que defender al acusado lo mejor que puedas!

—Sí, pero... —comenzó a decir el elegido. No pudo continuar, pues Jarrn le gritó:

—Debes respetar al tribunal, abogado, o compartirás la misma suerte que tu defendido.

El enano pareció empequeñecerse bajo su capa y ya no pronunció palabra durante toda la sesión.

—Bien —dijo Jarrn moviéndose en su silla con aspecto satisfecho—. Después de haber cumplido con el protocolo, ya podemos comenzar. Acusado, ¿lo niegas todo?

—Es posible que lo hiciera si supiera de qué se me acusa —dijo Kim trastornado.

Los enanos comenzaron murmurar y Jarrn volvió los ojos.

—Está bien —suspiró y prosiguió—. Si quieres perder el tiempo... Tenemos por un lado la destrucción de varios hombres de hierro...

—¡Yo me limité a defenderme! —protestó Kim.

Jarrn continuó sin dejarse impresionar.

—Lo siguiente sería el ataque al Rey del Pueblo de los Enanos...

—¿Y cómo podía saber quién eras tú? —se defendió Kim.

—... y, por último, tenemos la destrucción de nuestro dragón de hierro —acabó Jarrn imperturbable.

Las palabras del enano dejaron a Kim de una pieza en su expresión más literal.

—¡Eso no fue por mi culpa! —gritó fuera de sí—. ¡Tú estabas allí! El dragón atacó a Rangarig y este le destrozó.

Entre los enanos se desencadenó un tumulto. Unos comenzaron a insultarle con grosería y otros le abuchearon, silbaron o gritaron cosas como:

—¡Encadenadle! ¡Hay que encerrarlo en una mazmorra!

Jarrn hizo una seña al enano portador del martillo y este volvió a poner orden a base de golpear la mesa con tal ímpetu que faltó poco para que acabara de destrozarla.

—¿Quieres negar que el dragón fue aniquilado mientras te perseguíamos? —preguntó Jarrn inclinándose hacia delante y con los ojos entrecerrados.

—Eso es cierto —dijo Kim—. Pero yo...

—¡Claro! —interrumpió Jarrn con tono convencido—. Si tú no hubieras huido no habríamos tenido que perseguirte y el dragón dorado no habría atacado y destruido a nuestro dragón de hierro. —Luego se volvió con expresión triunfal hacia el otro extremo de la mesa—. ¡Escribiente! Hay que anotar en el protocolo: el acusado confiesa.

—Pero eso es... —comenzó a decir Kim, pero en ese momento se produjo de nuevo un alboroto general y se escucharon abucheos. Esta vez Jarrn tardó más en poner orden y eso le costó a la larga mesa dos de sus numerosas patas.

—Es muy inteligente por tu parte no seguir con las mentiras —dijo Jarrn—. Aunque esa postura no vaya a cambiar en nada el resultado del juicio.

—Tengo la impresión de que está todo decidido —murmuró Kim.

Jarrn le miró mostrando una gran decepción.

—Claro que sí —dijo—. ¿Qué esperabas?

Kim no sabía si llorar o reír. Todo aquello era como un sueño extravagante del que le resultaba imposible despertar.

—Ya parece que te muestras razonable —continuó Jarrn mientras se inclinaba hacia delante, entrelazaba las manos encima de la mesa y finalmente, puesto que se deslizó varias veces en la silla, se sujetaba al borde de la mesa—. Entonces podemos pasar de verdad a los graves actos de los que se te acusa.

Kim no se dignó a contestar. Estaba convencido de vivir una pesadilla.

Jarrn torció los ojos.

—No los admite —dijo—. Abogado, tu cliente es muy obstinado. Debes tratar de convencernos para que no empeore su situación.

El abogado se revolvió bajo su capucha pero permaneció callado.

—¿De qué se me acusa? —preguntó el muchacho con tranquilidad.

—¡Ahora quiere tomarnos el pelo! —amonestó Jarrn—. ¡Eso es ofender a este tribunal!

De nuevo se formó un gran tumulto entre los enanos. Algunos saltaban sobre las sillas y agitaban sus amenazadores puños en dirección a Kim; otros le colmaban de insultos y maldiciones. Uno de ellos incluso llegó a lanzarle un vaso, pero falló. Jarrn intentó poner orden con su estridente voz, sin embargo sus palabras se perdieron entre el bullicio y se vio obligado a hacer una nueva seña al enano del martillo. El enano blandió la herramienta sobre su cabeza y la hizo chocar contra la mesa. Al quedarse sin otra de sus patas, la mesa se derrumbó y Jarrn, que tenía los codos apoyados sobre el tablero, cayó hacia delante y comenzó a sangrar por la nariz.

Trepó de nuevo a su silla entre maldiciones y miró a Kim con expresión de odio.

—¿Así que niegas haber venido aquí para mezclarte en nuestros asuntos? ¿Niegas haber luchado del lado de esos rebeldes cuyo único objetivo es trastornar nuestro negocio y llevarnos a la ruina?

Kim no se sintió capaz de entender nada más.

—No tengo ni idea de a qué te refieres —dijo desvalido—. Yo solo he...

—¡Ja! —bramó Jarrn con gran despliegue de voz—. ¡Escribiente, anota que el acusado ha confesado!

—Ya no digo nada más —dijo Kim testarudo.

—¡Continúa con su terquedad!

Jarrn agitó las manos en el aire de forma muy violenta. Algunos enanos comenzaron otra vez a alborotar a su lado y el que estaba al final de la hilera de sillas levantó el martillo y se olvidó de que ya no había mesa. La pesada herramienta describió un semicírculo hacia abajo y golpeó contra la pata de la silla en la que estaba sentado. El gnomo ejecutó un salto perfecto en seguimiento del extremo del martillo y aterrizó con toda precisión sobre su silla rota.

—¡Tu obstinación no te va a servir de nada! —chilló Jarrn enfadado—. Las pruebas son contundentes.

—¿Qué pruebas? —susurró Kim.

—Has llegado aquí y has perturbado la marcha de muchas cosas —respondió el enano juez—. Muchas cosas que no tienen nada que ver contigo. Por tu culpa se han ido a pique muchos negocios y se han destruido herramientas muy valiosas. Pero nada te va a ayudar, idiota. Lo mismo que les va a ocurrir a tus chiflados amigos, que están en busca de camorra con su guerra en miniatura.

—¿Guerra? —dijo Kim asustado—. ¿Qué guerra?

—¡No hagas como si no supieras nada! —bramó Jarrn y se inclinó tanto que volvió a caerse de su silla. El abogado saltó de la suya para ayudar a su monarca a ponerse de nuevo de pie, pero recibió como recompensa una bofetada que le hizo volar por la habitación. Jarrn se levantó, intentó estirar las arrugas de su capa y luego señaló con la mano hacia el cristal verdoso que colgaba de la pared.

Justo al hacerlo se extinguió el movimiento de colores y letras extrañas y, de repente, Kim tuvo la sensación de mirar el mapa de Luna de Leyenda desde una altura enorme.

—¡Mira ahí si es que quieres pruebas! —dijo Jarrn mordaz—. ¡Y, si te atreves, sigue con tus mentiras!

Pero lo que Kim vio a través de la mágica ventana le dejó tan hechizado que ni siquiera escuchó las palabras del Rey de los Enanos. Ahora se mostraba la imagen de la poderosa Caivallon, la fortaleza de los caballeros de las estepas. Vio, como a cámara lenta, que Priwinn, Gorg y los campesinos llegaban a la fortaleza. Algún tiempo después, podían ser días o semanas, salían hacia el sur un gran número de jinetes esteparios. El pequeño ejército crecía cada vez más debido a los hombres que se unían a él. A su paso dejaban un rastro de destrucción. El muchacho renunció a contar los asentamientos y aldeas por los que pasaban los guerreros de Priwinn destrozando tanto los caballos como los hombres de hierro. También era incontable el número de enanos que huían ante el avance de aquel ejército.

Y, al mirar la delgada figura revestida con la armadura negra que cabalgaba al frente del ejército, pudo comprobar que ya no era el príncipe el que acaudillaba a todos aquellos hombres. Tras la muerte de su padre, Priwinn era el nuevo Rey de los Caballeros de las Estepas y había hecho realidad lo que una noche había anunciado al campesino: no había conseguido un pequeño grupo de seguidores, sino todo un ejército que, espada en mano, atravesaba el país para arremeter violentamente contra todo lo que se había propuesto.

Pero también se había hecho realidad otra cosa, como había profetizado Temístocles, y era lo que más temía Kim: desde hacía mucho tiempo no todos los habitantes de Luna de Leyenda se mostraban de acuerdo con los actos de Priwinn y huían sin pelear contra el ejército de rebeldes. Cuanto más avanzaba hacia el sur, mayor era la resistencia que encontraba en su camino. Primero habían sido esporádicos enfrentamientos cuerpo a cuerpo, luego peleas en grupo y pronto se dieron los asedios cuando los habitantes de alguna ciudad cerraban sus puertas y se colocaban tras sus muros para defenderse.

Al final, los rebeldes se encontraron con otro ejército de sus mismas proporciones. Kim vio con una mezcla de horror y estupefacción que los dos inmensos grupos, formados por cientos de miles de seres, cargaban uno contra otro, pero la imagen se borró antes de que comenzaran a luchar.

—¡Oh, no! —susurró espantado— ¿Qué tiene que ver eso conmigo?

—¿Quieres negar otra vez que eres el responsable de todo? —preguntó Jarrn.

—¡Pero esto... Yo no lo quería! —Kim miró horrorizado al enano—. ¡Tienes que creerme! ¡Yo intenté convencer a Priwinn! ¡Tú estabas...!

—¡Palabrería! —dijo Jarrn—. Nada habría ocurrido si no hubieras venido a meter las narices en nuestros asuntos!

La voz de Kim era casi suplicante.

—¡Por favor, Jarrn! No puedes haberte olvidado de todo. Luchamos juntos contra la gente del río. ¡Sobrevivimos porque nos ayudamos! Te salvé la vida y tú también a mí.

—Bien, ¿y qué? —Jarrn escupió con desprecio, pero el salivazo quedó corto y cayó sobre sus propios pies—. ¡Sandeces románticas! Te has metido en nuestras cosas.

—¿Vuestras cosas? —Kim se sintió enfurecer—. ¡Puede que tengas razón, maldito enano! Pero, ¿sabes una cosa? Si vuestras cosas consisten en destruir Luna de Leyenda, trataré de intervenir en ellas con sumo gusto.

—¡Vaya! —bramó Jarrn triunfante—. ¡Por fin lo admites! ¡Escribiente! Tienes que anotar en el protocolo: el acusado lo confiesa todo.

Kim miró indignado al Rey de los Enanos y tuvo que contenerse con todas sus fuerzas para no caer sobre él y apretarle su reseco cuello, sin importar lo que pudiera ocurrir después.

—¡Escribiente! —chilló Jarrn—. ¡Lee el fallo en voz alta!

—¿Qué fallo? —preguntó el escribiente. Su rey le lanzó una mirada aguzada como una jabalina.

—Tiene que estar en algún sitio entre tus papeles —refunfuñó.

Mientras el auxiliar comenzaba a hojear en el montón de arrugados documentos que tenía sobre las rodillas, Jarrn se acercó con pasos cortos a Kim y le miró con superioridad. Tuvo que echar la cabeza hacia atrás y eso redujo mucho el efecto de su mirada.

—Nos hubieras ahorrado un montón de molestias si hubieras venido con nosotros, estúpido —dijo.

—¿Por qué hacéis esto? —peguntó Kim en voz baja—. ¿Os satisface hacer daño a los demás?

De pronto Jarrn se puso muy serio. De su mirada se esfumó todo rastro de sarcasmo y burla y contempló a Kim de tal forma que el muchacho se estremeció.

—Hacemos lo que nos piden —dijo—. Vuestra forma de ser consiste en buscar culpables cada vez que os ocurre una desgracia. Nosotros no somos así y solo actuamos si nos reclaman.

Y a continuación el Rey de los Enanos dio un paso atrás y su cara adquirió de nuevo la expresión furiosa que ya conocía Kim.

—¡Escribiente! —gritó—. ¿Has encontrado ya el fallo?

El enano siguió hurgando en los papeles y, por fin, con un alarido de triunfo exhibió un pergamino arrugado.

—¡Aquí! —gritó—. Se hace saber... —arrugó el ceño y repitió de nuevo—: Se hace saber... —Volvió a fruncir el ceño unas cuantas veces más y luego miró algo turbado al rey—. Bueno, no lo puedo leer. El que ha escrito esto debería avergonzarse de su mala letra.

Jarrn lanzó una mirada inquisitiva a todos los reunidos.

—¿Alguien se acuerda del fallo?

Los enanos intercambiaron miradas y simularon estar ocupados con cosas mucho más importantes. Jarrn hizo una mueca y sacudió la cabeza.

—Bueno, mejor será que lo olvidemos —dijo y luego, con un movimiento de cabeza, señaló a Kim—. ¡Lleváoslo!

## XX

Debía de hacer mucho, mucho tiempo, desde la última vez que Kim había mirado al cielo mientras le llevaban por la muralla. Le pareció como si despertase de un sueño. Que esa banda de enanos chiflados le hubiera puesto frente a un juez ya le había parecido bastante fuera de lugar, pero que aquel juicio pudiera tener algún tipo de influencia sobre su vida, eso era ya algo ridículo. Además, tampoco acababa de entender por qué el puño del hombre de hierro sujetaba su muñeca izquierda con una fuerza despiadada. El muchacho fue conducido a gran velocidad por la muralla, pero no entraron en el edificio principal, sino que bajaron al patio de la fortaleza por una escalera de madera muy empinada. Allí el hombre de hierro se detuvo y permaneció inmóvil mientras su garra de acero sujetaba con fuerza el brazo de Kim.

Pasó un buen rato. El patio que se veía ante ellos estaba envuelto en un espectral tono negro y, en ocasiones, se percibía el movimiento de la figura enorme y angulosa de un hombre de hierro o la pequeña sombra de un enano. Kim no oía nada. La oscuridad parecía absorber tanto la luz como cualquier sonido. Cuanto más tiempo llevaba allí parado a la espera de que ocurriera algo, más cautivo se sentía en una enorme cueva subterránea que carecía de entrada y de salida. Por un momento luchó contra sus propios pensamientos al pensar que quizá fuera esa la sentencia dictada contra él por los enanos: quedarse allí quieto y sujeto a un hombre de hierro hasta morir de hambre, sed o cansancio.

Pero estaba claro que esas ideas solo las causaba su propio temor, pues Jarrn no podía ser tan malvado. A pesar de todo, el muchacho sabía que no podía esperar ningún tipo de gracia, ni por parte de él ni de cualquier otro de sus camaradas. A medida que conocía más a los enanos, mayor era el desconcierto que le causaban. Ya casi se había acostumbrado a los modales un tanto insolentes de Jarrn, pero lo que acababa de vivir en la sala de la torre le resultaba absurdo por completo. Los enanos le parecían una turba de niños fuera de todo control; unos niños desagradables y ruidosos, ni más ni menos. La idea de que ese pueblo fuera un peligro para todo el país, para todo Luna de Leyenda, era algo que le resultaba irrisorio. De nuevo transcurrió el tiempo y Kim comenzó a pensar seriamente que quizá se hubieran olvidado de él, pero resonó un crujido y se abrió una inmensa puerta del castillo para dejar que entrara en el patio un carro enorme del que tiraban dos caballos de hierro. Al muchacho se le desorbitaron los ojos en el momento en que se acercó el carro y pudo examinarlo mejor. Lo que a la pálida luz de la luna parecía ser una enorme construcción de forma cuadrada, de cerca resultó ser una jaula provista de oxidados barrotes del grosor de un dedo. En ella estaban encerrados una docena de chicos y chicas de diversas edades. Únicamente uno de los chicos, el de más edad, gritaba con todas sus fuerzas y tiraba de los barrotes de la jaula, pero los demás permanecían apáticos, se mantenían sentados sobre la paja esparcida por el suelo.

—Así que es verdad —murmuró Kim al acabar de pasar el carro por delante de él.

—¿Cómo...? —dijo Cacho.

El muchacho casi se había olvidado de que lo tenía allí, pero el pequeño ser le había seguido fielmente y se había hecho un cómodo hueco entre los pies del hombre de hierro a fin de cobijarse del frío viento nocturno. Miró con sus ojos saltones al carro de la jaula y después a Kim.

—Concuerda —dijo el muchacho abatido—. Estos son los niños que secuestran. —Suspiró y, por algún motivo que en principio no tuvo claro, se sintió muy decepcionado—. Priwinn y Gorg tenían razón —añadió con amargura.

Cacho salió de entre los pies del hombre de hierro, caminó unos pasos detrás del carro y luego se volvió al lugar donde estaba Kim.

—Eso parece —confirmó—. Son niños. Y no tienen muy buena pinta.

—Priwinn tiene que saberlo —dijo Kim. Intentó escabullirse con todas sus fuerzas de la garra que le sujetaba, pero el hombre de hierro no aflojó su presa lo más mínimo—. ¡Ayúdame! —le pidió a Cacho.

Con la mano libre intentó despegar su brazo de aquellos dedos de acero y Cacho se subió de un salto sobre el brazo del coloso y comenzó a atacarle con dientes y garras.

El único resultado de sus esfuerzos conjuntos fueron garras rotas y uñas rajadas.

Kim acabó desistiendo y se dejó caer hasta el suelo al lado del coloso. Cacho bajó del brazo.

Kim se mantuvo quieto mientras miraba a su pequeño acompañante que, como era natural, ahora mostraba su apariencia nocturna.

Cacho no era mucho más grande que un gato joven y apenas lo veía en aquella oscuridad, a pesar de que estaba sentado a menos de un metro.

—¿Crees que serías capaz de encontrar el camino de vuelta a Gorywynn? —le preguntó de repente.

—¿Qué quieres decir? —dijo Cacho con cautela.

—Que uno de los dos tiene que ir allí —contestó Kim y, a modo de información, sacudió el brazo que sujetaba el robot—. Como ves, yo no puedo hacerlo. Por eso, repito, ¿te parece que serías capaz de encontrar el camino?

—Me parece que sí —contestó Cacho—. Pero no te voy a dejar solo.

—¡Tonterías! —replicó Kim con severidad—. ¿A quién crees que ayudas quedándote aquí conmigo? Ni a Priwinn ni a Temístocles, y a mí seguro que tampoco. —Con un movimiento de cabeza señaló al carro—.Y tampoco a esos niños ni a todos los demás que han secuestrado. Debes intentar salir de aquí y atravesar las Montañas de las Sombras.

—¡Pero tardaré mucho! —dijo Cacho con tono decepcionado—. ¡Mientras llego allí puede que ya te hayan matado!

—Yo creo que no —contestó Kim, y no lo dijo solo para tranquilizar a Cacho—. Sé sensato, amigo —continuó—. Yo sé lo valiente que eres. Haz lo que digo. Escóndete donde sea. Espera a que surja una buena oportunidad e intenta salir de aquí. Debes ir en busca de Priwinn y los otros para contarles lo que ocurre.Y luego localiza a Temístocles.

—Una idea muy interesante— dijo tras él una voz que sonó como un graznido.

Kim se volvió asustado y vio la cara de Jarrn. El Rey de los Enanos se había refugiado en la oscuridad y no se había escuchado ni uno solo de sus pasos; ahora miraba al chico y al animal con una mezcla de sarcasmo y de ira.

—Me temo que no puedo permitirlo —añadió burlón.

Al mismo tiempo alzó la mano e hizo una señal y de la oscuridad surgió un grupo de enanos que intentaron apresar a Cacho.

Pero se quedó en intento. El que en un principio parecía un animal con dificultades para moverse, se transformó de repente en un velocísimo ser que escapaba como un rayo de las manos de los enanos, golpeaba a derecha e izquierda con violentos ganchos y mordía todo dedo que se le acercaba. Los gritos de triunfo de los enanos se transformaron en un coro de alaridos de dolor y miedo, y más de una de aquellas pequeñas figuras comenzó a saltar de forma incontrolada tratando de quitarse las largas espinas que tenía clavadas en los dedos o en la cara.

También Jarrn gritó con furia y se precipitó contra Cacho con los brazos muy extendidos; esta vez el animal espinoso no intentó escapar, por el contrario, se detuvo y saltó mientras lanzaba un estridente silbido. El bramido de ira de Jarrn se convirtió en un agudo chillido en el instante en que aquella bola de púas desapareció bajo su capucha. Su capa se abombó durante unos segundos y tembló vibrante como si en su interior hubiera surgido un huracán. Luego, Cacho salió de ella y con un movimiento de zigzag escapó por el patio a toda prisa hasta desaparecer en la oscuridad. Tres o cuatro enanos fueron tras él y al menos uno de ellos debió de tener un encuentro con Cacho, pues se oyó un terrible grito de dolor.

El enano no regresó y Kim tampoco oyó ni vio a Cacho, pero no se preocupó por eso. El bicho había demostrado en muchas ocasiones que podía cuidar muy bien de sí mismo. Y al muchacho no le quedaba mucho tiempo para pensar, pues en ese momento Jarrn se levantó con un gemido y se dirigió tambaleante hacia él. Vaciló y lo poco que Kim pudo reconocer bajo su oscura capucha era como si la cara del Rey de los Enanos se hubiera topado con un cortacésped rabioso. En donde su piel no estaba cortada, raspada o arañada, se habían clavado las púas de Cacho.

—¡Gracioso! —gruñó Jarrn—. ¡Muy, muy gracioso! —Miró a Kim con expresión de odio y luego se echó la capucha hacia atrás para comenzar a quitarse las púas con los dedos—. Pero no os va a servir de nada —continuó con los dientes apretados mientras lanzaba breves y reprimidos gritos de dolor—. Atraparemos a ese cerdo con púas, no te preocupes. El camino hacia el oeste es largo y acechan numerosos peligros.

Kim renunció a contestar. Tenía la seguridad de que, dijera lo que dijera, Jarrn se pondría aún más furioso.

El enano apretó los dientes y se quitó de la cara la última púa, luego se pasó las manos por las mejillas y frunció el ceño al observar la sangre en sus dedos. La mirada que dirigió a Kim no prometía nada bueno.

—Ríete tranquilamente si te apetece —bramó Jarrn enfadado—. En todo caso va a ser el último motivo de risa que tengas en mucho tiempo, idiota.

Encolerizado, dio un paso atrás, tropezó con el ribete de su capa y cayó con violencia al suelo. La risa que quiso surgir se quedó atascada en la garganta de Kim al ver la expresión del Rey de los Enanos.

Jarrn se levantó de nuevo entre maldiciones e hizo un gesto colérico que sirvió para que el hombre de hierro saliera de su parálisis y levantara del suelo con suma rudeza a Kim.

—¡Llévatelo! —ordenó Jarrn—. ¡Llévale con los demás al lugar donde deben estar!

El hombre de hierro se volvió obediente y arrastró con él a Kim, pero Jarrn hizo una nueva seña y lo detuvo otra vez.

—¡Otra cosa más, chico! —dijo con expresión de odio absoluto—. No te alegres demasiado pronto. Aunque tus amigos vinieran aquí solo para salvar a un idiota como tú, y no lo van a hacer, de nada te serviría esa ayuda. —Rió con malicia—. ¿No querías conocer el secreto de nuestra fundición? Bueno, pues lo vas a conocer. Vas a trabajar en ella, lo mismo que los demás. Vas a pagar por todos los daños que has ocasionado. Vas a abonarnos hasta el último céntimo, te lo prometo.

Antes de que la noche terminara, Kim abandonó junto con los demás niños la fortaleza de Morgon, y, antes que nada, los trasladaron a una pequeña fundición sofocante en la que bailaban las chispas alrededor de centelleantes hogueras. Allí fueron encadenados unos a otros.

En el tobillo derecho de Kim colocaron una ajustada anilla de hierro y a través del agujero pasaron una larga cadena. En un primer momento, a Kim le pareció que era demasiado delgada, pero se acordó de lo que Jarrn le había contado en la cueva de la gente del río y no se molestó en intentar deshacerse de la cadena, a pesar de que cada uno de sus eslabones no era más grueso que un bramante. En lugar de eso, el muchacho intentó entablar conversación con los demás niños, pero no lo consiguió.

Casi todos mostraban una apatía tal que parecían estar sumidos en algún tipo de trance. Solamente el chico que antes había intentado mover los barrotes de la jaula parecía estar espabilado y ser capaz de percibir lo que ocurría a su alrededor. Pero no entendía el idioma de Kim o no quería contestarle, pues su única reacción ante la pregunta que le hizo consistió en una mirada airada y un gesto amenazador con el puño al acercarse a él.

Así, encadenados unos a otros, abandonaron el castillo de Morgon en el carro-jaula que los sacó del patio. Dos cocheros de los enanos guiaban el siniestro vehículo por el camino sinuoso que llevaba hasta la planicie. Un hombre de hierro caminaba con pesados pasos tras el carro para impedir cualquier intento de huida o de resistencia.

De este modo avanzaron por los sombríos bosques que rodeaban Morgon como un muro defensivo crecido de forma natural. Luego se detuvieron y, a una señal del enano, el hombre de hierro abrió la jaula y, violentamente, ordenó a los prisioneros que bajaran.

De la espesura salió otro hombre de hierro. Cada uno de aquellos colosos sujetó un extremo de la cadena con la que estaban unidas las anillas de los pies de los chicos y tiraron de ellos con rudos modales a través de la espinosa maleza hasta llegar a las ruinas de una torre defensiva que se alzaba en el centro del bosque. A Kim le asaltó una extraña sensación de miedo al ver que el primero de los colosos de hierro, con los presos por detrás de él, entraba despacio y desaparecía en la oscuridad de la torre. Era la misma terrible negrura que Kim había conocido al penetrar en la cueva del Desierto Glacial a la que les había conducido Jarrn; lo que había ante él no era solo oscuridad, le parecía que iban a sumergirse en un lago negro que se tragaba la luz e iba a devorar tanto sus cuerpos como sus almas. Al tocarle el turno de entrar en la torre percibió el mismo extraño escalofrío que ya había sentido en la entrada a la cueva cercana al castillo del Final del Mundo. Pero Kim sabía que donde había estado no era del todo el reino de los enanos, y menos aún lo era el castillo de Morgon. Jarrn y sus medio chiflados compinches debían de haberse instalado en la abandonada fortaleza debido a que estaba situada en un lugar inaccesible y fácil de defender; y quizá porque nadie más la había reclamado. Este era su auténtico reino.

La torre carecía de suelo. Justo al traspasar la puerta comenzaba una escalera que en un principio era de barro y después de algunos escalones había sido tallada directamente en la roca; sus innumerables curvas descendían poco a poco hasta lo más profundo de la tierra. No había luz, solo un sombrío reflejo gris al que Kim tuvo que acostumbrarse a medida que descendían. Luego reconoció el siniestro cambio que se operaba mientras bajaban: al acceder al tenebroso mundo de los enanos vio a niños encadenados que semejaban meros espectros incorpóreos moviéndose en un silencio irreal.

La escalera parecía no tener fin. Kim intentó contar los escalones pero lo dejó enseguida. A partir de cierto momento ya no pudo pensar en nada, pues necesitaba todas sus fuerzas para poder colocar un pie delante del otro y superar todos los escalones.

La escalera finalizaba en una cueva redonda desde cuyo techo goteaba el agua y que tenía las paredes recubiertas de grietas y fisuras. A través de muchas de ellas salían los reflejos rojos del fuego, se oían los martillos y las herramientas y unos terribles ruidos amenazadores y chirriantes. Las rodillas de Kim temblaron y se sintió tan débil que tuvo que luchar con todas sus fuerzas para no desplomarse. Los demás prisioneros también se tambaleaban a causa del cansancio, pero los dos vigilantes de hierro los empujaron hacia delante sin ningún tipo de consideración. Los niños fueron arrastrados con brusquedad a través de las cuevas y por los huecos abiertos en la roca y los pasadizos, que estaban iluminados con una brillante luz. A continuación, llegaron a una enorme sala subterránea en la que, en torno a miles de hogueras, se fundía y martilleaba; el acero y el hierro fundido siseaban entre chispas y un gran número de figuras se movía de acá para allá transportando grandes bloques de mineral o cestos repletos de carbón vegetal y hacían cientos de tareas en los más diversos lugares. Kim se sintió incapaz de captar todo aquello a la vez.

Lo que sí captó de inmediato, a pesar de su abatimiento y su cansancio, fue que todos los trabajadores eran niños. La gran mayoría de las atareadas figuras se mantenían en pie sobre unas piernas cortas y delgadas como alambres y vestían harapientas capas negras. Solo a veces veía Kim a alguien que se asemejaba a sus compañeros de fatigas, pero estos parecían estar ocupados en los trabajos físicos más penosos.

Si todos los niños que habían desaparecido en Luna de Leyenda se encontraban bajo el dominio de los enanos no debían de estar en esta parte de las cuevas. Siguieron haciéndoles avanzar y pronto se vio situado ante uno de aquellos fuegos de fundición. Le dieron un fuelle inmenso con el que tenía que avivar las llamas para obtener ascuas cada vez más brillantes. Nadie se preocupó de explicarle nada ni se molestó en vigilarle o revisar su trabajo. La cadena de su pie estaba sujeta a un enorme bloque de roca y solo podía dar un par de pasos en cada dirección; si no avivaba el fuego con la suficiente fuerza, un compañero de trabajo, en este caso un enano, se acercaba desde el otro lado y le insultaba. Los demás prisioneros que habían llegado con Kim fueron colocados en otros lugares de la inmensa sala y se les asignaron diversas tareas.

Y así transcurrió el primero de los muchos días que pasó el muchacho en las fundiciones subterráneas de los enanos. Trabajó todo el día con el fuelle hasta que llegó a creer que, por mucho que lo intentara, jamás podría volver levantar los brazos. Los enanos, a su vez, trabajaban sin descanso y si Kim se retrasaba aparecía uno de los hombres de hierro que, a base de rudos golpes, le obligaba a cumplir las órdenes. Cuando por fin le soltaron para trasladarle —su puesto, claro está, fue ocupado de inmediato por otro prisionero y el trabajo continuó sin interrupción— el muchacho se sintió tan cansado que apenas podía caminar hacia donde le llevaban. Una vez de vuelta a la sala circular con sus numerosas entradas, le llevaron a otra cueva más pequeña donde fue encadenado a un camastro hecho a base de paja húmeda. Estaba tan cansado que se quedó dormido y ni siquiera se dio cuenta de que los enanos traían una exigua comida a los prisioneros.

Kim durmió esa noche como un lirón y no tuvo sueños. Pero en el momento en que, a la mañana siguiente, le sacudieron para despertarle, tuvo la sensación de que acababa de cerrar los ojos. Le dolía cada músculo del cuerpo y el enano que le despertó tuvo que darle varios pellizcos y golpes para que se levantara del camastro. Su estómago hacía ruidos provocados por el hambre y sentía mucha sed. Al decírselo a su guardián, este se rio y le explicó que la comida se había repartido la noche anterior y, si tenía hambre, debería tener paciencia hasta que, una vez pasada otra jornada completa de trabajo, se hubiera ganado el alimento. Esta vez no le llevaron junto al fuelle, sino que le asignaron la tarea de echar carbón vegetal en grandes cestos para llevarlos luego a las correspondientes hogueras. Al cabo de poco tiempo sus fuerzas habían llegado al límite, pero no hubo compasión: cuanto más alto se quejaba mayores eran los cestos que debía transportar y cuanto más lento iba, más trabajo se le exigía.

Después, el muchacho no sería capaz de recordar cómo había conseguido sobrevivir aquel día. En algún momento había llegado a tal estado de agotamiento que podía seguir con su trabajo sin darse cuenta de lo que hacía. Y luego, al cabo de una eternidad, todo había acabado y fue conducido de nuevo a la sala de roca y atado otra vez junto a su lecho. Pero a pesar de estar más cansado y agotado que el día anterior, esa segunda noche consiguió mantenerse despierto, ya que el estómago le dolía a causa del hambre y notaba que necesitaba hasta la más mínima porción de alimento que pudieran entregarle.

Lo que trajeron los enanos era muy escaso y sabía muy mal, pero Kim se obligó a comer aquel poco apetitoso puré gris, e incluso pidió más, lo que provocó la risa de los enanos.

Al dejarse caer en su camastro, Kim miró por primera vez a su alrededor. La habitación no era tan grande como la fundición que estaba al lado, pero era lo bastante amplia como para albergar una docena de camastros de paja. Aquí la mayoría de los prisioneros eran chicos y chicas de su misma edad, aunque había alguno más joven. La mayoría parecían agotados y al límite de sus fuerzas y se quedaban dormidos nada más engullir el puré. Algunos de ellos se sentaron en sus camastros para charlar en voz baja. Kim escuchó retazos de palabras, pero no pudo enterarse de lo que hablaban.

Luego reconoció al chico que iba con él en la jaula. No estaba sentado muy lejos, tenía las piernas apretadas contra el cuerpo y los brazos alrededor de las rodillas y, a pesar de que miraba hacia Kim fijamente, su mirada parecía perdida en el vacío. Kim le sonrió, pero no observó la menor reacción en la cara del otro. Como si no se hubiera dado cuenta.

—¿De dónde vienes? —preguntó Kim.

El chico alzó la cabeza y le miró perplejo. Kim tuvo que repetirlo dos veces antes de que el otro le contestara.

—Del oeste —dijo por fin el chico—. Mis padres tenían una granja a tres días a caballo al oeste de Gorywynn.

—¿Tenían? —preguntó Kim—. ¿Qué quieres decir?

El joven le miró callado. Al principio Kim tomó por ira la expresión que mostraban sus ojos oscuros; pero luego comprobó que era una profunda y penetrante desesperación.

—Los rebeldes —murmuró, y Kim aguzó el oído—. Priwinn, el Rey de los Caballeros de las Estepas —dijo el joven. Su voz sonaba cargada de odio—. ¿No has oído hablar de él?

Kim asintió. Al parecer el chico no sabía quién era él. Y lo mejor sería que, por el momento, todo quedara así.

—He oído hablar de él —respondió mostrándose cauteloso—. Ellos... ellos luchan contra los hombres de hierro y contra los enanos, ¿no es cierto?

—¿Contra los enanos? —El chico rio con tono amargo—. No lo sé. Lo único cierto es que han luchado contra mi padre y mis tíos y sus mozos de labranza.

—¿Los caballeros de Priwinn? —preguntó Kim dubitativo—. Me resulta difícil de creer.

—Pues déjalo —dijo el muchacho con tono arisco y bajó otra vez la mirada.

—Perdona, por favor —empezó de nuevo Kim—. No quería ofenderte. Pero había oído que no hacían daño más que a los hombres de hierro.

Su interlocutor alzó la mirada de repente.

—¡Pues has oído mal! —exclamó disgustado.

Kim se calló por un momento. El pesar de aquel muchacho le dolía a él también. Se sentía responsable y no solo por no haber sido capaz de disuadirle de sus ideas sobre Priwinn.

—¿Y qué pasó después? —preguntó en voz baja al cabo de un rato.

El chico miró otra vez al vacío y Kim pensó que no iba a conseguir ninguna respuesta, pero luego le oyó empezar su narración con voz baja y temblorosa.

—Habíamos oído que andaban cerca —comenzó—. Han puesto en pie un ejército, como sabrás. Recorren el país y saquean, roban y destrozan todo lo que está hecho de hierro. Y no preguntan a quién pertenece. Y se dice que cada vez se atreven a más.

Kim pensó en que ya lo había visto, como a cámara lenta, en el cristal verde. ¿Cuánto tiempo habría pasado en Luna de Leyenda...?

—¿Y tu padre tenía un hombre de hierro? —siguió Kim.

—Tres —contestó el chico—. Y un caballo de hierro. En otoño debía llegar un arado y ya no haría falta el caballo.

—Pero vosotros lo ibais a devolver, ¿no? —aventuró Kim.

—¿Devolver? —El joven rio casi al borde de la histeria—. Mi padre había empeñado la granja y todas las tierras para poder comprar el caballo y los hombres de hierro —dijo casi en un grito—. Nuestra granja ya era muy grande, pero el terreno es pobre y hace falta mucho esfuerzo y sudor para sacar algo de ella. Mi padre esperaba que con la ayuda de los hombres de hierro podría arrancar algo más a la tierra. Entonces llegaron los caballeros de las estepas. Le exigieron que destrozara los hombres de hierro y, al negarse, cayeron sobre él, le encadenaron y luego le obligaron a ver cómo los machacaban.

Kim estaba conmovido. A pesar de todo lo que había vivido, le resultaba muy difícil creer en las palabras del chico. Pero, por otra parte, presentía que decía la verdad.

—Dijeron que así debía ser —continuó el chico con amargura—. Afirmaron que los hombres de hierro y todo lo que viniera de los enanos llevaría la ruina a Luna de Leyenda. Pero fueron ellos los que nos hundieron.

—¿No os hicieron nada a vosotros? —preguntó Kim con cierto temor.

El muchacho sacudió tristemente la cabeza. Sus ojos se llenaron de lágrimas, pero en su cara no se movió ni un músculo.

—¿No fue suficiente con lo que hicieron? —preguntó. Luego continuó—: Después de que todo hubiera pasado, desencadenaron a mi padre y nos pidieron que todos nos uniéramos a ellos. Pero mi padre no quiso. Los echó de la granja y esa misma noche comenzamos a empaquetar nuestras cosas para marcharnos, pero ya era demasiado tarde. Apenas se habían ido los rebeldes y aparecieron los otros.

—¿Qué otros?

El muchacho se encogió de hombros.

—No lo sé. Hombres armados y vestidos con armaduras plateadas. Algunos cabalgaban sobre caballos de hierro y también había hombres de hierro y enanos. Rodearon la granja y achacaron a mi padre y a mi tío la responsabilidad de la pérdida de los hombres y el caballo de hierro. Mi padre intentó explicarles lo que había sucedido, pero no le hicieron caso. Exigieron el dinero que aún se les debía y, como no lo tenía, le encadenaron junto a su hermano y a los peones y los arrastraron.

—¿Y tú?

—Yo también tenía que ir a la mina, pero uno de los enanos pensó que era demasiado joven y no podría con el trabajo. Así que me trajeron aquí.

Kim experimentó una profunda y auténtica compasión hacia el chico a la vez que se sentía muy confundido. La historia que le acababa de contar no concordaba con lo que conocía del hijo de Brobing y los demás niños.

Este muchacho no había desaparecido de su casa como por arte de magia sino que, dicho con palabras sencillas y precisas, había sido secuestrado. Y, aunque fuera terrible, no era este el enigma que había que resolver.

—¿Cómo te llamas?

—Peer —contestó el chico sin mirarle.

—Ahora hablemos de los otros niños, Peer —continuó Kim con cautela—. Con los que viniste aquí. ¿Fueron también secuestrados por los enanos?

Peer se encogió de hombros.

—La mayoría... Algunos tan solo tuvieron la mala suerte de cruzarse en nuestro camino y uno de los hombres de hierro los apresó para encerrarlos en la jaula. ¿Por qué lo preguntas?

—Por nada —contestó Kim muy deprisa—. Lo que pasa es que estoy sorprendido de que... haya tantos.

Pero en realidad pensaba todo lo contrario. Aunque las cuevas eran enormes y había bastantes niños por allí, a Kim no le parecían suficientes. Si era cierto que habían desaparecido casi todos los chicos y chicas de Luna de Leyenda, en aquel lugar tendría que haber una gran cantidad de ellos.

Kim tuvo la sensación de estar más lejos que nunca de la solución del misterio. Poco a poco se dejó caer en su lecho y cerró los ojos pero, a pesar de estar tan cansado como el día anterior y de que le pesaran los párpados como losas, aquella noche tardó mucho tiempo en conciliar el sueño.

Comenzó a reconocer de forma paulatina todos los trabajos que se realizaban en la fundición de los enanos. Cada día se le asignaba una nueva tarea que parecía más dura que la anterior. Transportó carbón, luego mineral y, por último, unos cestos colmados de trozos de hierro listos para ser fundidos. Avivó el fuego, llevó herramientas y fragmentos ardientes de un lado para otro, acarreó agua para los enanos y les proporcionó martillos nuevos cuando los que usaban se ponían al rojo vivo a causa de los innumerables y veloces golpes que habían dado sobre las llameantes piezas. Poco a poco, comenzó también a conocer otras estancias del reino subterráneo de los enanos. En el ramificado sistema de cuevas había salas donde las piezas que se fabricaban eran montadas sobre gigantescos y misteriosos equipos cuyo objetivo y sentido no era capaz de comprender, pero cuyo tamaño y aspecto le causaban escalofríos.

En otros talleres se trituraba el mineral extraído en grandes bloques en algún lugar fuera de la cueva. Esa misión la cumplían Kim y sus compañeros de fatigas sirviéndose de pesados martillos pilones con los que reducían el material a la forma y el tamaño adecuados para ser fundidos.

Al principio tuvo la sensación de que iba a morir. Le dolía cada fibra de su cuerpo y su cansancio parecía haber alcanzado un grado imposible de soportar. Pero aunque resultaba tan terrible, Kim acabó por acostumbrarse. Se le formaron callos en las manos y su cuerpo era cada vez más musculoso. Siempre se sentía fatigado hasta la extenuación, pero en ocasiones se sentaba con Peer y después de cenar pasaban un rato charlando. También conoció a otros prisioneros, aunque no a muchos; sin embargo no tuvo contacto con ninguno de los chicos de la parte occidental. Durante el trabajo no había oportunidad para charlar y luego siempre los encadenaban en el mismo sitio, de modo que Kim sólo tenía oportunidad de hablar con los demás al ser llevado de vuelta a la sala para dormir. Y las pocas conversaciones que mantuvieron reafirmaron lo que Peer había dicho: las historias de los prisioneros eran muy parecidas en la mayoría de los casos. Sus padres no habían podido pagar el precio de los hombres de hierro o bien los caballeros de las estepas de Priwinn habían asolado las granjas para desahogar su rabia contra los enanos o, más sencillo todavía, habían tenido la desgracia de estar en el lugar menos adecuado y en el momento menos propicio y habían sido atrapados.

Ninguno de ellos le dijo que una mañana, al despertar, se había encontrado allí; todos conocían motivos de peso para justificar su destino y ninguno había desaparecido por arte de magia. Parecía ser cierto que los enanos eran los responsables de que todo Luna de Leyenda desapareciera poco a poco bajo una capa de hierro negro, pero eso no tenía nada que ver con el misterio de los niños desaparecidos.

Nuestro héroe había dejado ya de contar los días transcurridos; no sabía el tiempo que llevaba allí abajo hasta que Jarrn,

Rey de los Enanos, vino en su busca. Era por la tarde, y él y Peer habían trabajado en la cueva de la cantera y se sentían agotados hasta el extremo. Nada más acabar de cenar, Kim se había tumbado en su camastro de paja húmeda y había cerrado los ojos. Pero no se había dormido aún cuando le despertaron unos pesados pasos en un lateral de la sala y una voz le ordenó que se levantara. Al abrir los ojos vio que era Jarrn el que estaba ante él.

El enano retrocedió un paso para ponerse a salvo e hizo una mueca insolente.

—¿Y bien, idiota? —preguntó con amabilidad—. ¿Cómo te encuentras con nosotros?

—Muy bien, gracias —murmuró Kim con tono de disgusto—. La comida deja bastante que desear, pero vuestra oferta de tiempo libre es bastante buena. ¿Cómo sabías que me gusta mucho practicar deporte?

Jarrn soltó la risa.

—Me alegro de saber que te tomas las cosas con humor —dijo—. He bajado aquí para comprobar que nuestro invitado de honor se siente feliz en su alojamiento.

—¿Invitado de honor? —Peer se irguió y miró sorprendido a Kim.

Jarrn asintió con vehemencia.

—Sí, claro —contestó—. ¿Aún no se lo has contado? Pues ya habéis estado bastante tiempo juntos aquí. —Kim miró amenazador al Rey de los Enanos y eso provocó en aquel ser un nuevo acceso de risa—. Vengo a decirte que ya hemos calculado la deuda de la que eres responsable —dijo—. Por supuesto, de modo aproximado, pues la suma exacta solo podremos saberla en el momento en que tu amigo, el pequeño devorador de hierba, haya puesto fin a sus fechorías.

—¿Y a qué resultado habéis llegado?

Jarrn hizo como si lo pensara de forma muy concienzuda.

—Yo diría, y esto es tan solo una estimación, que serán necesarios entre quinientos y seiscientos años —afirmó—. Por supuesto que no está ajustado del todo, pero no quiero ser demasiado meticuloso, digamos que volveré dentro de cuatrocientos años y ya lo veremos de nuevo.

—¿Es una broma, no? Me temo que nunca voy a cumplir esos años.

Jarrn dejó de reír y miró al muchacho de un modo que le hizo sentir un escalofrío en la espalda.

—Yo no estaría tan seguro —dijo en voz baja y grave—. Entre nosotros no pasa el tiempo, eso ya deberías saberlo. Trabajarás aquí quinientos años, o quinientos mil si yo lo deseo. Mientras no abandones estas cuevas, no envejecerás.

Kim le miró horrorizado. No creía que el enano no estuviera diciendo la verdad. Él ya sabía que el tiempo se quedaba detenido en aquel reino. ¿No habían pasado unos meses en Luna de Leyenda mientras él estaba inconsciente en el castillo de Morgon?

—¿Y bien? —preguntó Jarrn con hostilidad—. ¿Has perdido el sentido del humor?

El rey no obtuvo respuesta y, después de haberse deleitado unos momentos con el horror de Kim, dio un paso atrás, levantó una mano y tras él apareció un segundo enano. Llevaba en las manos un saco de un tejido basto en el que algo pataleaba y se debatía.

—Y para que no vayas a crearte falsas esperanzas y resultes luego decepcionado —añadió Jarrn malicioso—, aquí te traigo una sorpresa especial.

Desató los nudos que mantenían cerrado el saco y lo volcó para que de él surgiera algo espinoso y de aspecto desagradable que rodó por el suelo con un chillido de rabia.

—¡Cacho! —gritó Kim asustado.

Aquel ser se revolvió y silbó furioso. Al reconocer a Kim apareció en sus ojos una expresión de profunda tristeza.

—¡Muy bien! —dijo Jarrn—. No ha sido nada fácil atrapar esto tan repulsivo. Cada vez que pienso en lo que le ha hecho a mi gente se me ocurre que debería añadir a tu pena otro medio siglo más. Pero lo voy a dejar pasar por esta vez. Tómalo como un obsequio para que te haga compañía durante el tiempo que vas a pasar aquí con nosotros.

Sin agregar nada más, se dio la vuelta y se marchó entre carcajadas.

Se había alejado unos pasos, pero entonces se detuvo y se volvió hacia Kim.

—¡Ah, otra cosa! —exclamó, como si se le hubiera ocurrido en aquel momento—. Tú y tu asqueroso cerdo con púas —dijo mientras señalaba a Cacho— podéis ahorraros el esfuerzo de intentar escapar. Estas cuevas no tienen salida. Al menos ninguna que podáis utilizar vosotros.

Después de que Jarrn se hubiera ido, el silencio se mantuvo por un instante. La aparición del enano había despertado a otros prisioneros que se habían levantado curiosos, pero ninguno dijo ni una palabra. Kim únicamente notó su malestar por la forma en que le miraban.

—¿Es cierto lo que ha dicho? —preguntó por fin Peer con un bajo tono de voz.

—¿Qué?

—Lo que ha dicho el enano —repitió Peer. Su tono no gustó a Kim. Le miró y descubrió algo temible en la cara del chico—. Que los caballeros de las estepas son amigos tuyos.

—Sí —contestó Kim.

—Entonces me has mentido —aseguró Peer—. Dijiste que eras mi amigo, pero me has mentido desde el primer momento. Estás de su parte.

—¡No! —Kim sacudió la cabeza con aspecto desvalido y prosiguió en voz baja—: Puede ser que sí, aunque no de la manera que piensas.

—¡No de la manera que pienso! —gritó Peer—. ¿Entonces cómo? ¡El Rey de los Caballeros de las Estepas es amigo tuyo! ¡Puede que hayas estado a punto de morirte de risa mientras te contaba lo ocurrido en nuestra granja!

—¡Eso no es cierto! —aseguró Kim—. Priwinn es mi amigo, eso sí es verdad. Pero yo nunca quise que hiciera eso. Intenté convencerle. ¿Por qué te crees que estoy aquí?

—¿Y cómo voy a saberlo? —replicó Peer mostrando odio en el tono de voz.

—Porque me separé de ellos, Peer. Porque yo quería investigar el secreto de los enanos antes de que ocurriera lo que ha pasado.

El muchacho le miró inseguro.

—¿El secreto de los enanos?

Kim hizo un gesto de desamparo.

—Yo... pensaba que podía averiguar lo que había pasado con los niños. Pero he fracasado.

—¿Qué niños?

—Los niños que han desaparecido en Luna de Leyenda —contestó Kim—. Nadie sabe...

Peer le interrumpió con un gesto de impaciencia.

—Eso no me lo tienes que contar a mí. Yo tengo tres hermanos que ya no están aquí.

Ahora le tocó a Kim mirarle desconcertado. En las últimas semanas habían hablado mucho, comenzaba a conocer bien al chico y había averiguado mucho sobre su vida en la granja.

Pero Peer nunca le había hablado de hermanos. Existía algo alarmante en las palabras del chico. Tres hermanos... Aquello resultaba significativo, pero no supo el motivo.

—¿Y qué tiene que ver todo eso con los enanos? —preguntó Peer.

—Me temo que nada —dijo Kim abatido. Suspiró—. Soy un loco, Peer. Pensaba que yo solo podría resolver lo que los demás no han conseguido.

—Bueno, sí... —dijo Peer—. Vas a tener tiempo para pensar en tu locura. Los quinientos años serán suficientes.

—No creerás que me voy a quedar aquí —replicó Kim decidido—. No sé cómo, pero me voy a escapar. Y vosotros también.

Peer se rió en voz baja sin que aquello pareciera hacerle ninguna gracia.

—¡Ajá! —dijo—. Solo tenemos que esperar a que se oxiden nuestras cadenas y se descuelguen ellas solas de estas rocas.

—No es la primera vez que me escapo de un calabozo del que se decía que era imposible huir —explicó Kim—. Y lo conseguiré una vez más.

—Me temo —dijo Cacho en tono bajo— que esta vez no va a ser tan fácil. —Se acercó, observó a Peer con mirada analítica y rodó hasta colocarse junto a Kim, con lo que sus largas y afiladas púas atravesaron la camisa del muchacho—. El enano no miente. No hay manera de salir de esta cueva.

—¡Eso son tonterías! —dijo Kim con incredulidad—. Si hemos podido entrar en ella...

—A esta cueva llegan algunos caminos, pero de ella no sale ninguno —insistió Cacho—. Créeme, solo conocen la salida los enanos. —Se sorbió los mocos de forma ruidosa—. Lo consiguen mediante su magia. ¿Cómo te crees que me apresaron a mí? ¡No lo hicieron con las manos desnudas, sino que caí en sus artimañas!

—¡A pesar de todo! —Kim sacudió con fuerza la cabeza—. Os prometo que encontraré la salida. ¡Aunque tenga que excavar en la roca con mis propias manos!

Cacho no contestó y Kim fue consciente de que aquella aparente firmeza no era en realidad otra cosa que aflicción y desesperación.

## XXI

Y, de hecho, antes de lo que Kim había imaginado y por motivos inesperados, surgió la oportunidad de escapar. Durante los días siguientes a la visita de Jarrn, el chico hizo todo lo posible para librarse de sus cadenas. Pero, como le había contado el Rey de los Enanos en las cuevas de la gente del río: los delgados eslabones negros eran irrompibles. Ninguna fuerza ni herramienta de las que utilizaba en su trabajo, aunque las probó una tras otra, consiguieron otra cosa que arañar el acero de los enanos. Los propios dientes de Cacho, a los que nunca se había resistido nada, fracasaron en su lucha contra aquel metal mágico.

No obstante, como se podía mover con libertad por la cueva, Cacho resultó útil de otra forma. Los enanos solo habían intentado amarrarle con cadenas una vez, pero la pequeña criatura mordió y arañó con tanta furia que nadie fue capaz de retenerle. Kim se preguntaba por la forma en que había podido eludir a los esbirros de Jarrn, pero su espinoso amigo se había negado a dar ninguna información sobre ese asunto. Todo aquello resultó beneficioso para el prisionero. Kim le enviaba una y otra vez a reconocer los lugares de la inmensa forja subterránea, a todas las cuevas, los pasillos y las salas, a cada habitación. Hizo que Cacho escudriñara en cada hendidura y grieta de las piedras en busca de una posible vía de escape, pero todo parecía ser en vano. Entre tanto se puso de manifiesto que, poco a poco, los demás prisioneros también empezaban a entablar amistad con el animal de púas que, encerrado en la eterna media luz del mundo subterráneo de los enanos, se dejaba ver en su desagradable forma nocturna. Y Kim llegó a descubrir, aunque solo fuera a través de las informaciones que le suministraba Cacho, que había una parte de las cuevas que evitaban incluso los enanos. Allí donde se llevaba el mineral a triturar, en el extremo más alejado, había pasadizos a los que nunca se acercaban los enanos; al parecer daban un gran rodeo para eludirlos. Kim no pudo averiguar lo que había allí, pues Cacho se negaba de forma obstinada a investigarlo; se limitaba a estremecerse y el muchacho pudo observar el miedo en sus ojos cuando se hablaba de aquella parte del laberinto. Razón por la que decidió dejar de acosar a su amigo. Allí había algo que llegaba a asustar al propio Cacho. ¡Con eso ya era bastante!

Y fue en aquel preciso lugar donde encontrarían la oportunidad para escapar.

Kim, Peer y media docena de chicos y chicas trabajaban con los enormes martillos para desmoronar la inmensa piedra mineral y reducirla a trozos del tamaño de un puño. Luego, para poder fundirlos, esos pedazos eran triturados a su vez por una enorme máquina dotada de ruedas dentadas tres veces más altas que una persona y con afilados bordes de acero. Los muchachos habían hecho ese trabajo en muchas ocasiones y resultaba el más pesado de los que se hacían allí abajo, aunque era la actividad que mejor soportaba Kim, pues no tenía que estar encadenado a su puesto, sino tan solo unido a los demás por una larga y estrecha cadena que, al fin y al cabo, les permitía tener la suficiente libertad de movimiento para dar unos cuantos pasos. Ese día notó de repente una violenta sacudida en el pie que estuvo a punto de hacerle perder el equilibrio y caer al suelo. Antes de que pudiera volverse, escuchó un agudo grito de pavor detrás de él.

¡Al ver lo que ocurría también él gritó de espanto!

Uno de los chicos se había acercado demasiado a la rueda dentada y su cadena se había metido entre los enormes dientes de hierro. La gigantesca rueda seguía moviéndose inexorable en su mecanismo y, además de la cadena, el chico que estaba ligado a ella y todos los demás que le seguían iban a desaparecer bajo las destructoras fauces del inmenso artefacto.

Kim dejó caer el martillo, aferró la cadena con ambas manos y tiró de ella con todas sus fuerzas. Delante y detrás de él, Peer y los demás chicos le imitaron. Con un esfuerzo desesperado se apoyaron con firmeza contra el suelo y algunos intentaron sujetarse a los grandes bloques de mineral. ¡Todo era inútil! La cadena se tensó y comenzó a cortar los dedos de Kim como un afilado cuchillo, pero no soltó y continuó tirando de ella con más fuerza. A pesar de todo, la cadena seguía con su lento avance y llevaba en dirección a la rueda dentada a los prisioneros unidos a ella.

Kim observó espantado el griterío y los agitados movimientos de los prisioneros al ver que se acercaban a la rueda fatal. Uno de los chicos sucumbió al pánico y, lo mismo que si se hubiera vuelto loco, comenzó a darse de golpes, como si de esa forma pudiera evitar su destino. Únicamente quedaban dos metros entre él y la rueda, luego uno y medio y, finalmente, solo quedó medio metro. Un giro más de la rueda y el pie del chico se metería bajo sus bordes y sería cortado sin remedio.

Pero en el último momento, la rueda se detuvo de pronto con un sonido chirriante y los bordes de hierro, afilados como cuchillos, se quedaron a medio palmo del pie del infeliz. Desde el otro lado de la máquina surgió la cabeza de un enano que echó un vistazo para averiguar lo que ocurría. Comenzó a maldecir en voz alta mientras se acercaba con pasos cortos y rápidos. El chico no pareció percatarse de que se había salvado pues continuaba con sus gritos y golpes a ciegas en el momento en que el enano intentó acercarse a él; para evitarlos, el centinela se puso a salvo de un salto.

—¡Ayudadme! —les gritó entonces el enano—. ¡Sujetad a este chiflado!

Kim, Peer y otros dos chicos hicieron lo que les pedía el enano. Aferraron con todas sus fuerzas los brazos y piernas del desquiciado niño, al que el miedo parecía haber robado la razón; el enano sacó entonces una enorme llave de su capa y soltó la argolla que sujetaba el pie a la cadena. Kim y los demás tiraron con fuerza del chico para alejarle un poco de la rueda y esperaron a que se recuperara de su ataque de pánico antes de atreverse a soltarle.

El enano siguió soltando sus furibundos chillidos.

—¡Sois idiotas hasta para mover un martillo! —bramó—. ¡Mirad lo que ha hecho este estúpido! ¡Esto nos va a retrasar y os prometo que lo vais a pagar caro! ¡Ni hoy ni mañana recibiréis nada de comer!

Kim intercambió una rápida mirada con Peer mientras el enano usaba ambas manos para tirar sin ningún resultado del extremo de la cadena, que había desaparecido casi por completo en el interior del mecanismo de la máquina.

—¡Averiada! —gritó el enano, que parecía haberse olvidado por completo de lo que ocurría a su alrededor y únicamente estaba furioso por la maquinaria estropeada.

Kim y Peer se miraron de nuevo de forma muy significativa. Era como si desde mucho tiempo atrás tuvieran muy claro lo que habían de hacer en ese mismo instante. Bajo la extraña mirada de los demás se acercaron con todo sigilo al enano, que seguía con sus maldiciones, y se colocaron detrás de él.

—¡Tampoco comeréis pasado mañana! —seguía con sus gritos y amenazas mientras tiraba con todas sus fuerzas de la cadena que seguía enganchada en la maquinaria—. Y vais a tener que trabajar el doble para...

Se quedó callado en mitad de la frase, cosa que no resultó sorprendente, pues Kim le había sujetado por el cuello y el fondillo de los pantalones y le había alzado hacia lo alto de tal forma que, en el sentido más literal de la palabra, se quedó sin aire. Peer se volvió para poder hacerse con la llave que llevaba el enano en su cinturón.

Los ojos del enano se desorbitaron por el asombro.

—¿Qué ocurre? —gritó—. ¿Te has vuelto loco? ¡No puedes hacer eso!

—Ya lo sé —dijo Peer mientras reía, luego se puso en cuclillas y abrió la argolla que aprisionaba su pie derecho. La cadena cayó ruidosa al suelo y el chico, soltando un suspiro de alivio, se puso de nuevo en pie.

El enano tomó aire para lanzar un chillido, pero Kim le colocó la mano delante de la boca para ahogar el grito.

Peer abrió el grillete de Kim y luego liberó a los demás. Por primera vez, desde hacía mucho tiempo, pudieron caminar de nuevo con libertad. Pero era de temer que esta liberación durara poco tiempo pues, aunque había sido rápido y silencioso, el ataque contra el enano no pasaría desapercibido. Desde el otro extremo de la cueva se escuchó un agudo grito de furia y, al volverse, Kim vio que se acercaban a ellos una docena de enanos. Les acompañaba un enorme hombre metálico que gracias a sus enormes piernas, a pesar de su pausado paso, llegó antes que los enanos.

—¡Corred! —gritó Kim—. Escapad en todas las direcciones para que les resulte más difícil atraparnos.

Sin embargo, solo uno de los niños hizo caso de su aviso y salió disparado, los demás se mantuvieron detrás de Peer. Dos o tres agarraron los enormes martillos que les habían servido para machacar la piedra y miraron con decisión a los enanos y al coloso de hierro.

—De todas formas nunca vamos a salir de aquí —dijo Peer. En su rostro se dibujó una expresión de furia mientras que sus manos enarbolaban el mango del martillo con el que se había armado—. Pero se van a acordar de nosotros durante un tiempo.

Kim también se inclinó para hacerse con un arma, pero luego la soltó. Sabía que era inútil luchar. Aunque vencieran a ese hombre de hierro habría otros muchos detrás contra los que no podrían hacer nada. Tenía que haber otro medio. Pero no había tiempo para pensar, pues los enanos y su férreo acompañante habían llegado con gran estruendo al lugar donde estaba la rueda fatal. Se abalanzaron sobre sus prisioneros e intentaron reducirles, pero carecían de suficiente fuerza, ya que los chicos y chicas, cuyos músculos se habían fortalecido gracias al rudo trabajo, se defendieron con furia. Se intercambiaron bofetadas, empujones, golpes y patadas. Si no hubiera intervenido el hombre de hierro hubiera sido una pelea fantástica; una en la que todos se defendían con todas sus fuerzas sin llegar a causarse verdaderas heridas.

Pero el gigante de hierro suponía un grave peligro.

Su poderosa mano en forma de pala excavadora se hizo con uno de los prisioneros y le lanzó por los aires contra las rocas, donde el niño se quedó inconsciente y sangrando. Otro de los chicos blandió su martillo y asestó un golpe tremendo en el pecho del gigante, pero el coloso no se inmutó y a una velocidad asombrosa se volvió, destrozó el martillo de un solo golpe y aprisionó a su víctima por el brazo. Con un gemido de dolor, el chico se arrodilló y apretó la mano derecha contra su pecho. A Kim se le agolparon las ideas. Sabía que los enanos no podían hacerles nada, pues eran unos prisioneros muy valiosos cuya fuerza de trabajo deseaban aprovechar. Sin embargo, el coloso de hierro no conocía esas restricciones. Sus brazos golpeaban como mazas a los chicos y los derribaban. Su garra de hierro se abría y cerraba como el cepo de la trampa de un oso. Los golpes de martillo le alcanzaban una y otra vez pero no parecía notarlos y causaba estragos en las filas de sus enemigos con una fuerza eficaz y silenciosa que contribuía a extinguir el motín con la misma velocidad con que había comenzado. Kim se agachó por debajo del volteante brazo del gigante de hierro, se inclinó sobre la cadena que tenía cerca del pie y la sujetó por el extremo final para, mientras daba bruscos saltos a derecha e izquierda evitando los letales golpes del gigante, correr en círculo alrededor del coloso y envolverle las piernas con la cadena.

El gigante intentó perseguir a Kim, pero ni siquiera sus fuerzas bastaron para soltarse de la fina cadena de acero. Fue la primera vez que se tambaleó y estuvo a punto de caer, pero se rehízo de nuevo. Por un momento pareció desconcertado. La mirada de sus brillantes ojos verdes se clavó por un instante en Kim, pero luego se fijó en la cadena que tenía en sus manos y descendió hacia sus piernas. Se inclinó con pesadez, abrió la mano derecha e intentó soltar los nudos que se habían formado en la cadena. ¡Y, para sorpresa de Kim, pareció que lo iba a conseguir!

Kim tiró con todas sus fuerzas del lazo de acero, que se ajustó a las piernas del robot, gruesas como columnas; en ese momento la mano izquierda en forma de pala se abrió y sujetó la cadena con fuerza implacable para comenzar a liberar las piernas con la garra derecha.

Kim tuvo una repentina idea. Se volvió deprisa, llamó por señas a Peer y le puso en la mano el extremo de la cadena.

—Sujeta esto y tira tanto como puedas —le ordenó.

Peer obedeció, aunque su cara delataba que no tenía ni idea de para qué iba a servir. Pero Kim comenzó a dar saltos alrededor de la enorme rueda dentada, en el mismo lugar en el que había aparecido el enano.

Un par de gnomos intentaron cortarle el paso, pero Kim se limitó a correr por encima de ellos; luego rodeó la rueda y miró en busca de algo.

Al otro lado de la enorme máquina había una gran palanca de color rojo intenso.

Se acercó de un salto hasta a ella, la sujetó con ambas manos y la hizo bajar. El suelo se agitó bajo un sordo estruendo retumbante y la máquina volvió a ponerse en marcha.

Los enanos gritaron furiosos e intentaron separar a Kim de la palanca para detener el mecanismo, pero la firmeza de su propósito parecía darle a Kim una fuerza sobrenatural. Fue capaz, él solo, de detener el ímpetu de sus atacantes hasta que alguno de los chicos se acercó a ayudarle.

Los enanos fueron eliminados uno tras otro pues los chicos, aunque habían tirado sus armas al observar que no servían para abatir al gigante de hierro, descargaron en los gnomos el profundo rencor que sentían.

Al regresar Kim, la situación había variado por completo. Peer se había soltado de la cadena, por fortuna para él, pues poco a poco era engullida por la inmensa maquinaria. Se oyó un espantoso crujido en el instante en que los dientes metálicos la partieron en trozos y acabaron haciéndola trizas. ¡Y junto con la cadena iba el hombre de hierro!

Se defendió con todas sus fuerzas. Sus pies hicieron saltar chispas del suelo mientras intentaba escapar de la tracción de la cadena y, por un momento, toda la rueda comenzó a vibrar como si fuera a saltar en pedazos. Pero no le bastó con su fuerza; la cadena siguió arrastrándole de forma lenta pero inexorable y cada vez le acercaba más y más, hasta que quedó al alcance de las ruedas de la máquina. Se escuchó un terrible chirrido y los acerados dientes hicieron desaparecer los pies en primer lugar e iban a seguir con las piernas y el resto del cuerpo del herrumbroso personaje. Se produjo un último intento de escapar por parte del gigante, pero luego sus movimientos se extinguieron.

Kim suspiró de alivio y se acercó al cuerpo inmóvil.

En ese momento los estrechos ojos verdosos ardieron de nuevo con un fuego helado y la inmensa mano se abrió para cerrarse como un cepo alrededor del pie de Kim.

El muchacho gritó de miedo y de dolor. Intentó retroceder con todas sus fuerzas, pero la presa que ejercía el hombre de hierro era despiadada. La rueda seguía girando y los dientes, afilados como cuchillos, arrastraban al coloso al interior de la máquina para triturarle, pero ahora también arrastraba a Kim, que intentaba defenderse con desesperación.

Ya solo quedaban fuera del mecanismo la cabeza, los hombros y una parte del pecho del gigante de hierro, pero seguía sin soltarle. Kim clavó los dedos en el suelo en un intento de liberarse y Peer se precipitó hacia él para sujetarle por los hombros con todas sus fuerzas, pero no bastaban. Desapareció el hombro derecho del coloso y luego la cabeza. Al final únicamente asomaba su brazo izquierdo y la mano que sujetaba, sin soltarlo, el pie de Kim.

—¡Kim! —gritó Peer como si se hubiera vuelto loco—. ¡Haz algo!

Pero Kim no podía hacer nada. Era arrastrado sin remedio al interior de la máquina. ¡No tardaría mucho en compartir la suerte del hombre de hierro quedando triturado!

De repente, a su lado apareció una diminuta figura envuelta en una sucia caja negra que echó a un lado con brusquedad a Peer y retuvo el pie de Kim. El muchacho no fue capaz de ver lo que hacía, pero al cabo de un momento su pierna estaba libre, solo un segundo antes de que la mano y los dedos del hombre de hierro se perdieran dentro de la máquina...

Se irguió con un profundo suspiro y se alejó unos pasos del inmenso molino que había estado a punto de ser su tumba. Su pequeño salvador le miró haciendo una mueca y le sacudió tal patada en la espinilla que el chico gritó de dolor y se puso a dar brincos a la pata coja.

Mientras Peer y algunos chicos miraban sorprendidos cómo desaparecía de nuevo aquel pequeño ser, nuestro héroe se hizo con la llave que Peer llevaba aún en la mano y procedió a liberar al resto de los prisioneros. Nadie intentó impedirlo.

Los pocos enanos que habían escapado a la ira de sus esclavos se habían puesto a salvo. Pasó poco tiempo hasta que todos los niños fueron liberados y, luego, Kim deslizó la llave bajo su cinturón. Eran más de los que había esperado: veinte o treinta que ahora se arremolinaban desconcertados alrededor de Peer y de él mismo y los miraban impacientes.

—¿Y ahora qué? —preguntó Peer jadeante. Luego señaló hacia la salida con un movimiento de cabeza—. ¿Cómo vamos a conseguirlo? Caerán sobre nosotros.

Kim asintió con pesar. También sabía él que su victoria era pasajera. Aunque consiguieran liberar al resto de los prisioneros, lo que era poco probable, nunca podrían salir de allí. No había olvidado lo que Jarrn, y el propio Cacho, habían dicho acerca de la salida de ese laberinto. Miró a su alrededor en busca del ser espinoso. La confusión había hecho que lo perdiera de vista y, por un instante, temió que hubiera sufrido alguna desgracia. Pero luego divisó a la pequeña bola de púas entre tres enanos; estos gimoteaban sentados en el suelo y no se atrevían a moverse ante los bufidos de Cacho, que les gritaba y amenazaba con lo que les iba a ocurrir si movían un solo dedo.

—¡Cacho! —dijo Kim en tono cortante—. Déjate de tonterías y ven.

El animal pareció decepcionado, pues titubeó, pero luego se volvió para acercarse a Kim; en ningún momento dejó de mirar a los enanos para evitar que tuvieran la oportunidad de escapar a la carrera.

—Ese pasadizo del que me has hablado —dijo Kim—. Ese que incluso da miedo a los enanos, ¿dónde está?

Cacho se limitó a chillar atemorizado.

—Tenemos que salir de aquí sea como sea —le apremió con impaciencia—. ¡Llévanos allí! ¡Rápido!

—Pero... no sé hacia dónde conduce —tartamudeó Cacho—. A lo mejor nos hunde más en la tierra.

—Correremos ese riesgo —dijo Kim.

Echó una mirada alrededor y tan grande era el miedo que se reflejaba en los rostros de los niños como la resolución que se leía en sus propios ojos. Ya no podían volverse atrás. El muchacho se dio cuenta de que todos ellos, antes que volver a ser encadenados, preferían dirigirse a un destino incierto o encontrar la muerte en el seno de la tierra.

—Está bien —murmuró por fin Cacho—. Vamos.

Se volvió y corrió tan rápido entre los bloques de piedra que Kim y los demás tuvieron que esforzarse mucho para seguirle. Pero poco después todos se alegraron de que su guía fuera a esa velocidad, pues la entrada de la cueva se pobló de capas negras de las que salían unos pequeños brazos armados con enormes cuchillos, hachas y mazas; los perseguían con un clamor furioso.

«Es todo un ejército de enanos y seguro que detrás de ellos vienen muchos hombres de hierro», pensó Kim con temor.

Cuanto más se adentraban al fondo de la cueva, más se oscurecía el ambiente. Persistía la eterna luz grisácea del mundo de los enanos, pero quedaba atrás el centelleante brillo del fuego que transformaba los talleres en un ocaso sin fin. Kim echaba a veces una mirada por encima de su hombro para comprobar que la distancia que los separaba de sus perseguidores se reducía poco a poco.

En particular, eran los hombres de hierro los que se acercaban a una velocidad temible. Y eran muchos. Por cada uno de los fugitivos había al menos uno o dos robots metálicos.

Pero lo consiguieron. Entre Kim, que junto a Peer formaba la retaguardia del grupo, y los hombres de hierro, había unos cuarenta o cincuenta pasos, eso fue lo que le pareció, cuando divisó a lo lejos, en aquella oscuridad crepuscular, el enorme túnel semicircular. Cacho dio un agudo silbido y todos le siguieron sin dudar, Kim y Peer los últimos.

Apenas habían entrado en el túnel y Kim entendió lo que Cacho había querido decir. Hacía mucho más frío allí que en el resto de las cuevas y la luz grisácea perdió intensidad, de modo que solo percibían como sombras a los chicos que corrían delante de ellos. Sus pasos producían un inquietante eco que retumbaba a lo largo de las paredes rocosas, y algo que había allí abajo parecía captar ese eco y transformarlo en maldad que resonaba en los oídos de Kim como el tono de una risa siniestra.

Intentó liberarse de sus pensamientos y, una vez más, echó un vistazo hacia atrás. Los gigantes de hierro también habían llegado al túnel, pero no penetraron en él y permanecieron en la entrada; el gran número de sombras negras y angulosas con refulgentes ojos verdosos llenaba casi por completo la abertura semicircular. Entre sus piernas, gruesas como columnas, se apiñaban los enanos, pero no se aventuraban a penetrar en el pasadizo. Era como si unos pocos pasos más allá de la entrada hubiera una barrera invisible que ni aquellos diminutos seres ni sus temibles ayudantes pudieran traspasar. De repente se escuchó una especie de graznido chirriante que Kim nunca podría olvidar en su vida.

—¡Deteneos, locos! ¡Corréis hacia la muerte!

El propio Kim comenzó a correr más despacio, hasta que acabó por detenerse. Peer y los demás también se detuvieron.

—¡Regresad! —chilló de nuevo la voz a toda potencia.

El eco de aquellas palabras retumbó y volvió hacia ellos desfigurado y maligno: era como una voz quebrada que murmuraba algo en un leguaje que no entendían pero cuyo significado estaba muy claro.

Kim ahuyentó sus pensamientos y con un movimiento de cabeza señaló a la gris oscuridad que había tras ellos.

—Tenemos que seguir —dijo—. Es Jarrn y puede que maquine alguna de sus jugarretas.

Todos se pusieron de nuevo en movimiento, pero ya no corrían tanto como antes y Kim se percató de la creciente intranquilidad que se apoderaba del grupo. Estaba seguro de que las palabras de Jarrn los habían afectado y todos sentían miedo ante ese inmenso túnel que se adentraba en línea recta en la montaña.

—¡Regresad! —gritó otra vez Jarrn al darse cuenta de que no le escuchaban y seguían alejándose —¡No os castigaremos! Regresad..., volved...

Su voz se extinguía y casi desapareció por completo, pero durante mucho tiempo Kim tuvo la sensación de estar escuchando el reflejo de su eco.

En aquella desconocida y sombría región del mundo de los enanos tampoco encajaban los conceptos de espacio y tiempo. Nadie supo decir cuánto tiempo caminaron ni qué distancia habían recorrido. Kim contó por lo bajo hasta mil y luego hizo una seña ante la cual todos se detuvieron.

El muchacho miró incómodo al entorno. Los demás niños se arremolinaron a su alrededor como una manada de animales atemorizados que buscaban protección entre sí antes de que llegara la noche; todas las miradas se dirigían esperanzadas hacia él. Ahora quedaba claro el hecho de que Kim había sido el impulsor de su evasión y que todos pensaban que únicamente él sabía el paso que había que dar a continuación.

Finalmente, Kim se encogió de hombros y compuso un gesto que irradiaba mucha más confianza de la que en realidad sentía.

—Creo que nos hemos librado de ellos —dijo—. Continuemos. Solo hay una dirección.

Peer le miró con escepticismo. Kim reflexionó un instante y luego añadió en voz baja:

—A lo mejor tenía razón Jarrn. Quién sabe los peligros que nos van a acechar a partir de aquí. Puede que este túnel no tenga salida y nos lleve a las profundidades de la tierra, así que quien quiera regresar, puede hacerlo. No los detendré ni me enfadaré con ellos.

Nadie se movió. Kim esperó un momento y luego lo repitió con voz más alta y potente para que todos pudieran entender sus palabras.

—Quien quiera darse la vuelta que lo haga ahora. Estoy seguro de que Jarrn mantendrá su palabra y no os castigará.

Al cabo de un instante, dos chicos y una chica dieron un paso adelante. Kim vio el miedo pintado en sus ojos y sonrió para darles ánimo.

—Marchaos —les dijo Kim—. Quizá seáis los únicos que tenéis un poco de sentido común.

Esperó hasta que los chicos pasaron por delante de él y desaparecieron en el gris ocaso que tenían detrás, luego se dirigió de nuevo a los demás.

—Escuchad. No puedo prometeros nada. No tengo ni idea de la zona a la que conduce este pasadizo. Es posible que nos perdamos sin remisión y que muramos de hambre o de sed o por cualquier otra causa. De todas formas, quien quiera venir debe saber que es cuestión de vida o muerte. ¿De acuerdo?

Transcurrió otra vez un breve intervalo y luego dos chicos más se adelantaron y siguieron deprisa a los otros tres. Kim miró de nuevo a los demás invitándoles a que siguieran a sus compañeros. Todavía eran unos cuarenta y la idea de que, quisiera o no, era responsable de todos ellos, no le resultaba nada agradable.

Ninguno de ellos dio muestras de querer regresar con los enanos y, sintiéndolo en lo más profundo de su corazón, Kim continuó marchando al frente de aquella tropa extraviada en un eterno ocaso subterráneo.

Aquel caminar a media luz no parecía tener fin. El reflejo gris y la monotonía del entorno trastornaban los sentidos y Kim dijo a sus acompañantes que, uno tras otro, contaran despacio hasta quinientos para tener al menos una idea aproximada del paso del tiempo. Al llegar a diez mil habían caminado unas tres horas y por primera vez se toparon con una bifurcación. El túnel se dividía a derecha e izquierda, ambos caminos eran cilíndricos y del mismo tamaño, parecían dos enormes tubos que se introdujeran en la montaña. La elección del camino fue sencilla: el túnel de la derecha seguía casi en la misma dirección en la que se habían adentrado en la montaña y el de la izquierda se alzaba tan empinado que, si hubiera sido posible seguirlo, el avance por su resbaladizo suelo habría supuesto un enorme esfuerzo. Kim se decidió por el camino de la derecha y nadie protestó. Pero se mantenían aún más callados y cabizbajos que antes y el muchacho sintió que el miedo se había adentrado más en sus corazones; en este pasadizo había algo que le hacía distinto al otro por el que habían llegado. La luz grisácea seguía existiendo allí y era imposible ver a más de diez o quince pasos por delante; parecía que caminaran por una interminable nada nebulosa que lo borraba todo por detrás y crecía delante de ellos a la misma velocidad con que avanzaban. El túnel era bastante grande. Sus paredes eran lisas, como si hubieran sido pulidas con esmero, y, a pesar de ser muy ancho, caminaban en fila india, pues el empinado suelo, formado por cantos redondeados, apenas ofrecía apoyo a sus pies.

Hicieron una pausa que no fue demasiado larga, pues no tenían nada que comer ni beber, ni fuego con el que poder calentarse. Al dejar de moverse sintieron con mayor intensidad el húmedo frío del túnel. Casi nadie dijo nada y los pocos que conversaron entre susurros acabaron con su charla a medida que se adentraban en el terreno. Al cabo de cierto tiempo llegaron a una segunda bifurcación. Y luego a otra. Y más tarde a otra. Siempre tomaban el ramal de la derecha, pues Peer pensaba, con acierto, que esta sería una forma de poder regresar en caso de que, por cualquier motivo, tuvieran que hacerlo.

Justo en el momento en que Kim empezaba a pensar que pronto habría que hacer una parada más larga para que todos pudieran dormir un rato y reponer fuerzas, Peer se colocó a su lado y de repente se quedó parado. Kim se detuvo también.

—¿Qué te pasa?

—Chssss —susurró Peer, cerró los ojos y ladeó la cabeza para escuchar. Kim contuvo la respiración y también aguzó el oído, pero no oyó nada. Tras un instante, Peer abrió de nuevo los ojos y se encogió de hombros.

—Nada —dijo contestando con retraso a la pregunta de Kim—. Creo que me he confundido.

Pero el tono de su voz contradecía sus palabras. Ahora Kim notaba una intranquilidad que iba en aumento. El siniestro hálito de aquel lugar no había disminuido desde que habían entrado en él, lo único que ocurría es que, a medida que avanzaban con mil precauciones por aquellas pulidas galerías, se habían acostumbrado un poco al angustioso interior del laberinto, pero eso era todo.

No habían avanzado ni cien pasos más cuando Peer se detuvo de nuevo, esta vez frunció el ceño y señaló delante de los pies de Kim.

El chico miró con atención. En el suelo había una mancha oscura, no mayor que la palma de la mano, que solo se diferenciaba del resto del terreno en que brillaba como si estuviera húmeda. Y eso fue lo que comprobó Kim al ponerse en cuclillas y pasar con cuidado la mano por encima. Cacho olisqueó curioso la mancha y se echó hacia atrás mientras emitía un sonido de asco. Kim torció el gesto al oler sus dedos mojados.

No era agua, sino una especie de mucosidad transparente, pegajosa y maloliente.

Las manchas se repitieron a medida que avanzaban. Al principio solo eran como gotas aisladas, pero enseguida todo el camino estuvo invadido por aquel repugnante y pringoso líquido.

Apenas podían avanzar pues el suelo, al igual que las paredes e incluso el techo, estaba impregnado de aquella extraña mucosidad. Era como si algo se hubiera arrastrado por allí. Aquella baba hizo pensar a Kim en el rastro que hubiera dejado un caracol enorme, pero ¿qué clase de caracol podría ser para llenar casi por completo un túnel tan alto como ocho hombres uno encima de otro?

De nuevo habían contado hasta diez mil y no solo Kim estaba al límite de sus fuerzas. La idea de tumbarse en aquel suelo pegajoso y dormir un rato sobre él le revolvía el estómago. Pero no pasaría mucho tiempo hasta que no les quedara otra alternativa que la de seguir en camino y agotar sus fuerzas por completo. Cada paso les resultaba más difícil que el anterior y consumían todas sus fuerzas en arrastrar los pies por aquella sustancia pegajosa que cubría el suelo. El propio Cacho había saltado a sus hombros para ahorrarse tener que caminar sobre aquella mucosidad.

De repente el animal comenzó a olisquear. Kim giró la cabeza para poder ver a Cacho y a pesar de no oírle decir nada, pues se limitaba a remover excitado la nariz mientras husmeaba, Kim percibió su miedo.

—¿Qué te pasa? —preguntó.

—Aquí... hay algo —dijo Cacho. El animal elevó los hombros y sus puntiagudas púas se clavaron en la mejilla y la sien de Kim—. Se acerca.

—¿Por dónde? —inquirió Kim.

Cacho alzó una garra y señaló al frente.

—Por allí.

Kim entornó los ojos para mirar en la oscuridad, pero no vio nada. Al cabo de un rato tuvo una sensación estremecedora: en algún sitio de aquella gris y algodonosa inmensidad que tenían delante... había algo. Algo enorme y maligno.

—Lo mejor es que nos demos la vuelta —dijo Kim.

Su corazón golpeaba con fuerza y tuvo que hacer un esfuerzo para que no se notara el miedo que sentía. Hacía poco que habían dejado atrás otra bifurcación y pensó que hubiera sido mejor tomar una dirección distinta a la elegida. Nadie dijo nada en contra y se dieron la vuelta para regresar mucho más rápido de lo que habían ido. Pasó un intervalo de tiempo hasta que Cacho, subido en los hombros de Kim, dijo con voz aguda pero muy clara:

—¡Es mejor que os deis prisa!

No era necesario. Todos parecían haber olvidado el agotamiento y corrieron tan veloces como pudieron.

Kim notó que algo reptaba en la oscuridad y se acercaba. Se resistió al impulso de volver la cabeza para mirar y se concentró en correr a la máxima velocidad.

Entonces lo escucharon: el suelo tembló bajo sus pies y desde las rocas de alrededor llegaron unos profundos crujidos y gruñidos, como si detrás de ellos avanzara una masa enorme; más bien parecía que se moviera toda la montaña.

—¡Más rápido! —chilló Kim.

La carrera se convirtió en una pavorosa huida. Kim y Peer retrocedieron unos pasos para sujetar por los brazos al niño más lento y arrastrarle; aquello permitió a Kim echar una mirada hacia atrás casi sin querer. Y lo que vio casi estuvo a punto de pararle el corazón, que luego comenzó a latir con una fuerza dolorosa, como si fuera un neumático fuera de control. La oscuridad parecía haber cobrado vida. Hacia ellos avanzaba una masa inmensa y deforme y por un instante tuvo la sensación de que le miraban dos inmensos y malignos ojos rojos. No miró por segunda vez y se limitó a correr tan rápido que incluso Peer tuvo que realizar un esfuerzo para alcanzarle. Lo único que hicieron fue arrastrar con ellos al chico más lento. A pesar de todo, en el último momento consiguieron llegar a la anterior bifurcación, que emergió ante ellos entre la oscuridad grisácea, y Kim solo tuvo tiempo para, dando un tremendo salto, meterse en ella y tirar de Peer y del otro chico; detrás pareció tronar un gran alud. La enorme masa llenaba el túnel casi por completo y hacía temblar el suelo. Kim se cayó, acabó soltando la mano del chico y rodó sobre sí mismo. Miró con el corazón disparado al galope. Donde había estado la apertura del túnel se levantaba ahora una pared negra, blanda, convulsionada e hirviente que se acercaba a una velocidad vertiginosa. Fuera lo que fuera, debía de tener unas dimensiones extraordinarias. Kim notó una oleada de un olor dulzón y repugnante, como el de los charcos pegajosos que habían dejado atrás, pero ahora mil veces más potente y amenazador. Avanzaba con violencia desde la entrada del túnel y parecía una gran ola de un repulsivo fluido transparente que cubría los pies y las perneras de los pantalones.

La montaña tembló. Aquel retumbar se convirtió en un rugido y Kim no supo si lo que oía era el sonido de las rocas al rodar o el tronar de la terrible figura de allí fuera.

—¿Qué es eso? —murmuró Peer aterrorizado al cesar el ruido. Todo el fragor se había suavizado bastante, aunque bajo sus pies continuaban las vibraciones. Kim se encogió de hombros con desaliento.

—Y cómo voy a saberlo —susurró—. Quizá..., parece imposible, ¿un gusano o una serpiente?

—¿Un gusano? —Peer abrió incrédulo los ojos—. ¡Esa bestia debe de medir al menos cien metros!

—¡Optimista! —gritó Cacho.

Kim le miró con aspecto infeliz y suspiró.

—¡Al menos ahora ya sabemos a quién temen los enanos!

—Es muy tranquilizador —refunfuñó Peer y se levantó. Al caer se había lastimado las manos y las rodillas y ahora se miraba las magulladuras. No dijo nada y miró a su alrededor con cautela.

—¿Hay algún herido? —preguntó a los demás chicos.

Nadie contestó. Y al preguntar, momentos después, si deseaban seguir caminando, todos se mantuvieron callados.

—¡Eh! —dijo con una voz a la que intentó dar un tono animoso—. Ya sé que estáis asustados y a mí me ocurre lo mismo. Pero no podemos quedarnos aquí.

—Déjalo, Peer —dijo Kim—. Estamos cansados. Quizá deberíamos dormir un poco.

—¿Aquí? —Peer se estremeció asqueado—. Por si no te has dado cuenta, este túnel es igual de pegajoso que el anterior. En cualquier momento también aquí nos puede sorprender ese alud.

—Pero tenemos que dormir en alguna parte —dijo Kim agotado—. ¿Por qué no aquí? Además —añadió poco convencido— quién puede decir que no vamos a encontrar algo igual que esto.

—Bueno, sí —Peer suspiró y frunció el ceño—. Y si lo encontramos ya nos daremos cuenta, ¿no te parece?

Kim percibió que era mejor no decir nada. Habían llegado a tal grado de agotamiento que se mostraban irascibles, y lo que acababan de vivir no los tranquilizaba. Sin decir nada más se volvió, buscó en vano un lugar seco en el que poder tumbarse y por fin, con un suspiro, se echó a dormir en el resbaladizo y embadurnado suelo.

Fue un sueño tan intranquilo como breve. Kim se despertó en el momento en que alguien tiró de su nariz con fuerza e insistencia. Casi dormido, levantó una mano para ahuyentar al que le molestaba y, de repente, notó un doloroso mordisco en el dedo pulgar. Abrió los ojos y miró a aquel ser con púas que estaba en cuclillas delante de su cara y le miraba con sus ojos saltones.

—¿Qué ocurre? —murmuró Kim sin despertarse del todo.

—No hables tan alto —susurró Cacho en un tono que hizo que el muchacho despertara de golpe.

Al instante se irguió, echó una rápida mirada alrededor y comprobó que los demás dormían. Incluso Peer, que se había ofrecido para montar guardia, daba cabezadas sentado y emitía suaves ronquidos.

—¿Y bien? —preguntó Kim en un susurro.

—He mirado un poco por aquí —contestó Cacho.

—¿Y? —preguntó Kim impaciente—. No me hagas sacarte poco a poco las palabras de tu desagradable boca.

Cacho bizqueó para mirarse el morro, luego murmuró algo poco cordial y acabó diciendo:

—Creo que he encontrado un camino de salida.

—¿Qué? —Kim se irguió como una espada.

Peer se despertó asustado y le miró con extrañeza.

—No estoy seguro —murmuró Cacho—. Quiero que tú seas el primero en saberlo. He avanzado un poco más por el pasadizo hasta que he llegado a una bifurcación.

—¿Y lleva hacia fuera? —preguntó Kim excitado.

—No sabría decirlo con exactitud. Lo que digo es que creo que puede llevarnos fuera.

—¿Pero entonces no estás convencido? —se inmiscuyó Peer frunciendo el ceño. Hasta aquel momento se había mantenido callado.

Cacho sacudió la cabeza.

—No. No. Pero había aire fresco y me parece que he visto algo de luz.

—Te parece, entonces —murmuró Peer.

—Déjalo —dijo Kim—. Debemos intentarlo.

Se levantó deprisa, despertó a todos y les informó de lo que Cacho había creído encontrar. Y, a pesar de la incertidumbre, todos quisieron adentrarse por el pasadizo.

Ya que no había nada que comer y tampoco tenían agua, partieron de inmediato. El camino no estaba lejos; unos trescientos pasos más allá de donde habían dado la vuelta anteriormente se extendía otro pasadizo que giraba hacia la derecha y por el que ahora entraron.

Habían dado unos pocos pasos cuando Kim pudo notar lo que le pareció un fresco soplo sobre la piel.

La idea de haber encontrado la salida de aquel laberinto subterráneo les dio fuerzas a todos. Sus pasos eran más decididos e incluso ya no parecía frenarles el temor al terrible habitante de los túneles.

No pasó mucho tiempo cuando, un poco más adelante, Kim creyó ver un resplandor claro entre el irreal gris que los rodeaba. Caminaban cada vez más deprisa sin fijarse en las demás bifurcaciones. Y de hecho el difuso resplandor creció hasta transformarse en un punto de luz que finalmente se convirtió en un círculo lleno de auténticos rayos de sol. Esta visión les dio nuevas fuerzas. En un instante olvidaron su cansancio y su miedo, y el último tramo lo hicieron a la carrera, con Peer y Kim en vanguardia.

Faltó muy poco para que todo hubiera sido en vano, pues el cielo azul que se percibía a la salida del túnel hizo que Kim olvidara las precauciones. Si no llega a ser por Peer que, en el último momento, le sujetó por el brazo y tiró de él, habría estado a punto de despeñarse. Kim perdió el equilibrio a causa del impacto y cayó todo lo largo que era. Se puso de pie entre maldiciones y fue a lanzarse furioso contra Peer, pero su amigo se limitó a hacer un movimiento con la mano y señalar hacia delante. La galería finalizaba en una acantilado rocoso que desaparecía en las profundidades hasta llegar a la orilla de un lago repleto de cantos rodados y afiladas agujas de piedra. Era un lago grande y circular que rellenaba un cráter rocoso. Las paredes eran lisas y estaban pulidas y provistas de numerosos agujeros, uno de los cuales era la salida en la que se encontraban ahora. Kim suspiró decepcionado; habían encontrado la salida del laberinto subterráneo, pero parecía que les iba a servir de muy poco. Las paredes del cráter eran tan lisas como el hierro pulido y en ningún sitio se apreciaba la posibilidad de poder descender hacia las profundidades. Y eso tampoco les serviría de nada, pues la pared de piedra se deslizaba unos treinta metros hacia abajo y se alzaba unos diez metros por encima de sus cabezas. No era un cráter, sino un enorme barranco vertical cortado en la roca.

—Es la etapa final —murmuró Peer abatido mientras miraba hacia abajo.

En lugar de contestar, Kim se puso de rodillas con sumo cuidado y se inclinó hacia delante tanto como se atrevió. Se sintió mareado al mirar hacia el abismo, pero luchó contra esa sensación y se obligó a explorar la pared metro a metro.

Todo en vano. Ni siquiera una mosca hubiera encontrado apoyo en aquella pared.

—¿Y ahora? —preguntó Peer con tono apagado.

Kim se encogió de hombros.

—Tenemos que bajar de alguna forma.

Miró al lago. El agua se veía de un color azul oscuro, casi negro, lo que indicaba que era muy profundo incluso cerca de las orillas. Entre el borde del lago y el pie de la pared había unos cinco metros, quizá un poco más, porque desde la altura no se podía estimar bien la distancia. No estaba seguro de poder saltar desde donde estaban. Eso sin contar con el peligro que representaba un salto tan enorme hasta el agua.

Kim se puso en pie y se dirigió a los demás.

—Quitaos las camisas —dijo, y Peer le miró con expresión interrogante—. Si las anudamos puede que tengamos para fabricar una soga con la que deslizarnos hasta abajo.

—¡Eso es imposible! —afirmó Peer—. ¡No puede ser!

—¿Tienes alguna idea mejor? —preguntó Kim—. Si no es así, hazme caso —continuó al ver que Peer se mantenía callado—. Nosotros dos sujetamos la soga y los demás bajan.

—¿Qué ganaremos si no nos partimos el cuello? —replicó Peer de nuevo—. ¡Nunca saldremos de este agujero!

—Pero por lo menos saldremos de este horrible túnel —replicó Kim y luego señaló el lago con la mano—. ¿Ves todos esos agujeros en la pared? ¿Quién crees que los ha hecho?

Peer palideció y no replicó más; en vez de eso, se dispuso a sacarse la camisa por la cabeza y comenzar a retorcerla. Kim también se quitó hasta los pantalones y los anudó a la ropa de los demás. Tardaron un buen rato hasta que todas las prendas quedaron unidas; el resultado no tenía un aspecto demasiado fiable. Pero Kim y Peer sujetaron uno de los extremos, otros dos chicos hicieron lo mismo por el otro lado y en el momento en que tiraron con todas sus fuerzas, los nudos se ajustaron y la soga se mantuvo firme. Estaba claro que soportaría el peso de un niño.

—¡Venga, vamos! —ordenó Kim—. Dos se alternan para sujetar la soga y un tercero baja por ella.

Pasó algún tiempo hasta que el primer chico estuvo preparado para participar en una aventura que podía costarle la vida pero, una vez que lo consiguió el primero, los demás, uno a uno, chicas y chicos, bajaron hasta las profundidades. Por fin, el último de los niños llegó a la orilla de piedra y solo quedaron Peer y Kim en la salida del túnel.

Peer se quedó mirando perplejo a Kim; este había agarrado con fuerza la soga, luego abrió las piernas en busca de un apoyo firme en el suelo y le hizo un movimiento de cabeza.

—Creo que podré sujetarte si no te mueves demasiado.

Peer negó con la cabeza.

—¿Cómo vas a bajar tú?

Kim hizo el gesto más convincente de que fue capaz.

—No te preocupes —dijo—. Saltaré.

Las cejas de Peer se alzaron mostrando sorpresa.

—¿Saltar? —preguntó incrédulo—. ¿Hasta allí abajo?

—Claro —contestó Kim—. A no ser que, por casualidad, lleves encima un martillo y un buen gancho con el que poder sujetar la soga en algún sitio.

—¡No lo vas a conseguir!

Kim hizo una mueca.

—¿Te lo tendré que demostrar ahora mismo? ¿Cómo bajarías tú?

Peer se inclinó hacia delante, miró a las profundidades y se estremeció de forma visible.

—No, gracias —dijo—. Agarró la cuerda, titubeó de nuevo y miró a Kim.

—¿Y no lo dices solo para que baje yo? —preguntó.

—¡No! —aseguró Kim, aunque no se sintiera muy convencido—. Venga, empieza a bajar que no tengo ganas de pasarme el resto del día aquí.

Peer no estaba convencido del todo, pero agarró la cuerda, pasó con cuidado por el borde rocoso y bajó a base de colocar una mano detrás de la otra.

Más tarde Kim se sintió incapaz de decir cómo se las había arreglado para soportar el peso de su amigo. Pensó que se le iban a rasgar los brazos a la altura de los hombros y al cabo de un minuto tuvo la sensación de que sus fuerzas se agotaban. Una y otra vez se escurría y tuvo que echar mano de todas sus fuerzas para aguantar aquel tormento. En un momento dado la soga comenzó a moverse con tal violencia que solo un milagro le salvó de caer de cabeza al precipicio. Pero lo consiguió. De repente cesó la tensión y Kim se puso de rodillas con un jadeo de agotamiento, cerró los ojos y por un momento no hizo otra cosa que quedarse allí sentado, respirar profundamente y esperar a que remitiera el dolor de los hombros y las muñecas.

Sus rodillas temblaban todavía al levantarse para mirar a Peer y los demás.

El grupo se había dispuesto en semicírculo por debajo de la entrada de la cueva y todos le miraban. Kim oyó que Peer gritaba algo, pero no logró entender sus palabras. Se estremeció mientras dejaba que su mirada se deslizara por el lago. Sentía un miedo terrible.

No le quedaba elección, no quería regresar a las cuevas de los enanos para trabajar como un esclavo durante toda la eternidad. Eso si antes no le aniquilaba la pegajosa criatura. Con un último suspiro decidido, retrocedió, tomó carrerilla y saltó impulsándose con todas sus fuerzas.

Durante unos interminables segundos de pavor temió caer como una piedra y estrellarse contra la playa. Entonces escuchó bajo él un grito y abrió los ojos. Su salto había superado la pedregosa orilla y debajo no había otra cosa que no fuera el agua de color azul oscuro del lago, adonde cayó con violencia.

Pasó un segundo, quizá dos, y durante ese tiempo Kim pensó en cientos de formas de morir. Un breve instante antes de chocar contra la superficie del agua el miedo le obligó a gritar, luego impactó contra el líquido y tuvo la sensación de haber sufrido el puñetazo de un gigante invisible que le golpeaba a través de un grueso cristal. Se sumergió en el agua como una piedra, el instinto le obligó a abrir la boca para gritar y vio cómo el aire de su respiración se convertía en plateadas burbujas que brotaban ante su cara y ascendían a las alturas.

Agitó los brazos con todas sus fuerzas a medida que se sumergía cada vez más. La superficie del lago se extendía muy por encima de él, como si fuera el reflejo de un cielo plateado, mientras continuaba sometido al impulso de su zambullida. Se hundió muchos metros hasta que la presión en el pecho y los oídos le resultó inaguantable. Finalmente pudo frenar la caída y comenzó a subir a base de espasmódicos movimientos de remo y natación mezclados.

Casi no podía soportar la asfixia. Parecía que tuviera en el pecho un anillo de hierro que le oprimiera. Se acercaba a la superficie a gran velocidad, pero se dio cuenta de que se le acababan las fuerzas. Un instante más y abriría la boca para intentar respirar, a pesar de que sabía que eso significaba una muerte segura. Entonces vio la sombra.

Era solo una silueta, un planeo y un arco dibujado en el azul oscuro del agua; era algo enorme que se arqueaba ante él y que hizo rodar al desamparado muchacho como si fuera una peonza. Fue esa ola de presión la que de repente le empujó rápido hacia arriba salvándole la vida. Llegó jadeante a la superficie, llenó de aire sus pulmones y tosió angustiado al sumergirse de nuevo y tragar agua. Le costó mucho trabajo ascender de nuevo y, una vez arriba, resopló en busca de aire a la vez que intentaba dominar el pánico y tener bajo control sus miembros, que se agitaban de un lado a otro. Luego nadó en dirección a la orilla. ¡La sombra! Sabía que estaba ahí. ¡Era un monstruo enorme!

—¡Cuidado! —gritó Kim con sus últimas fuerzas mientras nadaba hacia la orilla con desesperados movimientos—. ¡Poneos a salvo! ¡En el agua... hay algo!

No sabía si Peer y los demás habían entendido sus palabras. Y aunque las hubieran entendido tampoco sabrían en qué dirección huir. Solo tenían el lago y la plataforma rocosa de unos cinco metros de anchura que lo rodeaba.

De improviso se encrespó la superficie del agua. El muchacho fue alzado y luego cayó de nuevo, se sumergió varias veces en el agua y volvió a reaparecer sacudido por la tos. De repente Peer y los demás empezaron a gritar y correr hacia el otro lado de la orilla. Por un instante, Kim tuvo la sensación de que una sombra enorme salía de las profundidades. ¡Luego todo el lago pareció explotar en una enorme ola de espuma!

Kim salió disparado hacia las alturas como una hoja marchita y luego cayó al agua. La hirviente espuma se abatió sobre él y un terrible bramido atormentó sus oídos e hizo estremecerse a la enorme marmita rocosa que era el cráter. Entre jadeos y con una respiración angustiosa alcanzó de nuevo la superficie e intentó dar unas brazadas, pero fue sumergido una vez más en el momento en que una segunda ola, tan grande como la primera, se abatió sobre él.

Un enorme monstruo de un negro brillante se alzó tras él en el agua y, como había ocurrido el día anterior en el túnel, el chico sintió por un instante que caía sobre él la mirada de dos penetrantes ojos rojos.

Con las últimas fuerzas que le quedaban ascendió de nuevo y nadó hacia la orilla. La ola había roto en los pies de la pared de piedra y había derribado a todos los chicos. Los que habían conseguido levantarse se habían quedado paralizados y miraban con fijeza a un punto del lago por detrás de Kim.

El chico no se volvió. Estaba al límite de sus fuerzas. Apenas le faltaban unas brazadas para llegar a la orilla, pero no sabía si iba a ser capaz de conseguirlo. Además, ya intuía lo que tenía detrás. «He sido un loco», pensó con amargura. ¿Por qué había supuesto que la criatura se mantendría en el interior de la montaña? La gran cantidad de agujeros que había en la pared de piedra debería haberle puesto sobre aviso. Al menos, mientras estaba en el interior de la montaña disponía de escondites, pero allí fuera no contaba con nada que le protegiera. Llegó agotado a la orilla, avanzó a gatas por la pedregosa playa y luego se volvió.

Su corazón pareció detenerse al ver lo que emergía del lago: era algo enorme, negro y brillante como cuero mojado. Una bestia con una fuerza y una maldad inimaginables. No era el alud que se había extendido por el laberinto.

¡Era el Gusano con Zarpas!

Kim miró como paralizado a aquella cabeza del tamaño de un automóvil que se alzaba sobre él como si fuera el vértice de la torre de una iglesia. ¡El Gusano con Zarpas! La mayor y más peligrosa bestia de Luna de Leyenda. Sus refulgentes ojos rojos miraban a Kim con un odio indescriptible y de sus dientes, cada uno del tamaño de una persona, goteaba baba y agua espumosa. De pronto Kim entendió por qué el monstruo no estaba en su lugar de origen. Los enanos lo habían llevado hasta allí, a ese siniestro lugar en el corazón de su reino. Y había algo más. Alrededor del brillante cuello de la bestia relucía un anillo de hierro negro de un metro de ancho amarrado a una de las cadenas de acero de los enanos que tenía el grosor de un brazo. El Gusano con Zarpas era un prisionero, lo mismo que ellos.

Todavía tumbado boca arriba, Kim se arrastró por la playa sin dejar de mirar los refulgentes ojos del monstruo, que le observaba con fijeza y cuya mirada parecía tocar y quemar algo en el interior del ánimo de Kim.

No era la primera vez que estaba ante ese monstruo. Apenas lo pensó, en los enormes ojos del Gusano con Zarpas se pudo ver que lo había reconocido, así como una ola de un odio ardiente e inextinguible. Con un rugido terrible el monstruo se irguió y batió las alas un par de veces para salir de la superficie del agua. Su boca abierta se dirigió contra Kim.

El chico pensó que había llegado su momento final pero, de repente, la cadena se tensó con un chasquido restallante y aquel ser fue sacudido con violencia y cayó de nuevo al agua. La ola que generó hizo que Kim se desplazara por la playa y quedara fuera de su alcance.

También los demás volvieron a ser derribados.

Kim se apoyó en las manos y las rodillas y se quitó el agua de los ojos.

¡El Gusano con Zarpas estaba furioso! El batir de sus alas golpeaba el agua y su larga y espinosa cola azotaba la pared rocosa de enfrente con un ruido atronador. ¡A pesar de la inmensidad de su fuerza, no tenía nada que hacer contra la cadena de acero de los enanos! Aquel ser con aspecto de dragón fue recorrido por una oleada de furia, pero se convenció de lo absurdo de su esfuerzo; puede que también estuviera agotado o desanimado. Su mirada seguía mostrando un odio ardiente y su cabeza se movía tan rápida como una serpiente mientras escudriñaba la playa.

—¡TÚ! —bramó, y la tierra tembló—. ¡Ese de ahí! ¡A ti tengo que agradecerte todo esto!

Peer y algunos de los chicos miraron a Kim, pero él se limitó a encogerse de hombros. No sabía a qué se refería. A pesar de todo dio un par de pasos que le acercaron al monstruo, pero se mantuvo a una distancia respetable del agua y se cuidó de quedar fuera del alcance de la cadena de aquella bestia.

El Gusano con Zarpas se alzó una vez más y tiró de la cadena con todas sus fuerzas al ver acercarse al chico. El suelo tembló y de la parte superior de la pared rocosa se desprendieron algunas piedras que cayeron ruidosas al suelo, pero la cadena mantenía sujeto al monstruo que, al cabo de unos segundos, se tranquilizó de nuevo.

Kim miró estremecido al gigante. Era al menos tres veces mayor que Rangarig y tenía una malignidad capaz de aniquilar todo lo que viviera, se moviera y fuera libre. Y había algo más. Algo de lo que carecía en el primer encuentro que tuvo con el monstruo.

Kim arrugó la frente pensativo. «¿Será posible?», pensó. ¿Podría ser que la misteriosa transformación que sufría todo Luna de Leyenda también hubiera surtido su efecto en el Gusano con Zarpas?

El bien y el mal estaban en Luna de Leyenda mucho más diferenciados que en el lugar del que Kim procedía. Aquí el bien era lo bueno, y nada más, y el mal era lo malo, sin condiciones, sin «peros» y sin matices. Pero tanto Kelhim como Rangarig, y al final incluso Gorg, habían comenzado a sentir odio y deseos de matar, reflexionó Kim. ¿Podría ocurrir que ese impresionante ser se hubiera transformado de repente en sentido contrario y sintiera por los demás algo que no fuera solo maldad?

Durante mucho tiempo Kim se mantuvo en la orilla; miraba en silencio al Gusano con Zarpas y sentía su ánimo dividido entre el pánico y una esperanza dudosa. Al final dio un paso con decisión y se colocó, a sabiendas, al alcance de las terribles garras de la bestia. El gusano también pareció darse cuenta, pero torció la cabeza y miró a Kim; estaba al acecho aunque no se movió. A lo mejor era un ardid y solo esperaba a que su víctima se acercara más y no pudiera huir.

—Me conoces —dijo Kim.

El Gusano con Zarpas emitió un gruñido profundo y retumbante y golpeó el agua con sus alas.

—Te odio —siseó como una enorme serpiente.

—¿Por qué? —preguntó Kim.

Hubo un centello en los ojos del gigante.

—¡Todo iba bien antes de que vinieras! —gruñó—. ¡Tú y tu maldito dragón dorado! Y después de vosotros llegaron los caballeros negros. ¡Me habéis vencido! —bramó y se volvió a agitar—. Y después vinieron todos los demás. Y la cosa ya no ha parado. Tuve que luchar una y otra vez. Al final he envejecido y me siento cansado.

—Yo... lo siento —habló Kim impresionado, y lo dijo con sinceridad.

Aquel ser era malvado, pero ocupaba su sitio en la Creación, como todos los demás. Y Kim se sintió algo culpable de su destino a pesar de saber que entonces no había tenido otra elección.

—¿Lo sientes? —gruñó el monstruo mientras tiraba varias veces con violencia de la cadena.— ¡Mírame! Me han colocado una cadena. ¡A mí, al que antes no había enemigo que se le pudiera resistir!

—Nosotros también somos prisioneros —dijo Kim con sencillez.

El gusano dejó de moverse por un momento y miró con desconfianza al chico. Luego, como turbado, se irguió.

—¡Mientes!

Kim se levantó la pernera derecha del pantalón para que el dragón pudiera ver la argolla de hierro que todavía llevaba rodeándole el tobillo.

—Nos hemos soltado de nuestra cadena —dijo—. Y, si quieres, tú también puedes librarte.

En el lago se hizo el silencio. El gusano miró Kim y con movimientos pausados, como si fuera una serpiente, se acercó a él hasta que su gigantesca cabeza quedó tan pegada al muchacho que este únicamente habría tenido que alargar un brazo para tocarla. Kim se sentía muerto de pánico y todo en su interior le ordenaba que corriera tan rápido como le fuera posible. Pero no se movió y mantuvo su mirada clavada en aquellos ojos rojos que daban la sensación de querer absorberle. En aquella penetrante mirada parecía no haber secretos, ni mentiras ni trampas.

—Si habéis conseguido hacer saltar la cadena por los aires es que debéis de ser más fuertes que yo —dijo por fin—. A mí no me llegan las fuerzas.

Kim quiso contestar, pero en ese momento llegó a su lado algo con rayas de tonos rojos y amarillos y Cacho gritó tan alto como de costumbre:

—¡Eh, tú! Puede que tengas que dejar de ejercitar tanto los músculos y en su lugar utilizar un poco los sesos. A lo mejor así ya estarías libre.

El Gusano con Zarpas parpadeó. Kim no estaba seguro de que pudiera ver a Cacho, pues en su aspecto diurno no era mayor que una de las muchas legañas que se pegaban en los ojos del dragón. Pero la voz del monstruo retumbó:

—¿Qué es esa nimiedad?

Cacho le contestó soltando un ruido ofendido e incomprensible que ensombreció por completo la mirada del gigantesco ser.

—No tomes en serio a Cacho —dijo Kim de repente—. Mi amigo no se refiere a nadie.

—¿Y qué pasa si me refiero a él? —protestó Cacho.

Kim se limitó a no prestarle atención y continuó su conversación con el gusano.

—Nosotros no hemos roto la cadena a base de fuerza, pues no hay poder en el mundo que puede romperla, ya que ha sido forjada por los enanos. Pero... —se quedó callado en mitad de la frase, miró al Gusano con Zarpas boquiabierto y con los ojos desorbitados y, luego, se llevó la mano al cinturón y sacó la llave que escondía allí. Se la había guardado al salir de las cuevas y se había olvidado de ella por completo.

—¿Sí? —tronó el gusano.

Kim quiso contestar, pero no pudo hacerlo, porque de repente se oyó un grito de aviso y al levantar la vista vio varias docenas de minúsculas figuras envueltas en capas negras que se alineaban al borde del cráter.

—¡Vete de ahí, idiota! —bramó Jarrn—. ¿Es que quieres servir de comida a los dragones?

La cabeza del gusano también se dirigió hacia arriba. Al reconocer al enano, sus ojos brillaron furiosos y emitió un horrible rugido mientras intentaba saltar para agarrar a su torturador. A mitad de camino la cadena se tensó y de nuevo pareció que el lago explotaba en una ola de espuma y agua hirviente; Kim y los demás compañeros corrieron por la orilla para ponerse a salvo pero, a pesar de todo, la ola los caló hasta los huesos e hizo caer a la mayoría.

—¡Tú! —tronó el Gusano con Zarpas—. ¡Baja aquí para que pueda destrozarte!

Jarrn hizo una mueca y se tapó los oídos con los dedos hasta que desapareció casi del todo el alarido del dragón. Luego bajó de nuevo las manos, sacudió la cabeza y dijo con tono tranquilo:

—Ni se me ocurre, gusanito. Si quieres comerte a alguien, es mejor que te zampes a esos de ahí. —Luego continuó dirigiéndose a Kim y los demás—. No os lo merecéis, pero os sacaremos de ahí abajo. ¡Prestad atención!

Dos de sus acompañantes lanzaron unas escalas trenzadas que se desplegaron a lo largo de la pared y llegaban casi a tocar el suelo.

—¡Subid! —chilló Jarrn—. Hacedlo antes de que os devore.

Unos cuantos chicos se dirigieron de inmediato hacia las escalas, pero Kim, Peer y la mayoría de ellos ni siquiera se movieron del sitio.

La mirada de Kim se dirigió pensativa a la enorme cara del Gusano con Zarpas. El dragón le miró con frialdad y Kim no fue capaz de interpretar la expresión de sus ojos, rojos como el fuego. La mano de Kim se dirigió a la llave de su cinturón, se detuvo por un momento y luego la sacó.

Jarrn chilló al ver lo que llevaba en la mano.

—¡Para! ¿Estás loco? —bramó con fuerza—. ¡Os matará a todos y a nosotros también!

Kim dio otro paso en dirección al agua. El Gusano con Zarpas torció la cabeza y le miró pensativo, casi suplicante. Pero aún mantenía en sus ojos ese fuego abrasador y Kim no olvidó ni por un segundo el tipo de terrible monstruo que tenía frente a él.

—¡No! —aulló Jarrn—. ¡Os matará a todos! Ya es un milagro que os hayáis librado de su primo, el Gusano de la Roca. ¿Querías poner a prueba vuestra suerte una vez más?

—¿Si te dejo libre... —dijo Kim al Gusano con Zarpas—, me das tu palabra de que no nos harás nada?

El gusano se mantuvo callado.

Kim titubeó un momento, luego dio otro paso, alzó la mano derecha con la llave y con la otra mano señaló a los enanos agrupados al borde del precipicio.

—Ni a ellos tampoco. Abriré tu cadena, pero no puedes derramar sangre.

—¿Tengo que perdonarles la vida? —bramó el gusano—. Me han encadenado y encerrado en este horrible lugar.

—Y yo te dejaré libre al precio de sus vidas —dijo Kim con toda seriedad.

Se extendió el silencio. El Gusano con Zarpas se sentía tan desconcertado que no dijo nada. Luego se acercó e hizo descender su poderosa cabeza.

—Son tan enemigos tuyos como míos —gruñó—. ¿Por qué les salvas la vida?

—Porque la vida es sagrada —contestó Kim—. Y nadie tiene derecho a destruirla, sea cual sea el motivo. —Se quedó callado un momento y al continuar lo hizo pensándose mucho cada palabra que pronunciaba, pues se daba cuenta de que lo que decía no solo influiría en su suerte, sino en el destino de todo Luna de Leyenda—. Tú eres grande, Gusano con Zarpas —dijo—. Tú eres la criatura mayor y más fuerte que he visto jamás. Tus fuerzas están al servicio del mal pero, por favor, haz una excepción y ayúdanos.

—¿A vosotros? —dijo el gusano mientras abría incrédulo sus rojizos ojos y emitía un sonido que se asemejaba a una risa— ¡Estás loco, pequeñajo! ¡Vosotros sois mis enemigos!

—No —contestó Kim—. No lo somos. Sácanos de aquí, Gusano con Zarpas, y ayúdanos a luchar contra los verdaderos enemigos de tu mundo. Es posible que luego todo vuelva a ser como antes y puedas vivir como ya lo hiciste una vez: orgulloso, libre y sin cadenas.

El Gusano con Zarpas no reaccionó ante estas palabras y al cabo de un momento Kim interpretó su silencio como un asentimiento, por lo que dio un paso más hacia él.

Arriba, Jarrn comenzó de nuevo a chillar, como si le fuera la vida en ello.

—¡Eh, chiflado! —bramó—. ¿Qué haces?

Pero Kim no le escuchó sino que, paso a paso, se adentró en el agua hasta que le llegó a las caderas y se acercó al negro cuello del gusano. Alzó despacio la mano e introdujo la llave en la pequeña cerradura del candado que unía la argolla del cuello con la cadena. Una vez más titubeó y le pasaron por la cabeza mil razones por las que no debería girar la llave. Luego, con un decidido movimiento, abrió la cerradura.

El Gusano con Zarpas se alzó con un bramido monstruoso, extendió las alas e hizo surgir una nube de espuma del agua del lago, luego desapareció alzándose al cielo con un poderoso impulso.

Kim y los demás cayeron de nuevo y rodaron por el suelo a causa del impacto de la ola pero, al fin y al cabo, era esta una circunstancia a la que ya se habían acostumbrado. Nuestro héroe se puso de nuevo en pie y vio que los enanos corrían presas del pánico. Únicamente Jarrn se quedó de pie mirando con espanto al cielo, donde ahora el Gusano con Zarpas se adivinaba como un diminuto punto.

Pero no se marchó. Por un momento desapareció por completo de la vista, pero luego regresó y dio vueltas por encima del lago, como si fuera una enorme águila, antes de precipitarse hacia abajo con un chillido estridente. En el último momento abrió sus enormes alas, que parecían de cuero, y frenó su caída.

Con el corazón disparado, Kim miró hacia el lago. Era la primera vez que veía al gusano en toda su magnitud. No se parecía a Rangarig, su cuerpo se asemejaba al de una serpiente o a un enorme gusano. Como tal serpiente, se deslizó por el lago en dirección a la orilla. Era tan grande que Kim se preguntó en serio si habría allí espacio suficiente para él.

La babeante boca del monstruo estaba muy abierta y los ojos aún centelleaban rojos, con aquel odio implacable. Kim y los demás se alejaron de la orilla hasta dar con las espaldas contra la roca y, por un instante, Kim llegó al total convencimiento de que Jarrn tenía razón y el gusano iba a matarlos para celebrar su reciente libertad.

El cuello y la cabeza del monstruo se deslizaron entre crujidos por la pedregosa playa. Su mirada se fijó en Kim y era como si el chico mirara directamente al infierno. En sus centelleantes ojos brillaba una ira insaciable que no iba dirigida contra un objetivo determinado, se enfrentaba a todo lo que existía. Aquella criatura había sido creada para dar sentido a las palabras «odio» y «destrucción». Era así y, como Kim pudo apreciar, no podía ser de otra forma. Al cabo de una eternidad, el Gusano con Zarpas abrió de nuevo la boca, pero no lo hizo para engullirle.

—¿Todo será como fue una vez? —bramó.

—No te lo puedo prometer —contestó Kim—. Pero podemos intentarlo. Quizá juntos podamos conseguirlo.

Durante mucho tiempo el gusano continuó mirándole y Kim advirtió la lucha silenciosa que tenía lugar detrás de su frente. Pero ya sabía lo que el gusano iba a decidir mucho antes de que lo dijera.

—Está bien, pequeño héroe. Lo intentaremos.

Kim respiró aliviado.

Un segundo después creyó haberse confundido por completo, pues el Gusano con Zarpas se volvió con un rápido movimiento y con un único y poderoso impulso subió hasta el borde del cráter. Sus garras extendidas y abiertas tenían como objetivo al Rey de los Enanos, que en principio se quedó paralizado y luego se volvió lanzando un grito e intentó emprender la huida.

—¡No! —gritó Kim con desesperación—. ¡No puedes hacer eso!

Jarrn se echó a un lado e intentó evitar las garras del dragón, pero no fue lo suficientemente rápido. Las enormes patas se cerraron en torno al cuerpo del enano. Jarrn lanzó un terrible grito de horror mientras el Gusano con Zarpas desplegaba con un nuevo impulso sus enormes alas, parecidas a las de un de murciélago, giraba un cuarto de vuelta por encima del cráter y luego, trazando una lenta espiral que cada vez se hacía más angosta descendió hasta el lago.

A unos diez metros por encima del lago el gusano abrió sus garras delanteras y de ellas cayó un paquete negro y gritón que se estrelló con estruendo contra el agua. No pareció que Jarrn estuviera herido, porque seguía con sus habituales maldiciones al salir de nuevo a la superficie. El Gusano con Zarpas voló sobre él y el viento provocado por sus alas hizo que el enano se sumergiera varias veces en el agua, aunque también le acercaba poco a poco a la orilla. Kim quiso ir en ayuda del Rey de los Enanos, pero este consiguió llegar a la orilla por sus propios medios y le obsequió con una mirada tan furibunda que el muchacho no llegó a completar su intento. Un momento después en los ojos del enano se dibujó el pánico, pues el Gusano con Zarpas se había posado en el agua detrás de él y abría la boca como si se hubiera decidido a engullirle.

—¡No! —gritó de nuevo Kim—. ¡No lo hagas!

Y ocurrió el milagro. Las enormes mandíbulas del gusano se cerraron como una esclusa con dientes muy por encima del enano, pero no se produjo el mortal mordisco.

Pasaron unos instantes en los que ninguno de los que estaban en la orilla se atrevió a respirar. Y luego, despacio, muy despacio, se alzó la cabeza poderosa del Gusano con Zarpas y Jarrn tropezó asustado y cayó sobre su trasero.

No habían pasado ni diez minutos cuando todos los fugitivos, uno tras otro, fueron trepando por el brillante cuerpo negro del gusano para ser devueltos a la libertad.

## XXII

Ni siquiera la poderosa fuerza del Gusano con Zarpas era suficiente para aguantar el peso de tantos viajeros durante más de un par de horas, de modo que el vuelo hacia el este hubo que hacerlo en varias etapas cortas. Las pausas eran cada vez más prolongadas y todos temblaban nerviosos a causa de la impaciencia. Ninguno sabía cuánto tiempo había transcurrido en el mundo exterior mientras ellos trabajaban en las cuevas de los enanos y tampoco sabían qué había ocurrido en las Montañas de las Sombras. Los niños se preguntaban por sus familias, si estarían en libertad o si todavía vivirían. A pesar de todo, Kim no se atrevió a incitar al Gusano con Zarpas para que fuera más rápido. Incluso después de llevar tres días de viaje, todavía no era capaz de comprender cómo habían conseguido que aquella enorme e iracunda criatura accediera a ayudarles. Tampoco tenía mucho sentido hablar con el monstruo. Que colaborara con ellos no significaba que, de repente, se fuera a convertir en su amigo; seguía siendo un dragón maligno, veleidoso e impredecible, de modo que todos se mantenían a una distancia prudencial de él. Kim únicamente le hablaba cuando era necesario. Las charlas entre Kim y Peer eran cada vez más escasas, hasta que cesaron del todo a medida que se acercaban a las montañas. Aumentaba el miedo a encontrar arrasado por la guerra aquel país que divisarían en cuanto superaran las altísimas cumbres de las Montañas de las Sombras; sobre su ánimo se abatía una sombría nube.

Podía ser que hubieran transcurrido meses, quizá años, y fuera demasiado tarde para salvar nada. El único al que no se le había empañado el sentido del humor era a Jarrn; se había limitado a perderlo. El primer día no había articulado una sola palabra y estuvo escudiñándolos a todos con una mirada colmada de odio pero, una vez que superó sus primeros miedos, volvió a ser el viejo insolente y rebelde que Kim ya conocía. Cuando el chico intentó hablar con él en alguna ocasión, no recibió respuesta o tuvo que conformarse con elegir entre un comentario descarado, un reproche o una grosería.

Kim no se sintió ofendido en ningún momento por el comportamiento del Rey de los Enanos. La desfachatez de Jarrn no permitía que se le tomara en serio, pero comenzaba a preocupar a Kim. Más de lo que estaba dispuesto a admitir ante los demás. Jarrn podía ser un bocazas o, utilizando una de sus palabras preferidas, un idiota, pero no era, ni mucho menos, un loco. Debía de haber algún motivo por el que se sentía satisfecho a pesar de su situación, pese a estar prisionero y a que existía la posibilidad de encontrar en el camino a su mayor adversario. Kim tenía la sensación de que ese motivo no le iba a resultar nada agradable.

El cuarto día de viaje llegaron a las Montañas de las Sombras. Todavía disponían de luz para tres o cuatro horas más, pero el Gusano con Zarpas decidió descender. Buscó un lugar en el que pasar la noche y Kim no intentó disuadirle. Las Montañas de las Sombras no podían ser sobrevoladas. Nadie sabía cuál era su altura y no eran pocos los que afirmaban que sus cimas heladas tropezaban directamente contra el cielo. Si el Gusano con Zarpas iba a intentar sobrevolarlas necesitaría contar con todas sus fuerzas. No durmieron muy bien esa noche. Kim también se sentía intranquilo y se removía de un lado a otro en el momento en que, de repente, le despertó la sensación de que alguien le miraba con fijeza.

No estaba confundido. Una figura envuelta en una pequeña y mugrienta capa negra estaba sentada a su lado con las piernas cruzadas y le observaba. Habían encadenado a Jarrn y el extremo de la cadena estaba unido a la argolla del cuello del gusano: tenía plena libertad de movimiento, pero era imposible que huyera. Antes de echarse a dormir, Kim siempre se cercioraba de estar fuera del alcance del enano, pero aquella noche no había previsto algo. Se dio cuenta, con temor, de lo fácil que le habría resultado a Jarrn acceder a la llave, por lo que se llevó la mano al cinturón. Pero aún estaba allí.

—No te preocupes, cabeza de chorlito —dijo Jarrn—. Si hubiera querido huir, ya lo habría hecho. Y tú no hubieras despertado.

—Me gustaría creerte —gruñó Kim que, medio dormido, estaba en una postura entre tumbado y sentado—. Pero, en lo que se refiere a timos y robos, los enanos sois insuperables.

La cara de Jarrn adoptó una expresión de verdadera consternación.

—¿Quién dice eso? —preguntó—. No engañamos a nadie ni robamos. Hacemos negocios, solo eso.

—Sí —replicó Kim—. Pero vuestros negocios no me gustan en absoluto.

Sus palabras sonaron mucho menos amables de lo que en realidad hubiera querido y se dio cuenta de que su tono de voz solo era el reflejo fiel de su turbación. Había sido muy injusto con Jarrn.

Era raro, cuanto mejor le conocía, más difícil le resultaba enfadarse con él. Los dos militaban en bandos distintos, eso estaba claro, pero el enano no era un tramposo. Y le daba la impresión de que, en realidad, sabía más de lo que contaba. Y eso hizo que Kim se enfadara otra vez, pues tenía la vaga sensación de que lo que en realidad hacía Jarrn era reírse de él.

—Déjame dormir —gruñó entonces Kim—. Mañana será un día duro.

Se dio la vuelta y se quedó dormido, pero aún se sentía intranquilo.

Al contrario de lo que había pasado el día anterior, a la mañana siguiente nadie tuvo prisa por partir. Todos se mantenían muy callados y en sus caras se reflejaba el miedo por lo que pudiera esperarles. De nuevo preguntó Kim si alguien quería renunciar a seguir adelante, pero ninguno contestó, todos treparon de nuevo al lomo del Gusano con Zarpas y comenzó la interminable ascensión.

El gris del ocaso quedó tras ellos y emergieron a un brillo solar que no llegaba a alcanzar al territorio que estaba bajo sus pies. A pesar de eso no subió la temperatura; al principio sintieron frío, más tarde fue casi insoportable y luego alcanzó la categoría de glacial. Kim sentía los pinchazos del frío en la piel y la respiración se le congeló en forma de nube gris por delante de la cara.

El gusano se deslizaba casi sin mover las alas, como un planeador que se sirviera de las corrientes cálidas de las montañas para ahorrar energía. Ascendió con lentitud por los flancos de las Montañas de las Sombras mientras que sus pasajeros se arrimaban unos a otros para darse calor, aunque esa maniobra les sirviera de muy poco. Soplaba un gélido viento que les cortaba como un cuchillo a través de la ropa; el aire era como cristal y estaba tan congelado que parecía que se podía tocar. Debajo de ellos ya no había rocas, sino un hielo brillante que cubría toda la cadena montañosa como una asfixiante coraza. El Gusano con Zarpas subía cada vez más. La primera de las cimas montañosas quedó por debajo de ellos, pero detrás aún se alzaban los flancos de otras montañas superiores en altura y el cielo sobre sus cabezas se percibía muy oscuro, de un azul casi negro. El viento quemaba la garganta de Kim como si fuera fuego y apenas podía mover las manos. Poco a poco continuaron su ascenso. El Gusano con Zarpas sobrevoló la última cumbre y detrás de ella se alzó el lateral de un glaciar cuya cima desaparecía arriba, en algún lugar de la azul oscuridad del cielo. El aire cortante hizo que a Kim se le saltaran las lágrimas y se congelaran en sus mejillas. En la rugosa piel del monstruo también apareció una delgada capa de crujiente hielo.

Y el frío aumentaba. Los movimientos de la criatura voladora perdieron elegancia e ímpetu. Mantenía el ascenso, pero ya no tan rápido ni sin aparente esfuerzo. Ante ellos aparecían innumerables montañas. Detrás de cada cumbre que superaban emergía otro glaciar y Kim comenzó a preguntarse si aquello iba a tener fin o estarían perdidos. El aire estaba cada vez más enrarecido y dificultaba la respiración.

Y ocurrió lo que era de esperar. Al principio de una forma casi imperceptible, pero luego cada vez más deprisa, el Gusano con Zarpas comenzó a perder altura. Batía las alas con fuerza y tensaba sus poderosos músculos tanto como podía, pero no servía de nada. Su cuerpo ya no soportaba aquel ambiente glacial y el peso de los pasajeros, combinado con el del hielo que cada vez se formaba más rápido sobre su piel, eran demasiado para él.

Kim se asustó al inclinarse hacia delante y ver las profundidades por debajo de las alas del dragón. Allí no había más que una maraña de rocas afiladas y crestas recubiertas de hielo. Por ningún lado se veía un lugar donde descender para que el gusano descansara.

De repente, Jarrn miró hacia abajo y gritó:

—¡A la izquierda! ¿Ves aquella montaña que tiene la cumbre partida? ¡Vuela hacia la izquierda!

A pesar de que el ulular del viento y el atronador sonido de alas superaban su voz, el gusano pareció oír lo que le decía pues, obediente, cambió el rumbo y con inseguras sacudidas se encaminó a donde le indicaba el enano. Kim notó perfectamente lo complicado que le resultaba mantener la altura. Una y otra vez caía en un bache de aire y volvía a elevarse de nuevo con un laborioso y pesado batir de alas. En ocasiones pasaban tan cerca de las cumbres que Kim pensó que en cualquier momento una cresta afilada golpearía contra el cuerpo del dragón y le desgarraría, con el consiguiente efecto mortal para todos ellos.

Pero de alguna forma lo consiguieron. El Gusano con Zarpas se quejaba al darse impulso con las alas, pues le costaba un esfuerzo inaudito, y los pasajeros se dominaban para no gemir a causa del sufrimiento y el frío. Parecían tener muertas las puntas de los dedos en manos y pies, y era como si el terrible frío se introdujera en sus cuerpos y los dejara entumecidos. El dragón volaba tan cerca de la montaña que sus alas desplegadas casi golpeaban en las rocas, pero se deslizaban, poco a poco, hacia la ladera de la montaña que había indicado Jarrn. Detrás de ella no había más que otra elevación montañosa. Jarrn señaló de nuevo a la izquierda, gritó a pleno pulmón y una vez más el gusano obedeció sus indicaciones. Se dirigió hacia la izquierda y estuvo a punto de golpear contra una afilada cresta de hielo; luego, de repente, emergió la enorme boca abierta de un barranco.

Al poco tiempo todo había pasado. Las montañas quedaban a izquierda y derecha y, debajo, ya no tenían aquella inmensa confusión de rocas y hielo, sino el paisaje de un amplio territorio bañado por el sol.

Kim se estremeció al ver lo alto que volaban. No se podía apreciar la diferencia entre las praderas y los bosques. Los ríos eran delgados hilos plateados que en alguna ocasión brillaban por efecto del sol. Entonces notó que el Gusano con Zarpas se quedaba por fin sin fuerzas. La enorme criatura gimió y se inclinó de lado, maniobra que provocó que todos sus pasajeros se deslizaran entre gritos sobre su lomo y tuvieran que sujetarse unos a otros. En el último momento recuperó el equilibrio y comenzó a caer en picado. El viento ululaba y todos estuvieron a punto de salir disparados de la espalda del gusano mientras el terreno se precipitaba, en el sentido más literal de la palabra, contra ellos.

Luego pudieran reconocer algunos detalles del paisaje: ciudades, pueblos y granjas, carreteras y caminos. El gusano llegó tan rápido cerca del suelo que sus alas rompieron las ramas más altas de algunos árboles. Sintieron un gran impacto, como si una piedra hubiera caído plana sobre el agua, al que siguió un segundo golpe contra el suelo. El inmenso cuerpo excavó un hoyo en la tierra y sus alas, aún desplegadas, destrozaron arbustos y arrasaron árboles antes de que, con una impresionante sacudida, descansaran en el suelo. Kim, Peer y el resto de los viajeros salieron despedidos con violencia del lomo del animal y tras un largo vuelo aterrizaron sobre la hierba.

Horas después todavía estaban helados y tenían un aspecto penoso. Kim y los demás comenzaron a notar los efectos de los arañazos, golpes y chichones que tenían a causa del impacto. No obstante, fue sin duda un prodigio que nadie resultara herido de gravedad, ni siquiera Jarrn, que aún estaba encadenado al dragón. La cadena había frenado el golpe con muy poca suavidad. El único que, en verdad, preocupaba a Kim era el propio dragón volador. Seguía con vida, pero su pecho se movía con mucho trabajo y su respiración era penosa. A veces abría los ojos y miraba al vacío, pero no reaccionaba ante las palabras que le dirigía Kim.

A pesar de que el sol aún brillaba en el cielo, recolectaron madera y follaje seco para encender un fuego con el que calentarse. Kim se interesó por los más pequeños; el frío de las alturas había sido tan terrible que casi parecía un milagro que hubieran sobrevivido. Ninguno de ellos había sufrido congelaciones graves.

Kim tenía la sensación de albergar un témpano bajo la piel. Arrimó tanto las manos a las llamas que casi podía tocarlas. Cacho también se acercó estremecido a la hoguera. Jarrn se envolvió el cuerpo con sus brazos y se pudo oír muy bien el castañeteo de sus dientes.

Tras un instante, el enano aferró con una mano por debajo de su capa la cadena que tenía en la pierna. Le habían soltado del cuello del gusano, pero estaba amarrado al tronco de un árbol de tal forma que pudiera acercarse al fuego pero sin posibilidad alguna de huir.

—¿Cuándo vas a acabar con esto? —preguntó—. Os he ayudado. Estamos al otro lado de las montañas, ¿no es cierto?

—¿Y qué? —preguntó Kim.

—¿Y qué, qué...? —se burló el enano—. ¿Por qué no me sueltas? ¿Acaso no os he señalado el camino?

—Sí —contestó Kim—. Pero solo ha sido para salvar tu propia vida, ¿no es cierto?

Jarrn le miró con enojo.

Pero Kim no liberó al enano. Jarrn se había mostrado demasiado satisfecho la noche anterior. Estaba claro que aquel ser sabía algo y Kim no iba a soltarle hasta enterarse de qué se trataba.

—Quieres llevarme ante esos comedores de hierba.

—Sí —respondió el muchacho sin mirar al enano.

—Me van a matar —dijo Jarrn en tono sombrío.

—No lo harán —repuso el muchacho—. Te doy mi palabra de que ningún caballero de las estepas te va a tocar ni un pelo.

—Viene alguien —interrumpió Peer mientras señalaba la cresta de una colina.

Kim miró por encima de las llamas y vio dos diminutos puntos: eran dos jinetes.

Las dos lejanas figuras se detuvieron durante un buen rato, seguramente no les parecía muy normal contemplar un fuego de campamento en un soleado día de verano y querrían informarse del motivo, pero la visión del Gusano con Zarpas, que yacía sobre la hierba con las alas muy abiertas, debió de dejarles paralizados. Al cabo de un momento, ambos se pusieron en marcha y se acercaron al fuego.

Kim, Peer y algunos chicos más se levantaron y, entre escalofríos, se enfrentaron a ellos.

Eran un hombre y una mujer, ambos de edad avanzada; vestían toscos y pesados ropajes de piel y metal e iban armados con arcos y largas espadas; a la espalda llevaban las aljabas repletas de flechas.

Estaba claro que eran soldados.

El hombre se hizo un poco a un lado mientras se acercaban: era una forma de no perder de vista al grupo y sobre todo al gusano; la mujer acercó su caballo a Kim y Peer y, por un momento, mantuvo la vista fija en ellos, callada y sentada sobre la silla.

—¿Quiénes sois?

Su voz no sonaba nada amable.

Kim presentó a Peer y luego señaló a sus acompañantes que tiritaban alrededor del fuego.

—Son nuestros amigos —dijo—. Nosotros... —titubeó. No sabía nada de aquellos extraños. Eran dos, estaban armados y no parecía que fueran a tener ningún reparo en utilizar sus armas. Tampoco ellos habían dicho quiénes eran—. También está un enano con nosotros —concluyó con cautela.

La cara de la mujer se ensombreció e hizo un rápido movimiento hacia el cinturón para aferrar el puño de la espada.

—¿Un enano? —preguntó en tono cortante—. ¿Que tenéis que ver vosotros con esa chusma?

—Nada —aseguró Kim—. Todos nosotros hemos huido de sus forjas de las montañas y tuvimos que traernos a uno de ellos.

La mano de la mujer soldado soltó la empuñadura de la espada, pero la mantuvo cerca para poder echar mano de ella a la menor señal de alarma.

—¿Huido? —preguntó con tono de duda—. ¿Quieres tomarme el pelo, chico? Eso no lo ha conseguido nadie.

—Si no nos crees, pregúntaselo al enano —dijo Peer desabrido.

—No hubiéramos podido conseguirlo sin la ayuda del Gusano con Zarpas —añadió Kim señalando al inmóvil dragón.

La mujer le dedicó toda su atención. Su mirada pasó sobre el enorme cuerpo mientras el joven pensaba febrilmente en quién podría ser esa mujer y si se trataba de una enemiga. Se sentía casi enfermo al tener que pensar así. ¿Qué había ocurrido en aquel país para que cualquiera que se encontrara con un extraño tuviera que cuidarse de lo que decía?

—¿El Gusano con Zarpas? —murmuró la mujer—. ¿Ese? —Se bajó de la silla con un gran salto—. He oído hablar de él, pero me habían dicho que estaba muerto, que los hombres de hierro le habían liquidado.

—Lo intentaron —explicó Kim—. Estaba prisionero, pero pudimos liberarlo.

La duda no desaparecía de la cara de la mujer.

—¿Vosotros? —miró con desprecio a aquellos seres medio famélicos—. ¿Vosotros habéis conseguido lo que nosotros no pudimos hacer?

—Tuvimos suerte.

Ahora el hombre se bajó del caballo y se acercó en silencio con una mirada sombría en la que se reflejaba una clara desconfianza. Kim temió que aquel lugar en el que habían descendido a tierra pudiera suponerles la perdición. Volvieron a acercarse al fuego. También la mujer había descendido del caballo y miraba con suma atención cada una de las caras de los chicos y chicas mientras el hombre observaba con expresión de odio al enano antes volverse para acercarse al gusano. Se mantuvo a una distancia respetable, pero no mostraba miedo, era simple cautela, pues se daba cuenta de que aquella inmensa criatura podía matarle con un simple movimiento involuntario.

—Entonces, muchacho, cuéntanos lo que ha ocurrido —dijo la mujer en el momento en que el soldado se acercaba de nuevo a ellos.

Kim narró lo ocurrido y observó cuidadosamente cómo seguían su exposición. Les habló de su captura, del tiempo transcurrido en las forjas de los enanos y de su huida en grupo. Los extraños escucharon sin interrumpirle ni una sola vez, la mujer solo se permitió fruncir el ceño al oírle narrar el vuelo por encima de las Montañas de las Sombras. Al terminar se mantuvieron en silencio durante cierto tiempo y luego ella dijo:

—¿Y vais hacia el este para uniros al ejército de Priwinn?

—No sé nada de un ejército —dijo Kim con precaución—. Solo sé que él va camino de Gorywynn.

—También se puede decir así —habló la mujer, que no había dicho aún su nombre—. El rey Priwinn y sus caballeros de las estepas han vencido en casi todas partes. Los enanos se han atrincherado en Gorywynn y va a costar mucho sacarlos de allí.Y la gente del río también ha formado un gran ejército con su gentuza y se encaminan a Gorywynn.

Kim la miró asustado y la mujer asintió con gesto sombrío.

—Un poderoso ejército. Mi compañero y yo también vamos hacia el este para unirnos al ejército de Priwinn. —Intercambió una mirada con su acompañante—. Podéis venir con nosotros, pero no os aconsejo seguir el viaje con... esa cosa. Si es cierta la historia que cuentas puede que os haya ayudado hasta ahora. Pero no debéis poner a prueba vuestra suerte. Marchaos mientras siga agotado y dormido, porque puede que al despertar os mate a todos.

—Es la primera palabra sensata que oigo en todo el día de hoy —dijo Jarrn en voz alta, pero se calló al tropezar con la mirada glacial de la mujer soldado.

—Os equivocáis —afirmó Kim.

—¡Escucha! —casi ordenó la mujer—. Eso de ahí es un monstruo, chico. Él piensa y se comporta de manera muy distinta a tus propios razonamientos. Sé razonable y escúchame.

Kim pensó por un momento en aquellas palabras. No creía que tuviera razón, pues sabía que no estaba equivocado con el gusano. Sería maligno y colérico, pero no le iba a mentir porque aquel gigante no sabía el significado de esa palabra, sí conocía lo que quería decir la expresión «violencia», pero la mentira y la traición no iban con él. Sin contar, además, con que una criatura como el Gusano con Zarpas no necesitaba mentirle a nadie.

—Tenemos que ir a Gorywynn lo más rápido posible —dijo por fin Kim—. Debemos darnos prisa. Quizá aún podamos impedirlo.

—¿Qué podríamos impedir?

—La gran batalla de la que has hablado —aclaró Kim—. No debe tener lugar.

La mujer rio en voz baja y luego le preguntó:

—¿Cómo va a evitar eso un chico como tú?

—No lo sé —contestó Kim con sinceridad—. Ni tampoco si podré conseguirlo o no, pero al menos debo intentarlo. —Miró pensativo a la mujer y a su acompañante—. Podríais llevaros a los niños. —Hizo un gesto señalando a los chicos y chicas que estaban alrededor del fuego—. Iremos más deprisa si solo viajamos tres a lomos del gusano.

—¿De verdad pretendes ir con ese monstruo hasta Gorywynn? —dijo la mujer sorprendida. Luego se encogió de hombros—. Como quieras. Nosotros vamos hasta el próximo pueblo para reponer provisiones. Los demás se pueden venir con nosotros, ya encontraremos a alguien que se ocupe de que regresen con sus padres —prometió.

De esa forma, Kim y Peer se despidieron de sus compañeros. Únicamente se quedó con ellos Cacho y, por supuesto, Jarrn, el Rey de los Enanos.

El Gusano con Zarpas precisó del resto de día y toda la noche siguiente para recuperarse. Al salir el sol subieron de nuevo a su espalda para continuar el vuelo rumbo al este. Jarrn había sido atado otra vez a la argolla del cuello del dragón sin que fueran atendidos sus airados gritos.

Kim solo tenía un motivo para llevarse consigo al enano. Ninguno de los jinetes, ni ella ni su silencioso acompañante, habían dicho nada sobre él, pero Kim se había dado cuenta de las hostiles miradas que le habían arrojado. Y no estaba muy seguro de si Jarrn debía seguir con vida o si era necesario que quedara libre o colocarlo bajo su protección.

El Gusano con Zarpas no volaban tan alto ni tan rápido como lo había hecho sobre las Montañas de las Sombras, pero aún así iba a gran velocidad. Parecía estar recuperado, pues no hizo ni una sola parada. Tan solo descansaban por las noches. Nadie se acercó más al monstruo, al contrario, cualquier criatura que hubiera en los alrededores huía de él. Al cabo de dos días ya habían recorrido la mitad del camino y Kim comenzó a desear con mayor intensidad que pudieran llegar a tiempo para... «Sí, ¿para qué?», pensaba; se sentía incómodo, pero no tenía ni idea de la causa.

Seguro que regresarían para ver a Priwinn y a los demás. Pero no sabía cómo evitar que ocurriera lo más terrible, es decir, que Luna de Leyenda quedara sumergido en un mar de sangre y lágrimas. Él había venido para ayudarles, pero todo iba cada vez peor. Había viajado de un extremo al otro de Luna de Leyenda y visitado lugares que no había pisado ningún otro pie humano. Pero no había ayudado en nada. Y el misterio de los niños desaparecidos seguía sin resolverse.

Al tercer día de viaje el Gusano con Zarpas comenzó a mostrarse intranquilo. Sus gestos eran nerviosos y su poderosa cabeza se movía de un lado para otro como si buscara algo. Kim le preguntó en varias ocasiones, pero no obtuvo respuesta.

Hacia mediodía sobrevolaron una granja en llamas. El gusano se deslizaba a tal altura por el cielo que Kim apenas pudo percibir un minúsculo punto rojo en el suelo, pero vio el humo y, después de que Kim se lo pidiera tres veces, el Gusano con Zarpas descendió, por fin, describiendo una gran espiral. Kim escudriñó el paisaje con mucha atención. La sombra del dragón se deslizó varias veces sobre la granja en llamas y Kim vio numerosas figuras que se movían intranquilas y corrían presas del pánico en el momento en que se dieron cuenta del lugar en el que iba a aterrizar el dragón.

Tan solo un hombre con el pelo cano y un muchacho de la edad de Kim permanecieron quietos. Se mantenían erguidos y paralizados por el miedo. Kim hizo que el gusano se quedara a unos metros antes de llegar al ardiente granero y él realizó el trayecto a pie.

El hombre y el joven le miraron con fijeza. El chico estaba herido; su mano izquierda se notaba abrasada y también tenía chamuscada parte del pelo, pero no parecía sentir el dolor. Su cara estaba gris a causa del espanto y le temblaban los labios. El hombre, supuso Kim, debía de ser su padre.

Kim no se entretuvo con largas explicaciones y preguntó sin rodeos:

—¿Qué ha pasado?

—¿Quién eres tú? —le interrogó el hombre a su vez.

Kim hizo un movimiento de impaciencia con la mano.

—En este momento eso no importa. No debéis tener miedo de mí. ¿Qué ha ocurrido aquí? ¿Lo han hecho los hombres de hierro?

Vio como el joven se estremecía al oír tales palabras, pero el que contestó fue el hombre.

—No. Fue... —dudó, arrojó una temerosa mirada al Gusano con Zarpas que se mantenía a una distancia razonable y luego, tras observar con recelo la granja en llamas, hizo una pausa antes de continuar—, un dragón.

—¿Un dragón? —repitió Kim horrorizado.

El hombre asintió con un par de gestos de la cabeza.

—Un dragón —confirmó—. Pero no era tan grande como ese de ahí. Y no es negro sino...

—¿Dorado? —preguntó con angustia nuestro héroe.

—Sí. —La expresión de miedo que había en el rostro del hombre dio paso a una sorda y profunda desesperación—. ¿Cómo lo sabes?

—No lo sabía —murmuró Kim con timidez.

«¡Ha sido Rangarig!», esa idea fue como una bofetada para Kim. Rangarig había sido el que había provocado esa terrible devastación, no había duda de ello. Solo había un dragón dorado en Luna de Leyenda.

—¿Cómo ocurrió? —preguntó en voz baja—. ¿Qué le hicisteis para que ocurriera esto?

—¿Hacer? —preguntó el campesino mientras reía histérico, como si se encontrara al borde de la locura—. ¿Hacer? ¿Cómo se te ocurre decir eso? Nada. Él... vino y nos atacó. Casi todo mi ganado ha quedado abrasado y es un milagro que no nos haya matado a ninguno de nosotros. Hace tiempo que se dedica a arrasar el territorio, pero hasta ahora nos habíamos librado de él.

Kim se quedó callado. No les ofreció ni una palabra de consuelo ni para infundirles valor sino que, a pesar de que no era propia de él esa forma de marcharse sin decir nada, se volvió con los hombros caídos hacia donde estaban Peer y el Gusano con Zarpas.

—¿Qué pasa? —preguntó Peer con impaciencia cuando, en silencio, Kim regresó al lomo del gusano.

Su voz sonaba preocupada, pues había visto la expresión de la cara de Kim.

—Rangarig —se limitó a murmurar.

Peer frunció el ceño. Como era lógico, durante su cautiverio común Kim le había contado muchas cosas acerca del dragón dorado, sobre todo de las aventuras que habían corrido juntos y en las que, en más de una ocasión, Rangarig le había salvado la vida.

—¿El... el dragón dorado? —preguntó incrédulo.

Kim asintió.

Peer quiso decir algo pero en ese momento el cuerpo del gusano fue recorrido por un estremecimiento y el monstruo torció el cuello para mirarles. Sus ojos rojos centellearon.

—¿Rangarig? —tronó—. ¿Está aquí?

Kim se asustó. De repente le pareció ver la intranquilidad del Gusano con Zarpas bajo un prisma distinto. Y se dio cuenta del peligro que corrían. El panorama era terrorífico: Rangarig, el dragón dorado, el que sembraba la inseguridad en el país, y su viejo enemigo mortal, el Gusano con Zarpas, se iban a encontrar por casualidad. A lo mejor ni siquiera era una casualidad; podía ser que ambos seres, diferentes pero en realidad parecidos, fueran como dos fuerzas de la Naturaleza que debían enfrentarse, pues su único objetivo era la mutua aniquilación.

—Ya no es como fue en tiempos —dijo Kim con brusquedad—. Lo mismo que te ocurre a ti.

—Es mi enemigo y con eso basta.

El Gusano con Zarpas no hablaba muy alto y en su voz no había ira, ni siquiera una amenaza. Pero esa fría objetividad fue la que, en realidad, hizo que Kim se estremeciera en lo más profundo.

—¡Tonterías! —chilló Cacho. Con un veloz movimiento salió de debajo de la camisa de Kim y se subió en su hombro—. Solo dices tonterías, viejo amigo —continuó—. Pues sí, es tu enemigo, ¿y qué? Lo único que podéis hacer es mataros entre vosotros.

—Si así está decidido, ocurrirá —contestó con gran seriedad el Gusano con Zarpas.

—Ah, claro. Eso es lo típico de un tarugo como tú. Los músculos como una montaña, pero un cerebro al que hay que hinchar para que llegue a tener el tamaño de una nuez. Os partís la chola el uno al otro, pero no os preocupa lo que pueda ocurrir después. Los demás que se mueran.

Kim contuvo la respiración por el miedo que sintió al escuchar las palabras que Cacho dirigía al gusano. Pero, de forma sorprendente, este no se mostró furioso, sino que se quedó mirando a la pequeña criatura durante mucho tiempo y con expresión pensativa. Luego volvió de golpe la cabeza, desplegó las alas y, sin decir nada, se elevó hacia el cielo.

## XXIII

Por fin se acercaban a Gorywynn, el corazón de cristal de Luna de Leyenda. Durante el vuelo, Kim creyó ver más de una vez un reflejo dorado en el horizonte, pero nadie se les acercó y tampoco estaba seguro de si había sido algo real o imaginado. El Gusano con Zarpas estaba nervioso e irascible pero, por lo demás, no ocurrió nada. Si lo que Kim había entrevisto en la lejanía era el resplandor emitido por Rangarig, eso no hizo que el gusano cambiara su rumbo o diera muestras de querer enfrentarse a su odiado enemigo; si el sermón había surtido efecto o no, era algo que nadie sabía. En la tarde del cuarto día después de haber atravesado las Montañas de las Sombras, Kim vio una mancha de niebla en el horizonte y poco después una serie de brillos y centelleos, como si hubieran encendido innumerables hogueras. Peer también se dio cuenta y estiró el cuello hacia aquella visión. El propio Jarrn salió de la meditación en la que llevaba sumido tanto tiempo y se frotó los ojos para poder ver mejor.

El corazón del muchacho comenzó a latir con fuerza. Desde hacía algún tiempo, el paisaje sobre el que se deslizaban le resultaba cada vez más conocido, y eso solo podía significar que se acercaban a la ciudad de cristal. Pero, ¿qué significaban aquellos reflejos? ¿Habrían llegado demasiado tarde?

—¿Es Gorywynn? —preguntó Peer como si pudiera leer los pensamientos de Kim.

Este se encogió de hombros sintiéndose infeliz.

—No lo sé —dijo aun en contra de su propia convicción.

Peer entrecerró los ojos para poder ver mejor.

—Debe de ser Gorywynn —dijo—. Reconozco el río que va por detrás de aquella cadena de colinas, pero ¿de dónde sale tanto humo?

La respuesta a esta pregunta llegó antes de lo esperado. Sí, el gusano se acercaba a la ciudad de cristal, pero las paredes irisadas y las torres eran casi irreconocibles al estar ocultas tras una espesa capa de polvo y humo que lo oscurecía todo. El rojo centelleo resultó ser el reflejo de numerosos fuegos que ardían alrededor y, mucho antes de que se acercaran demasiado a Gorywynn, Kim escuchó el ruido de un sordo bramido, como el retumbar del lejano oleaje de un mar que rompiera contra un arrecife.

—¡Están... están combatiendo! —exclamó Peer espantado—. ¡Son los caballeros de las estepas de Priwinn! —Se dio la vuelta y miró a Kim con los ojos desorbitados a causa del miedo—. Hemos llegado demasiado tarde.

Kim no contestó. Desde el lomo de su portador miró fascinado la impresionante concentración militar. Allí abajo debía de haber diez mil guerreros, o puede que fueran cien mil, repartidos en dos poderoso ejércitos. A causa de la altura era imposible distinguir a los amigos de los enemigos, pero Kim se dio cuenta de que los dos adversarios parecían contar con el mismo número de fuerzas. ¡Había comenzado la batalla final!

A una orden de Kim, el Gusano con Zarpas descendió para que pudieran captarlo todo con el mayor detalle. Lo que ahora vio el muchacho era justo lo contrario de lo que había pensado en principio. Los caballeros de las estepas de Priwinn y sus aliados eran los sitiadores de Gorywynn, mientras que la gente del río y sus vasallos estaban asentados en la ciudad y formaban sus líneas defensivas en el campo situado delante.

Kim y Peer habían llegado justo a tiempo para vivir el principio de la batalla decisiva para la ciudad.

—No —murmuró Kim pensativo—. Tenemos que detenerlos.

Kim intentó, en vano, divisar al Rey de las Estepas entre la gran cantidad de personas que había por allí. Pero no habría sabido qué hacer si se hubiera topado con él.

«Seguro que Priwinn no va a soltar la espada y ordenar la retirada a sus tropas por el mero hecho de que yo se lo pida», pensó el chico.

El Gusano con Zarpas sobrevoló el campo de batalla y con un amplio viraje volvió de nuevo hacia él. La primera vez había ido a tal velocidad que desde abajo solo habrían podido distinguir una enorme sombra y oír el impresionante ruido del batir de alas del dragón. Pero ahora eran cada vez más los que dirigían su mirada hacia el cielo; a pesar del fragor, Kim pudo escuchar un grito de terror en el instante en que los soldados de ambos ejércitos reconocieron al Gusano con Zarpas. Aquella visión hizo que, por un momento, olvidaran la batalla en la que estaban inmersos. La sombra del dragón causó una ola de pánico. Por todas partes la lucha quedó paralizada y por un instante no se escuchó otra cosa que los agudos gritos de miedo de los guerreros. Rápidos como el viento, sobrevolaron, por segunda vez, a los combatientes y Kim ordenó al Gusano con Zarpas que volara más lento y, a la vez, descendiera.

La tercera vez se acercaron más al campo situado ante los muros de cristal y Kim pudo ver, por fin, lo que estaba buscando: en plena vanguardia, allí donde los jinetes y las tropas de a pie de ambos ejércitos peleaban con más encarnizamiento, pudo reconocer la armadura negra y sin brillo de su amigo; justo a su lado se erguía una enorme y destacada figura armada con una maza. Era Gorg.

Como si la repentina llegada del dragón hubiera supuesto una señal, la lucha se reanudó con mayor violencia. Los ejércitos peleaban con una ferocidad sin límite y en aquel extenso lugar retumbaron de nuevo los golpes de las armas al chocar, los aullidos de furia y los gritos de dolor. El ejército de Priwinn parecía imponerse. Aunque se defendían con obstinación, las gentes del río y sus aliados se retiraban de forma lenta pero continuada hacia los cristalinos muros. Sus enemigos no eran tan solo los caballeros de las estepas; entre los hombres de Caivallon, vestidos de cuero negro, Kim pudo reconocer a miembros de otros muchos pueblos; incluso para sorpresa suya, llegó a ver hombres-árbol. Nadie hubiera podido pensar que este pueblo libre iba a ser capaz de combatir. Poco a poco descubrió a otros muchos de ellos, como si hubieran venido a vengar la muerte del árbol. Y fue esa visión la que dejó dolorosamente claro a Kim el alto precio que tenían que pagar los pueblos de Luna de Leyenda por seguir el camino de Priwinn.

El Gusano con Zarpas daba vueltas por encima del campo de batalla. En algunas ocasiones golpeaba contra él, aunque sin ningún efecto, una lanza o una flecha. Kim se apercibió de que el dragón se sentía cada vez más intranquilo. Sus poderosas garras se abrían y cerraban en el vacío y sus mandíbulas se agitaban como si quisiera agarrar algo entre ellas y destrozarlo. No sabía durante cuánto tiempo aquel enorme ser iba a poder contenerse. Al fin y al cabo, era el más malvado y peligroso de todos los que había en Luna de Leyenda. El hecho de que ahora fuera su aliado no significaba que esa batalla y esas muertes, toda esa sangre y el olor del campo de batalla no le estuvieran haciendo regresar a su auténtica forma de ser.

De repente, el muchacho vio algo que le hizo dejar de lado la preocupación que sentía por el gusano: el ejército de los caballeros de las estepas había formado una cuña que se dirigió de forma inexorable hacia las puertas de Gorywynn, con lo que consiguió partir en dos a sus contrincantes. Pero lo que los soldados de allí abajo creían ver como un retroceso de la gente del río, desde arriba se venía de forma muy distinta. Kim comprobó con toda claridad que no era solo la impetuosa furia atacante la que hacía que flaqueasen las líneas de la gente del río. Retrocedían de su enemigo a pasos contados tan solo para reagruparse de nuevo. El muchacho constató que se trataba de una argucia. Estaba claro que la gente del río había reconocido al Rey de las Estepas e intentaban llevárselo por la fuerza. Y daba la impresión de que lo iban a conseguir.

—¡Priwinn! —gritó Kim lo más alto que pudo—. ¡Ten cuidado! ¡Es una trampa!

Pero Priwinn no pudo oír sus palabras. Habían llegado demasiado tarde y los piratas ya casi habían concluido su movimiento envolvente. La línea de batalla acabó cerrándose detrás de Priwinn y de los jinetes que estaban a su alrededor.

De esa forma el ejército de la gente del río consiguió de forma brutal y decidida que la batalla se inclinara a su favor. Priwinn y sus acompañantes se defendieron con el valor de la desesperación. De forma repetida, no menos de tres o cuatro adversarios caían sobre cada uno de los caballeros de las estepas, y en repetidas ocasiones eran estos los que ganaban la desigual pelea. Gorg bramaba como un loco ante sus atacantes y con su poderosa maza se deshacía de ellos a docenas. Pero, a pesar su enorme coraje y vigor, tuvieron que renunciar cuando la superioridad numérica fue excesiva incluso para ellos. Por cada hombre del río que caía aparecían tres de recambio y el número de adversarios contra el que tenían que luchar Priwinn y sus escasos aliados crecía de forma imparable. Aparecían desde todas las direcciones para reforzar el cerco alrededor del Rey de las Estepas. Su ejército intentaba, a la desesperada, romper las filas de la gente del río para ir en ayuda de su líder, pero no pudo conseguirlo. Uno tras otro, todos los acompañantes de Priwinn fueron derribados. Al final, espalda contra espalda, solo quedaron el joven rey y el gigante Gorg; al gigante le protegía su fuerza descomunal y a Priwinn su mágica armadura negra.

Al darse cuenta de lo que iba a ocurrir, Kim gritó hasta desgañitarse, se inclinó hacia delante y golpeó los flancos del gusano como si fuera un caballo de batalla al que quisiera azuzar para que corriera más. Y así fue como reaccionó el monstruo. Puede que el grito de Kim fuera la orden que esperaba, pues emitió un fantástico bramido, desplegó sus alas todo lo que pudo y, con la boca abierta y ávida de venganza, se precipitó contra el ejército de los hombres del río.

Detrás de Kim, Peer gritó algo que no se entendió mientras Cacho silbó aterrorizado y se metió de nuevo bajo la camisa de Kim; Jarrn chilló de miedo y se puso la capucha por encima de la cara. Pero Kim no se percató de nada. El Gusano con Zarpas descendió del cielo como un halcón al ataque y se introdujo entre la gente del río. Sus garras arrasaron a hombres y cabalgaduras y el remolino de sus alas derribó a docenas de jinetes. Como un viento de tormenta que pasara por un campo de grano, el animal aró el ejército de piratas mientras se dirigía hacia Gorg y Priwinn. La gente del río huía aterrorizada pero el gusano era más rápido y dejó un surco de muerte y aniquilación en el desperdigado frente de los guerreros. Como un demonio negro, batía el aire a un metro de altura sobre el suelo, golpeaba, mordía y atrapaba todo lo que estaba a su alcance; el viento huracanado de sus alas acababa con todo lo que habían dejado indemne sus garras.

Gorg y Priwinn también se dieron cuenta de que el dragón se acercaba y Kim vio que el gigante abría incrédulo los ojos al reconocer al personaje que viajaba sobre el lomo de aquella bestia. Pero el muchacho comprendió que el Gusano con Zarpas no se iba a detener. Cada vez estaban más cerca, pero el dragón volaba con mayor rapidez que nunca. No distinguía entre amigos y enemigos y se limitaba a matar y aniquilar a cualquiera que se interpusiera en su camino.

—¡Atrás! —gritó Kim a sus amigos—. ¡Poneos a salvo!

Priwinn se quedó paralizado. Había abatido su espada y contemplaba con incredulidad al veloz monstruo. En el último momento, cuando Kim ya creía que los iba a arrollar y pasar por encima, Priwinn dio un salto desesperado y se puso a cubierto, lo que le permitió escapar por muy poco de las garras del gusano.

Gorg tuvo menos suerte. Al despertar de su parálisis ya era demasiado tarde. Una de las terribles alas del dragón le golpeó e hizo saltar por los aires para caer violentamente contra el muro de la ciudad. El dragón no se había tranquilizado, al contrario, su bramido era cada vez más fragoroso y salvaje, sus alas golpeaban con fuerza creciente y, con una furia terrorífica, impactó contra la clausurada puerta de la ciudad. El golpe hizo que los maderos, tan gruesos como un hombre, se rompieran como palillos y que la puerta se abatiera sobre sí misma, destrozada, mientras Kim y Peer salían disparados a gran distancia desde el lomo de la bestia. Y mientras Kim caía, pudo ver cómo se estremecía el dragón que, con una sacudida, acabó golpeando contra el suelo; el chico rodó desorientado y, con un violento golpe, terminó tumbado junto al muro de cristal. Se puso de rodillas aturdido y alzó las manos como para protegerse.

Le dolía mucho la cabeza. A través de una especie de niebla gris distinguió una figura que se acercaba a la carrera. Tuvo una impresión fugaz de metal negro, cuero y pelo; vio el brillo de una espada y luego presintió, más que supo, que se trataba de un hombre del río.

Cacho salió de la camisa con un chillido de pánico y se puso a salvo; su mera visión dejó tan desconcertado al atacante que se detuvo por un instante.

Pero fue por poco tiempo. Antes de que Kim dispusiera de un momento para reponerse, empuñó con fuerza la espada y se dirigió contra el muchacho.

De inmediato, Kim hizo un brusco movimiento de lado, con lo que la espada golpeó a sus espaldas contra el muro de cristal, del que saltaron chispas, y el muchacho se rehízo para, ciego de furia, lanzarse a su vez al ataque.

El hombre del río era más alto y fuerte, pero el ímpetu de Kim le sorprendió por completo. Cayeron al suelo enzarzados, rodaron unos metros y se separaron de nuevo.

Kim intentó esquivarle, pero el pirata del río era más rápido. Con un grito triunfal alzó su espada y nuestro héroe vio el mortal brillo de su filo que se dirigía hacia él con un movimiento tan rápido que no hubiera podido reaccionar.

Pero no llegó el golpe letal. En lugar de eso la roja bola emplumada saltó contra el hombre, golpeó contra su nuca y le mordió con fuerza.

El pirata del río se tambaleó por efecto de la sorpresa, pues el ataque de Cacho no le hubiera podido hacer perder el equilibrio; echó la mano hacia atrás, aferró al animal y con un grito lo tiró ante sí a gran distancia.

Pero ese instante de desconcierto fue suficiente. Kim saltó y golpeó al hombre hasta hacerle caer. El guerrero gritó, se desplomó y soltó la espada. Antes de que pudiera volver a incorporarse, una flecha amarilla con un penacho verde silbó muy cerca de la espalda de Kim y atravesó al pirata del río.

Kim se dio la vuelta deprisa para buscar a Cacho. El animalito se tambaleaba. No estaba herido pero parecía aturdido.

—¿Estás bien? —interrogó Kim.

—Claro —contestó Cacho—. Uno solo de estos fulanos comedores de pescado no es suficiente para asustarme.

La batalla volvía a estar en pleno apogeo. El ataque del Gusano con Zarpas había hecho que cambiaran las tornas. Cualquiera que fuera el lugar al que se mirara, se veía a gente del río que volvía la espalda para huir. Los jinetes de Priwinn los perseguían para acabar con ellos sin piedad allí donde los alcanzaban. Lo que en un principio había comenzado con un férreo cerco alrededor del acceso a la ciudad, ahora terminaba en una aterrorizada carrera. El temible ejército de los piratas del río comenzaba a dispersarse en todas direcciones.

De repente, y casi contra su voluntad, sin llegar a percatarse del todo de sus actos, Kim se encontró espada en mano en pleno fragor de la batalla. El Gusano con Zarpas rugía de nuevo entre la gente del río como si fuera un demonio negro. A derecha e izquierda, delante y detrás, e incluso debajo de él, la batalla hervía como una furia incontrolable. Kim detuvo el mandoble que le lanzó un hombre del río que de súbito apareció entre el humo delante de él, propinó a su atacante un doloroso golpe en el muslo y le lanzó al suelo de una patada; el otro dejó caer su arma y se retorció. Kim miró de forma impetuosa a su alrededor en busca de Priwinn y el gigante, pero no pudo encontrarlos entre aquella confusión, por lo que continuó peleando e intentó acercarse a la destrozada puerta de acceso a la ciudad, donde la lucha era más encarnizada.

La gente del río que no había podido escapar intentaba guarecerse detrás de los muros, pero sus atacantes los perseguían. La bóveda vítrea de la puerta vibró de nuevo a causa de los gritos y el feroz golpear de las armas. Kim se vio obligado a defender su pellejo, pero una vez más tuvo que tratar de quitarse de la cabeza la idea de que ahora eran ellos los que entraban en Gorywynn con las armas en la mano. Todo parecía estar trastornado y cabeza abajo. El bien se había transformado en mal y ya nadie sabía la diferencia que existía entre lo justo y lo injusto.

Entonces encontró a Priwinn. Había empuñado de nuevo la espada y ahora se encontraba al frente de su gente y hacían retroceder, paso a paso, a sus enemigos.

Kim gritó varias veces el nombre de su camarada, pero su voz quedaba ahogaba bajo el estruendo de la pelea y, aunque lo intentaba y no tenía miramientos al golpear con el mismo salvajismo que los demás, no consiguió acercarse a Priwinn debido a que los piratas del río habían establecido al otro lado del muro una última y desesperada resistencia; ante ellos se formó una aglomeración infernal de soldados.

Por fin, la resistencia de la gente del río se debilitó poco a poco y los atacantes, entre los gritos triunfales de cientos de gargantas, entraron en Gorywynn; Kim iba con ellos.

Una voz interior le advertía de que aquello que estaban haciendo era un error, que debían tirar las espadas e intentar finalizar la lucha. Pero, por otra parte, notó de repente una terrible ira contra los hombres del río y sus aliados; en aquel momento la furia era bastante más fuerte que la voz de la razón. Por fin encontró a Priwinn en primera fila del combate; blandía la espada con destreza y del mismo modo seguro y rápido con que ya lo había hecho una vez en la batalla contra los guerreros del mago Boraas.

Fue, por supuesto, una casualidad, pero la resistencia acabó por desintegrarse en el preciso momento en que Kim llegó hasta el Rey de las Estepas y se colocó a su lado. Desaparecieron todos sus escrúpulos y ya no se molestó en pensar que en esa pelea podía resultar herido o incluso muerto. Tenía la impresión de que la espada que sostenía en la mano le hacía poderoso e invulnerable; también le otorgaba la embriagadora y engañosa sensación de seguridad que rodea a todos los hombres de todos los bandos al comenzar una batalla.

Priwinn se defendió del ataque de un enemigo y lo consiguió gracias a un golpe del arma mágica que sujetaba con ambas manos, luego alzó la visera de su casco. En su rostro se apreciaba el agotamiento y resplandecía a causa del sudor, pero en sus ojos se dibujó una sonrisa radiante al ver a Kim.

—Sabía que vendrías —dijo.

—¿Dónde está Gorg? —gritó Kim a modo de respuesta—. ¿Sigue vivo?

Priwinn hizo un ademán que era una mezcla entre un gesto de asentimiento y otro de encogerse de hombros.

—Creo que sí —le contestó—. A él no puede hacerle daño nadie.

—¡Voy en su busca! —dijo Cacho.

Se bajó del hombro de Kim y desapareció en la pelea antes de que nadie pudiera sujetarle. En aquel instante se despegó de Priwinn una negra sombra de ojos amarillos; era Sheera, que se reunió con su amigo.

De nuevo fueron atacados y tuvieron que defenderse violentamente hombro con hombro. Los adversarios habían dado la batalla por perdida, pero parecían decididos a llevarse con ellos en su derrota a todos los enemigos que pudieran. Peleaban con valor para salvar sus propias vidas y el lento avance de los caballeros de las estepas se convirtió en un terrible tributo de sangre. Ahora ya no había orden de batalla, como ocurrió al principio de la lucha, sino que estaban divididos en grupos formado por unas pocas personas. Kim intentó en varias ocasiones colocarse junto a Priwinn para hablar con él, pero no lo consiguió. Luchaba sin cuartel. Su espada se clavaba en armaduras y vestimentas, destrozaba armas, escudos y corazas; Kim se asustó al ver aquella imagen. Era la segunda vez que luchaban mano a mano en una batalla y ahora no solo se trataba de la salvación de Luna de Leyenda, sino de otro asunto, un asunto terrorífico. La lucha contra los caballeros negros de Boraas no había sido menos grave ni violenta que la presente, pero existía una diferencia básica: en aquel entonces la batalla de Gorywynn había sido librada contra los defensores del mal, pero ahora...

Poco a poco acabó apagándose el último rescoldo de lucha. Por la destrozada puerta entraban cada vez más caballeros de las estepas con sus aliados pasando por encima de los enemigos. Por fin, Kim pudo bajar su espada y quedarse en pie sin pelear. Su corazón latía a toda velocidad. Estaba bañado en sudor y sangraba por una docena de pequeñas cortes y heridas, inofensivos pero dolorosos, que había sufrido sin darse cuenta. La debilidad se extendió por su cuerpo y sus miembros le parecieron pesados como plomo.

Pero aún no había pasado todo. Quería dirigirse a Priwinn, pero este se limitó a cortarle la palabra.

—¡Temístocles! —gritó excitado el rey de los jinetes de las estepas—. Debemos ir en su busca. ¡Si le han capturado todo estará perdido!

Kim sintió espanto al pensar que la batalla no había terminado todavía. Pero se dio cuenta de que Priwinn tenía razón. No cabía ninguna duda de que la gente del río habría intentado apresar a Temístocles pero, a pesar de que en los últimos tiempos había envejecido y se encontraba débil, todavía era un poderoso mago que podía defenderse del peligro. Y los del río también sabían que él era su única prenda, un medio de presión con el que no conseguirían vencer en la batalla pero sí lograr unas condiciones adecuadas para la retirada. Sí, Temístocles se enfrentaba a un gran peligro. Kim se unió a los caballeros de las estepas para asaltar el orgulloso castillo de Gorywynn.

Detrás de la puerta de acceso y en el campo, la lucha ya había finalizado, pero al adentrase en los tortuosos callejones se encontraron con elementos armados aislados que intentaron detenerles.

Sobre todo fue Priwinn el que ganó más terreno, y sin sufrir apenas ningún daño al estar protegido por su armadura, pero el número de sus aliados había mermado bastante al llegar al castillo. Se produjo entonces una última y encarnizada pelea al tropezar con un par de docenas de hombres del río. Kim subió con Priwinn por la cristalina escalera que llevaba hasta la torre del mago. El chico había esperado encontrarse con una implacable resistencia, pero aquel inmenso castillo parecía estar muerto.

Aquí y allá pudieron ver las huellas de los hombres del río: una espada abandonada, una prenda de ropa olvidada, un zapato en medio de la escalera... pero nada se movía y nadie intentó cortarles el paso hacia la torre.

El panorama cambió de repente al llegar a la cámara de la torre en la que ya hacía mucho tiempo que habían dejado a Temístocles.

Delante de la puerta había dos hombres armados y entre ellos, como una pesadilla hecha de anguloso acero pulido, estaba la gigantesca figura de un hombre de hierro.

—¡Ni un paso más! —gritó uno de los centinelas. Su mirada se movió indecisa entre Kim y el Rey de las Estepas y luego se dirigió al segundo de ellos—. Ni un paso más, rey Priwinn, o mataremos al mago.

Y el otro añadió con frialdad:

—¡Si no lo creéis, mirad!

Abrió la puerta para que pudieran ver el interior de la sala que tenían a sus espaldas. Lo que vieron les hizo lanzar un grito de espanto.

Temístocles estaba sentado junto a la ventana, pero apenas le reconocieron. Era un decrépito anciano tambaleante con el rostro arrugado y los ojos turbios. El pelo le caía en largos mechones sobre los hombros y la cara y parecía tener las fuerzas necesarias únicamente para mantenerse sentado en la silla.

Estaba encadenado con una delgada cadena hecha con el acero de los enanos. Detrás de la silla se encontraba un hombre de hierro y su poderosa mano izquierda se dirigió amenazadora hacia Temístocles. Sus ojos verdosos parecían mirar burlones en dirección a la puerta.

—¿Qué significa esto? —preguntó Priwinn con irritación, aunque obedeció la orden y bajó la espada—. Ya sabéis que habéis perdido.

—Pudiera ser —contestó uno de los hombres con toda tranquilidad—. Pero, por lo que veis, también pudiera ocurrir que no —hizo un gesto con los hombros y prosiguió con un tono de voz monótono y relajado—: Eso depende de lo que valoréis la vida del mago.

Kim dio medio paso atrás y hacia un lado para situarse justo detrás de Priwinn. El centinela le miró con desconfianza por un momento, pero luego se volvió a concentrar en la cara de Priwinn. Kim, con gran habilidad, susurró algo al oído de su amigo sin mover los labios.

—Entrentenlos aquí. Ahora vuelvo.

Luego, paso a paso, retrocedió hasta que sus pies llegaron al primer peldaño de la escalera, se volvió y corrió. Saltaba los escalones de dos en dos e incluso de tres en tres para bajar de la torre y salir del castillo.

Tan rápido como pudo rehízo el camino por el que habían llegado y por fin alcanzó el portón. Estaba tan agotado que tropezó en varias ocasiones y, una de las veces que cayó, le resultó muy fatigoso ponerse de nuevo en pie y proseguir su carrera. Su corazón latía con violencia casi dolorosa y temió que pudiera llegar a romperse en pocos segundos.

A pesar de eso, cada instante era muy valioso y podía ser decisivo para la vida o la muerte del mago. A quienes menos temía Kim era a los centinelas.

¡Era a Priwinn a quien tenía miedo! Había observado la expresión de sus ojos al ver al mago encadenado. Kim sabía que el Rey de las Estepas podía hacer gran cantidad de cosas para salvar la vida de Temístocles. ¡Pero nunca se volvería atrás de su victoria!

Llegó a la puerta de la ciudad casi arrastrándose y miró a su alrededor. Con alivio descubrió que el Gusano con Zarpas estaba en el mismo sitio en que le había visto por última vez.

El dragón había dejado de bramar y permanecía sentado rígido, como paralizado. Sus ojos, rojos como el fuego, miraban con odio a las personas que le rodeaban mostrando gran respeto y le contemplaban con una mezcla de miedo y curiosidad. En ocasiones soltaba un profundo gruñido y enseñaba los dientes.

Kim tropezó un par de veces, cayó de rodillas y se quedó en el suelo, jadeante y con los ojos cerrados, hasta que pudo reunir las fuerzas necesarias para levantarse. Se tambaleó, como si estuviera borracho, y luchó para pasar entre los mirones.

Una mano le sujetó y quiso tirar de él en el momento en que se colocó delante de todos e intentó acercarse al Gusano con Zarpas, pero Kim se deshizo de ella y prosiguió su carrera sin escuchar el coro de voces que se levantaba detrás de él. El dragón volvió la cabeza. Por un momento sus ojos llamearon a causa de un deseo asesino, pero luego reconoció a Kim y el inmenso odio de su mirada se convirtió en ira y desconcierto, algo así como un reproche que Kim no entendió pero que le dolió.

Al acercarse vio que el dragón estaba herido.

Ni su robusta piel había podido aguantar la tempestad de piedras, lanzas y flechas. Sangraba por numerosas heridas y algunas parecían graves. Una de sus poderosas alas estaba apoyada en el suelo, como si no tuviera fuerzas para mantenerla plegada junto a su cuerpo. Pero Kim no se fijó en eso, corrió hacia las patas delanteras del monstruo, se subió de un salto a su lomo y se inclinó sobre el bulto lloroso que estaba junto al cuello del dragón.

Kim notó una punzada en el pecho al observar el lastimoso estado en que se encontraba el Rey de los Enanos. Al contrario que Peer y Kim, él no había podido bajar, pues aún se hallaba encadenado. Había estado presente en toda la terrible pelea con la que el dragón había destrozado la puerta. Al principio, Kim temió que el enano estuviera muerto, puesto que no se movió al darle la vuelta para quitarle la capucha. Pero Jarrn abrió los ojos con mucho trabajo, miró a Kim sin llegar a reconocerle y lanzó un gemido bajo y forzado.

—Lo siento —murmuró Kim, y lo decía con sinceridad pues, a pesar de que Jarrn había provocado en parte aquella desgracia, Kim tuvo la sensación de que el Rey de los Enanos no era el mayor responsable de todo. Eliminó aquellos extraños pensamientos, buscó bajo su cinturón y sacó la llave. Sus manos temblaban al soltar la cadena del tobillo de Jarrn y el enano gimió de dolor en el momento en que el chico le sujetó para alzarle en brazos.

—Te pondrás bien, Jarrn —le dijo mientras se mantenía en equilibrio sobre el lomo del Gusano con Zarpas en busca de un lugar por el que poder bajar mientras llevaba encima el peso del enano—. Te curaremos, pero primero tienes que ayudarnos.

—¿Ayudar? —gimió Jarrn—. Tú estas... de verdad, creo que estás tan chiflado como siempre había pensado. ¿Por qué iba a ayudarte?

Kim se ahorró la respuesta, descendió con cuidado del lomo del gusano y emprendió el camino de regreso. Las personas allí reunidas le abrieron paso al verle acercarse con el enano en los brazos y luego le siguieron con miradas y voces de extrañeza. Esta vez nadie intentó detenerle. Llegó a la puerta sin ser molestado, atravesó la gran plaza y, por segunda vez, se encaminó hacia el castillo.

Se encontraba al borde del agotamiento y llevaba en sus brazos al Rey de los Enanos. En una ocasión la debilidad le doblegó con tanta fuerza que tuvo que apoyarse contra una pared para poder recuperarse. Incluso hubo un momento en que se dejó caer a Jarrn. El enano produjo un sonido sordo al golpear contra el vítreo empedrado y de inmediato comenzó a maldecir con sus malas maneras habituales. Kim le alzó de nuevo y continuó su andar tambaleante. Al llegar a la entrada del castillo se topó con un caballero de las estepas que quiso ayudarle, pero Kim negó con la cabeza y pasó de largo. Ascendió escalón a escalón por la enorme escalera de caracol en dirección a la sala de la torre, sin embargo se detuvo al llegar al primer recodo; si hubiera subido dos o tres peldaños más hubiera llegado a su destino.

Kim pudo escuchar voces. No entendía lo que decían, pero parecía un intercambio de palabras muy vivo. Soltó a Jarrn con mucho cuidado, se dejó caer sobre el escalón de cristal y, agotado, colocó por un instante la cabeza entre las manos.

—¿Y ahora qué pasa? —preguntó el enano.

Hubo algo en su tono de voz que obligó a Kim a mirarle.

El enano estaba de pie y le observaba; de repente parecía muy despierto y saludable. Su ropa estaba hecha jirones, pero eso no le daba un aspecto muy distinto al que presentaba en otras ocasiones, únicamente tenía algunas magulladuras y arañazos. Pero la mueca maliciosa de su cara era casi de felicidad y sus ojos oscuros miraban a Kim con la maliciosa alegría que le producía el mal ajeno.

—¿Puedes... puedes andar? —susurró Kim con tono apagado.

—Claro que puedo andar —contestó Jarrn. Saltó en el sitio y elevó los brazos sobre la cabeza para demostrarlo—. No me falla nada. Me siento muy bien. Para acabar conmigo hace falta algo más que una enorme babosa histérica.

—¿Y has permitido que te llevara en brazos durante todo este tiempo? —murmuró Kim. Ya no tenía fuerzas ni para sentir su propio cansancio—. ¿Por qué no me has dicho que podías andar?

—No me lo preguntaste, ¿verdad? —replicó Jarrn con impertinencia—. Pensaba que te parecía divertido llevarme a cuestas.

Kim se tragó la respuesta airada que se le venía a la boca. En realidad le daba igual, pues las cortas piernas del enano habrían resultado muy lentas.

—Necesito tu ayuda, Jarrn.

—¿Mi ayuda? —la voz del enano sonó como un chirrido—. Ya te lo he dicho otras veces: estás chiflado.

—Lo digo hablando muy en serio —continuó el muchacho—. Está en juego la vida de Temístocles.

El enano hizo un guiño y preguntó.

—¿Su vida?

—La gente del río le tiene retenido —Kim señaló hacia arriba con un movimiento de cabeza—. Saben que no tienen escapatoria y están desesperados. Creo que harán una locura si Priwinn no cede.

—No va a ceder —dijo Jarrn en tono muy serio.

—Yo también lo temo —contestó Kim cansado—. Ha cambiado mucho y se ha convertido en un ser muy violento. A veces ni siquiera le reconozco.

—¿Y qué puedo hacer yo? —interrogó Jarrn—. La gente del río me obedece menos que a ti. No tenemos amistad con ellos, ¿lo has olvidado?

—No —replicó Kim—. Pero ellos tienen dos hombres de hierro. ¿Cómo ha podido ocurrir?

—¿Hombres de hierro? —La sorpresa hizo que la ceja izquierda de Jarrn se disparara casi hasta la mitad de su frente—. ¿Tienen hombres de hierro?

El enano parecía asustado y confundido, pero en su tono también había algo de preocupación, al menos eso le pareció a Kim. Al observar la sorpresa que se dibujaba en el rostro de Jarrn le quedó muy claro el motivo por el que no había divisado ni siquiera a un hombre de hierro en todo el ejército de la gente del río. Uno de estos colosos hubiera equivalido en poderío a cien de los caballeros de Priwinn.

—Por favor, Jarrn, ayúdanos —suplicó Kim—. Te prometo la libertad. Te dejaré ir en cuanto Temístocles esté a salvo. Tienes mi palabra.

—Me temo que en este momento tu palabra no tiene mucho valor —dijo Jarrn con insolencia—. ¿Por qué tendría que ayudarte? ¿Sabes todo el lío que has ocasionado? Mucho más que ese comedor de hierba y todos sus amigos juntos.

Los ojos de Kim se llenaron de lágrimas de desesperación.

—Por favor, Jarrn —rogó—. Tú... tú puedes conseguir lo que desees. Por mi parte, si así lo quieres, te acompañaré en calidad de rehén o como prisionero. Tienes mi palabra de honor de que no voy a intentar escaparme. ¡Ayúdanos! Salva a Temístocles. Al menos él aquí no es tu enemigo.

El enano mantuvo la vista fija en Kim de tal forma que el chico se estremeció. No era capaz de entender a Jarrn. La mayoría de las veces él y sus súbditos se comportaban de modo infantil y desagradable y parecían ser la esencia de la maldad, pero una y otra vez Kim percibía algo muy distinto en los rasgos de Jarrn: era sabiduría, pero de un tipo que el chico no llegaba a comprender.

—Está bien —dijo por fin Jarrn—, pero no lo hago por ti ni por ese comedor de hierba de ahí arriba. Lo hago por Temístocles, pero luego seré libre y me iré por mi camino.

—¡Tienes mi palabra! —confirmó Kim. Se puso de pie y quiso seguir, pero Jarrn sacudió la cabeza y con un movimiento de la mano le obligó a regresar.

—Espera aquí un momento —dijo—. Yo voy a... ir por otro camino. Si me ven y se dan cuenta de lo que ocurre me apresarán y matarán al mago. Conozco a la gente del río. Son un pueblo infame y vil. Su forma de actuar consiste en destruir todo lo que no pueden tener.

Kim asintió agotado.

—Te espero aquí —aseguró—. Contaré despacio hasta treinta, ¿tendrás bastante con eso?

—Mejor hasta cincuenta —dijo Jarrn tras pensarlo un poco—. Siempre que seas capaz de contar tanto.

—Lo intentaré —dijo Kim, esbozó una sonrisa de cansancio y luego se quedó con los ojos desorbitados, pues el enano había desaparecido moviéndose a tal velocidad que ni siquiera podía seguirle con la vista. Jarrn era una constante fuente de sorpresas.

Kim sacudió decepcionado la cabeza y miró al lugar en el que antes había estado el enano. Luego comenzó a estremecerse a causa de la impaciencia, pero se obligó a conservar la calma y comenzó a contar. Cuando terminó, inspiró un par de veces con intensidad, irguió los hombros y subió por las escaleras con tanta tranquilidad como pudo aparentar.

Desde que se había marchado para ir en busca del enano, el aspecto de aquella sala de arriba había cambiado poco. Los dos hombres del río y el hombre de hierro estaban ante la puerta y Priwinn, rodeado ahora por ocho o diez caballeros de las estepas, estaba al otro lado del pasillo y los observaba con expresión de odio. Al oír los pasos de Kim, le dirigió una mirada y en su cara apreció una expresión de furia ante la cual el muchacho no reaccionó. Luego se volvió de golpe hacia los dos hombres del río y alzó la mano.

—Bueno, decidid. Escolta libre para vosotros y todos los que aún se encuentran dentro de las murallas, siempre que abandonéis las armas y nos entreguéis a los hombres de hierro. Exigimos la destrucción de todas las máquinas que los enanos hayan construido para vosotros.

—Nunca —contestó el hombre del río—. Con tu permiso, rey Priwinn, habéis ganado la batalla pero no la guerra.

—¿Pretendes que os dejemos marchar y que confiemos en vuestra palabra de que no vais a regresar para vengaros de la derrota? —Priwinn rio entonces con fuerza—. ¡Estás loco! Entregadnos las armas y a esos seres y podréis iros. De lo contrario, no hay nada de lo dicho.

—En ese caso el mago morirá —prosiguió el hombre del río en tono grave.

—Puede que sí —contestó Priwinn con voz aún más seria—. Pero no voy a poner en peligro el destino de todo mi pueblo por salvar una sola vida. Si fuera la mía propia no cambiaría de forma de pensar.

Kim escuchó estas palabras y sintió un frío terror. Aquel ya no era el muchacho al que había conocido, feliz y siempre de broma. Priwinn se había convertido en un hombre. Pero un hombre severo, demasiado severo.

—Vuestro plazo se agota —continuó Priwinn al observar que el hombre del río no contestaba—. Decidid o...

—¿O qué? —preguntó el hombre de forma amenazante.

Priwinn desenvainó con calma la espada y sus acompañantes le imitaron, con lo que los hombres del río se encontraron de pronto ante una docena de filos acerados. En aquel momento Kim creyó percibir un movimiento, fugaz como una sombra, en la sala que había tras la puerta. Se dominó con todas sus fuerzas para no parecer intranquilo ni mirar, como por casualidad, en aquella dirección; estaba seguro de haberlo visto. Un instante después volvió a percibirlo. Y entonces divisó a Jarrn que, como una sombra silenciosa, salió de detrás del sillón en el que se sentaba Temístocles y miró al hombre de hierro que vigilaba al anciano.

Entonces pareció que los verdosos ojos del monstruo cambiaban. Centellearon por un instante y el personaje de hierro se inclinó hacia delante, aferró con la mano izquierda la cadena que sujetaba al mago y tiró de ella con todas sus fuerzas.

Pero toda aquella fuerza no fue suficiente para romper el acerado vínculo fabricado por los enanos; en cambio la silla en la que estaba sentado Temístocles se hizo añicos con gran estruendo y el mago cayó al suelo.

Los dos hombres del río se dieron la vuelta asustados y el robot que les acompañaba también alzó la espada. Todo ocurrió tan rápido que Kim apenas llegó a percibirlo.

Priwinn se abalanzó contra ellos con un penetrante grito y perforó con su espada mágica al hombre de hierro. Los caballeros esteparios se precipitaron con tal velocidad sobre los piratas que estos no pudieron ni defenderse. En un instante se encontraron tumbados en el suelo, inmóviles y sujetos por fuertes brazos, mientras Priwinn, y Kim detrás de él, pasaban por encima del destrozado hombre de hierro para correr en auxilio de Temístocles.

Es decir, eso es lo que hizo Kim. Priwinn, en cambio, con un grito triunfal esgrimió en alto su espada y se dirigió contra el segundo hombre de hierro. El Rey de los Enanos, asustado, alzó los brazos y quiso interponerse en su camino, pero Priwinn se limitó a pasar sobre la pila de escombros, luego blandió la espada y le propinó un terrible golpe al coloso de acero. El robot cayó con estrépito al suelo y quedó inmóvil. Kim se había arrodillado al lado del mago. El anciano gemía en voz baja pero no parecía estar lastimado por la caída. Tan solo se sentía débil y muy cansado. Sus ojos agotados y tristes miraban a Kim como si comprendiera que ya estaba a punto de terminar su vida. Aquella visión estuvo a punto de romper el corazón del muchacho. Los hombres del río no habían hecho nada a Temístocles, lo único que ocurría, como ya había dicho Rangarig hacía tiempo, es que se extinguía el hechizo de aquel mundo y a la vez el tiempo de su ancestral y poderoso mago.

—¿Qué le ocurre? —preguntó Priwinn apresurado—. ¿Está herido? ¿Le han hecho algo?

—No —murmuró Kim.

Sacudió despacio la cabeza, se irguió de nuevo y volvió a inclinarse para ayudar a Temístocles. Priwinn quiso ponerse a su lado, pero Kim levantó la mano y, él solo, se encargó de alzar el frágil cuerpo del anciano.

Parecía que Temístocles no pesaba nada. Aunque se trataba de un adulto, Kim notó que su peso era la mitad del que tenía el enano que había llevado en sus brazos. Los ojos de Kim se llenaron de lágrimas al volverse para echar al mago sobre la cama.

—¿Qué le pasa? —preguntó de nuevo Priwinn.

Su voz sonaba grave y, al no recibir respuesta de Kim, golpeó con rudeza en el hombro de su amigo.

Kim le retiró la mano y le miró con ojos centelleantes.

—¡Que se está muriendo idiota! —dijo con enfado—. ¿Es que no lo ves?

Priwinn se puso pálido como la cal y se inclinó para ver la cara del mago. Kim también se acercó al lecho.

Temístocles abrió los ojos y en su rostro se dibujó una débil sonrisa. Su voz surgió tan baja que parecía un susurro, pero resultó clara y fácil de entender.

—Aún no, pequeño héroe —dijo—. Mi tiempo se agota, pero aún me queda algo. Nuestro mundo se muere y yo muero con él, pero todavía hay salvación para él. Tú ya nos ayudaste una vez. Hazlo de nuevo.

—Sí, pero ¿cómo? —preguntó Kim dubitativo—. ¡Yo... yo lo he intentado todo! Daría incluso mi vida si eso pudiera servir de algo.

—A veces la vida es poco —susurró Temístocles con tristeza—. Ayúdales, Kim. Eres el único que puede hacerlo porque yo ya estoy demasiado débil.

Cerró los ojos y su respiración se hizo más superficial y tranquila; se había sumergido en un sueño muy profundo del que quizá no despertara nunca.

A pesar de que la batalla ya estaba decidida, durante toda la noche aún se sucedieron unas cuantas escaramuzas. En los callejones de la fortaleza se habían concentrado grupos de gente del río que se defendían con inusitada fuerza pese a que ya hacía mucho tiempo que se habían dado cuenta de que todo estaba perdido. Poco a poco el entrechocar de las armas y los gritos se hicieron más débiles y la ciudad se llenó de otros sonidos, aunque no menos artificiales que los primeros: el golpear de los cascos de los caballos sobre las cristalinas calles, las risas y los cánticos de los hombres que festejaban su victoria y el crepitar de las hogueras que se habían encendido por todas partes; los soldados eran tan numerosos que no se pudo encontrar alojamiento en las casas para todos. También en el castillo resonaron muy pronto voces y pasos: Priwinn y su primer comandante habían establecido allí su cuartel general.

Pero Kim no se dio mucha cuenta de aquello. Se había sentado en la cama de Temístocles y sujetaba la arrugada mano del anciano mientras esperaba su despertar.

A veces se quedaba solo y otras estaba acompañado de caballeros de las estepas o de gente del árbol, una o dos veces también se acercó Priwinn y le habló, pero no obtuvo respuesta alguna.

Pasada la medianoche, Kim se levantó al oír ruido en la puerta y, un momento después, entró el Rey de las Estepas seguido de una figura, dos veces más alta que un hombre y muy ancho de hombros que, como si fueran muñecos, llevaba en la mano izquierda a un enano que pataleaba y en la derecha a un muchacho que maldecía en voz alta.

La bola de rojas plumas iba sentada en su hombro derecho y entre sus piernas se deslizaba la delgada figura negra de Sheera.

—¡Gorg! —gritó Kim aliviado—. ¡Estás vivo!

—Pues claro que lo está —intervino Cacho, descarado como siempre—. Pero por poco. Si yo no hubiera llegado a tiempo le habrían atrapado.

El gigante sonrió y puso en el suelo, delante de Kim, a aquel muchacho que no podía ser más que Peer.

—Claro que estoy vivo —dijo—. ¿Qué pensabas?

—Este chico dice que vino contigo —habló Priwinn mientras señalaba a Peer—. ¿Es cierto?

—Es mi amigo —confirmó Kim.

Peer miró con odio al Rey de las Estepas y de repente Kim se acordó de lo que Peer le había contado la primera noche que estuvieron juntos en la cueva de los enanos. Echó a Peer una mirada casi suplicante y se levantó.

—Me ayudó en la huida —añadió—. Sin él no lo hubiera conseguido.

La mirada que Priwinn lanzó al muchacho fue muy poco amistosa.

«Al parecer la antipatía es mutua», pensó Kim.

Luego se le ocurrió otra cosa. Se volvió y miró a Gorg, que aún llevaba al enano en la mano izquierda y parecía haberse olvidado de él.

—Bájale, Gorg —pidió.

El gigante le miró sorprendido y dirigió una interrogativa mirada a Priwinn antes de hacer lo que solicitaba Kim. Dejó a Jarrn en el suelo pero le mantuvo sujeto por los hombros. El enano maldijo e intentó escapar, por supuesto sin éxito, de los dedos del gigante.

—Déjale ir —dijo Kim.

—¿Cómo dices? —preguntó Priwinn incrédulo.

Kim asintió y señaló a Jarrn con un movimiento de cabeza.

—Le prometí la libertad —dijo—. Si no hubiera sido por él puede que Temístocles ya estuviera muerto.

—¡Tonterías! —afirmó Priwinn—. Hubiéramos encontrado la forma de deshacernos de esa escoria. Si quieres dejarle libre es señal de que estás loco. ¿Sabes quién es?

—Sí —asintió Kim—. Es el Rey de los Enanos.

—¡Por eso! —gritó Priwinn con tono casi triunfal—. Es un prisionero muy valioso, más de lo que pudiéramos desear. Fue muy inteligente por tu parte el que nos lo trajeras porque nos va a servir de mucho.

—Le di mi palabra —dijo Kim afligido.

—A lo mejor te precipitaste al hacerlo —aseguró Priwinn en tono frío—. Lo siento, pero se queda aquí. Todavía no se ha acabado todo y los hombres del río tienen razón al afirmar que hemos ganado la batalla pero no la guerra.

—¿Qué quieres decir con eso?

—Hemos reconquistado Gorywynn y el ejército pirata ha sido vencido —contestó Priwinn—, pero eso no significa que hayamos ganado. Más bien al contrario. —Su cara se ensombreció—. Mucho me temo que lo peor esté aún por llegar.

Kim echó una mirada asustada a la cara del enano. Jarrn miraba con frialdad al Rey de las Estepas pero Kim pudo percatarse de que en sus ojos había una leve sonrisa maligna. Priwinn tenía razón. Aquello aún no había terminado. Y, de súbito, se acordó de la aparente e inexplicable jovialidad y serenidad con que Jarrn había aceptado tanto su huida como su propia captura.

—¿Quieres decir que regresarán? —preguntó.

—¿La gente del río? —Priwinn sacudió la cabeza negando—. No creo. Han salido muy malparados y van a precisar algún tiempo para recuperase. Pero hace ya días que nuestros espías nos han informado de la existencia de un ejército que se dirige hacia aquí. Si no se produce un milagro, llegarán a la hora de la salida del sol.

—¿Qué ejército es ese? —preguntó Peer.

Priwinn le miró como si se pensara que el muchacho no merecía el honor de una respuesta. Luego se encogió de hombros y dijo, dirigiéndose a Kim, no a Peer:

—Hombres de hierro.

—¿Hombres de hierro? —Kim se estremeció como alcanzado por un rayo y miró a Jarrn con los ojos muy abiertos—. ¿Es cierto? —murmuró.

Jarrn hizo una mueca maliciosa.

—¿Pensabas que nos íbamos a quedar mano sobre mano mientras vosotros os dedicabais a destrozar todo lo que hemos construido, idiota?

—¿Cuántos vienen? —preguntó Kim estremecido.

—Miles —dijo Gorg.

Priwinn añadió:

—Todos los que se nos han escapado. Y puede que todos los que han fabricado después en sus fundiciones. Tú estuviste allí, Kim, y deberías saber mejor que nosotros cuántos son.

Pero Kim sacudió la cabeza.

—Yo no vi ni a uno —dijo—. Puede que los hubieran sacado de allí o que los fabricaran en otro lugar.

En los ojos del enano apareció una expresión que parecía indicar que Kim había dicho algo gracioso. Sonrió una vez más, pero no dijo ni palabra.

—Entonces está todo perdido —murmuró Kim abatido.

Priwinn sacudió con fuerza la cabeza.

—De ninguna manera —dijo—. Hemos ganado esta primera batalla y ahora, contigo aquí, ganaremos la segunda. Y si has conseguido refrenar al Gusano con Zarpas, entonces todo irá aún mejor.

Kim le había narrado lo ocurrido con el Gusano con Zarpas. Pero podía ser que Priwinn no hubiera entendido todo lo que le había dicho. Kim dudaba de la victoria. Era verdad que el gusano, con su enorme fuerza, podía resultar un gran aliado, pero ni siquiera un monstruo como él resultaría invencible en una batalla de la magnitud de la que acababa de tener lugar ese día. De hecho, los hombres de hierro ya le habían ganado en una ocasión.

Triste, contempló la cama en la que dormía el mago. Si Temístocles despertara y abriera los ojos para decirles lo que tenían que hacer. Todo resultaba muy confuso.

Miró abatido al enano.

—¿Por eso estabas de tan buen humor? —preguntó.

Gorg reforzó la presión sobre el hombro de Jarrn y el enano torció la cara a causa del dolor.

—¿Qué te pasa? Contesta.

Jarrn gritó rabioso mientras se retorcía preso por aquella enorme mano de Gorg. Pero se mantuvo en silencio.

Priwinn cerró airado los puños y dio un paso en dirección al enano.

—No te alegres tan pronto, enano —dijo mientras hacía un gesto autoritario al gigante—. Enciérrale, Gorg. Que le vigilen veinte de los mejores guerreros.

El gigante se marchó para cumplir la orden de Priwinn y por un momento se hizo el silencio en la sala de la torre; era un silencio muy incómodo.

Priwinn miró a Kim y el chico notó que su amigo esperaba que él dijera o hiciera algo concreto. Él también lo sabía, pero no llegaba a decidirse y era el momento de hacerlo. Y si la opción que escogía era la equivocada... Priwinn se soltó el cinturón con la espada y dejó ambos objetos sobre la mesa delante de Kim, luego titubeó un momento y finalmente también colocó allí el casco.

—Te pertenecen —dijo.

Kim sacudió la cabeza negando.

—Pero ya hace mucho tiempo que te decidiste —siguió hablando Priwinn con una fina y casi triste sonrisa.

Se acercó, colocó la mano en el hombro de su amigo y le miró a los ojos muy seriamente.

—No creas que no te entiendo. También a mí se me destroza el corazón por tener que alzar las armas contra mi propio pueblo, pero no queda otra opción.

—No puedo —murmuró Kim, aunque ya no estaba muy seguro de sus propias palabras.

—Ya lo has hecho —contestó Priwinn—. Esta tarde en la batalla por Gorywynn, ¿no fue eso luchar? Al escapar de las cuevas de los enanos, ¿no luchasteis tu amigo y tú por encontrar vuestro camino hacia la libertad?

—Eso fue distinto —murmuró Kim.

—¿Y qué fue? —preguntó Priwinn en voz baja—. ¿Qué fue de verdad?

Kim no supo darle una respuesta. Tras un instante, el Rey de las Estepas, sin articular palabra, también dejó junto al casco y la espada el resto de la armadura.

—Te pertenecen —dijo de nuevo—. Mañana por la mañana, al salir el sol, te pondrás esto y nos enfrentaremos a la última batalla.

## XXIV

Esa noche tuvo una pesadilla. Puesto que la ciudad se encontraba repleta de gente y Kim no estaba dispuesto por nada del mundo a dejar solo a Temístocles, pidió que colocaran dos camas en la habitación de la torre, para él y para Peer. Estuvieron hablando durante mucho tiempo y pasó otro tanto hasta que por fin Kim se tumbó en el camastro y cerró los ojos. Comenzó a soñar nada más sumergirse en un primer e intranquilo duermevela.

Se vio echado en la cama mirando la oscuridad. Cacho estaba tumbado a su lado en forma de una pequeña bola espinosa y roncaba de tal forma que las paredes temblaban. Sin embargo, de repente, se encontró con que no estaba solo.

Se irguió asustado para mirar a su alrededor y descubrió una pequeña figura envuelta en una capa negra hecha jirones; estaba de pie a la cabecera de su cama y le miraba con una extraña expresión.

Era inútil preguntar la forma en que Jarrn había eludido la vigilancia de Priwinn para entrar allí.

Kim no sintió miedo, puesto que sabía que era un sueño y que Jarrn no iba a hacerle nada. Cacho levantó la cabeza al lado de Kim y, adormilado, guiñó los ojos. El chico notó que la diminuta figura comenzaba a temblar.

Durante un tiempo Kim se mantuvo sentado mirando al enano, pero este le devolvía la mirada de tal forma que el muchacho se quedó dubitativo y comenzó a alterarse.

Por fin, el chico se puso en pie, pasó por delante del enano y miró la habitación. Los únicos ruidos que se oían eran los de las respiraciones de Peer y el viejo mago, tranquilas y regulares. Del exterior llegaba el resplandor rojo de una hoguera, pero las voces de los guerreros se habían extinguido poco a poco. Sobre Gorywynn había caído la noche cerrada y los hombres que no estaban de guardia aprovechaban las escasas horas que quedaban hasta la mañana siguiente para reponer fuerzas en espera de la última y decisiva batalla.

De repente algo le gritó a Kim.

En un primer momento pensó que había sido Jarrn y se volvió hacia él, pero el Rey de los Enanos seguía inmóvil y con la misma curiosa expresión en su cara, y Kim se dio cuenta de que, realmente, no había escuchado ese grito. Era más bien como si algo hubiera rozado su alma, algo frío y extraño, y a la vez familiar y protector.

Su mirada dejó de observar a Jarrn y se deslizó hacia el mago durmiente, cuyos ojos seguían cerrados. Lo que había percibido no era la magia del anciano.

Se volvió despacio. Su vista se posó en la mesita en la que Priwinn había dejado la espada, el casco y la armadura: en el momento en que vio las armas supo lo que ocurría. Lo que había oído era la voz de la armadura. Una voz del pasado, de su propio pasado, que le contaba hazañas de héroes valientes y batallas encarnizadas, le susurraba que su magia seguía allí, tan fuerte y poderosa como siempre, y que en su mano era cien veces más potente que en la de Priwinn, pues esa armadura había pertenecido en tiempos a Kim y no al caballero de las estepas.

Kim se estremeció. Con una pequeña parte de su sentido común se dio cuenta de que lo que sentía era la seducción del poder. El conocimiento del insuperable poder de esa armadura y del filo mortal de la negra hoja que ya en una ocasión le había ayudado a salvar a ese país de un peligro terrible. No había nada que pudiera enfrentarse a esa espada ni atravesar la armadura. Si las utilizaba, sería invencible. Sin embargo, no deseaba hacerlo, intentaba evitarlo con todas sus fuerzas, pero sus manos ya no parecían pertenecerle. Despacio y estremecido, pero con un objetivo muy claro, el muchacho se hizo con el peto de la armadura, con las protecciones de piernas y brazos, fabricadas con hierro negro y, por último, con los guantes de cota de malla y, uno tras otro, se vistió con aquellos elementos. La armadura podía pesar diez kilos o más, pero en lugar de sentir su peso, le ocurrió justamente lo contrario, con cada pieza que se colocaba parecía que sus fuerzas iban en aumento y con cada placa de hierro negro que se le ajustaba al cuerpo crecía su convicción de ser invulnerable e invencible; por último se puso el casco, se ajustó la negra espada y le pareció que su cuerpo era recorrido por una hirviente ola de insuperable energía.

Una parte de Kim aún sabía que lo que hacía era una equivocación: no se trataba en realidad del poder del bien. Era la atracción del poder, una atracción que le obligaba a desear destruir y aniquilar. Pero esa parte de su sentido común perdía fuerza poco a poco.

Kim lo había intentado todo. Había corrido de derrota en derrota, había resuelto enigma tras enigma y se había enfrentado a muchos peligros y terribles secretos que tenían que ver con el destino de Luna de Leyenda y sus habitantes. Y cada vez se encontraba más lejos que antes de lograr nada. Quizá fuera porque ya estaba decidido a abandonar, por muy amargo que le pareciera. ¿O sería eso lo que Temístocles le había querido decir con sus últimas palabras? Que el precio de la vida a veces no es suficiente para conseguir algo...

No era miedo lo que sentía, pues Kim hubiera dado con gusto su vida para salvar a Luna de Leyenda. Pero eso también se podía decir de cada uno de los hombres que se reunían en torno a Priwinn y de otros muchos que ya habían muerto por la causa. No era la muerte lo que aquel siniestro destino exigía de él, sino que podía ser la obligación de hacer algo erróneo. Algo que el muchacho sabía que solo podía traer consigo desgracias y males. Pero ya no tenía elección. Después de todo lo que habían sufrido Priwinn y él, la violencia era la única solución que les quedaba.

—¿Lo crees de verdad?

Aún sumergido en su sueño, Kim se volvió hacia Jarrn y le contestó:

—No lo sé. Yo... no sé absolutamente nada, Jarrn.

No se maravilló de que el Rey de los Enanos pudiera leer sus pensamientos.

—Eres un loco —repuso Jarrn con gravedad.

En su voz no había nada del habitual tono de odio, sino más bien esa expresión de antiquísima sabiduría que Kim ya había descubierto antes en él. Y aquellas palabras hicieron que el chico se estremeciera. Kim esperó a que el Rey de los Enanos continuara, pero Jarrn le miró con tristeza, luego se volvió y se acercó con pasos lentos a la cama que ocupaba Peer.

Kim vio, curioso y perplejo, que las yemas de los dedos del enano pasaban veloces por la frente y las sienes de Peer y que el chico se removía intranquilo en sueños. Luego el enano retrocedió, miró de nuevo a Kim con expresión compungida y, por último, se dirigió a la puerta. Se limitó a atravesarla sin abrirla; y todo estaba en orden, pues no olvidemos que se trataba de un sueño.

No dejaba de ser curioso que Kim pensara así. Era consciente de que soñaba. Nunca sabía si soñaba o no, pero de repente le alcanzó la intuición de que quizá pensaba que soñaba, porque de otra forma no hubiera podido soportarlo.

Entonces ocurrió algo que le convenció por completo de que estaba inmerso en un sueño: un grito como un trompetazo sacudió la noche y al acercarse a la ventana para mirar hacia fuera vio la gigantesca sombra del Gusano con Zarpas que, con las alas desplegadas, describía lentos círculos por encima del lago. No estaba solo. Le acompañaba una segunda sombra también gigantesca aunque algo más pequeña que el gusano: un dragón de un brillante dorado. En los gritos de ambos se advertía furia y cólera, pero no había nada agresivo en su vuelo conjunto. No podía creerse que aquellos dos enemigos acérrimos se mantuvieran impávidos uno junto al otro y no intentaran destruirse; Rangarig y el Gusano con Zarpas eran enemigos desde el principio de la Creación.

Kim pensó en lo que aquella imagen significaba en su sueño: si Rangarig y el Gusano con Zapas habían sido capaces de superar su eterna rivalidad y habían decidido luchar juntos a favor de Luna de Leyenda... ¿Cómo podía titubear él?

Durante un rato Kim observó el vuelo circular de ambos hasta que, poco a poco, perdieron altura y descendieron justo ante el terreno que había frente a la puerta de la ciudad, con lo que desaparecieron de su campo de visión. Luego le llegó un ruido que provenía de la cama.

Kim esperaba que hubiera sido Temístocles el emisor de su sueño. Pero el anciano seguía tumbado inmóvil en su cama. En cambio, Peer se había sentado y miraba con cara de extrañeza a su alrededor. Por un momento sus ojos se encontraron con los de Kim, pero permaneció en blanco, no reconocía nada, era como si no pudiera captar ningún estímulo externo. Su rostro era tan vacuo como lo estaban sus ojos. Despacio, pero como con un objetivo premeditado, Peer se levantó de la cama, si bien mantenía su aspecto de dormido. Como ya había ocurrido antes con el enano, Peer se quedó un momento al lado del lecho de Kim, luego se volvió y con pasos mesurados se dirigió a la puerta; la atravesó igual que había hecho Jarrn, como si fuera una ilusión en lugar de ser de madera maciza. Tras un leve titubeo Kim, que aún llevaba la espada en la mano derecha, la guardó en la funda de cuero que pendía de su cinturón y siguió a su amigo. Como Peer y el enano, tampoco se molestó en usar el picaporte de la puerta...

Fuera un sueño o no, el caso es que Kim se golpeó bruscamente contra la puerta, se tambaleó y estuvo a punto de caer al suelo. Muy desilusionado, levantó la mano hacia su frente y palpó el enorme chichón que le acababa de brotar. Luego miró la puerta cerrada y sacudió la cabeza sorprendido. ¡Qué sueño tan terrible! Al parecer, al estar sumidos en él todos se comportaban como les daba la gana, pero el propio Kim no podía hacerlo.

Comenzó a sentir curiosidad y le invadió una especie de excitación. Bajó el picaporte con todo cuidado, la puerta se abrió y salió al pasillo. Peer estaba unos peldaños por debajo de él, ya en la escalera de cristal, y casi había desaparecido de su vista. Kim aceleró y se puso a dos pasos detrás del muchacho dormido para seguirle mientras mantenía su misma velocidad. Pensó que ni se daba cuenta de que llevaba a Kim tan cerca y que tampoco lo notaría si intentaba detenerle o tocarle. Kim no quiso correr ningún riesgo.

Bajaron despacio por la enorme escalera de caracol hasta llegar al vestíbulo de entrada del castillo y Peer torció a la izquierda, pero no lo hizo por la puerta que daba al exterior, sino que enfiló un estrecho portón secundario que llevaba a todas las direcciones; era el que se reservaba para el servicio del castillo y Kim ya lo había utilizado una vez, en compañía de Priwinn, para conseguir llegar hasta Temístocles. El vestíbulo estaba atestado con una gran cantidad de hombres que habían establecido allí su campamento. La mayoría se encontraban tumbados en el santo suelo o utilizaban mantas y las sillas de montar como almohadas. Algunos estaban despiertos y charlaban en voz baja. Al pasar por delante, uno de aquellos hombres le miró y se puso de pie asustado.

—¡Señor! —gritó—. ¿Qué...?

En sus rasgos se extendió una expresión sorprendida al no reconocer la cara que había debajo del casco negro de la armadura y su gesto se hizo desconfiado y airado.

—¿Quién eres tú? —preguntó en tono corrosivo—. ¿Cómo se te ocurre ponerte esa armadura, chico?

Kim se sintió demasiado sorprendido como para contestar. Ni siquiera se movió mientras el hombre extendía la mano y le sacudía por los hombros violentamente.

—¡Contesta!

Kim miró de repente a Peer. El chico casi había llegado al portón. No tenía tiempo para discutir con aquel hombre. Levantó la mano y quiso deshacerse de la presión que el soldado ejercía sobre él, pero la presa del hombre era más fuerte y continuó con sus sacudidas, cada vez más rudas.

—¡Debes responderme, chico! —gritó.

Se levantaron otros hombres y se acercaron curiosos. A Kim ya le pareció demasiado, porque en ese momento Peer había atravesado la puerta cerrada desapareciendo de su vista. Con un brusco movimiento soltó la mano que le retenía, se hizo a un lado y exhaló un grito, pues el hombre, rápido como el rayo, usó la otra mano para darle en la cara una fuerte bofetada. El casco negro restó fuerza al impacto, pero Kim se tambaleó y cayó al suelo todo lo largo que era.

Un dolor sordo le recorrió la nuca y, por un instante, fue tan fuerte que vio manchas rojas ante sus ojos. Además, tuvo la desgracia de morderse la lengua y notó en la boca el sabor salado de la sangre. Se levantó aturdido y gimió mientras el hombre que le había hecho caer se inclinaba hacia él y le levantaba con rudeza.

Antes de que pudiera asestarle otro golpe, se escuchó una voz preguntar:

—¿Qué pasa aquí?

Kim hizo un guiño al reconocer a una figura revestida de cuero que, haciendo un zigzag entre los guerreros que dormían, se acercó a toda prisa. Hacía mucho tiempo que no veía a Priwinn vestido de aquella forma y al principio le pareció que le engañaba la vista. Había algo más que le asustó en lo más profundo de su ser, no solo por el lugar donde estaba, sino por toda aquella situación.

—¿Qué pasa? —repitió Priwinn con severidad, luego se detuvo al reconocer a Kim.

Primero se quedó petrificado, pero de inmediato en la expresión de su cara se dibujó una agradable sorpresa.

—¡Kim! —gritó— ¡Te has decidido!

¿Seguía sumergido en un sueño?

Priwinn se dio la vuelta y lanzó un grito al hombre que había detenido a Kim.

—¡Déjale enseguida, idiota! ¿No sabes quién es? ¡Es Kim!

Al parecer, tal nombre no era desconocido para los soldados, pues el hombre soltó a Kim de inmediato y se puso pálido. Priwinn pasó ante él raudo y colocó la mano en el hombro de su amigo.

—¡Me siento muy satisfecho de que te hayas decidido! —exclamó—. Imagínate, Rangarig ha vuelto y todo vuelve a estar como es debido. ¡Él y el Gusano con Zarpas quieren luchar juntos contra los hombres de hierro!

«Entonces no ha sido un sueño», pensó Kim casi sumido en la histeria. Retiró la mano de Priwinn y señaló la puerta por donde se había marchado Peer.

—Peer... —murmuró.

Priwinn le miró con un gesto interrogante.

—¿Qué pasa con él?

—Él... se ha ido... por aquí —susurró Kim.

—Perdonad, pero debéis de estar confundido —dijo con humildad el hombre que hacía un instante había gritado y golpeado a Kim—. Por aquí no ha pasado nadie.

La cabeza le dio un vuelco a Kim.

—¿Estás seguro? —jadeó.

—Del todo, señor —contestó el otro con muy poca voz—. Por aquí solo pasasteis vos. De ahí mi desconcierto, parecía como... como si fuerais en trance.

—¿Qué significa eso? —se inmiscuyó Priwinn—. Que...

Kim ya no escuchó más. ¡No le habían visto! Ninguno de aquellos hombres había visto a Peer, únicamente él. El chico tuvo de repente la terrible certeza del significado de todo aquello. ¡No era un sueño! ¡Lo estaba viviendo DE VERDAD! Sin escuchar a Priwinn ni a los demás se soltó y corrió detrás de su amigo. Dio un par de potentes zancadas hasta llegar a la puerta y la sacudió antes de darse cuenta de que estaba cerrada. Priwinn gritó algo, pero Kim no atendió a lo que decía, en lugar de eso sacó la espada de su vaina y la utilizó para golpear con todas sus fuerzas el cerrojo hasta hacer saltar con un potente crujido su cristal coloreado; un momento después la puerta también se deshizo en miles de añicos; Kim pasó por ella sin atender a los sorprendidos gritos de Priwinn ni a los vacilantes pasos que le seguían.

Detrás de la puerta solo había un pasadizo polvoriento que parecía no haber sido utilizado desde hacía mucho tiempo. A uno y otro lado se abrían numerosas puertas. Desde lejos pudo darse cuenta de que Priwinn corría detrás de él y le pedía una y otra vez que se detuviera o, al menos, que le informara de lo que le ocurría. Pero Kim corrió cada vez más rápido hasta alcanzar el final del pasadizo y encontrarse frente a otra puerta cerrada. Esta vez tuvo que golpear dos o tres veces con la espada antes de conseguir que cediera el cerrojo para poder abrir la puerta de un golpe con el hombro. Los pasos de Priwinn se acercaban cada vez más pero Kim no hizo caso. Tampoco notó que algo pasaba entre sus piernas y desaparecía en el gris ocaso que se abrió ante él. Justo en el momento en que Cacho saltó con sorprendente agilidad sobre su hombro, se dio cuenta de que lo que había pasado sobre sus pies era el gato Sheera. Al parecer el animal, al contrario que su amo Priwinn, sí había visto al chico.

Delante de Kim se encontraban los estrechos peldaños de una escalera que se hundía en la tierra con curvas muy pronunciadas. Una capa de polvo de varios centímetros de espesor atestiguaba que nadie había bajado por ella. No había ninguna huella reciente, pero Kim supo con seguridad que Peer había tomado ese camino. Tan rápido como pudo bajó por la escalera y en algunos de los peldaños se escurrió y no tuvo más remedio que sujetarse a las paredes. Una de las veces cayó y rodó por un buen tramo de la escalera, pero no sufrió ninguna herida grave. Al levantarse se dio cuenta de que a su alrededor el silencio era absoluto. Habían cesado los gritos excitados de Priwinn y tampoco se oían los pasos de los que habían ido tras él. En aquel momento se dio cuenta de lo rápido que latía su corazón y lo mucho que le temblaban las rodillas. Y, de repente, también se apercibió de que a su alrededor había cambiado todo. Las paredes, el techo y los escalones que tenía bajo los pies. Aún eran de cristal, pero ya no tenían un color irisado.

Ahora le rodeaba un velo lechoso y turbio y se movía en el interior de un mundo de niebla casi sólida. En el aire había olor a moho y la capa de polvo que había comenzado a ver a partir del primer escalón, que no había sido hollada, le llegaba ya hasta los tobillos. Kim supuso que debía de encontrarse a gran profundidad bajo tierra; le parecía sentir sobre su cabeza el terrible peso de las rocas sobre las que descansaba el castillo.

Poco a poco el miedo se apoderó de él. Hasta ahora había estado demasiado excitado como para pensar en lo que hacía. Pero de repente se dio cuenta de la inmensidad de las bóvedas de los sótanos de Gorywynn; eran tan enormes que podían albergar a un ejército entero y tan extensas como para perderse en ellas sin remisión y no encontrar jamás el camino de regreso.

¿Dónde estaba Peer?

Kim ya no estaba seguro de encontrase en el buen camino. Podía ser que el chico hubiera torcido por algún recoveco o que, por descuido, él mismo hubiera dejado pasar un desvío o una puerta y se hubiera introducido cada vez más en aquel laberinto de galerías y escaleras de cristal.

A pesar de todo se puso en marcha de nuevo, pero ahora avanzaba más despacio. Parecía que la escalera no tuviera fin. Bajó escalón a escalón por las cristalinas entrañas de aquella mágica ciudad y con cada paso que daba su entorno cambiaba un poco, el suelo hecho de cristal y luz coloreada se convirtió en niebla petrificada y un velo gris. Su corazón latía a toda velocidad, y no a causa del cansancio sino de miedo. Al llegar al final de la escalera hacía ya mucho tiempo que había dejado de pensar en la profundidad a la que se encontraba.

Delante de él se encontraba otra amplia sala de cristal colmada del mismo extraño tono grisáceo que ya conocía bien de cuando estuvo en la cueva de los enanos.

Cacho y Sheera se habían detenido en la entrada y miraban inmóviles, Kim pudo sentir sobre él el terror con el que aquellas criaturas contemplaban la enorme cueva vacía.

Pero no estaba vacía del todo. En el centro de la sala, tan lejos que Kim apenas lo veía por estar sumergido en una media luz casi plomiza, se alzaba un enorme cubo de roca negra como la noche. A Kim le recordó a un altar, pero era muy grande, mayor que una casa, y tan pesado que el suelo de cristal que tenía debajo estaba resquebrajado y algo hundido. Delante de la roca, muy pequeña en comparación con ella, había una figura delgada de negro pelo.

—¡Peer! —gritó Kim.

Las paredes de la sala reflejaron sus palabras con un eco deformado y lastimero. Peer no reaccionó. Se echó despacio a un lado y comenzó a subir por la parte izquierda del cubo de piedra, donde había una estrecha escalera que llevaba a la parte superior.

Kim gritó una vez más, pero no esperó respuesta y salió disparado para tratar de alcanzarle. Peer ya casi había llegado a la parte alta del enorme cubo en el momento en que Kim, jadeante, arribó al pie de la escalera y se detuvo un momento para respirar. Cuando volvió a mirar hacia arriba la escalera estaba vacía.

Kim gritó por tercera vez llamando a Peer, esta vez con desesperación. Luego subió a la carrera por la escalera de piedra sin pensar en lo que le pudiera esperar arriba. Podía ser algo terrible, algo tan malvado que ni siquiera cabría imaginarlo, pero al dar un salto enorme y alcanzar la parte superior del cubo, se encontró con el joven de negro pelo, erguido e inmóvil ante él y a unos diez o doce pasos de distancia, justo en el centro del inmenso bloque. Y ahora el muchacho supo con seguridad que estaba en un altar. Peer se había vuelto y miraba a Kim con tristeza. Este, aterrorizado, se detuvo y Peer siguió mirándole. Luego sonrió de nuevo tristemente y alzó la mano derecha como en un gesto de despedida. Sí, era una despedida. Y entonces ocurrió algo terrible, veloz y de un dramatismo absoluto. A Kim le cortó la respiración el susto. Era como si la espesa niebla que había por todas partes se fuera cerrando en torno a Peer hasta permitir verle únicamente como tras una cortina de polvo algodonoso. La silueta pareció desaparecer ante los ojos de Kim, se hizo desdibujada y plana como una sombra y sus bordes se deshilacharon hasta que ya no se pudo ver nada.

Y, tras unos segundos, al desaparecer también la luz grisácea, ante Kim ya no estaba el joven de pelo oscuro, sino un anguloso hombre de hierro con un único y refulgente ojo verdoso. Kim quiso gritar, pero el miedo hizo que el grito se quedara atascado en su garganta. Paralizado por la impresión, que incluso le hizo olvidarse de respirar, permaneció observando. En ese momento se sintió desvalido. Si el hombre de hierro se hubiera acercado a él para apresarle, no hubiera hecho nada por defenderse. Al cabo de un momento el robot sorteó a Kim, bajó por las escaleras del altar y se dirigió a su derecha. Entonces se detuvo, movió despacio su poderosa cabeza y miró a Kim. Y a pesar de que resultaba imposible, pues su cara era de hierro y no tenía expresión, el chico pudo divisar una extraña sonrisa en ella. El hombre de hierro volvió a girar la cabeza y se alejó con pasos firmes y regulares.

Kim le vio desaparecer en la penumbra gris de la sala. Transcurrió mucho, mucho tiempo, hasta que el chico abandonó el altar muy despacio y se encaminó de vuelta al castillo.

# XXV

El sol ya había salido cuando regresó. Las catacumbas, ahora lo entendía Kim, pertenecían al mundo de los enanos, donde el tiempo se regía por otras leyes. El vestíbulo de la entrada al castillo estaba vacío y en el patio no se encontró con nadie. Sobre Gorywynn se había extendido un silencio sepulcral y a pesar de que sobre las torres y los muros se cernía un cielo sin nubes, Kim temblaba a causa del frío. Se sentía cansado, tan cansado y falto de fuerzas como nunca antes lo había estado. El camino de regreso fue largo y penoso, pero la causa de tal agotamiento no radicaba en la debilidad física de sus miembros, era algo mucho más profundo. Quizá por primera vez en su vida entendía lo que significaba el desaliento, el estar inmerso en una situación sin salida, en la que cualquier resolución resultaba equivocada y en la que todo lo que hacía se volvía en su contra. Habían perdido. Participaban en una batalla perdida desde el principio. Kim lo había percibido muy dentro de sí durante todo el tiempo al notar un miedo paralizante, un pavor indescriptible con palabras pero que no le sorprendía. El muchacho hizo el camino de regreso hasta la puerta de la ciudad. Se dio cuenta en varias ocasiones del terrible silencio que cubría Gorywynn y que actuaba como una manta invisible capaz de ahogar cualquier sonido o signo de vida. Nadie había podido dormir o sentir algo de tranquilidad en aquella noche por lo difícil que resultaba esperar una mañana como la que se aproximaba. No había nadie por las calles. Todo parecía haber sido asolado, incluso las casas parecían abandonadas. Detrás de las ventanas no se observaba ningún movimiento, no había puertas abiertas y no se escuchaba el más mínimo ruido; el chico imaginó por un momento que era el único superviviente de Gorywynn, quizá de Luna de Leyenda. Podía ser que todos hubieran cambiado para convertirse en lo que ya percibían en sus espíritus desde hacía mucho tiempo: en hierro.

Llegó a la puerta de la ciudad y por fin vio gente; eran caballeros de las estepas, corredores del bosque y hombres-árbol. Sin duda alguna se trataba de guerreros que se agolpaban delante de la puerta; detrás de ella Kim pudo observar un inmenso hervidero de personas. Se escuchaba algo así como un grave murmullo de olas del mar y, entremezclado con él, a veces se oía algún grito que, supuso, debía de provenir del Gusano con Zarpas o de Rangarig. A pesar de todo, allí reinaba la calma. El ruido de cascos de caballos sonaba apagado, demasiado bajo para lo acostumbrado, e incluso resultaba amortiguado el sonido del viento al romper en las torres y almenas de Gorywynn como en las cuerdas de un arpa de cristal. Era, pensó Kim con un estremecimiento, como si todo este mundo contuviera la respiración. Al franquear la puerta pudo darse cuenta de lo que ocurría allí fuera.

En el lugar donde la tarde anterior se había librado la batalla entre el ejército de Priwinn y la gente del río, ahora se alineaba una enorme fila de cientos de jinetes y soldados de a pie: eran las fuerzas de Priwinn reforzadas por miles y miles de guerreros llegados de todos los puntos del país que se habían puesto a disposición del Rey de Caivallon para la última batalla; además estaban reforzadas por las dos imponentes figuras que representaban los dragones. Ambos monstruos daban vueltas y batían sus alas como si no pudieran esperar más para abalanzarse contra el odiado enemigo.

Al ver la enorme masa que constituía el ejército adversario, el corazón de Kim pareció sufrir un estremecimiento ante la batalla que se avecinaba. Por delante del ejército de Priwinn, a menos de un tiro de piedra, los enemigos habían tomado posiciones para comenzar el asalto contra Gorywynn.

Eran los restos del ejército de la gente del río, los que el día anterior habían sido aniquilados por los hombres de Priwinn, aunque ahora no estaban solos. No eran solo ellos, pues entre las figuras revestidas de cuero y hierro Kim pudo descubrir numerosas sombras pequeñas que vestían harapientas capas negras y portaban espadas que no eran más largas que un puñal. Y junto con los enanos habían llegado los hombres de hierro. Eran miles, una inmensa y reluciente masa negra que se extendía hasta donde llegaba la vista. Por cada soldado de los reunidos por Priwinn y los dos dragones había al menos un robot metálico. Uno por cada niño que había desaparecido de la casa de sus padres. Uno por cada lágrima que habían derramado aquellos padres. Sí, los niños de Luna de Leyenda habían regresado para pedir cuentas a sus padres por su destino.

Quizá fuera su terrible sino o puede que solo se tratara de una casualidad, pero la lucha se desencadenó en el momento en que Kim llegó a la puerta de la ciudad. No hubo ninguna señal ni aviso. En un instante los dos poderosos ejércitos despertaron de la aparente tranquilidad en que estaban sumidos y se abalanzaron uno contra el otro. El inquietante silencio se convirtió en un griterío emitido por innumerables gargantas. Luego los dos ejércitos chocaron con un ímpetu terrible. Muy arriba, desde lo alto, los dos dragones se lanzaron sobre sus enemigos. A pesar de ser inferiores en número, fueron los soldados de Priwinn los que comenzaron el ataque y lo hicieron llevados por el puro ímpetu de su vehemente avance.

Kim gritó asustado y se lanzó a la carrera. Aún le faltaban unos cien pasos para llegar hasta el ejército de Priwinn y el chico experimentó la sensación de no poder moverse casi del sitio. Pasaron pocos instantes hasta que alcanzó a los primeros hombres, pero fueron suficientes para que la batalla ardiera con todo su poderío. En ambos bandos había heridos y muertos y Kim supo que cada gota de sangre derramada solo serviría para empeorar las cosas, que cada hombre que cayera del ejército de Priwinn solo valdría para reforzar a sus enemigos y que cada victoria que consiguieran estaría destinada a sellar su propio ocaso. Gritó una y otra vez con desesperación el nombre de Priwinn, pero su voz quedó oculta bajo el fragor de la batalla. Apenas llegó hasta el ejército se introdujo, sin poderlo remediar, entre docenas de hombres y caballos. Al reconocer su armadura negra los jinetes trataron de hacerle un sitio a su lado, pero la multitud era desmesurada. Continuó con sus gritos en busca de Priwinn, pero fue en vano. Por fin, desesperado, hizo que uno de los hombres le dejara su caballo, saltó a la silla y pudo avanzar más deprisa. En aquel momento la batalla que se acababa de iniciar ardió con inmensa fuerza. El aire estaba lleno de polvo y humo y Kim apenas podía ver lo que ocurría a pocos metros. El suelo temblaba bajo los poderosos choques de ambos ejércitos, los hombres luchaban con la resolución de quien sabe que le espera la victoria o una muerte segura.

—¡Priwinn! —gritó Kim todo lo fuerte que pudo—. ¿Dónde estás?

Lo repitió cinco o seis veces sin esperar respuesta. Pero de repente emergió entre el polvo una enorme figura de anchos hombros y un momento después, junto al gigante, apareció el Rey de las Estepas, agotado; sangraba por dos pequeñas heridas que tenía en la frente y la espalda, pero su rostro mantenía una furiosa y decidida expresión.

—¡Kim! —gritó Priwinn con alivio—. ¡Al fin! ¿Dónde estabas? —Hizo un gesto rápido en el momento en que Kim iba a darle una respuesta y continuó—: Bueno, ahora no importa. ¡Ven conmigo y cabalga a mi lado! Si mis hombres te ven se sentirán alentados. ¡Podemos conseguirlo!

Kim dijo algo, pero su voz se ahogó bajo el estruendo. Los defensores de Gorywynn empezaban a vacilar y comenzaron a retroceder debido a que los hombres del río solo eran la vanguardia del ejército enemigo y detrás de ellos, como un alud de hierro y potencia, avanzaban los hombres metálicos. Fueron necesarios unos pocos segundos hasta que Kim consiguió colocar su caballo tan cerca de Priwinn como para poder hacerse entender, pero en ese momento empezaron a caer hombres a docenas.

Los hombres de hierro no iban armados, pero lo derribaban todo con sus temibles brazos y pateaban a cualquiera que no huyera con la suficiente rapidez. No obstante los caballeros de las estepas también se defendían con todas sus fuerzas; Gorg y los dos dragones eran del mismo tamaño que los hombres de hierro, y los demás eran también muy numerosos y estaban equipados con armas capaces de sembrar la destrucción entre los gigantes metálicos: se habían hecho con las espadas y los puñales de acero de los prisioneros y habían robado armas en las fundiciones y las cuevas del pueblo de los enanos. A veces eran grupos de diez o más guerreros los que se abalanzaban contra un coloso de acero y, a pesar de la superioridad de fuerzas del robot, su número obligaba a caer al enemigo; pero, estaba claro, aquellos ataques desesperados les obligaban a pagar un terrible tributo.

—¡Parad! —gritó Kim—. ¡Priwinn! ¡Diles que se detengan! ¡No deben luchar contra ellos!

Cuando finalmente consiguió entenderle, Priwinn se le quedó mirando perplejo.

—¿Qué dices?

—¡No deben hacerlo! —reprimió Kim—. ¡Ellos son... son los niños!

Los ojos de Priwinn se abrieron desorbitados y en la cara de Gorg apareció una expresión de desconcierto que, un segundo después, se transformó en un gran espanto.

—¿Qué dices? —murmuró otra vez Priwinn.

—Los hombres de hierro —explicó Kim— son los niños desaparecidos, Priwinn, han sido transformados, ¿entiendes?

El Rey de las Estepas bajó lentamente su espada. Sus ojos se ensombrecieron a causa del horror y ni siquiera parpadeaba. Por un momento, su rostro transformado pareció sufrir un dolor insoportable.

—Tú... tú estás mintiendo —tartamudeó—. ¡Eso... eso no puede ser!

Pero no lo dijo porque no creyera a Kim. Lo mismo le ocurrió a Gorg que, en el instante en que oyó sus palabras, supo que Kim decía la verdad. Pasaron unos segundos en los que Priwinn se mantuvo en la silla y luego Kim vio como se giraba con mucha lentitud y, con un movimiento que parecía forzado y llevado a cabo con un esfuerzo indecible, hizo la señal de retirada.

—¡Dejadlo! —gritó Priwinn—. ¡No toquéis a los hombres de hierro!

Los hombres que estaban más cerca se limitaron a bajar las armas y mirar turbados al rey, pero el resto no pareció oír la orden. Allá donde Kim miraba la pelea seguía siendo encarnizada, pero el ejército de Priwinn retrocedía paso a paso a pesar de que los hombres del río y los monstruos metálicos también sufrían terribles pérdidas. Los únicos que no participaban en la batalla eran los enanos, que se limitaban a correr con gran agilidad entre las pesadas piernas de los gigantes de hierro y evitaban cualquier confrontación.

—¡Atrás! —gritó de nuevo el rey Priwinn—. ¡Dejadlo! ¡Es una orden!

Esta vez de nuevo obedecieron solo un puñado de hombres. El resto hizo retroceder, tan rápido como antes habían avanzado, a los hombres del río y sus férreos compañeros de batalla. Pero cada vez caían más hombre de Priwinn bajo las espadas y lanzas de los piratas del río. Kim también observó otra circunstancia: donde los hombres de hierro no eran atacados ni tenían que defenderse, no mataban a sus adversarios, sino que se limitaban a sujetarlos con sus terribles garras.

—¡Dejadlo! —ahora fue Kim el que gritó tan alto como pudo—. ¡No luchéis contra ellos! ¡Son vuestros hijos!

Y lo que no habían conseguido las órdenes de Priwinn, lo lograron sus palabras. De repente fueron cada vez más los guerreros que bajaban sus armas y refrenaban a sus caballos. En lugar de ira y odio, por sus caras se extendió una expresión de incredulidad y espanto al ver que se les acercaba el ejército de colosos de hierro. No solo fueron ellos los que, por un momento, se olvidaron de la batalla. Kim vio a gran número de hombres del río que estaban como paralizados por el temor y por un momento pareció que la batalla había quedado congelada y cada hombre estaba petrificado en la postura en que se encontraba.

—¡Son vuestros hijos! —repitió de nuevo—. ¡No luchéis contra ellos!

Su voz, a pesar de lo alta que era, no llegaba a mucha distancia, pero los hombres transmitieron la información de unos a otros y la noticia se extendió como el viento. Los soldados que luchaban contra los hombres de hierro retrocedieron y bajaron sus espadas y puñales. E incluso ambos dragones, que hasta el momento habían caído sobre los robots metálicos con la furia de demonios desatados, se volvieron a elevar para planear en círculos sobre el lugar.

—¡Atrás! —voceó Priwinn con todas sus fuerzas—. ¡Regresamos a Gorywynn!

Los guerreros obedecieron. Pero lo que en un principio estaba pensado como una retirada en orden, al poco tiempo se convirtió en una huida irreflexiva. La gente del río se sobrepuso de inmediato a la sorpresa y los hombres de hierro no detuvieron su avance, continuaron inexorables como máquinas. Muchos de los caballeros de las estepas que se habían detenido a causa del horror fueron arrollados antes de que todo aquel poderoso ejército pudiera dar la vuelta y regresar a la ciudad. Arrastraron con ellos a Kim, Priwinn y al propio Gorg; mientras se acercaban a la puerta, Kim fue muy consciente de lo irónico de la situación: la noche anterior había sido él mismo quien con su aparición había inclinado hacia Priwinn la balanza de la guerra y le había llevado con sus hombres a la victoria. Y ahora los llevaba al fin. No obstante pudieron retirarse a tiempo debido a la mayor lentitud de los hombres de hierro. Las gentes del río, a quienes la derrota del día anterior había mermado mucho en número, perseguían a los fugitivos pero no se atrevían a atacar al grueso del ejército sin contar con el refuerzo de sus camaradas de hierro. A pesar de todo, ante la puerta de la ciudad tuvo lugar una escaramuza entre ellos y los caballeros de las estepas; se debió a que la puerta no era lo bastante grande como para permitir que los hombres pasaran por ella a toda velocidad. Kim, Priwinn y Gorg fueron los últimos en entrar en la ciudad. Sobre todo el gigante y Kim, el primero por su fuerza sobrehumana y el muchacho por contar con la protección de la mágica armadura negra que le hacía casi invencible, fueron los que mantuvieron a distancia a los atacantes para que los últimos hombres pudieran cobijarse tras los muros. Pero apenas lo habían logrado cuando llegó la oleada de hombres de hierro y Gorg y Kim también se vieron obligados a huir.

Lo que siguió fue un caos, un anticipo del final del mundo que nadie hubiera podido imaginar ni en sus más horribles fantasías. Los hombres de hierro franquearon la puerta sin detenerse ni un segundo y entraron agolpados con los hombres del río que deseaban vengar la derrota del día anterior.

Ocurrió como en la víspera, pero ahora eran los guerreros de Priwinn los que penetraban paso a paso en la ciudad y buscaban protección, sin encontrarla, en las numerosas callejuelas y recovecos. Los hombres de hierro entraron en todas las casas y donde encontraron defensores los sujetaron y retuvieron con su insuperable fuerza.

Kim y los demás también se retiraban despacio y su número era cada vez más escaso. Por fin llegaron a la puerta del castillo, pero ya no eran conquistadores, sino seres abatidos a la espera del último asalto.

—¿Y ahora? —preguntó Priwinn. Su respiración era muy rápida, estaba bañado en sudor y sus rasgos expresaban un completo desánimo. Miró a Kim casi suplicante—. ¿Ahora qué, Kim? ¿De qué ha servido todo esto?

Kim miró turbado a su alrededor. Solo quedaban unos cien del poderoso ejército que se había reunido para salvar Luna de Leyenda. Y estaban rodeados por fuerzas diez veces superiores que los hostigaban sin cesar. No contestó y Priwinn tampoco esperaba respuesta, pues de repente saltó de la silla y entró en el castillo. Tras un pequeño titubeo le siguieron Kim y Gorg mientras el pequeño grupo de perdedores que les acompañaba se agolpaba ante la puerta para tratar de concederles cierto margen de gracia. A la vez que corría, Kim echó un último vistazo por encima del hombro y vio que sus hombres ya no se defendían. Soltaban las armas en el momento en que eran atacados por sus enemigos. Los hombres de hierro se echaron sobre ellos, que se mantenían con las manos vacías y sin ofrecer resistencia, para retenerlos y llevarlos prisioneros. Únicamente pudieron retener durante unos segundos a los colosos metálicos. Mientras ocurría aquello, Priwinn llegó a la escalera y ascendió por ella a grandes zancadas. Iban tras él Kim y el gigante, pero el joven rey corría tan rápido que los demás apenas podían seguir sus pasos. Aún no habían recorrido ni la mitad de los peldaños y bajo ellos ya se percibieron los pesados pasos metálicos de los robots y, a continuación, los triunfales gritos de los piratas del río que penetraban en el edificio junto a los colosos de hierro. Las fuerzas de Kim estaban a punto de abandonarle al llegar a la sala de la torre. La atravesó con un último esfuerzo y se arrodilló junto al camastro de Temístocles. Priwinn, que había entrado antes que él, tomó al mago por los hombros y le sacudió con fuerza.

—¡Temístocles! —le gritó—. ¡Despierta! ¡Te lo suplico, despierta!

También Sheera y Cacho, junto a la cama del mago, intentaron despertarle por todos los medios. Pero el anciano no se movía. Priwinn le sacudía con desesperación hasta el punto de que la cabeza del anciano se agitaba de un lado a otro y su cara se fruncía a causa del dolor. Pero sus ojos permanecían cerrados y Kim supo que no iba a despertar. Posiblemente ya no lo hiciera nunca más.

Por fin, Kim alzó un brazo y retiró la mano de Priwinn con una suave firmeza.

—Déjale —dijo en voz baja—. Ya no puede ayudarnos.

Priwinn se volvió y alzó el puño como si quisiera golpearle. Su cara se retorció de angustia y sus ojos se llenaron de lágrimas. Pero la furia que Kim vio en aquellos ojos no era auténtica, eran lágrimas de desamparo, no de ira.

—Ha ocurrido —murmuró Kim. Se puso en pie, agotado, y echó una última mirada al mago. Luego extrajo la espada de su funda y la colocó sobre la mesa en la que había estado la noche anterior en aquel sueño que no había sido tal.

—Es muy inteligente por tu parte, chico.

Kim se dio la vuelta hacia la puerta y miró al hombre que le hablaba. Era alto y tenía una cara oscura rodeada por una recortada barba negra. Llevaba la vestimenta de la gente del río y rodeaba su frente un anillo plateado. Kim supuso que debía de ser el rey o el comandante del ejército, o quizá ambas cosas.

Sus ojos eran severos y su cara la de un hombre fuerte pero no carente de piedad.

—Y vos, rey Priwinn —añadió el extraño—, deberíais seguir el ejemplo de vuestro amigo y entregar las armas. Ya ha terminado todo.

Priwinn miró al hombre sin articular una sola palabra, luego sus labios comenzaron a temblar y su mano sujetó con tanta fuerza la empuñadura de su espada que le brotó sangre de la piel.

—¡Nunca! —dijo en un tono bajo—. Puede que hayáis vencido, pero no estoy dispuesto a rendirme. ¡Antes muerto!

Blandió su espada y se lanzó contra el extraño.

Rápido como el rayo, el gigante Gorg se interpuso entre ambos hombres, hizo retroceder a Priwinn alzándole y, a continuación, le arrebató la espada arrojándola con tal fuerza contra la pared que se rompió. Luego dejó con suavidad a su amigo en el suelo y sacudió la cabeza.

—Déjalo estar, Priwinn —dijo despacio—. Tiene razón. Ya ha terminado todo y tu muerte no serviría de nada.

Los ojos de Priwinn se llenaron de nuevo de lágrimas. Se soltó con un grito para revolverse y comenzar a golpear con los puños en el pecho del gigante. Gorg no se defendió, se limitó a no hacer nada y a mirarle con pesar. Al cabo de unos instantes, el joven rey se tranquilizó y, abatido y sollozante, se echó hacia atrás.

—Entonces matadme —dijo—. Haced lo que queréis.

—No queremos vuestra muerte, rey Priwinn —dijo el otro. Sonrió con tal suavidad que parecía solicitar disculpas—. No lo hemos querido nunca. Únicamente hemos deseado llevar la vida que nos pertenece. Solo cuando vos habéis intentado obligarnos a vivir a la manera en que vosotros entendéis por felicidad hemos recurrido a las armas.

Dio un paso más en la habitación y un hombre de hierro se echó a un lado para dejarle pasar, luego se inclinó sobre la cama de Temístocles y miró pensativo al anciano.

—Así que este es Temístocles. He oído hablar mucho de él.

—Se muere —dijo Kim en voz baja.

—Lo lamento —se compadeció el rey de la gente del río. Su voz parecía sincera—. Pero es un anciano —continuó—. Ha vivido una vida larga, mucho más prolongada que la de cualquiera de nosotros, y ahora su tiempo ha pasado. La magia, y con ella los magos, se extingue.

—¿Entonces, el futuro pertenece a hombres como tú? —dijo Priwinn con amargura.

—Puede que sí —contestó el rey—. Ya se verá.

Kim se acercó a la ventana, miró hacia fuera y dijo en voz baja sin volverse:

—Pero no vais a tener ningún futuro —y pudo observar que los demás le miraban perplejos. Luego prosiguió, sin mirarles y con el mismo tono de voz—: Mirad ahí fuera y sabréis lo que ha quedado de vuestro futuro. Lo habéis vendido por un poco de comodidad y bienestar.

Priwinn se mantuvo callado, pero el hombre del río le contestó:

—Estás amargado, muchacho. He oído hablar de ti. Sé quién eres y, créeme, entiendo cómo te sientes. Ya nos salvaste una vez y creías poder hacerlo de nuevo. Pero estás confundido. Quizá puedas vencer al mayor de tus enemigos, pero no puedes detener el curso del mundo.

Ahora fue Kim el que se volvió y, en ese momento, como si hubiera estado esperando, entró en la sala un hombre de hierro junto al que caminaba Jarrn, el Rey de los Enanos. Quizá había estado fuera escuchándolo todo.

—¿No me creéis? —preguntó Kim fatigado mientras señalaba al enano—. Pues preguntadle a él.

El hombre del río volvió la cabeza, frunció el ceño y, lo mismo que Priwinn, miró al Rey de los Enanos. Jarrn los observó uno a uno y luego se dirigió a Kim:

—¿Qué quieres decir? —preguntó con tono indiferente.

—No te preocupes —dijo Kim—. Conozco el secreto, pues he visto lo que le ha ocurrido a Peer.

—¿Qué significa eso, enano? —preguntó el hombre del río con expresión desconfiada.

Jarrn se encogió de hombros.

—No tengo ni idea de lo que dice —contestó con insolencia—. ¡Está chiflado! No le creas ni una palabra.

—Los hombres de hierro —explicó entonces Kim—. Todos pensabais que los fabricaban los enanos, que los fundían a base de usar los poderes mágicos del mineral, lo mismo que hacían con las armas y las herramientas. Pero no es cierto. —Se dio la vuelta dirigiendo un gesto apremiante al enano—. No me equivoco, ¿verdad Jarrn?

—Bueno, puede ser —afirmó Jarrn de mala gana—. Depende de como se quiera tomar.

—No hables a base de acertijos, enano —dijo el hombre del río.

Jarrn le miró con ojos brillantes.

—No comiences a darte importancia, montón de basura. Si no recuerdo mal, teníamos un contrato. Podrías cumplirlo por una vez, aunque fuera una excepción.

—Esa no es una respuesta —dijo el hombre del río con cierta intranquilidad. De repente frunció el ceño como si se le hubiera ocurrido algo y se dirigió a Kim—: ¿Qué has querido decir antes al referirte a los niños?

Kim calló por un momento a la vez que Jarrn comenzaba a escarbar con los pies. Parecía haber descubierto algo muy interesante en el suelo.

—Antes habéis hablado del futuro —dijo por fin Kim— y de quién es su dueño. Pero os habéis olvidado de una cosa: el futuro son vuestros hijos, vuestros hijos y vuestro mundo. Y habéis perdido las dos cosas. Quien gane esta batalla y esta guerra no va a poder alegrarse mucho tiempo por su victoria.

—¡Habla como si estuviera delirando! —gruñó Jarrn—. ¡No le creas ni una palabra!

Pero el hombre del río, que había empalidecido, hizo un gesto a Kim para exigirle que siguiera.

—¿Os acordáis de lo que acabo de decir? —continuó el muchacho—. Habéis tomado las armas porque queréis llevar una vida tal y como os agrada. La senda que marca Priwinn puede que sea equivocada, pero la vuestra tampoco es la correcta. Habéis ganado la batalla pero, ¿de qué os vale? Este es el país de los hechizos y los cuentos y si ambas cosas desaparecen, Luna de Leyenda se extinguirá. Habéis sacrificado a vuestros hijos y a vuestro mundo.

—Eso son... tonterías —replicó ahora el hombre del río, aunque su voz sonó insegura—. Hablas como ese loco de Caivallon, que odia todas las cosas que fabrican los enanos y a todas las personas que negocian con ellos. Nosotros no queríamos esta guerra. Lo que deseábamos era una vida mejor para nuestros hijos.

—Pero vuestro camino es erróneo —insistió Kim con tranquilidad—. Matáis vuestro mundo para poder vivir un poco mejor. Utilizáis lo que estaba pensado para perdurar durante generaciones y destrozáis lugares en los que tendrían que haber vivido seres que ni siquiera han nacido. Por eso se han ido tantos niños. ¿Crees que vais a poder conseguir algo mejor? Construir un mundo lleno de... artefactos que os faciliten la vida. Calles más anchas hechas de hierro para que vuestros carruajes puedan ir más rápidos, ríos que fluyan en la dirección que a vosotros os interese y máquinas que hagan vuestro trabajo.

—¿Y qué hay de malo en eso? —graznó Jarrn.

—No hay nada malo mientras que por hacerlo no ocasionéis daños irremediables —dijo Kim—. Mientras no intentéis haceros con nada más que lo que se os ha concedido. Pero lo habéis hecho. Vuestros corazones se han vuelto duros como el hierro y habéis perdido lo único que teníais, que es vuestro futuro. ¿Dónde están vuestros hijos? —señaló por la ventana—. Mirad ahí fuera, los tenéis ahí pero otros muchos han abandonado Luna de Leyenda. Ellos son el precio que habéis pagado por vuestro bienestar.

—¿Es cierto? —preguntó el rey de la gente del río dirigiéndose a Jarrn.

El enano volvió a escarbar el suelo con los pies y, al cabo de un instante, se encogió de hombros de mala gana.

—No fue idea mía —murmuró.

La cara del hombre se oscureció e hizo un ademán contra Jarrn, pero Kim le detuvo con un gesto.

—Déjale, porque dice la verdad —dijo Kim, y sonrió en el momento en que Jarrn alzó la cabeza para mirarle incrédulo—. El pueblo de los enanos no tiene la culpa.

—¿No tienen la culpa? —gritó Priwinn—. ¿Son ellos los que fabrican los hombres de hierro y tú dices que no tienen la culpa?

—No lo has entendido —murmuró Kim con pesar—. Los enanos no han sido los que han creado a los hombres de hierro, habéis sido vosotros mismos y, al propio tiempo, habéis contribuido a la existencia de los enanos. Vosotros habéis llamado a los enanos y no ellos a vosotros. Ya nos lo dijo Temístocles, ¿no te acuerdas? El pueblo de los enanos fue creado por los mismos que los necesitaban. Por vosotros. Por quienes los llamasteis. Los enanos son como son porque así los habéis hecho vosotros.

Por un momento reinó el silencio en la sala. Luego Priwinn se sentó en una silla y con un profundo suspiro metió la cara entre las manos.

—Entonces se acabó todo —gimió—. Nuestra lucha ha sido en vano. Ya no hay salvación para nosotros.

De repente Kim sintió algo extraño. Era como si una existencia invisible recorriera la habitación, un soplo incorpóreo de calor, algo como una última y fugaz traza de la antigua que antaño llenó todo el castillo de cristal y la ciudad que había a su alrededor. Fue en el momento en que Temístocles, postrado en su lecho, abrió los ojos.

Kim quiso acercarse a él pero, al ver la mirada del mago, detuvo su movimiento.

—¡Temístocles! —gritó Priwinn mientras daba un salto para aproximarse al anciano.

El rey de la gente del río se volvió sorprendido y contempló al mago con una mirada en la que no había huellas de enemistad, sino de algo parecido al respeto y la veneración, aunque solo fueran de los que se otorgan a un enemigo.

—El muchacho tiene razón —dijo Temístocles de repente. Y, a pesar de que tenía el mismo aspecto débil y cansado, volvió a oírse su voz sabia, como si hubieran regresado todas las enseñanzas adquiridas a lo largo de una vida de miles de años—. Dice la verdad, Priwinn —afirmó el mago—. Habéis elegido la senda equivocada. Nadie puede ganar el futuro con las armas. Ni vosotros tampoco —añadió dirigiéndose al hombre del río—, porque también habéis elegido el camino equivocado. Matáis al mundo en que vivís y, por eso mismo, él os destruirá a vosotros. Habéis perdido el poder de los sueños y con él vuestro futuro. ¿Qué es el futuro sino nuestros propios sueños? ¿Qué somos sino el sueño de los que estuvieron aquí antes que nosotros? Estáis ciegos y no os dais cuenta de lo que hacéis. Muchos de nuestros hijos sí lo han observado y han huido a otros lugares. Pero allí no pueden vivir. Y los que se han quedado pagan un precio por los pecados de sus padres. Habéis ganado la guerra y Luna de Leyenda os pertenece. Ya no hay nadie contra quien luchar. Ahora decidme: ¿tiene algún valor esa victoria si no se la podéis entregar a nadie? El futuro no os pertenece a vosotros, sino a vuestras máquinas. Y las máquinas no tienen sueños.

El hombre del río permaneció en silencio. Por los rasgos de su rostro se extendió una expresión de profunda consternación; luego se dio la vuelta y contempló al hombre de hierro que se encontraba a su lado. El coloso de acero le devolvió la mirada desde la verdosa línea de sus ojos y, para Kim, fue como si ese intercambio visual equivaliera a una conversación entre aquellos dos seres tan distintos.

—¿Entonces es tal y como dice el caballero de las estepas? —murmuró el hombre del río— ¿Está todo perdido y ya no tenemos futuro?

—Por el camino que seguís, no lo tenéis —contestó Temístocles—. No mientras no os apercibáis de que un mundo no puede ofrecer más de lo que recibe y de que vive gracias a ese equilibrio.

De nuevo se extendió el silencio en la habitación. Nadie se movía ni parecía respirar. Era como si se hubiera detenido el tiempo. Luego, despacio, muy despacio, el rey de la gente del río sacó la espada de su cinturón y la colocó sobre la mesa, al lado de la de Kim. Tras unos instantes, el rey Priwinn también extrajo su arma de la funda y la puso al lado de las otras.

Kim miró al hombre del río y vio a un poderoso y formidable rey que había ganado la guerra, pero en cuyo rostro no se veía más que tristeza y el deseo de ser perdonado. Y un leve resquicio de una dudosa esperanza en que no fuera demasiado tarde.

No lo era, pues cuando el hombre del río se dio la vuelta y miró al monstruo de hierro, de repente pareció que por la ventana de la sala había entrado un dorado rayo de sol, un rayo centelleante y suave que envolvió aquella figura metálica haciéndola emitir una indescriptible y clara luz. El coloso se convirtió en una sombra y al instante se transformó en una silueta irreconocible.

Y donde había estado el hombre de hierro, apareció la figura de un muchacho de unos doce años, de pelo oscuro y que vestía la indumentaria de cuero y hierro propia de los hombres del río.

El rey lanzó un grito y se abalanzó para abrazar a su hijo; al momento se oyeron más expresiones de alegría en el pasadizo exterior y Kim supo que allí había ocurrido algo semejante.

Pensó que pronto sería una escena que se repetiría en otros muchos sitios: en el castillo, en el patio, en la ciudad y en todo el país; allí donde las personas que ahora podían abrazar a los niños que creían perdidos se hubieran dado cuenta del terrible precio que habían estado a punto de pagar.

Kim se dirigió a Temístocles y ya no vio a un anciano a punto de morir, sino a un bondadoso mago, grande en su majestad, el mismo que él conocía tan bien; a un hombre con una cara añosa pero intemporal, de pelo cano y barba ondulante, con unos ojos que miraban a la eternidad y dejaban bien claro lo pequeño e insignificante que era todo lo que atañía a los seres humanos. Y, a pesar de su pequeñez e insignificancia, lo grande que era la responsabilidad que conllevaba cada una de sus acciones.

En su último día en Gorywynn, Kim había notado que todo estaba igual que cuando había abierto los ojos aquella mañana; se encontraba en el cristalino balcón del castillo, junto a Temístocles, Peer y Cacho, y miraba a la ciudad. Kim sintió una leve tristeza, pero no estaba empañada por la amargura; pues sabía que iba a abandonar Luna de Leyenda, pero jamás la perdería. Había pasado mucho tiempo desde el día en que el destino de aquel mundo legendario se había vuelto hacia el bien, y muchas eran las cosas que habían ocurrido desde entonces. Aunque no existiera una estrecha amistad entre ellos, la gente de río y los demás pueblos de Luna de Leyenda comenzarían a poner en práctica un comportamiento de buena vecindad y pronto se darían cuenta de las ventajas que les reportaba a todos ellos.

En casi todos los puntos del país desaparecieron los hombres de hierro y la mayoría de los niños desaparecidos regresaron con sus familias. Pero Kim, y Temístocles en mayor grado, aún tenían un gran pesar. En muchas granjas, en algunos pueblos y en ciertas ciudades, todavía se podían ver robots al cargo del trabajo, pues los corazones de algunos hombres se habían endurecido tanto que eran incapaces de actuar de otra forma. No obstante, cada vez eran menos y, como afirmaba Temístocles, pronto no quedaría ninguno.

Kim y Priwinn habían tenido tiempo suficiente para visitar a sus amigos del país y para alegrarse con ellos del feliz futuro que les esperaba. Kim volvió a ver a Peer y también pasó un tiempo en Caivallon, la fortaleza de los caballeros de las estepas donde Priwinn reinaba ahora; ya no era un joven que nunca envejecería, sino un amigo de Kim que seguiría siéndolo para siempre. Visitó a Brobing y a Jara y les devolvió a Polvo de Estrellas; el caballo pertenecía a Torum y ahora el chico volvía a estar allí. Pero aún quedaba mucho por hacer. Las heridas que los habitantes de Luna de Leyenda habían infligido a su mundo eran enormes y no iban a sanar por sí solas. Eliminar sus consecuencias iba a costar más trabajo y esfuerzo de los que había consumido la destrucción, pero Kim supo que lo conseguirían. Ahora, que sí había futuro, los pueblos de Luna de Leyenda tenían algo por lo que luchar. Quizá aprendieran de los errores del pasado y nunca regresaran a los tiempos en que los caballos de hierro araban los prados, los niños desaparecían debido a que habían perdido la capacidad de soñar y los corazones se habían vuelto de piedra.

Al notar que llegaba el final de su estancia en Luna de Leyenda, Kim rogó a Priwinn que le acompañara a Gorywynn para poder despedirse de Temístocles. El nuevo Rey de Caivallon designó a un sustituto en el trono a fin de poder acompañar a su amigo. Pero, para sorpresa de Kim, no los esperaban caballos ni una balsa para realizar el viaje, sino el mismísimo Rangarig, el dragón dorado, que estaba preparado para llevarlos. También supo Kim del Gusano con Zarpas, que estaba de nuevo en su lago de la región del norte y escupía veneno y bilis contra todo el que se acercaba.

Volaron a lomos de la inmensa criatura mágica y Kim pasó, por última vez, sobre las torres de Gorywynn y vio las casas, los muros de cristal y la luz que brotaba de ellos. Hablaron de muchas cosas, pero tanto Temístocles como Priwinn parecían sospechar lo que le ocurría debido al sentimiento de tristeza y melancolía con que los abrazó. Se mostraron callados, inmersos en un silencio familiar, mientras el gato Sheera se frotaba intranquilo contra sus piernas. Tan solo Cacho seguía tan alborotador como antes y chirriaba lanzando sus habituales gritos de hambre; una circunstancia que pudo entender muy bien Kim, pues la última comida se había celebrado hacía dos horas y, por lo que pudo averiguar, Cacho se había tragado un jabalí entero. Aquella pobre criatura debía de estar a punto de morir de hambre.

—¿Volverás? —preguntó Priwinn de repente.

Kim se encogió de hombros.

—Espero que sí —dijo. Y luego siguió, para su propia sorpresa—: Pero a lo mejor no debería.

—¿Por qué? —dijo Priwinn asombrado.

—Cada vez que he venido por aquí, ha ocurrido algo terrible —dijo Kim—. ¿Cómo es posible que siempre venga a este mundo de fantasía en momentos en que está en peligro?

Priwinn le miró afectado y Temístocles sonrió sacudiendo despacio la cabeza.

—Es muy propio de los hombres apreciar lo que tienen únicamente cuando lo pierden. Pero el mundo de la fantasía estará aquí siempre. Está en vosotros lo mismo que vosotros estáis en él. Lo que pasa es que ni siquiera os dais cuenta.

Kim pensó estas palabras por un momento y luego creyó entender lo que Temístocles le decía. Se dio la vuelta con una sonrisa y pasó a la otra sala. Era la habitación de la torre en la que había estado con el rey de la gente del río. Las tres espadas seguían sobre la mesa, donde las habían dejado. Y no iban a ser tocadas jamás; eran dos espadas cruzadas y una hoja rota, como un símbolo de que las armas no son la solución y de que una enemistad nunca es tan profunda que no pueda ser superada.

Kim se acordó de Jarrn, el Rey de los Enanos. Estos seres habían desaparecido junto con los hombres de hierro y sintió algo de pena por aquel pequeño pueblo que era blanco del odio de todos los demás. Podía ser que existieran en otro lugar hasta que llegara el día en el que fundieran objetos útiles que sirvieran para ayudar a los demás y no para causarles daño. Kim se dio la vuelta para preguntar otra cosa al mago, pero ya habían desaparecido tanto las paredes del balcón de cristal como el cielo de Gorywynn; en su lugar se encontraba ahora en una minúscula habitación y por las rendijas de una persiana medio bajada entraba un poco de luz grisácea.

Asustado se dio la vuelta y se golpeó contra un objeto que tintineó a causa del impacto. Kim estiró la mano y percibió el tacto de una superficie lisa y fría.

Un momento después sintió un rumor a su lado y se encendió una lámpara. Desde la almohada se alzó para mirarle la adormilada cara de su hermana Rebeca.

—¿Qué quieres? —murmuró Becky—. Déjame dormir. ¿Qué haces aquí? —cerró los ojos y se quedó de nuevo dormida antes de que Kim pudiera contestar, aunque no hubiera sido capaz de hacerlo.

Estaba de nuevo en casa. Comprobó, desconcertado, que se hallaba justo en el lugar en que todo había comenzado, en la habitación de su hermana, al lado del terrario desde el que, a causa del involuntario golpe que le había propinado, dos minúsculas iguanas rojas y verdes le miraban. Le pareció increíble todo lo que le había ocurrido y sintió cierta melancolía. Podía ser que fuera verdad lo que había dicho Temístocles: Luna de Leyenda siempre estaría en él, en cierta forma siempre iba a estar allí.

Con cuidado para no despertar a Rebeca, se dirigió a la puerta, la abrió y salió al pasillo. La noche estaba a punto de acabar. Por la escalera de la casa se extendía la luz grisácea del amanecer y pudo oír las voces de sus padres que hablaban en la planta baja. Kim quiso volver a su habitación, pero se dio cuenta de que ya no iba a poder dormir, por lo que acabó dirigiéndose a la escalera.

Estaba a punto de llegar a la planta baja cuando oyó a su padre hablando por teléfono; al entrar el chico en el salón colgó el auricular. No se extrañó de que su hijo bajara a horas tan tempranas ni de que, además, lo hiciera totalmente vestido. No dijo nada al respecto, pero intercambió una mirada de asombro con la madre y luego, con un movimiento de cabeza, señaló al teléfono.

—¿Sabes quién era? —dijo.

Kim tenía una ligera idea, pero sacudió la cabeza e hizo como si no lo supiera.

—Era la policía—. La cara del padre de Kim se ensombreció al recordar la escena de la noche anterior, pero su voz sonaba más asombrada que enfadada al continuar—: El comisario quería venir de nuevo esta tarde para formularte un par de preguntas.

—¿Pero sobre qué? —preguntó Kim—. ¿Ha pasado algo?

El padre se encogió de hombros.

—Creo que ni él mismo lo sabe. Parece ser que el chico del hospital ha desaparecido. El comisario Gerber opina que tú podrías saber algo sobre el tema. Pero no lo sabes, ¿verdad?

—Claro que no —se apresuró a decir Kim.

—Es lo mismo que le he dicho yo —dijo el padre mientras le lanzaba una mirada escrutadora—. Le he explicado que tú no puedes decirle nada más y que pierde el tiempo. Creo que lo ha entendido y que ya no nos molestará más. Pero hay algo extraño en todo esto —añadió casi expectante mientras Kim respiraba aliviado—. ¿Te acuerdas de lo que dijo el profesor Halserburg sobre que habían aparecido varios de esos chicos sin memoria y al parecer sin poder hablar?

Kim asintió. ¿Qué querría decir su padre?

—Bueno —continuó el padre, alzó un par de veces los hombros y siguió con su mirada escrutadora fija en Kim mientras este se mantenía sentado a la mesa—, pues parece ser que han desaparecido todos sin dejar rastro.

—Es muy raro —dijo Kim—. ¿Y qué tengo yo que ver con todo eso?

—Yo tampoco lo sé —contestó el padre, que lanzó luego un suspiro—. Bueno, estoy seguro de que antes o después encontrarán una explicación.

Kim pensó que nunca la encontrarían, pero no se atrevió a decirlo en voz alta. En lugar de eso, sentado entre su padre y su madre, se tomó el vaso de leche que tenía delante y dijo en voz baja, con una sonrisa cuyo significado solo entendió él:

—Seguro, siempre que sean capaces de echarle un poco de fantasía.

Su padre le miró extrañado pero no dijo nada. Era como si se diera cuenta de que había algo que su hijo no podía contar y, además, no era necesario que lo hiciera, porque siempre hay cosas a las que no es conveniente referirse. Kim notó maravillado que el disgusto de su padre se había convertido en una mezcla de admiración y una especie de conocimiento que no precisaba de ninguna explicación. ¿Existiría también parte de aquel maravilloso país de Luna de Leyenda en sus padres e incluso en el desagradable comisario? ¿Podría ocurrir con todas las personas?

El sonido de un camión que paraba ante la puerta sacó a Kim de sus pensamientos. Lanzó una mirada de extrañeza a sus padres.

—Son los nuevos vecinos —dijo la madre—. Ya sabes, han vendido la casa de al lado y los nuevos dueños se mudan aquí hoy mismo.

Kim sintió de repente la necesidad de ver a aquella gente que en el futuro iba a vivir junto a ellos. Miró a su padre, que le respondió con un movimiento afirmativo de cabeza, y salió con paso rápido.

A pesar de lo temprano de la hora, ya hacía calor. El sol brillaba en un cielo sin nubes y era como si en el aire flotara algo feliz y sosegado que lo hubiera cubierto todo como una sombra que no se veía pero que se percibía a la perfección.

Kim salió otra vez de sus pensamientos y contempló el enorme camión que tenía a pocos metros.

Dos empleados de mudanzas con monos azules abrieron las enormes puertas traseras del vehículo. No se veía a nadie más. De repente torció por la esquina un mercedes que se detuvo detrás del camión. Bajaron un hombre y una mujer y comenzaron a hablar con los transportistas. Kim les echó una mirada rápida y su atención se centró en un muchacho delgado de pelo negro que se apeó del coche. El chico parecía tener su misma edad pero era más alto y, a pesar de que Kim estaba convencido de no haberle visto jamás, le pareció que eran amigos desde siempre. Todo aquello era muy extraño.

Aún más raro resultó que aquel muchacho pareciera sentir lo mismo hacia él, pues de repente se detuvo y miró a Kim frunciendo el ceño.

Por fin, nuestro héroe se armó de valor y se acercó con calma al muchacho. Normalmente le resultaba complicado hablar con otras personas.

—Hola —dijo al fin.

—Hola —respondió el chico—. ¿Nos conocemos?

—Yo... creo que no —dijo Kim impresionado—. Sois los nuevos vecinos, ¿verdad?

El chico asintió.

—Sí. ¿Cómo te llamas?

—Kim. ¿Y tú?

El chico le miró asombrado, como si hubiera escuchado algo muy notable.

—Me llamo Peter —dijo, y retrocedió para dejar paso a un chico más joven, también de pelo negro, que se bajaba en aquel momento del coche—. Este es mi hermano Jan —añadió con una sonrisa—. Es una criatura algo repulsiva, pero muy maja.

Jan se bajó del coche resoplando y se dio la vuelta para examinar con tranquilidad los alrededores. Kim observó que sus sucios dedos sujetaban una correa y vio lo que había al final de esa correa: algo que andaba con poca gracia sobre unas patas muy curvadas. En caso de que fuera un perro, era el ejemplar más horroroso que Kim se había echado a la cara. Pensó que debía de ser un perro, pero la verdad es que no podía asegurarlo del todo.

—Ya veo que piensas, como yo, que el chucho de Jan es precioso. —Peter se rio en voz baja—. Pero están pegados el uno al otro como si fueran eslabones de una cadena. Además, encajan muy bien, ¿no te parece?

Kim no contestó. Miraba al pequeño perro que ahora saltaba hacia él. Estaba muy interesado en las deportivas de Kim, y luego le tironeó de las perneras del pantalón. A continuación miró a Kim mientras le llenaba de babas los pantalones y en sus ojos se pudo leer con toda claridad una palabra: ¡hambre!

Kim se sintió demasiado turbado como para moverse. El animal retrocedió cuando le tocó el hocico.

Jan sonrió con malicia.

—Hola, idiota —dijo.

# Índice